張元幹詩文集箋注

〔宋〕張元幹 著
曹濟平 吴新江 箋注

下册

上海古籍出版社

表

代謝御書卿大夫章表

玉振金聲，允邁開元之孝治〔一〕；龍蟠鳳翥，追還内史之奇踪〔二〕。降自雲霄，光生蓬蓽〔三〕。中謝〔四〕。伏念臣蚤緣際會，中乃邅迴〔五〕。雖增戀闕之心，敢起瞻天之望〔六〕！荷俯憐簪履之舊，俾再依日月之光〔七〕。駑駘無補於事功，雨露頻霑於眷渥〔八〕。登牀躐取，每懷唐室之名卿；錫宴寵頒，欲誦國朝之典故〔九〕。敢圖珍賜，下逮微臣？此蓋伏遇皇帝陛下道本生知，聖由天縱，學已探於孔孟，書宛冠於鍾張〔一〇〕。四篆高山，徒紀穆王之告；千文小草，漫稱章帝之工〔一一〕。顧惟遭遇之難，遂獲顯榮其老〔一二〕。爲訓以垂歷代，用永傳於子孫；匪懈以事一人，誓盡忠於夙夜〔一三〕！

【箋注】

〔一〕玉振金聲：喻文章道德之盛。唐楊炯《從弟去溢墓志銘》：「莫不玉振金聲，筆有餘力。」宋高觀國《水龍吟·爲放翁壽》：「玉振金聲，水增川湧，德兼才貴。」允邁：果然超越。開元：唐玄宗年號。此以比宋孝宗。孝治：《孝經·孝治》：「昔者，明王之以孝治天下也，不敢遺小國之臣，而況於公侯伯子男乎。」後用謂以孝道治理國家，教化百姓。南朝梁任昉《齊竟陵文宣王行狀》：「闢玄闈以闡化，寢鳴鐘以體國，翼亮孝治，緝熙中教。」

〔二〕龍蟠鳳翥：如鳳凰飛舞，蛟龍盤曲，以喻書勢勁健飛揚、回旋多姿。語本《晉書·王羲之傳論》：「觀其點曳之工，裁成之妙，烟霏露結，狀若斷而還連；鳳翥龍蟠，勢如斜而反直。」追還：恢復。宋人常語。王禹偁《酬安秘丞見贈長歌》：「筆下追還三代風，祛盡澆漓成古道。」歐陽修《彈琴效賈島體》：「乃知太古時，未遠可追還。」還，即「頓還舊觀」之還。內史：東王羲之，嘗官會稽內史。《晉書》本傳：「羲之既拜護軍，又苦求宣城郡，不許，乃以爲右軍將軍、會稽內史。」按，此以書聖王羲之擬今天子，謂其書法之妙。又按，徽宗、高宗、孝宗，皆能書。

〔三〕雲霄：代指天子。蓬蓽：蓋「蓬門蓽户」之省，貧者所居，此借指諸卿大夫之家。按，二句言天子賜御筆，乃使卿大夫之家光耀不已。光者，天子之寵光。

〔四〕中謝：古臣子上謝表，例有「誠惶誠恐，頓首死罪」之類套語，用表謙恭。及後人編印文集，則都從略，唯旁注「中謝」二字示意。《文選·羊祜〈讓開府表〉》：「夙夜戰慄，以榮受憂。中謝。」李善注：「中謝，言『臣誠惶誠恐，頓首死罪』。」周密《齊東野語》「中謝中賀」條云：「今臣僚上表，所稱『誠惶誠恐』及『誠歡誠喜』、『頓首、稽首』者，謂之『中謝、中賀』。自唐以來，其體如此。蓋『臣某』以下，亦略叙數語，便入此句，然後敷陳其詳。」是其式。

〔五〕蚤：通「早」。《管子·治國》：「常山之東，河汝之間，蚤生而晚殺，五穀之所蕃孰也，四種而五穫。」緣際會：因緣際會，遭遇時機也。《舊唐書·馬懷素傳論》：「馬懷素、褚無量好古嗜學，博識多聞，遇好文之君，隆師資之禮，儒者之榮，可謂際會矣。」中：中間，半途。猶今言「後來」。蓋在發言者，相對一生之歷程，則爲半途；相對時間之數序，實即後來也。凡文獻言「中」言「中間」者，其義每如此。邅迴：難行不進貌。《淮南子·原道訓》：「邅回川谷之間，而滔騰大荒之野。」高誘注：「邅回，猶委曲也。」喻困頓不順利。劉禹錫《洛中謝福建陳判官見贈》：「潦倒聲名擁腫材，一生多故苦邅迴。」

〔六〕戀闕：留戀宮闕。喻心不忘君。杜甫《散愁》：「戀闕丹心破，霑衣皓首啼。」韓愈《次鄧州界》：「潮陽南去倍長沙，戀闕那堪更憶家。」瞻天之望：朝見天子之心。唐沈亞之《勸政樓下觀百官獻壽》：「獻壽比鴛鷺，瞻天在冕旒。」宋趙抃《送李運使學士赴闕十詠》二：「在郡行車樂，瞻天被詔温。」

〔七〕簪履：簪笄與鞋子。以喻卑微舊臣。《魏書·于忠傳》：「皇太后聖善臨朝，衽席不遺，簪屨弗棄。」《舊唐書·高士廉傳》：「臣亡舅士廉知將不救，顧謂臣曰：『至尊覆載恩隆，不遺簪履，亡歿之後，或致親臨。』」

〔八〕駑駘：劣馬。《楚辭·九辯》：「却騏驥而不乘兮，策駑駘而取路。」唐李群玉《驄馬》：「青芻與白水，空笑駑駘肥。」喻才能低劣。自謙之卑辭。《晉書·荀崧傳》：「臣學不章句，才不弘通……思竭駑駘，庶增萬分。」雨露：天子恩澤。眷渥：恩寵。宋沈括《謝賜戎服表》：「敢圖乏才，過叨眷渥。」此爲動詞，優予恩寵。

〔九〕登牀躐取：典出《舊唐書·劉洎傳》：「洎性疏峻敢言。太宗工王羲之書，尤善飛白，嘗宴三品已上于玄武門，帝操筆作飛白字賜群臣，或乘酒争取于帝手，洎登御座引手得之。皆奏曰：『洎登御床，罪當死，請付法。』帝笑而言曰：『昔聞婕妤辭輦，今見常侍登床。』」躐取：躐等越次而取；以不當手段奪取。宋曾敏行《獨醒雜志》卷二：「况今居是職者，往往多後生新進，躐取而强處之，人多不服。」名卿：公卿之有聲望者。《管子·幼官》：「三年名卿請事，二年大夫通吉凶。」唐李端《和李舍人直中書對月見寄》：「名卿步月正淹留，上客裁詩怨别游。素魄近成班女扇，清光遠似庾公樓。」此指劉洎。國朝之典故：疑指徽宗、高宗。此二主，皆有手筆賜臣下事。按：今傳墨本高宗書《臨虞世南真草千字文》卷末有「賜思温」三字，俞友仁跋尾有云：「苟非真本，思陵安得批賜大臣，而用内閣圖印以珍重之哉！」又，高宗書《杜甫七言律詩帖》帖尾有「賜億年」三字，亦批賜大臣一實例。又，孝宗書《池上詩紈扇》有「賜志忠」三字，亦屬此類。

〔一〇〕生知：生而知之。語本《論語·季氏》：「生而知之者上也。」《抱朴子·勖學》：「人理之曠，道德之遠，陰陽之變，鬼神之情，緬邈玄奥，誠難生知。」聖由天縱：語本《論語·子罕》子貢曰：「固天縱之將聖，又多能也。」宛：完全。鍾張：後漢鍾繇、張芝，均精書法，爲後世所祖，並稱

「鍾張」。唐張彥遠《法書要録》一晉王右軍《自論書》：「尋諸舊書，惟鍾張故爲絶倫，其餘爲是小佳，不足在意。」

〔一一〕四篆：即《壇山刻石》。今石家莊贊皇縣壇山，有「吉日癸巳」四字摩崖石刻，舊傳爲周天子穆王所書。其文作小篆，勁麗温穆，兼有隸意，實係後人僞托。參清王昶《金石萃編》卷三。高山：尊之之辭，或兼指贊皇山。穆王之告：周穆王，名滿，康王孫，昭王子。《尚書》有《君牙》《冏命》《吕刑》，傳爲其誥諭之文。告，即「誥」。千文小草：徽宗有草書《千字文》賜近臣，今存。章帝之工：漢章帝擅草書，或謂章草由此得名。徽宗有《草書千字文》，今存。按，二句稱頌天子書法之精，能兼篆草二體。

〔一二〕顧惟：回思。遭遇之難：蒙受天子寵幸之難。老：長老，元老。

〔一三〕夙夜匪懈：形容日夜辛勞，勤奮不懈。《詩·大雅·烝民》：「既明且哲，以保其身，夙夜匪解，以事一人。」一人：古稱天子，亦爲天子自稱。《書·太甲下》：「一人元良，萬邦以貞。」孔傳：「一人，天子。」宋王禹偁《待漏院記》：「況夙興夜寐，以事一人，卿大夫猶然，況宰相乎？」

代知湖州謝表

時方多事，奚堪假守之權〔一〕；世不乏人，輒預維城之選〔二〕。宵征赴治，夕惕臨民〔三〕。中謝。伏念臣筋力未衰，而心志已疲於患難；規模素拙，而施設無補於艱危〔四〕。粤若吴興，旁瞻越紀〔五〕。雖今日股肱之郡，乃古來魚稻之鄉〔六〕。有此目前之便安，實爲己私之僥倖〔七〕。此蓋伏遇皇帝陛下，建中興之業，將恢復於舊邦；求共理之良，亦廣搜於屬籍〔八〕。臣敢不撫綏千里，謹防賊盗之憑陵①；經畫一城，更賴山河之險固②〔九〕。

【校】

①賊盗：文瀾閣本作「外敵」。

②山河：文瀾閣本作「中原」。

【箋注】

〔一〕多事：多事故，多事變。《莊子·天地》：「多男子則多懼，富則多事，壽則多辱。」《漢書·平帝紀》：「分界郡國所屬，罷置改易，天下多事，吏不能紀。」假守：古稱權宜派遣而非正授之地方官。《史記·南越列傳》：「因稍以法誅秦所置長吏，以其黨爲假守。」《漢書·項籍傳》：「會稽假守通素賢梁，乃召與計事。」張晏注：「假守，兼守也。」葉紹翁《四朝聞見録·節度》：「太祖罷節度，立權發、遣與、權知之類，故士大夫作郡，皆自稱曰假守，謂非真節度也。」

〔二〕乏人：缺少人才。《漢書・爰盎傳》：「今漢雖乏人，陛下獨奈何與刀鋸之餘共載！」維城：連城以衛國。語出《詩・大雅・板》：「懷德維寧，宗子維城。」《文選・干寶〈晉紀總論〉》：「宗子無維城之助，而閼伯、實沈之郤歲構。」張銑注：「維，連也，言宗子連城封之，以助京室也。」

〔三〕宵征：夜行。語出《詩・召南・小星》：「肅肅宵征，夙夜在公。」毛傳：「宵，夜；征，行。」勤勞公事貌。夕惕：謂至夜晚仍懷憂懼，勞作不懈。語本《易・乾》：「九三，君子終日乾乾，夕惕若厲，無咎。」南朝梁沈約《立太子恩詔》：「夕惕寅畏，若置淵谷。」臨民：治民。《國語・楚語下》：「夫神以精明臨民者也。」唐太宗《帝京篇十首》十：「奉天竭誠敬，臨民思惠養。」

〔四〕筋力：猶體力。《禮記・曲禮上》：「貧者不以貨財爲禮，老者不以筋力爲禮。」《南史・沈慶之傳》云：「（宋）孝武嘗歡飲，普令群臣賦詩。慶之粗有口辯，手不知書。上逼令作詩……上令顔師伯執筆，慶之口授：『微生遇多幸，得逢時運昌。朽老筋力盡，徒步還南岡。』上甚悦。衆坐并稱其辭意之美。」患難：謂艱險困苦之處境。《墨子・貴義》：「若有患難，則使百人處於前，數百於後。」《史記・越王勾踐世家》：「越王爲人長頸鳥喙，可與共患難，不可與共樂。」規模：籌謀，計劃。《北史・羊深傳》：「蕭寶夤反……敕深兼給事黄門侍郎，與大行臺、僕射長孫承業共會潼關，規模進止。」又可兼指才具。《太平廣記》卷一七一引唐袁郊《甘澤謡》：「吾子無帝王規模，非將帥才略，乃亂世之雄傑耳。」施設：佈置，經營。韓愈《赴江陵途中寄贈王二十補闕李十一拾遺李二十六員外翰林三學士》：「天子惻然感，司空嘆綢繆。謂言即施設，乃反還炎州。」蘇舜欽《答杜公書》：「蓋或得其位而無其才，有其才而無其時者多矣。丈人才位如此，而又當有爲之時，是天付之全，而使施設才業之秋也。」

〔五〕粤若：發語詞。亦作「曰若」。語出《書·堯典》：「曰若稽古，帝堯曰放勛，欽明文思晏晏……」漢王延壽《魯靈光殿賦》：「粤若稽古帝漢，祖宗濬哲欽明。」唐殷璠《〈河岳英靈集〉叙》：「粤若王維、王昌齡、儲光羲等，二十四人，皆河岳英靈也。」旁瞻：四望，環顧。元稹《松鶴》：「俯瞰九江水，旁瞻萬里壑。」

〔六〕肱股：拱衛京畿或某中心城市之區域。《韓非子·外儲説左下》：「中牟，三國之股肱，邯鄲之肩髀。」唐李德裕《〈唐故開府儀同三司致仕上柱國扶風馬公神道碑銘〉序》：「旋以股肱近地，河關要津，爰輟信臣，再監戎旅。」魚稻之鄉：魚米之鄉。宋胡宿《山居》：「老矣求田魚稻鄉，兒孫常要在余旁。」魚稻：魚與米。

〔七〕己私：私欲。蓋爾時口語。宋李復《答嚴隱之》：「己私不自勝，齊人安肯平。」宋姜特立《出處》：「士貴重其身，出處各有道。一爲己私蔽，喪却千金寶。」此意最醒豁。倖：僥倖。

〔八〕中興：中途振興，轉衰爲盛。語出《詩·大雅·烝民》序：「任賢使能，周室中興焉。」宋王觀國《學林·中興》：「中興者，在一世之間，因王道衰而有能復興者，斯謂之中興。」共理：共同治理政事。白居易《賀平淄青表》：「臣名參共理，職忝分憂，抃舞歡呼，倍萬常品。」共理之良，共同治理政事之良才。屬籍：指宗室譜籍。《史記·魏其武安侯列傳》：「舉適諸竇宗室毋節行者，除其屬籍。」王安石《明堂宗室加恩制》：「爾列名屬籍，序位内朝。」良：忠良，良臣。《詩·秦風·黄鳥》：「交交黄鳥，止於棘。誰從穆公？子車奄息。維此奄息，百夫之特。臨其穴，惴惴其栗。彼蒼者天，殲我良人！如可贖兮，人百其身！……」毛詩序：「《黄鳥》，哀三良也。國人刺穆公以人從死，而作是詩也。」陶潛《詠荆軻》：「招集百夫良，歲暮得荆卿。」

〔九〕撫綏：安撫，安定。《書·太甲上》：「天監厥德，用集大命，撫綏萬方。」司馬光《北京韓魏公祠堂記》：「梁公省徹戰守之備，撫綏彫弊之民，民安而虜自退，魏人祠之，至今血食。」憑陵：侵犯，欺侮。《左傳·襄公二十五年》：「今陳忘周之大德，蔑我大惠，棄我姻親，介恃楚衆，以憑陵我敝邑。」高適《燕歌行》：「山川蕭條極邊土，胡騎憑陵雜風雨。」經畫：經營籌劃。宋庠《送苗郎中出漕江西》：「計籌暫爾煩經畫，囊槖行看用老成。」蘇軾《答秦太虚書》：「度囊中尚可支一歲有餘，至時别作經畫，水到渠成，不須預慮，以此胸中都無一事。」險固：險阻堅固。《吕氏春秋·長利》：「海阻山高，險固之地也。」

啓

賀張丞相浚復特進啓

中命九年，升華一品〔一〕。望著群公之表，班聯三事之崇〔二〕。寵數薦加，忠猷益壯〔三〕。恭以某官，經綸密勿，蚤感遇於風雲；燮理協和，嘗寅亮於天地〔四〕。出入將相，勤勞國家；眷是殊勛，臨茲巨屏〔五〕。體貌優而均逸，威令信而底寧〔六〕。屈禦侮折衝之謀，施坐嘯畫諾之政〔七〕。元戎十乘，聊作鎮於甌閩；泰階六符，忽騰輝於宸極〔八〕。思萬方之助順，轉一氣於洪鈞〔九〕。允屬具瞻，式昭簡注〔一〇〕。服蒼玉之佩，宛是青氈；歌繡裳之詩，定歸赤舄〔一一〕。佐君王之神武，拯塗炭之生靈〔一二〕。駕馭英雄，削平禍亂〔一三〕。霆驚寇盜以必滅①，電掃寰區而盡收〔一四〕。卜中興年，密邇上元之甲子；趨行在所，雍容今代之崇臣〔一五〕。社稷之盤石再安，帶礪之山河永賴〔一六〕。某自嗟旅次，徒調制詞〔一七〕。企踵恩門，莫厠登龍之後；馳心廣廈，尤增賀燕之私〔一八〕。欣幸交深，敷宣罔罄〔一九〕。

【校】

① 霆驚寇盜以必滅：文津閣本同，文瀾閣本改作「霆驚遐邇以皆震」。

【箋注】

〔一〕申命：任命，付以司職。《三國志・魏書・王朗傳》：「是以唐虞之設官分職，申命公卿，各以其事，然後惟龍爲納言，猶今尚書也。」升華：升官。南朝梁沈約《奏彈秘書郎蕭遥昌》：「盛戚茂年，升華秘館。」歐陽修《回寶文吕内翰溱書》：「玆者伏承寶文内翰，被召禁林，升華内閣。」

〔二〕班聯：朝班之行列。宋李綱《謝宰執復大觀文啓》：「奉香火於琳宫，已負素餐之責；冠班聯於書殿，更貽非據之譏。」

〔三〕寵數：帝王給予之禮數。《周書・皇后傳・宣帝元皇后》：「是用加玆寵數，式光踐禮。」曾鞏《王珪曾祖母尹氏追封燕國太夫人制誥》：「敕優禮大臣，厚其寵數，所以勸在位之功德，而成天下之治也。」薦：屢次。《爾雅・釋言》：「薦、原，再也。」《左傳・僖公十三年》：「冬，晉薦饑，使乞糴於秦。」孔穎達疏引李巡曰：「連歲不熟曰薦（饑）。」薦加，屢次降臨。

〔四〕經綸：本謂整理絲縷、編絲成繩，引申爲籌劃治理國家大事。《易・屯》：「雲雷屯，君子以經綸。」《禮記・中庸》：「唯天下至誠，爲能經綸天下之大經，立天下之大本，知天地之化育。」密勿：勤勉努力。《漢書・劉向傳》：「君子獨處守正，不撓衆枉，勉彊以從王事……故其《詩》曰：『密勿從事，不敢告勞。』」顔師古注：「密勿，猶黽勉從事也。」南朝梁沈約《劉領軍封侯詔》：「内參嘉謨，外宣戎略，密勿劬勞，誠力備盡。」感遇：感激知遇。晉庾亮《上疏乞骸骨》：「且先帝謬顧，情同布衣，既今恩重命輕，遂感遇忘身。」《舊五代史・唐書・明帝紀六》：「琪，梁之故相，私懷感遇，叙彦威在梁歷任，不欲言僞梁故也。」風雲：比喻時勢。《後漢書・皇甫嵩傳》：「今主上埶弱於劉項，將軍權重於淮陰，指撝足以振風雲，叱吒可以興雷電。」庾信《入彭城館》：「年代殊氓俗，風雲更盛衰。」燮理：協和治理。《書・周官》：「立太師、太傅、太保，茲惟三公，論道經邦，燮理陰陽。」孔傳：「和理陰陽。」《梁書・袁昂傳》：「公器宇凝素，志誠貞方，端朝燮理，嘉猷載緝。」寅亮：恭敬信奉。《書・周官》：「貳公弘化，寅亮天地，弼予一人。」孔傳：「敬信天地之教，以輔我一人之治。」王安石《批答宰臣曾公亮已下賀壽星見》：「卿等寅亮帝工，阜成邦采，摛文告慶，歸福朕躬。」

〔五〕出入將相：猶出將入相。歐陽修《相州晝錦堂記》：「故能出入將相，勤勞王家。」殊勛：卓越功勛。《三國志・魏書・荀彧傳》：「董昭等謂太祖宜進爵國公，九錫備物，以彰殊勛。」隋李德林《天命論》：「太祖挺生，庇民匡主，立殊勛于魏室，建茂績于周朝。」巨屏：謂堅强之屏藩，亦比喻鎮守一方之藩臣。唐蔣伸《授孫范青州節度制》：「門下作朝廷之巨屏，實利建侯，委兵旅之大權，必先謀帥。」《太平廣記》卷二六六引《王氏見聞・胡翽》：「時大駕西幸，中原宿兵，岐秦二藩，最爲巨屏。」

〔六〕均逸：謂閒散安逸。李綱《與張相公書》：「數年前，某寓居閩中，杜門不出，以養衰病，適合下自樞廷均逸，弭節海邦。」陸游《老學庵筆記》卷五：「公方立勛業，今必無暇及此。他時功成名遂，均逸林下乃可成書耳。」底寧：安寧；安定。晉潘岳《〈秋興賦〉序》：「夙興晏寢，匪遑底寧。」張九齡《請誅禄山疏》：「斯逆一懲，底寧萬邦。」

〔七〕禦侮：謂抵禦外侮。《孔叢子·論書》：「自吾得由也，惡言不至於門，是非禦侮乎！」《周書·魏玄傳》：「灌瓜贈藥，雖有愧于昔賢；禦侮折衝，足方駕于前烈。」折衝：使敵方戰車後撤，即制敵取勝。衝：衝車。《吕氏春秋·召類》：「夫脩之於廟堂之上，而折衝乎千里之外者，其司城子罕之謂乎？」高誘注：「衝，車。所以衝突敵之軍，能陷破之也……使欲攻己者折還其衝車於千里之外，不敢來也。」唐李邕《鬥鴨賦》：「或離披以折衝，或奮振以前却。」坐嘯畫諾：治理有方，故爲官清閒。《後漢書·黨錮傳序》：「汝南太守范孟博，南陽宗資主畫諾。南陽太守岑公孝，弘農成瑨但坐嘯。」坐嘯：閒坐嘯歌，無所事事。《文選·丘遲〈旦發魚浦潭詩〉》：「坐嘯昔有委，卧治今可尚。」畫諾：主事者於文書簽字以示同意。《北史·令狐整傳》：「但一日千里，必基武步，寡人當委以庶務，畫諾而已。」屈……之謀、施……之政：皆致敬長官之套語。

〔八〕元戎：兵車之大者。《詩·小雅·六月》：「元戎十乘，以先啓行。」朱熹集傳：「元，大也。戎，戎車也。」漢班固《封燕然山銘》：「驍騎十萬，元戎輕武，長轂四方，雷輜蔽路。」作鎮：鎮守一方。《文選·張衡〈西京賦〉》：「澶漫靡迤，作鎮於近。」劉良注：「澶漫靡迤，寬長貌。言此原陵爲國之近鎮。」劉禹錫《代謝平章事表》：「處論道具瞻之地，當總戎作鎮之權。」泰階六符：稱頌朝廷或輔臣之詞。《漢書・東方朔傳》：「願陳《泰階六符》以觀天變。」顔師古注引孟康曰：「泰階，三台也。每台二星，凡六星。符六星之符驗也。」南朝陳徐陵《陳公九錫文》：「膠庠宗稷之典，六符十等之章，還聞泰始之風流，重睹永平之遺事，此又公之功也。」騰輝：閃耀光輝。宸極：即北極星。《晉書・律曆志中》：「昔者聖人擬宸極以運璿璣，揆天行而序景曜，分辰野，敬農時，興物利，皆以繫順兩儀，紀綱萬物者也。」

〔九〕萬方助順：杜甫《寄岳州賈司馬六丈巴州嚴八使君兩閣老五十韻》：「萬方思助順，一鼓氣無前。」宋劉敞《上夏太尉》：「人心惟助順，天道亦親仁。」順，謂順天命。洪鈞：指天。《文選・張華〈答何劭〉詩》：「洪鈞陶萬類，大塊稟群生。」李善注：「洪鈞，大鈞，謂天也；大塊，謂地也。言天地陶化萬類，而群化稟受其形也。」唐鄭絪《奉和武相公省中宿齋酬李相公見寄》：「洪鈞齊萬物，縹帙整群書。」

〔一〇〕具瞻：謂爲衆人所瞻望。語出《詩・小雅・節南山》：「赫赫師尹，民具爾瞻。」毛傳：「具，俱；瞻，視。」鄭玄箋：「此言尹氏汝居三公之位，天下之民俱視汝之所爲。」《三國志・魏書・高柔傳》：「今公輔之臣，皆國之棟梁，民所具瞻。」式昭：用以光大。《後漢書・張衡傳》：「朝有所聞，則夕行之。立功立事，式昭德音。」李賢注：「逸詩曰：『祈招之愔愔，式昭德音。』式，用也；昭，明也。」《大唐西域記・羯若鞠闍國》：「罄舍國珍，奉爲先王建此伽藍，式昭勝業。寡德無佑，有斯灾異！咎徵若此，何用生爲！」簡注：留心，受知於天子。簡：即「簡在帝心」

之「簡」。注：注意。曾鞏《賀韓相公赴許州啓》：「忠純之操，簡注於三朝；愷悌之風，儀刑於四海。」宋趙抃《送昭文劉少卿移知南海》：「上心方簡注，元鼎佇和羹。」

〔一一〕蒼玉之佩：水蒼玉所爲佩飾。杜甫《更題》：「群公蒼玉珮，天子翠雲裘。」蒼玉：水蒼玉，玉石深青色而雜有斑紋者，古以爲官員佩玉。《禮記・玉藻》：「公侯佩山玄玉而朱組綬；大夫佩水蒼玉而純組綬。」鄭玄注：「玉有山玄、水蒼者，視之文色所似也。」孔穎達疏：「玉色似山之玄而雜有文，似水之蒼而雜有文。」《晉書・職官志》：「三品將軍秩中二千石者，著武冠，平上黑幘，五時朝服，佩水蒼玉。」白居易《寓意詩》之一：「貂冠水蒼玉，紫綬黃金章。」梅堯臣《依韵和集英殿秋宴》：「萬國趨王會，諸公佩水蒼。」青氈：毛毯染爲青色者。《太平御覽》卷七〇八引晉裴啓《語林》：「王子敬在齋中卧，偷人取物，一室之内略盡。子敬卧而不動，偷遂登榻，欲有所覓。子敬因呼曰：『石染青氈是我家舊物，可特置否？』於是群偷置物驚走。」《晉書・王獻之傳》亦載此事。後以借指家世所守舊業。唐盧綸《寄鄭七綱》：「他日吴公如記問，願將黃綬比青氈。」繡裳：彩色下衣。古代官員禮服。《詩・秦風・終南》：「君子至止，黻衣繡裳。」毛傳：「黑與青謂之黻，五色備謂之繡。」張衡《思玄賦》：「襲温恭之黻衣兮，被禮儀之繡裳。」赤舄：古代天子、諸侯所著之履，赤色、重底。《詩・豳風・狼跋》：「公孫碩膚，赤舄几几。」毛傳：「赤舄，人君之盛屨也。」《周禮・天官・屨人》：「掌王及后之服屨，爲赤舄、黑舄、赤繶、黃繶、青句、素屨、葛屨。」鄭玄注：「王吉服有九，舄有三等，赤舄爲上，冕服之舄。《詩》云：『王錫韓侯，玄衮赤舄。』則諸侯與王同。」《三國志・吴書・吴主傳》：「是用錫君衮冕之服，赤舄副焉。」按，二句謂富貴乃家傳事業，所以美浚也。

〔一二〕生靈塗炭：人民極端困苦貌。語出《晉書·苻丕載記》：「先帝晏駕賊庭，京師鞠爲戎穴，神州蕭條，生靈塗炭。」宋曹勛《送鄭吏部出使二首》二：「生靈塗炭帝興憐，攬轡公應願著鞭。」

〔一三〕駕馭：驅使，控制。《三國志·吴書·張昭傳》：「夫爲人君者，謂能駕御英雄，驅使群賢。」杜甫《投贈哥舒開府翰二十韵》：「君王自神武，駕馭必英雄。」

〔一四〕寰區：天下。《後漢書·逸民傳序》：「彼雖硜硜有類沽名者，然而蟬蜕囂埃之中，自致寰區之外，異夫飾智巧以逐浮利者乎！」杜甫《解悶》八：「最傳秀句寰區滿，未絶風流相國能。」

〔一五〕密邇：貼近，逼近。《書·太甲》：「予弗狎于弗順，營于桐宫，密邇先王其訓，無俾世迷。」《宋書·劉延孫傳》：「京口家地，去都邑密邇，自非宗室近戚，不得居之。」上元甲子：舊以六十年爲一甲子，陰陽家以三甲子凡一百八十年爲一周，依次稱爲「上元」、「中元」、「下元」，合稱「三元甲子」。唐李益《大禮畢皇帝御丹鳳門改元建中大赦》：「大明曈曈天地分，六龍負日升天門。鳳凰飛來銜帝籙，言我萬代金皇孫。靈雞鼓舞承天赦，高翔百尺垂朱幡。宸居穆清受天曆，建中甲子合上元。」宋家鉉翁《辛巳正月十六日張雲齋過訪郭舜元高飛卿持草書黄庭來會作上元歌》：「粤從上元甲子到於今，經幾上元此燈炯炯如一日。」是其義，而皆以時候雙關，以爲祥瑞之徵。雍容：形容儀態温文大方。《漢書·薛宣傳》：「宣爲人好威儀，進止雍容，甚可觀也。」崇臣：蓋謂崇重之臣朝廷倚仗者。

〔一六〕帶礪：語本《史記·高祖功臣侯者年表》：「封爵之誓曰：『使黄河如帶，泰山若厲。國以永寧，爰及苗裔。』」集解引漢應劭曰：「封爵之誓，國家欲使功臣傳祚無窮。帶，衣帶也；厲，砥石也。河當何時如衣帶，山當何時如厲石，言如帶厲，國乃絶耳。」後因以爲受皇家恩寵、與國同休之典。《晉書・汝南王亮等傳序》：「漢祖勃興，爰革斯弊，於是分王子弟，列建功臣，錫之山川，誓以帶礪。」王安石《讀漢功臣表》：「漢家分土建忠良，鐵券丹書信誓長。本待山河如帶礪，何緣葅醢賜侯王。」

〔一七〕旅次：旅人暫居之地。語本《易・旅》：「旅即次。」王弼注：「次者，可以安行旅之地也。」杜甫《毒熱寄簡崔評事》：「老夫轉不樂，旅次兼百憂。」制詞：亦作「制辭」，詔書，詔書文詞。王建《賀楊巨源博士拜虞部員外》：「諸生拜別收書卷，舊客看來讀制詞。」蘇軾《張文定公墓志銘》：「是夕，復召知制誥鄭獬内東門別殿，諭以用公意，制詞皆出上旨。」

〔一八〕企踵：踮起脚跟以望，急切貌。《漢書・蕭望之傳》：「是以天下之士，延頸企踵，争願自效，以輔高明。」司馬光《請建儲副或進用宗室第二狀》：「今天下之人，企踵而立，扶耳而聽，以須明詔之下，然後人人自安，又何待而密哉！」恩門：恩府，師門。唐趙嘏《送同年鄭祥先輩歸漢南》：「家去恩門四千里，只應從此夢旌旗。」登龍：同「登龍門」。唐王季友《酬李十六岐》：「于何車馬日憧憧，李膺門館争登龍。」蘇轍《歐陽太師輓詞》：「推轂誠多士，登龍盛一時。」馳心：謂心之向往如車馬驅馳。曹植《上責躬應詔詩表》：「至止之日，馳心輦轂。」劉禹錫《許給事見示哭工部劉尚書詩因命同作》：「護塞無南牧，馳心拱北辰。」賀燕：《淮南子・説林訓》：「湯沐具，而蟣蝨相弔；大廈成，而燕雀相賀，憂樂別也。」後用爲祝賀新居落成之慣語。南朝陳陰鏗《新成安樂宮》：「迢遞翔鶤仰，連翩賀燕來。」劉禹錫《奉和裴令公新成緑野堂即書》：「無因隨賀燕，翔集畫梁間。」

〔一九〕欣幸：欣喜而慶幸。《晉書·桓玄傳》：「敎等傳送玄首，梟于大桁，百姓觀者莫不欣幸。」敷宣：傳播，宣揚。《後漢書·皇后紀上·和熹鄧皇后》：「宜令史官著《長樂宫注》《聖德頌》，以敷宣景耀，勒勛金石，縣之日月，攄之罔極。」宋劉敞《聖俞受詔行田是時聖俞葬其弟公異未畢而去》：「德澤既敷宣，風謡還歷訪。」罔罄：不盡。按：此句，書啓格套語也。

賀張參政啓

光奉册書，入參魁柄。老成登用，愈增重於廟堂〔一〕；康濟設施，副具瞻於海宇〔二〕。士林胥慶，公議僉諧〔三〕。恭惟某官，名教主盟，薦紳師表〔四〕。學允臻於聖域，譽蚤播於賢關〔五〕。卓爾儒宗，褎然舉首〔六〕。積年次對，談王道於畎畝之中；一旦貳卿，起相業於江湖之上〔七〕。受知黼扆，密簡金甌〔八〕。果膺補衮之求，佇正秉鈞之任〔九〕。眷遇素隆於體貌，精神克壯於折衝〔一〇〕。國有蓍龜，民思霖雨〔一一〕。黄髮台背，顧備福以方興；衮衣繡裳，宜大器之成晚〔一二〕。蠻戎率服，宗社同休〔一三〕。某庠序諸生，門闌舊物〔一四〕。執經嘗出於模範，投迹儻在於甄陶〔一五〕。實倍欣愉，敢稽慶賀〔一六〕。

【箋注】

〔一〕魁柄：朝政大權。《漢書·梅福傳》：「今乃尊寵其位，授以魁柄。」。顏師古注：「以斗爲喻也，斗身爲魁。」劉禹錫《贈司空令狐公集》：「遂委魁柄，斯以文雄于國也。」老成：語出《詩·大雅·蕩》：「雖無老成人，尚有典刑。」《後漢書·和帝紀》：「今彪聰明康彊，可謂老成黄耇矣。」李賢注：「老成，言老而有成德也。」轉指舊臣、老臣。黄庭堅《司馬文正公挽詞》之一：「元祐開皇極，功歸用老成。」登用：進用。語出《史記·夏本紀》：「舜登用，攝行天子之政。」登：升進，擢升。杜甫《上韋左相二十韻》：「才傑俱登用，愚蒙但隱淪。」

〔二〕康濟：安撫救助。《書·蔡仲之命》：「康濟小民，率自中。」《晉書·武帝紀》：「兢兢祗畏，懼無以康濟宇内。」設施：措置；籌劃。《淮南子·兵略訓》：「晝則多旌，夜則多火，暝冥多鼓，此善爲設施者也。」此指治政方略。柳宗元《答周君巢書》：「宗元始者講道不篤，以蒙世顯利，動獲大僇，用是奔竄禁錮，爲世之所詬病，凡所設施，皆以爲戾，從而吠者成群。」副：符合。具瞻：見前《賀張丞相浚復特進啓》注一〇。海宇：猶海内、宇内，謂國境以内之地。《梁書·武帝紀上》：「浹海宇以馳風，罄輪裳而稟朔。」蘇轍《皇弟偲加恩制》：「罄海宇之人，孰非付托之重。」

〔三〕士林：文人士大夫階層。漢陳琳《爲袁紹檄豫州》：「自是士林憤痛，民怨彌重，一夫奮臂，舉州同聲。」唐羅隱《寄前户部陸郎中》：「出馴桑雉入朝簪，蕭洒清名映士林。」胥：皆，全，都。總括之詞。《詩・小雅・角弓》：「爾之教矣，民胥效矣。」皎然《講德聯句》：「人胥懷惠，吏不能欺。」公議：語出《韓非子・説疑》：「彼又使譎詐之士……使諸侯淫説其主，微挾私而公議。」司馬光《劉道原〈十國紀年〉序》：「道原公議其得失無所隱，惡之者側目，愛之者寒心。」僉諧：語本《書・舜典》：「帝曰：『疇若予工？』僉曰：『垂哉！』帝曰：『俞，咨！垂，汝共工。』垂拜稽首，讓于殳斨暨伯與。帝曰：『俞，往哉！汝諧。』帝曰：『疇若予上下草木鳥獸？』僉曰：『益哉！』帝曰：『俞，咨！益，汝作朕虞。』益拜稽首，讓于朱虎、熊羆。帝曰：『俞，往哉！汝諧。』」後遂以「僉諧」謂遴選、任命朝廷重臣。《梁書・江革傳》：「廣陵太守江革，才思通贍，出内有聞，在朝正色，臨危不撓，首佐臺鉉，實允僉諧。」宋王禹偁《寄田舍人》：「未有僉諧徵賈誼，可無章疏雪微之。」

〔四〕恭惟某官：公文套語。「某」，底稿代用，正式定本，應有名諱。恭惟，通作「恭維」，謙詞，對上用。多施于行文之始。漢王褒《聖主得賢臣頌》：「恭惟《春秋》法王始之要，在乎審己正統而已。」蘇軾《杭州謝放罪表》：「恭惟皇帝陛下，睿哲生知，清明旁達。」薦紳：縉紳。泛指士大夫。《韓非子・五蠹》：「堅甲厲兵以備難，而美薦紳之飾。」《史記・孝武本紀》：「元年，漢興已六十餘歲矣，天下乂安，薦紳之屬皆望天子封禪改正度也。」索隱：「搢，挺也。言挺笏於紳帶之閒，事出《禮・内則》。今作『薦』者，古字假借耳。」韓愈《送文暢師北游》：「薦紳秉筆徒，聲譽耀前閥。」

〔五〕聖域：猶言聖人境界。《漢書·賈捐之傳》：「臣聞堯舜，聖之盛也，禹入聖域而不優。」韓愈《進學解》：「是二儒者，吐辭爲經，舉足爲法，絶類離倫，優入聖域。」二儒，孟軻、荀卿。賢關：進入仕途之門徑。語本《漢書·董仲舒傳》：「太學者，賢士之所關也，教化之本原也。」顔師古注：「關，由也。」唐錢起《送李栖桐道舉擢第還鄉省侍》：「幾年深道要，一舉過賢關。」

〔六〕卓爾：形容超群出衆。語出《論語·子罕》：「既竭吾才，如有所立卓爾。」《漢書·淮陽憲王欽傳》：「（路）博得謁見，承問進問五帝三王究竟要道，卓爾非世俗之所知。」顔師古注：「卓爾，高遠貌也。」褒然：傑出貌。唐黄滔《福州雪峰山故真覺大師碑銘》：「至宣宗皇帝之復其道也，涅而不緇其身也，褎然而出，北游吴楚梁宋燕秦，受具足戒於幽州寶刹寺。」劉禹錫《哭龐京兆》：「俊骨英才氣褒然，策名飛步冠群賢。」

〔七〕積年：多年，累年。《列子·周穆王》：「積年之疾，一朝都除。」韓愈《元和聖德詩》序：「外斬楊慧琳、劉闢以收夏蜀，東定青徐積年之叛，海内怖駭，不敢違越。」次對：猶輪對。次：順序。《新唐書·陸贄傳》：「朕嗣位，見言事多矣，大抵雷同道聽，加質則窮。故頃不詔次對，豈曰倦哉！」宋戴埴《鼠璞·次對》：「次對即輪對……本朝侍從本與百官輪對，元祐以王存奏罷之，復行於紹聖四年……是則次對輪對本無別議。」畎畝之中：鄉野、民間。《禮記·仲尼燕居》：「雖在畎畝之中事之，聖人已。」《孟子·告子下》：「舜發於畎畝之中，傅説舉於版築之間。」貳卿：指侍郎。古尚書稱卿，侍郎副之，故稱貳卿。劉禹錫《山南西道新修驛路記》：「今天官貳卿融，能嗣其耿光。」宋汪應辰《新除吏部侍郎陳彌作辭免恩命不允詔》：「爰正貳卿之名，俾司銓筦之重。」相業：宰相之功業。五代徐鈞《姚崇》：「天資權譎性圓通，相業開元治效中。」《宋史·陳堯佐傳論》：「堯佐相業雖不多見，世以寬厚長者稱之。」江湖：民間。

〔八〕受知：受人知遇。唐司空圖《書屏記》：「因題記唱和，乃以書受知于裴公休。」《能改齋漫録·事始一》：「唐盧光啓策名後，揚歷臺省，受知于租庸張浚。」黼扆：借指帝王。顔真卿《開府儀同三司行尚書右丞相上柱國贈太尉廣平文貞公宋公神道碑銘》：「登聞黼扆，驟列繡裳。」密簡：仔細選擇。金甌：喻疆土之完固；亦用以指國土。《南史·朱异傳》：「〔梁武帝〕嘗夙興至武德閤口，獨言：『我國家猶若金甌，無一傷缺。』」司空圖《南北史感遇》五：「兵圍梁殿金甌破，火發陳宮玉樹摧。」

〔九〕補衮：補救帝王疏失。衮：帝王之服。語本《詩·大雅·烝民》：「衮職有闕，維仲山甫補之。」杜甫：《壯遊》：「備員竊補衮，憂憤心飛揚。」佇正：猶言「勝任」，古代賀啓常用語。宋蘇頌《賀樞密諫議》：「誕揚經世之才，佇正秉均之拜。」宋范浚《代賀許右丞啓》：「佇正鼎司，式符巖望。」秉鈞：執政。鈞：製陶所用轉輪。唐宣宗《斷句》：「七載秉鈞調四序，一方獄市獲來蘇。」《舊唐書·崔彦昭傳》：「秉鈞之道，何所難哉。」

〔一〇〕眷遇：殊遇，優待。《北史·房彦謙傳》：「忝蒙眷遇，輒寫微誠，野人愚瞽，不知忌諱。」白居易《祭李司徒文》：「契闊綢繆，三十餘載……眷遇既深于常等，痛憤實倍于衆情。」禮貌：以莊肅和順之儀容示敬，尊敬。語出《孟子·告子下》：「禮貌未衰，言弗行也，則去之。」趙岐注：「禮者，接之以禮也；貌者，顔色和順，有樂賢之容。禮衰，不敬也；貌衰，不悦也。」唐楊乘《甲子歲書事》：「禮貌忽驕狂，疏奏遂指斥。」精神：人之精氣、元神。對形骸而言。《吕氏春秋・盡數》：「聖人察陰陽之宜，辨萬物之利，以便生，故精神安乎形，而年壽得長焉。」《潛夫論・卜列》：「夫人之所以爲人者，非以此八尺之身也，乃以其有精神也。」克壯：謂精力强盛、足以任事。語出《詩・小雅・采芑》：「蠢爾蠻荆，大邦爲讎。方叔元老，克壯其猶。」陸機《百年歌十首》四：「四十時，體力克壯志方剛。」

〔一一〕蓍龜：古人以蓍草與龜甲占卜凶吉，因以指占卜。語出《易・繫辭上》：「探賾索隱，鉤深致遠，以定天下之吉凶，成天下之亹亹者，莫大乎蓍龜。」《史記・龜策列傳》：「王者決定諸疑，參以卜筮，斷以蓍龜，不易之道也。」霖雨：喻濟世澤民。范仲淹《和太傅鄧公歸游武當寄》：「此日神仙丁令鶴，几年霖雨武侯龍。」

〔一二〕黄髮台背：指年老；亦指老人。黄髮，見前《李丞相綱生朝三首》注四。台背：老人背上生斑如鮐魚之紋。衮衣繡裳：古帝王及上公之服。見前《上張丞相十首》注二六。大器之成晚：猶大器晚成。語本《老子》：「大器晚成，大音希聲。」《三國志・魏書・崔琰傳》：「琰從弟林，少無名望，雖姻族猶多輕之，而琰常曰：『此所謂大器晚成者也，終必遠至。』」按，「成晚」疑應作「晚成」，方與上「方興」相偶。

〔一三〕率服：相率服從；亦指順服。語出《書・舜典》：「柔遠能邇，惇德允元，而難任人，蠻夷率服。」孔傳：「佞人斥遠之，則忠信昭于四夷，皆相率而來服。」孫星衍疏：「蠻夷循服。」《漢書・王莽傳上》：「今天下治平，風俗齊同，百蠻率服。」宗社：國家。漢孔融《論盛孝章書》：「惟公匡復漢室，宗社將絶，又能正之。」《新唐書・諸夷蕃將傳・李多祚》：「將軍知感恩，則知所以報，今在東宫乃大帝子，而嬖竪擅朝，危逼宗社。國家廢興在將軍，將軍誠有意乎？」同休：同享祥瑞。晉張華《晉冬至初歲小會歌》：「節慶代序，萬國同休。」韓愈《皇帝即位賀宰相啓》：「相公翼亮聖明，大慶資始，伏惟永永，與國同休。」

〔一四〕庠序：古代地方學校。後泛指學校。《孟子・梁惠王上》：「謹庠序之教，申之以孝弟之義。」《漢書・董仲舒傳》：「立大學以教於國，設庠序以化於邑。」門闌：本指門框或門栅欄。《論衡・亂龍》：「故今縣官斬桃爲人，立之門側，畫虎之形，著之門闌。」後轉指師門、權門。皎然《奉和顔使君真卿修韵海畢會諸文士東堂重校》：「外學宗碩儒，游焉從後進。恃以仁恕廣，不學門欄峻。」王安石《賀韓魏公啓》：「瞻望門闌，不任鄉往之至。」舊物：舊人。《南史・王僧虔傳》：「吾在世雖乏德素，要復推排人間數十許年，故是一舊物，人或以比數汝耳。」蘇轍《移岳州謝狀》：「豈意聖神御極，恩貸深廣，不遺舊物，尚許北還。」

〔一五〕執經：手持經書，謂從師受業。《漢書・于定國傳》：「定國乃迎師學《春秋》，身執經，北面備弟子禮。」韓愈《答殷侍御書》：「執經座下，獲卒所聞，是爲大幸。」模範：榜樣，表率。漢揚雄《法言・學行》：「師者，人之模範也。」宋李如篪《東園叢説・韓愈詩文》：「愚觀愈之書，其文章純粹典雅，司馬遷、揚雄殆無以過，其行己亦中正，可爲後人模範。」投迹：舉步前往，投身。語出《莊子・天地》：「且若是，則其自爲處危，其觀臺多物，將往投迹者衆。」《新唐書・狄仁傑傳》：「不循禮義，投迹犬羊，以圖賒死，此君子所愧。」甄陶：化育；培養造就。《法言・先知》：「甄陶天下者，其在和乎！」《文選·何晏〈景福殿賦〉》：「甄陶國風。」李周翰注：「甄陶，謂燒土爲器。言欲政化純厚，亦如甄陶乃成。」

〔一六〕敢：不敢。稽：稽緩，遲誤。按：此句，書啓格套語也。

又一首

祗奉明綸，入參大政〔一〕。仰老成之登用，抗正論以設施〔二〕。朝野㒓觀，士夫胥慶〔三〕。竊以相業在深明於治體，邦家宜圖任於舊人〔四〕。遇聖主乃得賢臣，知寧國必有君子。折衝樽俎，增重廟堂〔五〕。恭惟某官，道妙經綸，文光黼黻，真儒學之師表，擅名教之主盟〔六〕。爰升丞轄之司，式副公輔之望〔七〕。某嘗陪法從，最荷撝謙〔八〕。顧林壑之餘齡，杜門省事；賴金蘭之末契，托迹偷安〔九〕。佇聞進位於鈞衡，拭目策勛於彝鼎〔一〇〕。商飆清肅，萬寶順成，覬善護以節宣，益迎茂於福履〔一一〕。私心虔頌，德宇永依〔一二〕。卜晤對以方賒，積瞻馳而彌切〔一三〕！

【箋注】

〔一〕祗奉：敬奉。《北齊書·祖珽傳》：「遂深自結納，曲相祗奉。」元稹《授杜元穎户部侍郎依前翰林學士制》：「爾亦祗奉顧命，咨授舊章，輔鳌哀憂，俾克依據。」明綸：帝王之詔令。綸：即綸旨、綸音。宋張鎡《賀尤禮侍兼修史侍講直學士院四首》二：「幻爲九色絲，鑾坡演明綸。」宋魏了翁《山河嘆送劉左史（光祖）歸簡州》：「且如前年旱蝗日，開道求諫頒明綸。」大政：國家政務。《左傳·襄公二十九年》：「吾子爲魯宗卿，而任其大政，不慎舉，何以堪之？」《大唐新語·匡贊》：「張説獨排太平之党……前後三秉大政，掌文學之任，凡三十年。」

〔二〕抗：抗疏、抗表之抗，呈獻義。正論：正確言論。宋韓維《孫曼叔挽詞三首》一：「高才正論動朝紳，出入光華二十春。」宋李光《贈高申》：「直言賈禍翻成福，正論驚人竟擅場。」

〔三〕僂觀：恭敬觀瞻貌。胥慶：同慶。韓愈《爲宰相賀雪表》：「見天人之相應，知朝野之同歡。」是其義。

〔四〕深明：精通。《後漢書·儒林傳下·何休》：「群公表休道術深明，宜侍帷幄。」王維《送高適弟耽歸臨淮作》：「深明戴家禮，頗學毛公詩。」治體：治國之綱領、要旨。賈誼《新書·數寧》：「以陛下之明通，因使少知治體者得佐下風，致此治非有難也。」《周書·王褒傳》：「褒有器局，雅識治體。」邦家：國家。《詩·小雅·南山有臺》：「樂只君子，邦家之基。」鄭玄箋：「人君既得賢者，置之于位，又尊敬以禮樂，樂則能爲國家之本。」圖任舊人：任用倚重老臣。語出《書·盤庚上》：「亦惟圖任舊人共政。」孔傳：「先王謀任久老成人共治其政。」圖任：謀用。柳永《早梅芳慢》：「便恐皇家，圖任勳賢，又作登庸計。」舊人，久於其位、德望兼資之老臣。張九齡《敕四鎮節度使王斛斯書》：「卿彼諸將，皆是舊人，既諳山川，又能料敵。」

〔五〕折衝樽俎：談筵之中制敵取勝，謂不以武力。語本《戰國策·齊策五》：「此臣之所謂比之堂上，禽將户内，拔城於尊俎之間，折衝席上者也。」隋王通《中説·王道》：「通聞邇者悦，遠者來，折衝樽俎可矣，何必臨邊。」

〔六〕道妙經綸：治國理政見識高超。韋應物《春月觀省屬城始憩東西林精舍》：「道妙苟爲得，出處理無偏。」文光黼黻：文章修辭風格絢爛。黼黻：指文辭修飾。楊炯《崇文館宴集詩序》：「黼黻其辭，雲蒸而電激。」名教：本謂名聲與教化。語出《管子·山至數》：「昔者周人有天下，諸侯賓服，名教通於天下。」後指禮教以正名分、定秩序爲事者，泛指朝廷典制禮儀。《後漢紀·獻帝紀》：「夫君臣父子，名教之本也。」五代後唐范質《誡兒姪八百字》：「周孔垂名教，齊梁尚清議。」曾鞏《上杜相公書》：「重名教，以矯衰弊之俗。」擅……主盟：據有主持某事業首腦之地位。擅，佔有。

〔七〕丞轄：古稱尚書左右丞。蘇轍《辭尚書右丞札子第二狀》：「今兹超遷丞轄……臣之私意，實不遑安。」公輔：三公、四輔，均爲天子之佐。借指宰相一類重臣。《漢書·孔光傳》：「光凡爲御史大夫、丞相各再，壹爲大司徒、太傅、太師，歷三世，居公輔位前後十七年。」《新五代史·雜傳·李鏻》：「因爲鏻置酒，問其副使馬承翰：『今朝廷之臣，孰有公輔之望？』」

〔八〕法從：天子儀衛。《漢書·揚雄傳上》：「又是時趙昭儀方大幸，每上甘泉，常法從，在屬車間豹尾中。」顔師古注：「法從者，以言法當從耳，非失禮也。一曰從法駕也。」撝謙，謂施行謙德。泛指謙遜。《易·謙》：「無不利，撝謙。」王弼注：「指撝皆謙，不違則也。」《陳書·周弘正傳》：「竊聞撝謙之象，起於羲軒爻畫；揖讓之源，生於堯舜禪受。」王安石《賀留守侍中啓》：「遂回涣號之孚，以徇撝謙之美。」

〔九〕林壑：指隱居之地。唐皇甫冉《贈鄭山人》：「忽爾辭林壑，高歌至上京。」餘齡：餘年。韓愈《過南陽詩》：「孰忍生以慼？吾其寄餘齡。」蘇轍《送余京同年兄通判嵐州》：「閑官少愧耻，教子終餘齡。」杜門：閉門。《史記·陳丞相世家》：「陵怒，謝疾免，杜門竟不朝請。」省事：視事。《後漢書·桓焉傳》：「焉復入授經禁中，因宴見，建言宜引三公、尚書入省事。帝從之。」《世說新語·政事》：「丞相末年，略不復省事，正封籙諾之。」正，僅也。金蘭：知己深交。語出《易·繫辭上》：「二人同心，其利斷金；同心之言，其臭如蘭。」《文選·劉孝標〈廣絶交論〉》：「自昔把臂之英，金蘭之友。」吕延濟注：「金蘭，喻交道，其堅如金，其芳如蘭。」末契：猶下交。謙稱他人對己之交誼。陸游《答交代楊通判啓》：「某猥以陳人，偶叨末契。」托迹：寄托形迹；寄身。陸機《漢高祖功臣頌》：「托迹黄老，辭世却粒。」蘇軾《與蔡景繁書》：「自聞車馬出使，私幸得托迹部中，欲少布區區。」偷安：苟安。《史記·秦始皇本紀》：「小人乘非位，莫不怳忽失守，偷安日日。」司馬光《遺表》：「臣竊見十年以來，天下以言爲諱，大臣偷安于禄位，小臣苟免于罪戾。」

〔一〇〕佇聞：肅立恭聽，敬詞。南朝梁任昉《天監三年策秀才文》一：「斯理何從，佇聞良說。」岑參《送顔評事入京》：「佇聞明主用，豈負青雲姿。」進位：進升爵位。《後漢書·竇憲傳》：「而篤進位特進，得舉吏，見禮依三公。」唐温大雅《大唐創業起居注》卷一：「裴寂等請進位大將軍，以隆府號，不乖古今，權藉威名。」鈞衡：朝廷重臣。高適《留上李右相》：「鈞衡持國柄，柱石總朝經。」范仲淹《遺表》：「因懇避於鈞衡，爰就班於符竹。」拭目：擦亮眼睛注視，殷切期待貌。《漢書·張敞傳》：「今天子以盛年初即位，天下莫不拭目傾耳，觀化聽風。」顔師古注：「言改易視聽，欲急聞見善政化也。」《南史·張融傳》：「出入朝廷，皆拭目驚觀之。」策勛：記功勛於策書之上。《左傳·桓公二年》：「凡公行，告于宗廟；反行，飲至、舍爵、策勛焉，禮也。」杜預注：「既飲置爵，則書勛勞于策，言速紀有功也。」《木蘭詩》：「策勛十二轉，賞賜百千彊。」彝鼎：鼎鐘之類禮器，每有銘刻其上以紀功。《文選·史岑〈出師頌〉》：「澤霑遐荒，功銘鼎鉉。」李善注引《禮記》：「夫鼎者有銘，銘者，論撰其先祖之德美功烈勛勞而酌之祭器，自成其名焉。」

〔一一〕商飆：秋風。《文選·陸機〈演連珠〉》：「是以商飆漂山，不興盈尺之雲。」劉良注：「商飆，秋風也。」李白《登單父陶少府半月臺》：「置酒望白雲，商飆起寒梧。」清肅：清平寧静。漢蔡邕《太尉楊公碑》：「善否有章，京夏清肅。」司馬光《蘇騏驥墓碣銘》：「縣多寇盜，吏卒單弱，公獎訓率厲，擒馘七十餘人，闔境清肅。」萬寶：各種作物的果實。亦泛稱萬物。《莊子·庚桑楚》：「春氣發而百草生，正得秋而萬寶成。」陸德明釋文：「天地以萬物爲寶，至秋而成也。」《文選·史岑〈出師頌〉》：「皇運來授，萬寶增焕。」節宣：裁制布散以調適之，使氣不散漫、不壅閉。語出《左傳·昭公元年》：「君子有四時：朝以聽政，晝以訪問，夕以修令，夜以安身。於是乎節宣其氣，勿使有所壅閉湫底，以露其體。」杜預注：「宣，散也。」王安石《上郎侍郎啓二》：「伏惟順序節宣，慰人所望。」福履：猶福禄。語出《詩・周南・樛木》：「樂只君子，福履綏之。」毛傳：「履，禄；綏，安也。」蘇軾《與程天侔書》：「至後福履增勝，辱訪不果見，悚怍無量。」

〔一二〕私心：個人心意。謙辭。《漢書・司馬遷傳》：「所以隱忍苟活，函糞土之中而不辭者，恨私心有所不盡，鄙没世而文采不表于後也。」韓愈《赴江陵途中寄贈三學士》：「前日遇恩赦，私心喜還憂。」德宇：德澤可托庇者。語出《國語・晉語四》：「今君之德宇，何不寬裕也？」韋昭注：「宇，覆也。」《文選・張衡〈東京賦〉》：「德宇天覆，輝烈光燭。」薛綜注：「宇，猶蓋也。帝之德蓋，如天之覆。」

〔一三〕卜：預料。晤對：會面交談。南朝梁劉之遴《酬江總詩》：「高談意未窮，晤對賞無極。」賒：時間長久。南朝梁何遜《秋夕仰贈從兄寘南》：「寸心懷是夜，寂寂漏方賒。」瞻馳：仰望神馳，同「馳瞻」、「馳仰」，古代書信中常用敬語。按，以上二句意謂相見之期尚遠，而欽慕之情日深。

賀翟參政啓〔一〕

祇奉明綸，聿參魁柄〔二〕。朝廷增重，繄政事之得人；中外聳觀，蓋德威之足畏〔三〕。竊以天啓豪傑，必有用而乃生；時際艱危，非大賢而罔濟〔四〕。古今共貫，治亂殊科〔五〕。儻功業每成於無心，則進退自然而可度〔六〕。奮身不顧，處君臣一體之間；直道是行，陋左右游談之助〔七〕。凡登庸者審皆若此，彼朋附者亦何能爲〔八〕？恭惟某官，經術通以佐王，推先儒之領袖；文章掞而華國，具先輩之典刑〔九〕。歷事三朝，馳聲四海〔一〇〕。妙彌綸於胸次，當相中興；斡造化於筆端，合居上宰〔一一〕。雖負英偉不群之氣，常存正直在位之風〔一二〕。明目張膽，而啓沃滋多；正笏垂紳，而折衝未艾〔一三〕。載安社稷，恢復輿地之山河；一洗乾坤，大明普天之日月〔一四〕。永作元老，昭示奇勛。某罪戾孤踪，流離末路，曾預登門之舊，莫陪賀厦之私〔一五〕。舉世皆驚，公爲蒼生而果起；吾徒相慶，象占君子以彙征〔一六〕。佩服題評，尤加喜忭〔一七〕。

【箋注】

〔一〕翟參政：翟汝文（一〇七六—一一四一），字公巽，潤州丹陽人。元符三年進士。紹興二年召爲翰林學士，兼侍講，除參知政事。因秦檜劾其專權而罷。《宋史》卷三七二有傳。此啓當作於紹興二年。

〔二〕祇奉：敬奉。聿參：聿，語助詞，無義。明綸、魁柄：見上見前《賀張參政啓》注一、《賀張參政啓又一首》注一。

〔三〕增重：加重，增强。《後漢書·隗囂傳》：「增重賦斂，刻剥百姓。」蘇軾《李之純可集賢殿修撰河北都轉運使》：「治辦之能，嘗見於用；忠厚之質，不移於勢，是用進登書殿，增重使指。」緊：語助詞，用於句首，無實義。聳觀：踮足觀看。司空圖《蒲帥燕國太夫人石氏墓志》：「每屬歲時，競先迎奉，宗姻列侍，士庶聳觀。」宋田況《儒林公議》卷上：「每殿庭臚傳第一，則公卿以下無不聳觀，雖至尊亦注視焉。」德威：謂以德行威。語出《書·吕刑》：「德威惟畏。」孔疏：「以德行其威罰，則民畏之而不敢爲非。」韓愈《送區弘南歸》：「況今天子鋪德威，蔽能者誅薦受機。」

〔四〕天啓：上天啓發誘引。語出《左傳·閔公元年》：「卜偃曰：『畢萬之後必大。萬，盈數也；魏，大名也。以是始賞，天啓之矣。』」謝朓《始出尚書省》：「英衮暢人謀，文明固天啓。」大賢：才德超群者。語出《孟子·離婁上》：「天下有道，小德役大德，小賢役大賢。」三國魏李康《運命論》：「雖仲尼至聖、顔冉大賢……不能遏其端。」罔濟：無成，不能成功。

〔五〕共貫：貫通，連貫。《漢書·董仲舒傳》：「帝王之道，豈不同條共貫與？何逸勞之殊也？」《史通·疑古》：「斯則當堯之世，小人君子比肩齊列，善惡無分，賢愚共貫。」殊科：情形、範疇不同。《漢書·公孫弘傳》：「位在宰相封侯，而爲布被脱粟之飯，奉禄以給故人賓客，無有所餘……與内富厚而外爲詭服以釣虚譽者殊科。」《舊唐書·魏元忠傳》：「且上智下愚，明暗異等；多算少謀，衆寡殊科。」

〔六〕無心：猶無意，没有打算。《東觀漢記·寇恂傳》：「皇甫文，峻之腹心，其所計事者也，今來不屈，無心降耳。」陶潛《歸去來辭》：「雲無心以出岫，鳥倦飛而知還。」進退：前進與後退。言人之出處。《易·繫辭上》：「變化者，進退之象也。」韓康伯注：「往復相推，迭進退也。」孔穎達疏：「萬物之象皆有陰陽之爻，或從始而上進，或居終而倒退，以其往復相推，或漸變而頓化，故云進退之象也。」可度：堪能估量評價。

〔七〕奮身不顧：猶奮不顧身。蘇軾《與章子厚書》：「愚夫小人，以一言感發，猶能奮身不顧，以遂其言。」直道是行：語本《禮記·雜記》：「其餘則直道而行之是也。」游談：謂言談浮誇不實。王安石《本朝百年無事札子》：「監司無檢察之人，守將非選擇之吏，轉徙之亟，既難於考績，而游談之衆，因得以亂真。」陋：鄙視。

〔八〕登庸：選拔任用。語出《書·堯典》：「帝曰：疇咨若時，登庸。」孔傳：「疇，誰。庸，用也。誰能咸熙庶績，順是事者，將登用之。」唐唐彦謙《留别》三：「登庸趨俊乂，厠用野無遺。」審：確實，果真。《抱朴子·詰鮑》：「審能如此，乃聖主也。」朋附：勾結，阿附。《魏書·高祖紀下》：「若朋附豪勢，陵抑孤弱，罪有常刑。」《資治通鑑·唐德宗建中二年》：「晏昔朋附奸邪，請立獨孤後，上自惡而殺之。」

〔九〕經術：猶經學。《史記·太史公自序》：「仲尼悼禮廢樂崩，追脩經術，以達王道。」唐張祜《投常州從兄中丞》：「史材誰是伍，經術世無雙。」掞：光耀，與「焰」通。《漢書·禮樂志》載無名氏《天地》：「天地并況……長麗前掞光耀明。」顔師古注：「掞，即光炎字。」華國：光耀國家。《周禮·春官·典路》「凡會同軍旅，弔於四方，以路從」鄭玄注：「王出於事無常，王乘一路，典路以其餘路從行，亦以華國。」晉陸雲《張二侯頌》：「文敏足以華國，威略足以振衆。」典刑：即「典型」。謂舊法，常規。語出《詩·大雅·蕩》：「雖無老成人，尚有典刑。」鄭玄箋：「猶有常事故法可案用也。」蘇軾《次韻子由送蔣夔赴代州學官》：「功利争先變法初，典型獨守老成餘。」

〔一〇〕馳聲：謂聲譽遠播。南朝齊孔稚圭《北山移文》：「希踪三輔豪，馳聲九州牧。」唐李端《送吉中孚拜官歸楚州》：「出詔升高士，馳聲在少年。」

〔一一〕彌綸：經緯，治理。《文選·李康〈運命論〉》：「言足以經萬世而不見信於時，行足以應神明而不能彌綸於俗。」吕延濟注：「言時君不能用之使廣理於俗也。」宋陳亮《謝鄭侍郎啓》：「彌綸妙手，經濟長才。」中興：中途振興；轉衰爲盛。《詩·大雅·烝民》序：「任賢使能，周室中興焉。」宋王觀國《學林·中興》：「中興者，在一世之間，因王道衰而有能復興者，斯謂之中興。」筆端：筆頭。《韓詩外傳》卷七：「是以君子避三端：避文士之筆端，避武士之鋒端，避辯士之舌端。」蘇軾《書皇親畫扇》：「誰謂風流貴公子，筆端還有五湖心。」上宰：首相，亦泛稱輔政大臣。晉棗據《雜詩》：「吴寇未殄滅，亂象侵邊疆，天子命上宰，作藩於漢陽。」曾鞏《代皇太子免延安郡王第一表》：「衮衣備物，禮均上宰之崇；土宇分封，位列真王之貴。」

〔一二〕英偉：氣度、謀猷之宏偉卓越。《抱朴子·正郭》：「故中書郎周生恭遠，英偉名儒也。」曾鞏《請減五路城堡札子》：「臣歷觀世主，知人善任使，未有如宋興太祖之用將英偉特出者也。」正直在位：正直之人即有其位。語本《詩·小雅·小明》：「靖共爾位，正直是與。」意謂上天必將職司賜予恭敬從事者。

〔一三〕明目張膽：喻有膽識、敢作爲。褒義。《晉書・王敦傳》：「今日之事，明目張膽，爲六軍之首，寧忠臣而死，不無賴而生矣。」《朱子語類》卷五一：「自入春秋以來二百四十年間，那時猶自可整頓，不知周之子孫何故都無一人能明目張膽出來整頓。」啓沃：語本《書・説命上》：「啓乃心，沃朕心。」孔疏：「當開汝心所有，以灌沃我心，欲令以彼所見，教己未知故也。」後因以謂竭誠開導、輔佐君王。梅堯臣《送曾子固蘇軾》：「正如唐虞時，元凱同啓沃。」正笏垂紳：臣子盡忠貌。歐陽修《相州晝錦堂記》：「垂紳正笏，不動聲氣，而措天下於泰山之安。」正笏：正持手版。垂紳：腰帶下垂。《禮記・玉藻》：「凡侍於君，紳垂。」孔疏：「紳，大帶也。身直則帶倚，磬折則帶垂。」言臣下侍君必恭。未艾：未盡；未止。《詩・小雅・庭燎》：「夜如何其，夜未艾。」

〔一四〕載安：安定。載：語助詞，無義。輿地：語本《易・説卦》：「坤爲地……爲大輿。」後遂以指土地。陸游《聞蟬思南鄭》：「逆胡亡形具，輿地淪陷久。」此指輿地圖。《續資治通鑑・宋徽宗大觀二年》：「蔡京率百官表賀，謂混中原風氣之殊，當天下輿地之半。」洗乾坤：猶言整頓乾坤。杜甫《客居》：「安得覆八溟，爲君洗乾坤。」李綱《胡笳十八拍》第十三拍：「聖朝尚飛戰鬥塵，椎鼓鳴鐘天下聞……何時鑄戟作農器，欲傾東海洗乾坤。」

〔一五〕罪戾：罪愆。語出《左傳・莊公二十二年》：「赦其不閑于教訓而免于罪戾，弛于負擔，君之惠也。」秦觀《邊防策上》：「赦其罪戾，與之更始。」孤踪：踪迹孤單，謂處世少强援。宋强至《賈麟自睦來杭復將如蘇戲贈短句》：「春風那解繫狂遊，朝醉桐江暮柳洲。大手千篇隨電掃，孤踪四海學雲浮。」宋范純仁《龍圖張公挽詞三首》三：「謫籍孤踪遠，亨衢衆望先。」末路：晚年；老年。《文選·謝靈運〈酬從弟惠連〉詩》：「末路值令弟，開顔披心胸。」李周翰注：「末，衰也。衰老始得逢令弟。」韓愈《送侯參謀赴河中幕》：「我齒豁可鄙，君顔老可憎……幸同學省宫，末路再得朋。」登門：登龍門。比喻得到有名望者的援引而增長聲譽。《後漢書·李膺傳》：「膺獨持風裁，以聲名自高。士有被其容接者，名爲登龍門。」韓愈《叉魚招張功曹》：「濡沫情雖密，登門事已遼。」賀厦：慶賀大厦落成。典出《淮南子·説林訓》：「湯沐具而蟣蝨相弔，大厦成而燕雀相賀，憂樂别也。」唐劉兼《秋夕書懷》一：「守方半會蠻夷語，賀厦全忘燕雀心。」以上意謂曾得對方援引而當下未能親往慶賀。

〔一六〕爲蒼生而果起：用東晉謝安故事。見前《輓少師相國李公五首》注四。彙征：語本《易·泰》：「初九：拔茅茹，以其彙，征吉。」孔疏：「彙，類也，以類相從……征，行也。」後因以謂連類而進。陸贄《請許臺省長官舉薦屬吏狀》：「惟廣求才之路，使賢者各以彙征；啓至公之門，令職司皆得自達。」

〔一七〕題評：品評。曾鞏《襄州回相州韓侍中狀》：「敢期賜教，出自過恩。形意愛之拊循，枉題評之奬引。」喜忭：喜樂。忭，樂也。蘇軾《喜雨亭記》：「農夫相與忭於野。」

賀陳都丞除刑部侍郎啓〔一〕

顯膺中制，榮陟貳卿〔二〕。公朝登用於正人，羽儀增重；清議依歸於直節，班列生輝〔三〕。舉善類以起予，覺斯民而向化〔四〕。仰窺親擢，果屬老成〔五〕。竊以世禄象賢，源流蓋有所自；異材間出，被遇貴得其時〔六〕。求忠臣於孝子之門，採令譽於名德之後〔七〕。理應一揆，進或殊塗〔八〕。粤若了堂，真儒長雄，諫垣耆舊〔九〕。平生剛烈，論姦邪於交結之初；先見著明，力排擊於變更之際〔一〇〕。去國而分甘百謫，篤信奚疑；尊君而獨奮孤忠，始終盡瘁〔一一〕。躬履踐不欺闇室，視富貴如彼浮雲〔一二〕。曠千古以靡儔，有死無貳；捨百身而莫贖，卒老於行〔一三〕。推天定勝人之機緘，觀否極泰來之卦象〔一四〕。然好還者雖遲亦驗，顧忍窮者唯恐弗堅〔一五〕。宜在子孫，復興門户〔一六〕。恭惟某官，資性端亮，胸次坦夷；通六藝以經綸，循五常而允蹈〔一七〕；夙奉過庭之訓，克遵良治之傳〔一八〕；佩服話言，罔愆先志〔一九〕；發揮事業，是似乃翁〔二〇〕。受知負扆之明，爰拜司寇之命〔二一〕；想對揚於密勿，深啓沃於淵衷〔二二〕；雲龍之會難逢，日月之光必照〔二三〕；聊煩持橐，佇慶秉鈞〔二四〕。某衰退何能，嶔崎可笑〔二五〕。蚤侍先生之杖屨，轉頭垂四十年；與聞遠識之蓍龜，倒指無二三子〔二六〕。題評甚寵，詞翰永藏〔二七〕。自憐憂患之餘齡，獲睹衣冠之盛事〔二八〕。伸吾道英靈之氣，慰前人忠憤之心〔二九〕。敢希拔茅以茹連，徒誦茂松而柏悦〔三〇〕。私相欣幸，倍萬等倫〔三一〕。

【箋注】

〔一〕陳都丞：陳正同，字應之，陳瓘之子。宋王明清《揮麈二録》：「紹興己卯，陳瑩中（瓘）追謚忠肅，其子應之正同適爲刑部侍郎，往謝政府。」此啓當作於此年。

〔二〕膺：領受。中制：朝廷敕令。中：内府。制：皇帝之命稱「制」。陟：升任。貳卿：尚書稱卿，侍郎副之，故稱貳卿。劉禹錫《山南西道新修驛路記》：「今天官貳卿融，能嗣其耿光。」《建炎以來繫年要録》卷一七七：「（紹興二十七年九月）中書門下省檢正諸房公事，兼權樞密院都丞陳正同權刑部侍郎，兼如故。」顯、榮：皆所以示榮寵。

〔三〕公朝：官吏在朝廷治事之所，借指朝廷。《莊子·達生》：「當是時也，無公朝，其巧專而外骨消。」成玄英疏：「既無意于公私，豈有懷于朝廷哉。」張九齡《故河南少尹竇府君墓碑銘》：「增華鄉族，見重公朝，四國于蕃，四方于宣，龍旗成祀，六轡耳耳。」正人：正直者。語出《書·冏命》：「小大之臣，咸懷忠良，其侍御僕從罔匪正人。」孔疏：「其左右侍御僕從無非中正之人。」《後漢書·桓譚傳》：「刑罰不能加無罪，邪枉不能勝正人。」羽儀：朝廷儀仗。張九齡《唐故開府儀同三司行尚書左丞相燕國公贈太師張公墓志銘》：「翰飛戾天，羽儀清朝。」依歸：依托。語出《書·金縢》：「嗚呼！無墜天之降寶命，我先王亦永有依歸。」曾鞏《越州趙公救災記》：「天子東向憂勞，州縣推布上恩，人人盡其力。公所拊循，民尤以爲得其依歸。」直節：謂操守守正不阿者。唐李邕《銅雀妓》：「直節豈感激，荒淫乃淒其。」范仲淹《依韵和龐殿院見寄》：「直節羨君如指佞，孤根憐我異凌霄。」班列：朝班行列；官司同僚。王勃《常州刺史平原郡開國公行狀》：「(公)加上柱國，隨班列也。」

〔四〕善類：善良者；有德之士。語出《子華子·孔子贈》：「明旌善類而誅鋤醜厲者，法之正也。」宋范公偁《過庭録》：「忠宣守陳州，黨錮禍起，盡竄善類。」起予：語出《論語·八佾》：「子曰：『起予者商也，始可與言《詩》已矣。』」何晏集解引包咸曰：「孔子言子夏能發明我意，可與共言《詩》。」後因用爲啓發於己之意。韓愈《量移袁州張韶州端公以詩相賀因酬之》：「將經貴郡煩留客，先惠高文謝起予。」覺斯民：教化百姓。覺：使之覺悟。語出《孟子·萬章上》：「予將以斯道覺斯民也。」宋劉敞《贈陳襄秘丞自峽中召歸》：「賢者任必重，勉旃覺斯民。」向化：歸服。《後漢書·寇恂傳》：「今始至上谷而先墮大信，沮向化之心，生離畔之隙，將復何以號令它郡乎？」《新唐書·岑文本傳》：「大王誠縱兵剽係，恐江、嶺以南，向化心沮，狼顧麇驚。」

〔五〕親擢：謂所親近所拔擢者。宋曾幾《挽石參議》：「卿寺曾親擢，藩方有詔除。」楊萬里《送劉德脩殿院直閣將漕潼川二首》一：「烏府何緣著佞臣，紫皇親擢得斯人。」老成：見前《返正》注四。

〔六〕世禄：世代享有爵禄。謂其富貴有所以也。語出《書·畢命》：「世禄之家，鮮克由禮。」孔傳：「世有禄位。」宋曾敏行《獨醒雜志》卷一：「沆之子孫皆榮顯，至今世禄不絶。」象賢：謂能效法先人之德。語出《書·微子之命》：「殷王元子，惟稽古崇德象賢。」《儀禮·士冠禮》：「繼世以立諸侯，象賢也。」鄭玄注：「象，法也，爲子孫能法先祖之賢，故使之繼世也。」異材：特出才能。《漢書·元后傳》：「劉向少子歆，通達有異材。」蘇軾《賀新運使張大夫啓》：「伏惟某官，早以異材著聞美績。」間出：間世而出，極言人材之難得。南朝梁陸倕《釋奠應令詩》四：「碩學如市，高生間出。」唐宋之問《宋公宅送甯諫議》：「間出人三秀，平臨楚四郊。」

〔七〕「求忠臣」句：語出《後漢書·韋彪傳》：「孔子曰『事親孝，故忠可移於君』，是以求忠臣必於孝子之門。」令譽：美譽。《世説新語·言語》：「鍾毓、鍾會，少有令譽。」《舊五代史·晉書·范延光等傳論》：「延光昔爲唐臣，綽有令譽，洎逢晉祚，顯恣狂謀。」名德：有德行名望者。《後漢書·黄琬傳》：「卓猶敬其名德舊族，不敢害。」《舊唐書·昭宗紀》：「關東藩鎮，請除用朝廷名德爲節度觀察使。」

〔八〕一揆：同一道理。語本《孟子·離婁下》：「地之相去也，千有餘里；世之相後也，千有餘歲。得志行乎中國，若合符節，先聖後聖，其揆一也。」《後漢書·荀爽傳》：「天地《六經》，其旨一揆。」

〔九〕了堂：陳瓘。見前《上平江陳侍郎十絶并序》注三。真儒：真儒者，大儒。揚雄《法言·寡見》：「如用真儒，無敵於天下。」韓愈《答殷侍御書》：「每逢學士真儒，嘆息踟躇，愧生於中，顔變於外，不復自比於人。」長雄：首腦，領袖。劉禹錫《原力》：「彼力也長雄於匹夫，然猶驛其騑，餼其食。」諫垣：諫官官署。權德輿《酬南園新亭宴會璟新第慰慶之作時任賓客》：「予婿信時英，諫垣金玉聲。」歐陽修《謝知制誥啓》：「代言禁掖，已愧才難，兼職諫垣，猶當責重。」耆舊：年高望重者。《漢書·蕭育傳》：「上以育耆舊名臣，乃以三公使車，載育入殿中受策。」杜甫《憶昔》二：「傷心不忍問耆舊，復恐初從亂離説。」

〔一〇〕剛烈：剛毅勇烈。《後漢書·吴祐史弼傳論》：「夫剛烈表性，鮮能優寬；仁柔用情，多乏貞直。」先見：猶言先見之明。《北齊書·張瓊傳》：「忻豪險放縱，遂與公主情好不協，尋爲武帝所害，時稱瓊之先見。」著明：顯明。《易·繫辭上》：「縣象著明，莫大乎日月。」《新唐書·陳子昂傳》：「臣觀禍亂之動，天人之際，先師之説，昭然著明，不可欺也。」變更之際：疑指廢立之際。

〔一一〕去國：本指離開本國。《禮記·曲禮下》：「去國三世，爵禄有列於朝，出入有詔於國。」此指離開京都或朝廷。顔延之《和謝靈運》：「去國還故里，幽門樹蓬藜。」宋之問《初承恩旨言放歸舟》：「去國雲南滯，還鄉水北流。」分甘：應乎職分甘心而行也。分（fèn）：職分。宋韓維《和永叔言懷》：「鳳皇覽輝下，阿閣正其居。顧惟蒿艾翮，分甘侣田駕。」宋毛滂《二月二十八日禱雨龍湫》：「折腰五斗自難堪，每爲斯人食不甘。赤地黄埃迷澤國，老龍飲血亦分甘。」又分(fèn)亦甘也。《文選·曹植〈上責躬應詔詩表〉》：「自分黄耇，永無執珪之望。」李善注：「分，謂甘愜也。」《世説新語·文學》：「于法開始與支公争名，後進漸歸支，意甚不分，遂遁迹剡下。」亦可通。奚疑：何疑，不疑也。陶潛《歸去來兮辭》：「聊乘化以歸盡，樂夫天命復奚疑！」孤忠：忠貞自持、不求人察之節操。宋徐鈞《張萬福》：「伏閤朝廷一諫官，白頭武將亦歡顔。要知此喜非私喜，爲救孤忠去巨奸。」曾鞏《韓魏公挽歌詞》：「覆冒荒遐知大度，委蛇艱急見孤忠。」

〔一二〕履踐：實踐，躬行。班固《白虎通·禮樂》：「禮之爲言，履也，可履踐而行。」宋張繼先《和元規拜違》：「履踐古人道，追遊仙者蹤。」不欺闇室：典出《列女傳·衛靈夫人》：「靈公與夫人夜坐，聞車聲轔轔，至闕而止，過闕復有聲。公問夫人，曰：『知此謂誰？』夫人曰：『此蘧伯玉也。』公曰：『何以知之？』夫人曰：『妾聞禮下公門，式路馬，所以廣敬也。夫忠臣與孝子不爲昭昭信節，不爲冥冥墮行。蘧伯玉，衛之賢大夫也，仁而有智，敬以事上，此其人必不以闇昧廢禮，是以知之。』公使視之，果伯玉也。」後因以謂於無旁人見處亦不爲非禮昧心之事。闇室：遮去光綫之室；人所不見之處。《宋書·良吏傳·阮長之》：「在中書省直，夜往鄰省，誤著履出閤，依事自列門下。門下以闇夜人不知，不受列。長之固遣送之，曰：『一生不侮闇室。』」《漢魏南北朝墓志集釋·隋王世琛墓志》：「信行所履，不欺闇室。」富貴如浮雲：語本《論語·述而》：「不義而富且貴，於我如浮雲。」後因以指利禄變幻無常，不足貴重。

〔一三〕靡儔：無同類者；無倫比。有死：唯有一死。有：唯也。限制之辭。《戰國策・趙策三》：「彼秦，棄禮義、上首功之國也……彼則肆然而爲帝，過而遂正於天下，則連有赴東海而死耳，吾不忍爲之民也！」唐李端《送彭將軍雲中覲兄》：「報恩唯有死，莫使漢家羞。」無貳：謂無二心。《詩・魯頌・閟宫》：「無貳無虞，上帝臨女。」鄭玄箋：「無有貳心也，無復計度也。」宋韓琦《來馹》：「其能無報乎，唯守信無貳。」百身莫贖：語本《詩・秦風・黄鳥》：「彼蒼者天，殲我良人。如可贖兮，人百其身。」謂一人之死，雖百人爲之犧牲亦不足相償。痛悼之極。白居易《祭崔相公文》：「丘園未歸，館舍先捐。百身莫贖，一夢不還。」卒老於行：謂終老於轉徙辛苦。宋吴芾《和陶命子韵示津調官》二：「又豈不知，道否晚周。天縱將聖，獨有孔丘。卒老於行，靡憚周流。胡爲潔己，耻事王侯。」

〔一四〕天定勝人：古人謂人民安定，同心同力，則有承受自然秩序之可能；否則自然運行純以秩序，則亦必超越一切智謀算計。蘇軾《用前韵再和孫志舉》：「人衆者勝天，天定亦勝人。」蘇轍《和遲田舍雜詩九首》四：「天定能勝人，更看熟黄粱。」機緘：機關及其運作能力；氣數，氣運。語出《莊子・天運》：「天其運乎？地其處乎？日月其爭於所乎？孰主張是？孰維綱是？孰居無事推而行是？意者其有機緘而不得已邪？」成玄英疏：「機，關也；緘，閉也……謂有主司關閉，事不得已。」謝靈運《山居賦》：「覽明達之撫運，乘機緘而理默。」否極泰來：謂厄運終而好運至。否、泰：《易》之二卦，天地交、萬物通謂之「泰」，不交、閉塞謂之「否」，指世事之盛衰、命運之順逆。晋潘岳《西征賦》：「豈地勢之安危，信人事之否泰。」《史通・載文》：「夫國有否泰，世有污隆，作者形言，本無定準。」

〔一五〕好還：謂極易受報應；命運。《老子》三十章：「以道佐人主者，不以兵强天下，其事好還。」梅堯臣《送李太伯歸建昌》：「桓魋及臧倉，嘗毁聖與賢。後人何蹈之，其事實好還。」顧：只是，但。「忍窮者」句：王勃《滕王閣序》：「窮且益堅，不墜青雲之志。」忍窮，忍受困窮。黄庭堅《次韻張仲謀過酺池寺齋》：「深念煩鄉里，忍窮禁貸賒。」

〔一六〕門户：指家世、出身履歷。《舊唐書·張玄素傳》：「陛下禮重玄素，頻年任使，擢授三品，翼贊皇儲，自不可更對群臣，窮其門户。」

〔一七〕資性：資質。語出《史記·魏其武安侯列傳》：「君侯資性喜善疾惡，方今善人譽君侯，故至丞相。」邵雍《教子吟》：「善惡一何相去遠，也由資性也由勤。」端亮：端正誠實；正直堅貞。《新唐書·路隋傳》：「父泌，字安期，通五經，端亮寡言，以孝悌聞。」蘇軾《薦宗室令時狀》：「吏事通敏，文采俊麗，志節端亮，議論英發，體兼衆器，無適不宜。」坦夷：坦率平易。晉楊羲《中候王夫人詩三首》二：「坦夷觀天真，去累縱衆情。」王禹偁《謫居感事一百六十韻》：「遷謫獨熙熙，襟懷自坦夷。」六藝：《周禮·地官·大司徒》：「三曰六藝：禮、樂、射、御、書、數。」《史記·孔子世家》：「孔子以詩書禮樂教，弟子蓋三千焉，身通六藝者七十有二人。」五常：《書·泰誓下》：「今商王受，狎侮五常。」孔穎達疏：「五常即五典，謂父義、母慈、兄友、弟恭、子孝，五者人之常行。」允蹈：恪守；謹遵。《陳書·王冲王通等傳贊》：「王冲、王通并以貴遊早升清貫，而允蹈禮節，篤誠奉上，斯爲美焉。」《清波别志》卷中：「爰集大成，千古允蹈。」

〔一八〕過庭：語出《論語·季氏》：「鯉趨而過庭，曰：『學《詩》乎？』對曰：『未也。』『不學《詩》，無以言。』鯉退而學《詩》。他日又獨立，鯉趨而過庭，曰：『學《禮》乎？』對曰：『未也。』『不學《禮》，無以立。』鯉退而學《禮》。」後因以指承父訓，或徑指父訓。李商隱《五言述德抒情詩獻杜僕射相公》：「過庭多令子，乞墅有名甥。」良冶：語本《禮記·學記》：「良冶之子，必學爲裘。」孔疏：「言積世善冶之家，其子弟見其父兄世業鉤鑄金鐵，使之柔合以補冶破器，皆令全好，故此子弟仍能學爲袍裘，補續獸皮，片片相合，以至完全也。」後因以指教子有方之賢父。唐李邕《唐贈太子少保劉知柔神道碑》：「息女擇於賢夫，允子訓於良冶。」

〔一九〕佩服：銘記。南朝梁劉孝威《謝晉安王賜婚錢啓》：「曲降隆慈，俯垂珍錫……佩服寵靈，殞越非報。」話言：見前《宫使樞密富丈和篇高妙……謹用前韵叙謝》注四。罔忝先志：不墜先人志業。

〔二〇〕發揮：發揚光大。語本《易·乾·文言》：「六爻發揮，旁通情也。」孔穎達疏：「發謂發越也，揮謂揮散也。言六爻發越揮散，旁通萬物之情也。」杜牧《代人舉周敬復自代狀》：「掌綸言於西掖，才稱發揮；參密命於内庭，衆推忠慎。」事業：功業。語本《易·坤·文言》：「美在其中，而暢於四支，發於事業，美之至也。」孔穎達疏：「所營謂之事，事成謂之業。」《北史·拓跋澄傳》：「若非任城，朕事業不得就也。」是似乃翁：謂能繼承先人志業也。

〔二一〕負扆：皇帝臨朝聽政。語本《荀子·正論》：「居則設張容負依而坐。」楊倞注：「户牖之間謂之依，亦作扆，扆、依音同。」白居易《采詩官》：「一人負扆常端默，百辟入門兩自媚。」司寇：周爲六卿之一，秋官曰大司寇，掌管刑獄、糾察等事。春秋列國亦多置之。孔子嘗爲魯司寇。

〔二二〕對揚：古代常語，凡臣受君賜時多用之。《書·説命下》：「敢對揚天子之休命。」孔傳：「對，答也。答受美命而稱揚之。」《詩·大雅·江漢》：「虎拜稽首，對揚王休，作召公考，天子萬壽。」朱熹集傳：「言穆公既受賜，遂答稱天子之美命，作康公之廟器，而勒策王命之辭以考其成，且祝天子以萬壽也。」淵衷：謂胸懷淵深，多以稱頌皇帝。宋蘇舜欽《京兆求罷表》：「雖淵衷廣納，未欲加罪於瞽言；而卑論弗臧，安可尚居於厚位。」宋張方平《升祔慶成》：「玉色儼莊栗，淵衷緬馳慕。」

〔二三〕雲龍之會：喻君臣相得。唐黄滔《祭南海南平王》：「畢雲龍之契會，與龜鶴而等倫。」

〔二四〕持橐：謂侍從之臣攜帶書和筆，以備顧問。語出《漢書·趙充國傳》：「持橐簪筆，事孝武皇帝數十年。」顔注：「橐所以盛書也。」又引張晏曰：「近臣負橐簪筆，從備顧問，或有所紀也。」秉鈞：見前《賀張參政啓》注九。

〔二五〕衰退：衰老退步。自謙之辭。唐沈千運《濮中言懷》：「衰退當棄捐，貧賤招毀讟。」宋釋德洪《次韵元不伐知縣見寄》：「嗟余衰退者，那敢論輩行。」嶔崎：險峻不平。漢王延壽《王孫賦》：「生深山之茂林，處嶄巖之嶔崎。」謝靈運《山居賦》：「上嶔崎而蒙籠，下深沈而澆激。」此言出處不順，功業無成也。

〔二六〕轉頭：猶言轉瞬，喻時間逝去之速。與聞：謂參與其事且得知内情。語出《左傳·隱公十一年》：「齊侯以許讓公。公曰：『君謂許不共，故從君討之。許既伏罪矣，雖君有命，寡人弗敢與聞。』」《漢書·武帝紀》：「與聞國政而無益於民者斥，在上位而不能進賢者退。」遠識：見識高遠者，此指陳。《風俗通·正失·孝文帝》：「如其聰明遠識，不忘數十年事。」宋葉適《提刑王公墓志銘》：「公少有沖量遠識，厚施薄取，輕退重進，天質自然。」倒（dǎo）指：輪指或屈指，謂計算。宋劉隲《漢武》：「東巡岱嶽探金策，倒指寧聞壽數長。」宋黄庶《送劉孟卿遊天台雁蕩二山》：「縈紆長淮下平席，倒指計日觀怒濤。」二三子：猶言諸君。語出《論語·八佾》：「二三子何患於喪乎？天下之無道也久矣，天將以夫子爲鐸。」南朝梁江淹《雜體詩》：「眷我二三子，辭義麗金雘。」韓愈《山石》：「嗟哉吾黨二三子，安得至老不更歸。」

〔二七〕題評：見前《賀翟參政啓》注一七。詞翰永藏：事不詳。詞翰：詩文，辭章。《魏書·儒林傳序》：「其餘涉獵典章，關歷詞翰，莫不縻以好爵，動貽賞眷。」

〔二八〕自憐：自傷。漢王褒《九懷·通路》：「陰憂兮感余，惆悵兮自憐。」餘齡：見前《賀張參政啓又一首》注九。衣冠之盛事：指仕宦之家爲人稱羨之美事。歐陽修《供備庫副使王道卿可西京左藏庫副使制》：「近至於唐，將相之後能以勛名自繼其家者亦衆，秉筆者記之，號稱衣冠盛事。」范成大《衡州石鼓書院詩》：「俎豆彌文肅，衣冠盛事多。」

〔二九〕英靈：英明靈秀。《後漢書·王劉張李等傳論》：「觀其智略，固無足以憚漢祖，發其英靈者也。」《能改齋漫録·記詩》：「方叔祭東坡文云：『皇天后土，實表平生忠義之心；名山大川，復收自古英靈之氣。』」忠憤：忠義憤激。《魏書·刁沖傳》：「沖乃抗表極言其事。辭旨懇直，文義忠憤。」宋李如篪《東園叢説·書説》：「唐杜工部更天寶之亂，作詩獨出忠憤，措意甚深，而用事不苟。」

〔三〇〕拔茅茹連：喻遞相推薦引進。語出《易·泰》：「拔茅茹以其彙。」王弼注：「茅之爲物，拔其根而相牽引者也。茹，相牽引之貌也。」朱熹本義：「三陽在下，拔茅連茹之象。」誦茂松而柏悦：喻堅貞如松柏，有足歌頌。陸機《嘆逝賦》：「信松茂而柏悦，嗟芝焚而蕙嘆。」

〔三一〕倍萬：超過無數倍。白居易《臘日謝恩賜口蠟狀》：「感躍之誠，倍萬恒品。」劉禹錫《代京兆李尹降誕日進衣狀》：「慶賀之誠，倍萬常品。」等倫：同輩，同類。《漢書·甘延壽傳》：「少以良家子善騎射爲羽林，投石拔距，絶於等倫。」按：此句，書啓格套語也。

賀泉州汪内翰藻啓〔一〕

光奉制恩，寵移會府〔二〕。商飆肅駛，壯徒御以遄征；海氣澄開，飭陰靈而奔衛〔三〕。諒諏辰之筮吉，宜考履以膺祥〔四〕。恭惟某官，道總四科，材通八凱〔五〕。專良史之直筆，東觀著書；掞大册以高文，北門視草〔六〕。爰分符竹，屢擁駟車，推爲二千石吏師，懋乃五百年賢業〔七〕。尊儒稽古，決事據經，治行必以首稱，威聲聞而股慄〔八〕。黄堂坐嘯，方來傳德政之碑；皂蓋行春，所至立生祠之象〔九〕。古由太守，入拜上公，載瞻當宁之眷賢，式際中興之盛典〔一〇〕。某夙蒙知遇，自愧迂愚，思遠引於舊山，未能畢娶；顧滯留於逆旅，猶及掃門〔一一〕。儻加三沐三熏之仁，遂忘一貴一賤之勢〔一二〕。獲依巨蔭，輒叙牢愁〔一三〕。佇接武於賓階，敢通名於記室〔一四〕。永言欣幸，實倍等夷〔一五〕。

【箋注】

〔一〕汪内翰藻：汪藻（一〇七九—一一五四），饒州德興（今江西九江）人，字彦章。汪穀子。徽宗崇寧二年進士。累官著作佐郎。欽宗即位，入爲太常少卿、起居舍人。高宗立，召試中書舍人，累拜翰林學士。嘗論諸大將擁重兵，漸成外重之勢。紹興元年，除龍圖閣直學士、知湖州。八年，上所修《日曆》共六百六十五卷，升顯謨閣學士。連知徽、宣等州。言者劾其曾爲蔡京、王黼之客，奪職居永州。有《浮溪集》等。元幹與之結識於宣和元年，藻爲之跋《幽岩尊祖録》。此啓南渡後作。

〔二〕會府：尚書省之别稱。白居易《除趙昌檢校吏部尚書兼太子賓客制》：「夫望優四皓，然後能調護春闈；才冠六卿，然後能紀綱會府。」曾鞏《相制三》：「朕飭正三省，綱理萬事，號令所出，本諸西臺，閲審駁論，屬之黄闥，推而達之，則在會府。」

〔三〕商飆：秋風。駛：疾速。徒御：挽車、御馬者。語出《詩·小雅·車攻》：「徒御不驚，大庖不盈。」毛傳：「徒，輦也。御，御馬也。」張衡《西京賦》：「徒御悦，士忘罷。」劉禹錫《和董中庶古散調辭贈尹果毅》：「低徊顧徒御，慘色懸雙眉。」遄征：疾速行進。漢蔡琰《悲憤詩》：「去去割情戀，遄征日遐邁。」南朝梁沈約《齊故安陸昭王碑文》：「於是驅馬原隰，卷甲遄征。」海氣：江海上面之霧氣。《漢書·武帝紀》：「朕巡荆揚，輯江淮物，會大海氣，以合泰山。」唐張子容《永嘉即事寄贛縣袁少府瓘》：「海氣朝成雨，江天晚作霞。」

〔四〕諏辰：選擇吉日。《説文》：「諏，聚謀也。」宋宋祁《上夏太尉啓》：「諏辰前定，樹政允和。」曾鞏《賀韓相公赴許州啓》：「假泰筮以諏辰，命倌人而飭駕。」筮吉：占卜得吉兆。《書·洪範》：「汝則從，龜從筮從。」孔傳：「人心和順，龜筮從之，是謂大同於吉。」《左傳·僖公四年》：「初，晉獻公欲以驪姬爲夫人，卜之不吉，筮之吉。」黄庭堅《和甫得竹數本于周翰喜而作詩和之》：「憶公來相居，筮吉龜墨食。」

〔五〕四科：孔門之學概爲四種科目，指德行、言語、政事、文學。語本《論語·先進》：「德行：顔淵、閔子騫、冉伯牛、仲弓。言語：宰我、子貢。政事：冉有、季路。文學：子遊、子夏。」邢昺疏：「夫子門徒三千，達者七十有二，而此四科惟舉十人者，但言其翹楚者耳。」《後漢書·鄭玄傳》：「仲尼之門，考以四科。」八凱：泛指賢人。亦作「八愷」。《左傳·文公十八年》：「昔高陽氏有才子八人：蒼舒、隤敳、檮戭、大臨、尨降、庭堅、仲容、叔達，齊聖廣淵，明允篤誠，天下之民謂之『八愷』。」孔疏：「愷，和也，言其和於物也。」《漢書·古今人表》「庭堅」作「咎繇」。《舊唐書·韋湊傳》：「八凱、五臣，良佐也。」

〔六〕良史之直筆：《文心雕龍・史傳》：「奸慝懲戒，實良史之直筆。」能秉筆直書，記事信而有徵者。《左傳・宣公二年》：「孔子曰：『董狐，古之良史也，書法不隱。』」《漢書・司馬遷傳贊》：「然自劉向、揚雄博極群書，皆稱遷有良史之材……其文直，其事核，不虛美，不隱惡。」東觀著書：東漢洛陽南宮内觀名，明帝詔班固等修撰《漢記》於此，書成，名《東觀漢記》。章、和二帝時爲皇宮藏書之府。後因以稱國史修撰之所。南朝陳徐陵《謝敕賚燭盤賞答齊國移文啓》：「臣職居南史，身典東觀，謹述私榮，傳之方策。」劉禹錫《送分司陳郎中祇召直史館重修三聖實録》：「遠取南朝貴公子，重修東觀帝王書。」北門：唐宋學士院在禁中北門，因以爲學士院代稱。唐權德輿《太原鄭尚書遠寄新詩走筆酬贈因代書賀》：「曉開閶闔出絲言，共喜全才鎮北門。」蘇軾《上清儲祥宫碑》：「臣以書命，待罪北門。」視草：詞臣奉旨修正詔諭一類公文，稱「視草」。《漢書・淮南王劉安傳》：「每爲報書及賜，常召司馬相如等視草乃遣。」《舊唐書・職官志二》：「玄宗即位，張説、陸堅、張九齡、徐安貞、張洎等召入禁中，謂之翰林待詔。王者尊極，一日萬機，四方進奏，中外表疏批答，或詔從中出，宸翰所揮，亦資其檢討，謂之視草。」

〔七〕符竹：《漢書・文帝紀》：「（二年）九月，初與郡守爲銅虎符、竹使符。」顔師古注引應劭曰：「銅虎符第一至第五，國家當發兵遣使者，至郡合符，符合乃聽受之。竹使符皆以竹箭五枚，長五寸，鐫刻篆書，第一至第五。」後因以「符竹」指郡守職權。劉禹錫《蘇州謝上表》：「優詔忽臨，又委之符竹。」駟車：高車駕四馬者。古有「駟馬高蓋車」。《漢書・于定國傳》：「始定國父于公，其閭門壞，父老方共治之。于公謂曰：『少高大閭門，令容駟馬高蓋車。我治獄多陰德，未嘗有所冤，子孫必有興者。』」泛指官車榮顯。宋宋祁《鹿鳴筵餞諸秀才赴舉》：「應須戒驅弩，翹待駟車回。」二千石：漢制，郡守俸禄爲二千石，即月俸百二十斛。世因稱郡守爲「二千石」。《漢書·循吏傳序》：「庶民所以安其田里而亡嘆息愁恨之心者，政平訟理也。與我共此者，其唯良二千石乎！」顔師古注：「謂郡守、諸侯相。」吏師：謂官吏之模範。五代貫休《上劉商州》：「愔愔良吏師，不寐如老農。」宋蘇頌《方公説通直見示與小子京和答棋詩四篇因次本韵繼蒙寵惠前後凡十五篇牽强奉答》：「省中一語開天意，江表三年得吏師。」懋乃：勉力於爾所從事者。語出《書·蔡仲之命》：「懋乃攸績。」僞孔傳：「勉汝所立之功。」《説文》：「懋，勉也。」乃：爾。第二人稱。《左傳·僖公十二年》：「余嘉乃勛。」五百年賢業：蓋謂帝王事業。語本《孟子·公孫丑下》：「彼一時，此一時也。五百年必有王者興，其間必有名世者。」唐佚名《天目山讖》：「海門一點巽山小，五百年間出帝王。」賢業：事業善美者。不敢妄擬於「聖」，故遜辭曰「賢」。宋李覯《送李著作知柳州》：「自此觀賢業，洪鐘且試撞。」宋晁補之《賀門下吴侍郎啓》：「致主忠誠，濟時賢業。」

〔八〕稽古：考察古事。決事：決斷事情；處理公務。《戰國策·楚策一》：「敝邑秦王使使臣獻書大王之從車下風，須以決事。」《漢書·刑法志》：「（秦始皇）晝斷獄，夜理書，自程決事，日縣石之一。」治行：爲政之成績；爲政有成績。語出《管子·八觀》：「治行爲上，爵列爲下，則豪桀材臣不務竭能，便辟左右不論功能。」曾鞏《道山亭記》：「程公於是州以治行聞，既新其城，又新其學，而其餘功又及於此。」股慄：大腿發抖。恐懼之甚貌。《史記·酷吏列傳》：「（郅都）

至則族滅瞷氏首惡，餘皆股慄。」集解引徐廣曰：「髀脚戰摇也。」蘇軾《答王定國》：「人言魏勃勇，股慄向小兒。」句謂威聲遠播，而奸邪之徒恐懼不已。

〔九〕黄堂：太守衙署正堂。《後漢書・郭丹傳》：「敕以丹事編署黄堂，以爲後法。」李賢注：「黄堂，太守之廳事。」范成大《吴郡志・官宇》：「黄堂，《郡國志》：在雞陂之側，春申君子假君之殿也。後太守居之，以數失火，塗以雌黄，遂名黄堂，即今太守正廳是也。今天下郡治，皆名黄堂，昉此。」坐嘯：見前《葉少藴生朝》注六。皂蓋：官員所用黑色蓬傘。《後漢書・輿服志上》：「中二千石、二千石皆皂蓋，朱兩轓。」白居易《有小白馬乘馭多時溘然而斃不能忘情題二十韵》：「毛寒一團雪，鬃薄萬條絲，皂蓋春行日，驪駒曉從時。」行春：謂官吏春日出巡民間。《後漢書・鄭弘傳》：「弘少爲鄉嗇夫，太守第五倫行春，見而深奇之，召署督郵，舉孝廉。」李賢注：「太守常以春行所主縣，勸人農桑，振救乏絶。」李白《虞城縣令李公去思頌碑》序：「因行春，見枯骸於路隅，惻然疚懷，出俸而葬。」生祠：爲活人建立之祠廟，見前《上張丞相十首》注三。象：圖像。

〔一〇〕太守：官名。秦置郡守，漢景帝時改名太守。隋初以州刺史爲郡長官。宋以後改郡爲府或州，太守非正式官名，係知府、知州之别稱。上公：有公爵者之尊稱，亦泛指高官顯爵。唐李華《寄趙七侍御》：「屬詞慕孔門，入仕希上公。」當宁：代指君王。宁（zhù）：宫室門内屏外之地，君主於此受諸侯朝覲。《禮記・曲禮下》：「天子當宁而立，諸公東面，諸侯西面，曰朝。」孔穎達疏：「天子當宁而立者，此爲春夏受朝時也。宁者，《爾雅》云：『門屏之間謂之宁。』郭注云：『人君視朝所宁立處。』」後以指皇帝臨朝聽政。南朝陳徐陵《陳公九錫文》：「酬庸報德，寂爾無聞，朕所以垂拱當宁，載懈懷悸者也。」眷：信任。式際：（有幸）遭逢。式：發語辭，無義。《詩・邶風・式微》：「式微式微。」鄭玄箋：「式，發聲也。」際：適逢某時候。《小爾雅》：「際，接也。」唐綦毋潛《春泛若耶溪》：「際夜轉西壑，隔山望南斗。」

〔一一〕迂愚：笨拙遲鈍。謙辭。元稹《獻滎陽公詩五十韵》：「拙劣仍非速，迂愚且異專。」王安石《謝手詔索文字表》：「臣初非秀穎，衆謂迂愚，徒以弱齡，粗知强學。」遠引：遠避。漢孔融《論盛孝章書》：「士亦將高翔遠引，莫有北首燕路者矣。」《鶴林玉露》卷十五：「以興士當高舉遠引，歸潔其身如海鷗。」舊山：故鄉；故居。《文選・謝靈運〈過始寧墅〉詩》：「剖竹守滄海，枉帆過舊山。」呂延濟注：「謂枉曲船帆，來過舊居。」高適《封丘作》：「夢想舊山安在哉？爲銜君命且遲迴。」畢娶：見前《上張丞相十首》注三六。逆旅：客舍；旅館。《左傳・僖公二年》：「今虢爲不道，保於逆旅。」杜預注：「逆旅，客舍也。」掃門：典出《史記・齊悼惠王世家》：漢魏勃少時欲求見齊相曹參，貧無以自通，乃常早起爲齊相舍人掃門，舍人怪而爲之引見。後以爲求謁權貴之典。唐錢起《送楊錆歸隱》：「悔作掃門事，還吟招隱詩。」

〔一二〕三沐三熏：本表再三沐浴熏香修飾以示鄭重嚴肅。宋程俱《偶作三首》二：「一重一掩藏烟塢，三沐三熏屏世塵。」宋王炎《和韓毅伯述懷》：「三沐三熏嗟已晚，一觴一詠樂餘年。」此指再三熏陶拔擢之恩。一貴一賤：《史記・汲鄭列傳》：「翟公乃大署其門曰：『一死一生，乃知交情。一貧一富，乃知交態。一貴一賤，交情乃見。』」駱賓王《帝京篇》：「黄金銷鑠素絲變，一貴一賤交情見。」按，此句句法，實效黃庭堅《中和觴字韵》：「一邱一壑可曳尾，三沐三釁取刳腸。」

〔一三〕蔭：恩澤可相托庇者。《南齊書・王僧虔傳》：「況吾不能爲汝蔭，政應各自努力耳。」《隋書・柳述傳》：「少以父蔭，爲太子親衛。」牢愁：牢騷。《漢書・揚雄傳上》：「又旁《惜誦》以下至《懷沙》一卷，名曰《畔牢愁》。」

〔一四〕接武：小步趨進，步履相接，意謂追隨。武：步伐。語出《禮記・曲禮上》：「堂上接武，堂下布武。」鄭玄注：「武，迹也。亦相接，謂每移足半躡之。」通名：通報姓名於主人或上司。宋蘇舜欽《舟至崔橋士人張生抱琴携酒見訪》：「有士不相識，通名叩余舟。」記室：官名。東漢置，掌章表書記文檄。後世因之。《後漢書・百官志一》：「記室令史，主上表章，報書記。」《三國志・魏書・陳琳傳》：「太祖並以琳、瑀（阮瑀）爲司空軍謀祭酒，管記室，軍國書檄，多琳、瑀所作也。」

〔一五〕等夷：倫比，相平等。孟郊《同年春宴》：「塞鴻絶儔匹，海月難等夷。」司馬光《論後妃封贈札子》：「皇后敵體至尊，母儀四海，六宫之内，無與等夷。」按：此句，書啓格套語也。

問候馬漕啓〔一〕

中州望族，推舊德猶曉星；先世締交，仰餘波若時雨〔二〕。念睽違之歲久，致修詞之禮疏。敢以夤緣，伸兹慕向〔三〕。恭惟某官，行尊前輩，名重本朝。蚤揚歷於昇平全盛之秋，合飛騰於法從雍容之地〔四〕。奉祠自佚，持節素優〔五〕。閲萬事以鑒明，更百爲而山立〔六〕。力扶正論，綽有古風。迨簡拔於外臺，煩老成於近服〔七〕。衆欽威采，益著茂庸〔八〕。諒暖席之未遑，遂賜環而還入〔九〕。某丘樊屏迹，徒引領於賓閎；竿牘寫誠，輒通名於記室〔一〇〕。

【箋注】

〔一〕馬漕：其人不詳。此啓作於南渡後。

〔二〕中州：中原地區。《三國志·吴書·全琮傳》：「是時中州士人，避亂而南依琮者以百數。」王安石《黄河》：「派出昆侖五色流，一支黄濁貫中州。」望族：家族有聲望者。《晉書·石季龍載記上》：「鎮遠王擢表雍秦二州望族，自東徙已來，遂在戍役之例，既衣冠華胄，宜蒙優免。」舊德：德高望重的老臣。漢蔡邕《焦君贊》：「惜哉朝廷，喪兹舊德，恨以學士，將何法則。」《三國志·蜀書·杜微傳》：「建興二年，丞相亮領益州牧，選迎皆妙簡舊德，以秦宓爲别駕，五梁爲功曹，微爲主簿。」王勃《倬彼我繫》八：「言念舊德，憂心忉忉。」曉星：晨見之星。喻人物之稀少或難得。唐張嘉貞《奉和早登太行山中言志應制》：「澤將春雪比，文共曉星連。」蘇軾《祭范蜀公文》：「既歷三世，悉爲名臣，今如晨星，存者幾人。」締交：結交。南朝梁沈約《麗人賦》：

「有客弱冠未仕，締交戚里。」餘波：水波餘勢，這裏指交情之有影響可倚賴者。杜甫《送趙十七明府之縣》：「惠愛南翁悦，餘波及老身。」時雨：應時雨水。語出《書・洪範》：「曰肅，時雨若。」陶潛《五月旦作和戴主簿》：「神萍寫時雨，晨色奏景風。」

〔三〕暌違：別離。南朝梁何遜《贈諸遊舊》：「新知雖已樂，舊愛盡暌違。」唐姚合《寄陝府内兄郭冏端公》：「暌違逾十年，一會豁素誠。」修詞：修飾詞句，所以致敬也。《北夢瑣言》卷八：「有文，性好學修詞，應進士舉及第。」宋楊億《章群下第東歸》：「卓犖修詞有古風，計偕西上劇飄蓬。」夤緣：攀援；攀附。《文選・左思〈吴都賦〉》：「夤緣山岳之岊，冪歷江海之流。」劉逵注：「夤緣，布藤上貌。」韓愈《古意》：「我欲求之不憚遠，青壁無路難夤緣。」

〔四〕揚歷：謂顯揚賢者居官之治績，後多指仕宦履歷。唐薛用弱《集異記・高元裕》：「是後出入中外，揚歷貴位。」宋王禹偁《請撰大行皇帝實録表》：「然念臣太平興國五年，徒步應舉，再就御試，遂登文科，服勤州縣，揚歷四考。」昇平：太平。《後漢紀・靈帝紀上》：「今宜改葬蕃、武，選其家屬諸被禁錮，一宜蠲除，則灾變可消，昇平可致也。」飛騰：猶言飛黄騰達。杜甫《奉寄李十五秘書文嶷二首》二：「飛騰知有策，意度不無神。」蘇軾《次韵汪覃秀才見寄》：「飛騰桂籍他年事，莫忘山中採藥時。」法從：見前《賀張參政啓又一首》注八。

〔五〕奉祠：宋代設宫觀使、判官、都監、提舉、提點、主管等職，以安置五品以上不能任事或年老退休之官員，有官俸而無職司。因宫觀使等職原主祭祀，故亦稱奉祠。見《宋史・職官志十》。《宋史・道學傳三・朱熹》：「詔以熹累乞奉祠，可差主管台州崇道觀。」自佚：猶自逸，自圖、自享安逸。《左傳·哀公二年》：「蒯聵不敢自佚，備持矛焉。」宋吴芾《答客難》：「我治湖上園，占斷山水窟。幽事日相關，頗覺無暇逸……他人視若忙，我心常自佚。」下「優」義同。持節：官名。魏晉以後有使持節、持節、假節、假使節等，其權大小有别，皆爲刺史總軍戎者。唐初諸州刺史加號持節，後有節度使，持節之稱遂廢。此泛指主地方軍政。參《舊唐書·職官志三》《新唐書·百官志四下》《宋書·百官志上》等。

〔六〕百爲：多種作爲。語出《書·多方》：「乃胥惟虐於民，至於百爲，大不克開。」曾鞏《兵間》：「世上固自有百爲，兵間乃獨求一試。」山立：語出《禮記·玉藻》：「立容，辨卑毋諂，頭頸必中，山立時行。」孔疏：「山立者，若住立則嶷如山之固不摇動也。」劉禹錫《奉和司空裴相公中書即事通簡舊僚之作》：「儀形見山立，文字動星光。」

〔七〕簡拔：選拔；選擇。司馬光《涑水記聞》卷十：「上嘗從容問度：『用人，資序與才器孰先？』度對曰：『天下無事則循守資序，有事則簡拔才器。』」外臺：官名。後漢刺史，爲州郡長官，置别駕、治中諸曹掾屬，號「外臺」。《後漢書·方術傳上·謝夷吾》：「（謝夷吾）爰牧荆州，威行邦國……尋功簡能，爲外臺之表。」唐朱慶餘《送李侍御入蕃》：「遠使隨雙節，新官屬外臺。」近服：謂近王畿之地。王畿外圍，以五百里爲範圍，由近而遠，分爲五服。《宋書·自序傳·沈璞》：「狡虜狂凶，自送近服，僞將即斃，酋長傷殘，實天威所喪，卿諸人忠勇之效也。」

〔八〕茂庸：大功。《文選·王儉〈褚淵碑文〉》：「邇無異言，遠無異望。帝嘉茂庸，重申前册。」張銑注：「茂，盛。庸，功也。」宋祖無擇《石傘峰書堂》：「草茅豈合掩崇業，竹帛終能紀茂庸。」

〔九〕暖席之未遑：猶言席不暇暖，喻事發迅疾。暖席：久坐而席温。《淮南子·修務訓》：「孔子無黔突，墨子無暖席。」未遑：不及。揚雄《羽獵賦》：「立君臣之節，崇賢聖之業。未遑苑囿之麗、遊獵之靡也。」賜環：亦作「賜圜」，舊時放逐之臣，遇赦召還，謂「賜環」。語本《荀子·大略》：「絶人以玦，反絶以環。」楊倞注：「古者臣有罪待放於境，三年不敢去，與之環則還，與之玦則絶，皆所以見意也。」唐張説《出湖寄趙冬曦二首》二：「湘浦未賜環，荆門猶主諾。」

〔一〇〕丘樊：園圃，鄉村；亦指隱居之處。南朝宋謝莊《月賦》：「臣東鄙幽介，長自丘樊。」白居易《中隱》：「大隱住朝市，小隱入丘樊。丘樊太冷落，朝市太囂喧。不如作中隱，隱在留司官。」屏迹：隱居。南朝宋鮑照《臨川王服竟還田里詩》：「屏迹勤躬稼，衰疾倚芝藥。」引領：延頸伸首以利遠望，希冀貌。賓闥：延客之室。闥，《説文》「門也」。宋郭祥正《暮春之月謁盧守陳元輿待制作》：「翻然駕柴車，賓闥重款謁。」宋石孝友《滿庭芳·上張紫微》：「瞻拜處，當年汝水，今日溢城。嘆白首青衫，又造賓闥。」竿牘：書札。語出《莊子·列禦寇》：「小夫之知，不離苞苴竿牘。」陸德明釋文引司馬彪曰：「竿牘，謂竹簡爲書，以相問遺。」宋晁沖之《贈江子我子之》：「獻賦修竿牘，知君定不爲。」寫誠：輸誠。記室：見前《賀泉州汪内藻啓》注一四。

上范漕啓〔一〕

場屋舊遊，忝盍簪於伯仲；江湖巨鎮，嘗投贄於丞疑〔二〕。念先世之交明，繫同朝之仕契。昔人所重，此風久衰。敢憑藉以夤緣，輒講修於詞候〔三〕。恭惟某官，德盛濟美，材通拔尤〔四〕。傳家以文物相高，奉法以吏師自任〔五〕。蚤踐揚於中外，爰剌舉於東南〔六〕。事迎刃以撥煩，智臨機而燭理〔七〕。姦吏爲之喪膽，威采凛然；後進式是服膺，聲猷久矣〔八〕。宜升華於禁從，益懋著於勛庸〔九〕。某潦倒山林，奔波塗路，輒喜故家之臭味，願親雅望之話言〔一〇〕。欣頌交深，敷陳罔既〔一一〕。

【箋注】

〔一〕范漕：不詳。此啓作於南渡後。

〔二〕場屋：科場。宋王禹偁《謫居感事》：「空拳入場屋，拭目看京師。」舊遊：故交。蘇轍《送柳子玉》：「舊遊日零落，新輩誰與伍？」按，句謂同科友人。盍簪：友好同至。語出《易·豫》：「勿疑，朋盍簪。」王弼注：「盍，合也；簪，疾也。」孔疏：「群朋合聚而疾來也。」後以指士人聚會。杜甫《杜位宅守歲》：「盍簪喧櫪馬，列炬散林鴉。」巨鎮：大山傑出爲一方矚望者。南朝梁吴均《八公山賦》：「若夫神基巨鎮，而卓犖荆河。」宋蘇舜欽《奉酬公素學士見招之作》：「長川奔渾走一氣，巨鎮截嶭上赤霄。」投贄：進呈詩文或禮物求見。唐鄭谷《叙事感恩上狄右丞》：「昔歲曾投贄，關河在左馮。」陸游《老學庵筆記》卷二：「王性之讀書，真能五行俱下……後生有投贄者，且觀且捲，俄頃即置之。」丞疑：泛指輔弼之臣。《尚書大傳》卷二：「古者天子必有四鄰，前曰疑，後曰承，左曰輔，右曰弼。天子有問無以對責之疑，可志而不志責之丞，可正而不正責之輔，可揚而不揚責之弼。《書》曰『欽四鄰』，此之謂也。」南朝宋顔延之《皇太子釋奠會作詩》：「正殿虚筵，司分簡日。尚席函丈，丞疑奉帙。」杜甫《可嘆》：「王也論道阻江湖，李也丞疑曠前後。」

〔三〕講修：猶講習，謀議修治。《三國志·吴書·孫和傳》：「常言當世士人，宜講修術學，校習射御，以周世務。」宋張載《始定時薦告廟文》：「然而四時正祀，尚未講修。」詗候（xiòng hòu）：偵察；探詢。《新唐書·裴伷先傳》：「養客數百人，自北庭屬京師，多其客，詗侯朝廷事，聞知十常七八。」《説文》：「詗，知處告言之。字亦作偵。」按，句謂探詢時機得當，然後謹慎恭敬進謁也。

〔四〕濟美：發揚光大。語出《左傳·文公十八年》：「世濟其美，不隕其名。」杜預注：「濟，成也。」孔疏：「世濟其美，後世承前世之美。」唐司空圖《故鹽州防禦使王縱追述碑》：「代爲著姓，人不乏賢，或濟美於參墟，或炳靈於沂水。」拔尤：選取特異者。韓愈《送温處士赴河陽軍序》：「東都雖信多才士，朝取一人焉，拔其尤；暮取一人焉，拔其尤。」宋仲并《送大理金少卿赴闕以老成耆德重於典刑爲韵兼寄呈刑曹徐侍郎》五：「九重聖端拱，慨念人材重。澄清鴛鷺行，拔尤鋤猥茸。」此謂以德才優異而受選拔。

〔五〕傳家：傳家事於子孫；世代相傳。《後漢書·鄭玄傳》：「入此歲來，已七十矣。宿素衰落，仍有失誤，案之禮典，便合傳家。」李賢注：「傳家謂家事任子孫也。《曲禮》曰：『七十老而傳。』」蘇軾《再和許朝奉》：「傳家有衣鉢，斷獄盡《春秋》。」文物：禮樂制度。古以文物制等級明貴賤，故云。語出《左傳·桓公二年》：「夫德，儉而有度，登降有數，文物以紀之，聲明以發之，以臨百官。」杜甫《行次昭陵》：「文物多師古，朝廷半老儒。」自任：以爲自身職責。語出《孟子·萬章下》：「其自任以天下之重也。」曾鞏《越州趙公救灾記》：「事有非便文者，公一以自任，不以累其屬。」

〔六〕蚤：通「早」。踐揚：猶揚歷，謂仕宦所經歷。宋王禹偁《謝除刑部郎中知制誥啓》：「竊念某猥以腐儒，受知先帝，踐揚兩制，出處九年。」《揮麈後録》卷十一：「徐康國爲兩浙曹，亦以職事入謁中書，康國自謂踐揚之久，率多傲忽。」中外：京師與地方。刺舉：檢舉。語出《史記·田叔列傳》：「天下郡太守多爲姦利，三河尤甚，臣請先刺舉三河。」《資治通鑑·晉明帝太寧元年》：「汜公糟粕書生，刺舉小才，不思國家大計。」胡三省注：「刺者，以直傷人；舉者，招人之過。」宋文同《諸葛豐》：「少年名特立，初爲貢公起。元帝擢司隸，刺舉無所避。」

〔七〕迎刃：猶迎刃而解。言事之迅速輕易。唐李華《河南府參軍廳壁記》：「如川決防，如竹迎刃。」宋邵雍《首尾吟》七十三：「迎刃何煩多顧慮，堯夫非是愛吟詩。」撥煩：謂處理政務繁冗者。語出《漢書・龔勝傳》：「上知勝非撥煩吏，乃復還勝光禄大夫諸吏給事中。」杜甫《催宗文樹雞柵》：「倚賴窮歲晏，撥煩及冰釋。」

〔八〕喪膽：恐懼貌。《周書・李賢傳》：「今若從中擊之，賊必喪膽。」威采：威儀神采。式是：效法典型。語出《詩・大雅・崧高》：「王命申伯，式是南邦。」宋高宗《文宣王及其弟子贊》四十七：「式是壤伯，昭乎聖徒。」《説文》：「式，法也。」服膺：銘記在心。《禮記・中庸》：「得一善，則拳拳服膺而弗失之矣。」朱熹集注：「服，猶著也；膺，胸也。奉持而著之心胸之間，言能守也。」《清波雜志》卷八：「顧郎君捐有餘之才，崇未至之德，前哲訓迪後進，拳拳如此，爲後進者，得不服膺而書紳。」聲猷：聲譽及業績。《周書・蕭詧傳論》：「密邇寇讎，則威略具舉；朝宗上國，則聲猷遠振。」宋王禹偁《月波樓詠懷》：「自甘成潦倒，無復事聲猷。」

〔九〕升華：榮升清華尊貴之位。南朝梁沈約《奏彈祕書郎蕭遥昌》：「盛戚茂年，升華秘館。」歐陽修《回寶文呂内翰溱書》：「兹者伏承寶文内翰，被召禁林，升華内閣。」元幹《醉蓬萊・壽》亦用此語：「秘殿升華，紫樞勛舊，退步真祠，簡心端扆。」禁從：帝王侍從。蘇轍《王子難龍圖挽詞》：「俊科蚤與寒儒競，禁從終償白髮年。」胡仔《苕溪漁隱叢話前集・東坡三》：「然東坡自此脱謫籍，登禁從，累帥方面。」懋著：猶言「懋建」，勉力建立。懋：勉；著：使之顯明，亦建立義。《書・盤庚下》：「無戲怠，懋建大命。」孔傳：「勉立大教。」韓愈《順宗實録一》：「懋建皇極，以熙庶功。」勛庸：功勛。《後漢書・荀彧傳》：「曹公本興義兵，以匡振漢朝，雖勛庸崇著，猶秉忠貞之節。」唐李嶠《奉和天樞成宴夷夏群僚應制》：「轁迹光西崦，勛庸紀北燕。」

〔一〇〕故家：世家大族；世代仕宦之家。《孟子·公孫丑上》：「紂之去武丁，未久也。其故家遺俗，流風善政，猶有存者。」焦循正義：「故家，勛舊世家。」宋葉適《終論五》：「欲結合北方大姓故家，契丹遺種，相率響應，以謀大功。」臭味：氣息，喻同類。語出《左傳·襄公八年》：「季武子曰：『敢哉！今譬於草木，寡君在君，君之臭味也。』」杜預注：「言同類。」蘇軾《下財啓》：「夙緣契好，獲媾婚姻，顧門閥之雖微，恃臭味之不遠。」雅望：清高名望。《三國志·魏書·桓階陳群等傳評》：「陳群動仗名義，有清流雅望。」王勃《秋日登洪府滕王閣餞别序》：「都督閻公之雅望，棨戟遥臨。」亦指有名望者。

〔一一〕欣頌：歡欣贊頌。《論衡·自紀》：「惑衆之書，愚者欣頌，賢者逃頓。」唐許敬宗《奉和行經破薛舉戰地應制》：「普天霑凱澤，相携欣頌平。」敷陳罔既：不能盡言。蘇軾《賀鄰帥及監司正旦啓》：「官守所限，展慶無由；欣頌之深，敷陳罔既。」敷陳：鋪叙；論列。《淮南子·要略》：「分别百事之微，敷陳存亡之機。」罔既：不盡。秦觀《代賀蔡相公啓》：「繫頌實深，敷宣罔既。」按：此句，書啓格套語也。

上趙漕啓〔一〕

升沉殊况，全疏奏記之緘縢；合并未期，久廢登門之刺謁〔二〕。聞當路之使者，乃平生之故人〔三〕。霏鋸屑以劇談，將忘疲於終日；擊鉢音而高詠，固景服於下風〔四〕。喜浹山居，情親眉宇〔五〕。恭惟某官，懷致君之遠業，負經世之長才〔六〕。道合中庸，文深爾雅。聳孤標而嶽立，恢偉量以波澄〔七〕。風流居晉宋之間，臭味踵蘇黄之後〔八〕。雖持節屢回翔於外補，然峨冠數獻納於上前，賢宗室未足以盡之，名公卿於是乎在矣〔九〕！通班籍甚，寵加黄閣之華；大筆推先，行趣鑾坡之召〔一〇〕。何止家聲之不墜，要同國勢以中興〔一一〕。某多病早衰，安貧處順。向來五字，頗蒙先德之吹噓；老去三休，猶冀餘光而盼睞〔一二〕。屬寒暄之未定，祈寢餗之具宜〔一三〕。瞻頌所歸，敷宣罔既〔一四〕。

【箋注】

〔一〕趙漕：不詳。此啓作於南渡後。

〔二〕升沉：升降。謂仕途得失進退。李白《送友人入蜀》：「升沈應已定，不必問君平。」奏記：漢時文書進呈公府長官陳述意見者。《漢書·朱博傳》：「文學儒吏，時有奏記稱説云云。」近人姚華《論文後編·目録上》：「奏之爲言進也，於天子曰奏，於王公曰奏書，於公府曰奏記，於郡將曰奏牋，其他爲白事。」緘縢（téng）：隱之篋笥，久自蓄藏，慎於暴露，皆自謙恭謹貌。緘：結束封閉。縢：布袋。《説文》：「縢，囊也。」段玉裁注：「按凡囊皆曰縢……《玉篇》曰『兩頭有物謂之幐擔』。《廣韵》曰『囊可帶者』。或借縢爲之。」宋張鎡《陳子西投贈長句走筆次韵奉酬》：「容臺故人作書至，百篇古體緘幐中。」合并：聚會。漢王粲《雜詩》：「人欲天不違，何懼不合并。」韓愈《與孟東野書》：「各以事牽，不可合并。」刺謁：投名刺以求見。刺：名刺，即名片。《南史·劉繪傳》：「出爲南康相，郡人有姓賴，所居名穢里，刺謁繪。」唐薛調《無雙傳》：「由是乃刺謁，以從侄禮見遂中，具道本末，願納厚價以贖採蘋。」

〔三〕當路：掌握政權者。孟浩然《留別王維》：「當路誰相假，知音世所稀。」使者：不詳。

〔四〕霏鋸屑：言談娓娓不絶貌。霏：雨雪紛飛。鋸屑：鋸木屑。《晉書·胡毋輔之傳》：「彦國吐佳言如鋸木屑，霏霏不絶，誠爲後進領袖也。」蘇軾《生日王郎以詩見慶次其韵並寄茶二十一斤》：「高論無窮如鋸屑，小詩有味似連珠。」劇談：猶暢談。《漢書·揚雄傳上》：「口吃不能劇談，默而好深湛之思。」左思《蜀都賦》：「劇談戲論，扼腕抵掌。」擊鉢音：擊鉢之音。南朝齊竟陵王蕭子良，每夜邀文士飲酒賦詩，刻燭爲志，限燭燃一寸，詩成四韵。人或以其易，乃更爲擊銅鉢以催詩，限鉢聲一止，詩即吟成。事詳《南史·王僧孺傳》。宋陳師道《次韵蘇公蠟梅》：「坐想明年吴與越，行酒賦詩聽擊鉢。」高詠：朗聲吟詠。晉王羲之《與謝萬書》：「興言高詠，銜杯引滿。」李白《夜泊牛渚懷古》：「余亦能高詠，斯人不可聞。」下風：喻處於下位。謙辭。語出《左傳·僖公十五年》：「晉大夫三拜稽首曰：『君履后土而戴皇天，皇天后土，實聞君之言，群臣敢在下風。』」

〔五〕喜浹：歡悦之情滋潤感染於某物。宋吴芾《和閭丘省幹喜雨韵》二：「千里正憂無舊穀，一朝俄喜浹新禾。」宋洪适《降仙臺》：「播春澤、喜浹黎苗。」情親：感情親切。杜甫《送路六侍御入朝》：「童稚情親四十年，中間消息兩茫然。」

〔六〕致君：謂輔佐國君使爲聖明之主。語出《墨子・親士》：「良才難令，然可以致君見尊。」杜甫《奉贈韋左丞丈二十二韵》：「致君堯舜上，再使風俗淳。」遠業：大業。《後漢書・馮異岑彭等傳論》：「若馮、賈之不伐，岑公之義信，乃足以感三軍而懷敵人，故能剋成遠業，終全其慶也。」陶潛《晉故征西大將軍長史孟府君傳贊》：「道悠運促，不終遠業。」長才：卓異才能。杜甫《述古三首》三：「經綸中興業，何代無長才。」宋趙抃《送李運使學士赴闕十詠》一：「懿識本天資，長才繼者誰。」

〔七〕孤標：山頂、樹梢之高聳特出者。《水經注・涑水》：「東側磻溪萬仞，方嶺雲迴，奇峰霞舉，孤標秀出，罩絡群山之表。」喻品格高潔特出。杜甫《醉歌行贈公安顏少府請顧八題壁》：「神仙中人不易得，顏氏之子才孤標。」嶽立：屹然不動貌。《文選・潘岳〈藉田賦〉》：「青壇蔚其嶽立兮，翠幕黕以雲布。」唐沈佺期《初冬從幸漢故青門應制》：「英雄難重論，故基仍嶽立。」偉量：宏大器量。《世説新語・賞譽》「王戎目山巨源如璞玉渾金」，劉孝標注引晉顧愷之《畫贊》：「濤無所標明，淳深淵默，人莫見其際，而其器亦入道，故見者莫能稱謂，而服其偉量。」宋劉攽《次韵和楊叔恬贈鄭秘丞》：「譬如飲洪鍾，偉量乃能釂。」波澄：喻氣格凝定。南朝梁王中《頭陀寺碑文》：「川静波澄，龍翔雲起。」黄庭堅《澄心亭頌》：「菩薩清凉月，游於畢究空。衆生心水净，菩提影現中。忍觀伏塵勞，波澄泥著底。」黄頌之意尤相切近。

〔八〕風流：猶遺風；流風餘韵。《漢書·趙充國辛慶忌等傳贊》：「其風聲氣俗自古而然，今之歌謡慷慨，風流猶存耳。」歐陽修《跋〈永城縣學記〉》：「唐世執筆之士，工書者十八九，蓋自魏晉以來風流相承，家傳少習，故易爲能也。」臭味：志趣。漢蔡邕《玄文先生李休碑》：「凡其親昭朋徒，臭味相與，人會而葬之。」元稹《與吴端公崔院長五十韵》：「吾兄諳性靈，崔子同臭味。投此挂冠詞，一生還自恣。」踵：後繼。蘇黄：蘇軾、黄庭堅。

〔九〕回翔：往還，周旋。《吴越春秋》曰：越王句踐與大夫種、范蠡入臣於吴。群臣皆送至浙江之上。越王夫人乃據船哭，顧烏鵲啄江渚之蝦，飛去復來，因哭而歌之……又哀吟曰：「……彼飛鳥兮鳶烏，已回翔兮翕蘇……」曾鞏《侍中制》：「某行蹈中和，學通古今，從容應物，有適用之材，慷慨立朝，多據經之論，比回翔於禁闥，遂更踐於樞庭。」外補：京官外任。《後漢書·孝安帝紀》：「公府通調，令得外補。」司馬光《涑水記聞》卷三：「加直昭文館，以父老，求外補。」獻納：獻忠言以供採納。漢班固《兩都賦序》：「故言語侍從之臣，若司馬相如……之屬，朝夕論思，日月獻納。」《舊唐書·玄宗紀論》：「昌言嘉謨，日聞於獻納。」賢宗室：觀此，知趙係帝胄。張孝祥有題贈詩，其題曰「餘干趙公頊，賢宗室也，魏公題其堂曰養正，且爲作銘，取《易》『頤』之義刻碑堂上，予過之爲賦詩」，亦用此語。未足以盡之：不足以完全包括。宋郭祥正《泛江》：「蓋忠未足以盡報兮，孝未克以自信。」名公卿：公卿有名望者。唐皮日休《七愛詩·房杜二相國》：「美矣名公卿，魁然真宰輔。」於是乎在矣：就在其中矣。語出《左傳·僖公二十七年》：「先軫曰：『報施救患，取威定霸，於是乎在矣！』」宋李埴《鄂州重修北榭記碑》：

「必也昇高而望遠，憂深而謀長，覽山川之形勝，考古今之成敗，究昔人之謨議之得失，與今日時措之宜，其所蓄積操存，因感觸而發見，所賦之志於是乎在。」

〔一〇〕通班：通於朝班，謂官職顯耀者。南朝陳徐陵《讓散騎常侍表》：「洪私過誤，真以通班。」《史通·忤時》：「僕少小仕，早躡通班。」籍甚：盛大；盛多。《漢書·陸賈傳》：「賈以此遊漢廷公卿間，名聲籍甚。」王先謙補注引周壽昌曰：「籍甚，《史記》作『藉盛』，蓋『籍』即『藉用白茅』之『藉』，言聲名得所藉而益盛也。」黄閣：漢丞相、太尉及漢以後三公官署廳門塗黄，以別於天子之朱。《漢舊儀》卷上：「（丞相）聽事閣曰黄閣。」《宋書·禮志二》：「三公黄閣，前史無其義……三公之與天子，禮秩相亞，故黄其閤，以示謙不敢斥天子，蓋是漢來制也。」後因以指宰相官署。唐韓翃《奉送王相公赴幽州巡邊》：「黄閣開帷幄，丹墀侍冕旒。」大筆：猶大手筆，謂重要文書。《新唐書·崔融傳》：「朝廷大筆，多手敕委之，其《洛出寶圖頌》尤工。」蘇軾《次韻錢穆父》：「大筆推君西漢手，一言置我二劉間。」趣：同「趨」。鑾坡：謂翰林院。唐德宗時嘗移學士院於金鑾殿旁金鑾坡上，後遂以爲翰林院別稱。王安石《送鄆州知府宋諫議》：「綸掖清光注，鑾坡茂渥霑。」

〔一一〕家聲之不墜：不墜家聲，保持家世聲譽不受損壞。語本《漢書·司馬遷傳》：「李陵既生降，隤其家聲。」顏師古注：「孟康曰：『家世爲將，有名聲，陵降而隤之也。』師古曰：『隤，墜也。』」賀鑄《答僧訥》：「不墜家聲五百年，桂籍相望三葉慶。」家聲，家族世傳之聲名美譽。不墜：不辱，不失。《國語·晉語二》：「知禮可使，敬不墜命。」

〔一二〕向來：起初，原先。宋人常語。五字：章奏修正事。典出晉郭頒《魏晉世語》：「司馬景王命中書郎虞松作表，再呈不可，意令松更定之，經時竭思不能改，心有憂色……（鍾）會取草視，爲定五字。松悦服，以呈景王。景王曰：『不當爾耶？』松曰：『鍾會也。』王曰：『如此可大用，真王佐才也。』」後因以指章奏之工而得體要者。唐沈佺期《同韋舍人早朝》：「一經傳舊德，五字擢英材。」泛指表章。唐常袞《謝除知制誥表》：「得以文墨侍於軒墀，五字非工，四年待罪。」吹噓：吹氣，使熱者涼、寒者暖，以喻獎掖、汲引。阮籍《詠懷》七十五：「吹噓誰以益，江湖相捐忘。」《宋書・沈攸之傳》：「卵翼吹噓，得升官秩。」三休：唐司空圖晚年以足疾乞退，居中條山王官谷，築亭名「三休」。作文云：「休，休也，美也，既休而具美存焉。蓋量其才一宜休，揣其分二宜休，耄且聵三宜休。又少而惰，長而率，老而迂，是三者非濟時之用，又宜休也。」見《舊唐書・文苑傳下・司空圖》。後因以爲退隱之典。盼睞：觀看；顧盼。《古詩十九首・凛凛歲云暮》：「盼睞以適意，引領遥相睎。」轉指眷顧、垂青。劉長卿《早春贈別趙居士還江左時長卿下第歸嵩陽舊居》：「顧予尚羈束，何幸承眄睞。」《北夢瑣言》卷十一：「先是，李都、崔雍、孫瑝、鄭嵎四君子，蒙其盼睞者，因是進昇。」

〔一三〕寒暄：天氣冷暖。寢餗：寢食。餗：鼎中之食，後泛指飲食。宋郟亶《太倉隆福寺創觀音院以詩百韵寄妙觀大師且呈鄉中諸親舊》：「與師結真賞，輕舉效鴻鵠。相將老此身，嘯歌隨寢餗。」宋文師敬《龍多山》：「我家龍多西，出門山在目……入山未要深，且歸問寢餗。」

〔一四〕瞻頌：敬仰祝禱。敷宣：傳播，宣揚。《後漢書・皇后紀上・和熹鄧皇后》：「宜令史官著《長欒宫注《聖德頌》，以敷宣景耀，勒勛金石，縣之日月，攄之罔極。」《晉書·卞壼傳》：「案侍中、司徒、臨潁公組敷宣五教，實在任人。」

賀福帥啓〔一〕

欽奉俞音，曲從避牘〔二〕。擇剛辰而命帥，誕孚號以揚庭〔三〕。作屏行宫，乃眷全閩之盛；虚班宥府，允符分陝之雄〔四〕。自顧郊居，罕窺邸報〔五〕。逮傳聞於父老，均歡喜於兒童。恭惟某官，躬文武之兼資，繫安危而獨任〔六〕。望隆廊廟，勛著旂常〔七〕。被遇一人，蚤擁節旄之重；咨詢四岳，爰加茅土之封〔八〕。位嘗冠於西樞，道已尊於亞傅〔九〕。宜赤舄而備五福，果黑頭而爲三公〔一〇〕。蒼珮奉觴，比上東朝之壽；黄堂坐嘯，更寬南顧之憂〔一一〕。崇體貌以偃藩，閔勤勞而息駕〔一二〕。聊煩共理，迎皂蓋以班春；佇復疇庸，錫介圭而入覲〔一三〕。姑覽海山之形勝，必携樽俎以登臨〔一四〕。某久處丘園，願見元戎之小隊；竊觀衮繡，似是平生之故人〔一五〕。敢希解榻之情文，第講維桑之禮數〔一六〕。凝嚴適序，跋履遵塗〔一七〕。冀妙護於鼎茵，副具瞻於巖石〔一八〕。永言欣幸，實倍等夷。

【箋注】

〔一〕福帥：張浚。浚知福州，在紹興九年二月。參前《上張丞相十首》注三。

〔二〕欽奉：敬受。俞音：敬稱對方之允諾。俞：然可之辭。語本《書·益稷》：「禹曰：『都！帝，慎乃在位。』帝曰：『俞！』」《爾雅·釋言》：「俞，然也。」後遂以爲允諾之稱。蘇軾《求婚啓》：「仰緣夙契，祇聽俞音。」曲從：委曲順從，猶今言遷就。《漢書·鮑宣傳》：「以苟容曲從爲賢，以拱默尸禄爲智。」蘇軾《賜許將辭免恩命不允詔》：「既非所望，其可曲從？」避牘：辭謝詔令之表章。避：避賢路也，遜讓之辭。牘：謂章奏。宋人好用此語。王珪《華陽集·謝尚書左僕射表》：「任重塗遠，每懷顛躓之虞；身老退遲，已昧盈虚之數。敢意褒言之下，更饗異等之除。避牘載陳，俞言曲閟。洎勉承於殊命，顧何處於厚顏……誓堅白首之節，仰答大圓之私。」宋趙汝騰《庸齋集·再辭免除寶章閣學士提舉隆興府玉隆萬壽宫恩命奏狀》：「方痛勉于省修，忽上形於簡記。亟陳避牘，旋拜褒綸。」所謂「避牘」，即「謝……表」、「辭免……恩命狀」也。元幹之語，尤與王相類。按，句謂敬奉天子恩命，獲蒙委曲遷就張公遜謝之請也。

〔三〕剛辰：即剛日。剛日，猶單日。古以十干記日，甲、丙、戊、庚、壬五日居奇位，屬陽剛，故稱。《禮記·曲禮上》：「外事以剛日，内事以柔日。」孔疏：「外事，郊外之事也。剛，奇日也，十日有五奇五偶。甲、丙、戊、庚、壬五奇爲剛也。外事剛義故用剛日也。」劉禹錫《因論·嘆牛》：「甫聞邦君饗士，卜剛日矣。」是其義。蘇軾《郊祀慶成》：「大祀乾坤合，剛辰日月明。」「命帥」亦所謂「外事」，故以剛日行之也。命帥：任命將帥。《新唐書·陸贄傳》：「今陛下命帥，先求易制者，多其部使力分，輕其任使心弱。」「誕孚號」句：出法度、明號令，用以昭明朝廷之德澤。語本《易·夬》：「揚於王庭，孚號，有厲。」孔疏：「『孚號有厲』者，『號』，號令也，行决之法，先須號令。『夬』，以剛决柔，施之於人，則是用明信之法而宣其號令。」後以指君王詔命。陸游《謝赦表》：「臣適以守藩，恭聞孚號。雖與民欣戴，如瞻咫尺之天；然受命禱祈，實勞方寸之地。」誕：大。《書·湯誥》：「誕告萬方。」僞孔傳：「誕，大也。」按，此蓋謂莊重以事之。

〔四〕作屏：作屏障。曹植《責躬》：「伊余小子，恃寵驕盈。舉挂時網，作藩作屏。」宋劉敞《雪後見山樓》：「盡借前山作屏障，更煩佳雪洗烟嵐。」蓋謂福建毗鄰浙江，爲臨安之屏障，故云。唐盧照鄰《中和樂九章·歌諸王第七》：「藩屏王室，翼亮堯門。」元幹之義如此。虚班：空位以待。喻期望賢能。《隋書·隱逸傳·崔賾》：「但以燕求馬首，薛養雞鳴，謬齒鴻儀，虚班驥皂。」宋王禹偁《送交代劉斐裁之大夫》：「好縱齋航天上去，郎闈卿寺有虚班。」宥府：即樞密院。語本《詩·周頌·昊天有成命》：「夙夜基命宥密。」元稹《追封宋若華制》：「故宋若華，我德宗孝文皇帝躬勤庶務，寤寐以之，乃命女子之知書可付信者，省奏中宫。而若華等伯姊季妹，三英粲兮，皆在選中，參掌宥密。」宥密，深密、機密。後以轉指樞密院。因其掌管軍事機密，故稱。蘇軾《賜正議大夫樞密院事安燾乞退不允批答》：「宥密之司，安危所寄。」後遂以「宥府」爲樞密院代稱。周密《癸辛雜識前集·袁彦純客詩》：「袁彦純同知，始以史同叔同里之雅，薦以登朝，尹京既以才猷自結上知，遂繇文昌躋宥府，寖寖乎柄用矣。」允符：切合。韓愈《祭裴太常文》：「兄皆指陳根源，斟酌通變，莫不允符天旨，克協神休。」分陝：《春秋公羊傳·隱公五年》：「自陝而東者，周公主之；自陝而西者，召公主之。」後來官僚出任地方長官亦稱爲「分陝」。陶潛《晉故征西大將軍長史孟府君傳》：「(庾亮)受分陝之重，鎮武昌，并領江州。」

〔五〕邸報：古地方在京師設邸，專司傳抄詔令、奏章等，以報於諸藩，故稱。後亦泛指朝廷官報。蘇軾《小飲公瑾舟中》：「坐觀邸報談迂叟，閑説滁山憶醉翁。」宋周孚《二月即事(自後丁亥始)》：「窮閻無邸報，病耳信塗傳。」此與元幹之言近似。

〔六〕文武之兼資：文武全才。《漢書·朱雲傳》：「平陵朱雲，兼資文武，忠正有智略，可使以六百石秩試守御史大夫，以盡其能。」獨任：猶專任。漢鄒陽《獄中上書自明》：「故偏聽成姦，獨任成亂。」三國魏曹冏《六代論》：「仁心不加於親戚，惠澤不流於枝葉，譬猶芟刈股肱，獨任胸腹。」按，此謂浚受知朝廷。

〔七〕廊廟：朝廷。旂常：旂與常，王侯旗幟。旗畫交龍，常畫日月。語本《周禮·春官·司常》：「日月爲常，交龍爲旗……王建大常，諸侯建旗。」隋煬帝《白馬篇》：「白馬金貝裝，横行遼水傍。問是誰家子，宿衛羽林郎……本持身許國，况復武功彰。會令千載後，流譽滿旂常。」

〔八〕一人：天子；亦爲天子自稱。《書·太甲下》：「一人元良，萬邦以貞。」孔傳：「一人，天子。」《湯誥》：「王曰：『嗟爾萬方有衆，明聽予一人誥。』」孔傳：「天子自稱曰予一人。」班固《白虎通·號》：「王者自謂一人者，謙也，欲言己材能當一人耳。故《論語》曰：『百姓有過，在予一人。』臣謂之一人何？亦所以尊王者也，以天下之大，四海之内，所共尊者一人耳。故《尚書》曰：『不施予一人。』」節旄：指旌節。唐鄭愔《塞外》二：「子卿猶奉使，恒向節旄看。」司馬光

《賜殿前都指揮使安武軍節度使郝質不允詔》：「卿以沈勇冠軍，忠厚許國，内典嚴衛，外秉節旄，夙夜之勞，簡於朕志。」咨詢四岳：訪問、徵求意見於四岳之君。語本《書・堯典》：「帝曰：『咨，四岳。』」僞孔傳：「四岳，即上羲、和之四子，分掌四岳之諸侯，故稱焉。」杜甫《寄裴施州》：「堯有四岳明至理，漢二千石真分憂。」咨詢：訪問。語出《詩・小雅・皇皇者華》：「載馳載驅，周爰咨詢。」茅土之封：分封諸侯。古天子分封諸侯，賜以社壇方土，以白茅包之。後泛指委任地方高級官員。唐殷堯藩《李節度平虜》：「元勛未論封茅異，捷勢應如破竹然。」

〔九〕西樞：宋熙寧間建東西兩府於京師，樞密使掌握兵柄，居西府，故稱。宋胡繼宗《書言故事・西樞》：「熙寧三年，詔曰：『國家以西樞内輔，翊贊本兵，任爲重矣。』」亞傅：少傅別稱。楊萬里《賀張魏公少傅宣撫啓》：「恭審召升亞傅，命撫征師。」

〔一〇〕赤舄：天子、諸侯之履。赤色，重底。《詩・豳風・狼跋》：「公孫碩膚，赤舄几几。」毛傳：「赤舄，人君之盛屨也。」五福：《書・洪範》：「五福：一曰壽，二曰富，三曰康寧，四曰攸好德，五曰考終命。」桓譚《新論》：「五福：壽、富、貴、安樂、子孫衆多。」黑頭三公：見前《李丞相綱生朝三首》注五。

〔一一〕蒼珮：指水蒼佩，以水蒼玉琢成之佩飾。見前《賀張丞相浚復特進啓》注一一。東朝：代指太后。本指漢長樂宫，太后所居，以在未央宫之東，故稱。《史記・劉敬叔孫通列傳》：「孝惠帝爲東朝長樂宫，及閒往，數蹕煩人，迺作複道。」集解引《關中記》：「長樂宫本秦之興樂宫也。漢太后常居之。」《漢書・灌夫傳》：「東朝廷辯之。」顔注引如淳曰：「東朝，太后朝也。」黄堂：

太守衙署正堂。見前《賀泉州汪内翰藻啓》注九。坐嘯：治理有方，故爲官清閑。見前《賀張丞相浚復特進啓》注七。

〔一二〕體貌：謂以禮相待，致尊崇於人。體，通「禮」。語出《戰國策・齊策三》：「淳于髡爲齊使於荆，還反，過薛，孟嘗君令人體貌而親郊迎之。」蘇軾《賜知永興軍韓縝三上表陳乞致仕不允斷來章詔》：「朕體貌諸老，儀刑四方。」崇體貌：謂朝廷倚重浚之聲威，而浚得優游而爲卧治也。宋朱長文《元少保生日》二：「體貌方隆避政樞，歸來衮繡耀東吴。」又爲體制、法度義。語出《國語・楚語上》：「體貌以左右之，明行以宣翼之。」唐李德裕《上尊號玉册文》：「内嚴體貌，增堂陛之峻，外絶締交，去輔車之勢。」則謂浚之善能行政、具有規矩也，亦可通。偃藩：卧治，無爲而治。是古人以爲高尚者。偃：卧也，謂卧而行治理之事。曾鞏《回亳州知府諫議狀》：「伏惟開合之初，偃藩甚樂。休有神明之助，茂臻福履之宜。」宋宋庠《送給事俞學士知宣州》：「緣何厭廬久，便作偃藩行。」息駕：停車休息。語出《列子・説符》：「孔子自衛反魯，息駕乎河梁而觀焉。」借喻逍遥貌。元幹《奉酬陳端中明府長韻》：「善藏武城刀，息駕王喬舄。」

〔一三〕共理：共治，一同處理政務。白居易《賀平淄青表》：「臣名參共理，職忝分憂，抃舞歡呼，倍萬常品。」宋范純仁《循吏》：「吾皇有德真堯舜，唯待諸君共理功。」皂蓋：黑色蓬傘，官員儀仗之一。《後漢書・輿服志上》：「中二千石、二千石皆皂蓋，朱兩幡。」梁簡文帝蕭綱《樂府三首》二《艷歌篇十八韻》：「輕軺綴皂蓋，飛轡轢雲驄。」班春：頒布春令。古地方長官督導農耕之政令。班：頒布。《後漢書・崔篆傳》：「篆爲新建大尹……稱疾不視事，三年不行縣。門下掾倪敞諫，篆乃强起頒春。」李賢注：「班布春令。」王安石《次韵春日感事》：「病得一官隨太守，班春無助愧周任。」伫：立而待也。疇庸：謂選賢任用。語出《書·堯典》：「疇咨若時登庸。」孔傳：「疇，誰；庸，用也。誰能咸熙庶績，順是事者，將登用之。」張九齡《謝中書侍郎狀》：「此職擇才，十年虚位，以卿達識，所以疇庸。」錫：同「賜」。介圭而入覲：獻功朝廷之儀。王安石《賀慶州杜待制啓》：「韓侯獻功，即介圭而入覲。」介圭：大圭。圭：玉版，禮玉也，矩形而上鋭者。《詩·大雅·崧高》：「錫爾介圭，以作爾寶。」鄭玄箋：「圭長尺二寸謂之介。非諸侯之圭。」

〔一四〕樽俎：食器，樽以盛酒，俎以盛肉。語出《莊子·逍遥遊》：「庖人雖不治庖，尸祝不越樽俎而代之矣。」高適《酬秘書弟兼寄幕下諸公》：「誰謂萬里遥，在我樽俎中。」

〔一五〕丘園：借指隱逸。元戎之小隊：大帥之扈從。杜甫《嚴中丞枉駕見過》：「元戎小隊出郊坰，問柳尋花到野亭。」衮繡：見前《上張丞相十首》注二六。平生之故人：一生之知己。白居易《與元微之書》：「平生故人，去我萬里，瞥然塵念，此際暫生。」唐郎士元《送彭偃房由赴朝因寄錢大郎中李十七舍人》：「平生故人遠，君去話潸然。」

〔一六〕解榻：敬愛佳友賢士。典出《後漢書·徐稚傳》又《陳蕃傳》。東漢陳蕃任豫章太守，不接賓客，唯爲南州高士徐稚特備一榻，來則設之，去則懸之；又任樂安太守時，亦曾爲郡人周璆「特爲置一榻，去則縣之」。白居易《叙法書情四十韵上宣歙崔中丞》：「好風迎解榻，美景待搴帷。」情文：質與文，猶言内容與形式。語出《荀子·禮論》：「故至備，情文俱盡；其次，情文代勝。」楊倞注：「情，謂禮意，喪主哀，祭主敬之類；文，謂禮物、威儀也。」宋黃裳《結交》：「離合見難易，情文生僞真。」第：唯，僅止。講：講求。維桑：猶言桑梓，故鄉。語本《詩・小雅・小弁》：「維桑與梓，必恭敬止。」毛傳：「父之所樹，己尚不敢不恭敬。」晉陸雲《歲暮賦》：「處孝敬於神丘兮，結祇慕於惟桑。」宋王禹偁《投柴殿院》：「白公是前政，魯望有維桑。」禮數：禮儀制度。語本《左傳・莊公十八年》：「王命諸侯，名位不同，禮亦異數。」《抱朴子・譏惑》：「制禮數以異等威之品。」猶禮節。南朝梁任昉《出郡傳舍哭范僕射詩》一：「平生禮數絶，式瞻在國楨。」維桑之禮數：謂以同鄉而加優待。

〔一七〕凝嚴：嚴寒。杜牧《偶遊石盎僧舍》：「益（一作悒）鬱乍怡融，凝嚴忽頹坼。」歐陽修《和徐生假山》：「況此窮冬節，陰飈積凝嚴。」適序：合乎時令節候，謂及時。南北朝阮彦《皇太子釋奠會詩》：「適序親薦，登堂降齒。」跋履：謂跋山涉水，旅途奔波。語出《左傳・成公十三年》：「文公躬擐甲胄，跋履山川，逾越險阻，征東之諸侯。」劉叉《冰柱》：「有客避兵奔遊僻，跋履險阨至三巴。」遵塗：登程，猶今言上路出發。塗，同「途」。南朝宋謝瞻《於安城答靈運》三：「履運傷荏苒，遵途歡緬邈。」宋范純仁《自砭》：「遵途益須慎，勿使趣向錯。」按，蘇軾《雄州白溝驛賜大遼賀正旦人使御筵口宣制》有云：「遠馳使節，來慶春朝，屬歲律之凝嚴，涉道塗之修阻，宜頒宴衎，以勞勤劬。」元幹此文，頗與雷同。

〔一八〕妙護：愛護，猶言珍重。鄭良嗣《瓊花》：「玉立祠庭久不衰，俄經剪伐重能栽。端知妙護有神力，更喜當時殲厥魁。」鼎茵：相位也。鼎：鼎臣，謂宰相。茵：席，謂位次。宋穆脩《秋浦會遇》：「勇俟邀圭爵，功期取鼎茵。」王安石《夜夢與和甫別如赴北京時和甫作詩覺而有作因寄純甫》：「水菽中歲樂，鼎茵暮年悲。」蓋宋人似好用此語。副：符合。具瞻：謂爲衆人所瞻望。多用指宰相。語出《詩·小雅·節南山》：「赫赫師尹，民具爾瞻。」毛傳：「具，俱；瞻，視。」鄭箋：「此言尹氏汝居三公之位，天下之民俱視汝之所爲。」宋周必大《二志堂詩話·辨歐陽公釋奠詩》：「宰相者，人臣極位，天下具瞻，非有清望大功，不容輕授。」浚嘗爲相。

賀薛帥移閩啓〔一〕

肅膺明制，寵易近藩，捨五嶺之炎方，臨三山之樂土〔二〕。旌旄改色，鼓角增雄〔三〕。士論所歸，宸恩尤重〔四〕。恭惟某官，天資渾厚，德宇粹温，藏利器以變通，藴遠猷而康濟〔五〕。宜處名卿鉅公之位，固多君子長者之風〔六〕。事不辭難，蜚飛騰於要路；人惟求舊，爰登用於熙朝〔七〕。嘗撫荆渚之上游，荐鎮贛川之劇郡，懋昭異績，益著先聲〔八〕。玆聞成命之初頒，式慰群情之素服〔九〕。寇攘欲殄①，師旅方屯〔一〇〕。咸責備於韜鈐，佇召還於樞筦〔一一〕。非徒報政，當見策勛〔一二〕。某自棄蒿萊，久棲雲壑〔一三〕。從大將軍之幕府，曩雖預乎同僚；望都督府之戟門，念將陪於下客〔一四〕。詎敢恃金蘭之契，聊復伸桑梓之恭〔一五〕。欣幸交深，敷陳罔既。

【校】

①寇攘欲殄：文瀾閣本改作「忠誠既篤」。

【箋注】

〔一〕薛帥：薛弼（一〇八八—一一五〇），字直老，温州永嘉人。徽宗政和二年進士。欽宗靖康初，金人攻汴京，力主李綱堅守之議，圍解，遷光禄寺丞。高宗紹興初，除湖南運判，助岳飛鎮壓楊幺起事。累擢敷文閣待制。歷知虔州、福州、廣州。素遊秦檜門，岳飛死，凡爲飛謀議者皆奪職，唯弼得免。《宋史》卷三八〇有傳。元幹在李綱幕府與爲同僚。紹興十五年九月弼移知福州，元幹作此啓相賀。

〔二〕肅膺：敬受。《隋書·煬帝紀上》：「朕肅膺寶曆，纂臨萬邦，遵而不失，心奉先志。」明制：敬稱詔命。天子稱「制」。宋岳珂《山居感舊百韵》：「皇上頒明制，公朝雪滯冤。」近藩：此謂福州。福州去臨安非遥。五嶺：大庾嶺、越城嶺、騎田嶺、萌渚嶺、都龐嶺總稱，位於江西、湖南、廣東、廣西四省之間，爲長江與珠江流域分水嶺。《史記·張耳陳餘列傳》：「北有長城之役，南有五嶺之戍。」陸機《贈顧交阯公真》：「伐鼓五嶺表，揚旌萬里外。」炎方：泛指南方炎熱地區。《藝文類聚》卷九一引三國魏鍾會《孔雀賦》：「有炎方之偉鳥，感靈和而來儀。」白居易《夏日與閑禪師林下避暑》：「每因毒暑悲親故，多在炎方瘴海中。」三山：海上三神山。見前《奉同黄檗慧公……爲賦十四韵》注二。又福州别名「三山」，以境内有「于山、烏石山、屏山」並峙。樂土：安樂境界。《詩·魏風·碩鼠》：「逝將去女，適彼樂土。」杜甫《垂老别》：「何鄉爲樂土，安敢尚盤桓。」按，元幹此語，巧得雙關而不著痕迹。

〔三〕旌旄：軍中旗幟所以指揮者。漢劉向《説苑·權謀》：「有狂兕從南方來，正觸王左驂，王舉旌旄而使善射者射之。」唐李頻《陝府上姚中丞》：「關東領藩鎮，闕下授旌旄。」鼓角：戰鼓與號角，軍中以報時、警衆或發出號令者。《後漢書·公孫瓚傳》：「袁氏之攻，狀若鬼神，梯衝舞吾樓上，鼓角鳴於地中，日窮月急，不遑啓處。」杜甫《閣夜》：「五更鼓角聲悲壯，三峽星河影動摇。」改色：長官易人則易儀仗；或謂增色，亦可通；增雄：增益氣勢。二皆稱頌之辭。

〔四〕士論：士大夫輿論。宋韓淲《澗泉日記》卷中：「張九成字子韶，官至侍郎，爲世儒所屈指……好禪學，士論或以爲不醇爾。」宸恩：帝王恩寵。唐張説《奉和同皇太子過慈恩寺應制》一：「翼翼宸恩永，煌煌福地開。」

〔五〕渾厚：質樸厚重。曾鞏《館中祭丁元珍文》：「子之爲人，渾厚平夷，不阻爲崖，不巧爲機。」宋文同《送通判喻郎中》二：「愛君性渾厚，殊不與時變。」德宇：猶氣度、器量。見前《賀張參政啓又一首》注一二。粹温：純真温良。南朝宋顔延之《陶徵士誄》：「廉深簡潔，貞夷粹温。」黄庭堅《送謝公定作竟陵主簿》：「澗松無心古須鬣，天球不琢中粹温。」利器：喻傑出才能。《後漢書·虞詡傳》：「志不求易，事不避難，臣之職也。不遇槃根錯節，何以别利器乎？」王昌齡

《上侍御士兄》：「利器必先舉，非賢安可任？」變通：不拘常規、因地時而制宜。《鹽鐵論・遵道》：「故有改制之名，無變通之實。」劉長卿《贈别于群投筆赴安西》：「且欲圖變通，安能守拘束！」遠猷：長久打算，遠大謀略。語出《書・康誥》：「顧乃德，遠乃猷。」孔傳：「遠汝謀，思爲長久。」《三國志・魏書・明帝紀論》：「而遽追秦皇、漢武，宫館是營，格之遠猷，其殆疾乎。」康濟：見前《代上折樞彦質生朝二首》注三。

〔六〕名卿鉅公：泛指王公大臣。歐陽修《江鄰幾文集序》：「名卿鉅公往往見於余文。」君子長者之風：泛指賢德者之風範。《論語・顔淵》：「君子之德風。」《文選・司馬遷〈報任少卿書〉》：「僕雖罷駑，亦嘗側聞長者之遺風矣。」

〔七〕事不辭難：勇於任事，不畏避艱難。宋趙抃《再有蜀命别王居卿》：「穆陵關望劍門關，岱嶽山連蜀道山。自顧松筠根節老，誰憐霜雪鬢毛斑。離家詎謂虞私計，過闕尤欣覲帝顔。叱馭重行君莫訝，古人辭易不辭難。」趙詩所言情事，堪與元幹語相發，故具引之。要路：顯要地位。《古詩十九首・今日良宴會》：「何不策高足，先據要路津。」杜甫《暮秋枉裴道州手札率爾遣興寄近呈蘇涣侍御》：「致君堯舜付公等，早據要路思捐軀。」人惟求舊：信賴重用舊臣元老。語出《書・盤庚上》：「人惟求舊，器非求舊，惟新。」唐蘇頲《授張仁願兵部尚書制》：「名遂身退，則聞告老；優賢尚齒，不忘求舊。」熙朝：本謂使王朝興盛。熙：使之昌明興盛，動詞。《文選・陸機〈辯亡論上〉》：「大司馬陸公以文武熙朝，左丞相陸凱以謇諤盡規。」吕延濟注：「熙，興也。」轉指昇平朝代，盛世。宋陳師道《賀翰林曾學士書》：「兄弟相望，乃平世之榮光；魯衛同升，亦熙朝之故事。」

〔八〕撫：撫禦，鎮守。荆渚：蓋泛指洞庭湖流域。蘇軾《渼陂魚》：「早歲嘗爲荆渚客，黄魚屢食沙頭店。」范成大《連日風作洞庭不可渡出赤沙湖》：「汨羅水飽動荆渚，嶽麓雨來昏洞庭。」上游：荆州在建康、潤州上游。荐：頻仍。《爾雅·釋言》：「荐、原，再也。」《左傳·僖十三年》：「晉荐饑。」《爾雅·釋天》：「仍饑爲荐。」意謂屢次饑荒名曰「荐（饑）」。劇郡：大郡；州郡務繁治難者。劇：繁劇，困難。《漢書·循吏傳·朱邑》：「（張敞）與邑書曰：『……直敞遠守劇郡，馭於繩墨。』」白居易《去歲罷杭州今春領吴郡慚無善政聊寫鄙懷兼寄三相公》：「爲問三丞相，如何秉國鈞。那將最劇郡，付與苦慵人。」按，弼紹興八年至十一年知荆南，十三年知贛州。懋昭：勉力宣明顯揚。《書·仲虺之誥》：「王懋昭大德，建中於民。」孔傳：「欲王自勉明大德。」《舊唐書·李晟傳》：「乃圖厥容，列於斯閣，懋昭績效，式表儀形。」異績：政績傑出非凡者。張九齡《郡内閑齋》：「理人無異績，爲郡但經時。」宋文同《送知府吴龍圖》：「往年鎮撫有異績，大旆再遣來於東。」先聲：本軍事用語，謂早播軍威威懾敵寇者。南朝梁王訓《度關山》：「兵法貴先聲，軍中自有程。」杜牧《分司東都寓居履道叨承川尹劉侍郎大夫恩知上四十韵》：「先聲威虎兕，餘力活蟭螟。」泛指昔日之聲望。蘇軾《送穆越州》：「舊政猶傳蜀父老，先聲已振越溪山。」益著先聲：意謂使舊有之名譽更加真切顯明也。

〔九〕成命：本指天命既定者。語出《詩·周頌·昊天有成命》：「昊天有成命，二后受之。」後泛指既有之命令。《魏書·范紹傳》：「以父憂廢業，母又誡之曰：『汝父卒日，令汝遠就崔生，希有成立。今已過期，宜遵成命。』紹還赴學。」群情：民意；公論。唐李泌《奉和聖製重陽賜會聊示所懷》：「大唐造昌運，品物荷時成。乘秋逢令節，錫宴歡群情。」司馬光《言御臣上殿劄子》：「群情未洽，績效未著。」素服：平素所佩服崇敬者。

〔一〇〕師旅：古部伍編制之稱。《詩·小雅·黍苗》：「我徒我御，我師我旅。」鄭玄箋：「五百人爲旅，五旅爲師。」後用指軍隊。《史記·貨殖列傳》：「然迫近北夷，師旅亟往，中國委輸，時有奇羨。」

〔一一〕責備：以盡善盡美要求人，猶言求全責備。《淮南子·氾論訓》：「是故君子不責備於一人。」《新唐書·太宗紀贊》：「然《春秋》之法，常責備於賢者。」韜鈐：古兵書《六韜》《玉鈐篇》之並稱，泛指兵書；借指武將。唐張説《將赴朔方軍應制》：「禮樂逢明主，韜鈐用老臣。」五代孫光憲《北夢瑣言》卷五：「趙蕤者，梓州鹽亭縣人也，博學韜鈐，長於經世。」樞筦：亦作「樞管」，朝廷之政務。《資治通鑑·梁武帝天監二年》：「衆謂沈約宜當樞管。上以約輕易，不如尚書左丞徐勉，乃以勉及右衛將軍周捨同參國政。」胡三省注：「樞管，謂管樞機也。今人猶言樞密院爲樞管。」《新唐書·蕭瑀傳》：「帝委以樞筦，内外百務，悉關決。」

〔一二〕報政：陳報政績。典出《史記·魯周公世家》：「周公卒，子伯禽固已前受封，是爲魯公。魯公伯禽之初受封之魯，三年而報政周公。周公曰：『何遲也？』伯禽曰：『變其俗，革其禮，喪三年然後除之，故遲。』」後用以稱美地方長官政績之卓著。劉禹錫《上門下武相公啓》：「念外臺報政之功，追宣室前席之事。」策勛：記功勛於策書之上。見前《送高集中赴漳浦宰》注一〇。

〔一三〕自棄：自甘落後，不求上進。語出《孟子·離婁上》：「吾身不能居仁由義，謂之自棄也。」曹植

《上責躬應詔詩表》：「是以愚臣徘徊於恩澤而不敢自棄者也。」杜甫《送李卿曄》：「晉山雖自棄，魏闕尚含情。」蒿萊：草野。阮籍《詠懷》三一：「戰士食糟糠，賢者處蒿萊。」岑參《送杜佐下第歸陸渾別業》：「還須及秋賦，莫即隱蒿萊。」自棄蒿萊：自謙語。雲壑：谿谷爲雲氣所蔽者。南朝齊孔稚圭《北山移文》：「誘我松桂，欺我雲壑。」唐于鵠《過凌霄洞天謁張先生祠》：「乃知軒冕徒，寧比雲壑眠。」

〔一四〕幕府：軍政大吏之府署。《史記·李將軍列傳》：「大將軍使長史急責廣之幕府對簿。」王安石《和蔡副樞賀平戎慶捷》：「幕府上功聯舊伐，朝廷稱慶具新儀。」都督：軍事長官。《晉書·職官志》：「江左以來，都督中外尤重，唯王導等權重者乃居之。」陸游《老學庵筆記》卷四：「趙相初除都督。」戟門：古君王出行，在止宿處插戟爲門。《周禮·天官·掌舍》「爲壇壝宫棘門」，鄭玄注引漢鄭司農曰：「棘門，以戟爲門。」後指立戟之門。《資治通鑑·唐僖宗光啓三年》：「行密帥諸軍合萬五千人入城，以梁纘不盡節於高氏，爲秦畢用，斬於戟門之外。」胡三省注：「唐設戟之制，廟社宫殿之門二十有四，東宫之門一十有八，一品之門十六，二品及京兆、河南、太原尹、大都督、大都護之門十四，三品及上都督、中都督、上都護、上州之門十二，下都督、下都護、中州、下州之門各十。設戟於門，故謂之戟門。」後轉指顯貴之宅邸或顯赫之官署。唐錢起《秋霖曲》：「貂裘玉食張公子，炰炙熏天戟門裏。」下客：下等賓客。《北史·房法壽傳》：「以法壽爲上客，崇吉爲次客，崔、劉爲下客。」盧照鄰《宴梓州南亭詩序》：「下客凄惶，暫停歸轡；高人賞玩，豈輟斯文。」陪下客：自謙語。

〔一五〕金蘭：深交。語本《易・繫辭上》：「二人同心，其利斷金；同心之言，其臭如蘭。」岑文本《冬日宴於庶子宅》：「金蘭篤惠好，尊酒暢生平。」金蘭之契：見前《賀張參政啓又一首》注九。桑梓之恭：以鄉里身份而致敬慕。語出《詩・小雅・小弁》：「維桑與梓，必恭敬止。」朱熹集傳：「桑、梓，二木。古者五畝之宅，樹之墻下，以遺子孫給蠶食、具器用者也……桑梓父母所植。」

代上泉州汪守啓〔一〕

顯膺明命，寵易名藩。聞威令之素行，竦官僚而改觀〔二〕。恭惟某官，德盛不侮，禮卑有恭〔三〕。力取巍科，馳英聲於庠序；寢登華貫，著偉望於朝廷〔四〕。輟自禁林，屢分符竹〔五〕。文章富以儒學，政事蔚爲吏師。傳黟水之去思，棠陰正茂；卜温陵之善政，騎氣來臨〔六〕。某已迫瓜期，尚依蓮幕，重有簡書之畏，敢忘竿牘之修〔七〕?·諒非晚而賜環，定不容於暖席〔八〕。台躔在望，商律届凉〔九〕。仰冀上爲邦家，精調饔寢〔一〇〕。

【箋注】

〔一〕汪守：汪藻。見前《賀泉州汪内翰藻啓》注一。此篇代何人作，未詳。

〔二〕素行：向來執行不誤者。《孫子·行軍》：「令素行，以教其民，則民服；令不素行，以教其民，則民不服。令素行者，與衆相得也。」宋趙蕃《自桃川至辰州絶句四十有二》十七：「患難嗟予已素行，今朝灘裹挽仍撑。」改觀：改變面貌。謝靈運《悲哉行》：「幽樹雖改觀，終始在初生。」蘇軾《南次韵答賈耘老》：「故人改觀争來賀，小兒不信猶疑錯。」

〔三〕德盛不侮：德行修整則無侮慢之事。《書·旅獒》：「德盛不狎侮。狎侮君子，罔以盡人心；狎侮小人，罔以盡其力。」宋吕本中《無題二首》一：「德盛不狎侮，玄談多作俳。」禮卑有恭：謙遜恭敬。《易·繫辭上》：「知崇禮卑，崇效天，卑法地。」李鼎祚集解引虞翻曰：「知謂乾效天崇，禮謂坤法地卑。」盧綸《上巳日陪齊相公花樓宴》：「禮卑瞻絳帳，恩浹厠華纓。」

〔四〕巍科：科第優異者。唐洞山良价禪師《王子頌五首》三《末生》：「業就巍科酬志極，比來臣相不當途。」宋馮山《寄新先輩蹇頎子長書記》：「年少才華自不群，果然飛步出儒紳。漢廷大對無雙手，蜀學巍科第四人。」自注：「聞子長累考中狀元。」英聲：美名。唐王迥《同孟浩然宴賦》：「屈宋英聲今止已，江山繼嗣多才子。」司馬相如《封禪文》：「俾萬世得激清流，揚微波，蜚英聲，騰茂實。」華貫：顯要位次。貫：連貫之行列。《舊唐書·杜審權傳》：「踐歷華貫，餘二十年。」范仲淹《遺表》：「肝膽摧落，精魄飛揚，然臣起於諸生，歷此華貫，雨露澤於數世，圭組焕於一門。」偉望：隆崇聲望。唐黄滔《呈西川高相啓》：「相公嶽降宏才，神資偉望。」

〔五〕禁林：翰林院別稱。元稹《寄浙西李大夫》：「禁林同直話交情，無夜無曾不到明。」《舊唐書·鄭畋傳》：「禁林素號清嚴，承旨尤稱峻重。」符竹：《漢書·文帝紀》：「初與郡守爲銅虎符、竹使符。」顔注引應劭曰：「銅虎符第一至第五，國家當發兵遣使者，至郡合符，符合乃聽受之。竹使符皆以竹箭五枚，長五寸，鐫刻篆書，第一至第五。」後因以指郡守之職。劉禹錫《蘇州謝上表》：「優詔忽臨，又委之符竹。」按，二句謂由中樞而銜命出鎮地方。

〔六〕黟水：在今安徽黟縣、休寧縣一帶，舊屬徽州。清洪亮吉《乾隆府聽州縣圖志·徽州府·黟縣》：「黟縣，漢舊縣，隋開皇中縣廢，十一年復置。吉陽水，一名黟水，源出縣東北十五里吉陽山，至休寧縣率口入浙水。」汪藻曾知徽州，故此處云然。去思：去後之思，謂長官離任而地方士民懷念之情。《漢書·何武傳》：「欲除吏，先爲科例以防請託，其所居亦無赫赫名，去後常見思。」歐陽修《與韓忠獻王書》：「廣陵嘗得明公鎮撫，民俗去思未遠。」棠陰：棠樹樹陰，喻惠政或良吏惠行。典出《詩·召南·甘棠》。梁簡文帝《罷丹陽郡往與吏民別》：「柳栽今尚在，棠陰君詎憐。」劉長卿《餘干夜宴奉餞前蘇州韋使君新除婺州作》：「幸容棲托分，猶戀舊棠陰。」温陵：泉州別稱。《輿地紀勝》引舊圖經謂「其地少寒，故云」。時汪藻守泉州，故此處云然。騎氣：雲氣如騎兵陣者。《史記·天官書》：「騎氣卑而布。」李綱《寄呂相元直》：「親提貔虎三千士，力破豺狼十萬軍。江表已欣迎騎氣，淮壖行慶掃妖氛。」蓋謂瑞徵者。

〔七〕瓜期：任滿。典出《左傳·莊公八年》：「齊侯使連稱、管至父戍葵丘。瓜時而往，曰：『及瓜而代。』期戍，公問不至。」期，一週年。原指戍守一年期滿，後以轉指官吏任期届滿。宋郭祥正

《送陳大夫罷太平守還臺》：「政成無擾威惠浹，白駒馳隙臨瓜期。」蓮幕：幕府。典出《南史・庾杲之傳》：「（王儉）用杲之爲衛將軍長史。安陸侯蕭緬與儉書曰：『盛府元僚，實難其選。庾景行泛淥水，依芙蓉，何其麗也。』時人以入儉府爲蓮花池，故緬書美之。」後因稱幕府爲「蓮幕」。李商隱《自桂林奉使江陵寄獻尚書》：「下客依蓮幕，明公念竹林。」簡書：告誡、策命、盟誓、徵召之類文書。《詩・小雅・出車》：「豈不懷歸，畏此簡書。」朱熹集傳：「簡書，戒命也。」錢起《送李評事赴潭州使幕》：「謾説簡書催物役，遥知心賞緩王程。」竿牘：書札。見前《問候馬漕啓》注一〇。

〔八〕賜環：逐臣赦還謂之「賜環」。暖席：久坐而席有體温。見前《問候馬漕啓》注九。

〔九〕台躔：宰輔重臣之位。台：三台，星名，亦名泰階，古以喻三公。躔，日月星辰於黄道之位次。范仲淹《即席呈太傅相公》：「鳳池三入冠台躔，致了昇平一品閑。」見前《代上張丞相四首》注三。商律屆凉：謂時候已及凉秋。古以音律與時候配合，商聲值秋。虞世南《琵琶賦》：「笛不爲于商律，瑟見毁于繁弦。」歐陽修《秋聲賦》：「夫秋，刑官也，於時爲陰；又兵象也，於行用金，是謂天地之義氣，常以肅殺而爲心。天之於物，春生秋實，故其在樂也，商聲主西方之音，夷則爲七月之律。商，傷也，物既老而悲傷；夷，戮也，物過盛而當殺。」屆：至。

〔一〇〕邦家：國家。語出《詩・小雅・南山有臺》：「樂只君子，邦家之基。」鄭玄箋：「人君既得賢者，置之于位，又尊敬以禮樂，樂則能爲國家之本。」饔寢：飲食起居，謂調護攝養之事也。饔：熟食。章甫《曾仲恭侍郎惠酒以偶有名酒無夕不飲爲韵謝之》八：「冰霜寒正嚴，爲國護饔寢。」按，二句，書啓套語。

賀邵武江守啓〔一〕

顯被制書，寵紆郡紱〔二〕。父老傾心於豈弟，官僚側足於嚴明〔三〕。惟時共理之良，允屬承流之化〔四〕。恭惟某官，德盛不侮，禮卑有恭。奉三尺以周旋，惟聞疾惡；遵六條而戒飭，所在至公〔五〕。矧鄰梓里之封，式布棠陰之政〔六〕。雙旌上冢，榮先世以孝思；一舍下車，等故鄉而均逸〔七〕。人生之五馬尤貴，刺史之二天可依〔八〕。奏最課以報成，錦衣行晝；據要津而驟用，荷橐還朝〔九〕。某投老無堪，倦游滋甚〔一〇〕。敢期會晤，忝居賢伯仲半面之間；方嘆滯留，獲厠衆賓客差肩之列〔一一〕。永言欣幸，奚究敷宣〔一二〕。

【箋注】

〔一〕邵武江守：不詳。觀「投老無堪」云云，知其時元幹已歸隱。

〔二〕制書：皇帝命令之一。漢蔡邕《獨斷》：「其（皇帝）命令：一曰策書，二曰制書，三曰詔書，四曰戒書。」陸游《賀黃樞密啓》：「恭審顯膺制書，進貳樞府。」可參《唐六典·中書》。紆郡紱：謂受太守之任。蓋宋人好用此語。孔平仲《郡名詩呈吕元鈞五首》一：「我進亦隨隨，衰白紆郡紱。」吴芾《題鍾路分見一軒二首》二：「嗟尚强顔紆郡紱，老來猶未得歸田。」紆：佩戴。《文選·揚雄〈解嘲〉》：「紆青拖紫，朱丹其轂。」紱：印綬。《文選·張衡〈西京賦〉》：「降尊就卑，懷璽藏紱。」

〔三〕豈弟：和樂平易。側足：因敬重或畏懼而不敢正立，恭謹貌。《東觀漢紀·吴漢傳》：「篤於事上……上未安，則側足屏息，上安，然後退舍。」《後漢書·杜喬傳》：「先是李固見廢，内外喪氣，群臣側足而立，唯喬正色無所回撓。」嚴明：賞罰分明。《吴子·勵士》：「武侯問曰：『嚴刑明賞足以勝乎？』起對曰：『嚴明之事，臣不能悉。』」又謂嚴格明確。《後漢書·李固傳》：「清河王嚴明，若果立，則將軍受禍不久矣。」白居易《和郭使君題枸杞》：「山陽太守政嚴明，吏静人安無犬驚。」

〔四〕共理：見前《代知湖州謝表》注八。承流：謂保守、遵循良好習尚。《漢書·董仲舒傳》：「今之郡守、縣令，民之師帥，所使承流而宣化也。」唐蘇頲《秋夜寓直中書呈黃門舅》：「遲君台鼎節，聞義一承流。」

〔五〕三尺：三尺法，指法律。語出《史記·酷吏列傳》：「周曰：『三尺安出哉？』」集解引《漢書音義》：「以三尺竹簡書法律也。」五代韋莊《和鄭拾遺秋日感事》：「儉德遵三尺，清朝俟一匡。」周旋：應對。曹操《與荀彧追傷郭嘉書》：「郭奉孝年不滿四十，相與周旋十一年，險阻艱難，皆共羅之。」阮籍《詠懷》五十五：「委曲周旋儀，姿態愁我腸。」六條：六條綱要。漢制，刺史以六種條例考察官吏。《漢書・百官公卿表上》「武帝元封五年初置部刺史」，顔師古注引《漢官典職儀》云：「刺史班宣，周行郡國，省察治狀，黜陟能否，斷治冤獄，以六條問事。非條所問，即不省。一條，强宗豪右田宅逾制，以强淩弱，以衆暴寡；二條，二千石不奉詔書遵承典制，倍公向私，旁詔守利，侵漁百姓，聚斂爲姦；三條，二千石不卹疑獄，風厲殺人，怒則任刑，喜則淫賞，煩擾刻暴，剥截黎元，爲百姓所疾，山崩石裂，祅祥訛言；四條，二千石選署不平，苟阿所愛，蔽賢寵頑；五條，二千石子弟恃怙榮勢，請托所監；六條，二千〔石〕違公下比，阿附豪强，通行貨賂，割損正令也。」後因以指考察官吏之職權。《南史・宋江夏文獻王義恭傳》：「義恭既至，勸孝武即位。授太尉，録尚書六條事，假黄鉞。」《舊唐書・哀帝紀》：「左僕射裴樞、右僕射崔遠……須離八座之榮，尚付六條之政，勉思咎己，無至尤人。」

〔六〕梓里：故鄉。梓：桑梓。里：鄉里。五代翁承贊《奉使封閩王歸京洛》：「此去愿言歸梓里，預憑魂夢展維桑。」元幹《瑶臺第一層》：「舊山同梓里，荷月旦、久已平章。」亦用此語。式：句首語氣詞。棠陰：見前《代上泉州汪守啓》注六。

〔七〕雙旌：唐儀仗。《新唐書・百官志四下》：「節度使掌總軍旅，顓誅殺。初授，具帑抹兵仗詣兵部辭見，觀察使亦如之。辭日，賜雙旌雙節。」後泛指高官儀仗。李商隱《爲懷州李中丞謝上表》：「賜以竹符之重，遂使霍氏固辭之第，早建雙旌。」徐炯注：「雙旌唯節度領刺史者有之，諸州不與焉。今則通用爲太守之故事矣。」上冢：首輔大臣。冢：冢宰，首相也。宋趙抃《次韻見寄》：「未容上冢重官越，不謂班條再守吳。」宋祁《賀孔諫議上任啓》：「干將沃若，式觀上冢之容；粉米襘如，更重趨庭之訓。」一舍：三十里爲一舍。《左傳·僖公二十八年》「退三舍辟之」，杜預注：「一舍，三十里。」下車：語出《禮記·樂記》：「武王克殷，反商，未及下車，而封黃帝之後於薊。」後稱初即位或甫到任爲「下車」。《後漢書·儒林傳序》：「及光武中興，愛好經術，未及下車，而先訪儒雅。」蘇軾《與朱康叔書》十七：「自聞下車，日欲作書，紛冗衰病，因循至今。」均逸：均勞逸，實謂以逸爲勞，因指閒散安逸。進而或指朝官外放或退隱。李綱《與張相公書》：「數年前，某寓居閩中，杜門不出，以養衰病，適合下自樞廷均逸，弭節海邦。」陸游《老學庵筆記》卷五：「公方立勛業，今必無暇及此。他時功成名遂，均逸林下，乃可成書耳。」按，二句謂汪榮任地方，雖在他鄉，優於從政，故能得閒逸；而汪之愛護地方，亦等於故鄉也。

〔八〕五馬：太守。此指汪。漢時太守出行乘車，以五馬駕轅，因以「五馬」借指太守儀從。《玉臺新詠·日出東南隅行》：「使君從南來，五馬立踟躕。」唐錢起《送張中丞赴桂州》：「雲衢降五馬，林木引雙旌。」二天：言恩澤廣大猶如別一重上天，可以托庇同於蒼天者。見前《上張丞相十首》注三一。

〔九〕最課：指官吏政績考覈而得最優等。課：考課。最：殿最之最。見前《送高集中赴漳浦宰》注八。報成：意近「告成」，猶今言任務完成、目標達成之類。宋宋祁《送保定張員外》：「報成結課行堪待，慰薦連章達帝帷。」宋李廌《題郭功甫詩卷》：「讒言屢改恥自雪，政事報成羞援媒。」錦衣行晝：謂富貴須歸故里。語本《史記·項羽本紀》：「曰：『富貴不歸故鄉，如衣繡夜行，誰知之者！』」故富貴須榮耀於鄉里。文人遂正用其意以爲牢騷語。李彌遜《次韻葉碩夫南歸見貽》二：「後日錦衣行晝里，肯來盤谷飯溪魚。」辛棄疾《水龍吟·次年南澗用前韻爲僕壽僕與公生日相去一日再和以壽南澗》：「金印明年如斗。向中州，錦衣行晝。」皆此意。要津：本謂要路，轉指要職、高位。杜甫《麗人行》：「簫鼓哀吟感鬼神，賓從雜遝實要津。」曾鞏《王君俞哀詞》：「衆人翦翦兮，趨慕要津；我躬處方兮，不夸以從。」驟用：突然任用。

〔一〇〕投老：見前《次友人寒食書懷韻二首》注六。無堪：猶言無可意、無可取處，謙詞。堪：任也，足以（勝任）也。庾信《爲閻大將軍乞致仕表》：「太祖文皇帝扶危濟難，奄有關河。臣實無堪，中涓從事。」杜甫《絶句漫興》六：「懶慢無堪不出村，呼兒日在掩柴門。」仇兆鰲注：「無堪，無可人意者。」倦游：厭倦仕宦生涯。語出《史記·司馬相如列傳》：「長卿故倦游。」集解引郭璞曰：「厭游宦也。」温庭筠《酬友人》：「辭榮亦素尚，倦游非夙心。」滋甚：猶今言「越來越厲害」。

〔一一〕賢伯仲：尊他人兄弟之稱。半面：一瞥，本謂印象之深，以喻交契之摯。典出《後漢書·應奉傳》「奉少聰明」李賢注引三國吴謝承《後漢書》：「奉年二十時，嘗詣彭城相袁賀。賀時出行閉門，造車匠於内開扇出半面視奉，奉即委去。後數十年，於路見車匠，識而呼之。」《北齊書·楊愔傳》：「其聰記强識，半面不忘。」錢起《贈李十六》：「半面喜投分，數年欽盛名。」錢詩之意尤明。滯留：有才德者不得其位，謂困頓。杜甫《重送劉十弟判官》：「垂翅徒衰老，先鞭不滯留。」司馬光《薦范祖禹狀》：「由臣頑固，編集此書，久而不成，致祖禹淹回沉淪，不得早聞達於朝廷，而祖禹安恬靜默，如可以終身下位，曾無滯留之念。」差肩：比肩。差：相次也。《管子・輕重甲》：「管子差肩而問曰：『吾不籍吾民，何以奉車革？』」《梁書・王僧孺傳》：「豈復得與二三士友，抱接膝之歡，履足差肩，攤綺縠之清文，談希徵之道德。」謂地位相等。杜甫《贈李八秘書別三十韻》：「通籍蟠螭印，差肩列鳳輿。」

〔一二〕奚究：謂難以窮盡。敷宣：見前《賀張丞相浚復特進啓》注一九。按，二句，書啓套語。

代上吴倅啓〔一〕

川途修阻，雖夙仰於下風；竿牘交馳，顧久稽於公府〔二〕。偶出廟堂之過聽，遽膺戎旅之虚名〔三〕。獲托帡幪，用伸悰悃〔四〕。恭惟某官，德盛無侮，禮卑有恭。堂堂七尺之軀，凛凛萬夫之望〔五〕。初不畏其强禦，欲盡殄夫寇攘①〔六〕。惟兹千里之提封，允賴貳車之關決〔七〕。吏民何幸，僚屬攸歸〔八〕。行當嚴召以造朝，入據要津而壯國〔九〕。某宦遊衰晚，材力疲庸，坐糜良愧於斗升，立效難施於尺寸〔一〇〕。幸披雲之伊邇，許卜日以參承〔一一〕。

【校】

①殄夫寇攘：文津閣本同，文瀾閣本改作「安夫邊疆」。

【箋注】

〔一〕吴倅：不詳。倅，《説文》：「副也。又副車曰倅。」按，此啓所代何人，不詳。

〔二〕川途：路途。謝靈運《九日從宋公戲馬臺集送孔令》：「豈伊川途念，宿心愧將别。」王安石《送熊伯通》：「歲暮欣逢蓋共傾，川塗南北豈忘情。」「川塗」、「川涂」，均同。修阻：路途遥遠而阻隔。修：長也。語本《詩·秦風·蒹葭》：「所謂伊人，在水一方。遡洄從之，道阻且長。」晉張載《擬四愁詩》：「我所思兮在營州，欲往從之路阻修。」下風：喻處下位、卑位。見前《上趙漕啓》注四。竿牘：見前《問候馬漕啓》注一〇。交馳：往來不斷貌。三國魏吴質《答魏太子箋》：「軍書輻至，羽檄交馳。」唐戴叔倫《行路難》：「長安車馬隨輕肥，青雲賓從紛交馳。」久稽：長期遷延耽擱。《文子·上義》：「士爲詭辯，久稽而不決，無益於治。」元稹《青雲驛》：「懷此青雲望，安能復久稽。」公府：官府。《玉臺新咏·日出東南隅行》：「盈盈公府步，冉冉府中趨。坐中數千人，皆言夫婿殊。」唐封演《封氏聞見記·公牙》：「近俗尚武，是以通呼公府爲公牙，府門爲牙門，字稱訛變，轉而爲衙也。」

〔三〕廟堂：朝廷。過聽：誤聽而誤信，意謂名聲過於實際，而人乃採信之，則過矣。謙詞。語出《史記·三王世家》：「陛下過聽，使臣去病待罪行閒。」唐薛昭緯《華州牓寄諸門生》：「時君過聽委平衡，粉署華燈到曉明。」戎旅：軍旅；兵事。魏文帝曹丕《與張郃詔》：「今將軍外勤戎旅，内存國朝。」元稹《觀兵部馬射賦》：「我有筆陣與詞鋒，可以偃干戈而息戎旅。」

〔四〕帡幪：帷帳。揚雄《法言・吾子》：「震風陵雨，然後知夏屋之爲帡幪也。」注：「在旁曰帡，在上曰幪，即今帳篷也。」此蓋指吴之行轅。宋洪炎《和曾仲共大風折木歌》：「萬斛之舟可弗論，大厦帡幪此焉有。」悰悃：誠摯之心。宋林季仲《秋熱次高仲貽韵》一：「賦詩輸悃悰，盈軸辦嗟咄。」「悃悰」，同悰悃。悰，心緒也。陸游《無題》：「畫閣無人晝漏稀，離悰病思兩依依。」悃，《説文》：「悃愊，至誠也。」

〔五〕堂堂七尺之軀：身形莊偉、氣度挺特。宋人好用此語。葛勝仲《和工部兄遷中散述懷韵》：「立言制行俱忠孝，豈愧堂堂七尺軀。」陸游《感遇六首》三：「堂堂七尺軀，切勿效兒女。」堂堂，形容壯偉貌。《論語・子張》：「曾子曰：『堂堂乎張也，難與并爲仁矣。』」何晏集解引鄭玄曰：「言子張容儀盛而於仁道薄也。」七尺之軀：指身軀。人身長約當古七尺，故稱。《荀子・勸學》：「口耳之間，則四寸耳，曷足以美七尺之軀哉？」凜凜：威嚴使人敬畏貌。見前《拜顔魯公像》注二。萬夫之望：德望爲百姓所仰賴者。語出《周易・繫辭下》：「君子知微知彰，知柔知剛，萬夫之望。」正義曰：「既知其始，又知其末，是合於神道故，爲萬夫所瞻望也。」萬夫：萬民，猶今言百姓。杜甫《將適吴楚留别章使君留後兼幕府諸公》：「近辭痛飲徒，折節萬夫後。」

〔六〕不畏其强禦：不畏避强權而逞勢者。語出《詩・大雅・烝民》：「不侮矜寡，不畏彊禦。」「彊禦」，即强禦。王引之《經義述聞》第七「曾是彊禦、彊禦多懟、不畏彊禦」條引其父王念孫曰：

「禦亦彊也……」二字平列，其義相同。《史記·周本紀》集解引《牧誓》鄭注曰：『彊禦，謂彊暴也。』」桓寬《鹽鐵論·禁耕》：「今放民於權利，罷鹽鐵以資暴彊，遂其貪心，衆邪群聚，私門成黨，則强禦日以不制，而并兼之徒奸形成也。」

〔七〕提封：版圖，疆域。見前《次韻奉送李季言四首》注四。允賴：切實信賴。允：誠也。蘇轍《南京祈禱文》四：「苟東作順叙，將終歲允賴。」貳車：副車。貳：副貳也。《禮記·少儀》：「乘貳車則式，佐車則否。」鄭注：「貳車、佐車，皆副車也。朝祀之副曰貳，戎獵之副曰佐。」轉指副職。蘇軾《與姜唐佐秀才書》六：「此懷甚惘惘，因見貳車，略道下悃。」宋文同《回漢州四縣官啓》：「尋蒙詔章，許倅郡事，冒據貳車之委，慚當聯邑之先。」按，此正承吴倅之「倅」義也。關決：取決於，由……決斷。關，經由也。《史記·萬石張叔列傳》：「事不關決於丞相，丞相醇謹而已。」後多指參與長官決策事宜；又指處理政務。柳宗元《潞州兵曹柳君墓志》：「其勾稽擿發，毗贊關決，無不勝職。」宋孔武仲《送邵彦瞻通判濠州》：「民情極簡易，關決未應勞。」此指參與謀劃。

〔八〕僚屬：屬官；屬吏。《後漢書·光武帝紀上》：「更始將北都洛陽，以光武行司隸校尉，使前整修宫府。於是置僚屬，作文移，從事司察，一如舊章。」攸歸：所歸趨。攸：《爾雅·釋言》：「所也。」語出《詩·大雅·泂酌》：「豈弟君子，民之攸歸。」宋華鎮《神功盛德詩》六《德淵》：「人之攸歸，天命爰止。」

〔九〕行當：即將。漢樂府《婦病行》：「婦病連年累歲，傳呼丈人前一言：『……行當折搖。』」「行當折摇」，言將死（「折摇」，漢代口語，死亡也）。唐王績《在京思故園見鄉人問》：「行當驅下澤，去翦故園萊。」嚴召：指君命徵召。宋人好用此語。嚴：敬辭，尊天子也。夏竦《奉和御製龍圖閣觀書》：「嚴召近臣容侍從，載賡宸唱樂清寧。」蘇頌《和李子儀瀛州借馬寄安撫待制》：「料君早晚趨嚴召，安穩乘歸從六騑。」造朝：朝覲，晉謁天子。《新唐書·蘇弁傳》：「弁造朝，輒就舊著，有司疑詰，給曰：『我已白宰相，復舊班。』」宋宋庠《送伯中尚書學士歸闕》：「故人同省復同班，且喜先歸奉帝鑾。居守乍抛留宅鑰，造朝重拂寶梁冠。」要津：見前《賀邵武江守啓》注九。壯國：顯揚國家聲威。唐邵謁《紫閣峰》：「壯國山河倚空碧，迴拔烟霞侵太白。」宋程公許《送平章解機政以保寧之節榮還里第》：「恭惟學古胸，富有經世策。探懷取二三，興運際五百。賢人如參朮，足以壯國脈。」

〔一〇〕宦遊：出仕從政。《史記·司馬相如列傳》：「素與臨邛令王吉相善，吉曰：『長卿久宦遊不遂，而來過我。』」衰晚：暮年，年歲老大。謙辭。杜甫《題省中院壁》：「腐儒衰晚謬通籍，退食遲迴違寸心。」范仲淹《與韓魏公書》：「蓋年向衰晚，風波屢涉，不自知止，禍亦未涯，此誠懼於中矣。」疲庸：庸碌，平庸。宋周必大《武岡太守羅（棐恭）挽辭二首》二：「激烈看前輩，疲庸愧小儒。」坐縻：徒費。陸游《雜興十首以貧堅志士節病長高人情爲韵》一：「今年作史官，坐縻太倉陳。」又《五月七日拜致仕敕口號二首》一：「坐縻半俸猶多愧，月費公朝二萬錢。」斗升：斗與升，本喻量之微少。《莊子·外物》：「君豈有斗升之水而活我哉？」後多指微薄俸禄。宋祁《官廪月錢不足經費》：「俸微纔給斗升儲，煬竈烟沈乏爨蘇。」蘇軾《上梅直講書》：

「其後益壯……方學爲對偶聲律之文，求斗升之禄。」此則指俸禄。立效：建立事功。《三國志・蜀書・關羽傳》：「吾要當立效以報曹公乃去。」《資治通鑑・唐懿宗咸通元年》：「汝降是也，當立效以自異。」胡三省注：「立效，謂立功也。」尺寸：事務細小低微貌。謙辭。《漢書・孔光傳》：「臣以朽材，前比歷位典大職，卒無尺寸之效，幸免罪誅，全保首領。」歐陽修《答樞密吴給事見寄》：「報國愧無功尺寸，歸田仍值歲豐穰。」

〔一一〕披雲：意謂撥雲而得見天。披：撥開也。漢徐幹《中論・審大臣》：「文王之識也，灼然若披雲而見日，霍然若開霧而觀天。」唐李邕《日賦附歌》：「披雲睹日兮日則明，就日瞻雲兮心若驚。」伊邇：將近，不遠，「不遠伊邇」之省。伊：句中語氣詞，略表轉折義。語出《詩・邶風・谷風》：「不遠伊邇，薄送我畿。」宋彭汝礪《舟中作》：「桐廬雖遠今伊邇，魂夢先歸絳帳前。」卜日：本指大典之前預先占卜時日吉凶。《周禮・天官・大宰》：「祀五帝……前期十日，帥執事而卜日，遂戒。」此指選擇吉日。唐釋善生《送智光之南值雨》：「莫辭重卜日，後會必經秋。」參承：參見；伺候。王羲之《明府帖》：「前從洛至此，未及就彼參承，願夫子勿悒悒矣。」五代殷文圭《和友人送衡尚書赴池陽副車》：「淮王上將例分憂，玉帳參承半列侯。」

書

代洪仲本上徐漕書〔一〕

某家世豫章，豫章之爲郡，襟帶江湖，控引夷越，乃東南一都會〔二〕。冠蓋往來，方軌擊轂，連檣銜尾，皆川途所必經行，非僻在寒陋少見聞之地〔三〕。而諸父外舅俱山谷老人甥也，一時交游，多當世知名士〔四〕。某方爲兒童，已竊聽前輩論議，耳根熟矣〔五〕。其論曰：「部使者，號爲外臺，布在海内，皆天子耳目之官，一路休戚，所係至重〔六〕。委任要當得人，若新進少年，往往邀功生事，私喜怒而作聰明〔七〕。必也老成重厚者，則精練詳盡，凡百舉措，無不中理，能使列城望風知畏，所務斬然，政不用妄作威福，故其所汲引，莫非異才，誠以類進也〔八〕。」粤自束髮，試吏四方，如九江、三吳，迨今七閩，又皆士夫淵藪，是非毁譽，歷歷齒牙間〔九〕。二十年來，從事州縣，所閱部使者多矣。繹思前言，如成都費孝先揲蓍寫影，吉凶禍福，久而悉驗，始信先生長者之語，果可書紳〔一〇〕。以是某持不妄干舉將之戒，寧書下下考老銓調，頗不願濫爲人門生，殆癡絶爾〔一一〕。恭惟某官，珪璋國器，鄒魯名儒，設心甚公，而行事以正，深得夫前輩典刑，真所謂賢部使者〔一二〕。其爲屬吏，廉貪勤惰，不逃鑒裁，固已破肝膽矣，某復何言〔一三〕？然士風亦不可不試論也〔一四〕。閩有八州，而福爲大府，負郭之邑鼎立焉〔一五〕。侯官處三者中，跨疆接境，户口星散，最號多事，聽覽貴審，而決遣未竟，輒越訴矣〔一六〕。其好訟如此。且喜請求於形勢家，名曰關節〔一七〕。將一切拒之歟？則爲縣令者，未免遭謗。所謗忽起於無根，雖辯士不能自解也〔一八〕。某於斯惴惴焉，初未始絶其來，借使胸中先置纖芥疑，蓋又慮是間豈無抑屈非辜，誠可信者，盍爲直而申之歟〔一九〕？某愚且暗，平日執守，但顧三尺法如何耳，他不遑恤〔二〇〕。閣下儻已知其士風，則某定獲預門下士之列。不然，積以歲月，是非毁譽，雜然並進於執事者之前，恐未易批判也〔二一〕。冒瀆高明，悸汗之至〔二二〕！

【箋注】

〔一〕洪仲本：洪拚，字仲本。元幹夙與其父芻（字駒父）結交。宣和二年芻爲元幹《幽岩尊祖録》題跋。徐漕：其人不詳。

〔二〕襟帶：謂山川屏障環繞，如襟似帶。見前《奉送李叔易博士被召赴行在所》注九。控引：猶貫通。《文選・班固〈西都賦〉》：「東郊則有通溝大漕，潰渭洞河，泛舟山東，控引淮湖，與海通波。」李周翰注：「謂泛舟可以通山東之運，亦與淮、湖、海通波瀾。」夷越：即於越，舊傳夏少康庶子之封國。《抱朴子・審舉》：「譬猶售章甫於夷越，徇髯蛇於華夏矣。」又泛稱長江中下游以南各族聚居之區。《三國志・蜀書・諸葛亮傳》：「西和諸戎，南撫夷越，外結好孫權，内脩政理。」皆可通。都會：大城市。《史記・貨殖列傳》：「然邯鄲亦漳、河之閒一都會也。」

〔三〕冠蓋：指仕宦，貴官。班固《西都賦》：「冠蓋如雲，七相五公。」杜甫《夢李白》二：「冠蓋滿京華，斯人獨憔悴。」方軌：車輛並行。《戰國策・齊策一》：「車不得方軌，馬不得並行。」《晉書・庾龢傳》：「若凶運有極，天亡此虜，則可泛舟北濟，方軌齊進，水陸騁邁，亦不逾旬朔矣。」擊轂：車轂觸碰，行旅繁忙貌。「擊轂摩肩」或「轂擊肩摩」之省。語本《戰國策・齊策一》：「臨淄之塗，車轂擊，人肩摩。」蘇軾《贈眼醫王生彦若》：「如行九軌道，並馳無擊轂。」連檣：桅杆相連。舟行繁忙貌。晉郭璞《江賦》：「舳艫相屬，萬里連檣。」杜甫《舟中》：「結纜排魚網，連檣並米船。」銜尾：謂前後相接，喻密集。桓寬《鹽鐵論・力耕》：「是以騾驢馲駝，銜尾入塞。」《漢書・匈奴傳下》：「如遇險阻，銜尾相隨。」顔師古注：「銜，馬銜也；尾，馬尾也。言前後單行，不得並驅。」川途：見前《代上吴倅啓》注一。寒陋：卑微，淺陋。《北齊書・文苑傳・樊遜》：「遜辭曰：『門族寒陋，訪第必不成，乞補員外司馬督。』」岳飛《奏辭建節第三札子》：

「臣寒陋無堪，才術凡下。」

〔四〕山谷老人：黄庭堅也。庭堅號山谷。一時：當時。

〔五〕竊聽：此謂側聽、從旁耳聞。謙辭。蘇軾《舟中聽大人彈琴》：「彈琴江浦夜漏永，斂衽竊聽獨激昂。」耳根熟：謂聽得多而印象深、記憶切也。耳根：佛教語，此即指耳。王梵志《題闕》一百六：「家有梵志詩，生死免入獄。不論有益事，且得耳根熟。」

〔六〕部使者：監司官之通稱，轉運使副、提點刑獄公事、提舉常平司皆是。清徐松《宋會要輯稿·職官》四五之四四：「嘉定十一年十月三日，臣僚言：置部使者之職，俾之將明王命，以廉按吏治。至於職事，則各有攸司。婚、田、稅賦則歸之轉運，獄訟、經總則隸之提刑，常平茶鹽則隸之提舉，兵將、盜賊則隸之安撫。」可參。蘇軾《兩浙運副喬執中可吏部侍郎》：「今自部使者，入爲天官屬。」宋郭祥正《送陳屯田知明州》：「丞相初爲部使者，精選邑治君尤先。」按，若據徐説，則蘇、郭蓋皆用古稱，「部使者」非北宋所實有，而南宋始爲真官正號。外臺：後漢刺史爲州郡之長官，見前《問候馬漕啓》注七。按，當世職官而用古名相稱，乃文人慣習。一路休戚：一境之政治善惡。宋樓鑰《攻媿集》卷三六《太常丞李謙浙東提舉》：「敕具官某：部使者，任常平之寄，一道之休戚繫焉。」元幹之言實與相同。宋韓琦《待制崔嶧給事移守圃田》：「滿天秋色增詩骨，一路歡謡入歲豐。」宋彭汝礪《送程給事并次中丞雜端韵》：「公去江淮今幾年，歡謡今日尚紛然。恩榮復擁千兵出，課最應當一路先。」自注：「公守楚及鍾陵，皆有遺愛。」歡謡，所以歌善政者。一路：指長官所轄之地區。路：宋之政區，有道、路。休戚：謂治亂貧富之實。係：關涉。

〔七〕要當：應當；必須。《後漢書・馮魴傳》：「我與季雖無素故，士窮相歸，要當以死任之，卿爲何言？」沈括《佚老堂爲江州陶宣德題》：「佳士要當憐寂寞，不應全爲折腰歸。」新進少年：後輩。當時口語。按，所指不可知。私喜怒：徇私行喜怒，意謂以一己親疏喜怒好惡爲行事取捨進退之標準也。唐易静《兵要望江南》十八《委任第一》：「賞與罰，須是要均平。不可徇私行喜怒，稍偏親舊失軍情，如此禍灾生。」宋劉克莊《予點》：「聲音笑貌可爲，顔色哭泣難揜。聖人無私喜怒，見於誅予與點。」作聰明：自謂聰明而變亂常度。語出《尚書・蔡仲之命》：「無作聰明，亂舊章。」宋梁安世《石芥》：「風味莫嫌無醖藉，杯柈亦解作聰明。」按，古人自警或牢騷，每不以「聰明」爲貴，《莊子・大宗師》更爲「墮肢體，黜聰明，離形去知，同於大通」之説。蘇軾《洗兒戲作》：「人皆養子望聰明，我被聰明誤一生。惟願孩兒愚且魯，無灾無難到公卿。」故「（自）作聰明」爲人不取也。

〔八〕必也：猶言「必不得已，則……」，非行不可之貌，實具假設語氣。《論語・八佾》：「子曰：『聽訟，吾猶人也。必也使無訟乎！』」宋王禹偁《賦得南山行送馮中允之辛谷冶按獄》：「片言折獄亦胡爲，必也無訟方君子。」厚重：敦厚持重。《漢紀・高祖紀》：「周勃厚重少文，然安劉氏者，必勃也。」宋蘇頌《司空贈太傅康國韓公挽辭五首》一：「厚重資天粹，忠清襲世芳。」老成厚重，猶言老成持重。精練：精明幹練。晉孫楚《爲石仲容與孫皓書》：「國富兵强，六軍精練，思復翰飛，飲馬南海。」蘇軾《德威堂銘》：「綜理庶務，酬酢事物，雖精練少年有不如。」詳盡：

詳審備悉。《三國志·魏書·高貴鄉公髦傳》：「古義弘深，聖問奥遠，非臣所能詳盡。」宋馬永卿《懶真子》卷三：「且三代之時，百工傳氏，孫襲祖業，子受父訓，故其利害如此詳盡。」此謂熟於政務。凡百舉措：一切措施。凡百：一切，一應。《詩·小雅·雨無正》：「凡百君子，各敬爾身。」鄭箋：「凡百君子，謂衆在位者。」《晉書·山濤傳》：「天下事廣，加吴土初平，凡百草創，當共盡意化之。」舉措，泛指政令措施。望風：聽到動静、見到氣勢。《後漢書·黨錮傳·李膺》：「守令畏威明，多望風棄官。」蘇軾《黄州上文潞公書》：「御史符下，就家取文書，州郡望風，遣吏發卒，圍船搜取，老幼幾怖死。」中理：當理。中，合於，音zhòng。宋孔平仲《惜别爲從道作》：「其言未必俱中理，披沙往往逢黄金。」斬然：全新貌；分明貌。宋岳珂《桯史·王荆公》：「務汲引新進，大更弊法，而時事斬然一新。」汲引：提拔。《漢書·劉向傳》：「禹稷與皋陶傳相汲引，不爲比周。」宋沈作喆《寓簡》卷八：「翟公巽雖爲蔡京所汲引，然抗直不爲屈。」

〔九〕粤：句首語氣詞。見前《紫巖九章章八句上壽張丞相》注二〇。束髮：古男孩成童時束髮爲髻，因以代指成童之年。漢賈誼《新書·容經》：「古者年九歲入就小學，蹍小節焉，業小道焉；束髮就大學，蹍大節焉，業大道焉。」陸游《上執政書》：「某小人，生無他長，不幸束髮有文字之愚，自上世遺文，先秦古書，晝讀夜思，以求聖賢致意處。」試吏：出仕爲官吏。《漢書·高帝紀上》：「及壯，試吏，爲泗上亭長，廷中吏無所不狎侮。」顔師古注引應劭曰：「試用補吏。」宋劉敞《得隱直書並聞將之洛陽》：「上書報聞罷，試吏何繾綣。」三吴：地名，古今所指多異同。晉指吴興、吴郡、會稽。《水經注·漸水》：「永建中，陽羨周嘉上書，以(會稽)縣遠，赴會至難，求得分置，遂以浙江西爲吴，以東爲會稽。漢高帝十二年，一吴也，後分爲三，世號『三吴』。吴興、吴郡、會稽其一焉。」七閩：古閩人所處廣而分散，因分爲七族，故稱。《周禮・夏官・職方氏》：「辨其邦國、都、鄙、四夷、八蠻、七閩、九貉、五戎、六狄之人民。」賈公彦疏：「叔熊居濮如蠻，後子從分爲七種，故謂之七閩。」後稱福建爲閩或七閩。士夫淵藪：士大夫蘊育進修萃集繁盛之區。士夫：士大夫。《潛夫論・交際》：「夫處卑下之位，懷《北門》之殷憂，内見謫於妻子，外蒙譏於士夫。」汪繼培箋：「士夫，謂士大夫。」羅大經《鶴林玉露》卷一：「至於荷艷桂香，妝點湖山之清麗，使士夫流連於歌舞嬉遊之樂，遂忘中原，是則深可恨耳！」淵藪：魚所聚曰淵，獸所聚曰藪。泛指事物集聚之地。《書・武成》：「今商王受無道，暴殄天物，害虐烝民，爲天下逋逃主，萃淵藪。」《史通・辨職》：「斯固素餐之窟宅，尸禄之淵藪也。」按，閩地經濟發達而文教繁興也。歷歷齒牙間：猶言膾炙人口。歷歷：鮮明貌。齒牙：代指口頭。《史記・劉敬叔孫通列傳》：「此特群盜鼠竊狗盜耳，何足置之齒牙間？」白居易《和微之詩二十三首和新樓北園偶集從孫公度周巡官韓秀才盧秀才范處士小飲鄭侍御判官周劉二從事皆先歸》：「嵇劉陶阮徒，不足置齒牙。」

〔一〇〕繹思：尋繹追想。《詩・周頌・賚》：「文王既勤止，我應受之，敷時繹思。」朱熹集傳：「繹思，尋繹而思念也……欲諸臣受封賞者，繹思文王之德而不忘也。」後轉爲推究思考，義近深思。李白《當塗趙炎少府粉圖山水歌》：「名公繹思揮彩筆，驅山走海置眼前。」費孝先：北宋方術之士，精《易》占等學。但其事迹實不詳。蘇軾《東坡志林》卷十：「至和二年，成都人有費孝先者始來眉山，云：近往都城山訪老人村，壞其一竹床，孝先謝不敏，且欲償其值。老人笑曰：『子視其下字云「此床以某年月日造，至某年月日爲費孝先所壞。」成壞自有數，子何以償爲？』孝先知其異，乃留師事之。老人授以《易軌革卦影》之術，前此未知有此學者。後五六年，孝先以致富。今死矣。然四方治其學者，所在而有，皆自托於孝先，真僞不可知也。聊復記之，使後人知卦影之所自也。」揲蓍寫影：蓋易卦占驗之術，即《志林》所言「《易軌革卦影》」。揲蓍：數蓍草得數成卦以占休咎吉凶。《關尹子·八籌》：「古之善揲蓍灼龜者，能于今中示古，古中示今。」可參朱熹《周易本義》。寫影：其法不詳。先生長者：泛指前輩尊長。書紳：記格言訓誡之類於紳帶以備忘及自警。語本《論語·衛靈公》：「子張書諸紳。」邢昺疏：「紳，大帶也。子張以孔子之言書之紳帶，意其佩服無忽忘也。」可書紳：謂值得銘記不忘。

〔一一〕干：求。舉將：舉主，保薦者。《後漢書·鄭弘傳》：「弘少爲鄉嗇夫，太守第五倫行春，見而深奇之，召署督郵，舉孝廉……元和元年，代鄧彪爲太尉。時舉將第五倫爲司空，班次在下，每正朔朝見，弘曲躬而自卑。」《三國志·吴書·諸葛瑾傳》：「吴郡太守朱治，權（孫權）舉將也。」下下考：考課之下下等，即殿。古品評考課，每分九等，下下爲最末等。《書·禹貢》：「厥田惟下下。」孔傳：「田第九。」寒山《詩》之二七三：「下下低愚者，詐現多求覓。」老銓調：老於遷調。銓調：據考績以改職。宋蘇舜欽《上集賢文相書》：「官吏一入人罪者，往往十餘年未嘗升擢，或沈於銓調，不與改官。」宋陳襄《送李惟肖尉尤溪》：「咨嗟夢得材，連蹇十銓調。」癡絶：本顧愷之故事。《晉書·顧愷之傳》：「愷之在桓温府，常云：『愷之體中，癡黠各半，合而論之，正得平耳。』故俗傳愷之有三絶：才絶，畫絶，癡絶。」後以轉指愚昧至極或不合流俗。蘇軾《次韵詔守狄大夫見贈二首》一：「才疏正類孔文舉，癡絶還同顧長康。」元幹此處，乃爲自謙而兼自負語。

〔一二〕珪璋：喻傑出者材。見前《紫巖九章章八句上壽張丞相》注五。國器：治國之材。語出《荀子·大略》：「口不能言，心能行之，國器也。」《漢書·韓安國傳》：「於梁舉壺遂、臧固，至它皆天下名士，士亦以此稱慕之，唯天子以爲國器。」顔師古注：「國器者，言其器用重大，可施於國政也。」鄒魯名儒：學問德行純粹之真儒者。鄒魯：孔孟舊鄉。《漢書·韋賢傳》：「賢爲人質朴少欲，篤志於學，兼通《禮》《尚書》，以《詩》教授，號稱鄒魯大儒。」設心：用心，居心。語出《孟子·離婁下》：「其設心以爲不若是，是則罪之大者。」宋惠洪《跋杜子美〈祭房太尉文稿〉》：「房琯之賢，盧杞之不肖，讀其傳，曉然易分也。然睢陽之敗由琯，魯公被害，杞實使之，挍二者之設心，則終不能優劣。」挍，同「校」，較量。典刑：正法，常法。語出《詩·大雅·蕩》：「雖無老成人，尚有典刑。」杜甫《秦州見除目薛三據授司議郎畢四曜除監察與二子有故遠喜遷官兼述索居凡三十韵》：「大雅何寥闊，斯人尚典刑。」後亦指「典型」、模範，亦可通。

〔一三〕廉貪勤惰，不逃鑒裁：意謂屬員之優劣一皆瞭然於胸也。勤惰：勤奮與慢惰。宋何憲《題涪江石魚》：「職課農桑表勤惰，信傳三十六鱗中。」蓋古考課術語。鑒裁：評價人物才地德能之優劣。韓愈《雪後寄崔二十六丞公》：「稱多量少鑒裁密，豈念幽桂遺榛菅。」歐陽修《禮部貢院閲進士就試》：「自慚衰病心神耗，賴有群公鑒裁精。」不逃，謂無所迴避。破肝膽：蓋猶言破膽，震懾恐懼貌。

〔一四〕土風：一地風俗。

〔一五〕閩有八州：北宋時福建分福州、建州、泉州、漳州、汀州、南劍州六州及邵武、興化二軍，合稱「八州」。元幹《福帥生朝二首》一：「回思十載折衝地，還鎮八州安静時。」大府：《史記·酷吏列傳》：「以湯爲無害，言大府。」集解引韋昭曰：「大府，公府。」此指主要府治及其轄境也。福州在福建八州，爲第一大州，故云大府也。負郭：僻近城郭之地。《戰國策·齊策六》：「齊負郭之民有孤狐咺者。」楊炯《遂州長江縣孔子廟堂碑》：「憑三時之閑暇，興役鳩工；視四野之川原，依城負郭。」此郭，蓋指福州州城。鼎立：鼎足而立。喻福州所領縣邑之鄰接對峙也。

〔一六〕聽覽：聽事覽文。謂處理政務。晉潘岳《西征賦》：「於是孟秋爰謝，聽覽餘日，巡省農功。」《舊唐書·顔真卿傳》：「陛下捨此不爲，使衆人皆謂陛下不能明察，倦於聽覽，以此爲辭，拒其諫諍。」貴：貴於，猶今言「關鍵在於」之類。審：明白。決遣：裁決發落。陸機《晉平西將軍周處碑》：「處轉廣漢太守。郡多滯訟，有經三十年而不決。處詳其枉直，一朝決遣。」宋孟元老《東京夢華録》卷六：「西朵樓下，開封尹彈壓，幕次羅列罪人滿前，時復決遣，以警愚民。」越訴：越級上訴。《唐律疏議·鬥訟·越訴》：「諸越訴及受者，各笞四十。」《元典章·刑部十五·告罪不得稱疑》：「如有論告本管官司者，許令直赴上司陳告，其餘并不得越訴。」

〔一七〕請求：以私事行貨賂相干求，猶今言走門路、通關節。《史記·遊俠列傳》：「（郭）解執恭敬，不敢乘車入其縣廷。之旁郡國，爲人請求事，事可出，出之。」其中自有請托賄賂之情節也。

《新唐書・酷吏傳・王旭》：「希虬使奴爲臺傭事旭，旭不知，頗愛任之。奴盡疏旭請求，積數千以示希虬。希虬泣訴於王，王爲上聞。詔劾治，獲姦臟不貲。」形勢家：權貴、勢要之家。形勢，權勢，權位。《荀子・正論》：「爵列尊，貢禄厚，形埶勝。」楊倞注：「形埶，謂埶位也。」埶，同「勢」。轉指權貴。韓愈《送李願歸盤谷序》：「伺候於公卿之門，奔走於形勢之途。」關節：謂暗中行賄勾通官吏之事。唐蘇鶚《杜陽雜編》卷上：「瑶英善爲巧媚，載惑之，怠於塵務，而瑶英之父曰宗本，兄曰從義，與趙娟遞相出入，以構賄賂，號爲關節。」

〔一八〕無根：無根據。謂謡言。辯士：能言善辯之士，謂古縱横家一流人。《管子・禁藏》：「陰内辯士，使圖其計。」陳亮《酌古論・鄧禹》：「使其既據長安，大張勝氣，分慰居民，合饗士卒，使辯士以尺書風諭威德，則赤眉、延岑可指麾而定矣。」

〔一九〕惴惴：憂懼戒慎貌。《詩・小雅・小宛》：「惴惴小心，如臨於谷。」蘇軾《秦始皇帝論》：「與禽獸争一旦之命，惴惴焉，朝不謀夕。」纖芥：細微貌。《戰國策・齊策四》：「孟嘗君爲相數十年，無纖介之禍者，馮諼之計也。」吴師道補正：「『介』、『芥』通。」纖介，即纖芥。李德裕《賜回鶻書意》：「朕想可汗公主以久修鄰好，累降嘉姻，望我國家，如歸親戚，朕每宏容納之意，固無纖芥之嫌。」「纖芥之嫌」，猶此言「纖芥疑」。是間：其中。抑屈：壓抑委屈。《論衡・自紀》：「不爲上所知，貶黜抑屈，不恚下位。」後又指冤枉、冤屈。《新唐書・百官志二》：「有魚保宗者，上書請置匭以受四方之書……白匭曰『申冤』，在西，陳抑屈者投之。」非辜：猶非罪。《書・仲虺之誥》：「小大戰戰，罔不懼於非辜。」孔傳：「言商家小大憂危，恐其非罪見滅。」元稹《蟲豸詩蟆子三首》

一：「將身遠相就，不敢恨非辜。」指無罪之人。盍：何不。《左傳・桓十一年》：「盍請濟師於王？」《論語》：「盍各言爾志？」直而申之：認爲其無辜而爲之辨白申雪也。

〔二〇〕愚且暗：即愚暗，愚鈍而不明事理。自謙語。《荀子・成相》：「請成相，世之殃，愚闇、愚闇墮賢良。」《吴越春秋・勾踐入臣外傳》：「勾踐愚黯，親欲爲賊。」蘇軾《予以事繫御史臺獄獄吏稍見侵自度不能堪死獄中不得一別子由故作二詩授獄卒梁成以遺子由》一：「聖主如天萬物春，小臣愚暗自亡身。」「愚闇」、「愚黯」，均同。執守：秉持。不遑恤：無暇顧及。南朝梁沈約《還園宅奉酬華陽先生詩》：「豈忘平生懷，靡盬不遑恤。」宋李吕《某伏蒙丈人僉判出示嘗與侍郎鄭公淺沙泉唱酬詩軸率爾次韻》：「傾危不遑恤，是非誰與論。」

〔二一〕預……列：參與……之間。雜然：紛亂貌。執事者：尊稱對方。不斥言之，只云其侍從人員。批判：批示判斷。司馬光《進呈上官均奏乞尚書省札子》：「所有都省常程文字，并只委左右丞一面批判，指揮施行。」後轉指評論、評斷。宋人恒語。元幹《解嘲示真歇老人二首》二：「道人元具眼，批判亦慈悲。」《朱子語類》卷一：「而今説天有箇人在那裏批判罪惡，固不可；説道全無主之者，又不可。」

〔二二〕冒瀆：同「冒黷」，冒犯、褻瀆。謙詞。元稹《上令狐相公詩啓》：「詞旨瑣劣，冒黷尊嚴，俯伏刑書，不敢逃讓，死罪死罪。」高明：崇高明睿者。敬辭。《國語・鄭語》：「今王棄高明昭顯，而好讒慝暗昧。」韋昭注：「高明昭顯，謂明德之臣。」悸汗：驚悚而汗出，恐懼貌。按，二句乃書啓套語。

序

亦樂居士集序〔一〕

文章名世，自有淵源，殆與天地元氣同流，可以斡旋造化，關鍵顧在人所鍾禀及師授爲如何〔二〕。譬猶一身五官百骸，各隨形模，萬態不同，至於上下左右，則難以倒置，必也精神發揮，乃中儀矩，不然土木偶爾〔三〕。前輩嘗云：「詩句當法子美，其他述作無出退之。」〔四〕「韓杜門庭，風行水上，自然成文，俱名活法〔五〕。金聲玉振，正如吾夫子集大成〔六〕。」蓋確論也。國初儒宗楊、劉數公，沿襲五代衰陋，號西昆體，未能超詣〔七〕。廬陵歐陽文忠公初得退之詩文於漢東弊簏故書中，愛其言辨意深，已而官於洛，乃與尹師魯講習，文風丕變，寖近古矣〔八〕。未幾，文安先生蘇明允起於西蜀，父子兄弟俱文忠公門下士〔九〕。東坡之門又得山谷檃括詩律，於是少陵句法大振，如張文潛、晁無咎、秦少游、陳無己之流，相望輩出〔一〇〕。世不乏才，是豈無淵源而然耶〔一一〕？

故尚書户部侍郎豫章王公承可，人品高妙，其文章深造少陵閫域，一時聲名籍甚薦紳間〔一二〕。惜乎天不假年，位未稱德，善類盡傷〔一三〕。後六年，公之第三子湑叔濟手哀先人平生所著，總若干篇，離爲六卷，名曰《亦樂居士文集》，子職也〔一四〕。叔濟賢而有文，克世其家，一日屬予序之，將鏤板傳於世〔一五〕。

予晚生，雖不及見東坡、山谷，而少時在江西，實從東湖徐公師川授以句法〔一六〕。東湖，山谷甥也，貳卿視東湖，里中丈人行也〔一七〕。東湖昂藏嚴毅，不妄許可，集中多有贈答，斯已可見〔一八〕。然而今代鴻儒以文鳴要路能軒輊人者頗多，叔濟不他求，反取信於退閒無聞之老，何耶〔一九〕？得非以皇祐中□□□與先祖同年進士，迨宣和初少師公帥廣陵，予以年家孫展拜牀下，復齒長貳卿三歲，輩行既同，情義不啻手足，景服言行之詳，誠莫予若也〔二〇〕。叔濟用予蕪類之語俾冠編秩，獲托名不朽，幸矣，尚何敢辭〔二一〕？貳卿在朝廷則獻納論思，書於史官；在方鎮則撫綏智略，碑於德政，固不待予言〔二二〕。姑推其淵源所自來，追古作如此。後之君子，必有處之矣。紹興二十四年九月晦日。

【箋注】

〔一〕亦樂居士集：王鈇著。鈇（？—一一四九），字承可，號亦樂居士，豫章（今南昌）人。紹興初，提舉江西東路常平茶鹽公事。十二年，除直秘閣，移兩浙西路提點刑獄，還本路轉運副使。擢户部侍郎，措置兩浙經界。以敷文閣直學士知湖州，徙廣東經略使、知廣州。十九年，卒於官。有《亦樂居士文集》六卷，今不傳。元幹本序外，王質有《題王承可文集序》（王質《雪山集》卷九）。别參《建炎以來繫年要録》卷五七、一五九，及《揮麈録·後録》卷十一等。

〔二〕名世：著名於世。《孟子·公孫丑下》：「五百年必有王者興，其間必有名世者。」朱熹集注：「名世，謂其人德業聞望，可名於一世者。」亦指名顯於世者。葉適《〈巽巖集〉序》：「自有文字以來，名世數十，大抵以筆勢縱放、凌厲馳騁爲極功。」此皆可通。有淵源：有關係，有依據。宋孔平仲《詩贈王從善》：「博學有淵源，高談見根柢。」進而指有師承來歷。宋吴儆《還程彦舉詩卷》：「文采於菟見一斑，舊知句法有淵源。」宋趙蕃《寄黄子耕》：「先世文章出遺逸，當家句法有淵源。平生所識蓋無幾，盛意若何如見存。元祐蘭臺妙人物，我今寂寞愧諸孫。」吴、趙之語，尤堪參酌。與天地元氣同流、可以斡旋造化：與造化相貫通，喻文章之精妙能參造化，皆言文章之理。李賀《高軒過》：「殿前作賦聲摩空，筆補造化天無功。」梅堯臣《永叔進道堂夜話》：「文章包元氣，天地得嘘吸。」與天地同流，語出《孟子·盡心上》：「夫君子所過者化，所存者神，上下與天地同流，豈曰小補之哉？」元氣：天地未分之際混沌之氣也。斡旋造化：運轉自然，誇言能力之强大。宋王仲修《宫詞》七十三：「萬類欣欣謝至陰，斡旋造化聖功深。」顧：僅止。限制之辭。顧在：只在也。鍾稟：好尚稟受。宋韓駒《上富樞密生辰詩》：「英靈鍾稟固有異，端拜而議獨膽寒。」

〔三〕五官百骸：泛指全身。百骸：全身骨骼。《莊子・齊物論》：「百骸、九竅、六藏，賅而存焉，吾誰與爲親？」成玄英疏：「百骸，百骨節也。」白居易《何處堪避暑》：「從心至百骸，無一不自由。」形模：形狀，模樣。南朝梁陶弘景《周氏冥通記》卷一：「不審此星在何方面，形模若爲？」北周王褒《日出東南隅行》：「夫婿好形模。」萬態：萬千形態。喻變化不窮也。白居易《新樂府・牡丹芳（美天子憂農也）》：「紅紫二色間深淺，向背萬態隨低昂。」歐陽修《讀山海經圖》：「奔趨各異種，倏忽俄萬態。」精神發揮：即發揮精神。宋人衡藝，或好以「精神、發揮」並舉之。劉敞《恩賜御書呈同舍諸公》：「精神駭耳目，黼藻賁泥塗。發揮篋中藏，更得神宗初。」葛紹體《贈休齋沈老丈》二：「酒邊風月是詩情，平淡精神最老成。每愛晉人標韻别，發揮天趣更淵明。」精神：《吕氏春秋・盡數》：「聖人察陰陽之宜，辨萬物之利，以便生，故精神安乎形，而年壽得長焉。」猶實質，要旨。事物之精微所在。王安石《讀史》：「糟粕所傳非粹美，丹青難寫是精神。」發揮，《易・乾》：「六爻發揮，旁通情也。」孔疏：「發謂發越也，揮謂揮散也。言六爻發越揮散，旁通萬物之情也。」《文心雕龍・事類》：「是以綜學在博，取事貴約，校練務精，捃理須覈。衆美輻輳，表裏發揮。」中：符合。儀矩：儀法規矩。秦李斯《碣石刻石》：「群臣誦烈，請刻此石，垂著儀矩。」曹植《鶡賦》：「甘沈隕而重辱，有節士之儀矩。」土木偶：木偶土偶。黃庭堅《南山羅漢贊十六首》十六：「清淨之衆見尋常，相視還如土木偶。」語本《戰國策・齊策三》：「今者臣來過於淄上，有土偶人與桃梗相與語。」土偶、桃梗，即土偶、木偶也。

〔四〕前輩：蓋謂秦觀。觀有《韓愈論》，云：「於是杜子美者，窮高妙之格，極豪逸之氣，包沖澹之趣，兼峻潔之姿，備藻麗之態，而諸家之作所不及焉。然不集諸家之長，杜氏亦不能獨至於斯也。豈非適當其時故耶？孟子曰：『伯夷，聖之清者也；伊尹，聖之任者也；柳下惠，聖之和者也；孔子，聖之時者也。』孔子之謂集大成。嗚呼！杜氏、韓氏，亦集詩文之大成者歟！」而其意，亦似本之蘇軾《書吳道子畫後》：「故詩至於杜子美，文至於韓退之，書至於顔魯公，畫至於吳道子，而古今之變，天下之能事畢矣。」述作：語本《論語・述而》：「子曰：『述而不作，信而好古，竊比於我老彭。』」《禮記・樂記》：「作者之謂聖，述者之謂明。明聖者，述作之謂也。」述：傳承；作：創新。後用以指撰寫著作。無出：不超過……程度，不越出……範圍。

〔五〕韓杜門庭：泛指韓愈、杜甫詩文風氣之影響。門庭：門徑，方法。《朱子語類》卷九六：「六經浩渺，乍難盡曉。且見得路徑後，各自立得一箇門庭。」風行水上、自然成文：文章自然不事矯飾。宋人衡文論藝，好爲此語。惠洪《跋達道所蓄伶子于文》：「風行水上，渙然成文者，非有意於爲文也。」姜夔《送朝天續集歸誠齋時在金陵》：「翰墨場中老斲輪，真能一筆掃千軍。……箭在的中非爾力，風行水上自成文。先生只可三千首，回首江東日暮雲。」韓淲《和周次公韵》：「籍籍春山德養尊，風行水上自成文。」皆足窺見一時批評風氣。風行水上：語出

《易·涣》：「象曰：『風行水上，涣。』」此言詩文之流暢而自然。

〔六〕金聲玉振：語出《孟子·萬章下》：「集大成也者，金聲而玉振之也。金聲也者，始條理也；玉振之也者，終條理也。始條理者，智之事也；終條理者，聖之事也。」本謂音樂之鐘磬協調完美，三國吴薛綜《鳳頌》：「猗與石磬，金聲玉振。先王摶拊，以正五音。」後轉以喻詩文之聲音響亮、氣韵和諧。黄庭堅《題子瞻書詩後》：「詩就金聲玉振，書成蠆尾銀鉤。」「正如」句：謂融會各家思想、學説、風格、技巧等而自成體系或自成一格。宋陳師道《後山詩話》：「子美之詩，退之之文，魯公之書，皆集大成者也。」參前「前輩」注。夫子集大成：語出《孟子·萬章下》：「孔子之謂集大成。」孫奭疏：「蓋集大成，即集伯夷、伊尹、柳下惠三聖之道，是爲大成耳……其時爲言，以謂時然則然，無可無不可，故謂之集其大成，又非止於一偏而已。」

〔七〕國初：謂北宋。儒宗：本謂儒者之宗師。《史記·劉敬叔孫通列傳贊》：「叔孫通希世度務，制禮進退，與時變化，卒爲漢家儒宗。」後亦泛指爲讀書人所宗仰之學者。王安石《上邵學士書》：「昔昌黎爲唐儒宗。」楊、劉：楊億、劉筠，文章名家，西昆體主要作家，時稱「楊劉」。西昆體：宋初詩歌流派，以楊億爲首之文學侍從數人，發揚五代特重華麗修辭之文學技巧，一時蔚爲風氣。超詣：高深玄妙；高超脱俗。唐張説《魏齊公元忠》：「齊公生人表，迥天聞鶴唳。清論早揣摩，玄心晚超詣。」宋張端義《貴耳集》卷上：「東晉清談之士，酷嗜莊老，以曠達超詣爲第一等人物。」

〔八〕歐陽修《記舊本韓文後》：「予少家漢東，漢東僻陋無學者，吾家又貧無藏書。州南有大姓李氏者……予爲兒童時，多遊其家，見有弊筐貯故書在壁間，發而視之，得唐《昌黎先生文集》六卷，脱落顛倒無次序，因乞李氏以歸。讀之，見其言深厚而雄博，然予猶少，未能悉究其義，徒見其浩然無涯，若可愛……後七年，舉進士及第，官於洛陽。而尹師魯之徒皆在，遂相與作爲古文。因出所藏《昌黎集》而補綴之，求人家所有舊本而校定之。其後天下學者亦漸趨於古，而韓文遂行於世，至於今蓋三十餘年矣，學者非韓不學也，可謂盛矣。」《宋史》修本傳亦載此事。文忠，修之謚。言辨意深：蓋即歐云「言深厚而雄博」也。尹師魯：尹洙（一〇〇一—一〇四七），字師魯，河南府人。仁宗天聖二年進士。歷知光澤、伊陽等縣，有能名，後歷知涇、渭等州。官至起居舍人、直龍圖閣。性内剛外和，博學有識度，與歐陽修等提倡古文，世稱河南先生。丕變：大變。語出《書·盤庚上》：「罔有逸言，民用丕變。」孔傳：「民用大變從化。」劉禹錫《新修驛路記》：「近者嘗爲王所，百態丕變。」寖近：本謂逐漸親近。《楚辭·九歌·大司命》：「老冉冉兮既極，不寖近兮愈疏。」轉指逐漸接近。唐牛僧孺《周秦行紀》：「久之，空中見五色雲下，聞笑語聲寖近。」

〔九〕文安先生蘇明允：蘇洵，字明允，號老泉，曾任文安縣（今屬河北廊坊）主簿。蘇洵及其子軾、轍，皆就學於歐陽修門下。

〔一〇〕山谷檃括詩律：謂黄庭堅概括、提煉、發揚杜詩句法結構特點。檃括：就原有文章、著作加以剪裁、改造、提煉。《文心雕龍·熔裁》：「蹊要所司，職在鎔裁，檃括情理，矯揉文采也。」《宋史·文苑傳六·黄庭堅傳》云：「庭堅學問文章，天成性得，陳師道謂其詩得法杜甫，學甫而不爲者。」詩律：詩歌格律。杜甫《承沈八丈東美除膳部員外郎阻雨未遂馳賀奉寄此詩》：「詩律群公問，儒門舊史長。」少陵句法大振：謂杜詩之句法結構及其風格特徵得以弘揚。按，宋江西詩派，號稱以杜爲一祖也。句法：詩句之結構方式。嚴羽《滄浪詩話·詩辨》：「詩之品有九……其用工有三：曰起結，曰句法，曰字眼。」張文潛、晁無咎、秦少游、陳無己之流：謂張耒、晁補之、秦觀、陳師道諸人。《宋史·蘇軾列傳》：「一時文人如黄庭堅、晁補之、秦觀、張耒、陳師道，舉世未之識，軾待之如朋儔，未嘗以師資自予也。」又《文苑傳六·黄庭堅傳》又云：「庭堅……與張耒、晁補之、秦觀俱游蘇軾門，天下稱爲四學士，而庭堅於文章尤長於詩，蜀、江西君子以庭堅配軾，故稱『蘇黄』。」師道亦江西詩派代表作家。按，本書箋注所以不避煩瑣者，正欲稍明「無一字無來歷」之文學風尚也。

〔一一〕世不乏才：當世並非缺乏才幹之人。《三國志·魏書·劉廙傳》：「太祖在長安，欲親征蜀，廙上疏曰：『……臣恐邊寇非六國之敵，而世不乏才，土崩之勢，此不可不察也。』」陸游《九月一日夜讀詩稿有感走筆作歌》：「世間才傑固不乏，秋毫未合天地隔。」此謂文章之才不乏。

〔一二〕閫域：境地，境界。《敦煌變文集·八相變》：「出生死之塵勞，践菩提之閫域。」宋張耒《冬日放言二十一首》九：「聖處有閫域，扃鑰一何深。」籍甚：盛大，盛多。見前《上趙漕啓》注一〇。薦紳：同「搢紳」。泛指士大夫。見前《賀張參政啓》注四。

〔一三〕天不假年：言人不幸早逝。隱諱之辭。語本《左傳·僖公二十八年》：「險阻艱難，備嘗之矣；民之情僞，盡知之矣。天假之年，而除其害。天之所置，其可廢乎？」「天假之年」，本謂其能長壽，乃天意，實謂不能殺之。後演而爲「天不假年」，言早死。劉禹錫《唐故朝議郎守尚書吏部侍郎上柱國賜紫金魚袋贈司空奚公神道碑》：「帝方倚用，天不假年。」位未稱德：官職地位不足以顯人德才。憫惜之辭。《周易·繫辭下》有「德不配位」之語，元幹相反以爲言。《晉書·鄭默傳》：「默才行名望，宜居論道，五升九卿，位未稱德，宜贈三司。」善類盡傷：言有德同道之士皆致同情憫惜。善類：善良者，有德者。《子華子·孔子贈》：「明旌善類而誅鋤醜厲者，法之正也。」元幹《送舒希古》：「老舒古君子，送客皆善類。」傷類，同類相愛惜憐憫。梅堯臣《猛虎行》：「麋鹿豈非命，其類寧不傷。」

〔一四〕三子湑叔濟：王鈇子，事迹不詳。裒：收集。離：離析。《禮記·學記》：「一年視離經辨志，三年視敬業樂群。」孔疏：「離經，謂離析經理，使章句斷絶也。」此言分類編次詩文稿也。子職：兒子應盡職責於父母者。語出《孟子·萬章上》：「我竭力耕田，共爲子職而已矣。」宋劉敞《送李才元》：「賜金爲親壽，衣錦供子職。」

〔一五〕賢而有文：品格優良而且聰明能文。語蓋本《列女傳·柳下惠妻》：「頌曰：『下惠之妻，賢明有文；柳下既死，門人必存。將誄下惠，妻爲之辭；陳列其文，莫能易之。』」蘇軾《李憲仲哀詞（并叙）》：「同年友李君諱惇，字憲仲。賢而有文，不幸早世，軾不及與之遊也，而識其子廌有年矣。」釋德洪有一七律，題中有「賢而有文，佳公子也」云云，似已用如成語。克世其家：堪傳家世德業。克家：語出《易·蒙》：「納婦吉，子克家。」孔疏：「子孫能克荷家事，故云子克家也。」指能繼承家業。杜甫《奉送蘇州李二十五長史丈之任》：「食德見從事，克家何妙年。」世家：本謂世禄之家。語本《孟子·滕文公下》：「仲子，齊之世家也。」《漢書·食貨志下》：「世家子弟富人或鬥雞走狗馬，弋獵博戲，亂齊民。」顔注引如淳曰：「世家，謂世世有禄秩家也。」此言能世守名譽也。宋釋德洪《贈陳静之》：「君當世其家，已見逸群駿。」屬：囑請，拜求。鏤板：謂雕板印刷。宋王闢之《澠水燕談録·書畫》：「皇祐中，仁宗命待詔高克明輩畫三朝聖迹一百事，人物纔寸餘，宫殿、山川、車駕、儀衛咸具。詔學士李淑等撰次序贊，爲十卷，曰《三朝訓鑒圖》，鏤板印貽大臣宗室。」

〔一六〕晚生：對長輩自稱後生。謙辭。不及見：猶言趕不上見到前輩長者。宋人好用此語。張耒《任仲微閲世亭》：「任公不及見，見其賢子孫。」徐公師川：徐俯，字師川，洪州分寧人，號東湖居士。七歲能詩，爲舅黄庭堅器重。以父禧蔭授通直郎。累官至司門郎。欽宗靖康間張邦昌僭位，遂致仕。高宗紹興二年，賜進士出身。三年，遷翰林學士，俄擢端明殿學士、簽書樞密院事。四年，兼權參知政事。與趙鼎議不合，乃求去，提舉洞霄宫。九年，知信州，尋奉祠歸。與曾幾、吕本中游。有《東湖集》。元幹早從徐俯學詩。

〔一七〕里中丈人行：鄉里長輩。里中：謂同里之人。《史記·張耳陳餘列傳》：「秦詔書購求兩人，兩人亦反用門者以令里中。」劉禹錫《和董庶中古散調詞贈尹果毅》：「行逢里中舊，撲遨昔所嗤。」丈人行：猶言父輩、長輩。《史記·匈奴列傳》：「單于初立，恐漢襲之，乃自謂：『我兒子，安敢望漢天子。漢天子，我丈人行也。』」崔峒《送薛仲方歸揚州》：「慚爲丈人行，怯見後生才。」

〔一八〕昂藏：氣度軒昂、超群出衆貌。陸機《晉平西將軍孝侯周處碑》：「汪洋廷闕之傍，昂藏寮寀之上。」李白《贈潘侍御論錢少陽》：「繡衣柱史何昂藏，鐵冠白筆橫秋霜。」嚴毅：嚴厲剛毅。《漢書・王嘉傳》：「嘉爲人剛直嚴毅有威重，上甚敬之。」不妄許可：言不輕易稱贊人。宋呂本中有絶句三首，其長題曰「次韵季叔友賀堯明登第。叔友丹陽人也，本中得其人之詳於王堯明，恨未之識也。堯明擢第，叔友作詩賀之，堯明令繼作。既喜叔友能不妄許可，又嘉堯明進退取捨皆中乎道也」。許可：此爲認同贊美義。

〔一九〕今代：今世。鴻儒：大儒。鳴要路：顯揚聲名於高位。軒輊人：褒貶人物。軒輊：車之前高後低者曰軒，前低後高者曰輊，引申爲輕重、優劣。語出《詩・小雅・六月》：「戎車既安，如輊如軒。」轉指褒貶抑揚。《新唐書・楊虞卿傳》：「宗閔待之尤厚，就黨中爲最能唱和者，以口語軒輊事機，故時號黨魁。」退閒無聞之老：元幹自謙。退閒：退職閒居。《白雲期》：「四十至五十，正是退閑時。」無聞：無聲譽、不爲人知。語本《論語・子罕》：「四十五十而無聞焉，斯亦不足畏已。」陶潛《榮木》：「先師遺訓，余豈云墜？四十無聞，斯不足畏！」

〔二〇〕得非：莫非。《魏書・郭祚傳》：「祚曰：『高山仰止。』高祖曰：『得非景行之謂？』」杜甫《奉先劉少府新畫山水障歌》：「得非懸圃坼，無乃瀟湘翻。」皇祐：仁宗趙禎年號，凡六年（一〇四九—一〇五四）。少師公帥廣陵：王鈇長廣陵事不詳。年家孫：同年家之孫。年家：同年登科第者家互稱。宋孔武仲《次韵鄧慎思初入同文館》：「年家兄弟今同舍，會見河南起賈生。」宋周密《齊東野語・潘庭堅王實之》：「先君子佐閩漕幕時，方壺山大琮爲漕，臞軒王邁實之與方爲年家，氣誼相好。」展拜：謂拜謁；跪拜致敬。唐牛肅《紀聞・吴保安》：「幸共鄉里，籍甚風猷，雖曠不展拜，而心常慕仰。」宋孟元老《東京夢華録·元旦朝會》：「夏國使副，皆金冠，短小樣制，服緋窄袍、金蹀躞，弔敦，皆叉手展拜。」齒長：年長。輩行：行輩。韓愈《唐故江南西道觀察使太原王公神道碑銘》：「讀書著文，其譽藹鬱，當時名公，皆折官位輩行，願爲交。」蘇軾《京師哭任遵聖》：「老任况奇逸，先子推輩行。」不啻：語出《書·多士》：「爾不克敬，爾不啻不有爾土，予亦致天之罰于爾躬。」孔傳：「不但不得還本土而已，我亦致天罰於汝身。」本謂不止、不僅；後轉謂無異於、如同。元稹《叙詩寄樂天書》：「視一境如一室，刑殺其下，不啻僕畜。」景服：景仰佩服。宋葉清臣有古風《答李覯》一首，題曰「累日前伏蒙袖書臨訪，并小文編及明堂圖，披玩尋繹，彌增景服。偶書二百四十言以伸謝臆，伏惟采覽」，「彌增景服」，即愈加增益景仰佩服也。言行：謂王之嘉言懿行。莫予若：無人比得上我。

〔二一〕蕪類：蕪雜繁瑣有瑕疵。類：通「纇」。纇，《説文》：「絲節也。」段注：「節者，竹約也。引申爲凡約結之稱。絲之約結不解者曰『纇』。引申之，凡人之愆尤皆曰『纇』，《左傳》『忿纇無期』是也。亦叚『類』爲之。昭十六年傳曰：『刑之頗類。』服虔讀『類』爲『纇』。」曾鞏《和邵資政》：「樊籠偶得滄洲趣，蕪類難讎白雪辭。」冠：居於開端。按，上古序文，通在卷末，後世始遷置卷首。編秩：編次順序。宋楊億《詠華林書院》：「門閭雙桂茂，編秩九流排。」獲托名不朽：得以附列姓名而同致不朽。托名：本謂寄托姓名，轉謂借重他人或他事以揚名。《後漢書·文苑傳下·趙壹》：「既出，往造河南尹羊陟，不得見。壹以公卿中非陟無足以托名者，乃日往到門。」王安石《籌思亭》：「寓興中原爲遠趣，托名華榜有新詩。」不朽：兼以稱頌王集之可傳而必傳也。

〔二二〕獻納論思：貢獻忠言，參謀朝政。語本班固《〈兩都賦〉序》：「故言語侍從之臣，若司馬相如……之屬，朝夕論思，日月獻納。」獻納：進獻忠言。《舊唐書・玄宗紀論》：「昌言嘉謨，日聞於獻納。」論思：天子與臣下討論學問。唐李百藥《安德山池宴集》：「朝宰論思暇，高宴臨方塘。」方鎮：掌握兵權、鎮守一方之軍事長官，晉持節都督，唐觀察使、節度使、經略等皆是。遼金時皆有其職。宋趙與時《賓退録》卷一：「開元九年置朔方節度，自是始有方鎮。」撫綏：安撫，安定。語出《書・太甲上》：「天監厥德，用集大命，撫綏萬方。」司馬光《北京韓魏公祠堂記》：「梁公省徹戰守之備，撫綏彫弊之民，民安而虜自退，魏人祠之，至今血食。」智略：才智與謀略。《六韜・上賢》：「無智略權謀，而重賞尊爵之。」《宋書・王叡傳》：「叡字元德……果敢有智略，武帝甚知之。」碑於德政：紀德政於碑也。德政：舊指有仁德之政治措施或政績。《左傳・隱公十一年》：「既無德政，又無威刑。」碑即所謂德政碑。德政碑：舊時民間立以頌揚官吏政績者。《南史・蕭恭傳》：「恭至州，政績有聲，百姓請於城南立碑頌德，詔許焉，名爲德政碑。」

記

福州連江縣潘渡石橋記〔一〕

閩中統八州之地，重山複嶺，綿亘聯屬，而旁海城邑亦居其半〔二〕。大抵溪壑之交會，潮汐之吐吞，或匯爲深淵，或激爲奔湍，必曰蛟螭窟穴存焉〔三〕。設有舟楫乘險可虞，惡少椎埋，得以邀留行旅〔四〕。自夏徂秋，颶母飄烈，瞬息暴至，固使人惴慄震悼，一旦雷雨晦冥，莫辨咫尺，凡問津者，皆病涉也〔五〕。

皇朝嘉祐間，莆陽蔡公君謨守温陵，始作石橋萬安渡，雄盛冠於東南〔六〕。豐碑巋然，大書深刻，邦人至今祠之〔七〕。其墨本流傳常在人耳目，自爾所至，多取規模〔八〕。然世間假修頭陁行之流，往往藉此爲姦，利囊橐，徒費歲月，迄無成功〔九〕。如連江潘渡本以姓著，先是里人林道夫等權輿其事，歲在乙卯，歷四載，僅能鑿石庀材〔一〇〕。已而僧資逸輩嗣之，既再期，會計所釃金共不滿二百萬，皆廢於索址〔一一〕。隨築屢毁，沙水蕩潏，漲落崩騰，莫之禦也〔一二〕。道夫、資逸心志俱怠，輒棄去，又再期矣。前安撫使程進道適由永嘉移鎮此邦，壬戌春二月也〔一三〕。渡有候館，公少休焉，謂此渡實羅源、寧德、長溪三邑塗所自出，而車馬如浙東、廣右者，絡繹往來，念當積潦之患，與夫向所謂凡問津病涉者，誠不可無橋以濟〔一四〕。鋭意是舉，召知縣事阮侯朝瑞，俾經營之〔一五〕。

侯思慮精密，善揣摩，用鈎距，略不畀付胥徒，陰擇所治號能住持僧數人者董其役，又得净安之思顯授以程度①〔一六〕。思顯堅忍通練，出納惟謹，而畏督責，常踧踖救過不暇〔一七〕。予竊怪侯乃能從容三尺之間，獨仰衆人樂從，有成如此，不其難哉〔一八〕！然則是非毁譽，果可卜矣〔一九〕。

時當終，更賫緣以書來，求予爲之記甚力。予將何辭？姑綴緝本末。阮侯名珪，朝瑞蓋其字，是亦莆陽人云〔二〇〕。

【校】

① 思顯：文津閣本作「志顯」。

【箋注】

〔一〕紹興十二年二月，程邁（進道）自永嘉再知福州，知潘渡石橋歷四載而未成，乃召知縣阮珪主之，事成，元幹作此紀其始末而彰其功德。

〔二〕八州：即福建地。見前《代洪仲本上徐漕書》注一五。重山複嶺：山巒重迭層接貌。王安石《南澗樓》：「撲撲烟嵐繞四阿，物華終恨未能多。故應陡起三千丈，始奈重山複嶺何。」宋陳著《呈竹石亭》：「宿愁複嶺重山外，新趣清風明月閒。」聯屬：連接。梅堯臣《送曾子固蘇軾》：「父子兄弟間，光輝自聯屬。」宋魏慶之《詩人玉屑・初學蹊徑》：「大概作詩要從首至尾，語脈聯屬，如有理詞狀。」旁海：沿海。旁：同「傍」，依也。《漢書・武帝紀》：「遂至琅邪，並海。」顔注：「並，讀曰『傍』。傍，依也。」唐張循之《送泉州李使君之任》：「旁海皆荒服，分符重漢臣。」

〔三〕蛟螭窟穴：蛟龍之居，誇言地之神也。蛟螭：猶蛟龍。亦泛指水族。揚雄《羽獵賦》：「探巖排碕，薄索蛟螭。」宋劉攽《和章都官洞庭詩》：「修鱗巨鬣出萬族，窟穴鱣鮪泥蛟螭。」窟穴：動物栖身之洞穴。《論衡・辨祟》：「鳥有巢栖，獸有窟穴，蟲魚介鱗各有區處，猶人之有室宅樓臺也。」杜甫《又觀打魚》：「日暮蛟龍改窟穴，山根鱣鮪隨雲雷。」

〔四〕設有：假如有。舟楫乘險：舟行涉險。宋孔武仲《汴河》：「祇堪平地看洶湧，何事乘危理舟楫。」宋劉攽《過龍眼磯》：「洪波浮一葉，弱髮引千鈞。虎豹公横道，蛟龍喜得人。强顔猶失色，乘險屢傷神。」此二篇情事，堪爲元幹注脚。乘險：涉險。杜甫《鐵堂峽》：「山風吹遊子，縹緲乘險絶。」可虞：值得憂慮。元稹《酬樂天東南行詩一百韻》：「獷俗誠堪憚，妖神甚可虞。」宋范致君《吴江太湖笠澤虹橋詩二首》一：「欲自荆溪泛太湖，三月風濤正可虞。」惡少：惡少年。見前《止戈堂》注五。椎埋：劫殺人而埋之。亦泛指殺人。《史記・酷吏列傳》：「王温舒者……少時椎埋爲奸。」集解引徐廣曰：「椎殺人而埋之。」高適《酬裴員外以詩代書》：「是時掃氛祲，尚未殲渠魁。背河列長圍，師老將亦乖。歸軍劇風火，散卒争椎埋。」邀留：謂攔阻留住。張籍《祭退之》：「公既相邀留，坐語於堦楹。」轉謂劫持拘留。《續資治通鑑・宋高宗紹興十年》：「金人自靖康以來，稱兵南下，蕩覆我京都，邀留我二聖。」邀留行旅：謂阻滯行旅。按，上二句言地理形勢之險。

〔五〕徂：往到。颶母：颶風之前兆。亦指颶風。《唐國史補》卷下：「颶風將至，則多虹蜺，名曰颶母。」唐劉恂《嶺表録異》卷上：「南海秋夏間，或雲物慘然，則見其暈如虹，長六七尺。比候則颶風必發，故呼爲颶母。」飄烈：移動迅猛或變化迅速。宋無名氏《梅香慢》：「風裏弄輕盈，掩珠英明瑩，待臘飄烈。」惴慄：恐懼而戰栗。語本《詩・秦風・黄鳥》：「臨其穴，惴惴其慄。」《莊子・齊物論》：「木處則惴慄恂懼，猨猴然乎哉？」震悼：驚愕悲悼。《楚辭・九章・抽思》：「願承閒而自察兮，心震悼而不敢。」宋韋驤《鄧左丞開府挽詞》：「壽非德稱天何吝，命與心違古所悲。一品哀榮加贈典，九重震悼輟班儀。」泛指驚恐無措。晦冥：昏暗陰沉。《漢書・五行志七下之上》：「震者雷也，晦暝，雷擊其廟，明當絶去僭差之類也。」《水經注・夷水》：「旦化爲蟲，群飛蔽日，天地晦暝。」問津者：泛指行人。問津：語出《論語・微子》：「長沮、桀溺耦而耕，孔子過之，使子路問津焉。」本謂尋求渡口。轉指尋訪或探求。陶潛《桃花源記》：「南陽劉子驥，高尚士也；聞之，欣然規往。未果，尋病終。後遂無問津者。」莫辨咫尺：喻昏暗。病涉：苦於涉水渡川。語出《孟子·離婁下》：「歲十一月徒杠成，十二月輿梁成，民未病涉也。」趙岐注：「當以時修橋梁，民何由病苦涉水乎。」蘇軾《兩橋詩·東新橋》：「嗟此病涉久，公私困留稽。」

〔六〕莆陽：今福建莆田。蔡君謨：蔡襄（一〇一二—一〇六七），字君謨，宋興化軍仙遊人。仁宗天聖八年進士。慶曆三年知諫院，贊助慶曆新政，直言疏論時事。後出知福州，改福建路轉運使。皇祐四年進知制誥。至和、嘉祐間，歷知開封府、福州、泉州。作石橋萬安渡：建萬安橋於原萬安渡。該橋橫跨泉州灣，全長三百六十丈，爲我國建橋史上之冠冕。

〔七〕豐碑：蔡襄所書之碑。大書深刻：言碑制之精。按，蔡精書法，楷書歐陽修、蘇軾推爲國朝第一。其碑今存。

〔八〕墨本：蓋指蔡碑拓本。歐陽修《石篆》詩序：「因爲詩一首，並封題墨本以寄二君。」韓維《和叔小飲懷同州江十學士》：「群賢刻金石，墨本來四裔。」自爾：從此以後。所至：猶今言「所到之處」。規模：法式、制度，引申爲典範、榜樣。白居易《題周皓大夫新亭子二十二韻》：「規模何日創，景致一時新。」轉謂摹仿、取法。司空圖《容城侯傳》：「能强記天象地形草木蟲介萬殊之狀，皆視諸掌握，蓋其術亦規模《洪範》耳。」皆可通。

〔九〕假：僞也。非假藉意。修頭陁行：泛指學佛。頭陁：即「頭陀」，梵文 dhūta 之音譯。意爲「抖擻」，即擺脱塵垢煩惱。因以稱佛徒，亦專指行脚乞食之比丘。南朝齊王中《頭陀寺碑文》：「以法師景行大迦葉，故以頭陀爲稱首。」《法苑珠林》卷一〇一：「西云頭陁，此云抖擻，能行此法，即能抖擻煩惱，去離貪著，如衣抖擻，能去塵垢，是故從喻爲名。」唐權德輿《錫杖歌送明楚上人歸佛川》：「上人遠自西天竺，頭陁行遍南朝寺。」利囊橐：貪圖供養財貨。囊橐：語本《詩・大雅・公劉》：「迺裹餱糧，于橐于囊。」毛傳：「小曰橐，大曰囊。」鄭箋：「乃裹糧食於囊橐之中。」轉指財物。唐白行簡《李娃傳》：「及旦，盡徙其囊橐，因家於李之第。」此指信衆之供養財物。

〔一〇〕里人林道夫：其人不詳。權輿：語出《詩・秦風・權輿》：「今也每食無餘，于嗟乎！不承權輿。」《爾雅・釋詁》：「權輿，始也。」三國魏程曉《贈傅休奕詩》：「權輿授代，徐陳蕩穢。」此謂發起工程。歲在乙卯：高宗紹興五年（一一三五）。庀材：備辦材料。柳宗元《桂州裴中丞作訾家洲亭記》：「乃經工庀材，考極相方，南爲燕亭。」《玉壺清話》卷五：「公命工庀材，一夕而就。」庀：整備使之充足。《左傳・襄二十五年》：「楚子木使庀賦。」孔疏：「治之使具也。」

〔一一〕僧資逸：其人不詳。嗣之：謂後繼。再期：兩年。期：週年。會計：計算。語出《周禮・地官・舍人》：「歲終則會計其政。」管理財物出納等事。《孟子・萬章下》：「孔子嘗爲委吏矣，曰：『會計當而已矣。』」蘇轍《次韵孫推官朴見寄二首》其二：「粗知會計猶堪任，貪就功名有底忙。」此謂合計，總算。醵金：籌款，集資。《禮記・禮器》：「曾子曰：『周禮，其猶醵與。』」鄭玄注：「合錢飲酒爲醵。」《清異録・黑金社》：「廬山白鹿洞，遊士輻湊，每冬寒，醵金市烏薪爲御冬備，號黑金社。」廢於索址：似謂所籌資金皆縻費於尋求地址。蓋誇言事之難也。

〔一二〕蕩潏：涌騰起伏。見前《訪周元舉菁山隱居》注八。沙水蕩潏：謂海水沖刷。莫之禦：無法抵禦。《孟子·公孫丑上》：「夫仁，天之尊爵也，人之安宅也。莫之禦而不仁，是不智也。」

〔一三〕安撫使程進道：程邁（一〇六八—一一四五），字進道，黟縣人。高宗即位，遷太府卿，知福州。歷知温州、平江府、鎮江府、饒州，再知福州。壬戌：高宗紹興十二年（一一四二）。

〔一四〕候館：語出《周禮·地官·遺人》：「五十里有市，市有候館，候館和積。」鄭注：「候館，樓可以觀望者也。」轉指官驛。唐錢起《青泥驛迎獻王侍御》：「候館掃清晝，使車出明光。」積潦：積水；洪水。劉禹錫《韓十八侍御見示岳陽樓别竇司直詩因令屬和重以自述故足成六十二韻》：「炎蒸動泉源，積潦搜山趾。」《宋史·五行志一上》：「京師大雨，漂壞廬舍，民有壓死者；積潦浸道路，自朱雀門東抵宣化門尤甚。」

〔一五〕鋭意是舉：專意全力以從事石橋工程。鋭意：著意。《陳書·蔡景歷傳》：「是時高宗鋭意河南，以爲指麾可定。」《石林燕語》卷八：「省試時，歐陽文忠公鋭意欲革文弊，初未之識。」經營：籌劃營造。語出《書·召誥》：「卜宅，厥既得卜，則經營。」杜甫《寄題江外草堂》：「誅茅初一畝，廣地必連延。經營上元始，斷手寶應年。」

〔一六〕揣摩：本戰國縱横家遊説之術，謂揣度國君所欲而行説以投合之。語出《戰國策·秦策一》：「（蘇秦）乃夜發書，陳篋數十，得太公《陰符》之謀，伏而誦之，簡練以爲揣摩。」轉指尋常之忖度。唐張説《五君詠五首·魏齊公元忠》：「清論早揣摩，玄心晚超詣。」此謂思考規劃也。鈎距：語出《墨子·魯問》：「公輸子自魯南遊楚，焉始爲舟戰之器，作爲鉤拒之備，退者鉤之，進者拒之。」後指輾轉推問，究得情實。《漢書·趙廣漢傳》：「（廣漢）尤善爲鉤距，以得事情。鉤距者，設欲知馬賈，則先問狗，已問羊，又問牛，然後及馬，參伍其賈，以類相準，則知馬之貴賤不失實矣。」顔注引晉灼曰：「鉤，致；距，閉也。使對者無疑，若不問而自知，衆莫覺所由以閉，其術爲距也。」此蓋藉爲籌劃義。畀付：付與。蘇軾《徐州謝上表》：「察孤危之易毁，諒拙直之無他。安全陋軀，畀付善地。」胥徒：爲民服徭役者。語本《周禮·天官·序官》：「胥十有二人，徒百有二十人。」鄭玄注：「此民給徭役者，若今衛士矣。胥，讀如諝，謂其有才知，爲什長。」南朝梁何遜《早朝車子聽望》：「胥徒紛絡繹，騶御或西東。」此泛指民伕。董其役：主其事。净安：净安寺，不詳。程度：法度；進程。劉禹錫《論廢楚州營田表》：「皇明鑑微，特革斯弊……但以田數雖廣，地力各殊，須量沃瘠，用立程度。」蘇轍《遊金山寄揚州鮮于子駿從事邵光》：「我行有程度，欲去空自惜。」二義皆可通。思顯：净安寺僧，其人不詳。

〔一七〕堅忍：堅毅，有韌性。《史記·張丞相列傳》：「御史大夫周昌，其人堅忍質直。」蘇轍《七代論》：「英雄之士常因其隙而出於其間，堅忍而不變，是以天下之勢遂成而不可解。」此謂意志堅定能任事也。通練：謂閱歷多而通曉人情世故。《晉書·殷浩傳》：「足下沈識淹長，思綜通練，起而明之，足以經濟。」宋葉適《上寧宗皇帝札子二》：「令有通練敏達之士，授以意指俾之講求，許其自行，無使貽害。」出納：財物之收支。《墨子·號令》：「收粟米、布帛、錢金，出内畜産，皆平直其賈。」秦觀《安都》：「大賈之室，斂散金錢以逐什一之利，出納百貨以收倍稱之息。」惟謹：但守恭謹。《論語·鄉黨》：「其在宗廟朝廷，便便言，唯謹爾。」《史記·萬石張叔列傳》：「子孫勝冠者在側，雖燕居必冠，申申如也；僮僕訢訢如也，唯謹。」督責：責備。跼蹐：拘謹不安貌。《論語·鄉党》：「君在，踧踖如也。」《後漢書·東平憲王蒼傳》：「臣惶怖戰栗，誠不自安，每會見，踧踖無所措置。」救過不暇：不暇救過。立事之艱難貌。語本《戰國策·秦策二》：「若死者有知，先王之積怒久矣，太后救過不贍，何暇及私魏丑夫乎？」《太平御覽》卷五五三引作「救過不暇」。《史記·酷吏列傳論》：「九卿碌碌奉其官，救過不贍，何暇論繩墨之外乎！」

〔一八〕竊怪：暗中疑惑。從容三尺之間：謂於其行政諸公務外尚有暇周旋謀劃也。唐李頎《送馬録事赴永陽》：「子爲郡從事，主印清淮邊。談笑一州裏，從容群吏先。手持三尺令，遣決如流泉。」三尺：三尺法。見前《賀邵武江守啓》注五。仰：倚賴；憑藉。樂從：樂於從命。《史記·李將軍列傳》：「然匈奴畏李廣之略，士卒亦多樂從李廣而苦程不識。」宋邵雍《君子飲酒吟》：「筋骸康健，里閈樂從。」不其難哉：猶言不亦難哉。

〔一九〕卜：預料。

〔二〇〕時當終：言其時工程之事即將告竣。夤緣：見前《問候馬漕啓》注三。此蓋謂輾轉而來。綴緝本末：記述事情之來龍去脈。

題跋

跋了堂先生文集〔一〕

某愚且戇，不學無術，卒老於行〔二〕。然少時有志從前輩長者遊，擔簦蹻蹶，不捨晝夜〔三〕。宣和庚子春，拜忠肅公於廬山之南，陪侍杖屨，幽尋雲烟水石間者累月，與聞前言往行，商権古今治亂成敗，夜分迺就寐〔四〕。

先生嘗謂孺子可教，賜以大父手澤，題跋曰：「爲士而能尊其祖，爲子而能幹父之蠱，此可久之習也，辭采燦然足以有譽於世矣。」〔五〕某書紳，佩服終身弗忘，且刊之碑版，永藏於家，貽訓子孫，墨猶未乾也〔六〕。顧某何人，乃獲先生知遇期待如此〔七〕！

兹者又辱次對，貳卿崇篤先契，不鄙荒唐，容許校讎《了堂文集》，得非目前賢士大夫及識先生者所存無幾耶〔八〕？於是自夏涉秋，手加審訂，凡字畫之訛舛，倫序之失次，是非之去取，分部卷帙，各適其當，具如别録〔九〕。儻或其説可採，邵州舊版於理當損，且併刻《易説》、諫稿，合而爲一，始克盡善，庶幾後學知所師承，不爲異端所惑，於道豈小補也哉〔一〇〕？昔韓文公爲唐室一代儒宗，而門人李漢、趙德實爲之編次，且冠序其首①，遂托名以垂不朽〔一一〕。某晚生，固不敢序先生之文，幸從事於編次，似無愧於李、趙〔一二〕。

嗚呼！自王氏網羅六藝，斷以己意，力行新法，變亂舊章，天下遂多事〔一三〕。已而子婿兄弟表裏祖述，遺禍無窮〔一四〕。先生獨知尊堯，愛君憂國，先見之明，肇於欲萌，逆料其弊，甚於中的〔一五〕。視之若仇敵，甘心犯難，雖百謫瀕九死而弗悔②〔一六〕。孟軻氏曰：「富貴不能淫，貧賤不能移，威武不能屈，此之謂大丈夫。」又曰：「我善養吾浩然之氣，至大至剛，以直養而無害，則塞乎天地之間。」合而言之，愚於先生平日立朝行己，信無疑矣〔一七〕。百世之下，凜凜英氣，義形於色，如砥柱之屹頽波，如泰華之插穹昊，如萬折必東之水，如百鍊不變之金，捨吾先生其誰哉〔一八〕？死而不亡者，予於先生見之〔一九〕。

【校】

①冠序：文淵閣本作「序冠」，據國圖藏本改。

②弗悔：國圖藏本作「勿悔」。

【箋注】

〔一〕紹興二十九年秋，元幹應陳正同之請，校訂其父陳瓘《了堂先生文集》並爲此跋。了堂先生：陳瓘號。見前《上平江陳侍郎十絶并序》注三。

〔二〕愚且戇：意爲愚直。自謙之詞。《韓非子·六反》：「嘉厚純粹，整穀之民也，而世少之，曰愚贛之民也。」《墨子·非儒下》：「其親死，列尸弗歛，登屋窺井，挑鼠穴，探滌器，而求其人矣。以爲實在，則贛愚甚矣。」戇：《史記·高祖本紀》：「王陵可，然陵少戇，陳平可以助之。」《説文》：「愚也。」不學無術：語本《漢書·霍光傳贊》：「然光不學亡術，闇於大理。」亡術：謂霍光不識道術。後用以泛指無學問藝能。庾信《答趙王啓》：「信不學無術，本分泥沉。」卒老於行：謂最終衰老於辛苦輾轉而無所成功。韓愈《進學解》：「昔者孟軻好辯，孔道以明。轍環天下，卒老於行。」

〔三〕從……遊：從學。擔簦竭蹶：辛苦奔走也。擔簦：背著傘。謂奔走跋涉。魏晉無名氏《古越謡歌》：「君乘車，我戴笠，他日相逢下車揖。君擔簦，我跨馬，他日相逢爲君下。」李白《贈崔司户文昆季》：「惟昔不自媒，擔簦西入秦。」竭蹶：顛仆傾跌，行步匆遽貌。《荀子·儒效》：「故近者歌謳而樂之，遠者竭蹶而趨之。」楊倞注：「竭蹶，顛倒也。遠者顛倒趨之，如不及然。」宋曾協《送趙有翼監丞造朝供職》：「我嘗聯曹愧凡庸，竭蹶道上昔所同。」不捨晝夜：晝夜不停。本作「不舍晝夜」，語出《論語·子罕》：「子在川上曰：『逝者如斯夫！不舍晝夜。』」舍，止也。張九齡《忝官二十年盡在内職及爲郡嘗積戀因賦詩焉》：「江流去朝宗，晝夜兹不舍。」

〔四〕宣和庚子：徽宗宣和二年（一一二〇）。忠肅公：即了堂先生。陪侍杖屨：侍從長輩行遊。杖屨：代指老者、尊者，敬稱。見前《與富樞密同集天宫寺》注五。幽尋：即「尋幽」，見前《次韵錢申伯遊東山既歸述懷之章》注二。與聞：以參預其事而得知其情。語出《左傳·隱公十一年》：「齊侯以許讓公。公曰：『君謂許不共，故從君討之。許既伏罪矣，雖君有命，寡人弗敢與聞。』」謙辭。歐陽修《〈歸田録〉序》：「幸蒙人主之知，備位朝廷，與聞國論者，蓋八年於兹矣。」前言往行：特指以往聖賢言行。語出《易·大畜》：「君子以多識前言往行，以畜其德。」夜分：夜半。《韓非子·十過》：「昔者衛靈公將之晉，至濮水之上，税車而放馬，設舍以宿，夜分而聞鼓新聲者而説之。」《後漢書·光武帝紀下》：「（帝）數引公卿郎將講論經理，夜分乃寐。」李賢注：「分猶半也。」

〔五〕孺子可教：年輕人可造就。典出《史記·留侯世家》張良爲圯上老父取履：「良業爲取履，因長跪履之。父以足受，笑而去。良大驚，隨目之。父去里所，復還，曰：『孺子可教矣。』」大父：祖父。《韓非子·五蠹》：「今人有五子不爲多，子又有五子，大父未死而有二十五孫。」

《史記·留侯世家》：「留侯張良者，其先韓人也。大父開地，相韓昭侯、宣惠王、襄哀王。」集解引應劭曰：「大父，祖父。」手澤：本手汗意。多用以稱先人或前輩之遺物遺墨。語出《禮記·玉藻》：「父没而不能讀父之書，手澤存焉爾。」孔疏：「謂其書有父平生所持手之潤澤存在焉，故不忍讀也。」晉潘岳《皇女誄》：「披覽遺物，徘徊舊居，手澤未改，領膩如初。」可久：本意爲以此可得長久，實謂知敬愛先人、保守其德澤，則足使家門興旺而長久也。語出《易·繫辭上》：「乾以易知，坤以簡能。易則易知，簡則易從。易知則有親，易從則有功。有親則可久，有功則可大。可久則賢人之德，可大則賢人之業。」辭采：猶文采，詩文之藻飾也。《後漢書·文苑傳上·禰衡》：「衡攬筆而作，文無加點，辭采甚麗。」司馬光《起請科場札子》：「凡取士之道，當以德行爲先，文學爲後；就文學之中，又當以經術爲先，辭采爲後。」燦然：文辭華麗可觀也。五代王定保《唐摭言·海叙不遇》：「顔標典鄱陽，鞠場亭宇初搆，巖傑紀其事，文成，燦然千餘言。」蘇軾《寄周安孺茶》：「有興即揮毫，燦然存簡牘。」有譽：有聲譽也。韓愈《送李愿歸盤谷序》：「與其有譽於前，孰若無毁於其後；與其有樂於身，孰若無憂於其心。」

〔六〕書紳：即「書諸紳」，記格言於腰帶以便諷誦也。語本《論語·衛靈公》：「子張問行。子曰：『言忠信，行篤敬，雖蠻貊之邦行矣；……』子張書諸紳。」邢昺疏：「紳，大帶也。子張以孔子之言書之紳帶，意其佩服無忽忘也。」古人好爲此語。元幹《上平江陳侍郎十絶》十亦云：「七十衰翁誰信及，話言端欲廣書紳。」佩服終身弗忘：此蓋直用邢氏疏文。佩服：猶言遵循。朱熹《朱子語類》卷一一四：「久侍師席，今將告違。氣質偏蔽，不能自知。尚望賜以一言，使終身知所佩服。」刊之碑版：刻板以爲銘記。貽訓：訓誡由先人遺留者。《晉書·郭璞葛洪傳論》：「夫語怪徵神，伎成則賤，前修貽訓，鄙乎兹道。」白居易《贈内》：「君家有貽訓，清白遺子孫。」墨猶未乾：墨迹尚新，極言常對常新，亦喻永志勿忘也。古人似用如成語者。宋周麟之《答宋子閑》：「遺編爛爛星斗垂，墨猶未乾吾忍窺。」通作「墨未乾」。劉禹錫《早春對雪奉寄澧州元郎中》：「新賜魚書墨未乾，賢人暫出遠人安。」

〔七〕顧：猶今言只是。何人：何等人。謙辭。語本《孟子·滕文公上》：「舜何人也，予何人也；有爲者亦若是。」意謂雖非聖賢，但有所爲，亦當不讓聖賢。本勉勵之辭。後轉以爲自謙。宋邵雍似尤好此語，數用不一，其《無妄吟》云：「耳無妄聽，目無妄顧，口無妄言，心無妄慮。四者不妄，聖賢之具。予何人哉，敢不希慕。」宋劉學箕《古交行》：「予何人哉得附驥，勉勉詎敢自暴棄。」

〔八〕辱次對：猶言濫竽待制官之任。次對：待制官别稱。明沈德符《野獲編·詞林·侍從官》：「宋朝兩府執政而下，最貴近者，多侍從。目六部尚書、雜學士，以至龍圖等閣待制是也。以執政造膝之後，即召入諷議，故又名次對。」貳卿：指了堂先生之子。崇篤先契：珍惜故交之誼。崇篤：本謂崇尚篤信。漢孔融《論盛孝章書》：「凡所稱引，自公所知，而復有云者，欲公崇篤斯義。」轉指珍視護惜情誼或舊約。《清波别志》卷下：「若夫崇篤久要，不隨勢利爲厚薄，不敢望於今之君子也。」先契：向來之交情。司馬光《登平陸北山回瞰陝城奉寄李八丈學士使君二十二韵》：「親闈先契重，子舍近交敦。」光自注：「二司同僚。」宋樓鑰《尚書湯公挽詞》二：「奏邸崇先契，周旋古括州。」彼「崇先契」，即此「篤崇先契」，其義一也。荒唐：本言廣大漫無邊際。語出《莊子・天下》：「以謬悠之説，荒唐之言，無端崖之辭，時恣縱而不儻，不以觭見之也。」成玄英疏：「荒唐，廣大也。」郭慶藩集釋：「荒唐，廣大無域畔者也。」轉指學問荒陋，空疏。自謙語。蘇軾《到惠州謝表》：「臣性資褊淺，學術荒唐，但信不移之愚，遂成難赦之咎。」陸游《自嘲》：「儒生窮事業，老去轉荒唐。」容許：允許。有被放任義，多用作謙辭。唐王建《初到昭應呈同僚》：「同官若容許，長借老僧房。」宋劉攽《酬魏朝議》：「鶯谷相從列俊英，四朝容許濫虚名。」校讎：一人獨校爲校，二人對校爲讎。謂考訂書籍，糾正訛誤。劉向《〈管子〉序》：「所校讎中《管子》書三百八十九篇。」韓愈《送鄭十校理序》：「秘書，御府也，天子猶以爲外且遠，不得朝夕視，始更聚書集賢殿，别置校讎官，曰學士，曰校理。」此蓋指收集文章編次目録及整理文字之事。無幾：没有幾個，意謂甚少。《左傳・昭公十六年》：「子大叔、子羽謂子産曰：『韓子亦無幾求，晉國亦未可以貳。』」杜預注：「言所求少。」《漢書・賈誼傳》：「其慈子耆利，不同禽獸者無幾矣。」

〔九〕字畫：筆畫、筆形。蘇軾《李氏山房藏書記》：「自秦漢以來，作者益衆，紙與字畫，日趨於簡便。」黄庭堅《效進士作觀成都石經》：「成都九經石，歲久麝煤寒。字畫參工拙，文章可鑒觀。」訛舛：差錯。具如别録：猶今言詳見清單。别録：意謂另紙所抄録之名目，猶言清單。蘇軾《賜金紫光禄大夫吕公著生日詔》：「今賜卿生日羊酒米麵等，具如别録，至可領也。」

〔一〇〕捐：廢棄。邵州舊版：不詳。蓋《了堂文集》原已刻版。諫稿：向君主進諫之奏稿。庶幾：

希望；但願。《詩·小雅·車舝》：「雖無旨酒，式飲庶幾；雖無嘉殽，式食庶幾。」異端：古代儒家稱其他學說、學派爲異端。《論語·爲政》：「子曰：『攻乎異端，斯害也已。』」朱熹集注：「異端，非聖人之道，而別爲一端，如楊墨是也。」豈小補也哉：謂補益者多也。語本《孟子·梁惠王上》孟子曰：「是乃仁術也，豈曰小補哉！」宋釋印肅《示弟子彭資深心齋居士》：「聞不聞，豈小補，識破天下老婆子。」

〔一一〕韓文公：韓愈，卒謚「文」。儒宗：弘揚儒家正統之領袖。「李漢、趙德」句：唐穆宗長慶四年韓愈弟子李漢編定《昌黎先生文集》，凡四十卷，又目録一卷。宋晁公武《昭德先生郡齋讀書志》卷五下《昌黎先生文集四十卷外集三卷順宗實録五卷 附録三卷》條云：「右唐韓愈退之之文……趙德之序文録列于李漢之先。」宋陳振孫《直齋書録解題》卷十六「昌黎集四十卷外集十卷」條云：「唐吏部侍郎南陽韓愈退之撰，李漢序。漢，文公壻也，其言『辱知最厚且親，收拾遺文無所失墜』者。」編次：編輯整理。《顔氏家訓·文章》：「吾家世文章……有詩賦銘誄書表啓疏二十卷，吾兄弟始在草土，並未得編次，便遭火盪盡，竟不傳於世。」

〔一二〕無愧：不遜於。

〔一三〕「王氏」句：王安石行新法，頗多刑政變革。網羅六藝、斷以己意：指王氏自創經説，號「新學」，施於科考之事。天下遂多事：天下不安定。

〔一四〕表裏：謂呼應，補充。《漢書·孔光傳》：「又重忤傅太后指，由是傅氏在位者與朱博爲表裏，共毁譖光。」《後漢書·盧植傳》：「今《毛詩》《左傳》《周禮》各有傳記，其與《春秋》共相表裏。」

李賢注：「表裏，言義相須而成也。」子婿兄弟：指蔡京。京崇寧初爲右僕射，以復新法爲名，貶謫元祐諸臣。金人入侵，舉家南逃，後被貶儋州安置，道死潭州。其弟卞，安石之婿，嘗假托「紹述」神宗成法之名斥逐舊黨，恢復新法。祖述：闡述；發揚。《漢書・司馬遷傳》：「遷既死後，其書稍出。宣帝時，遷外孫平通侯楊惲祖述其書，遂宣布焉。」唐黄滔《省試王者之道如龍首賦》：「豈非祖述聖明，披陳道德，以王者爲天下之大，域中之式。」

〔一五〕尊堯：見前《上平江陳侍郎十絶并序》注三。肇於欲萌：始於即將發生之際，亦即先見之明也。逆料：預料。元幹《上平江陳侍郎十絶》二：「灼見禍機寧有死，剖心立敵肯忘言。向來逆料無遺恨，徹底孤忠抱至冤。」中的：指箭中靶心。《韓非子・用人》：「發矢中的，賞罰當符。」喻言論之中肯、切當。《文心雕龍・議對》：「言中理準，譬射侯中的。」陳亮《春秋比事序》：「其論未能一一中的。」

〔一六〕視之若仇敵：反對不當言行，如對仇敵，喻堅强。《孟子・離婁下》：「君之視臣如土芥，則臣視君如寇仇。」甘心：甘願；樂意。《詩・衛風・伯兮》：「願言思伯，甘心首疾。」轉喻無所猶豫貌。唐賀朝《從軍行》：「直爲甘心從苦節，隴頭流水鳴嗚咽。」此實謂勇於任事也。犯難：觸冒艱難危險之事。《逸周書・史記》：「犯難争權，疑者死。」蘇轍《悟老住慧林》：「殺身竟何益，犯難豈爲智。」雖九死而弗悔：《離騷》：「余雖好修姱以鞿羈兮，謇朝誶而夕替。既替余以蕙纕兮，又申之以攬茝。亦余心之所善兮，雖九死其猶未悔。」

〔一七〕孟軻氏：孟子。「威武不能屈」云云，見《孟子・滕文公下》；「吾善養吾浩然之氣」云云，見《公孫丑上》。愚：元幹自謙。立朝行己：總括公私之表現也。宋人頗好以二者並舉爲説。歐陽修《謝太傅杜相公寵示嘉篇》：「立朝行己師資久，寧止篇章此服膺。」張耒《次韵淵明飲酒詩》十七：「與時雖寡怨，行己終有耻。抗言立朝廷，放志傲閭里。」立朝：謂在朝爲官。曾鞏《乞出知潁州狀》：「伏念臣性行迂拙，立朝無所阿附。」行己：謂立身行事。語出《論語·子路》：「行己有耻。」

〔一八〕百世之下：極言後世之世代遠隔者。《孟子·盡心下》：「聖人，百世之師也……奮乎百世之上。百世之下，聞者莫不興起也。」凜凜英氣：精神威嚴態度嚴肅貌。宋黄伯思《題河南王氏所藏子敬帖》：「太極琁題猶重書，一時凜凜標英氣。」宋晁謙之《送侄子靖還九經堂》：「具載涪翁詩，凜凜英氣存。」義形於色：正義之色現於顔面。《公羊傳·桓公二年》：「孔父正色而立於朝，則人莫敢過而致難於其君者，孔父可謂義形於色矣。」何休注：「内有其義而外形見於顔色。」《三國志·吴書·張昭傳》：「昭每朝見，辭氣壯厲，義形於色，曾以直言逆旨，中不進見。」如砥柱之屹頽波：極言操守之堅貞也。陳亮《〈高士傳〉序》：「惟其屹然立於積波靡俗之中，可以爲高矣。」元幹《拜顔魯公像》：「屹然砥柱立頽波，未覺羊腸隳坦履。」如泰華之插穹昊：極言志節之高峻也。泰華：東嶽泰山、西嶽華山也。插穹昊：直達穹蒼。穹昊：南朝梁傅昭《恭職北郊詩》：「皇猷屬穹昊，至德邁深淵。」如萬折必東之水：極言態度之堅定也。元幹《李丞相綱生朝三首》一：「梁溪萬折必流東，間氣英姿叶夢熊。」如百鍊不變之金：極言品性之純粹也。捨吾先生其誰哉：除先生更無他人，極言唯一也。以擬議定事實，常用句法。

《孟子·公孫丑下》：「如欲平治天下，當今之世，舍我其誰也？」「舍」同「捨」。

〔一九〕死而不亡：言身雖死而名不滅，謂精神之不朽也。語出《道德經》第三十三章：「不失其所者久，死而不亡者壽。」宋周應合《景定建康志》卷二二周洎《忠孝亭》：「公則死矣二子隨，偉哉忠孝萃一時……男子之死一言耳，死而不亡公父子……」予於先生見之：句法用《孟子·萬章上》：「大孝終身慕父母。五十而慕者，予於大舜見之矣。」

跋曳尾圖贊〔一〕

水鳴蘆根，闖首吐氣〔二〕。彼靈於人，正以自累〔三〕。我寧無知，言曳其尾〔四〕。千歲之中，君子所履〔五〕。

【箋注】

〔一〕曳尾圖贊：原圖及贊，作者俱不詳。曳尾：典出《莊子·秋水》：「莊子釣於濮水，楚王使大夫二人往先焉，曰：『願以境内累矣！』莊子持竿不顧，曰：『吾聞楚有神龜，死已三千歲矣，王以巾笥而藏之廟堂之上。此龜者，寧其死爲留骨而貴乎？寧其生而曳尾於塗中乎？』二大夫曰：『寧生而曳尾塗中。』莊子曰：『往矣！吾將曳尾塗中。』」喻安貧賤而全性命也。晉傅玄

《鴻雁生塞北行》：「孰若彼龍與龜，曳尾泥中藏。」

〔二〕闖首：伸首。蘇轍《和子瞻司竹監燒葦園因獵園下》：「投身誤喜脱灰燼，闖首旋已遭侵凌。」闖：《春秋公羊傳·哀公六年》：「開之，則闖然公子陽生也。」何休注：「闖，出頭貌。」

〔三〕正：只也，猶今言「恰好、反而」。自累：牽累自己。《孔叢子·抗志》：「夫清高之節，不以私自累，不以利煩意。」蘇轍《讀〈傳燈録〉示諸子》：「早歲文章真自累，一生憂患信難雙。」

〔四〕寧：豈也，問辭。或寧可。皆可通。言：句首語氣詞。《左傳·僖公九年》：「凡我同盟之人，既盟之後，言歸于好。」

〔五〕君子所履：語出《詩·小雅·大東》：「周道如砥，其直如矢。君子所履，小人所視。」小序曰：「刺亂也。」元幹用此，喻傷亂世之意。履：踐，憑仗依恃也。

郭索圖贊〔一〕

螯橫兩戈，怒目稍睅〔二〕。寒蒲是依，下有積潦〔三〕。以火誘之，郭索可悼〔四〕。彼鼎食者，戒之在躁〔五〕。

【箋注】

〔一〕郭索圖：作者不詳。郭索：本蟹行騷然貌；亦指蟹行聲。揚雄《太玄·鋭》：「蟹之郭索，心不一也。』司馬光集注：『范曰：「郭索，多足貌。」王曰：「郭索，匡穰也。」吴曰：「匡穰，躁動貌。」』」宋張端義《貴耳集》卷上：「廬山偃蹇坐吾前，螃蟹郭索來酒邊。」借指蟹。唐陸龜蒙《和襲美見寄海蟹》：「藥杯應阻蟹螯香，却乞江邊採捕郎。自是揚雄知郭索，且非何胤敢餦餭。」自注：「《太玄經》云：『蟹之郭索。』」楊萬里《以糟蟹洞庭柑送丁端叔端叔有詩因和其韵》：「驅使木奴供露顆，催科郭索獻霜螯。」

〔二〕螯横兩戈：蟹螯形兇悍似兵器。《荀子·勸學》：「蟹六跪而二螯。」楊倞注：「螯，蟹首上如鉞者。」怒目：言蟹目聳舉，有似憤怒。黄庭堅《秋冬之間鄂渚絶市無蟹今日偶得數枚吐沫相濡乃可憫笑戲成小詩三首》一：「怒目横行與虎争，寒沙奔火禍胎成。」方回《江使君張周卿致泖口蟹四十輩》：「取之一蟹勝一蟹，尖美於團十月半。怒目横行敢抗虎，宜爾就擒墮烹爨。」眊：蓋言蟹之視力非其所長。《孟子·離婁上》：「胸中不正，則眸子眊焉。」趙岐注：「眊者，蒙蒙目不明之貌。」

〔三〕寒蒲是依：唯寒蒲是依。寒蒲：水草，多生長於水濱。《梁書·張纘傳》：「臨魚官以輟膳，踐寒蒲之抽筍。」蓋所以縛蟹者。黄庭堅《謝何十三送蟹》：「寒蒲束縛十六輩，已覺酒興生江山。」積潦：見前《福州連江縣潘渡石橋記》注一四。

〔四〕以火誘之：鄉人捕蟹時節，其法恒作籪流水中，夜則燃燈籪際以誘蟹，蟹趨火，上籪，而其行動遲緩，人因捉取，不難而多獲。郭索：蟹受燈火誘引，身不由己，紛紛而來，其行躁動也。可悼：可憫傷。

〔五〕鼎食者：泛指尊貴人。鼎食：列鼎而食。世家大族之豪奢生活也。《墨子・七患》：「故凶饑存乎國，人君徹鼎食五分之五。」張九齡《感遇》之十二：「鼎食非吾事，雲山嘗我期。」戒之在躁：警惕躁動之性與行。此末句，爲勸懲也。按，句式用《論語・季氏》孔子曰：「君子有三戒，少之時，血氣未定，戒之在色；及其壯也，血氣方剛，戒之在斗；及其老也，血氣既衰，戒之在得。」

醉道士圖〔一〕

黄冠師未用事時，見之圖畫，自有蕭散出塵之想〔二〕。今日盜賊遍天下，雖使此曹骨碎，未快人憤〔三〕。

【箋注】

〔一〕醉道士圖：不詳。

〔二〕黄冠師未用事：其事不詳。黄冠師：道士，具體所指亦不可考。韓愈《送張道士》：「詣闕三上書，臣非黄冠師。」黄冠：道士之冠；借指道士。唐唐求《題青城山范賢觀》：「數里緣山不厭難，爲尋真訣問黄冠。」陸游《書喜》：「挂冠更作黄冠計，多事常嫌賀季真。」蕭散出塵之想：言具有超邁非凡之精神氣概也。語本南朝齊孔稚圭《北山移文》：「夫以耿介拔俗之標，蕭灑出塵之想，度白雪以方潔，干青雲而直上，吾方知之矣。」蕭散：神情舉動風格自然不拘束。《西京雜記》卷二：「司馬相如爲《上林》《子虛》賦，意思蕭散，不復與外事相關。」出塵：超出世俗。五代韋莊《題安定張使君》：「器度風標合出塵，桂宫何負一枝新。」

〔三〕盜賊遍天下：蓋言天下戰禍紛然也。雖：即使。假設之辭。此曹：此輩，此屬。宋邵雍《代書謝王勝之學士寄萊石茶酒器》：「直可逐去此曹輩，西出玉門北逾口。」此曹輩，即「此曹」、「此輩」。黄庭堅《次韵答和甫盧泉水三首》三：「清明在躬不在水，此曹狡獪可心死。」皆含貶義，即指上「盜賊」，蓋謂金人。骨碎：白居易《新樂府·新豐折臂翁》：「骨碎筋傷非不苦，且圖揀退歸鄉土。此臂折來六十年，一肢雖廢一身全。」快人憤：平息人之憤怒。快憤：意謂憤怒得發洩、鬱結得發舒，因而使情緒愉悦也。阮籍《詠懷》三十六：「夸談快憤懣，情慵發煩心。」元幹《和韵奉酬王原父集福山之什》：「未聞誅叛亡，快憤斷腰膂。」按，此跋蓋謂天下承平，則道士逍遥方外，專心修養服食之事。而今則四海蕩潏，則雖方外之人盡其力於殺敵，亦無所妨礙也。

跋倚竹圖〔一〕

《楚辭》凡稱美人，與古樂府所謂《妾薄命》，蓋皆君子傷時不遇，以自況也〔二〕。好事者用少陵「天寒翠袖薄，日暮倚修竹」，便入圖畫。工則工矣，視「小姑嫁彭郎」，抑何以異〔三〕？

【箋注】

〔一〕倚竹圖：不詳誰何所作。

〔二〕《楚辭》凡稱美人：《楚辭》好以香草美人爲譬。《妾薄命》：樂府舊題。事由《漢書・外戚傳下・孝成許皇后》后上疏：「其餘誠太迫急，奈何？妾薄命，端遇竟寧前。」嗣後歷代皆有此題之作。傷時：因時世不如所願而哀傷。漢王逸有《九思・傷時》篇。杜甫《通泉驛》：「傷時愧孔父，去國同王粲。」不遇：不得志。《孟子・梁惠王下》：「吾之不遇魯侯，天也；臧氏之子，焉能使予不遇哉？」《史記・范雎蔡澤列傳》：「蔡澤者，燕人也，游學干諸侯小大甚衆，不遇。」自況：猶自比。《南史・隱逸傳上・陶潛》：「著《五柳先生傳》，蓋以自況，時人謂之實録。」宋文彦博《閲史有感》：「平生自況真非薄，只是休容楚鴆媒。」

〔三〕天寒翠袖薄，日暮倚修竹：出杜甫《佳人》篇。工：精善。視：相比較。小姑嫁彭郎：蘇軾《李思訓畫〈長江絶島圖〉》：「山蒼蒼，水茫茫，大孤小孤江中央。崖崩路絶猿鳥去，惟有喬木攙天長。客舟何處來，棹歌中流聲抑揚。沙平風軟望不到，孤山久與船低昂。峨峨兩烟鬟，曉鏡開新粧。舟中賈客莫漫狂，小姑前年嫁彭郎。」彭郎：澎浪磯；小姑：小孤山，在彭澤縣北。歐陽修《歸田録》卷二：「江南有大、小孤山……俚俗轉『孤』爲『姑』。江側有一石磯，謂之澎浪磯，遂轉爲『彭郎磯』，云『彭郎』者，小姑壻也。」抑：句首語助詞，義略近「又」。何以異：如何區別；有什麼不同。《孟子·梁惠王上》：「（孟子）曰：『……故王之不王，不爲也，非不能也。』（王）曰：『不爲者與不能者之形何以異？』」《文選·東方朔〈答客難〉》：「賢與不肖，何以異哉？」此則謂無以異，猶言相同也。按，元幹之意，蓋謂香草美人之屬，其於述志也，與「小姑、彭郎」之以訛傳訛，並無雅俗高下之區別。果爾，則其議論殆堪稱不凡矣。

深谷戲猿圖〔一〕

自荆州上峽江，深麓茂林間猿猱甚多，常十百爲群，反玩行旅，此余所見者〔二〕。觀紙上通臂攫拏之狀，苟得忘危，亦可爲愛官職者戒〔三〕。

【箋注】

〔一〕深谷戲猿圖：不詳誰何所作。

〔二〕峽江：長江自重慶奉節瞿塘峽以下，至湖北宜昌，稱峽江。陸游《白帝泊舟》：「峽江春漲減，瀼岸夜燈疏。」猿猱：泛指猿猴。《管子·形勢》：「墜岸三仞，人之所大難也，而猿猱飲焉。」《抱朴子·明本》：「侶狐貉於草澤之中，偶猿猱於林麓之間。」反玩行旅：言猿猴之群反而顧視往來之人，有如欣賞然。玩：賞玩。按，元幹此語，殊得圖畫妙理。此余所見者：元幹言親見事實如此也。

〔三〕通臂：猶長臂。猿之臂長。宋賀德英詠畫猿斷句之一：「易描通臂狀，難寫斷腸聲。」攫拏：爭奪。揚雄《解嘲》：「攫拏者亡，默默者存。」唐李德裕《論侍講奏孔子門徒事狀》：「今侍講欲以奔走權勢之徒，攫拏名利之輩，比方孔門上哲，實罔聖聽。」苟得忘危：言苟得以忘危，或苟得而忘危，謂貪求目前利益而不知警惕失墜之危險。苟得：不當得而得。《禮記·曲禮上》：「臨財毋苟得。」孔疏：「非義而取，謂之苟得。」杜甫《前出塞》九：「衆人貴苟得，欲語羞雷同。」愛：貪戀。

飛泉圖〔一〕

頃在龍舒，夏六月，與客游灊山天休觀，飛瀑當户，聲如轟霆，落蒼壁萬仞下，使人骨毛竦寒，幾欲挾纊〔二〕。今觀此圖，自可却暑〔三〕。

【箋注】

〔一〕飛泉圖：不詳誰何所作。

〔二〕龍舒：古縣名，在今安徽六安市舒城縣。灊山：亦稱潛山、霍山、天柱山，爲大别山分支，地跨今安徽六安市、安慶市。天休觀：清張楷《（康熙）安慶府志・地理志・寺觀・潛山》：「天祚宮……宋開寶九年建。……崇寧中賜名天休觀。宣和改作宮。」故元幹「在龍舒」而「游灊山天休觀」。轟霆：響雷，巨響貌。杜牧《感懷詩一首（時滄州用兵）》：「勃雲走轟霆，河南一平盪。」楊萬里《明發祁門悟法寺溪行險絶六首》二：「一派泉從千丈崖，轟霆跳雪瀉將來。」蒼壁：懸崖峭壁久生苔蘚，其色蒼然。唐許渾《歲暮自廣江至新興往復中題峽山寺四首》三：「密樹分蒼壁，長溪抱碧岑。」唐徐夤《和尚書詠泉山瀑布十二韵》：「噴石似烟輕漠漠，濺崖如雨冷瀟瀟。水中蠶緒纏蒼壁，日裏虹精挂絳霄。」徐詩正寫飛瀑，足相發明。挾纊：著綿衣以保暖。《左傳・宣公十二年》：「申公巫臣曰：『師人多寒。』王巡三軍，拊而勉之，三軍之士皆如挾纊。」杜預注：「纊，綿也。言説（悦）以忘寒。」晉潘岳《馬汧督誄》：「霑恩撫循，寒士挾纊。」

〔三〕自可：猶今言就可以了。《世説新語・夙惠》：「太丘曰：『如此，但糜自可，何必飯也。』」此略謂足可、適可。宋葉適《寄呂巽伯换酒亭》：「瑯琊初址未完牢，猶倚虚名用我曹。自可全將醒前了，何因偏向醉中逃。」却暑：去暑氣，避暑。梁簡文帝《賦得白羽扇詩》：「可憐白羽扇，却暑復來氛。」宋劉攽《酴醾軒雨中二首》一：「小雨疏陰響，高風緑幕斜。冷吹能却暑，細滴不妨花。」按，此謂圖畫能使觀者有身臨其境之妙也。

牧童牛渡圖〔一〕

牛用於世多矣，寧戚扣而歌，田單火之戰，丙吉問其喘，不獨爲耕具也〔二〕。與權所藏《牧童牛渡圖》，放浪於春陂平坂間，了無觳觫之狀，將收稼穡之功，孰謂太平無象〔三〕？今日見之，不覺涕流〔四〕。

【箋注】

〔一〕牧童牛渡圖：不詳誰何所作。

〔二〕寧戚扣而歌：《楚辭·離騷》：「寧戚之謳歌兮，齊桓聞以該輔。」王逸注：「寧戚修德不用，退而商賈，宿齊東門外。桓公夜出，寧戚方飯牛，叩角而商歌。桓公聞之，知其賢，舉用爲客卿，備輔佐也。」洪興祖補注引《三齊記》載其歌曰：「南山矸，白石爛，生不遭堯與舜禪。短布單衣適至骭，從昏飯牛薄夜半。長夜漫漫何時旦？」寧戚：衛人，仕齊爲大夫。《淮南子》卷十二詳載其事，唯名作「寧越」。田單火之戰：《史記·田單列傳》：燕伐齊，即墨不下，「田單乃收城中得千餘牛，爲絳繒衣，畫以五彩龍文，束兵刃於其角，而灌脂束葦於尾，燒其端。鑿城數十穴，夜縱牛，壯士五千人隨其後。牛尾熱，怒而奔燕軍，燕軍夜大驚。牛尾炬火光明炫燿，燕軍視之皆龍文，所觸盡死傷。五千人因銜枚擊之，而城中鼓譟從之，老弱皆擊銅器爲聲，聲動天地。燕軍大駭，敗走」。田單：齊人，田齊疏屬。丙吉問其喘：《漢書・丙吉傳》：「吉前行，逢人逐牛，牛喘吐舌。吉止駐，使騎吏問：『逐牛行幾里矣？』掾史獨謂丞相前後失問，或以譏吉。吉曰：『民鬥相殺傷，長安令、京兆尹職所當禁備逐捕，歲竟丞相課其殿最，奏行賞罰而已。宰相不親小事，非所當於道路問也。方春少陽用事，未可大熱，恐牛近行用暑故喘，此時氣失節，恐有所傷害也。三公典調和陰陽，職（所）當憂，是以問之。』」丙吉：西漢名臣，爲人寬大不伐善，保全並立宣帝，地節三年爲太子太傅，遷御史大夫，元康三年封博陽侯，神爵三年任丞相。耕具：本指耕田械器，犁鏵之屬。此併耕牛言之，亦可。

〔三〕與權：時人年輩或與元幹相接而字「與權」者，有吳燊、陳古、陳宜中諸人，此不易確指，待考。其中吳燊嘗官昭武主簿，與元幹地近。宋劉克莊有《樂平吳燊〈書説〉》文。疑此即是。放浪：放縱不受拘束；逍遥自在。晉郭璞《客傲》：「不恢心而形遺，不外累而智喪，無巖穴而冥寂，無江湖而放浪。」王安石《謝公墩》：「摧藏羊曇骨，放浪李白魂。」春陂平坂：春池平野。唐劉長卿《赴南中題褚少府湖上亭子》：「種田東郭傍春陂，萬事無情把釣絲。」唐戴叔倫《九日與敬處士左學士同賦采菊上東山便爲首句》：「喬木列遥天，殘陽貫平坂。」觳觫：恐懼戰慄貌。典出《孟子・梁惠王上》：「（孟子）曰：『臣聞之胡齕曰，王坐於堂上，有牽牛而過堂下者，王見之，曰：「牛何之？」對曰：「將以釁鐘。」王曰：「舍之！吾不忍其觳觫，若無罪而就死地。」對曰：「然則廢釁鐘與？」曰：「何可廢也？以羊易之！」不識有諸？』」趙岐注：「觳觫，牛當到死地處恐貌。」孰謂太平無象：謂於中可預見太平之徵也。太平無象，《資治通鑑·唐文宗太和六年》：「會上御延英，謂宰相曰：『天下何時當太平，卿等亦有意於此乎？』僧孺對曰：『太平無象。今四夷不至交侵，百姓不至流散，雖非至理，亦謂小康。陛下若别求太平，非臣等所及。』」元幹此語反之，所謂善頌善禱也。

〔四〕「今日」句：蓋感慨當時亂離而不知太平何時可復也。

跋野次孤峰圖〔一〕

蓋自玉局老仙作枯槎怪石，後人宗師之，至有真贋莫辨者，此爲庶幾〔二〕。

【箋注】

〔一〕野次孤峰圖：不詳誰何所作。野次：野外止宿之處。《三國志·魏書·陳群傳》：「若必當移避，繕治金墉城西宫，及孟津别宫，皆可權時分止，可無舉宫暴露野次，廢損盛節蠶農之要。」又指止宿於野外。南朝梁沈約《齊故安陸昭王碑文》：「富商野次，宿秉停菑。」其意略近今言郊遊。

〔二〕玉局老仙：蘇軾。見前《跋東坡木石》注二。枯槎怪石：軾有水墨「枯木怪石圖」。枯槎：老樹枝杈。《宣和畫譜·山水三》：「（宋迪）又多喜畫松，而枯槎老蘖，或高或偃，或孤或雙，以至於千株萬株，森森然殊可駭也。」宗師：效法。此爲庶幾：謂此件能傳蘇畫之法。庶幾，語出《易·繫辭下》：「顏氏之子，其殆庶幾乎？」《孟子·梁惠王下》：「王之好樂甚，則齊國其庶幾乎！」朱熹集注：「庶幾，近辭也。」

跋少游帖〔一〕

吾家頃歲藏少游《訪龍井辯才師行記》手稿，字畫遒媚，深有二王楷法〔二〕。建炎丁未，寓居西湖，秋八月，兵亂亡去〔三〕。今逾一紀矣，忽見史侯持正所携帖，念之惘然〔四〕！紹興庚申初夏五日，真隱山人書於水口精舍〔五〕。

【箋注】

〔一〕少游：秦觀，字少游。觀有《龍井題名記》云：「元豐二年中秋後一日，余自吴興來杭，東還會稽。龍井有辨才大師，以書邀余入山。」

〔二〕頃歲：近年。少游《訪龍井辨才師行記》手稿：即題曰「少游帖」者。字畫遒媚：書迹蒼勁嫵媚。南朝梁陶弘景《與梁武帝啓》：「非但字字注目，乃畫畫抽心，日覺遒媚，轉不可説。」宋趙彦衛《雲麓漫鈔》卷八：「余外舅家，收柳公權親筆起草二紙，皆小楷，字僅盈分，而結體遒媚，意態舒遠，有尋丈之勢。」字畫：見前《跋了堂先生文集》注九。二王楷法：王羲之、獻之父子所傳楷書筆法。

〔三〕亡去：遺失。

〔四〕一紀：《國語・晉語四》：「文公在狄十二年，狐偃曰：『蓄力一紀，可以遠矣。』」韋昭注：「十二年，歲星一周爲一紀。」柳宗元《見促行騎走筆酬贈》：「投荒垂一紀，新詔下荆扉。」史侯持正：其人不詳。

〔五〕紹興庚申：高宗紹興十年（一一四〇）。真隱山人：元幹自稱。水口精舍：不詳。精舍：書齋。《後漢書・党錮傳・劉淑》：「淑少學明《五經》，遂隱居，立精舍講授，諸生常數百人。」宋吴曾《能改齋漫録・辨誤二》：「古之儒者，教授生徒，其所居皆謂之精舍。」

跋蘇黄門帖〔一〕

蘇黄門頃自海康歸許下，安居云久，政和二年，晚生猶及識之〔二〕。衣冠儼古，語簡而色莊，真元祐鉅公也〔三〕。已而與其外孫文驥、德稱相遇澶淵，出書帖富甚〔四〕。今觀史侯所藏數幅，蓋中年筆札也〔五〕。兵火之餘，豈易得哉？是宜什襲，遺諸子孫〔六〕。不妨模以墨本，流傳於世〔七〕。

【箋注】

〔一〕蘇黄門帖：不可考。蘇黄門：蘇轍。哲宗立，召轍爲秘書省校書郎，改右司諫，劾新黨蔡確、章惇等。累遷御史中丞，拜尚書右丞、進門下侍郎，人或以蘇黄門相稱，見宋徐度《却掃編》卷十。黄門：黄門侍郎，本秦官，後代名稱、職責迭有變更，侍從皇帝左右，傳達詔命是其主司。按，以古名代今名，古人行文故伎。

〔二〕自海康歸許下：紹聖中，落職知汝州，又責雷州安置。徽宗崇寧中，再降朝請大夫，罷祠，居許州。后復大中大夫致仕。徐度《却掃編》卷十云：「蘇黄門子由，南遷既還，居許下……」云久：好久。南朝梁何遜《和劉諮議守風詩》：「息榜已云久，維稍晨已積。」杜甫《贈李十五丈别》：「客遊雖云久，主要月再圓。」云：本「言説」義，漸以虚化，所以足音節而無實義。猶及：猶今言「還來得及、還趕得上」。《論語・衛靈公》：「子曰：『吾猶及史之闕文也……』」按，古人之言「猶及」，實暗用此語。

〔三〕儼古：儼然古貌，蓋言態度氣質之不同凡俗也。按，文獻之言「古貌」，多就主觀感受言之，凡異乎當時習見形象者，率得謂之「古」，實無一定之同趨標準。語簡而色莊：言詞寡少而態度莊重。語簡：言語少。宋劉克莊《涑水》：「洛下人呼爲迂叟，非惟語簡意無窮。」按，「語簡」實本《周易・繫辭下》：「吉人之辭寡，躁人之辭多。」孔疏：「『吉人之辭寡』者，以其吉善辭直，故辭寡也。」古人以爲，言語不多則精神内斂，態度寧静，是君子之氣。色莊：容色嚴肅。語出《論語·先進》：「論篤是與，君子者乎？色莊者乎？」宋孔平仲《續世説·直諫》：「白居易爲翰林學士，嘗因論事，言陛下錯。憲宗色莊而罷，密召承旨李絳謂曰：『居易小臣不遜，須令出院。』」鉅公：巨匠，大師。李賀《高軒過》：「云是東京才子，文章鉅公。」梅堯臣《唐書局後叢莽中得芸香一本》：「借問此何地，删修多鉅公。」

〔四〕文驥、德稱：二人事不可考。書帖：本指書札、柬帖。温庭筠《洞户二十二韵》：「畫圖驚走獸，書帖得來禽。」曾益等注：「唐李綽《尚書故實》：『王内史書帖中有與蜀郡太守書，求櫻桃來禽，日給藤子。』」陸游《老學庵筆記》卷三：「元豐中，王荆公居半山，好觀佛書，每以故金漆版代書帖與朋儕往來者。」特指墨迹。梅堯臣《張聖民學士出御書并法帖共閲之》：「刑政二字布楷法，古今書帖未足觀。」宋張世南《遊宦紀聞》卷十：「士大夫家，亦有愛其書帖者，皆藏去以爲清玩。」

〔五〕筆札：筆，毛筆；札，簡牘。《史記·司馬相如列傳》：「上許，令尚書給筆札。」泛指文具用品。此特指書簡。《文心雕龍·書記》：「漢來筆札，辭氣紛紜。觀史遷之報任安，東方朔之難公孫，楊惲之酬會宗……志氣槃桓，各含殊采。」唐無名氏《玉泉子》：「王生之子不知其故，偶獲孜與父平昔所嘗往來筆札，累十幅，皆孜手迹也。」

〔六〕什襲：重重包裹，謂鄭重珍藏。什：十，謂層次、步驟之多也。黄庭堅《答王道濟寺丞觀許道甯山水圖》：「蚤師李成最得意，什襲自藏人已知。」宋張守《跋〈唐千文帖〉》：「此書無一字刓缺，當與夏璜趙璧，什襲珍藏。」遺：遺留。

〔七〕模：同「摹」。按照原件描畫臨摹。《北史·冀俊傳》：「冀俊……性沈謹，善隸書，特工模寫。」此謂摹寫上石刻之。墨本：見前《福州連江縣潘渡石橋記》注八。

跋東坡枯木〔一〕

盤根錯節，無藤蘿之蔓衍；而深根固柢，非霜雪之彫枯〔二〕；類婆娑之桂影，或扶疏之珊瑚〔三〕，豈陋人者能爲此圖〔四〕？

【箋注】

〔一〕東坡枯木：蘇軾有《枯木圖》。黄庭堅《題子瞻枯木》歌之曰：「折衝儒墨陣堂堂，書入顔楊鴻雁行。胸中元自有丘壑，故作老木蟠風霜。」不知元幹所見，是否即此。

〔二〕盤根錯節：樹木根株盤屈，枝節交錯。此語恒比喻爲用，言事物之糾纏複雜。《後漢紀·安帝紀一》：「（虞詡）笑曰：『難者不避，易者必從，臣之節也。不遇盤根錯節，無以别堅利，此乃吾立功之秋，怪吾子以此相勞也。』」宋慕容彦逢《送葉朝奉》：「割鷄已詠劉江陵，盤根錯節君所輕。」此用其本意。蔓衍：蔓延滋生。《楚辭·王逸〈九思·怨上〉》：「菽藟兮蔓衍。」原注：

「蔓衍，廣延也。」南齊王融《詠女蘿詩》：「羃歷女蘿草，蔓衍旁松枝。」深根固柢：謂使根基深固而不可動搖。語出《老子》：「有國之母，可以長久，是謂深根固柢、長生久視之道。」元幹《紫巖九章章八句上壽張丞相》：「紫巖之松，在澗之沚。下有茯苓，兔絲蔓只。結爲琥珀，深根固柢。」非霜雪之彫枯：謂非霜雪之能使之枯槁敗壞。霜雪之彫枯：宋華鎮《詠古十六首》六：「風雲起幽朔，霜雪彫松桂。」彫枯：枯槁衰謝。左思《詠史》八：「俯仰生榮華，咄嗟復彫枯。」

〔三〕婆娑之桂影：「桂影婆娑」，宋人好以詠月。陸游《十五日》：「誰推圓鏡上天東，桂影婆娑滿鏡中。」李曾伯《己酉夏詠月巖》：「婆娑仙桂影，中著孤根蟠。」然此實用《世説新語・黜免》：「殷(仲文)因月朔，與衆在聽，視槐良久，嘆曰：『槐樹婆娑，無復生意。』」元幹蓋喻樹影幽微蒙昧也。桂影：月影。唐李咸用《山中夜坐寄故里友生》：「蟲聲促促催鄉夢，桂影高高挂旅情。」婆娑：紛披貌。杜甫《惡樹》：「方知不材者，生長漫婆娑。」扶疏之珊瑚：典出《世説新語・汰侈》：「石崇與王愷争豪……武帝，愷之甥也，每助愷。嘗以一珊瑚樹高二尺許賜愷，枝柯扶疏，世罕其比。愷以示崇。崇視訖，以鐵如意擊之，應手而碎。愷既惋惜，又以爲疾己之寶，聲色甚厲。崇曰：『不足恨，今還卿。』乃命左右悉取珊瑚樹，有三尺四尺，條干絶世，光彩溢目者六七枚，如愷許比甚衆。愷惘然自失。」扶疏：枝葉繁茂分披貌。

〔四〕陋人：思想鄙陋、知識短陋之人。蘇軾《龍山補亡》：「吾聞君子，蹈常履素。晦明風雨，不改其度……飄然隨風，非去非取。我冠明月，佩服寶璐。不纓而結，不簪而附。歌詩寧擇，請飲《相鼠》。罰此陋人，俾出童羖。」按，全篇寥寥數語，純從枯木爲言，謂非君子不能爲此圖，而皆隱寓勸懲之義，謂品性貞定則無所毁傷於風雨霜雪、艱難困厄，蓋所以喻君子之貞也。

老燕墨戲二鬼〔一〕

議者多謂鬼無形似，畫師易工，予不然之〔二〕。觀此戲筆，自有情狀，宜爲好事者所愛〔三〕。

【箋注】

〔一〕老燕：燕肅（九六一—一〇四〇），字穆之，青州益都（今山東青州）人。舉進士，爲鳳翔觀察推官，改知臨邛、考城等縣，通判河南府。遷提點廣南西路刑獄，徙廣南東路，又知越州、明州。入爲定王府記室參軍，擢知審刑院。後歷知梓、亳、青、潁、鄧州，以禮部侍郎致仕。《宋史》卷二九八有傳。性精巧，曾造指南車、記里鼓車及欹器以獻；又創記時蓮花漏法，世稱精密。喜爲詩。工畫山水，尤擅古木折竹。曾於明州任所繪《海潮圖》，著《海潮論》。官至禮部侍郎。宋人好用「老」字爲親暱尊敬之稱，如「老蘇、老米」之類是也。墨戲二鬼：圖不能詳。墨戲：猶言戲筆，謂隨興隨手而成者，今通名「寫意畫」。《宣和畫譜·墨竹詩意圖》：「閻士安，陳國宛丘人，家世業醫，性喜作墨戲，荆檟枳棘，荒崖斷岸，皆極精妙。」宋周密《癸辛雜識前集·趙子固梅譜》：「諸王孫趙孟堅字子固，善墨戲。於水仙尤得意，晚作梅自成一家。」

〔二〕鬼無形似，畫師易工：語本《韓非子·外儲説左上》：「客有爲齊王畫者，齊王問曰：『畫，孰最難者？』曰：『狗馬最難。』『孰最易者？』曰：『鬼魅最易。夫犬馬，人所知也，旦暮罄於前，不可類之，故難。鬼魅無形者，不罄於前，故易之也。』」罄，盡，謂窮形盡相，由人言之，則謂熟習其體貌神態耳。宋劉敞《胡九齡畫牛歌》：「鬼神易寫狗馬難，古人舊語乃信然。」

〔三〕戲筆：隨意戲作之書畫。宋釋惠洪《題〈墨梅山水圖〉》：「華光老人，眼中閣烟雨，胸次有丘壑，故戲筆和墨，即江湖雲石之趣，便足春色，不可收畜也。」情狀：情貌氣質。語出《易·繫辭上》：「精氣爲物，遊魂爲變，是故知鬼神之情狀。」宋張九成《論語絶句》四十九：「若欲言之固亦難，鬼神情狀苦無端。」句謂作者自有用心，並非無所依據而敷衍爲事。好事者：本謂多事而生事者，此實言能真賞者。

跋龍眠佛祖因地〔一〕

釋典開卷多稱世尊在耆闍崛山中，或云在給孤獨園雙木下，至於少林面壁，庾嶺傳衣，未有不遠離人境者〔二〕。此圖佛祖儀相簡古，行住坐卧，皆在山林，故古道場至今天下據形勝處，蓋其源流如此〔三〕。

【箋注】

〔一〕龍眠佛祖因地：李公麟所畫「佛祖行道處」圖。龍眠：名畫家李公麟，見前《龍眠墨梅》注一。佛祖因地：言佛祖道場所在。因地：本謂佛修行至道之位次。《楞嚴經》五：「我本因地，以念佛心，入無生忍。」因：依恃義。此則謂明生死因果之地也。

〔二〕釋典：佛經。《資治通鑑·陳長城公禎明二年》：「(沈后)唯尋閱經史及釋典爲事。」胡三省注：「釋典，佛經也。」世尊：佛陀之尊稱。隋慧遠《無量壽經義疏》卷上：「佛備衆德，爲世欽仰，故號世尊。」耆闍窟山：即靈鷲山。耆闍：梵文，意譯爲鷲，其山頂形如鷲。佛祖在此説法。佛經開篇，每云「一時世尊在耆闍窟山」云云。一時，當時也。給孤獨園：給孤獨長者在王舍城聽釋迦佛説法，遂歸依之，因請佛至舍衛城，以鉅資購祇陀太子之園林，爲佛説法地，故稱。亦名祇樹給孤獨園，省稱祇園、給孤園、給園。《金剛般若波羅密經》：「一時佛在舍衛國祇樹給孤獨園。」雙木：即沙羅雙樹。但實在拘尸那城，佛入涅槃之際神相蔭覆者。《傳法正宗記》：「趨拘尸那城，既至雙木之間。」《大般涅槃經》卷一：「佛在拘尸那國力士生池阿利羅跋提河邊沙羅雙樹間。」少林面壁：謂禪宗達摩祖師在嵩山弘法。《五燈會元·東土祖師·菩提達磨大師》：「當魏孝明帝孝昌三年也，寓止於嵩山少林寺，面壁而坐，終日默然。人莫之測，謂之壁觀婆羅門。」黄庭堅《漁家傲·江寧江口阻風戲效寶寧勇禪師作古漁家傲》：「面壁九年看二祖，一花五葉親分付，隻履提歸葱嶺去。」庾嶺傳衣：謂禪宗六祖慧能法師向南方宣揚頓悟禪法。慧能得五祖弘忍傳授衣鉢，即南行弘法。庾嶺：大庾嶺，泛指南方。傳衣：謂傳授師法或繼承師業。李商隱《謝書》：「自蒙半夜傳衣後，不羡王祥得佩刀。」黄庭堅《題山谷石牛洞》：「司命無心播物，祖師有記傳衣。」人境：塵世，人所居止者。陶潛《飲酒》之五：「結廬在人境，而無車馬喧。」白居易《旅次景空寺宿幽上人院》：「不與人境接，寺門開向山。」

〔三〕儀相：儀表容貌。寒山《詩》之五八：「我見世間人，堂堂好儀相。不報父母恩，方寸底模樣？」簡古：簡樸古雅。韓愈《王公神道碑銘》：「翔于郎署，騫于禁密，發帝之令，簡古而蔚。」蘇軾《書〈楞伽經〉後》：「《楞伽》義趣幽眇，文字簡古。」道場：成道修道之所。南朝梁沈約《〈内典〉序》：「闡片議而陟道場，受一言而升彼岸。」唐盧簡求《杭州鹽官縣海昌院禪門大師塔碑》：「胎卵濕化，無非佛種；行住作卧，皆是道場。」形勝：山川壯美處。《魏書・馮亮傳》：「世宗給其工力，令與沙門統僧暹、河南尹甄琛等，周視嵩高形勝之處，遂造閑居佛寺。」高適《觀宓子賤神祠碑》：「形勝駐群目，堅貞指蒼穹。」

跋楚甸落帆〔一〕

往年自豫章下白沙，嘗作《滿江紅》詞，有所謂「緑卷芳洲生杜若，數帆帶雨烟中落」之句，此畫頗與吾眼界熟，要是胸次不凡者爲之〔二〕。寧無感慨？

【箋注】

〔一〕楚甸落帆：此圖不知誰何所作。楚甸：猶楚地。劉希夷《江南曲》：「潮平見楚甸，天際望維揚。」甸：本謂郊畿，後泛指郊外。《禮記·王制》曰：「千里之内曰甸。」按，據元幹《蘆川豫章觀音觀書》「元幹以宣和元年三月出京師，六月至鄉里」云云，可知畫跋當在此後作。

〔二〕白沙：《史記索隱》：「今豫章北二百里，接鄱陽界，地名白沙。有小水入湖，名曰白沙坑。東南八十里有武陽亭，亭東南三十里地名武林。此白沙、武林，今當閩越入京道。」《滿江紅》詞題曰《自豫章阻風吴城山作》。緑卷芳洲生杜若，數帆帶雨烟中落：二句摹江上洲渚早春之景及舟船行動之狀。緑卷：花草新葉待成貌，蓋言春早。芳洲生杜若：語本《楚辭·九歌·湘君》：「采芳洲兮杜若，將以遺兮下女。」杜若：香草名。多年生草本，高一二尺，葉廣披針形，味辛香，夏日開白花，果實藍黑色。帆帶雨：船行趁雨貌。劉長卿《送裴二十一》：「正愁帆帶雨，莫望水連雲。」烟中落：落烟中。言在雲氣之中收帆停舟。宋人好以「落」字爲此語，而所用不同，義各有在。如高翥《竹樓》：「濤音日日烟中落，依約焚香讀《易》聲。」陳必復《舟中得催字》：「數鳥烟中落，一帆天外來。」是其例。此畫頗與吾眼界熟：謂「楚甸落帆」圖所寫正己詞所擬也。眼界熟：言圖景不虚設且不陌生。眼界：佛教語。宋人好用佛教語。元幹亦往往如此，其《希道使君弭節合沙館奉太夫人遊鼓山乃蒙封示所和夢錫贈行佳句輒次嚴韵少叙别懷》云：「眼界早驚雲子熟，官期能爲荔枝留。」要是：固是，必是。

【附録】

張元幹《滿江紅·自豫章阻風吴城山作》

春水迷天，桃花浪、幾番風惡。雲乍起、遠山遮盡，晚風還作。綠卷芳洲生杜若。數帆帶雨烟中落。傍向來、沙觜共停橈，傷飄泊。　寒猶在，衾偏薄。腸欲斷，愁難著。倚篷窗無寐，引杯孤酌。寒食清明都過却。最憐輕負年時約。想小樓、終日望歸舟，人如削。（《蘆川詞箋注》卷上）

跋洞庭山水樣〔一〕

士人胸中有丘壑者，若能游戲水墨間，作平山遠水，固非畫工所及〔二〕。舊傳宋復古八法，謂之活筆，想見風味〔三〕。此蓋得其髣髴云〔四〕。

【箋注】

〔一〕洞庭山水樣：傳爲宋復古作。宋迪，字復古，北宋畫家，以進士入仕，爲諸司郎官。善畫，尤擅平山遠水，其「瀟湘八景」，爲時人推重。所作往往不名而以字顯，故謂之「宋復古」。山水樣：謂宋氏該圖畫，堪爲學畫者依據之模範。

〔二〕游戲水墨間：以圖畫爲遊戲。古人圖畫，多不以形似爲貴，蓋以宣洩牢騷、寄托襟懷爲事，故每云遊戲也。宋李洪《題水墨羅漢》：「大士神通超一切，果成道備棲覺地。龐眉山立孰寫真，水墨良因作遊戲。」可以參證。平山遠水：山遠似平，水遠則細。古山水畫法。鄭剛中《偶書》：「遠水平山渾似畫，新寒愛日穩催詩。」畫工：以畫爲業者。古人以爲此輩無創作之能，故每輕之。梅堯臣《觀居寧畫草蟲》：「毗陵多畫工，圖寫空盈幅。」

〔三〕宋復古八法：不詳。古人言「八法」，皆指書法。八法：漢字真書筆畫有側（點）、勒（横）、努（直）、趯（鈎）、策（斜畫向上）、掠（撇）、啄（右邊短撇）、磔（捺），謂之八法，後轉指書法。南朝宋鮑照《飛白書勢銘》：「超工八法，盡奇六文。」宋薛紹彭《秘閣觀書》：「右軍盡善歷代寶，八法獨高東晉賢。」此跋言宋畫事，應指其畫法，疑「八法」爲「六法」之誤，「八」、「六」字形近。六法：畫法總名。唐張彦遠《歷代名畫記・論畫六法》引南齊謝赫《古畫品録》繪畫「六法」：「一氣韵，生動是也；二骨法，用筆是也；三應物，象形是也；四隨類，賦彩是也；五經營，位置是也；六傳移，模寫是也。」可參錢鍾書《管錐編》第四册論謝赫此篇。活筆：自然渾成之筆法。《夢溪筆談・書畫》：「怳然見其有人禽草木飛動往來之象，了然在目，則隨意命筆，默以神會，自然景皆天就，不類人爲，是謂活筆。」想見風味：猶言令人想見其風範。風味：謂情韵胸懷。

〔四〕得其髣髴：謂殆有宋氏活筆餘意也。語本《漢書・叙傳上》：「昔有學步於邯鄲者，曾未得其髣髴，又復失其故步。」髣髴：謂基本相似。

戲犬圖宗室景年作①〔一〕

犬戎亂華，痛憤徹骨，覩貴公子墨戲迺爾〔二〕。使生今代，豈不怒移水中蟹乎〔三〕？

【校】

① 此篇文淵閣本闕，據國圖藏本補。

【箋注】

〔一〕戲犬圖宗室景年作：圖式不能詳。宗室趙景年，此「景年」，或即「永年」又字。宗室趙令松，字永年，太祖五世孫，魏懿王德昭玄孫。官至右武衛將軍、隰州團練使，贈徐州觀察使。與其兄令穰字大年，並以丹青馳譽於時。永年畫犬尤得名於時。事見《宣和畫譜》卷一四。

〔二〕犬戎亂華：猶南朝言「五胡亂華」。犬戎：泛指邊裔部族。此指遼金而言。杜甫《揚旗》：「三州陷犬戎，但見西岭青。」痛憤：悲痛憤怒。杜甫《草堂》：「義士皆痛憤，紀綱亂相逾。」貴公子：謂趙景年也。墨戲：見前《老燕墨戲二鬼》注一。迺爾：竟然如此。甚辭。

〔三〕使生今代：猶今言如果讓他生在當世。使：若也，假設之辭。怒移水中蟹：本喻無理之遷怒。典出《晉書·解系傳》：「及張華、裴頠之被誅也，（趙王）倫、（孫）秀以宿憾收系兄弟。梁王肜救系等。倫怒曰：『我於水中見蟹且惡之，况此人兄弟輕我邪！此而可忍，孰不可忍！』」蟹者横行物，蓋喻人之得勢時之驕縱無節限。司馬倫以謂怨毒之深也。後轉謂一般之憎惡。蘇軾《故周茂叔先生廉溪》：「怒移水中蟹，愛及屋上烏。」按，元幹蓋謂當天下承平之時，外邦尚欲結好於我，故來獻犬爲歡，而景年乃樂而圖畫之；若使景年身處今日亂世，則並水中之螃蟹且惡之，况彼所獻之犬羊之屬乎？意者必大惡而相鄙賤焉，豈肯復爲寫真邪！然則元幹感慨之深，言外可知矣！

跋趙祖文貧士圖後〔一〕

晉宋間人物風流，如陶淵明環堵蕭然，不蔽風日，短褐穿結，簞瓢屢空，卧北窗下，凉風時至，自謂羲皇上人〔二〕。此詩獨不顯姓字，要是當時隱君子耶，抑自况也〔三〕？貧者士之常，胸次所養果厚，必無寒餓憔悴色，故能安於青松白雲之下，而操孤鸞别鶴之音，優哉游哉，聊以卒歲，宜其淵明願留而保歲寒也〔四〕。向使望塵雅拜者，稍知金谷園中竟不免禍敗，詎肯相率以諂事人耶〔五〕？紹興己未中秋前三夕，庵居不寐，風雨驟來，淒然有感，篝燈起坐，取無量所示祖文《東方貧士圖》作跋，遲明歸之〔六〕。

【箋注】

〔一〕趙祖文：名弁，字祖文。東郡人。工畫，臨安諸公貴人愛之。凡秘書省及新作政府屏壁，多出其手。貧士圖：即下所云《東方貧士圖》。

〔二〕晉宋間人物風流：此唐宋人之常識而恒語也。南唐朱存《金陵覽古・烏衣巷》：「人物風流往往非，空餘陋巷作烏衣。」五代徐鈞《王羲之》：「人物風流世所推，操持議論每清奇。」宋劉摯《金陵》：「霸王基業從吴始，人物風流自晉來。」「陶淵明」云云：語出陶潛《五柳先生傳》：「環堵蕭然，不蔽風日，短褐穿結，簞瓢屢空，晏如也。」又《與子儼等疏》：「常言：五六月中，北窗下卧，遇涼風暫至，自謂是羲皇上人。」「環堵蕭然」云云：十分貧窮貌。羲皇上人：伏羲氏以前之人。古人想象彼時民人皆恬静閒適，隱逸之士因每自稱「羲皇上人」。羲皇：伏羲氏。

〔三〕此詩：題畫詩，不詳誰何所作。或趙氏自題者。姓字：猶姓名。《墨子・經説上》：「聲出口，俱有名，若姓字。」杜甫《少年行》：「馬上誰家薄媚郎，臨堦下馬踏人牀。不通姓字粗豪甚，指點銀瓶索酒嘗。」要是：應當是。當時隱君子耶，抑自況也：隱君子，隂逸之士。語蓋出《史記・老子韓非列傳》：「老子，隱君子也。」唐儲光羲《寄孫山人》：「借問故園隱君子，時時來往住人間。」自況：猶自比。《晉書・隱逸傳・陶潛》：「嘗著《五柳先生傳》以自況……時人謂之實録。」此謂趙以古高尚貧士自比也。……耶……也：古選擇問，句式有如此者，猶今言「是……還是……」。然衡其語意，每重在肯定後者。錢鍾書先生有説，論此至明晰。

〔四〕貧者士之常：即陶詩言「東方有一士，被服常不完；三旬九遇食，十年著一冠」也。語出《列子・王瑞》：「貧者士之常，死者人之終也。處常得終，當何憂哉！」宋謝直《遺懷五首寄致道》其一：「貧者士之常，富亦我所欲。得常詎可厭，逐欲何由足。」此篇所言最辯。宋蕭立之《勉友人歸廬陵》：「雲深雨黑山潦渾，於菟嘷風吹野昏。短衣蹀躞面黧黝，欲指石鼓窮湘源。祝融峰高九萬尺，五更三點看日出。何如矮屋一星燈，宇宙千年書四壁。啼鵑催客槐自黄，江濱蟹舍魚蝦香。古來貧者士之常，白鷺洲前春草長。」此篇所狀甚晰，故備引之。胸次所養果厚：胸次養，宋人似好爲此語。劉宰《挽齊齋倪尚書（思）》：「從容有如此，此豈智力强。平生剛大氣，胸次妙沖養。」何基《暮春感興》：「静中觀物化，胸次得浩養。」所養厚，謂人之素養積累充實。宋徐積《有客所養厚一首贈送吴安中歸省其兄》：「有客所養厚，氣貌已可知。」養：蓄養。果：假設之辭。宋曾豐《涂漢英學詩二十餘年矣挾近作來示賞嘆之次俾更印可諸公間》：「三厄五窮能養詩，養之成熟氣混夷。不知胸次是三代，可與筆端爲四時。收拾性情歸大樸，發揮風月出多儀。勘符容有一未合，更把大通相轉移。」此即所謂道德積蓄之豐厚也。無寒餓憔悴色：即陶詩言「辛勤無此比，常有好容顔」也。寒餓：寒冷飢餓。唐李公佐《廬江馮媪傳》：「又久困寒餓，得美食甘寢，不復言。」憔悴：此有數義，一、瘦損。《國語·吴語》：「使吾甲兵鈍弊，民日離落而日以憔悴，然後安受吾燼。」韋昭注：「憔悴，瘦病也。」二、困頓。《孟子·公孫丑上》：「民之憔悴於虐政，未有甚於此時者也。」三、憂戚、煩惱。《楚辭·劉向〈九嘆·憂苦〉》：「倚巖石以流涕兮，憂憔悴而無樂。」王逸注：「中心憔悴，無歡樂之時也。」皆可通。「青松白雲之下」云云：此下皆化用陶潛《擬古》五：「東方有一士，被服常不完；三旬九遇食，十年著一冠。辛勤無此比，常有好容顔。我欲觀其人，晨去越河關。青松夾路生，白雲宿簷端。知我故來意，取琴爲我彈。上弦驚别鶴，下弦操孤鸞。願留就君住，從今至歲寒。」青松白雲之下，高士之所處也。李綱《七峰詩序真隱峰》：「杳靄青松映白雲，地靈境寂好棲神。結廬占盡溪山景，安得超然真隱人。」白雲：蓋用南朝梁陶弘景《詔問山中何所有賦詩以答》：「山中何所有？嶺上多白雲。只可自怡悦，不堪持寄君。」後遂多喻歸隱。孤鸞别鶴：琴曲名。蘇軾《歐陽晦夫惠琴枕》：「孤鸞别鵠誰復聞，鼻息齁齁自成曲。」别鵠，即《别鶴操》。優哉游哉、聊以卒歲：逍遥自在爲生，亦指艱難度日。《左傳·襄公二十一年》：「（趙）宣子殺羊舌虎，囚叔向。人謂叔向曰：『子離於罪，其爲不知乎？』叔向曰：『與其死亡若何？《詩》曰「優哉游哉，聊以卒歲」，知也。』」按，今本《詩·小雅·采菽》作「優哉游哉，亦是戾也」。晉潘岳《秋興賦》：「逍遥乎山川之阿，放曠乎人間之世。優哉游哉，聊以卒歲。」保歲寒：保持貞正之志節。宋蘇過《次韵答徐翼之畫木石》一：「願子保歲寒，功名當遠索。」歲寒：語本《論語·子罕》：「歲寒，然後知松柏之後彫也。」

〔五〕向使：設使。假設之辭。望塵雅拜：猶言望塵而拜。此晉石崇潘岳諂事勢要事。《晉書・潘岳傳》：「岳性輕躁，趨世利，與石崇等趨事賈謐，每候其出，與崇輒望塵而拜。」王昌齡《長歌行》：「望塵非吾事，入賦且遲留。」宋劉克莊《挽趙漕克勤禮部二首》一：「雅拜從渠投石友，遺言以子爲山公。」元好問《論詩三十首》六：「心畫心聲總失真，文章寧復見爲人。高情千古《閒居賦》，爭信安仁拜路塵。」《閒居賦》，岳之名作，皆言閒退之事者。其言行相反，故遺山辨之最澈而責之至明。雅拜：古跪拜之儀凡九，此其一。《鶴林玉露》卷四：「朱文公云：『古者男子拜，兩膝齊屈，如今之道拜。杜子春注《周禮》「奇拜」，以爲「先屈一膝，如今之雅拜」，即今拜也。』」金谷園：石崇於金谷澗中所築園館。崇有《金谷詩序》記其事。禍敗：灾禍喪亡。《左傳・襄公九年》：「商人閱其禍敗之釁，必始於火。」金谷園禍敗，古人言之多矣深矣。韋應物《金谷園歌》：「石氏滅，金谷園中流水絶。」詎肯：豈肯。《後漢書・仲長統傳》：「彼之蔚蔚，皆匈詈腹詛，幸我之不成，而以奮其前志，詎肯用此爲終死之分邪？」相率：共同。《荀子・富國》：「百姓誠賴其知也，故相率而爲之勞苦，以務佚之，以養其知也。」

〔六〕紹興已未：紹興九年（一一三九）。庵居：蓋言貧士之居。庵：草舍。宋張繼先《靖通庵歌》：「人來謾笑庵居苦，徹骨貧來徹骨清。」篝燈：見前《七月三日雨不止後一日作》注三。遲明：黎明，言將明也。《史記・衛將軍驃騎列傳》：「遲明，行二百餘里，不得單于，頗捕斬首虜萬餘級。」

跋米元暉瀑布横軸〔一〕

老懶天教脱世紛，山川到眼失塵昏〔二〕。絶憐千仞鳴飛瀑，一灑風中八表雲〔三〕。

【箋注】

〔一〕米元暉：米友仁，米芾長子，字元暉，世稱「小米」，自號懶拙老人。善行書，其山水畫重意趣，發展其父以水墨點染技法。傳世畫作有《雲山得意圖》等。按，此實七言絶句，所以題畫者。

〔二〕老懶：即友仁。宋人好以「老」字著人字號或姓氏前以爲尊敬親近之稱。脱世紛：超脱塵世紛擾。陶潛《述酒》：「朱公練九齒，閑居離世紛。」金王若虚《茅先生道院記》：「公以高蹈聞四方，賢愚少長莫不仰其風。觀其擺落世紛，悽心於衝漠之境，始終四十年。」世紛，人間紛亂。《後漢書·班彪傳贊》：「彪識皇命，固迷世紛。」失塵昏：謂擺脱世俗垢膩。塵昏：塵積昏暗。北周王褒《送劉中書葬詩》：「塞近邊雲黑，塵昏野日黄。」

〔三〕八表雲：猶言天邊之雲氣。宋魏了翁《次韵李參政（壁）賦蟆頤新堰》三：「八表雲昏氣候偏，秋霖成澤市乘舡。」八表：八方之外，指極遠處。魏明帝《苦寒行》：「遺化布四海，八表以肅清。」蘇軾《昭陵六馬》：「長鳴視八表，擾擾萬駑駘。」

跋蘇養直絶句後〔一〕

後湖醉卧已仙去，但有言句留人間〔二〕。文采風流照千古，羅浮誰復遺金丹〔三〕！

【箋注】

〔一〕蘇養直：蘇庠（一〇六五—一一四七），字養直，泉州（今福建晉江）人。曾客陽羨，後徙居丹陽後湖，號後湖居士。見《咸淳毗陵志》卷十九。少能詩，蘇軾嘗大稱賞之，由是知名。高宗紹興間居廬山，被召，固辭不赴。有《後湖集》《後湖詞》。

〔二〕後湖：在丹陽。仙去：成仙而去。《搜神記》卷一：「至蠶時，有神女夜至，助客養蠶……繅訖，女與客俱仙去，莫知所如。」唐費冠卿《閑居即事》：「子房仙去孔明死，更有何人解指蹤。」此以嘉蘇不仕之高尚也。言句：言語。白居易《讀僧靈徹詩》：「言句怪來還校別，看名知是老湯師。」此蓋謂高明深奥之論可傳者。宋鄒浩《示愚溪守道山主》：「叉手前來問我禪，我無言句與人傳。」

〔三〕文采風流：才華風度超邁。杜甫《丹青引贈曹將軍霸》：「英雄割據雖已矣，文采風流今尚存。」宋喻良能《次韻王待制游東坡留題十一絶》三：「文采風流千古事，野人恨不識天人。」羅浮：羅浮山，在廣東東江北岸。葛洪曾於此修道，道教稱爲「第七洞天」；舊傳隋趙師雄夢遇梅花仙女於此。遺金丹：贈以金丹。遺：贈予。李白《相和歌辭·來日大難》：「仙人相存，誘我遠學。……授以仙藥，金丹滿握。」即其義。金丹：丹藥，古人謂服之可以長生。《抱朴子·金丹》：「夫金丹之爲物，燒之愈久，變化愈妙；黄金入火，百鍊不消，埋之，畢天不朽。服此二物，鍊人身體，故能令人不老不死。」

跋折仲古文〔一〕

晉郝隆爲蠻府參軍，有「娵隅躍清池」之句。娵隅，魚也〔二〕。唐顧况作《囝》詩，有「囝别郎罷」之句。郎罷，父也〔三〕。今折丈傲睨萬物，游戲筆端，而富丈印可之，如悒悒二字，是亦古人餘意耶〔四〕！然考諸《方言》，謂「使」爲「殺」，當用殺禮之「殺」，以去聲呼之，庶幾近似，若迺曰「柴」，政恐兩公一時聽訛爾〔五〕。

【箋注】

〔一〕折仲古：見前《次折樞留題雪峰韵》注一。按，元幹此跋，略論詩文之取資方言事。

〔二〕郝隆：東晉汲郡人，字佐治。事見《世説新語·排調》：「郝隆爲桓公（温）南蠻參軍，善應對。三月三日會作詩，不能者罰酒三升。隆初以不能受罰。既飲，攬筆便作一句云：『娵隅躍清池。』桓問：『娵隅是何物？』答曰：『蠻名魚爲娵隅。』桓公曰：『作詩何以做蠻語？』隆曰：『千里投公，始得蠻府參軍，那得不作蠻語也！』」蠻府：官署之主管少數民族事務者。參軍：官名。東漢末始有「參某某軍事」之名，謂參謀軍事，簡稱「參軍」。晉以後軍府及王國始常置；沿至隋唐，兼爲郡官。「娵隅」遂成典實，頗爲後人所用。宋沈與求《還憩湖光亭復次江元壽韵》：「羊酪蓴羹本異區，江湖隨俗語娵隅。」

〔三〕顧况（七二七？—八一六？）：字逋翁，號華陽山人，又號悲翁，蘇州海鹽（今屬浙江）人。《舊唐書·李泌傳》附有《顧况傳》。况視詩歌爲「理亂之所經，王化之所興」，反對徒求文采之麗。《全唐詩》存詩四卷。郎罷：方言，閩人所以稱父也。顧况《囝》：「郎罷别囝，吾悔生汝……囝别郎罷，心摧血下。」自題注：「《囝》，哀閩也。囝：音蹇。閩俗呼子爲囝，父爲郎罷。」陸游《戲遣老懷》一：「阿囝略如郎罷老，稚孫能伴太翁嬉。」

〔四〕傲睨萬物：形容目空一切。黄庭堅《清閑處士頌》：「傲睨萬物，逍遥一丘。」此所以稱頌人之風度不俗也。傲睨：不正眼相視，驕傲貌。羅隱《送宣武徐巡官》：「傲睨公卿二十年，東來西去只悠然。」游戲筆端：謂文字自在不拘也。宋喻良能《次韵王龜齡狀元西湖賞梅》：「東嘉夫子一何妙，筆端游戲成瓊瑰。」所謂筆端遊戲，宋王之望《書白氏長慶集》之言可爲概括：「我愛樂天文，平易更精切。筆端應有口，心事無不説。游戲供日用，工巧疑天設。」按，宋人好用「傲睨萬物、游戲筆端」二語，其例甚夥。此言折之豪邁自縱、不拘成法也。富丈：見前《宫使樞密富丈和篇高妙……謹用前韵叙謝》注一。印可：本佛家語，謂經印證而認可。禪宗多用之。《維摩詰經·弟子品》：「若能如是宴坐者，佛所印可。」泛指同意。梁簡文帝《答湘東王書》：「皇情印可，今便奉行。」悒栁二字：不詳，蓋亦當時某地方言語詞。待考。古人餘意：古人關注方言之舊例，蓋即指下楊雄《方言》。餘意，遺意。黄庭堅《題樊侯廟二首》二：「邱虚餘意誰相問，豐沛英魂我欲招。」

〔五〕方言：東漢揚雄撰，全名爲《輶軒使者絶代語釋别國方言》。雄以當時通語解釋各地方言語義，爲我國最古方言辭典著作。晉郭璞有《方言》注。謂使爲殺：讀「使」音似「殺」。殺禮，減省禮儀。《周禮·秋官·象胥》：「凡禮賓客，國新殺禮，凶荒殺禮，札喪殺禮，禍灾殺禮，在野在外殺禮。」以去聲呼之，庶幾近似：傷殺之「殺」本爲入聲，元幹謂《方言》所載「使」之方言有作「殺」者，若讀去聲，如減殺之「殺」，則與口語較爲一致。按，讀「殺禮、減殺」之「殺」作去聲，蓋元幹當時所有。待考。若迺曰柴：謂折文音「殺」如「柴」也。待考。政恐：只怕是。聽訛：誤聽，聽錯了。

跋山居圖〔一〕

建炎初載秋八月，錢塘營卒嬰城作亂〔二〕。官軍四集矣，臨川王叔毅爲新城令，提鄉兵來，旗幟精明，號令甚武〔三〕。一日，服短後衣，投刀入真承祖寨，陳攻打破賊策，尤覺眉目有英氣〔四〕。是時，坐上見所持「湖山形勢」，水墨寫成，自云戲筆也，濃淡遠邇，歷歷可觀〔五〕。予始知叔毅善畫，傲睨古人，胸中略無一點塵土〔六〕。後十二年，青社趙無量通守晉安，出示叔毅所圖山居，開卷恍然，殆前身輞川、今代龍眠歟〔七〕！念與無量、叔毅爲齊年故人，各已四十有九，齒髮向衰，而萍蓬無定，頗欲挹此圖，區處住山活計，庶幾如對晤語，無量豈亦有意耶〔八〕？此段因緣，要當爲我舉似叔毅〔九〕。儻問予山居之樂，則未必在二子下風也〔一〇〕。紹興己未中秋蘆川老隱跋。

【箋注】

〔一〕跋山居圖：紹興九年己未中秋，晉州（即福州）守趙無量與元幹會晤，出示《山居圖》。元幹感而作此跋。

〔二〕錢塘營卒嬰城作亂：事待考。營卒：士兵。《宋史·賈昌朝傳》：「今營卒驕惰，臨敵無勇。」嬰城：環城固守。《戰國策·秦策四》：「小黄、濟陽嬰城，而魏氏服矣。」鮑彪注：「嬰，猶縈也。蓋二邑環兵自守。」劉禹錫《平齊行》一：「去秋詔下誅東平，官軍四合猶嬰城。」

〔三〕四集：由四方會集一處。《後漢書·寇恂傳》：「士馬四集，幡旗蔽野。」《宋史·李綱傳上》：「大兵四集，彼孤軍深入，雖不得所欲，亦將速歸。」臨川王叔毅爲新城令：事待考。鄉兵：地方政府所募之兵。據考，始於西魏、北周，統於大都督或儀同，居於本鄉；其後歷代有之。《宋史·兵志四》：「鄉兵者，選自户籍，或土民應募，在所團結訓練，以爲防守之兵也。」此指新城地方之民兵。精明：鮮明。蘇軾《王仲儀真贊》：「及聞公來，吏士踊躍傳呼，旗旆精明，鼓角讙亮。」李綱《道臨川按閲兵將錢巽叔侍郎賦詩次其韵三首》二：「試使觸鐃齊作止，敢言旗幟益精明。」號令甚武：猶言號令甚明。武：本軍旅之事，此蓋謂王甚得將率用兵之法也。《左傳·宣公十二年》：「楚子曰：『夫武，禁暴戢兵，保大定功，安民和衆。』」是其義所本。

〔四〕短後衣：古戎服之一。上衣後幅較短者，所以便於活動也，多爲武士所服。《莊子·説劍》：「吾王所見劍士，皆蓬頭、突鬢，垂冠，曼胡之纓，短後之衣，瞋目而語難。」郭象注：「短後之衣，爲便於事也。」岑參《北庭西郊候封大夫受降回軍獻上》：「自逐定遠侯，亦著短後衣。」投刀：棄下兵器。此蓋見軍鎮長官之禮。真承祖：未詳。待考。攻打：唐易静《兵要望江南》其三十三《占星第十三》：「觀敵壘，月背有三星。狀若連珠敵便遁，不須攻打自安平。撫衆勿殘生。」打：《唐韵》音德泠切，《集韵》音都泠切，並讀與「等」近。歐陽修《歸田録》：「打字當滴耿切。」元幹當時必亦讀陽聲，今吴語猶存此音，與通語不同。按，此爲唐代以來俗語，文人採用者猶罕，元幹跋文，風格頗近白話，故有意爲之。英氣：英武豪邁氣概；鋭氣。《三國志·吴書·孫策傳評》：「策英氣傑濟，猛鋭冠世。」陸游《記夢》：「李白杜甫生不遭，英氣死豈埋蓬蒿？」

〔五〕湖山形勢：蓋爲王所作畫圖之名。不詳。形勢：地勢，地理狀況。《荀子·强國》：「其固塞險，形埶便，山林川谷美，天材之利多，是形勝也。」又指險要之地。《南齊書·劉善明傳》：「淮南近畿，國之形勢，自非親賢，不使居之。」寫成：畫成。寫，即「寫真」、「模寫」之「寫」，取義於倒瀉之「瀉」，其核心爲移彼（人物、自然山水）於此（紙面、畫中）而不失真走樣，所以得自然之趣也。錢鍾書《談藝録》有説，可參看。

〔六〕胸中略無一點塵土：喻品行之高潔。宋陳師道《送李奉議亳州判官四首》四：「胸中無一塵，筆下有百紙。」塵土，謂俗世之垢膩。宋蘇舜欽《藍田悟真寺作》：「旅食長安城，迴遑奔走無停行。清懷壯抱失素尚，胸中堆積塵土生。」是其義。略無：絶無，全無。

〔七〕青社：祀東方土神處。借指東方之地。《史記·三王世家》：「維六年四月乙巳，皇帝使御史大夫湯廟立子閎爲齊王。曰：『於戲，小子閎，受兹青社！』」索隱：「蔡邕《獨斷》云：『皇子封爲王，受天子太社之土，若封東方諸侯，則割青土，藉以白茅，授之以立社，謂之茅土。』齊在東方，故云青社。」借指青州，爲齊故地。轄境在今山東北部一帶。蘇軾《東坡志林·冢中棄兒吸蟾氣》："富彦國在青社，河北大饑，民争歸之。"趙無量：待考。通守：官名，位在太守下佐理郡務者；任通守。蘇軾《别天竺觀音詩》序："余昔通守錢唐，移莅膠西。"晉安：地在今福建福州市。恍然：猛然領悟貌，即今言"恍然大悟"。朱熹《〈中庸章句〉序》："一旦恍然，似有以得其要領者。"前身輞川：猶言王維轉世。唐王維有輞川别業在終南山，又以畫名。前身：佛教語。猶前生。《晉書·羊祜傳》："祜年五歲，時令乳母取所弄金環。乳母曰：『汝先無此物。』祜即詣鄰人李氏東垣桑樹中探得之。主人驚曰：『此吾亡兒所失物也，云何持去！』乳母具言之，李氏悲惋。時人異之，謂李氏子則祜之前身也。"今代龍眠：今世李龍眠。唐人諱言"今世"爲"今代"，宋無此諱，元幹或故用此語，以成趣味也。龍眠：見前《龍眠墨梅》注一。蘇軾《書林次中所得李伯時歸去來陽關二圖後》一："龍眠獨識慇懃處，畫出陽關意外聲！"按，文人論繪畫，好以王維、李公麟並舉。

〔八〕齊年故人：同輩老友。齊年：年齡相同者。宋邵伯温《聞見前録》卷九："惠卿既得位，遂叛荆公，出平日荆公移書，有曰：『無使齊年知。』謂馮公京也。荆公與馮公皆辛酉人。"向衰：就衰，漸衰。萍蓬：萍浮蓬飄。喻行踪轉徙無定。杜甫《將别巫峽贈南卿兄瀼西果園四十畝》："苔竹素所好，萍蓬無定居。"挹此圖：謂借鑑王叔毅"山居"圖意境。挹：本爲取水於江河；挹取。區處住山活計：安排入山隱居生活。區處：籌劃安排。《漢書·循吏傳·黄霸》："鰥寡孤獨有死無以葬者，鄉部書言，霸具爲區處。"梅堯臣《依韵和丁元珍見寄》："遇物理自暢，區處劇操令。"住山：山居，轉謂隱居。宋李端《題從叔沆林園》："自嫌身未老，已有住山心。"

活計：生計。韓愈《崔十六少府攝伊陽以詩及書見投因酬三十韵》：「謀拙日焦拳，活計似鋤劚。」又謂維持生計。蘇軾《李伯時畫其弟亮工〈舊隱宅圖〉》：「晚歲與君同活計，如雲鵝鴨散平湖。」對晤語：對面晤語。晤語：見面交談。《詩·陳風·東門之池》：「彼美淑姬，可與晤語。」有意：有想法，有願望。《史記·刺客列傳》：「荆軻曰：『願得將軍之首以獻秦，秦王必喜而善見臣。臣左手把其袖，而右手揕其胸，然則將軍之仇報，而燕國見陵之耻除矣。將軍豈有意乎？』」此謂作隱居之想也。

〔九〕此段因緣：猶今言這些情形景况。此段：這些，這件。又指近來，六朝以來。口語。《南史·齊豫章文獻王嶷傳》：「此段小寇，出於凶愚，天網宏罩，理不足論。」陸游《送芮國器司業》二：「還朝此段宜先及，豈獨遺經賴發揮。」

〔一〇〕在下風：本謂甘處下位，所以示尊敬也。後轉指不及，比不上。見前《上趙漕啓》注四。

跋米元章下蜀江山圖〔一〕

紹興八年季冬既望，趙無量會飯淪茗竟，出所藏米元章《下蜀江山》横卷〔二〕。此老風流，晉宋間人物也，故能發雲烟杳靄之象於墨色濃淡中，連峰修麓，渾然天開，有千里遠而不見落筆處，詎可作畫觀耶〔三〕？六朝興亡，實同此嘆〔四〕。

【箋注】

〔一〕米元章：名芾，初名黻，字元章。徽宗時任太常博士、書畫學博士。擅水墨山水畫，所創「米點山水」手法，影響後世甚深遠。下蜀：據《明一統志》，下蜀港，在江寧府上元縣東北一百里，俗呼曰官港。

〔二〕既望：通指農曆十六爲既望。《釋名·釋天》：「望，月滿之名也。月大十六日，小十五日，日在東，月在西，遥相望也。」會飯：猶聚食，聚餐。《新唐書·裴寬傳》：「寬兄弟八人……於東都治第，八院相對，甥姪亦有名稱，常擊鼓會飯。」宋洪邁《夷堅丁志·王浪仙》：「至期，延幕僚會飯，王生預席。」瀹茗：煮茶。瀹：《通俗文》：「以湯煮物曰瀹。」司馬光《謝王道濟惠古詩古石器》：「瀹茗北窗下，坐有羲皇思。」

〔三〕此老：米芾。老：尊之之詞。風流：風格，氣度。晉宋間人物：古人品題人物，好以晉宋爲比，後幾成敷衍文字之濫調。宋王十朋《陳獻可宋孝先萬孝傑夏伯虎和詩復用前韵》：「揚庭醖籍更清新，晉宋間人顔謝友。」自注：此句指陳。宋吴儆《贈吴令君》：「吏能精鋭龔黄上，人物風流晉宋間。」元幹《跋趙祖文貧士圖後》同之，見前。發：抉發，謂畫筆藝能，乃使自然之趣展露也。烟雲杳靄：雲氣幽眇恍惚也。歐陽修《有美堂記》：「而閩商海賈，風帆浪舶，出入於江濤浩渺、湮雲杳靄之間。」杳靄，幽深渺茫貌。韋應物《西郊游矚》：「烟芳何處尋？杳藹春山曲。」千里遠：指畫之景物開闊、氣勢空廓，非畫幅所盡，蓋稱贊畫格之高也。宋名畫有以「千里江山」爲名者，可供類比。猶後人之言「尺幅千里」也。不見落筆處：謂畫工能參造化之妙，非人力所能。落筆：下筆。本皆專指詩文創作言。例如李白《江上吟》：「興酣落筆摇五嶽，詩成笑傲凌滄洲。」梅堯臣《毛君寶秘校將出京示予詩因以答之》：「觀君百篇詩，善畫人形容。毫髮無不似，落筆任横縱。」是其證。後漸以引申，兼指畫事之著手。目前所見，似以北宋二劉兄弟之作爲其溯。劉敞《畫草蟲扇子》：「周南草蟲但書興，爾雅蟲魚浪多證……毗陵老匠含天真，獨得于心非氣孕。牸牛落筆殊偶然，秦女驂鸞不相稱。因君筆力尤天下，一借微軀聞萬乘。」劉攽《劉五草蟲扇子》：「吾宗白團扇，畫作草蟲樣……網蟲蒼蒼顔色晦，畫工筆法依然在……即今拙工各自喜，豈知此家先日前，落筆輒得千萬錢。」茲稍廣其例，以備參印。沈遼《走筆奉酬伯昌示瀟湘烟竹圖》：「洛陽公子有佳致，落筆直與造化侔。方拏抨圖止數尺，寫出瀟湘千里秋。」韋驤《觀江都王畫拳毛騧》：「憶昔曾觀名畫記，畫馬獨貴江都王……江都能事妙入神，落筆奪得造化真。」蘇軾《僕曩於長安陳漢卿家見吴道子畫佛碎爛可惜其後十餘年復見之於鮮于子駿家則已裝背完好子駿以見遺作詩謝之》：「貴人金多身復閑，爭買書畫不計錢。已將鐵石充逸少，更補朱繇爲道玄。烟薰屋漏裝玉軸，鹿皮蒼璧知誰賢。吴生畫佛本神授，夢中化作飛空仙。覺來落筆不經意，神妙獨到秋毫顛。」（自注：「世所收吴畫，多朱繇筆也。」）諸篇均明指繪畫而言。蘇詩「落筆不經意」，元幹「不見落筆處」，意適相似。詎可：豈可。《後漢書·光武帝紀上》：「天下詎可知，而閉長者乎？」韓愈《感春》四：「音容不接祇隔夜，凶訃詎可相尋來。」

〔四〕六朝興亡：元幹蓋諱言當代，遂托名六朝耳。同此嘆：感慨一致。文人套語，所指或不一。

孟郊《雜曲歌辭·出門行二首》一：「長河悠悠去無極，百齡同此可嘆息。」宋徐鉉《哭刑部侍郎喬公詩》：「前賢同此嘆，非我獨霑巾。」此則隱指本朝之衰微也。

跋陳居士傳〔一〕

十室之邑，必有忠信，一鄉善士，何代無人〔二〕？如齊、魯二大臣，史猶失其名，則古今隱德不耀者多矣〔三〕。龜山先生所作《陳居士傳》，形於嗟嘆，而附以托孤之事爲鄉評心服者，雅意激厲風俗〔四〕。又得了堂、道鄉諸公表暴之①，天下後世知仰居士，實繫斯文也〔五〕。陰德之報，不在其身，必在其子孫，夫何疑哉〔六〕！

【校】

①暴：國圖藏本作「襮」。

【箋注】

〔一〕陳居士傳：楊時撰。時所以表揚守貞不仕有道德者。傳附後。

〔二〕十室之邑，必有忠信：即使是十户人家之處，也一定有忠誠信實者。謂處處有賢人。語出《論語·公冶長》："子曰：『十室之邑，必有忠信如丘者焉，不如丘之好學也。』"《漢書·武帝紀》："夫十室之邑，必有忠信；三人并行，厥有我師。"一鄉善士：一地之有德者。語本《孟子·萬章下》："一鄉之善士，斯友一鄉之善士；一國之善士，斯友一國之善士；天下之善士，斯友天下之善士；以友天下之善士爲未足，又尚論古之人。"宋樓鑰《約同社往來無事形迹次韵》："一鄉有善士，收拾略不遺。"何代無人：任何時候都有傑出之士也。梁武帝《贈逸民詩》："惟河出圖，唯岳降神。是代皆有，何代無人。"宋邵雍《和鳳翔橫渠張子厚學士亡後篇》："古來賢傑知多少，何代無人振素風。"

〔三〕如齊、魯二大臣，史猶失其名：戰國末魯地二儒生，漢初徵召而不肯至者。齊魯：地名，非國名。猶：尚且。揚雄《法言》："昔者齊、魯有大臣，史失其名。曰：『何如其大也？』曰：『叔孫通欲制君臣之儀，徵先生於齊、魯，所不能致者二人。』"近人汪榮寶《義疏》引舊注云："以道事君，不可則止，爲大臣也。史失其名者，不書其名也。"隱德不耀：有德而不自表曝之謂。宋釋紹曇《題蘭蕙》一："色淡而清，節香而貞。隱德不耀，咀華含英。"隱德，德行不宣揚者。《晉書·王湛傳》："初有隱德，人莫能知，兄弟宗族皆以爲癡，其父昶獨異焉。"後每用爲隱居不仕之稱，或不能出仕之諱稱。宋王禹偁《殿中丞贈户部員外郎孫府君墓志銘》："高祖簡，徙居於蔡，曾祖中，祖真，皆隱德不仕。"按，句謂自古以來德行修潔而姓名不彰者往往有之，此言所以推重陳居士也。

〔四〕龜山先生：道學家楊時之號。形於嗟嘆：發爲贊嘆之語。嗟嘆：吟嘆；嘆息。《禮記·樂記》：「言之不足，故長言之。長言之不足，故嗟嘆之。嗟嘆之不足，故不知手之舞之足之蹈之也。」特指贊嘆。《東觀漢記·牟融傳》：「帝數嗟嘆，以爲才堪宰相。」元幹用此。附以托孤之事爲鄉評心服者：《陳居士傳》末云：「公少時有故人將亡，子尚幼，以白金數鎰委之者。比其子壯，公召與之。其人矍然謝之，初弗知也。蓋其信義足以托孤如此。然此在公爲不足書者，而邑人以是多公。故並述之，附於其末。」雅意：本意，用心。《漢書·外戚傳上·孝武李夫人》：「大將軍霍光緣上雅意，以李夫人配食，追上尊號，曰孝武皇后。」顔師古注：「雅意，素舊之意。」後引申而指留意，猶謂用心在於、致力於。宋張邦基《墨莊漫録》卷五：「順圖蕭散風度，雅意文墨，蓄法書名畫甚富。」元幹之意同此。激厲：勉勵；刺激使奮發。《後漢書·陰識傳》：「帝敬重之，常指識以敕戒貴戚，激厲左右焉。」

〔五〕得了堂、道鄉諸公表暴之：參附録陳瓘、鄒浩跋。了堂：陳瓘。見前《上平江陳侍郎十絶并序》注三。道鄉：鄒浩（一〇六〇—一一一一），字志完，號道鄉居士，常州晉陵（今江蘇常州）人。神宗元豐五年（一〇八二）進士。調揚州、潁昌府教授。哲宗元祐中爲太常博士，出爲襄州教授。著《論語解義》《孟子解義》。元符元年（一〇九八），召對，除右正言，因忤章惇，並論罷立劉后，羈管新州。徽宗即位，添監袁州酒税，尋復右正言，遷左司諫，改起居舍人，進中書舍人。歷吏部、兵部侍郎。崇寧元年（一一〇二），又以忤蔡京，以寶文閣待制出知江寧府，改杭、越二州，重理罷立后事，責衡州别駕，永州安置。後半年，除名勒停，竄昭州。四年，移漢陽軍。五年，歸常州。大觀間復直龍圖閣。政和元年卒，年五十二。有《道鄉集》四十卷。《宋史》卷三四五、《咸淳毗陵志》卷一七有傳。表暴：表曝，宣揚。本爲自炫義。韓愈《南海神廟碑》：「（孔戣）治人以明，事神以誠，内外單盡，不爲表襮。」表襮，即「表暴」。又暴露、顯露義。宋袁文《甕牖閑評》卷六：「古者三軍衣服上下如一，爲之主者，不可以自表暴，以防敵人之窺伺而已。」後又爲表彰義，元幹用此。繫斯文：關涉文化命脈之延續。宋陳著《外甥黄阿相生日》：「湖山聚秀繫斯文，汝更峥嶸瑞户門。」

〔六〕「陰德之報」云云：略同報施不爽之意。陰德之報：《淮南子·人間訓》：「有陰德者必有陽報，有陰行者必有昭名。」白居易《讀史五首》四：「陰德既必報，陰禍豈虚施。」陰德：行利人之事而不自彰露，不爲人知者。《隋書·隱逸傳·李士謙》：「或謂士謙曰：『子多陰德。』士謙曰：『所謂陰德者何？猶耳鳴，已獨聞之，人無知者。今吾所作，吾子皆知，何陰德之有！』」不在其身，必在其子孫：典出《左傳·莊公二十二年》：「陳厲公，蔡出也，故蔡人殺五父而立之。生敬仲，其少也，周史有以《周易》見陳侯者。陳侯使筮之，遇《觀》之《否》，曰：『是謂「觀國之光，利用賓于王」。此其代陳有國乎？不在此，其在異國；非此其身，在其子孫。……風行而著於土，故曰其在異國乎！若在異國，必姜姓也。姜，大岳之後也。山岳則配天，物莫能兩大。陳衰，此其昌乎！』」宋朱淑真《題王氏必興軒》：「從來天報無先後，不在其身在子孫。」《陳居士傳》有云：「故特爲之論著，以示其子孫，使知先世所以遺己者，在此不在彼也。」用意亦如此。

【附録】

楊時《陳居士傳》

陳選，南劍州將樂人，世以豪貲爲鄉閭大姓。其爲人忠信愿慤，不妄與人交。晨興，正冠修容坐堂上，夫婦相對如賓。非慶吊未嘗出門，雖連墻有經時不見其面者。間有所之，必筮而後往。家人俟其歸，其迹可數也。平居恂恂，人莫見其喜怒，閨門之内雍如也。其遇人，無長幼，必盡誠敬，雖横逆有惡聲至，如弗聞。視其容貌泊然，若無足芥蔕者，以故人亦信之。後雖有喜侵暴者，不敢犯也。卒年四十六。

龜山楊某曰：予嘗讀沈公《筆談》，見其所載杜生事。沈公自謂時方有軍事，至夜半未卧，罷甚，僚屬有談杜生者，聞之，不覺肅然忘其勞。考公之所爲，於杜生幾可無悔矣。非其中有所養，詎能若是哉？惜公之亡，予尚幼，未能究知其所有，故不得而備論之也。當是時，陋郊小邑，無縉紳先生明道德之歸以覺斯人，又無高世之士含德隱耀，相與薰陶浸灌，輔成其美。此予所深嗟而屢嘆之也。然觀其襟度夷曠，不可污撓，蓋有非學之所能至者。世之薄夫淺子，一有戾己，僅如毛髪，則悻悻然見於顔面，必反之而後已，其視公爲如何？故特爲之論著，以示其子孫，使知先世所以遺己者，在此不在彼也。

公少時有故人將亡，子尚幼，以白金數鎰委之者。比其子壯，公召與之。其人矍然謝之，初弗知也。蓋其信義足以托孤如此。然此在公爲不足書者，而邑人以是多公。故並述之，附於其末。（林海權整理《楊時集》卷二十七《雜著·陳居士傳　附諸公跋》，中華書局二〇一八年版）

游酢《跋〈陳居士傳〉》

昔揚子雲稱蜀人之賢，以李仲元爲畏人。想見其人，信順之氣積於中而暢於外，蓋黄叔度之流。惟以生於遠方，不聞於中原士大夫，獨因雄書而名載於後世。今陳居士含德隱厚，沉溟於七閩之下邑，未有能知之者。吾友中立爲發其藴以詔其子孫，吾知其與仲元俱不朽矣。此於名教，豈小補哉！政和二年孟夏中澣書。（清同治六年和州官舍刊本《游定夫先生集》卷六）

陳瓘《跋楊時〈陳居士傳〉》

中立先生所撰《陳居士傳》，予兄孫漸得其本，自餘杭來四明，出以示予。先生言行信于天下，所以深嗟而屢嘆之者。雖晦於今，後當顯白，異時尚論之士可不考歟！予與居士同鄉，而以不得見之爲恨。爲寫此傳，以畀其子孫，使刻而藏之，以成先生論述之志。大觀二年十一月二十二日，沙縣陳瓘書。（康熙四十六年楊氏重刻《楊龜山先生集》卷二七）

鄒浩《跋〈陳居士傳〉後》

居士本無求知於人，人自知之。宗子博士楊公中立又爲之傳以行於世，所以風勸來者，蓋不但一鄉而已也。大觀四年十一月二十日，晉陵鄒浩既篆其前已，因書此以見意云。（清道光十三年鄒氏留餘堂刊本《道鄉先生文集》卷三二，曾棗莊主編《宋代序跋全編》卷一三二《題跋三六·跋〈陳居士傳〉》校注：「大觀」以下原無，據《龜山集》卷二七《附録》補）

李綱《書〈陳居士傳〉後》

予嘗愛范曄作《黄叔度傳》，初無言行可見之迹，後之讀者想望其人，如不可及。今楊中立先生傳陳居士，其文亦然。居士生於僻遠，雖無卓然顯白于世者，既得佳傳，又得鄒、陳二公爲之書篆，且跋其後，以垂不朽。讀者想望其人，當與叔度齊驅而並駕云。宣和二年五月十一日，梁谿居士李綱書。（文淵閣《四庫全書》本《梁谿集》卷一六二）

朱熹《跋〈陳居士傳〉》

熹少讀龜山先生文集，固已想見居士之爲人。今得鄧生絢所携墨本觀之，又見了翁、道鄉、游察院、李丞相、張侍郎諸前輩稱述之盛如此，不勝慨嘆。夫居士之爲人，蓋子夏所謂「雖曰未學，吾必謂之學」者。先生猶嘆其莫有開導而輔成之者，吾儕小人姿本薄惡，其可不汲汲於學問以矯厲而切磋之邪！因敬書其後，既以自警，且以視諸同志云。淳熙庚子季春壬申，新安朱熹書於南康郡舍之拙齋。（明嘉靖十一年張大輪、胡岳刻本《晦庵先生朱文公文集》卷八一）

跋江天暮雨圖〔一〕

劉質夫，建炎初與余别於雲間，今乃相遇臨安官舍，出此短軸求跋〔二〕。頗憶丙午之冬，吾三人者，蘇粹中在焉。情文投合，皆親友好兄弟〔三〕。嘗絶江同宿焦山蘭若，夜濤澎湃聲入夢寐中，回首垂三十年矣〔四〕。人生能幾别，其樂未易復得也〔五〕。詩有自然之句，而句有見成之字，政恐思索未到，或容易放過，便不佳爾〔六〕。粹中行且來，便當痛飲話舊，仍和我句〔七〕。

千山忽暗雨來時，天末濃雲送落暉〔八〕。老眼平生飽風浪，猶憐别浦釣船歸〔九〕。

【箋注】

〔一〕江天暮雨圖：作者不詳。

〔二〕劉質夫：程氏門人劉絢。《宋史》卷四二八《道學二·程氏門人》：劉絢，字質夫，常山人。以蔭爲壽安主簿、長子令，督公家逋賦，不假鞭扑，頗有惠政。富弼嘆爲真縣令。元祐初，韓維薦爲京兆府教授。王巖叟、朱光庭又薦爲太學博士，卒于官。絢力學不倦，最明於《春秋》。程顥每爲人言：「他人之學，敏則有矣，未易保也，若絢者，吾無疑焉。」雲間：松江（今屬上海）古稱。短軸：小幅。

〔三〕情文投合：交情深摯、親密無間，猶言投契。情文：質與文。本謂内容與形式。語本《荀子·禮論》：「故至備，情文俱盡；其次，情文代勝。」楊倞注：「情，謂禮意……文，謂禮物、威儀也。」又指情思與文采。《世説新語·文學》：「孫子荆除婦服，作詩以示王武子。王曰：『未知文生於情，情生於文，覽之悽然……』」轉而特指感情交誼之深摯，則不拘於禮數也。宋曹勛《送人倅潮陽》：「情文俱至接交親，折節如君未有鄰。」宋許及之《次韵劉孝若二首》一：「故交契予情文厚，佳句馳來格律清。」元幹此文同。投合：契合，融洽。《文選·班固〈答賓戲〉》「啾發投曲感耳之聲」李善注：「投曲，投合歌曲也。」元幹《輓夢錫機宜寺簿》一：「臭味方投合，行藏罕遇知。」又《次仲彌性所知陳丈大卿韵》：「稍同臭味自投合，肯與流俗相對酬。」「情文投合」，即「臭味投合」耳。親友：好友，知交。《史記·張釋之馮唐列傳》：「是時，中尉條侯周亞夫與梁相山都侯王恬開見釋之持議平，乃結爲親友。」潘岳《金谷集作》：「王生和鼎實，石子鎮海所。親友各言邁，中心悵有違。」諸「親友」，皆與親戚無關。好兄弟：好友喻如兄弟，言情誼之深厚。口語。本推賞人家之兄弟。杜甫《過孟十二倉曹十四主簿兄弟》：「孟氏好兄弟，養親唯小園。」元幹《次韵奉送李季言四首》三：「不見君家好兄弟，何人憐我最奇窮。」皆明指他人。後轉指知己之交。范成大《元夜憶群從》：「遥憐好兄弟，飄泊兩江村。」

〔四〕絶江：渡江；過江。

〔五〕人生能幾別：或言人生堪能經受多少別離，實謂人生不堪多爲別離也。幾：多少，本問辭，轉而謂多。晏殊《更漏子》二：「須盡醉，莫推辭。人生多別離。」唐于武陵《勸酒》：「花發多風雨，人生足別離。」「足別離」，即多別離也。宋晁沖之《效古別昭德群從》：「千載一相逢，相見無浹旬。一生能幾別，且復無此身。」宋魏了翁《鷓鴣天·別許侍郎即席賦》：「如有礙，巧相違。人生禁得幾分飛。只祈彼此身長健，同處何曾有別離。」「人生禁得幾分飛」，即人生不堪乃至不宜多別離之意也。均可互參。

〔六〕詩有自然之句，而句有見成之字：猶陸游《文章》言「文章本天成，妙手偶得之」之意。自然之句：宋顧逢《題趙蒙齋子山居詩集》：「用書全不覺，地步有餘寬。如此自然句，還須識者觀。」見成之字：宋張鎡《楊伯子見訪惠示兩詩因次韻併呈誠齋》其一：「覓著由來遠，成時自好看。頭頭見成字，誰道要吟安。」見成，即現成。容易放過：輕易錯過。容易：輕易。謂不慎重，不嚴肅。杜甫《奉贈鮮于京兆二十韻》：「奮飛超等級，容易失沈淪。」《朱子語類》卷十一：「看前人文字，未得其意，便容易立説，殊害事。」放過：錯過，錯失。唐宋口語，禪僧尤好用之。王梵志《詩》三十六：「行行皆有鋪，鋪裏有雜貨。山鄣買物來，巧語能相和。眼勾穩物著，不肯遣放過。」宋釋曇華《偈頌六十首》四十八：「好事積如山，祇緣輕放過。」「輕放過」，猶此容易放過也。宋馮取洽《沁園春・次韻四友吳會卿次子西上》一：「相期湖上舒懷。莫放過花枝與酒杯。」「莫放過」，莫錯過。

〔七〕行且來：即將來到。行且：將要。韓愈《答劉秀才論史書》：「苟加一職榮之耳。非必督責迫蹙令就功役也。賤不敢逆盛指，行且謀引去。」宋趙與時《賓退録》卷九：「（康節先生）《觀盛化吟》有云：『生來只慣見豐稔，老去未嘗見亂離。』其子謂亂離之語太過。康節嘆曰：『吾老且死矣，汝輩行且知之。』」仍：乃。《南史・宋武帝紀》：「帝叱之，皆散，仍收药而反。」唐宋之問《息夫人》：「可憐楚破息，腸斷息夫人。仍爲泉下骨，不作楚王嬪。」

〔八〕天末：天盡頭，天邊。指極遠處。張衡《東京賦》：「眇天末以遠期，規萬世而大摹。」杜甫《天末懷李白》：「凉風起天末，君子意如何？」

〔九〕飽風浪：猶言飽經風浪。別浦：河流入江海之處，常指送別之渡口。杜甫《奉送卿二翁統節度鎮軍還江陵》：「嘹唳吟笳發，蕭條別浦清。」釣船歸：語本杜牧《漢江》：「南去北來人自老，夕陽長送釣船歸。」後人每襲用而不避諱，其例甚夥，不暇枚舉。元幹則隱括其三字，用心一也。

跋山谷詩稿

山谷老人此四篇之稿，初意雖大同，觀所改定，要是點化金丹手段〔一〕。又如本分衲子參禪，一旦悟入，舉止神色，頓覺有異〔二〕。超凡入聖，祇在心念間，不外求也〔三〕。句中有眼，學者領取〔四〕。閩人張某跋。

【箋注】

〔一〕山谷老人：黄庭堅，號山谷老人，世稱黄山谷。要是：終究是。點化金丹手段：即黄氏所倡點鐵爲金之術也。點鐵成金，舊謂仙道點鐵石而成黄金。《景德傳燈録·靈照禪師》：「還丹一粒，點鐵成金；至理一言，點凡成聖。」文藝家因借以喻修改文章，化腐朽爲神奇。黄庭堅《答洪駒父書》：「古之能爲文章者，真能陶冶萬物，雖取古人之陳言入於翰墨，如靈丹一粒，點鐵成金也。」元幹《十月桃》一：「樂府誰知，分付點化金丹。」黄庭堅爲詩，提倡學杜甫，提倡無一字無來歷，提倡與古爲新，號稱「點鐵爲金」。其後江西詩派宗之，蔚爲大觀。

〔二〕本分衲子：南宗禪僧，修習頓悟者。《佛果圓悟真覺禪師心要》二：「五祖老師常説：『我在此五十年，見却千千萬萬禪和，到禪牀角頭只是覓佛做説佛法，並不曾見箇本分衲子。』誠哉！看却今時，只説佛法底也難得，何况更求本分人！」宋參學小師惟蓋竺編《明覺禪師語録》卷一：「黄檗(山)，有六人新到，五人作禮。其中一人提起坐具作一圓相。檗云：『我聞有一獵犬甚惡。』……僧云：『尋羚羊踪來。』檗云：『羚羊無踪到汝尋。』僧云：『恁麽則死羚羊也。』黄檗便休。到來日上堂云：『獵犬在甚處？』僧便出來。檗云：『昨日公案未了。老僧休去，爾作麽生？』僧無語。檗云：『將謂是本分衲子，元來是義學沙門。』以柱杖打出。師云：『只如聲響踪迹既無，獵犬向甚處尋逐。莫是絶聲響踪迹見黄檗麽？諸禪德，要明陷虎之機，也須是本分衲子。』」觀二家以「禪和」、「義學沙門」與「本分衲子」相對，知後者必指禪僧而言。又明瞿汝稷集《指月録》卷三十二，六祖下第十六世《臨安府徑山宗杲大慧普覺禪師語要》下：「如雪峰空禪師……去年送得一册語録來，造次顛沛，不失臨濟宗旨。今送在衆寮中與衲子輩看，老漢因掇筆書其後，特爲發揚，使本分衲子，爲將來説法之式。若使老漢初爲渠拖泥帶水，説老婆禪；眼開後，定罵我無疑。所以古人云：『我不重先師道德。只重先師不爲我説破。若爲我説破，豈有今日？』便是這個道理也。」觀其譏「老婆禪」之「拖泥帶水」，知彼「本分衲子」所宗，必南宗之頓悟也。元幹之言，亦謂詩人之得詩法，一如禪宗之頓悟耳。衲子：僧人。黄庭堅《送密老住五峰》：「水邊林下逢衲子，南北東西古道場。」此特指禪僧。舉止神色：此以喻詩文氣質風格。舉止：舉動。陶潛《閑情賦》：「神儀嫵媚，舉止詳妍。」

〔三〕衹在心念間：猶今言正確認識就在自己思想之中也。孟郊《感懷》七：「舉頭是星辰，念我何時還。親愛久别散，形神各離遷。未爲生死訣，長在心目間。」不外求：不求之於外，意謂自身本來擁有。外求：求之於外。《穀梁傳》莊公二十八年：「古者税什一，豐年補敗，不外求而上下皆足也。」宋趙炅《緣識》四：「耳根清静本來修，萬法從心不外求。」

〔四〕句中有眼：即「句中眼」、「句眼」。意謂一句之中有關鍵字眼特别能傳神者。古人詩文創作觀念之一。《苕溪漁隱叢話前集・半山老人一》引惠洪《冷齋夜話》：「荆公『江月轉空爲白晝，嶺雲分晚作黄昏』，又曰『一水護田將緑繞，兩山排闥送青來』；東坡《海棠》詩曰『只恐夜深花睡去，故燒紅燭照新粧』，又曰：『我携此石歸，袖中有東海』；山谷曰：『此詩謂之句中眼。學者不知此妙，韵終不勝。』」學者：求學之人。此謂學習創作者。吴曾《能改齋漫録・記事一》：「滎陽吕公教學者讀書，須要字字分明。」領取：領會，理解。唐章孝標《送陳校書赴蔡州幕》：「此行領取從軍樂，莫慮功名不拜侯。」宋賀鑄《梅華寄清涼和上人》：「石頭城上客，領取一枝梅。」宋朱敦儒《西江月》六：「不須計較與安排。領取而今現在。」

跋米元暉山水

士人胸次灑落，寓物發興，江山雲氣，草木風烟，往往意到時爲之〔一〕。聊復寫懷，是謂遊戲水墨三昧，不可與畫史同科也〔二〕。蘆川老隱云。

【箋注】

〔一〕胸次灑落：胸襟開朗，性情自在。宋劉過《寄竹隱先生孫應時》：「小窗天日晴，灑落自胸次。」灑落：灑脱飄逸，不拘束。《南史·蕭子顯傳》：「子顯風神灑落，雍容閑雅，簡通賓客，不畏鬼神。」寓物發興：托物寄情。寓物：托物，寄於物。唐孫逖《晦日與盧舍人同詣補闕城南林園》：「宛是人寰外，真情寓物來。」宋程顥《和堯夫首尾吟》：「醉裏乾坤都寓物，閑來風月更輸誰。」發興：發生，興起。南朝宋鮑照《園中秋散詩南朝》：「臨歌不知調，發興誰與歡。」孟浩然《九日龍沙作寄劉大昚虛》：「風俗因時見，湖山發興多。」江山雲氣、草木風烟：即所「寓」之「物」也。意到：感覺深入；感受深刻。宋韓琦《謝宫師杜公寄示詩編》：「閑觀景物辭終巧，意到安恬格自高。」宋謝逸《讀陶淵明集》：「意到語自工，心真理亦邃。」

〔二〕三昧：佛教語。謂屏除雜念，心不散亂，專注一境。晉慧遠《念佛三昧詩集序》：「夫三昧者何？專思、寂想之謂也。」聊復：姑且。陶潛《飲酒二十首》七：「嘯傲東軒下，聊復得此生。」唐丘爲《渡漢江》：「自顧疏野性，難忘鷗鳥情。聊復與時顧，暫欲解塵纓。」寫懷：抒發情懷。三國魏明帝《苦寒行》：「賦詩以寫懷，伏軾淚霑纓。」遊戲水墨三昧，不可與畫史同科：意謂畫藝深湛精通，不可視爲一般畫匠也。遊戲三昧：佛教語。本謂自在無礙，而常不失定意。《景德傳燈録·池州南泉普願禪師》：「（南泉普願）扣大寂之室，頓然忘筌，得遊戲三昧。」後指得趣於某事或深解其中奥妙而以遊戲出之。王維《山水訣》：「手親筆硯之餘，有時遊戲三昧，歲月遥永，頗探幽微。」宋沈作哲《寓簡》卷五：「東坡表啓樂語中間有全句對，皆得於自然，遊戲三昧，非用意巧求也。」畫史：猶畫師。王安石《純甫出僧惠崇畫要予作詩》：「畫史紛紛何足數，惠崇晚出吾最許。」同科：猶同等；同類。語出《論語·八佾》：「爲力不同科，古之道也。」何晏集解引馬融曰：「爲力，力役之事，亦有上中下，設三科焉，故曰不同科。」朱熹集注：「蓋以人之力有强弱不同等也。」《魏書·食貨志》：「賦税齊等，無輕重之殊；力役同科，無衆寡之别。」水墨：水墨畫。唐張碧《題祖山人池上怪石》：「我聞吴中項容水墨有高價，邀得將來倚松下。」

跋東坡墨帖〔一〕

往在東都時，見王丈樂道出示汝陰所藏歐陽文忠公雜書盈軸，多用片紙問事於宋景文諸公，不以前輩自居而耻於下問，此其爲儒宗也〔二〕。觀東坡先生帖尾所質謝幼槃取官稿事，諄復尤審〔三〕。乃知三蘇遊文忠公門，同一關鍵，可爲後生文字輕脱妄發之戒〔四〕。

【箋注】

〔一〕東坡墨帖：不詳。待考。

〔二〕東都：汴京。王樂道：王莘，字樂道，汝陰（今安徽阜陽）人。嘗從歐陽修學。歐陽文忠公：歐陽修，卒謚文忠。宋景文：宋祁（九九八—一〇六一），字子京。安州安陸人，徙開封雍丘。仁宗天圣二年進士。累遷太常博士，同知禮儀院。歷知制誥、翰林學士。任史館修撰，與歐陽修同修《新唐書》。出知許、亳、成德、定、益等州軍，除三司使。《新唐書》成，進工部尚書，拜翰林學士承旨。兄弟齊名，時稱「二宋」。卒謚景文。儒宗：儒者宗師。漢以後亦泛指爲讀書人所宗仰者。《史記·劉敬叔孫通列傳贊》：「叔孫通希世度務，製禮進退，與時變化，卒爲漢家儒宗。」

〔三〕謝幼槃取官稿事：事未詳。謝幼槃：謝薖（一〇七四—一一一六），字幼槃，號竹友，臨川（今屬江西）人。曾舉進士不第，家居不仕。詩文與從兄謝逸齊名，時稱「二謝」。其名亦入吕本中《江西詩社宗派圖》。著有《竹友集》十卷。諄復：反覆丁寧。《新唐書·王世充傳》：「世充每聽朝决政，誨喻言語諄復百緒，以示勤篤，百司奏事者聽受爲疲。」葉適《新書》：「今不改其人，而曰檢坐、申嚴以諄復其法，然則法終不行矣。」審：詳審，周到。

〔四〕三蘇：蘇洵及其子軾、轍俱以文名，世稱「三蘇」。宋王闢之《澠水燕談録·才識》：「嘉祐初，（蘇洵）與二子軾、轍至京師……於是父子名動京師，而蘇氏文章擅天下，目其文曰『三蘇』，蓋洵爲『老蘇』，軾爲『大蘇』，轍爲『小蘇』也。」關鍵：喻詩文結構。宋周必大《二老堂詩話·東坡寒碧軒詩》：「蘇文忠公詩，初若豪邁天成，其實關鍵甚密。」此蓋指文章用心所在。輕脱：輕佻；草率。猶今言隨隨便便也。語本《左傳·僖公三十三年》：「輕則寡謀，無禮則脱。」杜預注：「脱，易也。」「易」即輕慢不嚴肅義。《後漢書·列女傳·曹世叔妻》：「若夫動静輕脱，視聽陕輸，入則亂髮壞形，出則窈窕作態。」妄發：表達輕率。宋李之儀《常州感慈邦老相遇甚款聊復申叙》：「句句不妄發，信矣靈巖孫。」宋李綱《寄李泰發吏部》：「狂言妄發取讒廢，屏迹分甘麋鹿群。」元幹亦其義。

跋江貫道絶筆古松〔一〕

石根盤屈老蒼官，絶筆殷勤記歲寒〔二〕。萬里風雲欲飛化，君家留得壁間看〔三〕。

【箋注】

〔一〕江貫道絶筆古松：圖不詳。江貫道：江參，字貫道，信安（今浙江衢州）人，居霅川（在湖州）。江大方子。善畫山水，師法董源、巨然。按，此亦題畫絶句。

〔二〕石根：巖底。《水經注·沔水》：「水中有孤石，挺出其下，澄潭時有見此石根，如竹根而黄色，見者多凶，相與號爲承受石。」又指山脚。杜甫《宿清溪驛奉懷張之緒》：「石根青楓林，猿鳥聚儔侣。」盤屈：盤曲。唐李公佐《南柯太守傳》：「東去丈餘，古根盤屈，若龍虺之狀。」宋莊季裕《雞肋編》卷中：「長岡巨阜，紆餘盤屈，以相拱揖抱負。」老蒼官：古松古柏。蒼官，見前《歲寒三友圖》注二。絶筆：指絶妙無比之詩文或書畫。杜甫《戲爲雙松圖歌》：「天下幾人畫古松，畢宏已老韋偃少。絶筆長風起纖末，滿堂動色嗟神妙。」《夢溪筆談·書畫》：「衛協之畫，雖不該備形妙，而有氣韵，凌跨群雄，曠代絶筆。」按，句謂江畫能得松柏堅貞之性也。

〔三〕萬里風雲：杜甫《昔遊》：「寒蕪際碣石，萬里風雲來。」飛化：猶「飛昇」，成仙上天。曹植《甘露謳》：「玄德洞幽，飛化上承。」宋劉摯《次韵直夫喜與炳之會》：「尺蠖屈身今我倦，南鵬飛化昔君同。」按，句謂圖畫氣象，似參造化，令觀者有飛仙之想。又按，上三句贊畫。君家：貴府，您家。敬詞。《玉臺新詠·古詩〈爲焦仲卿妻作〉》：「非爲織作遲，君家婦難爲。」韓愈《醉贈張秘書》：「今日到君家，呼酒持勸君。」按，結句贊藏畫主人。

陳中行宣事樂府跋尾〔一〕

往在東郡時，稔聞陳公中行瑰奇倜儻之士〔二〕。儒學起家，易武階，守邊郡〔三〕。嘗遇至人授以金丹，靈變甚異，且戒曰：「非大厄未可餌。」〔四〕北虜求和①，公一旦奉使出塞，不欲以藥自隨，遽感疾，死外域〔五〕。今觀中行所書便面，長短句凡六解，清而婉，不減唐人風味，蓋平生得意語也〔六〕。議者惜公仙風道骨，雖有大藥，竟不聞羽化〔七〕。然公之亡也，丹之英華亦去，所存者狀如石，子孫猶秘之〔八〕。豈公與丹俱尸解耶〔九〕？後世歌此詞，想見其人矣〔一〇〕。

【校】

①北虜：文淵閣本作「金人」，文瀾閣本作「北人」，據文津閣本、南圖藏本改。

【箋注】

〔一〕陳中行：陳模，字中行，原名極，號可軒，泉州永春人。寧宗慶元二年進士。除國子正。開禧初召試館職，時議開邊，執異論，謂王恢首謀之戮，不足以贖百萬僵尸之冤。后通判鎮江府，知梅州，多有惠政。改知汀州卒。有《經史管窺》等。宣事：宋周密《齊東野語》卷四：「本朝章獻太后父諱通，嘗改『通直郎』爲『同直郎』……『通事舍人』爲『宣事舍人』，至明道間遂復舊。」宋人詩中，韋驤有《送益鈐高宣事》，楊時有《題陳宣事烟波泛宅》。所謂「宣事」不知是否爲「宣事舍人」省稱，也不知陳中行是否擔任過宣事（通事）舍人，姑録此待考。樂府：詞之別稱。

〔二〕東郡：疑泛指京師東地。稔聞：慣聽而熟知。瑰奇倜儻：卓異非凡。《晉書·郤詵傳》：「詵博學多才，瑰偉倜儻。」元幹此語近之。瑰奇：美好特出，與衆不同。《晉書·桓玄傳》：「及長，形貌瑰奇，風神疏朗。」倜儻：卓異，不同尋常。司馬遷《報任安書》：「古者富貴而名摩滅，不可勝紀，惟倜儻非常之人稱焉。」

〔三〕儒學起家：以通儒家經學爲出身入仕之資。《後漢書·方術傳上·李郃》：「父頡，以儒學稱，官至博士。」韓愈《唐故河南令張君墓志銘》：「皇考諱郇，以儒學進，官至侍御史。」按，宋重儒學。歐陽修《歸田録》卷一：「自太宗崇奬儒學，驟擢高科至輔弼者多矣。」起家，出身。《西京雜記》卷二：「公孫弘起家徒步爲丞相。」司馬光《蘇騏驥墓碣銘》：「吾以布衣起家至方伯，承兩朝恩渥，不可勝紀。」易武階：由文官而改受武職。宋鄭清之有古詩，其長題曰：「紹定閩寇平，上功省府，黄伯厚（載）與焉。余時在政事堂，趙用甫掾西曹，力言此文墨士，請官以左選。既而賞戾法，迄授武階。去歲戊戌，用甫帥鄞，乃來爲閫屬。余浪迹湖山，歲餘始一見，稍稔接觴詠，亹亹迫人。間及前事，有見晚恨。余與之酒，曰『一文資直恩子。然以人廢法，雖相知如今日，亦弗敢』，則笑而不怨。赴調行在所，贈以『君莫愁』之歌。」明指文士而賞授武職爲「戾法」，篇中有云「荻花江月正佳耳，青衫浪泣琵琶舟。短衣楚製乃翁喜，未必挽弓右丁字。貂蟬本是侍臣冠，有時出自兜鍪裏。雖然萬户將軍臂，夜逢醉尉頭搶地」，皆暗諷語，及題中所言趙之「帥鄞」，正「戾法」之證。元幹於陳之儒學而改武職，雖不明言，其意殆亦相類與？古有所謂「違才易務」，蓋嗤用非其長之事，元幹此處，將有深意存焉？武階，將領之階級。宋鈔本宋蔡幼學《育德堂外制》卷一「吴琯贈太尉」：「疏謝事之恩，方寵加於將鉞；舉飾終之典，復峻極於武階。」宋李曾伯《丁亥紀蜀百韵》：「羽書西邊來，胡騎報南牧……憑陵我封疆，剽掠我孳畜。一越摩雲險，已汙巖岷俗。再度峰貼隘，重爲武階毒。」「爲武階毒」者，謂使我武將必受用兵弭亂之苦也。

〔四〕至人：超脱凡俗、入於無我境界者；得道者。《莊子·外物》：「唯至人乃能遊於世而不僻，順人而不失己。」李白《古風》二十九：「至人洞玄象，高舉凌紫霞。」金丹：丹藥。餌：服食金丹。唐元結《登九疑第二峰》：「九疑第二峰，其上有仙壇。杉松映飛泉，蒼蒼在雲端。何人居此處，云是魯女冠。不知幾百歲，燕坐餌金丹。」唐吕巖《漁父詞一十八首·朝帝》：「九轉功成數盡乾，開爐撥鼎見金丹。餐餌了，別塵寰，足躡青雲突上天。」

〔五〕北虜求和，公一旦奉使出塞：所指不詳。自隨：隨己。意謂隨身攜帶。唐寒山《詩三百三首》五：「琴書須自隨，禄位用何爲。」外域：本國以外之地區或國家。《後漢書·西域傳論》：「漢世張騫懷致遠之略，班超奮封侯之志，終能立功西遐，羈服外域。」宋真宗《賜王欽若除太子太保判杭州十韵》：「既肅邇遐安外域，更分宵旰撫黎氓。」

〔六〕便面：團扇，古人或以遮面。《漢書·張敞傳》：「然敞無威儀，時罷朝會，過走馬章臺街，使御吏驅，自以便面拊馬。」顔師古注：「便面，所以障面，蓋扇之類也。不欲見人，以此自障面則得其便，故曰便面，亦曰屏面。今之沙門所持竹扇，上袤平而下圜，即古之便面也。」後泛稱團扇、折扇爲便面。古人每於其上題詩。六解：猶言六篇、六段。《古今樂録》：「傖歌以一句爲一解，中國以一章爲一解。王僧虔啓云：『古曰章，今曰解。』解有多少，當是先詩而後聲也。」清婉：清新美好。《世説新語·賞譽下》：「許掾嘗詣簡文，爾夜風恬月朗。乃共作曲室中語。襟懷之詠，偏是許之所長。辭寄清婉，有逾平日。」《北史·文苑傳·温子昇》：「長乃博覽百家，文章清婉。」不減唐人風味：不下於唐人氣韵。

〔七〕仙風道骨：道教語。謂有仙人及得道者之氣質神采。李白《大鵬賦序》：「余昔於江陵見天台司馬子微，謂余有仙風道骨，可與神遊八極之表。」大藥：道家金丹。唐楊行真人《還丹歌》五：「老翁老婆造大藥，鉛汞二金用不錯……自古口傳不形紙，燒者徒勞盡破家。」十：「汞結本在丹田中，次是汞，世上人人總能用。……世上喧喧若得之，鬼官不收免生死。鉛是鉛，汞居陽鼎氣相通。和合三朝方始住，還知大藥在鉛中。先入陰爐成大白，後居陽鼎變金丹。世人若達其中理，水銀被制不爲難。」言之甚明白。蓋晉宋以來，亦成常識爲文人所稔熟者。杜甫《贈李白》：「苦乏大藥資，山林迹如掃。」羽化：道教謂登仙。蘇軾《前赤壁賦》：「飄飄乎如遺世獨立，羽化而登仙。」

〔八〕子孫猶秘之：謂仍然珍藏其物。非謂秘其有金丹之事。

〔九〕豈公與丹俱尸解耶：謂道徒遺其形骸而仙去。《晉書·葛洪傳》：「而洪坐至日中，兀然若睡而卒……視其顏色如生，體亦柔軟，舉尸入棺，甚輕，如空衣，世以爲尸解得仙云。」宋王禹偁《芍藥詩》一：「牡丹落盡正凄涼，紅藥開時醉一場。羽客暗傳尸解術，仙家重爇返魂香。」

〔一〇〕想見其人：以某事實想象某古人風範仿佛如親見者。謂其人故事感人之深也。語本《史記·孔子世家》：「太史公曰：《詩》有之：『高山仰止，景行行止。』雖不能至，然心鄉往之。余讀孔氏書，想見其爲人。」宋人詩歌，好用此語。黄庭堅《李右司以詩送梅花至潞公予雖不接右司想見其人用老杜和元次山詩例次韵》：「凡花俗草敗人意，晚見瓊蕤不恨遲。江左風流尚如此，春功終到歲寒枝。」岳珂《翟忠惠(汝文)秋杪帖贊》：「態跌宕而奇偉，姿高明而通詭。此書得于其里，兹可想見其人矣。」

蘇養直詩帖跋尾六篇〔一〕

往在豫章問句法於東湖先生徐師川，是時洪芻駒父、弟琰玉父、蘇堅伯固、子庠養直、潘淳子真、吕本中居仁、汪藻彦璋、向子諲伯恭，爲同社詩酒之樂，予既冠矣，亦獲攘臂其間，大觀庚寅辛卯歲也〔二〕。九人者，辛木久已拱矣，獨予華髮蒼顏，羈寓西湖之上，始及識德友〔三〕。一日出示養直翰墨，凡六大軸，各索題跋〔四〕。

適連宵雨作春泥，良是中原禁烟天氣〔五〕。篝燈擁火，追記舊遊，悄悄不能寐，乘醉爲書〔六〕。且念向來社中人物之盛，予雖有愧群公，尚幸强健云〔七〕。

右甲卷

【箋注】

〔一〕蘇養直詩帖：不能盡詳。

〔二〕問句法：請教詩法。句法：詩句結構組織之法。蘇軾《次韵范淳父送秦少章》：「句法本黄子，二豪與揩磨。」嚴羽《滄浪詩話·詩辨》：「詩之品有九……其用工有三：曰起結，曰句法，曰字眼。」東湖先生徐師川：徐俯（一〇七四—一一四〇），字師川，分寧（今江西修水）人，號東湖居士。七歲能詩，爲舅黄庭堅所器重。以父蔭授通直郎。累官至司門郎。靖康間張邦昌僭位，遂致仕。高宗建炎中任右諫議大夫。紹興二年賜進士出身。三年遷翰林學士，擢端明殿學士、簽書樞密院事。四年兼權參知政事。與趙鼎議不合，去而提舉洞霄宫。九年知信州，尋奉祠歸。與曾幾、吕本中遊。有《東湖集》。洪芻駒父：洪芻字駒父，南昌人。與兄朋，弟炎、羽俱有才名，號「四洪」。哲宗紹聖元年進士。放意江湖，不求聞達。徽宗崇寧中官監汀州酒税，入黨籍，貶謫閩南。欽宗靖康中爲諫議大夫。汴京失守，坐爲金人括財，流沙門島卒。有《老圃集》《香譜》。弟琰玉父：洪炎（一〇六七？—一一三三）字玉父，洪芻弟。哲宗元祐間進士。累官著作郎、秘書少監。高宗初召爲中書舍人。詩酷似黄庭堅。有《西渡集》。蘇堅伯固：蘇堅字伯固，號後湖居士，泉州人。元祐間以臨濮縣主簿監杭州在城商稅。官終建昌軍通判。與蘇軾交往頗密，唱和甚多。潘淳子真：潘淳字子真，新建（今屬江西）人。穎異好學，師事黄庭堅。曾任建昌尉。吕本中居仁：吕本中（一〇八四—一一四五）字居仁，壽州人，郡望東萊，人稱東萊先生。紹興六年官起居舍人，賜進士出身，八年中書舍人兼侍講、權直學士院。曾上書陳恢復大計。與趙鼎深相知，忤秦檜，被劾罷。卒謚文清。工詩，得黄庭堅、陳師道句法。有《江西詩社宗派圖》《紫微詩話》《東萊先生詩集》等。汪藻彦章：見前《賀泉州汪内翰藻啓》注一。向子諲伯恭：向子諲（一〇八五—一一五二）字伯恭，號薌林居士，開封人。哲宗元符三年，以恩補承奉郎。宣和間累遷淮南轉運判官、京畿轉運副使。紹興間累知廣州、江州，進徽猷閣待制，除户部侍郎。晚知平江府，以拒金使入境議和忤秦檜，致仕退閑十五年，卜居臨江軍清江，號所居曰薌林。有《薌林集》《薌林家規》。按，竊疑諸人之名「芻、琰、堅、庠、淳、本中、藻、子諲」本皆旁注之字而後闌入正文者，蓋古人底稿例不填諱字。存以待考。攘臂：捋起衣袖而出露臂膊，激奮貌。語出《老子》：「上禮爲之而莫之應，則攘臂而扔之。」隋煬帝楊廣《白馬篇》：「白馬金貝裝，横行遼水傍。問是誰家子，宿衛羽林郎。……衝冠入死地，攘臂越金湯。」大觀庚寅辛卯歲：徽宗大觀三年、四年（一一一〇—一一一一）。

〔三〕宰木久已拱：墓上樹木長大已得合圍。語出《公羊傳·僖公三十三年》：「秦伯怒曰：『若爾之年者，宰上之木拱矣。』」何休注：「宰，冢也。」黄庭堅《奉答謝公定與榮子邕論狄元規孫少述詩長韵》：「謝公遂如此，宰木已三霜。」華髮蒼顔：衰老貌。亦用以自謙。宋人好用此語。范純仁《和曹演甫中秋見懷》：「華髮蒼顏人易老，賞心樂事古難并。」朱敦儒《驀山溪》其五：「蒼顔華髮，只是舊時人，不動步，却還家，處處新桃李。」羈寓：寄居；旅居。《北史·蕭寶夤傳》：「雖少羈寓，而志性雅重，過期猶絶酒肉。」唐方干《冬日》：「已嗟一周歲，羈寓尚何依。」德友：周邦字德友，海陵（今江蘇泰州）人，徙居錢塘（今浙江餘杭）。徽宗宣和間爲江東轉運司幹辦公事。嘗從蘇庠、張孝祥遊。有《政和大理入貢録》一卷，已佚。事見其子煇《清波雜志》卷二、四、七。

〔四〕翰墨：筆墨。泛指文字。張衡《歸田賦》：「揮翰墨以奮藻，陳三皇之軌模。」借指文章書畫。魏文帝曹丕《典論·論文》：「是以古之作者，寄身於翰墨，見意於篇籍。」顔真卿《〈干禄字書〉序》：「既考文辭，兼詳翰墨。」

〔五〕連宵：猶通宵。《魏書·逸士傳·李謐》：「棄産營書，手自删削，卷無重複者四千有餘矣。猶括次專家，搜比黨議，隆冬達曙，盛暑連宵。」蘇轍《次韵王鞏見寄》：「君家有酒能無事，客醉連宵遣不迴。」春泥：蓋謂泥爲春雨所潤者。杜甫《陪裴使君登岳陽樓》：「雪岸叢梅發，春泥百草生。」唐竇鞏《襄陽寒食寄宇文籍》：「大堤欲上誰相伴，馬踏春泥半是花。」良是：正是，絶是。南朝梁徐勉《和元帝詩（去丹陽尹荆州）》：「敬愛良是賢。」宋蘇過《次韵答徐翼之畫木石》二：「我爾兩相從，良是茅茨鄰。」禁烟：猶禁火。亦指寒食節。《全唐詩》卷八六六載《漢州崇聖寺題壁》：「禁烟佳節同遊此，正值酴醾夾岸香。」宋王禹偁《寒食》：「郊原曉緑初經雨，巷陌春陰乍禁烟。」按，此句蓋明言恰值寒食時候，實暗寓今昔之感者。

〔六〕悄悄：憂傷貌。語出《詩·邶風·柏舟》：「憂心悄悄，愠于群小。」唐權德輿《薄命篇》：「閒看雙燕淚霏霏，静對空牀魂悄悄。」

〔七〕向來：向日，以前。來：助詞，無義。《資治通鑑·梁武帝太清三年》：「百濟遣使入貢，見城闕荒地，異於曩來。」胡三省注引毛晃曰：「昔來謂之曩來。」群公：尊敬之辭。晉張協《詠史》：「藹藹東都門，群公祖二疏。」王勃《滕王閣序》：「登高作賦，是所望於群公。」强健：《論衡·命禄》：「加勉力之趨，致强健之勢。」白居易《偶吟》：「老自退閑非世棄，貧蒙强健是天憐。」元幹語，頗同白詩，而多自嘲意。

士之出處隱顯，各行其志，顧始終一節如何耳〔一〕。堯舜之世，不廢巢由，是故楚狂接輿、長沮桀溺、荷蓧丈人輩，垂名萬古，不必皆策勛鐘鼎也〔二〕。歷代信史未有無隱逸者，異時董狐復出，誅姦諛於既往，則養直之幽光愈彰矣〔三〕。玉局老仙發明在前，羅浮真人印可在後，中間數十年，略未嘗爲塵埃所汙，亦要用吾曹輒下語〔四〕。德友意則勤矣，尚復奚言〔五〕？姑以甲乙次第其卷，輒歸諸巾衍〔六〕。蘆川老隱書。

右乙卷

【箋注】

〔一〕出處：仕與隱。漢蔡邕《薦皇甫規表》：「修身力行，忠亮闡著，出處抱義，皦然不污。」隱顯：隱没與顯現。語本《荀子・天論》：「故道無不明，外内異表，隱顯有常，民陷乃去。」後轉指聲名之冥默與宣揚，謂處世之失意與得意。《北史・儒林傳下・劉炫》：「隱顯人間，沉浮世俗。」各行其志：各從其志而行其事。《北史・宇文孝伯傳》：「尉遲運懼，私謂孝伯曰：『吾徒必不免禍，奈何？』孝伯曰：『今堂上有老母，地下有武帝，爲臣爲子，知欲何之！且委質事人，本徇名義，諫而不入，將焉逃死？足下若爲身計，宜且遠之。』於是各行其志。」白居易《題新澗亭兼酬寄朝中親故見贈》：「金章紫綬辭腰去，白石清泉就眼來。自得所宜還獨樂，各行其志莫相咍。」始終一節：出處進退之立身大節。此蓋實用《論語・子張》：「子游曰：『子夏之門人小子，當灑掃應對進退，則可矣，抑末也。本之則無，如之何？』子夏聞之，曰：『噫！言游過矣！君子之道，孰先傳焉？孰後倦焉？譬諸草木，區以别矣。君子之道，焉可誣也？有始有卒者，其惟聖人乎！』」宋徐積《贈王觀文》：「德功甚盛謙尊光，始終一節郭汾陽。」始終：起始與終結，引申指一生、平生。元稹《對才識兼茂明於體用策》：「漢文雖以策求士，迨我明天子然後能以策濟人，則臣始終之願畢矣。」一節：大節，大義。顧……如何耳：或作「顧……何如耳」，蓋猶今言「關鍵只在於、但看……（怎麽樣）罷了」。此古人習用句法，感嘆語氣。顧：只是，但看。《史記・儒林列傳》：「爲治者不在多言，顧力行何如耳。」白居易《與元九書》：「噫！風雪花草之物，《三百篇》中豈舍之乎？顧所用何如耳。」

〔一二〕堯舜之世，不廢巢由：謂聖明之時亦不於賢人之退隱有苛責也。《漢書・薛方傳》：「堯舜在上，下有巢由。」巢由：巢父、許由，相傳皆爲堯時隱士，堯讓位於二人，皆不受。楚狂接輿、長沮桀溺、荷蓧丈人：皆春秋時隱士，俱見《論語・微子》篇：「楚狂接輿歌而過孔子曰：『鳳兮鳳兮，何德之衰？往者不可諫，來者猶可追。已而已而，今之從政者殆而！』孔子下，欲與之言，趨而辟之，不得與之言。」接輿名陸通。又：「長沮、桀溺耦而耕。孔子過之，使子路問津焉。長沮曰……曰：『是知津矣！』問於桀溺。桀溺曰……曰：『滔滔者，天下皆是也，而誰以易之？且而與其從辟人之士也，豈若從辟世之士哉？』耰而不輟。子路行以告，夫子憮然曰：『鳥獸不可與同群，吾非斯人之徒與而誰與？天下有道，丘不與易也。』」劉寶楠正義引金履祥云：「長沮桀溺，名皆从水，子路問津，一時何自識其姓名？諒以其物色名之。」其説可從。又：「子路從而後，遇丈人，以杖荷蓧。子路問曰：『子見夫子乎？』丈人曰：『四體不勤，五穀不分，孰爲夫子？』植其杖而芸。子路拱而立。止子路宿，殺雞爲黍而食之，見其二子焉。明日，子路行，以告。子曰：『隱者也。』使子路反見之。至則行矣。子路曰：『不仕無義。長幼之節，不可廢也；君臣之義，如之何其廢之？欲潔其身，而亂大倫。君子之仕也，行其義也。道之不行，已知之矣。』」蓧：《説文》「草田器」，舊説所以耘田除草者。策勛：記功勛於策書之上見前《送高集中赴漳浦宰》注一〇。鐘鼎：鐘與鼎，概指禮器。其上每銘刻文字所以記事頌功。《文選・劉孝標〈廣絶交論〉》：「聖賢以此鏤金版而鐫盤盂，書玉牒而刻鐘鼎。」李善注引《墨子》：「琢之盤盂，銘於鐘鼎，傳於後世。」按，句謂或仕或隱，皆從志則可。

〔三〕信史：史籍記載可信、無所諱飾者。《公羊傳・昭公十二年》：「《春秋》之信史也，其序則齊桓、晉文；其會，則主會者爲之也。」宋張明中《延昌觀道紀堂》：「馬遷信史炳丹青，黄老攙先六籍名。」董狐：春秋晉靈公史官，世襲太史。《左傳・宣公二年》：「乙丑，趙穿攻靈公於桃園。宣子未出山而復。大史書曰：『趙盾弑其君。』以示於朝。宣子曰：『不然。』對曰：『子爲正卿，亡不越竟，反不討賊，非子而誰？』宣子曰：『烏呼！「我之懷矣，自詒伊戚」，其我之謂矣！』孔子曰：『董狐，古之良史也，書法不隱……』」誅姦諛於既往，則養直之幽光愈彰：語本韓愈《答崔立之書》：「誅姦諛於既死，發潛德之幽光。」誅：聲討。姦諛：奸詐諂媚者。宋王廷珪《送胡邦衡之新州貶所》之二：「當日姦諛皆膽落，平生忠義只心知。」幽光：品德潛隱不彰或不使發露者。柳宗元《與邕州李域中丞論陸卓啓》：「振宣幽光，激勵頹俗。」

〔四〕玉局老仙發明在前：《宋史・隱逸下》：「時又有蘇庠者，丹陽人，紳之後，頌之族也。少能詩，蘇軾見其清江曲，大愛之，由是知名。徐俯薦其賢，上特召之，固辭；又命守臣以禮津遣，庠辭疾不至，以壽終。」由是知名。參下附録《京口耆舊傳》。玉局老仙：蘇軾。見前《跋東坡木石》注二。發明：發現人材。《三國志・魏書・和洽傳》「洽同郡許混者，許劭子也」裴松之注引晉周斐《汝南先賢傳》：「劭始發明樊子昭於鬻幘之肆，出虞永賢於牧豎，召李叔才鄉閭之間，擢郭子瑜鞍馬之吏，援楊孝祖，舉和陽士。」羅浮真人印可在後：羅浮真人證明庠有登仙之報。事蓋有所本，時人多有知聞者。《羅浮山志會編》卷五：「蘇庠，字養直，丹陽人也。後徙潤州。紹興甲子中病酒。有人來謁，云奉羅浮黄真人命，送丹來。庠未之信，以丹置笥中。是歲果大病，氣絶。家人取藥投口中，即起，洒然若無疾。庠建炎中喪右目瞳子，至是亦瞭然矣。後二十年，作書與鄉林向伯恭云：『昔羅浮異人期以數年相見。應盡便盡，餘不復較。』因往茅山別諸道友，元日聚族懽飲達旦，曳杖出門曰：『黄真人至矣！』其行如飛，左右追挽之，已立化矣。」羅浮真人：不詳。待考。印可：見前《跋折仲古文》注四。按，此説蓋出附會。參附録《京口耆舊傳》。中間：中間間隔。亦要用吾曹輒下語：意謂蘇養直之翰墨手迹，亦將得保長年而爲德友之寶也。吾曹輒下：典出蘇軾《東坡志林》「三老語」：「嘗有三老人相遇，或問之年。一人曰……一人曰：『海水變桑田時，吾輒下一籌，爾來吾籌已滿十間屋。』一人曰……以余觀之，三子者，與蜉蝣朝菌，何以異哉？」蘇氏本云壽命修短若一無異。元幹此文但易「吾輒下一籌」爲「吾曹」，使爲辭氣謙遜，而單取長壽之義耳。

〔五〕意則勤矣：態度用心殷切誠懇。司馬遷《包任安書》：「意氣勤勤懇懇。」蘇庠有《德友近在咫尺乃不相過因成小詩上呈》：「十日已吹梅信風，絶憐未許一尊同。喜君不減習主簿，愧我殊非龐德公。」述彼此交誼殊深婉生動。尚復奚言：語同司馬遷《報任安書》「尚何言哉，尚何言哉」。

〔六〕甲乙次第其卷：編排卷帙次序。即此諸跋文下「右甲卷、右乙卷」之類是。巾衍：隨身所携帶輕便箱篋所以收儲常備書卷及頭巾手巾之類者。曾鞏《襄州回相州韓侍中狀》：「敢期賜教，出自過恩。形意愛之拊循，枉題評之奬引……秘藏巾衍，銘鏤肺肝。」衍：古曰篋衍。《莊子·天運》：「夫芻狗之未陳也，盛以篋衍，巾以文繡，尸祝齊戒以將之。」陸德明《經典釋文》引李頤曰：「衍，笥也，盛狗之物也。」後轉而爲便携常具也。

【附録】

《京口耆舊傳》卷四《蘇庠傳》

庠，字養直，丹陽人。其先泉人，丞相頌之族。庠父堅，字伯固，有詩名。文忠公蘇軾過九江，堅時爲縣主簿，多所唱和。軾和其《九日》詩有「紙落雲烟子患多」之句。後軾再過九江，又有詩序，云：「昔在九江，與伯固倡和，其略云：『我夢扁舟浮震澤，雪浪橫江千頃白。覺來滿眼是廬山，倚天無數開青壁。』昨日又夢伯固，豈復與伯固相見於此耶？今得來書，已在南華相待數日矣。感嘆不已，先寄以詩。」詩前四句云：「扁舟震澤定何時，滿眼廬山覺又非。春草池塘惠連夢，上林鴻雁子卿歸。」其相與如此。晚爲建昌軍通判，致仕，卒。

庠幼嘗一就舉，中程，以犯諱黜。由是悟得失有分，安貧守道，不復事進取。堅得任子恩，庠弗受，以屬其子。沉酣詩酒，寄傲江湖間。其爲詩穎發，語出輒驚人。嘗作《清江引》，云：「屬玉雙飛水滿塘，菰蒲深處浴鴛鴦。白蘋滿棹歸來晚，秋著蘆花一岸霜。扁舟繫岸依林樾，蕭蕭兩鬢吹華髮。萬事不理醉復醒，常占烟波弄明月。」蘇軾見而奇之，手書此詩，云：「使載在太白集中，誰復疑其非是者？乃吾家養直所作。」自此詩益豪。雅游故人皆一時名士，東湖徐俯尤相厚善。曾慥跋其遺文云：「舊聞宗匠推詩匠，親見東湖説後湖。」蓋著其實云。

紹興三年正月，俯在樞近，薦於上，令赴都堂審察，辭病不起。三月，詔再下，令州縣以禮津遣，郡遺簽幕，及縣令詣門，再以疾辭。詔旨督促就道。庠聞命下，即扁舟遠引，終莫能致。天下士無問識不識皆高其節。好事者往往圖其形以相贈遺，爲之贊頌者不可勝計。有得片紙隻字者，輒藏去爲榮。庠雖棄置人間事，而見義勇爲，本其天性。其子嘗以錢數百緡買鄰人之居，以庠出外，未告也。庠歸而聞哭聲，問之其子，具以告，且言鄰姥將遷而哭。庠知而惻然，亟焚券，以屋歸之，不復問所酬。

晚歲頗事養生之術。有道人江觀潮者，贈以藥，令俟有急服之。間數歲，得疾，幾殆。其妻取藥，磨以飲之。有頃而甦，體更康健。紹興十七年，訪舊於金壇之洮湖，醉而吐。覺所吐有異，疑藥力去矣。已而，卒。曾慥序《宋百家詩》言：「其歲，旦與家人别，且辭鄰里。翌日，東方未明，披衣曳杖出門，行步如飛。妻孥奔走不及。」蓋傳聞之誤。余世家丹陽，先君知其死爲詳。近又從其孫嘉借家傳，見其叙得疾洮湖之因甚明。而好事者援以實道家神仙之説，過矣。

亡友養直，神情蕭散，儀矩雍容，自是貴公子，而識度超詣，照了世法，英妙時已甘心山澤之臞，故詞翰似其爲人〔一〕。良由家世名德之後，平生履踐，追配前哲，晚乃力辭召聘，高卧不起，老於丘園〔二〕。蓋此事素定於胸中，非一時矯激沽譽者，宜乎仙去〔三〕。雖無羅浮金丹，其意已在雲烟滅没間久矣，黄真人者那得不一引手耶〔四〕？蘆川老隱云。

右丙卷

【箋注】

〔一〕蕭散：蕭灑。舉止神情風格等自然不拘束貌。《西京雜記》卷二：「司馬相如爲《上林》《子虚》賦，意思蕭散，不復與外事相關。」曾鞏《招隱寺》：「我亦本蕭散，至此更怡然。」儀矩雍容：姿態優雅。儀矩：儀法規矩。秦李斯《碣石刻石》：「群臣誦烈，請刻此石，垂著儀矩。」曹植《鶡賦》：「甘沉隕而重辱，有節士之儀矩。」雍容：儀態温文大方。《漢書·薛宣傳》：「宣爲人好威儀，進止雍容，甚可觀也。」《新唐書·于志寧等傳贊》：「季輔、行成數進諫，然雍容有禮，皆長厚君子也。」貴公子：貴胄子弟，貴家公子。李白《博平鄭太守自廬山千里相尋入江夏北市門見訪却之武陵立馬贈別》：「大梁貴公子，氣蓋蒼梧雲。」宋文同《寄夏文州左藏佾》一：「翩翩貴公子，佳譽本能文。」識度超詣：見識超卓非凡。識度：識見與器度。晉袁宏《後漢紀·明帝紀上》：「蒼體貌長大，進止有禮，好古多聞，儒雅有識度。」蘇軾《答喬舍人啓》：「某聞人才以智術爲後，而以識度爲先。」超詣：高超脱俗。《世説新語·文學》：「諸葛厷年少不肯學問，始與王夷甫談，便已超詣。」唐張説《魏齊公元忠》：「齊公生人表，迥天聞鶴唳。清論早揣摩，玄心晚超詣。」照了世法：猶言通解世間萬事規律。照了：徹見；洞曉。本佛教語。隋智顗《小止觀·證果》：「諦觀心性非空非假，而不壞空假之法。若能如是照了，則於心性通達中道。」黄庭堅《觀世音贊六首》一：「心華照了十方空，即見觀世音慈眼。」宋陳善《捫蝨新話·儒釋迭爲盛衰》：「其聰明之所照了，德行之所成就，真儒法也。」世法：佛教語。對出世法而言，世間一切生滅無常事物及其現象總謂之世法。《華嚴經·世主妙嚴品》：「佛觀世法如光影。」

宋李彌遜《次韵葉觀文東禪開堂》：「諸方坐老衲，具足世法船。」英妙：少年才俊。晉潘岳《西征賦》：「終童山東之英妙，賈生洛陽之才子。」又特指少壯之時。杜甫《七月一日題終明府水樓二首》二：「虙子彈琴邑宰日，終軍棄繻英妙時。」俱可通，元幹此文實兼二義。甘心山澤之臞：嚮往隱逸之事。白居易《養拙》：「甘心謝名利，滅迹歸丘園。」元幹之意正同。山澤之臞：山野隱逸者。語本《史記·司馬相如傳》：「相如以爲列仙之傳居山澤間，形容甚臞，此非帝王之仙意也，乃遂就《大人賦》。」宋晁補之《漫浪閣辭》：「乃山澤之臞兮，夫何足以跂而望我。」山澤：山林川澤。語出《易·説卦》：「天地定位，山澤通氣。」泛指山野。《後漢書·馮衍傳上》：「雖則山澤之人，無不感德，思樂爲用矣。」臞：《爾雅·釋言》：「臞，瘠也。」詞翰似其爲人：猶言文如其人。蘇軾《答張文潛書》：「其爲人深不願人知之，其文如其爲人。」詞翰：詩文。《魏書·儒林傳序》：「其餘涉獵典章，關歷詞翰，莫不縻以好爵，動貽賞眷。」杜甫《醉歌行贈公安顔十一少府請顧八題壁》：「詩家筆勢君不嫌，詞翰昇堂爲君掃。」

〔二〕良由：正因爲；實在是由於。先秦無名氏《成相雜辭》：「隱諱疾賢。良由奸詐鮮無灾。」寒山《詩三百三首》五十八：「我見百十狗，箇箇毛鬇鬡。卧者渠自卧，行者渠自行。投之一塊骨，相與啀喍争。良由爲骨少，狗多分不平。」家世：謂世代相傳門第或家族世系。《史記·蒙恬列傳》：「始皇二十六年，蒙恬因家世得爲秦將，攻齊，大破之，拜爲内史。」范成大《送洪内翰使虜》二：「單于若問公家世，説與麟麟畫老臣。」名德：名望與德行。後又指有名望德行者。南朝梁吴均《贈任黄門詩二首》二：「紛吾少馳騁，自來乏名德。」王安石《次韵唐彦猷華亭十詠》

一：「不朽在名德，千秋想其餘。」平生履踐：一貫操守。宋姚勉《沁園春·壽婺州陳可齋九月九日》：「四海中間，第一清流，惟有可齋。看平生踐履，真如冰玉，雄文光焰，不涴塵埃。」平生踐履，即平生履踐。履踐：實踐，所躬行者。班固《白虎通·禮樂》：「禮之爲言，履也，可履踐而行。」追配前哲：效法先賢。追配：謂與前人相匹敵，媲美。《尚書·君牙》：「對揚文武之光，追配於前人。」黄庭堅《用前韵謝子舟爲予作風雨竹》：「歲寒十三本，與可可追配。」前哲：前代賢哲。《左傳·成公八年》：「夫豈無辟王，賴前哲以免力。」晚乃力辭召聘高卧不起：蘇庠早年嘗就舉中程，以犯諱黜。高宗紹興中，累召不起。十七年卒，年八十三（參《全宋詞》）。晚：後來，晚年。高卧不起：喻隱居養志。高卧：指隱居不仕。《世説新語·排調》：「卿（謝安）屢違朝旨，高卧東山，諸人每相與言：『安石不肯出，將如蒼生何？』」唐趙璘《因話録·商下》：「次子察，進士及第，累佐使府，後高卧廬山。」不起，不出任官職。《後漢書·庾乘傳》：「（乘）後徵辟并不起，號曰：『徵君』。」李白《贈盧徵君昆弟》：「二盧竟不起，萬乘高其風。」老於丘園：隱居終老。王維《寄荆州張丞相》：「方將與農圃，藝植老丘園。」宋曹輔《呈恩府龍學》：「主上思賢厚風俗，如公終未老丘園。」丘園：林園；鄉村。語出《易·賁》：「六五，賁于丘園，束帛戔戔。」王肅注：「失位無應，隱處丘園。」後以指隱居之處。漢蔡邕《處士圂叔則銘》：「潔耿介於丘園，慕七人之遺風。」亦指隱逸。陳子昂《申宗人冤獄書》：「臣知其忠，然非是丘園之賢，道德之茂。」

〔三〕素定：猶宿定，預先确定。《後漢書·翟酺傳》：「目見正容，耳聞正言，一日即位，天下曠然，言其法度素定也。」《後漢書·吕布傳》：「布時兵有三千，馬四百匹，懼其不敵，謂陳珪曰：『今致（袁）術軍，卿之由也，爲之奈何？』珪曰：『暹奉與術，卒合之師耳。謀無素定，不能相維。』」曾鞏《論交》：「相傾頓使形迹空，素定已各肝膽許。」王安石《讀鎮南邸報癸未四月作》：「相期正在治，素定不煩占。」一時矯激：偶爾言行偏頗激烈。一時：臨時；猶言偶爾。《荀子·正名》：「其累百年之欲，易一時之嫌，然且爲之，不明其數也。」矯激：言行奇異偏激違逆常情者。《後漢書·第五倫傳論》：「君子侈不僭上，儉不偪下，豈尊臨千里而與牧圉等庸乎？詎非矯激，則未可以中和言也。」蘇軾《應制舉上兩制書》：「東漢之衰也，時人莫不矯激而奮厲，故賢不肖不相容，以至於亂。」沽譽：猶沽名。白居易《與元九書》：「不相與者號爲沽譽，號爲詆訐，號爲訕謗。」仙去：成仙而去。見前《跋蘇養直絶句後》注二。

〔四〕雲烟滅没：喻志願高邁仿佛隱現於雲霧之間。滅没：若隱若現貌。《列子·説符》：「天下之馬者，若滅若没，若亡若失。」王安石《白鷗》：「江鷗好羽毛，玉雪無塵垢。滅没波浪間，生涯亦何有。」羅浮金丹：羅浮真人所贈金丹。羅浮：見前跋。金丹：見前跋。黄真人：即羅浮真人。見前跋。那得：怎會；怎能。那：今作「哪」。《三國志·魏書·曹洪傳》「於是泣涕屢請，乃得免官削爵土」裴松之注引三國魏魚豢《魏略》：「太祖曰：『我家貲那得如子廉耶！』」唐錢起《送李秀才落第遊荆楚》：「離居見新月，那得不思君。」引手：伸手相助。韓愈《柳子厚墓志銘》：「落陷穽，不一引手救，反擠之，又下石焉者，皆是也。」宋陳善《捫蝨新話》卷二：「（于志寧）在昏主側臣間，不一引手揕奸邪之謀。」此實用同「接引」。佛教所謂佛與觀世音、大勢至兩菩薩引導衆生入西方净土。宋張商英《護法論》：「佛之隨機接引，故多開遮權變，不可執一求也。」

養直未見東坡時，出語落筆，便脱去翰墨畦徑，自有一種風味，真所謂飄飄然凌雲之志，所以受知於東坡先生，久而果神仙中人也①〔一〕。德友所藏詩詞，多是《後湖集》中所未有，要當流傳墨本，用貽好事者，吾德友終能深襲獨秘耶〔二〕？如《木犀》詞末句「身到十洲三島，心遊萬壑千巖」，是豈軒冕所能籠絡也〔三〕？平生大節如此，縱非仙去，自足以高一世。此語可爲知者道〔四〕。蘆川老隱云。

右丁卷

【校】

① 久而果神仙中人也：文淵閣本作「許其爲神仙中人也」，據南圖藏本改。

【箋注】

〔一〕出語落筆：謂作爲詩文也。出語：出言。宋陳善《捫蝨新話·宋太祖皇帝詩語雄健》：「鉉聞不覺駭然，驚服太祖雖無意爲文，然出語雄健如此。」落筆：下筆。李白《江上吟》：「興酣落筆搖五岳，詩成笑傲凌滄洲。」脱去翰墨畦徑：超越一般寫作技巧之影響束縛。杜牧《〈李賀集〉序》：「賀能探尋前事，所以深嘆恨今古未嘗經道者，如《金銅仙人辭漢歌》《補梁庾肩吾宫體謡》，求取情狀，離絶遠去筆墨畦徑間，亦殊不能知之。」宋葛立方《韵語陽秋》卷一：「韋應物詩平平處甚多，至於五字句，則超然出於畦徑之外。」脱去：擺脱。《史記·晉世家》：「頃公乃與其右易位，下取飲，乃得脱去。」曾鞏《與王深甫書》：「方其險阻艱難之時，常欲求脱去而卒無由。」自有一種風味：别有一種風采。風味：風度，風采；氣質。《宋書·自序傳》：「（伯玉）温雅有風味，和而能辨。」韓愈《答渝州李使君書》：「乖隔年多，不獲數附書，慕仰風味，未嘗敢忘。」飄飄然凌雲之志：語本《史記·司馬相如列傳》：「相如既奏《大人之頌》，天子大説，飄飄有凌雲之氣，似游天地之閒意。」前蜀杜光庭《神仙感遇傳·真白先生》：「率性輕虚，飄飄然頗有雲間興。」飄飄然：輕盈舒緩、超塵脱俗貌。受知：受人知遇。司空圖《書屏記》：「因題記唱和，乃以書受知於裴公休。」宋吴曾《能改齋漫録·事始一》：「唐盧光啓策名後，揚歷臺省，受知於租庸張濬。」果神仙中人：庠後辭家從道，人稱「立化」。參前跋及箋注。

〔二〕《後湖集》：庠所著。見前。要當流傳墨本：自當傳播刻本。要當：自當，應當。《後漢書·馮魴傳》：「我與季雖無素故，士窮相歸，要當以死任之，卿爲何言？」墨本：本謂拓本，此蓋指鈔本或刻本。吾德友終能深襲獨秘耶：反問句，謂不能獨自珍藏。終能……耶，言終不得耳。深襲獨秘：珍藏。襲：以布帛包裹，韜而藏之也。

〔三〕「《木犀》詞末句」云云：庠《清平樂》「詠巖桂」詞中句也。參附録。《木犀》詞：或此篇本題如此，故元幹云云。「詠巖桂」則爲别名，或傳訛如此也。待考。十洲三島，相傳神仙所居。宋何薳《春渚紀聞·王樂仙得道》：「某於十洲三島，究訪并無此人名籍，後檢蓬萊謫籍中，始見其名氏鄉里也。」萬壑千巖：峰巒山谷極多貌。語出《世説新語·言語》：「顧長康從會稽還，人問山川之美，顧云：『千巖競秀，萬壑争流。』」柳永《夜半樂》：「渡萬壑千巖，越溪深處。」軒冕：古大夫以上者車服。《管子·立政》：「生則有軒冕、服位、穀禄、田宅之分，死則有棺槨、絞衾、壙壟之度。」陶潛《感士不遇賦》：「既軒冕之非榮，豈緼袍之爲耻。」借指官爵禄位。《莊子·繕性》：「古之所謂得志者，非軒冕之謂也，謂其無以益其樂而已矣。」籠絡：圍繞，纏絡。語本班固《西都賦》：「罘網連紘，籠山絡野。」引申爲包羅、統括；控制、約束。《尹文子·大道下》：「過此而往，雖彌綸天地，籠絡萬品，治道之外，非群生所餐挹，聖人錯而不言也。」宋黄裳《送袁運判赴荆湖》：「斡旋地利來天上，籠絡人才入彀中。」按，元幹語同此，而實略近於今語利誘、收買等義。又按，元幹意謂蘇詞皆道遊仙之想，故人間富貴固不足以爲之羈絆也。

〔四〕此語可爲知者道：語出司馬遷《報任安書》：「僕誠以著此書，藏之名山，傳之其人，通邑大都，則僕償前辱之責，雖萬被戮，豈有悔哉！然此可爲智者道，難爲俗人言也！」「智」，同知。知者：猶知我者，謂同道也。宋葛勝仲《披雲臺》：「賓主兩忘言，可爲知者道。」按，元幹實謂此意當與諸友好同之，與太史公之牢騷語固有不同也。

【附録】

蘇庠《清江曲》

屬玉雙飛水滿塘，菰蒲深處浴鴛鴦。白蘋滿棹歸來晚，秋着蘆花一岸霜。扁舟繫岸依林樾，蕭蕭兩鬢吹華髮。萬事不理醉復醒，長占烟波弄明月。

蘇庠《後清江曲》

層波渺渺山蒼蒼，輕霜隕木蓮葉黄。呼兒極浦下笭箵，社甕欲熟浮蛆香。輕蓑淅瀝鳴秋雨，日暮乘流自相語。一笛清風萬事休，白鳥翩翩落烟渚。（以上見《苕溪漁隱叢話前集》卷五三）

蘇庠《清平樂·詠巖桂》

斷崖流水。香度青林底。元配騷人蘭與芷。不數春風桃李。　淮南叢桂小山。詩翁合得躋攀。身到十洲三島，心遊萬壑千巖。（《花草稡編》卷六）

養直此軸十數帖，皆爲德友往返書尺也①〔一〕。其間情話，無非輸肺肝〔二〕。雖甚匆遽時，行書小草，濃淡欹正，初若信手，而筆意俱到，句中有味，覽之使人忘倦〔三〕。至於論虞尤佐人物，「挂冠神武之興，此舉固清，然二十四考中書令者，復何人斯〔四〕？」此論可垂方來，不當只付之戲笑也〔五〕。蘆川老隱云。

右戊卷

【校】

① 書尺：諸本同。唯文淵閣本作「尺書」。今從諸本。

【箋注】

〔一〕書尺：尺牘，書信。宋劉克莊《沁園春・寄竹溪》：「書尺裏，但平安二字，多少深長。」尺：簡牘長一尺者。《後漢書・北海靖王興傳》：「及寢病，帝驛馬令作草書尺牘十首。」李賢注：「《説文》云：『牘，書版也。』蓋長一尺，因取名焉。」

〔二〕情話：知心話。陶潛《歸去來兮辭》：「悦親戚之情話，樂琴書以消憂。」陸游《戲詠閑適》：「惟恨暮年交舊少，滿懷情話向誰傾？」輸肺肝：展露衷心所感思。黄庭堅《古豪俠行贈魏鄰幾》：「翩翩魏公子，恐是信陵君……衆中氣軒昂，把臂輸肺肝。」語實本《禮記・大學》：「人之視己如見其肺肝然。」肺肝：喻内心。《新唐書・袁滋傳》：「性寬易，與之接者，皆謂可見肺肝。」

〔三〕匆遽：倉猝。唐裴鉶《傳奇・崔煒》：「崔子既來，皆是宿分，何必匆遽，幸且淹駐。」李綱《道陽朔山水尤奇絶舊傳爲天下第一非虚語也賦二絶句》一：「溪山此地藹佳名，雨洗烟嵐分外青。

却恨征鞍太匆遽，無因一上萬雲亭。」行書小草：平常手寫字體，輕易自然，別於真書者。行書：書體介於正書草書之間者，書寫自然流動而輕易。《晉書・謝安傳》：「及總角，神識沉敏，風宇條暢，善行書。」《法書要録・張懷瓘書斷上》：「案行書者，後漢潁川劉德昇所作也。即正書之小僞，務從簡易，相間流行，故謂之行書。」小草：謂草書之字形小巧者，較行書爲更流易而且筆劃結構時有簡省。宋王十朋《剡紙贈嘉叟以詩爲謝次韻》：「仁義知君學子輿，豈惟詞賦似相如。剡溪百幅敲冰紙，换得臨池小草書。」按唐釋懷素有《小草千字文》傳世，甚知名。攲正：斜和正。此蓋謂書法特徵之狂放與謹飭。攲：傾側；正：端謹。初若信手：謂乍看如覺作者之隨意者。信手：隨手。白居易《琵琶行》：「低眉信手續續彈，説盡心中無限事。」筆意俱到：意謂蘇帖之字，筆法意趣均入佳處。到：至到，達致某一境界。宋曾豐《贈姚季安》：「懸知文與意俱到，政要眼隨心併空。」宋韓淲《題貫時軒》：「理事俱到處，因之亦可見。」句中有味：謂文字有深意，尤指言似淺而意實深者。此蓋宋人衡文習語。張綱《次韻公顯賦蠟梅詩二首》一：「詩成夜誦更清絶，向來誰識袁臨汝。句中有味應獨知，吟罷餘甘發微咀。」姚勉《和楊監簿咏梅》：「梅州參徹梅花髓，句中有味供紬繹。」忘倦：不知疲倦，受事件、環境、文章等震撼感動而忘却疲倦。唐太宗《帝京篇十首》三：「閱賞誠多美，於兹乃忘倦。」宋劉敞《和永叔寒夜會飲寄江十》：「主人文章伯，談道輒忘倦。」按，句謂蘇帖自然呈露，言近意遠，令人涵泳，樂之不厭。

〔四〕論虞尤佐人物：句不甚可解。或有訛誤。待考。挂冠神武之興：辭官之志願。挂冠神武：

解脱衣冠於神武門，以示棄捨禄位、自别簪纓。齊高帝作相，引陶弘景爲諸王侍讀。弘景家貧，本求作縣令不得，至此乃脱朝服挂神武門，上表辭禄。典出《南史·隱逸傳下·陶弘景》。蘇軾《再送蔣穎叔》之二：「歸來趁别陶弘景，看挂衣冠神武門。」（趁别，趕上作别。）神武，即南朝建康皇宫西首之神虎門，唐初避太祖李虎諱而改稱。清：高尚之謂。《楚辭·漁父》：「舉世皆濁我獨清，衆人皆醉我獨醒。」二十四考中書令：事本《舊唐書·郭子儀傳》：「校中書令考二十有四。權傾天下而朝不忌，功蓋一代而主不疑。」後用以稱頌秉政大臣位高任久。《北夢瑣言》卷四：「李義山謂曰：『近得一聯句云：遠比召公，三十六年宰輔。未得偶句。』温（庭筠）曰：『何不云：近同郭令，二十四考中書。』」葉夢得《避暑録話》卷下：「（富鄭公弼）在青州二年，偶能全活得數萬人，勝二十四考中書令遠矣。」復何人斯：語本《詩·小雅·何人斯》：「彼何人斯，其心孔艱。」猶今言那是個什麽人呢，本責問義而有輕蔑意。斯：句末語氣詞。五代釋貫休《再遊東林寺作五首》四：「愛陶長官醉兀兀，送陸道士行遲遲。買酒過溪皆破戒，斯何人斯師如斯。」按，元幹此謂挂冠不仕固屬高尚之舉，而國家政治，要須有賢能維持支拄，不得藉口高尚而致國是荒棄，蓋感嘆當軸得人之難也。

〔五〕垂方來：傳於將來，謂爲後人楷式也。宋趙汝騰《贈林耕叟赴湖帥幕》：「東萊之師，是爲拙齋。學無不究，道無不該……仲尼得伋，垂教方來。」方來：將來。《越絶書·外傳記吴王占夢》：「（王孫聖）博學彊識，通於方來之事，可占大王夢。」文天祥《酹江月·又驛中言别友人》：「江流如此，方來還有英傑。」付之戲笑：意謂輕視。戲笑：玩笑。

養直二十三帖作一軸，筆意圓熟，詞采精明，如珠走盤，略無定勢，而璀璨奪目，光采射人〔一〕。反復尋繹，沈著痛快，誠不在楊少師之下，李西臺所不及也，德友尤宜寶惜之〔二〕。此老不妄許可人，而乃拳拳如此〔三〕。觀其《卜居帖》中所謂「山色雲濤四環，正當山水佳處，此段果成，異日遂爲烟波主人。公若肯入社，當分半座」，在他人，殆未易得此語也，德友其能忘懷耶〔四〕？頃年江左親舊，説養直別業在澧陽，三兩載必一往檢過，經行佳處，所至痛飲，未嘗不與人傾倒〔五〕。篙師打鼓發船，張帆呼風，每苦養直醉卧江上酒壚邊，鼾息如雷也〔六〕。高標遠韵，當求之晉宋間，此生那復見斯人耶〔七〕？蘆川老隱云。

右己卷

【箋注】

〔一〕筆意：書法之意態情致，與上跋「筆意俱到」稍異。《新唐書・魏徵傳》：「叔瑜善草隸，以筆意傳其子華及甥薛稷。」圓熟：純熟。梅堯臣《依韵和晏相公》：「苦辭未圓熟，刺口劇蔆芡。」宋葛郯《滿江紅》三：「願爲予、落筆走盤珠，争圓熟。」如珠走盤：喻文筆流利，技法純熟。宋人好用此語。蘇軾《書楞伽經後》：「楞伽阿跋多羅寶經，先佛所説微妙，句句皆理，字字皆法，後世達者，神而明之，如盤走珠，如珠走盤，無不可者。」釋德洪《次韵君武中秋月下》：「白公初携佳句歸，……領略太白懷玄暉。千字一揮纔瞬息，流珠走盤紛的皪。」曾幾《贈空上人》：「我寨空門秀，得之古疏山。……今晨出數篇，秀色若可餐。清妍梅著雪，圓美珠走盤。」定勢：態勢確定不易者。《三國志·魏書·劉表傳》：「逆順有大體，彊弱有定勢。」詞采精明：文彩華艷精到。詞采：文彩。《宋書·顏延之傳》：「延之與陳郡謝靈運俱以詞彩齊名，自潘岳、陸機之後，文士莫及也，江左稱顏謝焉。」詞彩，即詞采。精明：精要明晰。司馬光《述〈國語〉》：「故其辭語繁重，序事過詳，不若《春秋傳》之簡直精明，渾厚遒峻也。」

〔二〕尋繹：推求。《漢書·循吏傳·黃霸》：「米鹽靡密，初若煩碎，然霸精力能推行之。吏民見者，語次尋繹，問它陰伏，以相參考。」顏師古注：「繹，謂抽引而出也。」《史通·惑經》：「經既不書，傳又缺載，缺略如此，尋繹難知。」沈著痛快：謂書法形貌之充實厚重而風格之流利暢快。《法書要録》卷一引南朝宋羊欣《采古來能書人名》：「吴人皇象，能草，世稱沈著痛快。」楊萬里《答張功父寺丞書》：「後山清厲刻深之句，寶晉沈著痛快之字，盪耳目而醒肝膽。」楊少師、李西臺：楊凝式（八七三—九五四），字景度，號虚白、希維居士等，華陰人。唐天祐進士，後歷事後梁、後唐、後晉、後漢、後周，官至太子太保，人稱楊少師。長於歌詩，善於筆札，尤工行草，得歐陽詢、顏真卿筆法，傳世名作有《韭花帖》《神仙起居注》。李建中（九四五—一〇一三），字得中，號嚴夫民伯，北宋京兆（今陝西西安）人。官工部郎中，曾任西京留司御史臺，世稱李西臺。精書法，得歐陽詢法，傳世墨迹有《土母帖》等。二家在宋有重名。黃庭堅《黃州寒食詩跋》：「東坡……此書兼顏魯公、楊少師、李西臺筆意，試使東坡復爲之，未必及此。」即以楊李與顏真卿並稱。

〔三〕拳拳：殷切懇摯貌。拳拳：司馬遷《報任安書》：「拳拳之忠，終不能自列。」三國魏繁欽《定情詩》：「何以致拳拳，綰臂雙金環。何以致殷勤，約指一雙銀。」

〔四〕卜居帖：未詳。此段果成：猶言此事果成、此願果遂。此段：當時口語。猶今言這些，與前言近時者不同。《南史·齊豫章文獻王嶷傳》：「此段小寇，出於凶愚，天網宏罩，理不足論。」宋韋驤《即席》：「一時陳迹去莫追，此段清歡寧易得。」烟波主人：爲烟波作主人，喻與山水爲友，蓋即有退隱林泉意而且因而自豪者。又有烟霞主人之語，意亦相近。宋王洋《和黄朝請》二：「長溪西畔烟霞遠，聞有風光屬主人。」分半座：喻與相並列，所以尊敬之也。典出姚秦鳩摩羅什譯《妙法蓮華經》卷四《見寶塔品》：「爾時多寶佛，於寶塔中分半座與釋迦牟尼佛，而作是言：『釋迦牟尼佛，可就此座！』」宋鄒浩《示崇寧長老允和（和無一）》：「安心得髓遇昇平，不似雲門不解行。聊與祖師分半座，湘山頂上放光明。」李綱《綵塔贊》：「多寶如來示全身，贊嘆説法分半座。」在他人殆未易得此語也。意謂此言蘇本不輕易對他人發，元幹乃告以蘇之用心也。其能：難道能，豈能。其：反問之辭。

〔五〕親舊：猶親故。《三國志·魏書·王朗傳》：「雖流移窮困，朝不謀夕，而收卹親舊，分多割少，行義甚著。」《新唐書·崔祐甫傳》：「帝嘗謂曰：『人言卿擬官多親舊，何耶？』」別業：別墅。晉石崇《思歸引序》：「晚節更樂放逸，篤好林藪，遂肥遁於河陽別業。」澧陽：今湖南常德市澧縣。檢過：猶言檢查及、查看。經行：途經。駱賓王《四月八日題七級》：「今日經行處，曲音號蓋烟。」與人傾倒：與人赤心相對，殷勤結交。傾倒：傾心輸誠，猶前言「輸肺肝」也。李白《於五松山贈南陵常贊府》：「遠客投名賢，真堪寫懷抱。若惜方寸心，待誰可傾倒。」「寫懷抱」，即「傾倒」，二語一意。唐孟雲卿《雜曲歌辭・古別離》：「宿昔夢同衾，憂心常傾倒。」

〔六〕篙師：船家。杜甫《水會渡》：「篙師暗理楫，歌笑輕波瀾。」打鼓發船：擊鼓啓航。擊鼓，蓋船家起碇及泊船，皆以之爲號。《世説新語・豪爽》王敦「自言知打鼓吹」劉孝標注：「敦嘗坐武昌釣臺間，聞行船打鼓，嗟稱其能。」杜甫《十二月一日》二：「負鹽出井此溪女，打鼓發船何郡郎？」姜夔《鷓鴣天》：「移家徑入藍田縣，急急船頭打鼓催。」此皆啓航。唐殷堯藩《夜酌溪樓》：「打鼓泊船何處客，擣衣隔竹是誰家。」此則言停泊。酒壚：本酒家砌臺所以承甕者，借指酒肆。《世説新語・傷逝》：「王濬沖爲尚書令，著公服，乘軺車，經黄公酒壚下過。」周邦彦《側犯》：「見説胡姬，酒壚寂静，烟鎖漠漠，藻地苔井。」鼾息：鼾聲。宋吕南公《麻姑山詩・息羽駕亭下》：「簫韵沸寒空，山人初鼾息。」

〔七〕高標：造詣高深。韓愈《送靈師》：「古氣參《彖》《繫》，高標摧《太玄》。」宋劉克莊《跋趙明翁詩稿》：「因讀明翁絶句，有云『留取葡萄浮大白，肯將容易博凉州』，嘆其高標卓識，爲之爽然自失。」遠韵：情致超邁。《晉書・庾敳傳》：「敳字子嵩，長不滿七尺，而腰帶十圍，雅有遠韵。」宋陳師道《寄答王直方》：「懷禄有遐心，從俗無遠韵。」求之晉宋間：參前《跋趙祖文貧士圖後》注二、《跋米元章下蜀江山圖》注三。那復見斯人：從何處更見如此人物，所以示痛惜。感嘆語。宋趙鼎臣《輓李待制浦五首》三：「丹青雖可畫，那復見斯人。」宋綦崇禮《故丞相高平范公挽歌辭三首》三：「只今餘典册，那復見斯人。」那復：何處又（得以）。那：今作「哪」。斯人：此人；如此人物。

題范叔儀所藏侄智夫山水短軸〔一〕

西北山川峻極雄壯，良由土厚水深，以故風俗醇古〔二〕。自昔賢傑生其地者，得所鍾稟，渾全質直，忠信嚴重〔三〕。宜乎功名節義，代不乏人〔四〕。此語可爲知者道。洛陽范恬智夫嘗與迺叔戲作短軸，蓋取范寬筆法，展卷便覺關陝氣象歷歷在眼〔五〕。向來惠崇輩愛寫江南黄落村，平遠彌望，數峰隱約，雖曰造化融結有殊，然而秀發可喜，終近輕浮，何能起予滯思〔六〕？吾叔儀讀之，當亦憮然〔七〕。蘆川老隱跋。

【箋注】

〔一〕范叔儀：范益謙幼弟。名不詳，或即以名行者。如吕本中有《與范益謙炳文叔儀步月》詩，炳文字仲彪，則「叔」者顯係行次也。侄智夫：名恬。善畫。

〔二〕「西北山川峻極雄壯」句：古人蓋恒有此説。或即由「橘生淮南則爲橘」之語衍生而來。漢楊惲《報孫會宗書》：「夫西河魏土，文侯所興，有段干木、田子方之遺風，凜然皆有節概，知去就之分。」似可比參。峻極：謂極陡峭。《禮記・中庸》：「發育萬物，峻極於天。」鄭玄注：「峻，高也。」孔穎達疏：「言聖人之道高大，與山相似，上極於天。」後以「峻極」謂極高。《抱朴子・知止》：「崧岱不托地，則不能竦峻極，概雲霄。」雄壯：本多指人雄偉勇武。《三國志・吳書・陸績傳》：「績容貌雄壯，博學多識。」後亦轉謂形勢之雄偉壯觀。宋孔平仲《將至青州》：「天形地勢俱雄壯，人指青州在此間。」土厚水深：地勢厚實，水域充盈貌。《左傳・成公六年》：「土厚水深，居之不疾；有汾澮以流其惡，且民從教十世之利也。」宋岳珂《趙忠簡（鼎）送春詩帖贊》：「土厚水深，衍易平只。」岳詩、元幹跋，皆本《左傳》。風俗醇古：民風質樸。醇古：古樸。《世説新語・方正》「皇太子聖質如初」劉孝標注引晉干寶《晉紀》：「皇太子有醇古之風，美于信受。」

〔三〕賢傑：才德或才智傑出者。范仲淹《選任賢能論》：「王者得賢傑而天下治，失賢傑而天下亂。」鍾稟：稟受。謂天賦。鍾：聚集。韓駒《上富樞密生辰詩》：「嘗聞鄭公聲迹留契丹，忠義肝膽人所難。生民莫識兵革面，坐令中國如石磐。英靈鍾稟固有異，端拜而議獨膽寒。」質直：樸實正直。《論語・顏淵》：「夫達也者，質直而好義。」劉寶楠正義：「質直而好義者，謂達者之爲人，樸質正直，而行事知好義也。」渾全：完整，完全。《朱子全書》卷二一：「龜山説伊尹樂堯舜之道云：日用飲食，出作入息，便是樂堯舜之道。這箇似説得渾全。」忠信：忠誠信實。《易・干》：「君子進德修業，忠信所以進德也。」歐陽修《朋党論》：「君子則不然，所守者道義，所行者忠信，所惜者名節。」嚴重：嚴肅穩重。《後漢書・清河孝王慶傳》：「蒜爲人嚴重，動止有度，朝臣太尉李固等莫不歸心焉。」蘇軾《劉夫人墓志銘》：「蘇氏既大家，而姑王夫人，太尉文正公之息女也，嚴重有識。」

〔四〕節義：謂節操與義行。《管子・君臣上》：「是以上之人務德，而下之人守節義。」《後漢書・安帝紀》：「其賜人尤貧困、孤弱、單獨穀，人三斛；貞婦有節義，十斛。」李賢注：「節謂志操，義謂推讓。」

〔五〕范寬：原名中正，字仲立。性緩，人謂之范寬，本名遂不顯。耀州華原人。善畫山水，師法李成、荆浩。卜居終南、太華山，飽覽巖壑雲烟，落筆雄偉老硬。傳世名作有《溪山行旅圖》。筆法：繪畫技法及風格特徵。顔真卿《懷素上人草書歌序》：「某早歲嘗接游居，屢蒙激勸，教以筆法。」歐陽修《歸田録》卷二：「昌花寫生逼真，而筆法軟俗，殊無古人格致。」關陝：陝西關中地區。按，范寬以山水畫名世，范恬師法之，故元幹稱其善爲西北形勢傳神也。歷歷：清晰貌。《古詩十九首・明月皎夜光》：「玉衡指孟冬，衆星何歷歷。」

〔六〕惠崇：名僧，與贊寧、圓悟輩齊名，爲宋初九僧之一。建陽人。能詩，善畫，尤工小景。蘇軾有《題惠崇春江晚景》絶句詠其畫。黄落村：泛指荒村。宋釋紹崧《登杖錫》：「村路飄黄落，山禽凌翠微。」黄落：草木枯萎凋零。《禮記・月令》：「（季秋之月）草木黄落，乃伐薪爲炭。」平遠：山水畫法，宋郭思纂集《林泉高致》載其父郭熙之説：「山有三遠：自山下而仰山巔，謂之『高遠』；自山前而窺山後，謂之『深遠』；自近山而望遠山，謂之『平遠』。」彌望：充滿視野；

滿眼。《漢書·元后傳》：「大治第室，起土山漸臺，洞門高廊閣道，連屬彌望。」蘇軾《上韓丞相論灾傷手實書》：「軾近在錢塘，見飛蝗自西北來，聲亂浙江之濤，上翳日月，下掩草木，遇其所落，彌望蕭然。」融結：融合凝聚。語本晉孫綽《游天台山賦》：「融而爲川瀆，結而爲山阜。」唐權德輿《彭城郡王劉公墓志銘》：「析木之下，幽陵碣石，融結絪緼，誕靈熊渾，乃生元臣，以翼大君。」秀發：植物生長繁艷。語出《詩·大雅·生民》：「實發實秀。」張九齡《春江晚景》：「江林多秀發，雲日復相鮮。」此蓋指江村小景之類亦有靈動活潑之態。輕浮：語出《顔氏家訓·歸心》：「日月星辰，若皆是氣，氣體輕浮，當與天合。」本指物體份量輕、比重小貌。引申指人事藝道之質性風格虛浮欠沈著貌。轉爲貶義。宋劉攽《寄王深甫》：「南風素輕浮，衆口巧排詆。」起予滯思：猶今言紓解我的愁悶情緒。起予：《論語·八佾》：「子曰：『起予者，商也，始可與言《詩》已矣。』」何晏集解引包咸曰：「孔子言子夏能發明我意，可與共言《詩》。」後因用爲受人啓發之意。蘇軾《答任師中家漢公》：「侍立看君談，精悍實起予。」起：謂振作、激發。滯思：陸機《嘆逝賦》：「幽情發而成緒，滯思叩而興端。」滯：沈滯不舒貌，鬱悶。

〔七〕憮然：悵然失意貌。《論語·微子》：「夫子憮然曰：『鳥獸不可與同群，吾非斯人之徒與而誰與？』」邢昺疏：「憮，失意貌。」《後漢紀·靈帝紀下》：「將軍於是憮然失望而有愧色，自以德薄，深用咎悔。」

跋蘇詔君贈王道士詩後〔一〕

文章蓋自造化窟中來，元氣融結胸次，古今謂之活法〔二〕。所以血脉貫穿①，首尾俱應，如常山蛇勢，又如風行水上，自然成文〔三〕。又如優人作戲，出場要須留笑，退思有味〔四〕。非獨爲文，凡涉世建立，同一關鍵〔五〕。吾友養直，平生得禪家自在三昧，片言隻字，無一點塵埃〔六〕。宇宙山川，雲烟草木，千變萬態，盡在筆端，何曾氣索〔七〕？此篇，頃見别本尚餘一聯云：「故歲去超忽來日，俄趣裝方入斷章。」〔八〕雖曰達人大觀，然太涉悲戚，殆似鬼中太白，真語讖也〔九〕。養直下世，今將一紀矣，九原可復作耶〔一〇〕？讀之愴然！併爲從周之子庭藻記之卷末，庶幾風流不泯〔一一〕。紹興丁丑夏至後七日，蘆川老人書。

【校】

① 血脉：國圖藏本作「氣脉」。

【箋注】

〔一〕蘇詔君：蘇庠。贈王道士詩：不詳。

〔二〕造化窟：猶今言自然界。窟：奥秘之淵藪，機竅之本源。杜甫《畫鶻行》：「乃知畫師妙，功刮造化窟。」宋末仇遠《題王師尹所藏三峽圖（上有趙明誠諸公題）》：「畫師筆斡造化窟，豈必夜半夸娥移。」元幹之意同此。元氣：宇宙自然之氣。《楚辭・王逸〈九思・守志〉》：「食元氣兮長存。」原注：「元氣，天氣。」劉長卿《岳陽館中望洞庭湖》：「疊浪浮元氣，中流没太陽。」融結：見前《題范叔儀所藏侄智夫山水短軸》注六。活法：宋人論詩法恒語，謂學詩須遵守一般規則而能靈活、知變通。吕本中《〈夏均父集〉序》：「學詩當識活法。所謂活法者，規矩備具，而能出於規矩之外；變化不測，而亦不背於規矩也。是道也，蓋有定法而無定法，無定法而有定法。知是者，則可以與語活法矣。」宋胡宿《又和前人》：「詩中活法無多子，眼裏知音有幾人。」

〔三〕常山蛇勢：語本《孫子・九地》：「故善用兵，譬如率然。率然者，常山之蛇也，擊其首則尾至，擊其尾則首至，擊其中則首尾俱至。」《晉書・桓温傳》：「初，諸葛亮造八陣圖於魚復平沙之上，壘石爲八行，行相去二丈。温見之，謂『此常山蛇勢也』。」按，即「血脉貫穿，首尾俱應」之形態。蛇勢：彎曲起伏連綿之狀。元稹《酬段丞與諸棋流會宿弊居見贈二十四韵》：「蛇勢縈山合，鴻聯度嶺遲。」風行水上、自然成文：水爲風所振盪，遂自然而生漣漪波瀾。文：紋理，實非上「文章」之文。此喻文章自然不造作。風行水上：語出《易・涣卦》：「象曰：風行水上，涣。」宋釋德洪《題萊公祠堂》：「高情弔陳迹，妙語吐新篇。如風行水上，涣然成漪漣。」又《寄巽中三首》二：「文章風行水上，歲月舟藏壑中。」此二詩最足明「風行水上」之義。自然成文：宋劉敞《觀永叔五代史》：「大均運元和，萬物分一氣。相雜以成文，自然故爲貴。」

〔四〕優人作戲：優伶遊戲。優人：樂舞、滑稽藝人。《漢書・張禹傳》：「禹將崇入後堂飲食，婦女相對，優人筦弦鏗鏘極樂，昏夜乃罷。」《雲麓漫鈔》卷十二：「近日優人作雜班似雜劇而簡略。」作戲：遊戲。《太平廣記》卷七一引晉葛洪《神仙傳・葛玄》：「諸書生請玄作可以戲者，玄時患熱，方仰卧……答曰：『熱甚，不能起作戲。』」出場：演員退場。陳善《捫蝨新話・山谷言詩》：「山谷嘗言：作詩正如作雜劇，初如布置，臨了須打諢，方是出場。」要須：必須；需要。《三國志・魏書・蔣濟傳》：「天下未寧，要須良臣以鎮邊境。」留笑：謂保留笑謔餘地使不净盡無遺也。退思有味：使人過後思索而覺有餘味也。退思：語出《左傳・宣公十二年》：「林父之事君也，進思盡忠，退思補過，社稷之衛也。」本本人退歸思過、事後反省義。此但指觀者事後回想。有味：有意味；有情趣。《史記・張釋之馮唐列傳論》：「張季之言長者，守法不阿意；馮公之論將率，有味哉！」曾鞏《洪渥傳》：「爲人和平，與人遊，初不甚歡，久而有味。」

〔五〕涉世：經歷世事。《史記・老子韓非列傳》：「故此二子者，皆聖人也，猶不能無役身而涉世如此其污也。」建立：制定法度。《史記・秦始皇本紀》：「人善其所私學，以非上之所建立。」引申指個人之建樹。王安石《訴衷情令・又和秀老》：「臨濟處，德山行。果承當。將他建立，認作心誠，也是尋香。」宋李之儀《觀世音贊》：「名雖可聞見不得，隨所建立即如見。」關鍵：最緊要部分，決定因素。後以喻詩文結構。宋周必大《二老堂詩話・東坡寒碧軒詩》：「蘇文忠公詩，初若豪邁天成，其實關鍵甚密。」

〔六〕得禪家自在三昧：意謂達致禪家自在悟入之真諦，藉以喻文藝之任意而自適。蘇軾《題文與可墨竹并叙》：「斯人定何人，游戲得自在。詩鳴草聖餘，兼入竹三昧。」片言隻字：文字少或不完整者。陸機《謝平原内史表》：「片言隻字，不關其間；事踪筆迹，皆可推校。」喻文字之稀罕可寶惜者。元幹《九月一日與王季夷酌别爲賦十六韻》：「片言隻字奇，採掇殊未已。」無一點塵埃：喻絶俗。宋晁補之《惜分飛・代别》：「消暑樓前雙溪市。畫住水晶宫裏。人共荷花麗。更無一點塵埃氣。」宋釋普度《送怡齋周居士兼簡湯東澗》：「我羨怡齋去又來，澗邊無一點塵埃。」塵埃：灰土飛揚者。引申指塵俗。《淮南子・俶真訓》：「芒然仿佯於塵埃之外，而消摇於無事之業。」

〔七〕氣索：氣息消失。精神沮喪貌。《漢書・孫寶傳》：「(侯文)怪寶氣索，知其有故。」宋祁《秋興》：「氣索不能對，披襟長太息。」

〔八〕「故歲」兩句：故歲去超忽：韋應物《元日寄諸弟兼呈崔都水》：「新正加我年，故歲去超忽。」超忽：迅速貌。趣裝：速整行裝。宋謝薖《同董彦光陳妙音遊安樂寺分韵》二：「春風已趣裝，行樂更幾許。」宋王十朋《赴省治裝有感》：「一年强半身爲客，席未遑安又趣裝。」斷章：詩文之片段或未完篇者。所指未詳。《左傳・襄公二十八年》：「賦詩斷章，余取所求焉。」杜預注：「譬如賦詩取其一章而已。」元稹《善歌如貫珠賦》：「吟斷章而離離若間，引妙囀而一一皆圓。」

〔九〕達人大觀：曠達者之高遠眼界。賈誼《鵩鳥賦》：「小智自私兮，賤彼貴我；達人大觀兮，物無不可。」古人恒喜作此言，多以莊子之「齊物論」爲依歸。《文選·孫楚〈征西官屬送於陟陽候作詩〉》：「莫大於殤子，彭聃猶爲夭……天地爲我壚，萬物一何小。達人垂大觀，誡此苦不早。」黄庭堅《次韻師厚病間十首》七：「民生自煎熬，煮豆以萁爨。居然忘本根，光陰不供翫。藏山夜半失，烏合歸星散。因病見不生，達人果大觀。」達人，豁達豪放者。《列子·楊朱》：「衛端木叔者，子貢之世也。藉其先貲，家累萬金，不治世故，放意所好……段干生聞之曰：『端木叔達人也，德過其祖矣。』」大觀：謂宏遠之觀察，尤指等視死生之見識。鬼中太白：鬼神中之李太白，蓋喻蘇養直雖歿，而文采風流尚存也。至何以以李爲比，不能確知矣。以「鬼中某某」爲喻以譽，宋人蓋有此句式。宋陳應行《吟窗雜録》卷四七曰：「詩：『明月清風，良宵會同。星河易番，歡娛不終。清尊翠杓，爲君斟酌。今夕不飲，何時歡樂。』山谷曰：『當是鬼中曹子建作。』」語讖：預言。尤指語言關乎不幸者。《苕溪漁隱叢話前集·東坡三》：「王直方《詩話》云：『東坡在定武，作《松醪賦》，有云：「遂從此而入海，渺翻天之雲濤。」蓋自定再謫惠州，自惠而遷昌化，人以爲語讖。』」

〔一〇〕下世：去世。《史記·刺客列傳》：「親既以天年下世，妾已嫁夫，嚴仲子仍察舉吾弟困污之中而交之，澤厚矣，可奈何！」宋陳亮《普明寺長生穀記》：「事方就緒，而黄君與靖相繼下世。」一紀：《國語·晉語四》：「文公在狄十二年，狐偃曰：『蓄力一紀，可以遠矣。』」韋昭注：「十二年，歲星一周爲一紀。」九原可復作：設想死者再生，見前《再用前韵重哭德久賢使君》注五。

〔一一〕從周：養直侄，字從周。庭藻：從周子，名蘇著，字庭藻。風流不泯：猶言精神不滅。宋黄公度《賀吕守用中》：「骨相誕鍾嵩嶽靈，風流不泯磻溪裔。」不泯：不滅。語出《詩經·大雅·桑柔》：「亂生不夷，靡國不泯。」

跋蘇詔君楚語後〔一〕

《風》《雅》之變，始有《離騷》，與《詩》六義相表裏〔二〕。比興雖多，然卒皆正而不淫，哀而不怨，宜乎古今推屈、宋爲盟主〔三〕。後之數子，如《九懷》《九嘆》《七發》《七啓》之類，著意摹仿，未免重復〔四〕。姑置工拙如何，大概開卷使人易倦，良由軌轍一律，竊竊然追逐前賢步武間，心殫力疲，不能跳脱翰墨畦徑，良可恨爾〔五〕！觀吾養直所作，攄發己意，肆而不拘，凡所形容，不蘄合於屈、宋，政自超詣，殆不可企及〔六〕。此章，贈别從周者。頃在東都，一日，陳去非、吕居仁諸公，同予避暑資聖閣，以「二儀清濁還高下，三伏炎蒸定有無」分韵賦詩，會者適十四人，從周詩頗佳，爲諸公印可〔七〕。然則阮嗣宗喜仲容，又常曰「吾不如與阿戎談」，方之養直惓倦如此，不爲過也〔八〕。從周後養直數載云亡，其子庭藻有志古學，手抄《離騷》，成誦不輟，且求爲迺翁跋所藏〔九〕。顧家有哲匠，但熟讀數百過，何患落筆不名世耶〔一〇〕？蘆川老人書於檇李弭棹亭中，丁丑仲夏望日〔一一〕。

【箋注】

〔一〕蘇詔君：蘇庠。蘇高宗紹興間居廬山，以徐俯薦，被召，固辭不赴。詔君：猶古之徵君，或曰聘君、聘士。詔：謂詔徵也。楚語：本楚地土語鄉音。范成大《賀樂丈先生南郭新居》：「飄飄萬里道，芒鞋厭關河。風吹落下邑，楚語成吴歌。」此指蘇庠所爲楚辭體歌詩。其集無存，莫得而知其審。

〔二〕「《風》《雅》之變」句：《詩經》變而爲「楚辭」，後者乃能輔翼前者。《詩經》、「楚辭」，實各有來源，各有演進途徑脈絡，但古人恒持此説，以爲《風》《雅》蜕變，乃降而爲《離騷》。《漢書·藝文志·詩賦略》：「古者諸侯卿大夫交接鄰國，以微言相感，當揖讓之時，必稱《詩》以諭其志，蓋以别賢不肖而觀盛衰焉。故孔子曰『不學《詩》，無以言』也。春秋之後，周道寖壞，聘問歌詠不行於列國，學《詩》之士逸在布衣，而賢人失志之賦作矣。大儒孫卿及楚臣屈原離讒憂國，皆作賦以風，咸有惻隱古詩之義。其後宋玉、唐勒，漢興，枚乘、司馬相如，下及楊子雲，競爲侈儷閎衍之詞，没其風諭之義。是以楊子悔之，曰：『詩人之賦麗以則，辭人之賦麗以淫。如孔氏之門人用賦也，則賈誼登堂，相如入室矣，如其不用何！』自孝武立樂府而采歌謡，於是有代趙之謳，秦楚之風，皆感於哀樂，緣事而發，亦可以觀風俗，知薄厚云。」《文心雕龍・辨騷第五》：「自《風》《雅》寢聲，莫或抽緒，奇文鬱起，其《離騷》哉！」《風》《雅》，《詩經》之《國風》及《小雅》《大雅》。亦以指代《詩經》。《離騷》，泛指楚辭。《詩》六義：《〈詩〉大序》：「詩有六義焉：一曰風，二曰賦，三曰比，四曰興，五曰雅，六曰頌。」孔穎達疏：「風、雅、頌者，詩篇之異體；賦、比、興者，詩文之異辭耳。大小不同而得并爲六義者，賦、比、興是詩之所用，風、雅、頌是詩之成形，用彼三事，成此三事，是故同稱爲義，非別有篇卷也。」相表裏：即相爲表裏，謂内外配合爲用，等如一體。《漢書・鼂錯傳》：「兩軍相爲表裏，各用其長技，衡加之以衆，此萬全之術也。」歐陽修《送朱職方提舉運鹽》：「工作百商行，本末相表裏。」

〔三〕比興多：謂楚辭作者藉以發起抒情乃至議論之事物意象豐富也。比興：《詩》六義之「比」、「興」并稱。比：以彼物比此物；興：先言他物，以引起所詠之辭。《文心雕龍・比興》：「故比者，附也；興者，起也。附理者，切類以指事；起情者，依微以擬議。」又《辨騷》：「虬龍以喻君子，雲蜺以譬讒邪，比興之義也。」卒：終竟，究竟。正而不淫，哀而不怨：言楚辭能得風雅正宗，抒情不氾濫，議論不放肆。語實本《論語・八佾》：「《關雎》樂而不淫，哀而不傷。」而有發揮。推屈、宋爲盟主：謂楚辭家以屈原、宋玉爲宗師。

〔四〕「後之數子」云云：皆「楚辭」名作。《九懷》：王逸《楚辭章句》：「《九懷》者，諫議大夫王褒之所作也。褒讀屈原之文，嘉其温雅，藻采敷衍，執握金玉，委之污瀆，遭世溷濁，莫之能識，追而愍之，故作《九懷》，以裨其詞。」《九嘆》：王逸《楚辭章句》：「《九嘆》，護左都水使者光禄大夫劉向之所作也。追念屈原忠信之節，故作《九嘆》。嘆者，傷也，息也。」《七發》：《文選·枚乘〈七發〉》李善注：「《七發》者，説七事以起發太子也，猶《楚詞·七諫》之流。」後人仿作甚夥，如傅毅《七激》、張衡《七辯》、崔駰《七依》、馬融《七廣》、王粲曹植《七啓》、徐幹《七喻》、張協《七命》等，遂成辭賦體裁，號之爲「七」。《七啓》：《文選·曹植〈七啓〉》自序：「昔枚乘作《七發》，傅毅作《七激》，張衡作《七辯》，崔駰作《七依》，辭各美麗，余有慕之焉。遂作《七啓》，并命王粲作焉。」

〔五〕軌轍一律：蓋謂楚辭家作品之殊途同歸，形貌相似，實即上所言「著意摹仿，未免重復」也。《史通·序例》：「枚乘首唱《七發》，加以《七章》《七辯》。音辭雖異，旨趣皆同。」劉氏此言，雖爲「七」體發，實可施之屈原之後楚辭諸家作品。軌轍：車輪行駛之迹，轉喻規範、途徑。《論衡·自紀》：「何文之察，與彼經藝殊軌轍也。」竊竊然：語出《莊子·齊物論》：「夢飲酒者，旦而哭泣；夢哭泣者，旦而田獵。方其夢也，不知其夢也。夢之中又占其夢焉，覺而後知其夢也。且有大覺而後知此其大夢也，而愚者自以爲覺，竊竊然知之。」《經典釋文》曰：「司馬云：猶察察也。」秦觀《〈逆旅集〉序》：「余笑之曰：鳥棲不擇山林，唯其木而已；魚游不擇江湖，唯其水而已。彼計事而處，簡物而言，竊竊然去彼取此者，縉紳先生之事也。」此則略同今語悄悄地、偷偷地等義。勤懇貌。按，元幹此處，實稍含貶義。追逐前賢步武間：謂殷勤效法前賢詩文成法。步武：脚步。《國語·周語下》：「夫目之察度也，不過步武尺寸之間。」韋昭注：「六尺爲步，賈君以半步爲武。」（賈君，後漢賈逵，著有《國語解詁》。）追逐步武，猶言於法度之亦步亦趨也。心殫力疲：猶言盡心竭力。殫：盡。吕浦《竹溪稿》卷下《方孝婦序》：「竭力殫心，不辭苦艱。閱歲既深，手紋龜裂。」竭力殫心，與元幹之言「心殫力疲」，其義一也。跳脱：逃脱。《焦氏易林·無妄之師》：「火起上門，不爲我殘；跳脱東西，獨得生完。」唐盧仝《觀放魚歌》：「一一投深泉，跳脱不復拘。」按，跳、逃本或相同，《漢書·高帝紀》「羽亨周苛，并殺樅公，而虜韓王信，遂圍成皋。漢王跳，獨與滕公共車出成皋玉門，北渡河，宿小脩武」，顔師古注引如淳曰：「音逃。謂走也。《史記》作逃。」翰墨畦徑：爲文之常規、慣技。宋人蓋好用此語。葛立方《韵語陽秋》卷二：「米元章賦詩絶妙，而人罕稱之者，以書名掩之也。如……殆出翰墨畦徑之表，蓋自邁往凌雲之氣流出，非尋規索矩者所可到也。」可恨：值得爲之遺憾。

〔六〕觀吾養直所作：以「吾」領起某人字號以爲敬愛之意，蓋猶今口語恒言之「我們的某某」也。攄發：抒發。司馬光《辭門下侍郎第二札子》：「伏蒙太皇太后特降中使，宣諭令無惜奏章，臣不意愚誠，復有所攄發，千載一遇，不勝踊躍。」《淮南子·脩務》：「攄書明指以示之。」注：「攄，抒也。」肆而不拘：開張活躍而不拘泥。不拘：不拘泥，不拘束。《莊子·漁父》：「故聖人法天貴真，不拘于俗。」成玄英疏：「不拘束于俗禮也。」不蘄：不求。黄庭堅《寄黄幾復》：「持家但有四立壁，治病不蘄三折肱。」蘄：通「祈」。《莊子·齊物論》：「予惡乎知夫死者不悔其始之蘄生乎！」郭象注：「蘄，求也。」超詣：高深玄妙；高超脱俗。唐張説《魏齊公元忠》：「齊公生人表，迥天聞鶴唳。清論早揣摩，玄心晚超詣。」企及：企求比得上，希望趕得上。葛洪《〈抱朴子·内篇〉序》：「夫以僬僥之步，而企及夸父之踪，近才所以躓閡也。」《韵語陽秋》卷十五：「想其搊彈之妙，冠古絶今，人未易企及也。」

〔七〕陳去非：陳與義。見前《雒陽陳去非……有詩次韵》注一。吕居仁：吕本中。見前《信中居仁叔正皆有詩……其敢不承》注一。二儀清濁還高下，三伏炎蒸定有無：杜甫《又作此奉衛公》句。分韵賦詩：指定或者限定自選韵目以爲詩作。會者適十四人：十四人，今不可考得。印可：認同，贊賞。見前《跋折仲古文》注四。

〔八〕阮嗣宗喜仲容：《世説新語·任誕》：「阮渾長成，風氣韵度似父，亦欲作達。步兵曰：『仲容已預之，卿不得復爾！』」杜甫《示侄佐》：「嗣宗諸子姪，早覺仲容賢。」仇兆鰲注引《晉書》：「阮咸，字仲容，籍之姪。」阮嗣宗：阮籍。三國魏陳留尉氏人。齊王芳時任尚書郎，以疾歸。大將軍曹爽被誅後，任散騎常侍、步兵校尉，封關内侯。世稱阮步兵。好《老》《莊》，蔑視禮教。縱酒談玄，口不臧否人物，以此自全。與嵇康齊名，爲竹林七賢之一。仲容：亦「竹林七賢」之一。吾不如與阿戎談：《世説新語·簡傲》注引《竹林七賢論》曰：「初，籍與（王）戎父渾俱爲尚書郎，每造渾，坐未安，輒曰：『與卿語，不如與阿戎語。』就戎，必日夕而返。籍長戎二十歲，相得如時輩。劉公榮通士，性尤好酒。籍與戎酬酢終日，而公榮不蒙一桮，三人各自得也。戎爲物論所先，皆此類。」惓惓：殷勤懇切。宋玉《神女賦》：「褰余幬而請御兮，願盡心之惓惓。」王安石《奉酬許承權》：「三秋不見每惓惓，握手山林復悵然。」通作「拳拳」。按，元幹此語，以蘇比阮，又以見其愛賞子侄從周也。

〔九〕云亡：死喪之雅稱。語出《詩·大雅·瞻卬》：「人之云亡，心之憂矣。」鄭玄箋：「疾王爲惡之甚，賢者奔亡，則人心無不憂。」後義轉，特指死亡。《文選·王儉〈褚淵碑文〉》：「子産云亡，宣尼泣其遺愛。」古學：本爲研究古文經、古文字之學。東漢何休《〈春秋公羊傳〉序》：「是以治古學、貴文章者，謂之俗儒。」徐彦疏：「《左氏》先著竹帛，故漢時謂之古學；《公羊》漢世乃興，故謂之今學。」後泛指儒家學問，與功令科舉之業相對。宋張方平《送宋祕丞赴任鄱陽》：「治經通古學，應務富時材。」成誦：謂讀書熟，能背誦。漢楊修《答臨淄侯箋》：「又嘗親見執事，握牘持筆，有所造作，若成誦在心，借書於手。」劉攽《送張益宣州法曹》：「過眼皆成誦，讎書自所宜。」

〔一〇〕顧：但是。此元幹遜讓之辭，爲跋之爲多事。哲匠：泛指藝道中高手。杜甫《贈特進汝陽王二十韻》：「學業醇儒富，辭華哲匠能。」《歷代名畫記·敘畫之興廢》：「圖畫之妙，爰自秦漢，可得而記；降于魏晉，代不乏賢，洎乎南北，哲匠間出。」熟讀數百過：蘇軾《送安惇秀才失解西歸》：「舊書不厭百回讀，熟讀深思子自知。」落筆：下筆爲詩文。李白《江上吟》：「興酣落筆搖五岳，詩成笑傲凌滄洲。」名世：名顯於世。《孟子·公孫丑下》：「五百年必有王者興，其間必有名世者。」朱熹集注：「名世，謂其人德業聞望，可名於一世者。」

〔一一〕檇李：古地，在今浙江嘉興西南。《春秋·定公十四年》：「五月，於越敗吴於檇李。」杜預注：「檇李，吴郡嘉興縣南醉李城。」弭棹亭：不詳。弭棹：泊船。謝靈運《九日從宋公戲馬臺集送孔令》：「弭棹薄枉渚，指景待樂闋。」唐陳子良《入蜀秋夜宿江渚》：「我行逢日暮，弭櫂獨維舟。」

跋蘇庭藻隸書後二篇〔一〕

士抱美質，必加砥礪以立廉隅，始克有成〔二〕。若挾所長，傲形於色，掩其美矣〔三〕。傳不云乎？「雖有周公之才之美，使驕且吝，其餘不足觀也已！」〔四〕庭藻，潤公五世孫，種種落筆，便有見處〔五〕。要是蘭方茁，知其爲國香，但年少氣豪，高視萬物之表，太露圭角，傷鋒犯手，未免遭人詆訾〔六〕。能痛鋤傲慢，善擇交友，涵養器業，且飽讀古人書，自然左右逢原，豈易量耶〔七〕？予及從景謨宗丞公遊，景謨宗丞公常呼予在輩行，此言未爲過〔八〕。一日，故人凌世高出示庭藻隸字甚古，把玩久之，可喜亦可念，因書於卷末，廷藻其志之〔九〕。丁丑結制前九日，老隱跋〔一〇〕。

【箋注】

〔一〕蘇庭藻隸書：今不能得而詳。

〔二〕抱美質：具有優秀器質。美質：《韓詩外傳》卷八：「雖有良玉，不刻鏤則不成器；雖有美質，不學則不成君子。」元幹蓋暗用此語。必加砥礪以立廉隅：語本《禮記・儒行》：「近文章，砥厲廉隅。」磨練以養成端方不苟之性也。《漢書・揚雄傳上》：「不汲汲於富貴，不戚戚於貧賤，不修廉隅以徼名當世。」砥礪：磨石。《山海經・西山經》：「苕水出焉，而西流注於海，其中多砥礪。」郭璞注：「磨石也。精爲砥，粗爲礪。」所以磨練、鍛煉也。《墨子・節葬下》：「此皆砥礪其卒伍，以攻伐并兼爲政於天下。」廉隅：器物之棱角。《周禮・考工記・輪人》「欲其幬之廉也」鄭玄注：「幬，幔轂之革也。革急則裹木廉隅見。」以喻人之嚴謹端方。蘇洵《御將》：「況爲將者又不可責以廉隅細謹，顧其才何如耳。」有成：成功；有成效；有成就。語出《詩・小雅・黍苗》：「召伯有成，王心則寧。」《論語・子路》：「苟有用我者，期月而已可也，三年有成。」

〔三〕挾所長：恃所長。語本《孟子・萬章下》：「不挾長，不挾貴，不挾兄弟而友。」挾，以具有而倚賴也。韓愈《和侯協律詠笋》：「得時方張王，挾勢欲騰騫。」傲形於色：驕傲、傲慢顯露於神態。《舊五代史・唐書・馬郁傳》：「後唐馬郁，唐末爲幽州刀筆小吏，少負文藝，節度使李全忠子威曾問其年，郁曰：『弱冠後兩周星歲。』傲形于色。後威繼父爲帥，首召郁問曰：『子今弱冠後幾周星歲？』郁但頓顙謝罪。」

〔四〕傳不云乎：古人引經據典以爲勸誘訓誡之常式，語氣疑問而語意確實，蓋所以示恭敬而鄭重也。傳：與五經相對爲言。《漢書・平帝紀》：「朕以皇帝幼年，且統國政，惟宗室子皆太祖高皇帝子孫及兄弟吴頃、楚元之後，漢元至今，十有餘萬人，雖有王侯之屬，莫能相糾，或陷入刑罪，教訓不至之咎也。傳不云乎？『君子篤於親，則民興於仁。』」師古曰：「此《論語》載孔子之辭也……以《論語》傳聖人之言，故謂之傳。他皆類此。」按，二語亦出《論語·泰伯》。「雖有周公」云云：此本《論語·泰伯》：「如有周公之才之美，使驕且吝，其餘不足觀也已！」邢昺疏：「此章戒人驕吝也。周公，周公旦也，大聖之人也，才美兼備。設人有周公之才美，使爲驕矜，且鄙吝，其餘雖有善行，不足觀也，言爲鄙吝所揜棄也。」按，元幹此作「雖」，不知筆誤抑異文，存以待考。

〔五〕潤公五世孫：蘇氏本泉州人，自蘇紳卒而葬潤州，蘇氏遂家焉，此潤公紳也。自紳、堅、衮、庠至庭藻，凡五世。參《京口耆舊傳》卷四等，見前附録。種種落筆：意謂年少時候爲文也。種種：本淳厚樸實貌。《莊子·胠篋》：「舍夫種種之民，而悅夫役役之佞。」王先謙集解引李頤曰：「種種，謹慤貌。」蓋年少則靈智未盡開，正純樸義也。蘇軾《子由自南都來陳三日而別》：「別來未一年，落盡驕氣浮。嗟我晚聞道，款啓如孫休。至言難久服，放心不自收。悟彼善知識，妙藥應所投。納之憂患場，磨以百日愁。冥頑雖難化，鐫發亦已周。平時種種心，次第去莫留。但餘無所還，永與夫子遊。」按，觀下句可知「種種」非各種各樣之謂。見處：見地；見解。唐司馬承禎《太上昇玄消灾護命妙經頌》：「正法度邪法，衆生見處偏。」黄庭堅《漁家傲》三：「憶昔藥山生一虎，華亭船上尋人渡。散却夾山拈坐具。呈見處，繫驢橛上合頭語。」呈見處，向老師回報見解也。

〔六〕要是蘭方茁，知其爲國香：國香，蘭之雅稱。本極言其香，謂香甲於一國。轉以譬人德業。語出《左傳·宣公三年》：「以蘭有國香，人服媚之如是。」《廣群芳譜·花譜二三·蘭蕙》引宋黃庭堅《書幽芳亭》：「蘭之香蓋一國，則曰國香。」要是：定是。方茁：正成長也。年少氣豪：少壯驕傲自負。此似時人常語。晁補之《送李文老序》：「余意文老年少氣豪，輕外累，殆意同則悦，不知其他。」陸游《跋杲禪師蒙泉銘》：「往予嘗晨過鄭禹功博士。坐有僧焉。予年少氣豪，直據上坐。」陳傅良《和張孟阜尋梅韵》：「羨子年少氣豪敏，詩筒往往歲一來。」高視萬物之表：傲視世人世事。宋汪炎昶《秋懷》：「傲然高視萬物表，黄花濁酒聊一哈。」高視：傲視。曹植《與楊德祖書》：「德璉發迹於此魏，足下高視於上京。」萬物之表：世間事物或衆人之外。露圭角：顯露鋒芒。圭角：玉圭之棱角。泛指棱角，喻鋒芒。歐陽修《張子野墓志銘》：「遇人渾渾不見圭角，而守志端直，臨事敢决。」傷鋒犯手：禪家語。喻冒險；亦謂艱難、挫折。《五燈會元》卷二十《雲居如禪師法嗣·隱静彦岑禪師》：「上堂：『韓信打關，未免傷鋒犯手；張良燒棧，大似曳尾靈龜。既然席卷三秦，要且未能囊弓裹革……』」詆訾：毁謗，非議。《史記·老子韓非列傳》：「故其著書十餘萬言，大抵率寓言也。作《漁父》《盗跖》《胠篋》，以詆訿孔子之徒，以明老子之術。」索隱：「詆，訐也……謂詆訐毁訾孔子也。」本貶義。後不作貶義用。宋蘇舜欽《上范公參政書》：「念之無他術焉，必取衆議而用之，則皆厭然而服，不復有所詆訾矣。」

〔七〕痛鋤傲慢：力戒驕傲怠慢。涵養器業：培養才能學識。范仲淹《答手詔條陳十事》：「又國家開文館，延天下英才，使之直祕庭覽群書，以待顧問，以養器業，爲大用之備。」涵養：滋潤培養。《藝文類聚》卷四八引南朝梁王僧孺《除吏部郎啓》：「而智效必其無取，尤怠忽焉已彰，不意涵養更滋，雱霈愈此。」器業：學識修養。《抱朴子・知止》：「夫器業不異而有抑有揚者，無知己也。」左右逢原：語本《孟子・離婁下》：「資之深，則取之左右逢其原。」原謂學問工夫至到，則觸處皆可受益。後以泛指舉動之得心應手。宋華鎮《壽蔡大資》：「逢原從左右，中禮在周旋。」宋曾豐《參政瞿公之孫東廣機宜德遠惠書若詩以能問於不能久之愧虛盛意敬賦古風謝塞》：「詩書其髓易其精，左右逢原筆縱横。」豈易量：未易限量；難以測度。宋鄒浩《送王憲赴闕》：「庖刃誠難敵，黄陂豈易量。」宋李綱《五哀詩・漢處士禰衡》：「觀其慰辭薦，器識豈易量。」

〔八〕景謨宗丞公：蘇嘉（？——一一二八），字景謨，泉州同安人，徙居潤州丹徒（今江蘇鎮江）。頌子。神宗熙寧初入太學，以對策論變法之非而罷。元豐中，以蔭補襄邑縣丞，改知杭州富陽縣。哲宗元符元年，除太學博士，歷太常博士，出通判常州。徽宗崇寧三年，入黨籍。宣和三年致仕。高宗建炎二年避亂，卒於金壇。事見《京口耆舊傳》卷四。宗丞，知大宗正丞事，或略稱宗丞，屬大宗正司。宋謝維新《古今合璧事類備要・後集》卷四七《宗丞》：「元豐五年，詔大宗正丞中書省奏差，以文臣京朝官知。」《京口耆舊傳》附《蘇嘉傳》：嘉「有旨與寺丞，以父爲相引嫌」，後「復召爲宗正丞，未赴」。輩行：同輩者。《新唐書・蕭嵩傳》：「時崔琳、王丘、齊澣皆有名，以嵩少術學，不以輩行許也。」在輩行：謂相從如平輩，言親近也。未爲過：未爲錯誤。《論語・季氏》：「孔子曰：『求！周任有言曰：「陳力就列，不能者止。」危而不持，顛而不扶，則將焉用彼相矣？且爾言過矣。虎兕出於柙，龜玉毁於櫝中，是誰之過與？』」元幹反用孔子之語。

〔九〕故人凌世高：未詳。隸字：隸書。《晉書·衛恒傳》：「秦既用篆，奏事繁多，篆字難成，即令隸人佐書，曰隸字。漢因行之，獨符、印璽、幡信、題署用篆。隸書者，篆之捷也。」《宣和書譜·隸書叙論》：「又以赴急速官府刑獄間用之，餘尚用篆，此天下始用隸字之初也。」甚古：謂有古法。蓋唐代以來，隸書大與兩漢不同，下則跋文云「近世隸學，罕師西漢筆法」，其言良是。北宋考古學興盛，隸書稍能復古也。可念：值得寶惜。

〔一〇〕丁丑：紹興丁丑，公元一一五七年。結制：即結夏。宋吴自牧《夢粱録·僧寺結制》：「四月十五日結制，謂之『結夏』。蓋天下寺院僧尼菴舍，設齋供僧，自此僧人安居禪教律寺院，不敢起單雲遊。」宋釋正覺《偈頌二百零五首》一百五十一：「我住汝亦住，我行汝亦行。結制順諸佛，禁足護衆生。」

近世隸學，罕師西漢筆法〔一〕。易入八分者，無他，蓋習《魏受禪碑》，一落畦徑，便不可醫，此手法大病也〔二〕。廷藻始留心作隸字，便得拙意〔三〕。開卷未論是非，而氣象奇古，已覺度勝〔四〕。積之歲月，當過人十數等。紹興丁丑夏四月己未，老隱云。

【箋注】

〔一〕近世隸學：不能確指，元幹或包唐言之。隸學：研習隸書之風氣及認知。西漢筆法：所謂漢隸，前漢質而後漢文，波磔較少。

〔二〕八分：所指不一。此指後漢隸書，多撇捺左右分展如「八」之「分」者。易入八分：指漢隸容易變而爲八分書。八分：漢字書體名。似隸而體勢多波磔。杜甫《李潮八分小篆歌》：「陳倉石鼓又已訛，小大二篆生八分。」意謂八分書亦出自篆文。無他：無其他情形。語出《孟子·告子上》：「人有雞犬，放則知求之，有放心則不知求。學問之道無他，求其放心而已矣。」此指原因，謂無其他緣由。魏受禪碑：三國魏曹丕黄初元年立，記丕受漢禪讓事。其碑隸法方整渾厚，時代久遠，筆畫模糊，已不可辨認。唐韋絢《劉賓客嘉話録》：「《魏受禪碑》，王朗文，梁鵠書，鍾繇鐫字，謂之三絶（古鐫字皆須妙於篆籀，故繇方得鐫刻）。」張懷瓘《書斷》曰：『篆、籀、八分、隸書、草書、章書、飛白、行書，通謂之八體，而右軍皆在神品。右軍嘗醉書，點畫類龍爪，後遂爲龍爪書，如科斗、玉筯、偃波之類，諸家共五十二般。』」受禪，曹魏取代後漢，自稱「受禪」。落畦徑：見前《蘇養直詩帖跋尾六篇》丁卷注一。此指書法之拘束於時風習尚。不可醫：無法療救。實謂俗氣不可救。蘇軾《於潛僧緑筠軒》：「可使食無肉，不可使居無竹。無肉令人瘦，無竹令人俗。人瘦尚可肥，俗士不可醫。」元幹蓋暗用此意。按，後漢以降，隸法漸亂，至於有唐，楷真成熟，隸分益蜕而頹，雖其中作手，亦徒事波磔勾趯之誇耀，而肥厚臃腫之體態，不能遠追其淵源，保持其氣質，此元幹所以爲言也。手法：方法技巧。本多用於軍事，如唐李靖《李衛公問對》：「太宗曰：『畫方以見步，圓以見兵。步教足法，兵教手法。手足便利，思過半乎？』」後轉而可指一般技術技巧，如宋洪邁《夷堅志·夷堅支乙》卷五「張小娘子」：「其妻遇神人，自稱皮場大王，授以《癰疽異方》一册，且誨以手法大概，遂用醫著名，俗呼爲張小娘子。」更進而可指藝術手法，元幹此文是其例。

〔三〕得拙意：謂能得漢隸質樸意趣。黄庭堅《拙軒頌》：「覓巧了不可，得拙從何來。」按古人衡人論藝，每以拙實、拙厚爲尚。《老子》四十五章：「大直若屈，大巧若拙，大辯若訥。」宋魏慶之《詩人玉屑》卷五引《後山詩話》：「寧拙毋巧，寧樸毋華，寧粗毋弱，寧僻毋俗。」隸書尚拙，人雖亦知之，而元幹乃明白深切言之，此其所以尤可貴也。

〔四〕氣象：此指書法風格氣韵。秦觀《史籀李斯》：「今漢碑在者皆隸字，而程邈此帖乃是小楷，觀其氣象，豈敢遂信以爲秦人書？」此條尤足參稽。奇古：風格奇特古樸、不同流俗。杜甫《題李尊師松樹障子歌》：「老夫平生好奇古，對此興與精靈聚。」宋韋驤《和中裕古鑑》：「君有青銅獨可憐，規模奇古衆疑年。」宋郭祥正《王元當家藏鍾隱畫三害圖》：「老鍾筆法何奇古，三害精靈一圖聚。」「筆法奇古」，尤堪比參。度勝：氣度胸襟勝出流輩。度：氣度。語出《三國志·魏書·郭嘉傳》載嘉著「十勝十敗論」：「紹外寬内忌，用人而疑之，所任唯親戚子弟；公外易簡而内機明，用人無疑，唯才所宜，不問遠近——此度勝四也。」宋徐自明《宋宰輔編年録》卷十五「七月癸酉右僕射朱勝非起復」：「制曰：『……持服前右僕射朱勝非，德尊而度勝，器博而用周……』」元幹《范叔子畫贊》：「色莊而語簡，性舒而度勝。」亦用此語。

跋張安國所藏山水小卷〔一〕

世所謂胸次有丘壑者，窮而士，達而公卿，其心未嘗須臾不住烟雲水石間〔二〕。又況如吾宗安國得友人把玩短軸，褾而藏之，每出以示諸好事，雖烏帽黄塵，汨没困頓，開卷便覺萬里江山在眼界中，可想蜀僧爲同舍郎周旋落筆時〔三〕。然則安國不忘故舊，風味如此，胸次可知矣〔四〕。

【箋注】

〔一〕張安國：張孝祥（一一三二—一一七〇），字安國，號于湖居士。和州烏江人。高宗紹興二十四年進士第一。上疏請昭雪岳飛，爲當時所忌。歷禮部員外郎、起居舍人、權中書舍人。除知撫州，知平江府，爲廣西經略安撫使、知静江府，咸有聲績。後徙荆湖北路安撫使、知荆南府，築寸金堤，州息水患；置萬盈倉，以儲漕糧。以疾致仕。善詩文，尤工詞，風格豪放。有《于湖集》《于湖詞》。

〔二〕窮而士，達而公卿：此實用《孟子·盡心上》：「窮則獨善其身，達則兼善天下。」趙岐注：「獨治其身以立於世間，不失其操也。」士：貧困之士，寒士。《逸周書·允文》：「公貨少多，振賜窮士，救瘠補病，賦均田布。」其心未嘗須臾不住烟雲水石間：宋周紫芝《次韵沈季鄉題醉山堂》：「看盡吴頭楚尾山，不嫌心似鳥知還。可憐樽俎登臨處，正在烟雲杳靄間。」宋釋心月《偈頌一百五十首》九十五：「住山不與山爲主，水石烟雲也笑人。」

〔三〕吾宗：我們宗族。《左傳·僖公五年》：「晉，吾宗也，豈害我哉？」杜甫《吾宗》：「吾宗老孫子，質樸古人風。」此所以示親而尊之也。把玩短軸：蓋指隨身携帶之山水畫小品。把玩：漢陳琳《爲曹洪與魏文帝書》：「得九月二十日書，讀之喜笑，把玩無猒。」短軸：小幀。褾：同裱。《資治通鑑·隋紀·煬帝中》十一年：「初，西京嘉則殿有書三十七萬卷，帝命祕書監柳顧言等詮次，除其複重猥雜，得正御本三萬七千餘卷，納東都修文殿；又寫五十副本，簡爲三品，分置西京、東都宫、省、官府。其正書皆裝翦華净，寶軸錦褾。」胡三省注：「褾，方小翻，卷端也。」本卷軸裝飾。轉而指裝裱、裝潢。烏帽黄塵：底下廝賤之境，所以汩没者也。烏帽：黑帽。本貴者常服，後漸降而爲庶民、隱者之飾。《宋書·明帝紀》：「於時事起倉卒，上失履，跣至西堂，猶著烏帽。」白居易《池上閑吟》二：「非道非僧非俗吏，褐裘烏帽閉門居。」黄塵：飛塵色昏黄者。《後漢書·馬融傳》：「風行雲轉，匈礚隱訇，黄塵勃滃，闇若霧昏。」多以喻俗世。唐聶夷中《題賈氏林泉》：「豈知黄塵内，迥有白雲踪。」汩没困頓：仕宦艱難。汩没：沈淪，埋没。杜甫《寄李十二白二十韵》：「聲名從此大，汩没一朝伸。」困頓：艱難窘迫。唐元結《問進士》二：「若不困頓於林野，則必悽惶於道路。」萬里江山在眼界中：宋人似好爲此語。趙鼎臣《送林德祖致政歸吴中》：「江山已在眼，丘壑俄生春。」許景衡《題竹閣》：「千里江山應在眼，狂鞭何用作深叢。」文天祥《沈頤家》：「江山渾在眼，宇宙付無言。」眼界：目力之所及。本佛教語。王維《青龍寺曇壁上人兄院集》：「眼界今無染，心空安可迷。」引申指見識廣大。宋汪莘《乳燕飛·感秋采楚詞賦此》：「雲中眼界窮高厚，覽山川，冀州還在，陶唐何有！」蜀僧：史失其名。欽宗靖康初，此僧曾遊方過長沙。事見《梁溪漫志》卷十。同舍郎：郎官同居一舍者。《史記·萬石張叔列傳》：「(直不疑)同舍有告歸，誤持同舍郎金去。已而金主覺，妄意不疑，不疑謝有之，買金償。而告歸者來而歸金，而前郎亡金者大慚。」後泛指僚友。周旋：本進退揖讓之禮。《禮記·樂記》：「升降上下，周還裼襲，禮之文也。」陸德明釋文：「還，音旋。」孔穎達疏：「周謂行禮周曲迴旋也。」引申指交遊、酬對。曹操《與荀彧追傷郭嘉書》：「郭奉孝年不滿四十，相與周旋十一年，險阻艱難，皆共罹之。」

〔四〕風味：見前《跋洞庭山水樣》注二。

吴縝著唐書糾謬五代史纂誤之因〔一〕

嘉祐中詔宋景文、歐陽文忠諸公重修《唐書》〔二〕。時有蜀人吴縝者，初登第，因范景仁而請於文忠，願預官屬之末〔三〕。上書文忠，言甚懇切。文忠以其年少輕佻，拒之，縝怏怏而去〔四〕。逮夫《新書》之成，迺從其間指摘瑕疵，爲《糾繆》一書〔五〕。至元祐中，縝遊宦蹉跎，老爲郡守，與《五代史纂誤》俱刊行之〔六〕。紹興中，福唐吴仲實元美爲湖州教授，復刻於郡庠，且作後序，以謂「針膏肓，起廢疾，杜預實爲左氏之忠臣」，然不知縝著書之本意也〔七〕。

【箋注】

〔一〕吴縝：字廷珍，成都人，師孟子。英宗治平（一〇六四—一〇六七）治平中進士第。平生力學，博通古今，著有《新唐書糾謬》二十卷、《五代史纂誤》三卷。唐書糾謬：《四庫全書總目》卷四十六作《新唐書糾謬》二十卷，云：「宋吴縝撰。縝字廷珍。成都人，嘗以朝散郎知蜀州，後歷典數郡，皆有惠政。其著此書，專以駁正《新唐書》之訛誤，凡二十門，四百餘事，初名『糾謬』，後改爲『辯證』，而紹興閒長樂吴元美刊行於湖州，仍題曰《糾謬》，故至今尚沿其舊名。王明清《揮麈録》稱，歐陽修重修《唐書》時，縝嘗因范鎮請預官屬之末，修以其年少輕佻拒之，縝鞅鞅而去。及《新書》成，乃指摘瑕疵爲此書。晁公武嘗引張九齡爲相事，謂其誤有詆訶。今觀其書，實不免有意掊擊，如『第二十門・字書非是』一條，至歷指偏旁點畫之訛以譏切修等。夫修史者但能編撰耳，至繕録刊刻，責在校讐，縝概歸過於修等，誠未免有意索瘢。然歐宋之作《新書》，意主文章而疏於考證，抵牾踳駁，本自不少，縝自序中所舉『八失』，原亦深中其病，不可謂無裨史學也。」五代史纂誤：《四庫全書總目》卷四十六作《五代史記纂誤》，云：「宋吴縝撰。案周密《齊東野語》曰：『劉羲仲，道原之子（案道原，劉恕之字也），道原以史學自名，羲仲世其家學，摘歐公《五代史》之訛爲《糾謬》一書，以示坡公。公曰：「往歲歐公著此書初成，荆公謂余曰：『歐公修《五代史》而不修《三國志》非也。子盍爲之乎？』余固辭不敢當。夫爲史者，網羅千百載之事，其閒豈無小得失耶？余所以不敢當荆公之托者，正畏如公之徒掇拾於其後耳。』云云。據其所説，似乎此書爲劉羲仲作。然晁公武《讀書志》、陳振孫《書録解題》載此書五卷，《宋史・藝文志》載此書三卷，雖卷數小異，然均題縝作，不云羲仲。又密引《揮麈録》之言，亦稱縝有此書，而不辨其爲一爲二（案《揮麈録》所云，乃《新唐書糾謬》，此引爲《五代史》，誤），則密亦自疑其説。蓋傳聞異詞，不足據也。是書南渡後嘗與《新唐書糾謬》合刻於吴興，附《唐書》《五代史》末，今《糾謬》尚有槧本流傳，而是書久佚，惟《永樂大典》頗載其文，採掇裒集，猶能得其次序。晁公武稱『所列二百餘事』，今檢驗僅一百十二事，約存原書十五六，然梗概已略具矣。歐陽修《五代史》義存褒貶，而考證則往往疏舛，如司馬光《通鑑考異》所辨『晉王三矢付莊宗』等事，洪邁《容齋三筆》所摘失載『朱梁輕賦』等事，皆訛漏之甚者。至徐無黨注不知參核事迹，寥寥數語，尤屬簡陋。縝一一抉其缺誤，無不疏通剖析，切中癥結，故宋代頗推重之。章如愚《山堂考索》亦具列紀傳不同各條以明此書之不可以不作，未可遽以輕議前修斥其浮薄。至如所稱《唐明宗紀》『趙鳳罷』條徐無黨注中『忘其日』三字，檢今本無之；又《晉出帝紀》『射雁於繁臺』句，今本並無『雁』字；《周太祖紀》之『甲辰』當作『甲申』，今本亦正作『甲申』不作『甲辰』。縝既糾修誤，不應竟構虚詞。或後來校刊《五代史》者因其説而追改之耶？謹依《宋史》目次，釐爲三卷。」事關考證，而持論頗平恕，有足參考，故備引之，以省讀者翻檢之煩。

〔二〕嘉祐：宋仁宗年號（一〇五六—一〇六三）。詔宋景文、歐陽文忠諸公重修《唐書》：宋景文、歐陽文忠：宋祁、歐陽修。重修《唐書》，五代後晉劉昫《唐書》，當時尚在，而訛謬甚多。宋室因決爲《新書》之事。案，宋修《唐書》，過程實頗複雜曲折，宋歐二家之事此，亦不始於嘉祐。元榦此説，概略言之耳。《續資治通鑑長編》卷一六六：「（皇祐元年（一〇四九））改命同刊修《唐書》翰林侍讀學士宋祁爲刊修官。」《宋史・仁宗紀》及《藝文志》等，《四庫全書總目》卷四十六《新唐書》條等，俱可參看。兹不具。

〔三〕登第：猶登科。《新唐書・選舉志上》：「通四經業成，上于尚書，吏部試之，登第者加一階放選。其不第則習業如初。」范景仁：范鎮。預官屬之末：自謙之辭，言欲參與某事而爲最次要屬員。

〔四〕年少輕佻：事實不可知。怏怏：以不平或不滿而不快。案，歐公所以拒之者，既不得而知，世或以縝著書專攻歐書，造爲此説，亦未可知。迹其用心，蓋爲尊者賢者諱之事耳。元榦此條，藉以回護，用意無異。至今日而言，縝書之不可廢，昔人自有定評，無關是否有此事也。參上引《四庫全書總目》文。

〔五〕新書：新修《唐書》，後通稱《新唐書》。指摘瑕疵：批評訛誤。指摘，《三國志・蜀書・孟光傳》：「延熙九年秋，大赦。光於衆中責大將軍費褘……光之指摘痛痒，多如是類。」《涑水記聞》卷十六：「自信甚明，獨立不懼。面折廷争，則或貽同列之忿；指謫時病，則或異大臣之爲。」

〔六〕蹉跎：失意，不得志貌。謝朓《和王長史卧病》：「日與歲眇邈，歸恨積蹉跎。」唐李頎《放歌行答從弟墨卿》：「由是蹉跎一老夫，養雞牧豕東城隅。」俱刊行之：參前引《四庫全書總目》。

〔七〕福唐吴仲實元美：吴元美，字仲實，福州永福（今福建永泰）人。徽宗宣和六年進士。高宗紹興十五年除太常寺簿，以汪勃奏其出入李光之門罷，出爲福建安撫司機宜。紹興二十年，爲秦檜所惡，謫容州卒。福唐，天寶元年以萬安縣改。五代梁開平二年改爲永昌縣，後唐同光元年復名福唐縣，長興四年改爲福清縣。古人喜以福唐代福州，例如宋皇祐二年李上交知福州，於烏石山霹靂巖石刻題名，自稱「福唐守李上交」，見《福州摩崖石刻》。今屬福清。教授：學官。郡庠：府學。此指湖州府學。「針膏肓、起廢疾」云云：《針膏肓》《起廢疾》，本皆書名，此兼如動詞句用。《四庫全書總目·〈箴膏肓〉》云：「漢鄭玄撰。《後漢書》玄本傳稱，任城何休好《公羊》學，遂著《公羊墨守》《左氏膏肓》《穀梁廢疾》。玄乃發《墨守》、針《膏肓》、起《廢疾》。休見而嘆曰：『康成入吾室，操吾矛以伐我乎？』」何休信從《公羊傳》，排斥《穀梁傳》《左氏傳》。鄭玄兼採今古文經，非但推崇古文家之《左氏傳》，而且於今文家之《公羊傳》《穀梁傳》亦不全盤否定，故其書名云云。杜預實爲左氏之忠臣：預（二二二—二八四）字元凱，西晉京兆杜陵（今西安雁塔區）人。初爲魏尚書郎。賈充定律令，預爲之注解。晉武帝立，爲河南尹，遷度支尚書。在朝七年，損益萬機，時號「杜武庫」。武帝咸寧四年，拜鎮南大將軍，都督荊州諸軍事，鎮襄陽。太康初，遣將攻吴，累克城邑。吴平，進爵當陽縣侯，後徵爲司隸校尉。功成之後，耽思經籍。博學多通，自謂有「《左傳》癖」，著有《春秋左氏傳集解》三十卷，《春秋釋例》十五卷。杜氏疏解經義，力使與《春秋》相表裏，且擁護乃至確立《左氏傳》之經學地位，可謂皆大有貢獻，故云。陳振孫《直齋書録解題》云：「《春秋左氏經傳集解》三十卷，晉鎮南大將軍京兆杜預撰。其述作之意，序文詳之矣。專修丘明之傳以釋經，後世以爲左氏忠臣者也。其弊或棄經而信傳，於傳則忠矣，如經何？」縝著書之本意：指縝本存怨望報復之意，非但爲歐氏拾遺補缺也，故吴氏刊本後序所謂「杜預實爲左氏之忠臣」，元幹以爲不足云知言也。按，此實猶左祖歐公之心也。

贊

薌林居士贊〔一〕

雍熙相國之胄，憲肅母后之家〔二〕。視富貴如浮雲，棄軒冕猶弊屣〔三〕。良由天資拔俗，雅志好賢，臨事必欲出奇，爲善常恐不及〔四〕。所謂胸中丘壑，皮裏陽秋，蓋自英妙時固已沈著痛快矣〔五〕。雖曰守節仗義，而遠迹危機；雖曰正色立朝，而獨往勇決〔六〕。殆將明哲以保身，優游以卒歲者歟〔七〕？若夫袖手旁觀，傲睨一世，福禄未艾，俟命方來，則予謹在下風也〔八〕。識者見之，亦必有取於斯語。

【箋注】

〔一〕薌林居士：向子諲。見前《蘇養直詩帖跋尾六篇》甲卷注二。贊：古應用文體之一。本與「頌」相近，故「頌贊（讚）」每得連文。《文心雕龍·頌贊》：「贊者，明也，助也。昔虞舜之祀，樂正重贊，蓋唱發之辭也。及益贊於禹，伊陟贊於巫咸，并揚言以明事，嗟嘆以助辭也。故漢置鴻臚，以唱言爲贊，即古之遺語也。至相如屬筆，始贊荆軻。及遷《史》固《書》，托贊褒貶，約文以總録，頌體以論辭；又紀傳後評，亦同其名。而仲治《流别》，謬稱爲述，失之遠矣。及景純注《雅》，動植必贊，義兼美惡，亦猶頌之變耳。然本其爲義，事在獎嘆，所以古來篇體，促而不廣，必結言於四字之句，盤桓乎數韵之詞。約舉以盡情，昭灼以送文，此其體也。發源雖遠，而致用蓋寡，大抵所歸，其頌家之細條乎！贊曰：容體底頌，勛業垂贊。鏤影攡聲，文理有爛。年積愈遠，音徽如旦。降及品物，炫辭作玩。」按，贊本贊頌之義。動詞。後遂演爲文體之名。至其通用體制，多採四言之式，據劉氏之言，雖有「送文、盡情」之用，而其「古來篇體，促而不廣，必結言於四字之句，盤桓乎數韵之詞」，是也。但實際應用，頗有變格，而且或有韵，或無韵，不拘一常。元幹此篇，頗近散文而無韵，亦其證也。

〔二〕雍熙相國之胄：子譓，向敏中玄孫。敏中（九四九——一〇二〇）字常之，太宗朝以廉直超擢右諫議大夫，同知樞密院事。真宗咸平初，拜兵部侍郎，參知政事。四年，拜同平章事，充集賢殿大學士。坐事罷相，以户部侍郎出知永興軍。大中祥符五年復拜同平章事。天禧元年加吏部尚書，進左僕射，監修國史。性端厚多智，諳曉民政，善處繁劇。憲肅母后之家：《宋史·后妃傳》：「神宗欽聖憲肅向皇后，河内人，故宰相敏中曾孫也……神宗即位，立爲皇后。帝不豫，后贊宣仁。后定建儲之議。哲宗立，尊爲太皇太后。」按，二句，贊其門第之高華也。

〔三〕視富貴如浮雲：見前《賀陳都丞除刑部侍郎啓》注一二。棄軒冕猶弊屣：捨棄貴富尊榮。李白《贈孟浩然》：「紅顔棄軒冕，白首卧松雲。」軒冕：借指官位爵禄。見前《蘇養直詩帖跋尾六篇》丁卷注三。棄猶敝屣：棄去無用之物，喻不貪戀、鄙視。語出《孟子·盡心上》：「舜視棄天下，猶棄敝蹝。」朱熹集注：「蹝，草履也。」「蹝」，即「屣」。敝屣：鞋履廢舊者。王安石《我所思寄黄吉甫》：「黄侯可與談妙理，視棄榮官猶弊屣。」按，二句贊其品格之清逸也。

〔四〕天資拔俗：指人禀賦超凡出衆。張耒《上黄州郡守楊瓌寶啓》：「伏惟某官天資拔俗，國器冠時。」拔俗：超出凡俗；超越流俗。漢仲長統《見志詩二首》一：「至人能變，達士拔俗。」雅志好賢：指平素意願在於崇尚賢士。雅志：平素意願。《三國志·魏書·高貴鄉公髦傳》：「關内侯王祥，履仁秉義，雅志淳固。」好賢：親近善待賢德之人。《禮記》：「子曰：『好賢如《緇衣》，惡惡如《巷伯》，則爵不瀆而民作願，刑不試而民咸服。』」臨事必欲出奇：處理政事必用巧謀奇策。白居易《白氏長慶集·判》：「權能制勝，謀必出奇，亦待臨事有成，然後斯言可信。」臨事：謂遇事或處事，特指處理政事。語本《論語·述而》：「子路曰：『子行三軍，則誰與？』子曰：『暴虎馮河，死而無悔者，吾不與也。必也臨事而懼，好謀而成者也。』」爲善常恐不及：做好事常憂慮達不到。《淮南子·繆稱訓》：「聖人爲善若恐不及，備禍若恐不免。」蓋本《論語·季氏》：「孔子曰：『見善如不及，見不善如探湯；吾見其人矣，吾聞其語矣。』」按，二句贊其有行，所謂「有德者必有才」也。

〔五〕皮裏陽秋：猶言皮裏春秋。晉避簡文帝皇后諱，以「陽」代「春」。《世説新語·賞譽》：「桓茂倫云褚季野皮裏陽秋，謂其裁中也。」「陽秋」，即「春秋」，謂褒貶大義。歐陽修《上胥學士偃啓》：「裹陽秋於皮裏，不言備乎四時，吞雲夢於胸中，兼容盡於一介。」英妙：見前《蘇養直詩帖跋尾六篇》丙卷注一。沈著痛快：堅勁而流利，遒勁而酣暢。見前《蘇養直詩帖跋尾六篇》己卷注二。黄庭堅《跋東坡思舊賦》：「東坡先生書，浙東西士大夫無不規摹，頗有用意精到，得其髣髴。至於老重下筆，沈著痛快，似顔魯公、李北海處，遂無一筆可尋。」後頗用於論詩文。嚴羽《滄浪詩話・詩辨》：「其大概有二：曰優遊不迫，曰沈著痛快。」沈著：謂著實而不輕浮。元稹《法曲》：「明皇度曲多新態，宛轉侵淫易沈著。」范成大《讀白傅洛中老病後詩戲書》：「樂天號達道，晚境猶作惡。陶寫賴歌酒，意象頗沉著。」痛快：有多義。或謂暢快。張九成《讀東坡謫居三適輒次其韵・夜卧濯足》：「老盆深注湯，徐以雙骹投。沃久意痛快，縶維今脱韝。」或謂直爽。朱熹《答徐子融》：「大率子融志氣剛决，故所見亦如此痛快直截，無支離纏繞之弊。」此用後一義。按，二句，贊其能守一貫繩準，自少年來即無所苟且，不肯避忌也。

〔六〕守節仗義：謂立身有方，處世無私。語本《漢書・賈誼傳》：「顧行而忘利，守節而仗義，故可以托不禦之權，可以寄六尺之孤。」遠迹危機：猶言遠離危機。梅堯臣《太師杜公挽詞五首》一：「接賓忘素貴，還綬遠危機。」宋劉克莊《貓捕燕》：「鶯閉深籠防鷙性，蝶飛高樹遠危機。」遠迹：語出《漢書・公孫弘卜式等傳贊》：「公孫弘、卜式、兒寬皆以鴻漸之翼困於燕爵，遠迹羊豕之間。」顔師古注：「遠迹，遠竄其迹也。」「遠迹羊豕之間」者，謂隱藏踪迹於牧畜之區。《搜神記》卷十三：「漢靈帝時，陳留蔡邕……乃亡命江海，遠迹吴會。」「遠迹吴會」者，謂逃匿踪迹於吴會之地。元幹之言不同，用爲及物動詞，要當慎相辨别。正色立朝：在朝當官恭謹嚴肅，仕宦嚴正剛直貌。語本《公羊傳·桓公二年》：「孔父正色而立于朝，則人莫敢過而致難於其君者，孔父可謂義形於色矣。」按，此句行己立身之能方圓兼濟也。獨往勇決：指矢志獨行，勇敢果斷。獨往：謂超脱萬物，獨行己志。語出《莊子·在宥》：「出入六合，遊乎九州，獨往獨來，是謂獨有。」勇決：勇敢而果斷。漢徐幹《中論·虛道》：「故夫才敏過人未足貴也，博辯過人未足貴也，勇決過人未足貴也，君子之所貴者遷善懼其不及，改惡恐其有餘。」按，此句贊其又能竭志盡忠也。

〔七〕明哲以保身：明智而能自我保全。語本《詩·大雅·烝民》：「既明且哲，以保其身。」孔穎達疏：「既能明曉善惡，且又是非辨知，以此明哲擇安去危，而保全其身，不有禍敗。」優遊以卒歲：優遊卒歲，悠閒度日。語本《左傳·襄公二十一年》：「叔向曰：『與其死亡若何？《詩》曰「優哉遊哉，聊以卒歲」，知也。』」按，二句贊其有高尚之志也。忖度之辭。

〔八〕袖手旁觀：藏手於袖，在旁觀看。喻置身事外，不參預其中。韓愈《祭柳子厚文》：「不善爲斲，血指汗顔，巧匠旁觀，縮手袖間。」傲睨一世：高傲旁觀，當代一切俱不入眼稱意。喻傲慢自負，目空一切。宋陳淵《默堂集》：「欲自逃於山林之下，養高完名，傲睨一世。」傲睨：斜視，傲慢或輕視貌。福禄未艾：福禄不盡。謂榮華富貴可得長久。俟命方來：樂天知命，静待將來。俟命：聽天由命。語出《禮記·中庸》：「上不怨天，下不尤人，故君子居易以俟命，小人行險以徼幸。」謹在下風：恭敬領受啓迪教化於下。喻欽服也。

俞羲仲畫贊〔一〕

神鋒清兮，有臞儒列仙之風骨；勝度閑兮，無公子王孫之習氣〔二〕。外和同於衆人①，而中傲睨於一世〔三〕。袖手旁觀，不妨遊戲〔四〕。與予定交垂四十年，更歷險夷，未嘗以升沉炎凉，毁譽軒輊〔五〕。使其聳壑昂霄，一日特起，雍容進退，所謂若素宦於朝者，非斯人而誰耶〔六〕？

【校】

①於：國圖藏本作「乎」。

【箋注】

〔一〕俞羲仲畫贊：畫莫得而詳。俞，名愷，字羲仲。其人亦見於宋王明清《揮麈録餘話·周美成風流子詞》條。其他事迹未詳。畫贊：贊畫，實皆所以贊其人。下同。按，此篇有韵。

〔二〕神鋒清：謂氣概、風度高遠秀拔不俗。神鋒：風標，氣度。語出《世説新語·賞譽上》：「王平子目太尉：『阿兄形似道，而神峰太儁。』」宋劉敞《挽宋道中詞（君召試學士院，得尚書屯田員外郎）》：「常恨神鋒雋，端成中道傷。」臞儒：清瘦儒者。兼含隱居不仕意。語本《漢書·司馬相如傳下》：「相如以爲列仙之儒居山澤間，形容甚臞，此非帝王之仙意也。」蘇軾《雪後劉景文左藏和順閣黎詩見贈次韵答之》：「載酒邀詩將，臞儒不是仙。」勝度閑：氣度從容安閑不同凡流。勝度：非凡之氣度。元幹《永遇樂·爲洛濱横山作》：「主人勝度，文章英妙，合住北扉西沼。」公子王孫之習氣：蓋謂富貴驕人之氣。公子王孫：貴族子弟。泛言也。語出《戰國策·楚策四》：「（黄雀）自以爲無患，與人無争也。不知夫公子王孫，左挾彈，右攝丸，將加己乎十仞之上，以其類爲招。」

〔三〕外：表面。謂應物。和同：和光同塵之省。韓愈《贈别元十八協律》一：「治惟尚和同，無俟於謇謇。」中：内心。謂修身。傲睨於一世：見前《薌林居士贊》注八。黄庭堅《戲答公益春思二首》二：「光塵貴和同，玉石尚磊落。衆人開眼眠，公獨寤此樂。」山谷之文與意，尤足爲二句之先導。

〔四〕此句謂藉藝術爲遊戲，得超脱於塵俗。

〔五〕定交：結爲朋友。語出《東觀漢記·王丹傳》：「司徒侯霸欲與丹定交，丹被征，霸遣子昱候，昱道遇丹，拜于車下。」險夷：艱難與順利。唐司空圖《太尉琅琊王公河中生祠碑》：「何以祝之，祝公之福，險夷不渝，保是寵禄。」蘇軾《父池贈太師追封温國公》：「躬蹈險夷之節，庶幾顔閔之行。」升沈炎凉：富貴貧賤。升沈：仕宦之升降進退。《大唐新語·懲戒》：「始仁軌既官達，其弟仁相在鄉曲，升沉不同，遂搆嫌恨，與軌别籍。」又謂際遇之幸與不幸。元稹《寄樂天》：「榮辱升沉影與身，世情誰是舊雷陳。」均可通。炎涼：喻富貴與貧賤。宋王禹偁《與李宗諤書》：「某自束髮以來，與人遊且多矣。能不以炎涼爲去就者，雖貧賤之交固亦鮮得，況貴冑乎？」軒輊：褒貶抑揚。韓愈《劉生詩》：「生名師命其姓劉，自少軒輊非常儔。」《齊東野語・杭學游士聚散》：「朝議以游士多無檢束，群居率以私喜怒軒輊。」

〔六〕聳壑昂霄：喻出人頭地或才能傑出。蓋唐宋成語。《新唐書・房玄齡傳》：「僕觀人多矣，未有如此郎者，當爲國器，但恨不見其聳壑昂霄云。」陸游《陵霄花》：「古來豪傑少人知，昂霄聳壑寧自期。」一日特起：突然傑出崛起。一日：喻驟然，猶今語「突然有一天」。特起：突起，崛起。《史記・項羽本紀》：「少年欲立嬰便爲王，異軍蒼頭特起。」宋邵博《聞見後録》卷十四：「宋梁八十餘年，海内無事，異才間出，歐陽文忠公赫然特起，爲學者宗師。」雍容：舒緩，從容不迫。《文選・班固〈兩都賦〉序》：「雍容揄揚，著于後嗣。」郭璞《江賦》：「迅蜼臨虛以騁巧，孤玃登危而雍容。」素宧於朝：句謂久仕於朝而熟練於當官從政也。素宧：一向爲官。素者，練而熟習之義。語本《漢書・鄒陽傳》：「故百里奚乞食於道路，繆公委之以政；寧戚飯牛車下，桓公任之以國。此二人者，豈素宧於朝，借譽於左右，然後二主用之哉？」宋吳芾《挽吳尚書三首》二：「晚歲登臺省，頻年侍殿墀。從容如素宧，卓犖冠明時。」「如素宧」，同一句式。

彭德器畫贊〔一〕

凛然其容也雖甚莊，視江左風流兮所長〔二〕。琅然其辭也雖甚辯，異戰國縱横兮可賤〔三〕。蓋氣節勁而論議公，心術正而識度遠〔四〕。使之臨敵對壘，則必以巾幗遺人；若夫委質策勛，自當以劍履上殿〔五〕。野服兮蕭散，用未用兮又何怨〔六〕？知我者無取八州督，不知我者聊復三語掾〔七〕。

【箋注】

〔一〕彭德器畫：畫，莫得而詳。彭德器：見前《彭德器北堂太夫人輓詩》《病中示彭德器》。按，此篇有韵。

〔二〕凛然其容也甚莊：態度莊重嚴肅。實本《禮記·玉藻》：「言容諮諮，色容厲肅。」又《禮記·樂記》：「致禮以治躬則莊敬，莊敬則嚴威。」孔穎達疏：「若能莊嚴而恭敬，則嚴肅威重也。」白居易《宣州試射中正鵠賦》：「誠心内蘊，莊容外奮。」視江左風流兮所長：謂其人能得晉宋人精神。江左風流：泛指晉宋風範氣質。蘇軾《跋王進叔所藏畫五首》其一《徐熙杏花》：「江左風流王謝家，盡携書畫到天涯。」江左：江東，長江下游以東地區。東晉及南朝宋齊梁陳皆處江左。《南史·謝靈運傳》：「靈運少好學，博覽群書，文章之美，與顔延之爲江左第一。」五代丘光庭《兼明書·雜説·江左》：「晉宋齊梁之書，皆謂江東爲江左。」是也。視……所長：謂比……優勝。比較句法。按，此句贊其人物風度之佳足比六朝人物也。

〔三〕琅然：聲音清朗貌。蘇軾《遷居之夕聞鄰舍兒誦書欣然而作》：「跫然已可喜，況聞絃誦音。兒聲自圓美，誰家兩青衿。……可以侑我醉，琅然如玉琴。」辭辯：能言善辯。《韓非子·亡徵》：「辭辯而不法，心智而無術，主多能而不以法度從事者，可亡也。」《宋書·顔延之傳》：「上使問續之三義，續之雅仗辭辯，延之每折以簡要。」戰國縱横：實指戰國縱横家。蓋以對偶「江左風流」而省。可賤：可輕視。南朝梁沈約《詠梧桐詩》：「微葉雖可賤，一翦或成珪。」蘇過《和叔寬贈李方叔》：「學稼雖可賤，樂志良獨難。」按，縱横家以口辯干人主，恒揣摩以應變爲能事，以利害爲趨捨，不能固執信守於是非，故有朝秦暮楚之事，是以可鄙。按，此句贊其才辯之優有愈乎戰國策士也。

〔四〕氣節勁：品性剛毅操守堅貞。宋蘇舜欽《奉酬公素學士見招之作》：「夕霜慘烈氣節勁，激起壯思沖斗杓。」議論公：分析裁斷一秉公心無所偏私。宋劉克莊《受告謝程中書》：「良由筆端之予奪當，不待身後而議論公。」心術正：認知得法而允當。心術：人之思維功能及途徑。《莊子·天道》：「此五末者，須精神之運，心術之動，然後從者也。」成玄英疏：「術，能也。心之所能，謂之心術也。」進而指居心。識度遠：見地超邁，不拘於聞見與常識。識度：識見與器度。袁宏《後漢紀·明帝紀上》：「蒼體貌長大，進止有禮，好古多聞，儒雅有識度。」按，此句明其立身作人之得根本也。

〔五〕臨敵對壘：軍旅之事。以巾幗遺人：本諸葛亮挑戰司馬懿之策。典出《三國志・魏書・明帝紀》青龍二年春二月：「是月，諸葛亮出斜谷，屯渭南，司馬宣王率諸軍拒之。詔宣王：『但堅壁拒守以挫其鋒，彼進不得志，退無與戰，久停則糧盡，虜略無所獲，則必走矣……』」裴注引《魏氏春秋》：「亮既屢遣使交書，又致巾幗婦人之飾，以怒宣王……」《晉書》採入《宣帝紀》：「亮（諸葛亮）數挑戰，帝（司馬懿）不出，因遺帝巾幗婦人之飾。」巾幗，頭巾與髮飾，婦女之首服。此泛指應變奇計。若夫：至於。《史記・范雎蔡澤列傳》：「若夫窮辱之事，死亡之患，臣不敢畏也。」委質策勛：朝廷之事。策勛，記功勛於策書。見前《送高集中赴漳浦宰》注一〇。委質：獻禮於侯王以示獻身爲臣。《國語・晉語九》：「臣委質於狄之鼓，未委質於晉之鼓也。臣聞之：委質爲臣，無有二心，委質而策死，古之法也。」韋昭注：「言委贄於君，書名於册，示必死也。」進而爲臣服、歸附義。晉陸雲《盛德頌》：「越裳委贄，肅慎來王。」委贄，同委質。宋邵博《聞見前録》卷七：「錢俶在本國，歲修職貢無闕，今又委質來朝，若利其土宇而留之，殆非人主之用心，何以示信天下也。」自當：應當。《東觀漢記・鄧禹傳》：「赤眉無穀，自當來降。」劍履上殿：古之重臣上朝不解劍、不去履，所以示朝廷之特許優禮。《後漢書・董卓傳》：「尋進卓爲相國，入朝不趨，劍履上殿。」自後頗爲天子賜予朝臣殊榮之通則。其例極多，茲不更舉。按，此贊其若得處戎旅而對敵壘，則有非常智計、應變將略；若居朝堂而事君王，則能建立勛業而備受優禮也。

〔六〕野服兮蕭散：服平民之服而逍遥，不求聞達乃至功成不居貌。司馬光《雨中過王安之所居不謁以詩寄之》：「野服踞藜牀，蕭散臨前楹。」宋歐陽澈《飲中示子賢諸友七絶頗愧狂斐》七：「不作群兒浪謗傷，致身蘄處諫臺霜。功成野服便蕭散，會見裴公緑野堂。」元幹之意，尤與澈此篇一致。野服：語出《禮記・郊特牲》：「大羅氏，天子之掌鳥獸者也，諸侯貢屬焉。草笠而至，尊野服也。」孔穎達疏：「尊野服也者，草笠是野人之服。今歲終功成，是由野人而得，故重其事而尊其服。」蕭散：猶蕭灑。容止、風格等自然無所拘束。《西京雜記》卷二：「司馬相如爲《上林》《子虛》賦，意思蕭散，不復與外事相關。」用未用兮又何怨：有賞拔信用與否皆不介意。通脱瀟灑貌。用未用：唐歐陽詹《大唐故輔國大將軍兼左驍衛將軍御史中丞馬公墓誌銘》：「嗚呼！騏驥有騰千騁萬之足伏乎櫪，干將有劅犀截象之鋩閉乎匣。將用未用，一朝變化，爲骨燕市，入泉延平，爲知人之痛惜，公其比歟！」宋程大昌《考古編》卷五：「若明命其才，實試以職，則當併已用未用而數之，且將參耦而六，不得止云三宅也。」宋黄震《黄氏日鈔》卷九一《跋臨川張清伯求志齋記》：「然志在我，命在天，而用不用在時，窮則獨善其身，達則兼善天下，一唯安其所遇，斯可爾。」元幹此文，蓋兼「將用、已用」言之。按，此句謂出處進退，無所介懷也。

〔七〕知我者、不知我者：語出《詩・王風・黍離》：「知我者，謂我心憂；不知我者，謂我何求。」我：皆指彭。此實元幹代言之辭，乃假設爲用，意謂如有知我者、若無知我者，與《詩經》成句句法，迹同而心異。知：知遇，賞拔。知我者、不知我者，分承上「用、未用」也。無取八州督：

不汲汲求名於良太守。無取：不取，不以……爲高。晉王謐《重答桓太尉書》：「自謂擬心宗轍，其理難尚，非謂禮拜之事，便爲無取也。」秦觀《王儉論》：「大節喪矣，雖有一時之美，一日之長，足以夸污世而矯流俗，君子無取焉。」此謂不求。八州督：蘇軾故事。軾《借前韵賀子由生第四孫斗老》：「君歸定何日，我計久已熟。長留五車書，要使九子讀。簞瓢有内樂，軒冕無流矚。人言適似我，窮達已可卜。早謀二頃田，莫待八州督。」自注：「吾前後典八州。」後遂用爲典實，謂仕宦流浪不定，而已亦不有忝職司。宋鄭清之《謝玉泉君黄伯厚和韵》：「居然得良朋，清辭瀉壺玉。習池可聯乘，步兵有餘斛。誰能酒限拘，强效八州督。」聊復三語掾：姑且（效法）三語掾。聊復：姑且（作爲）。《漢書·叙傳》：「又感東方朔楊雄自喻以不遭蘇張范蔡之時，曾不折之以正道，明君子之所守，故聊復應焉。」三語掾：典出《世説新語·文學》：「阮宣子有令聞，太尉王夷甫見而問曰：『老莊與聖教同異？』對曰：『將無同。』太尉善其言，辟之爲掾。世謂『三語掾』。」本不斤斤吏事之意，後或用意稱美幕府僚屬。蘇軾《虔州景德寺榮師湛然堂》：「欲知妙湛與總持，更問江東三語掾。」此實就沉淪下寮而言。按，此句重申上句之意，謂無所拘累，不以窮達易心也。

范叔子畫贊〔一〕

色莊而語簡，性舒而度勝〔二〕。固嘗叩之以前輩出處典刑，參之以方册治亂譏評〔三〕。初若無意，是非莫定；從容久之，彷徨四顧，而乃衮衮如川流，霏霏如鋸屑，大抵心術公而論議正〔四〕。信乎鑾坡之世家，傳諸《唐鑑》之學問〔五〕。儻未見於行事，施於有政，將何以發胸次渟衍之深，且孰能繼門户人物之盛〔六〕？吾知佩玉珥貂，遭時遇合，猶當勉焉，自不失其爲名卿〔七〕。聊復冠屨樞具，遠而望之，僉曰儒服，斯之謂稱〔八〕。

【箋注】

〔一〕范叔子畫：莫得而詳。按，此篇有韵。

〔二〕色莊：神色嚴肅。性舒：情性和緩態度從容。《舊唐書·孝友列傳·崔沔》：「沔爲人舒緩，訥於造次。當官正色，未嘗撓沮。」度勝：見前《跋蘇庭藻隸書後二篇》其二注四。

〔三〕叩：叩問，請教。出處典刑：或仕或隱之典範。出處：仕隱。見前《蘇養直詩帖跋尾六篇》乙卷注一。典刑：典型，謂舊法，常規。見前《葉少藴生朝》注一九。參：參驗，比較。方册：簡牘；典籍。宋程大昌《演繁露·方册》：「方册云者，書之於版，亦或書之竹簡也。通版爲方，聯簡爲册。」治亂譏評：或治或亂之議論判斷。治亂：安定與動亂。《書·君牙》：「民之治亂在兹。」譏評：譏議評論。《文選·孔融〈論盛孝章書〉》：「今之少年，喜謗前輩，或能譏平孝章。」李周翰注：「平，議也。言譏議孝章得失也。」譏平，即譏評。韓愈《送浮屠令縱西遊序》：

「譏評文章，商較人士。」

〔四〕初若無意，是非莫定：意謂范出言之始，議論無端而難測。從容久之：意謂討論稍稍深入。從容：周旋。《漢書·酈食其陸賈等傳贊》：「陸賈位止大夫，致仕諸呂，不受憂責，從容平勃之間，附會將相以彊社稷，身名俱榮，其最優乎！」進而謂交接議論。宋王讜《唐語林·補遺三》：「（宣宗）每上殿與學士從容，未嘗不論儒學。」曾鞏《金山寺水陸堂記》：「蓋新（瑞新）者，余嘗與之從容。彼其材且辨，有以動人者，故成此不難也。」彷徨四顧：自得貌。東晉楊方《合歡詩五首》三：「彷徨四顧望，白日入西山。」徬徨：優遊自得。《莊子·大宗師》：「芒然彷徨乎塵垢之外，逍遥乎無爲之業。」成玄英疏：「彷徨、逍遥，皆自得逸豫之名也。」四顧：環視貌。《莊子·養生主》：「提刀而立，爲之四顧，爲之躊躇滿志。」而乃：然後。《史記·呂不韋列傳》：「乃往見子楚，説曰：『吾能大子之門。』子楚笑曰：『且自大君之門，而乃大吾門。』」衮衮如川流，霏霏如鋸屑：喻辭辯蜂起、議論議論不窮。衮衮如川流，言語滔滔不絶貌。《太平御覽》卷三十引《竹林七賢論》：「張華善説《史》《漢》，裴逸民叙前言往行，衮衮可聽。」衮衮：大水奔流貌。川流：河水流動。揚雄《劇秦美新》：「渾涥沕潏，川流海渟。」霏霏如鋸屑：喻談論之娓娓不絶。見前《上趙漕啓》注四。

〔五〕鑾坡：見前《上趙漕啓》注一〇。世家：見前《亦樂居士集序》注一五。按，謂范氏世代仕宦，爲名臣也。《唐鑑》之學問：意謂可備朝廷施政之顧問。《唐鑑》，范祖禹撰，十二卷（呂祖謙注之，析爲二十四卷）。成於元祐元年（一〇八六）。此書述唐事，起高祖止昭宣帝，凡三百年間之得失，凡三百六篇，獻之哲宗，以爲施政鑑戒。以議論爲宗，與《資治通鑑》之叙議結合少異。參《四庫全書總目・史部・史評類》。

〔六〕見於行事：見於往事。行事：所行之事實；往事。《史記・太史公自序》：「子曰：『我欲載之空言，不如見之於行事之深切著明也。』」《周禮・秋官・士師》「掌事之八成」孫詒讓正義：「行事猶云往事。」施於有政：落實於爲政。有政：政事。有：語助詞。語出《書・君陳》：「惟孝，友於兄弟，克施有政。」《論語・爲政》：「或謂孔子曰：『子奚不爲政？』子曰：『《書》云：「孝乎惟孝，友于兄弟，施於有政。」是亦爲政，奚其爲爲政？』」渟衍：深沈寬廣貌。門户人物之盛：家族優秀人材之多。門户：猶門第。南朝陳徐陵《答諸求官人書》：「門户雖高，官資殊屈。」人物：才能傑出或聲望卓著有地位者。《後漢書・許劭傳》：「劭與靖俱有高名，好共覈論鄉黨人物。」杜甫《贈崔十三評事公輔》：「舅氏多人物，無慚困翮垂。」

〔七〕珮玉：佩帶玉飾。借指百官。陸游《立春前四日謝雪方拜天慶庭中雪復作》：「珮玉珊珊謁衆真，竟煩一雪慰疲民。」珥貂：插戴貂尾。指貴官顯宦。見前《張丞相生朝二十韻》注一六。遭時遇合：謂得賞拔任用。遭時：謂遭遇好時勢。《莊子・徐無鬼》：「遭時有所用，不能無爲也。」成玄英疏：「以前諸士遭遇時命，情隨事遷，故不能無爲也。」遇合：謂相遇而彼此投合。《吕氏春秋・遇合》：「凡遇合也時，時不合，必待合而後行。」《史記・佞幸列傳》：「諺曰『力田不如逢年，善仕不如遇合』，固無虛言。」名卿：公卿有聲望者。語出《管子・幼官》：「三年名卿請事，二年大夫通吉凶。」

〔八〕冠屨：頭戴帽，脚穿鞋。禮服，盛服。《史記·儒林列傳》：「冠雖敝，必加於首；履雖新，必關於足。何者，上下之分也。」櫑具：即櫑具劍。本古長劍名。《漢書·雋不疑傳》：「不疑冠進賢冠，帶櫑具劍，佩環玦，褒衣博帶，盛服至門上謁。」顔師古注引晉灼曰：「古長劍首以玉作井鹿盧形，上刻木作山形，如蓮花初生未敷時。今大劍木首，其狀似此。」漢武帝末，郡國盜賊群起，暴勝之爲直指使者督課至勃海，聞雋不疑賢，遣吏請與相見。不疑盛服謁之。後遂以「櫑具」爲學官之典。蘇軾《次韵錢舍人病起》：「殿門明日逢王傅，櫑具争先看不疑。」僉曰：皆曰。喻異口同聲。儒服：儒者服飾。《禮記·儒行》：「魯哀公問於孔子曰：『夫子之服，其儒服與？』孔子對曰：『丘少居魯，衣逢掖之衣。長居宋，冠章甫之冠。丘聞之也，君子之學也博，其服也鄉。丘不知儒服。』」按，元幹意謂范氏之德，堪充學官而有裨教化。稱：相稱。

妙喜道人真贊〔一〕

無礙辯才，正法眼藏，喜怒妄真，初不著相〔二〕。坐斷生死路，勃跳毗盧頂上〔三〕。吞却栗棘蓬，管甚黄茅瘴〔四〕？有認得老師，放他三十拄杖〔五〕。

【箋注】

〔一〕妙喜道人：善畫人物，嘗繪御容，蘇軾有詩贈之。真：寫真。按，此篇有韵。

〔二〕無礙辯才：見地非凡而口才超異。宋釋德洪《旃檀四十二臂觀音贊》：「願加被我，障盡心開。如觀世音，無礙辯才。」按，元幹似隱以僧辯才爲比也。無礙：佛教語。通達自在貌。梁簡文帝《大法頌》：「我有無礙，共向圓常。」辯才：佛教謂善於説法之才。《華嚴經・十忍品》：「雖知一切法遠離文字，不可言説，而常説法，辯才無盡。」正法眼藏：佛教語。謂佛教正法知見。黄庭堅《大潙喆禪師真贊》：「即邪是正，即藥是病。乞水指井，乞飯與甑。殺人如麻，出邪命定。而得正命，尸羅清浄。而八萬四千清浄，是謂毗盧遮那正法眼藏。」正法：佛所説法。《雜阿含經》卷二四：「出興于世，演説正法。」眼藏：猶法眼，指眼光。喜怒妄真：蓋泛指佛教所説種種煩惱障礙。著相：佛教語。形象狀態言行有意呈現者。猶言露圭角、見端倪。《壇經・機緣品》：「無端起知見，著相求菩提。」《黄檗山斷際禪師傳心法要》：「造惡造善，皆是著相。著相造惡，枉受輪迴；著相造善，枉受勞苦。」

〔三〕坐斷生死路：參透明識生死之理。宋釋宗杲《偈頌十四首》三：「一刀截斷生死路，摩醯正眼頂門開。」坐斷：占據，把住。當時口語。辛棄疾《南鄉子・登京口北固亭有懷》：「年少萬兜鍪，坐斷東南戰未休。」劉過《題潤州多景樓》：「金山焦山相對起，挹盡東流大江水。一樓坐斷水中央，收拾淮南數千里。」此則謂能正確把握精義也。坐：示事之從容自然。勃跳毗盧頂上：喻得頓時超凡入聖也。勃跳：驟然躍上。當時口語。勃：急驟貌。宋釋宗杲《偈頌一百六十首》七十七：「結夏方得五日，露柱却知端的。勃跳撞入燈籠，普爲諸人入室。」宋釋道顔《偈七首》三：「雲門扇子勃跳上三十三天，築著帝釋鼻孔。」毗盧頂上：宋釋重顯《頌一百則》

一百：「一國之師亦强名，南陽獨許振嘉聲。大唐扶得真天子，曾踏毗盧頂上行。」宋李之儀《題智老小軒》：「高步毗盧頂上身，旋開窗牖外風塵。」毗盧：「毗盧遮那佛」之省稱。即大日如來。蘇轍《夜坐》：「知有毗盧一徑通，信脚直前無別巧。」按，此言道人修養之高深，無憂障礙，應上「正法眼藏」。

〔四〕吞却栗棘蓬：禪宗楊岐方會禪師話頭。《五燈會元》卷十九《楊岐方會禪師》：「龍興孜和尚遷化，僧至下遺書。師問：『世尊入滅，槨示雙趺。和尚歸真，有何相示？』僧無語。師搥胸曰：『蒼天！蒼天！』室中問僧：『栗棘蓬你作麽生吞？金剛圈你作麽生透？』」宋釋惠洪《注石門文字禪・佛印璵禪師贊》：「要識當年栗棘蓬，白藕火中香不改。」蓋喻修行之精苦。宋釋宗杲《偈頌一百六十首》一三四：「禪禪，吞却栗棘蓬，透發金剛圈。」宋釋慧遠《禪人寫師真請贊》其一：「早依圜悟，晚住林泉。無門雪屈，遍界聲冤。對天子廓摩醯首羅眼，提楊岐金圈栗棘蓬禪。神仙秘訣，父子不傳。平地放開縛虎手，等閑迸出攔胸拳。」按，栗殼多刺如棘而密匝如蓬。管甚黄茅瘴：意謂不理會是否得成佛道也。黄茅瘴：嶺南瘴氣發於秋葉黄落時候者。晉嵇含《南方草木狀》：「芒茅枯時，瘴疫大作，交廣皆爾也，土人呼曰黄茅瘴，又曰黄芒瘴。」《元和郡縣圖志・嶺南道・廉州》：「自瘴江至此，瘴癘尤甚，中之者多死，舉體如墨。春秋兩時彌盛，春謂青草瘴，秋謂黄茅瘴。」按，此言道人修行之精進，無有恐懼，應上「初不著相」。

〔五〕有認得老師：意謂其人堪能爲師傅也。《景德傳燈録譯注》卷十六《青原行思禪師法嗣之三・前澧州夾山善會禪師法嗣・撫州黄山月輪禪師》：「一日，夾山抗聲問曰：『子是什麽處人？』

師曰：『閩中人。』曰：『還識老僧否？』師曰：『和尚還識學人否？』曰：『不然。子且還老僧草鞋價，然後老僧還子江陵米價。』師曰：『恁麼即不識和尚。未委江陵米作麼價？』夾山曰：『子善能哮吼。』乃入室受印。」又卷二十六《青原行思禪師法嗣十三·前天台山德韶國師法嗣·杭州龍册寺曉榮禪師》：「僧問：『祖祖相傳，未審和尚傳阿誰？』師曰：『汝還識得祖未？』……」認得：識得。唐宋常語。唐釋玄覺《永嘉證道歌》：「自從認得曹溪路，了知生死不相關。」宋邵雍《風吹木葉吟》：「萬水千山行已遍，歸來認得自家身。」老師：導師年老輩尊者。僧侶之尊稱。唐姚合《贈盧沙彌小師》：「年小未受戒，會解如老師。」放他三十拄杖：猶言放某人過而不與之三十拐杖。宋釋子益《頌古十一首》十一：「三十拄杖放渠儂，大似賊過後張弓。」元幹之意同此。三十拄杖：南宗禪師接引門徑之一，蓋當頭棒之類，其要旨在以此非常手段，出其不意而破除來學後進者既有知見迷障，俾能無所束縛。《五燈會元》卷十七《黄龍南禪師法嗣·寶峰克文禪師》：「洞山門下，無佛法與人，祇有一口劍。凡是來者，一一斬斷，使伊性命不存，見聞俱泯。却向父母未生前與伊相見，見伊纔向前便爲斬斷。然則剛刀雖利，不斬無罪之人。莫有無罪底麼？也好與三十拄杖。」又卷二十《徑山杲禪師法嗣·薦福悟本禪師》：「上堂：『高揖釋迦，不拜彌勒者，與三十拄杖。何故？爲他祇會步步登高，不會從空放下。東家牽犁、西家拽杷者，與三十拄杖。何故？爲他祇會從空放下，不會步步登高。山僧恁麼道，還有過也無？衆中莫有點檢得出者麼？若點檢得出，須彌南畔，把手共行。若點檢不出，布袋裏老鴉，雖活如死。』」按，此謂妙喜道人堪爲師傅，人若認之作師，則不得罰。

慧照譽和尚真贊〔一〕

行解一如，根器純熟，果位中古聖賢，叢林中老尊宿〔二〕。三樂十二分，横説倒説圜通，八萬四千門，胡現漢現具足〔三〕。大洪山頂運慈悲，攝受虎狼蛇虺毒，正當恁麽時，好作没量福〔四〕。維摩鉢裏遍虚空，活盡行旅衣冠族〔五〕。誰能辨此供養心？要使衆生脱魚肉〔六〕。我知芙蓉宗派有兒孫，那箇是渠本來真面目〔七〕？咄〔八〕！

【箋注】

〔一〕真：寫真。慧照譽和尚：隨州大洪慧照慶預。《五燈會元》卷十四：「隨州大洪慧照慶預禪師。上堂：『進一步踐他國王水草，退一步踏他祖父田園。不進不退，正在死水中，還有出身之路也無？蕭騷晚籟松釵短，游漾春風柳線長。』上堂舉船子囑夾山曰：『「直須藏身處無踪迹，無踪迹處莫藏身。吾在藥山三十年，祇明此事。」今時人爲甚麽却造次？丹山無彩鳳，寶殿不留冠。有時憨，有時癡，非我途中争得知？』」篇中云「大洪山頂運慈悲」，此僧法名慶預，正在大洪山慧照寺，或即慧照譽和尚。預、譽音同，或得相通爲用。待考。

〔二〕果位：僧徒修證所及已證正果之位次。對「因位」而言。佛教語。宋釋德洪《四偈》四：「南山證果位，天神常伏膺。」宋蔡絛《鐵圍山叢談》卷五：「今人動自負道家真伯，釋氏果位，恐悉過矣，得不勉旃！」行解一如：知見修行，皆如法得理。殆近儒家所謂知行合一。行解：佛教語。謂心所取之境相。一如：即真如之理。佛教語。不二曰一，不異曰如，不二不異，謂之「一如」。《摩訶般若波羅蜜經·曇無竭品》：「是諸法如，諸如來如，皆是一如，無二無別，菩薩以是如入諸法實相。」唐李邕《國清寺碑》：「以一如正受之力，致三朝大事之因。」根器純熟：本質純粹。根器：稟賦、氣質。佛教語。唐李華《潤州鶴林寺故徑山大師碑銘》：「群生根器，各各不同，唯最上乘，攝而歸一。」黄庭堅《次以道韵寄范子夷子默》：「鼓缶多秦聲，琵琶作胡語。是中非神奇，根器如此故。」純熟：精通；純粹。蘇軾《次韵定慧欽長老見寄》四：「真源未純熟，習氣餘陋劣。」朱熹《借韵呈府判張丈既以奉箴且求教藥》：「飛騰莫羡摩天鵠，純熟須參露地牛。」叢林：禪林。禪僧多在隱僻之處修行。尊宿：見前《奉送真歇禪師往阿育山兼簡黄檗雲峰諸老》注一二。按，此言譽之質地純粹、修行貞正，已入得道境界。

〔三〕三藥十二分：應爲「三乘十二分」。乘、藥形近。三乘十二分，即三乘十二分教，謂一切佛教。横説倒説圓通：意謂闡發佛法大義已得自在無礙。宋釋介諶《偈三首》三：「我若説有，你爲有礙。我若説無，你爲無礙。我若横説，你又跨不過。我若竪説，你又跳不出。若欲叢林平貼，大家無事，不如推倒育王。」横説倒説：猶横説竪説，多方論説，反復喻解。《景德傳燈録·希運禪師》：「且如四祖下牛頭融大師，横説竪説，猶未知向上關棙子。」圓通：即圓通。悟識法性，不偏倚，無障礙。佛教語。《楞嚴經》卷二二：「阿難及諸大衆，蒙佛開示，慧覺圓通，得無疑惑。」范成大《晚集南樓》：「懶拙已成三昧解，此生還記一圓通。」胡現漢現具足：意謂知見完滿，足以應機接物，無所欠缺無所損失，如鏡之影像然。胡現漢現：宋李之儀《晦堂寶覺真贊》：「不勉而中，不思而得。從容中道，是爲極則。胡來胡現，漢來漢現。」胡，胡人；漢，漢人。具足：完備。

〔四〕大洪山頂運慈悲：慧照禪師之祖師道楷禪師在隨州大洪山弘法也。大洪禪師（一〇四三——一一一八），俗姓崔，諱道楷。沂州費縣（今山東蒼山），一説沂水（今在山東）人。曹洞宗第八世高僧。崇寧三年（一一〇四），徽宗召住京師十方净因禪院，賜紫衣及「定照禪師」之號。師却而不受，帝怒，黥而流淄州，不屈。帝悟，聽其自便，師遂於芙蓉湖上建寺，大揚禪風，學者風從。世稱芙蓉道楷。有《芙蓉道楷禪師語要》一卷行世。陸游《渭南文集》卷二二有《大洪禪師贊》，可參看。攝受虎狼蛇虺毒：喻一切惱痛，皆願代大衆禁受、制伏。謂其誓願之深廣。攝受：佛教語。謂佛以慈悲心收取、護持衆生。梁簡文帝《大愛敬寺刹下銘》：「應此一千，現兹權實，隨方攝受，孰能弘濟。」《壇經·頓漸品》：「汝可他日易形而來，吾當攝受。」虎狼蛇虺毒：泛指塵世所有煩惱苦難。吕本中《戒殺八首》八：「虎狼非不仁，天機使之然。蛇虺肆百毒，此亦受之天。」正當恁麽時：當下。禪宗恒語。宋釋清遠《偈頌一一二首》四十：「正當恁麽時，歷劫不曾迷。步步超三界，歸家頓絶疑。」宋釋印肅《偈頌三十首》二十九：「臘月三十夜，髑髏自相駡。閻老索飯錢，汝等怕不怕。龜毛敲兔角，五彩虛空畫。正當恁麽時，摩尼誰著慣。」好作没量福：好好修行，或適宜修行。作福：佛教語。謂作善事而獲福祉。語出《書·盤庚上》：「作福作灾，予亦不敢動用非德。」孔傳：「善自作福，惡自作灾。」佛教以爲行善可以修福。没量福：無量福。當時口語。《明覺禪師語録》卷一：「問僧……師云：『行脚費却多少草鞋？』僧云：『和尚莫瞞人好。』師云：『我也没量罪過。爾作麽生？』僧無語。」好：兼努力、適宜二義，皆可通。

〔五〕維摩鉢裏遍虚空：蓋謂維摩詰之道廣大普遍也。《普菴印肅禪師語録》卷三：「不宰是真功，色不異於空。起時唯法起，眼瞎耳兼聾。飯湧維摩鉢，聞香即解脱。後來香積人，到被佗輪撥。」維摩：維摩詰。見前《病中示彭德器》注二。鉢：似兼兩事。《維摩詰經·弟子品第三》：「佛告賢者大迦葉：『汝行詣維摩詰問疾。』迦葉白佛言：『我不堪任詣彼問疾。所以者何？憶念我昔於貧聚而行乞。時維摩詰來謂我言：「如賢者有大哀，捨大姓從貧乞。當知已等法施，普施於所行，已能不食，哀故從乞。如不以言，若住空聚，所入聚中，欲度男女，所入城邑，知其種姓，輒詣劣家所行乞，於諸法無所受……」』」又：「佛告長老須菩提：『汝行詣維摩詰問疾。』須菩提白佛言：『我不堪任詣彼問疾。所以者何？憶念我昔入其舍欲乞食。時維摩詰取我鉢盛滿飯，謂我言：「設使賢者，於食等者諸法得等，諸法等者得衆施等。如是行乞爲可取彼……」時我世尊。得此惘然不識是何言、當何説，便置鉢出其舍。維摩詰言：「唯須菩提，取鉢勿懼！……」』」故《敦煌歌辭總編》卷五《維摩托疾二十八首》唐敦煌曲子：「食時辰，食時辰。迦葉頭陀偏乞貧。須菩提持鉢見居士，捨貧從富被呵嗔。」居士，維摩詰。又：「佛親侍，阿難云：如來有疾要醫身。持鉢乞乳呵令去，慎莫教他外道聞。」持鉢乞乳者，阿難；呵令去者，維摩詰。宋人無問緇素，似皆好用此典。沈遼《召楚興禪師》：「匡牀我示維摩疾，持鉢師來舍衛城。與汝欲分香積飯，不妨作戲説浮生。」我，佛陀。蘇軾《遊中峰杯泉》：「石眼杯泉舉世無，要知杯渡是凡夫。可憐狡獪維摩老，戲取江湖入鉢盂。」釋了惠《雁山出隊上陳侍郎》：「尊者從空擲鉢來，神通用盡却成獃。看來不似維摩老，一默千門萬户開。」遍虚空：滿虚空非、遍滿虚空，禪家好爲此言。兹刺舉一例，以概其餘。《五燈會元·智海平禪師法嗣·净因繼成禪師》：「師……遂顧善曰：『須知我此一喝，不作一喝用。有無不及，情解俱忘。道有之時，纖塵不立；道無之時，横遍虚空。』」按，此以維摩詰爲比。活盡行旅衣冠族：謂到處拯救富貴之人也。活盡：悉數救脱。禪宗恒語。《佛果圜悟禪師碧巖録》卷五：「古人道：『殺盡死人，方見活人；活盡死人，方見死人。』趙州是活底人，故作死問。」（古人，趙州從諗和尚。）又《介石智朋禪師語録》：「上堂：『頭頂天，脚踏地；開口喫飯，鼻孔出氣；死盡活，活盡死。……』」死盡活，猶今言死的全部救活也。衣冠族：富貴者。按，此句或實言「行旅活盡衣冠族」，行旅，謂隨處行教法，或謂衣冠者奔競於世，亦可通。

〔六〕辨此供養心：謂人有信受也。脱魚肉：免於塗炭之災。魚肉：被欺凌，受傷害。《漢書·灌夫傳》：「太后怒，不食，曰：『我在也，而人皆藉吾弟，令我百歲後，皆魚肉之乎！』」宋嚴羽《庚寅紀亂》：「承平盜賊起，喪亂降自天。荼毒恣兩道，兵戈浩相纏……不然盡魚肉，遺黎何有焉。」按，句謂人若能信受於其教導，必將得佛之護持保佑也。

〔七〕芙蓉宗派有兒孫：謂芙蓉道楷禪師所開宗風得以弘揚也。芙蓉：芙蓉道楷禪師。《五燈會元·青原下十一世投子青禪師法嗣》：「芙蓉道楷禪師東京天寧芙蓉道楷禪師，沂州崔氏子。自幼學辟谷，隱伊陽山。後遊京師，籍名術臺寺，試法華得度。謁投子於海會，乃問：『佛祖言句，如家常茶飯。離此之外，別有爲人處也無？』子曰：『汝道寰中天子敕，還假堯舜禹湯也無？』師欲進語，子以拂子師口曰：『汝發意來，早有三十棒也。』師即開悟……大觀初，開封尹李孝壽奏師『道行卓冠叢林，宜有褒顯』，即賜紫方袍，號定照禪師。内臣持敕命至，師謝恩竟，乃陳己志：『出家時嘗有重誓，不爲利名，專誠學道，用資九族。苟渝願心，當棄身命。父母以此聽許。今若不守本志，竊冒寵光，則佛法、親盟背矣。』於是修表具辭。復降旨京尹堅俾受之。師確守不回，以拒命坐罪。奉旨下棘寺，與從輕。寺吏聞有司，欲徒淄川。有司曰有疾，與免刑。及吏問之，師曰：『無疾。』曰：『何有灸瘢邪？』師曰：『昔者疾，今日愈。』吏令思之。師曰：『已悉厚意，但妄(言)非所安。』乃恬然就刑而行。從之者如歸市。及抵淄川，僦居，學者愈親。明年冬，敕令自便。庵於芙蓉湖心，道俗川湊。」芙蓉：芙蓉湖，《讀史方輿紀要》卷三二《山東三·兖州府上·嶧縣》「泇河」注：「在縣南。有二：東泇河出榜山……西泇河出君山，東南流至三合村，有魚溝水及東泇河並會於此，因名。南貫四湖，溉田倍於芙蓉湖。」今人曾棗莊主編《宋代序跋全編》卷一八《〈般陽集〉序》：「招提西都道場，今芙蓉湖老人楷公昔所棲止。」芙蓉湖老人楷公，即芙蓉道楷禪師也。兒孫：嗣法弟子。道楷弟子丹霞子淳傳清了真歇，即元幹友人，天童正覺宏智，大洪慧照慶預，俱有名。俱參《五燈會元》同卷《十三世丹霞淳禪師法嗣》。那箇是渠本來真面目：謂慧照禪師得芙蓉教法，而能應機接引，運用無方也。贊美之辭。那箇：哪個，哪一種，哪一樣。本來真面目：本色。禪宗恒語。《景德傳燈録·道信大師與弘忍大師旁出法嗣·弘忍大師旁出法嗣》袁州蒙山道明禪師：「盧行者見師奔至，即擲衣鉢於盤石，曰：『此衣表信，可力争耶！任君將去。』師遂舉之，如山不動，踟躇悚慄，乃曰：『我來求法，非爲衣也。願行者開示於我。』祖曰：『不思善，不思惡，正恁麽時，阿那个是明上坐本來面目？』師當下大悟，遍體汗流，泣禮數拜，問曰：『上來密語密意外，還更别有意旨否？』祖曰：『我今與汝説者，即非密也。汝若返照自己面目，密却在汝邊。』師曰：『某甲雖在黄梅隨衆，實未省自己面目。今蒙指授入處，如人飲水，冷暖自知。今行者即是某甲師也。』」

〔八〕咄：喝聲。禪師好用以爲激發、接引來學俾其驟得開悟之術。

康伯檜畫贊〔一〕

元紫芝眉宇，澹然簡古，謝幼輿丘壑，正爾卓犖〔二〕。乃若吾子，以邁往不群之氣，與神鋒太儁之姿，方幼輿，恐未免於富貴，慕紫芝，雅有志於文辭〔三〕。蓋浮游物表，殆仿佛其如此〔四〕。彼輪囷胸次，亦孰得而知耶〔五〕？

【箋注】

〔一〕康伯檜：蓋元幹之友。元幹有《謁金門・送康伯檜》詞。按，此篇有韵。

〔二〕元紫芝眉宇：《新唐書・卓行傳・元德秀》：「質厚少緣飾……德秀善文辭，作《蹇士賦》以自況。房琯每見德秀，嘆息曰：『見紫芝眉宇，使人名利之心都盡。』」後成稱譽人氣質秀出不同凡流之典。王安石《和微之藥名勸酒》：「紫芝眉宇傾一坐，笑語但聞雞舌香。」宋謝薖《招李商老兄弟時聞權守陳公留之未聽其來》：「十年不見令兄弟，眉宇長懷元紫芝。」元紫芝：名德秀（六九六—七五四），河南（今洛陽）人，北魏鮮卑族拓跋部後裔。開元二十一年進士。求爲魯山令，歲滿去職，愛陸渾佳山水，乃定居。天寶十三載卒。善文辭，友蕭穎士、劉迅，李華兄事之。及卒，華謚曰文行先生。士大夫高其操行，尊而不名，謂之元魯山。生平見李華《元魯山墓碣銘》等。眉宇，言氣質風度。澹然簡古：質性安舒散漫。澹然：鎮静安定貌。《文選・揚雄〈長楊賦〉》：「使海内澹然，永忘邊城之灾。」李善注：「澹，安也。」簡古：簡樸古雅。韓愈《王公神道碑銘》：「翔於郎署，騫於禁密，發帝之令，簡古而蔚。」謝幼輿丘壑：《世説新語・巧藝》：「顧長康畫謝幼輿在巖石裏。人問其所以。顧曰：『謝云：一丘一壑，自謂過之。此子宜置丘壑中。』」後成稱譽人不求榮利逍遥自達之典。宋葛勝仲《程良器嘉量解元許爲寫照作詩求之》：「幼輿政自丘壑人，試爲寫傳巖石裏。」謝鯤（二八一？—三二三？）：東晉陳郡陽夏人，字幼輿。少知名，好《老》《易》。性通簡，能歌，善鼓琴，以琴書自娱。避亂江東，王敦引爲長史。敦謀亂，鯤知不可以道匡弼，乃與畢卓、王尼等縱酒僞醉，從容諷議。正爾卓犖：猶言如此非凡。正爾：見前《奉送李叔易博士被召赴行在所》注一七。卓犖：超絕出衆。《後漢書・班固傳》：「卓犖乎方州，羨溢乎要荒。」李賢注：「卓犖，殊絕也。」

〔三〕乃若：即乃若，至於。吾子：對稱敬辭。邁往不群之氣：不同凡響之襟懷氣概。宋黄震《黄氏日鈔》卷九一《跋臨川張清伯求志齋記》：「臨川張清伯，負邁往不群之氣，歷覽江淮險要，結交當世名公貴人，此其有志當世爲何如？」神鋒太雋之姿：語出《世説新語・賞譽上》：「王平子（澄）目太尉：『阿兄形似道，而神鋒太俊。』太尉（衍）答曰：『誠不如卿落落穆穆。』」神鋒：氣概，風標。雋：風度俊邁秀拔。按，王語本微挾貶義，言過爲暴露芒角也。後人用謂典實，則多偏取稱贊人才華傑出之義。歐陽修《七交七首・尹書記》：「師魯天下才，神鋒凜豪俊。」未免於富貴：謂差强於謝之蕭條。蓋謔辭。雅有志於文辭：謂有著文述志之意。文辭：實指「德秀善文辭，作《蹇士賦》以自況」而言，非謂康欲作文士也。

〔四〕浮游物表：逍遥於塵俗之外。浮遊：漫遊，遨遊。《莊子・在宥》：「浮游，不知所求；猖狂，不知所往。」嵇康《述志詩二首》一：「浮游太清中，更求新相知。」物表：物外，世俗之外。《文選・孔稚圭〈北山移文〉》：「若其亭亭物表，皎皎霞外，芥千金而不盼，屣萬乘其如脱。」張銑注：「表，外也。物表，霞外，言志高遠也。」孟郊《游韋七洞庭別業》：「物表易淹留，人間重離析。」仿佛：類似。意謂大體如此。

〔五〕輪困胸次：言其胸懷之弘深飽滿。韓愈《贈別元十八協律六首》四：「窮途致感激，肝膽還輪困。」宋祁《答書》二：「答書牛馬走，卜疏草茅人。久謝輪困器，羞言阿堵神。」「肝膽輪困」、「輪困器」，其意皆同。輪囷：碩大貌。《禮記·檀弓下》「美哉輪焉」，鄭注：「輪，輪囷，言高大。」范成大《吴船録》卷上：「尤多荔枝，皆大本，輪囷數圍。」孰得而知：意謂不易知也。

西禪隆老海印大師贊〔一〕

揚子江心，飽經波浪；臨平山上，看盡風光〔二〕。驀然唱個還鄉曲，來坐海上古道場①〔三〕。其圜機轉物也，山河大地不離掌握；其辯口談天也，邪魔外道爲之膽碎〔四〕。知我者謂我逢場作戲，不知我者謂我拖泥帶水〔五〕。請看父母未生時，只這面目何曾是〔六〕？咄！

【校】

① 海上：國圖藏本作「海山」。

【箋注】

〔一〕西禪隆老海印大師：福州大中德隆海印禪師。隆老：尊稱。見《五燈會元》卷十六《智海逸禪師法嗣·大中德隆禪師》。出身事迹，不甚可詳。待考。

〔二〕揚子江心、飽經波浪：此喻其閱歷之富。禪家或有此語。宋法應集、元普會續集《禪宗頌古聯珠通集》：「睦州……頌曰：……『楊子江頭波浪深，行人到此盡沉吟。他時若到無波處，還似有波時用心。』(千峰琬)」彼此近似。飽經波浪，猶言「飽(經)風浪」，蓋以下句言「風光」，故易其文曰「波浪」。元幹《跋江天暮雨圖》有「老眼平生飽風浪，猶憐別浦釣船歸」云云，可參。頗疑元幹此語，兼爲實指。海印禪師或嘗行道金焦之地。潤州(今江蘇鎮江)金山、焦山，時有叢林，道迹殊盛，焦山在江水中。惜事實莫得而詳。波浪，水面起伏不平者。喻起伏無定之思潮。《壇經・疑問品》：「(惠能)大師言：『……煩惱無，波浪滅……』」臨平山上、看盡風光：贊其弘法之篤。臨平山：在杭州。當時佛教甚盛。看盡風光：飽覽美景。此蓋喻其得深入佛理。風光：疑即「本地風光」，禪家恒語，喻智慧覺悟之資性能力人所自有者。宋祖琇《僧寶正續傳》：「行至無可行，學至無可學，虛心久久地，不覺不知，本地風光，現前照用，著著歷落。」按，句謂海印禪師遭逢廣大、知見深入也。

〔三〕驀然：驟然。唱還鄉曲：本喻修道之人不失本心、無所迷没而有解脱也。唐洞山良价禅师《新豐吟》：「古路坦然誰措足，無人解唱還鄉曲。」宋釋印肅《頌十玄談》七《還源》：「還鄉曲調如何唱，蝶拍鶯歌大道場。」此蓋兼指身返故里行道而言。還鄉曲：蓋泛言，莫從坐實實指。海上古道場：蓋指西禪寺，海印所住。海上：海濱。此蓋指福州。按，句嘆其新得方丈於福州勝處也。

〔四〕圜機轉物：言能以善巧方便啓悟諸檀越。《天界覺浪盛禪師全録・禮開山國一欽禪師》：「牛頭一枝……點開馬祖圜機，惑亂天下無已。」《錦江禪燈・獨峰竹山道嚴禪師》：「臨濟之全提玄要，照用同時；洞山之妙葉君臣，玄踪鳥道；潙仰之圓機殺活，父子同條；雲門之顧鑒直指，門庭高峻；法眼之色聲密用，心法圓明。五宗異户，堂奥同登。」語出《莊子·盜跖》：「若是若非，執而圓機；獨成而意，與道徘徊。」成玄英疏：「執於環中之道以應是非，用於獨化之心以成其意，故能冥其虛通之理，轉變無窮者也。」今人陳鼓應注引李勉曰：「亦猶《齊物論》『得其環中，以應無窮』之意。『執而圓機』，謂執汝圓形之機件以相轉不息，忘去是非。」其言最的。王安石《和聖俞農具詩十五首》四《水車》：「取車當要津，膏潤及遠野。與天常斡旋，如雨自滲瀉……此理乃可言，安得圓機者。」宋郭祥正《水磨》：「盤石琢深齒，貫輪激清陂。運動無晝夜，柄任誰與持……功成給衆食，勢轉隨圓機。」水車、水磨，皆機械迴旋運轉者，二家以實爲辭，正得古意。哲人詩人進而取譬，因實成虛，遂以明見解超脱、機變圓通之義。隋王通《中説·周公》：「安得圓機之士，與之共言九流哉！」黄庭堅《陪師厚遊百花洲槃礴范文正祠下道羊曇哭謝安石事因讀生存華屋處零落歸山丘爲十詩》八：「在昔實方枘，成功見圓機。」禪家用心，蓋亦同此。轉物：謂誘導他人使循方行義也。轉：本即機械爲言，引申之則爲教化遷變義；物：人。黄庭堅《明叔知縣和示過家上冢二篇復次韵》二：「更歷飽艱難，抑搔知痒痛。聞道下士笑，轉物大人勇。」佛教離苦得樂之類，亦即此義。晁冲之《送一上人還滁州琅琊山》：「上人法一朝過我，問我作詩三昧門。我聞大士入詞海，不起宴坐澄心源。禪波洞徹百淵底，法水蕩滌諸塵根。迅流速度超鬼國，到岸捨筏登崑崙。無邊草木悉妙藥，一切禽鳥皆能言。化身八萬四千臂，神通轉物如乾坤。」正運化佛教之語爲説，可謂本色。山河大地不離掌握：喻教理圓融，無所不該，有如運世間萬象於一掌。《禪宗頌古聯珠通集》：「太宗一日擎起鉢，問丞相王隨曰：『既是「大庾嶺頭提不起」，爲甚麼却在寡人手裏？』隨無對。慈明圓代云：『陛下有力。』頌曰：『大地收歸掌握間，鉢盂擎起有何難？箇中消息憑誰委，秋水秋雲秋夜寒。』」（委，唐宋口語，解了。「誰委」，猶今言誰懂得。）山河大地：廣大世界。語本《楞嚴經》：「富樓那！……山河大地，諸有爲相，次第遷流；因此虛妄，終而復始。」禪家恒語。《黄檗斷際禪師宛陵録》：「山是山水是水，僧是僧俗是俗，山河大地，日月星辰，總不出汝心。三千世界都來是汝箇自己，何處有許多般？」（都來，一總，略如今言全部。）辯口談天：口舌調利，辭令美備，善能談論玄妙哲理。辯口：口才優異。語出《史記·范雎蔡澤列傳》：「齊襄王聞雎辯口，乃使人賜雎金十斤及牛酒，雎辭謝不敢受。」唐天然《孤寂吟》：「塵滓茫茫都不知，空將辯口瀉玄微。」談天：本指戰國齊陰陽家鄒衍。衍爲人，其語宏大難測，人號曰「談天」。《史記·孟子荀卿列傳》：「騶衍之術迂大而閎辯……故齊人頌曰：『談天衍，雕龍奭，炙轂過髡。』」集解引劉向《别録》：「騶衍之所言，五德終始，天地廣大，盡言天事，故曰『談天』。」（騶、鄒同。）轉謂能言善辯。李白《贈韋秘書子春二首》一：「惟君家世者，偃息逢休明。談天信浩蕩，説劍紛縱横。」邪魔外道爲之膽碎：謂能破除佛教敵人之破壞迷障。禪家好爲此語。宋釋德洪《次韵許叔温賦龍學鐵杖歌》：「个是雲門真正脈，不學芭蕉空指月。十方都在此杖頭，視之不見纖毫隔。説禪遊戲時卓地，魔外狐禪俱膽碎。」（个，今言這個。卓地，直立於地、擊地。）宋釋宗杲《偈頌十四首》一：「普提宿將坐重圍，劫外時聞木馬嘶。寸刃不施魔膽碎，望風先已竪降旗。」魔外狐禪膽碎、魔膽碎，元幹同之，得語録本色。邪魔外道：旁門左道。佛門以己爲「内」，與己不同之教，概曰「外道」，其中敵對者，則曰「邪魔外道」。《藥師經》下：「又信世間邪魔外道，妖孽之師，妄説禍福。」漸指一切不正之説。宋蕭廷之《西江月》：「外道邪魔縮項，相將結實中宮。」膽碎，猶破膽、膽破，初喻恐懼之極。岑參《赴犍爲經龍閣道》：「汗流出鳥道，膽碎窺龍渦。」轉喻潰敗退却，元幹此文用此義。按，句謂其人修養醇至，解會高深，故能啓發善信，是弘法之優也；復有議論風發之能，足以摧折諸不信者，則護法之力耳。

〔五〕逢場作戲：賣藝者得地即開演，喻隨宜發揮，無所拘束。宋釋重顯《保福四謾人》：「竿木隨身老作家，逢場作戲更難加。」宋釋宗杲《偈頌十四首》四：「逢場作戲隨世緣，而於世緣無所著。」文人喜談禪者，亦頗運用之。蘇軾《六觀堂老人草書》：「云如死灰實不枯，逢場作戲三昧俱。」李之儀《題僧道符天遊齋》：「逢場作戲由來事，可笑區區問髑髏。」拖泥帶水：行泥水中者，必有所沾染、滯礙，難以潔净、痛快，喻言論見解之類不能明晰、透澈、爽利。唐釋文遠記《趙州和尚語録》：「拈提向上宗乘，念佛則漱口三日；善解拖泥帶水，隨問而隨答有無。」宋釋正受編《嘉泰普燈録・天寧佛果圓悟勤禪師》：「示隆知藏曰：『有祖以來，唯務單傳直指，不喜帶水拖泥。』」按，逢場作戲、拖泥帶水，皆禪家常語而恒喻。我，代指海印法師；亦以自指。元幹蓋自欣與隆知契無間，至外人之不解猜測，聽之而已。

〔六〕父母未生時：禪宗常用話頭之一。喻佛法建立之前也。禪宗好以「祖師西來意」、「向上一路」爲辯論參印之資，「父母未生時」，正「向上一路」也。父母：蓋謂祖師，與「子孫」相對爲言。

《五燈會元·湧泉欣禪師法嗣》：「台州六通院紹禪師，一日，湧泉問……問：『父母未生時，那人何處立？』師曰：『卦兆未興，孫臏失筭。』」又《谷隱聰禪師法嗣》：「金山曇穎達觀禪師，首謁大陽玄禪師，遂問：『洞山特設偏正君臣，意明何事？』陽曰：『父母未生時事。』師曰：『如何體會？』陽曰：『夜半正明，天曉不露。』師罔然。遂謁谷隱，舉前話，隱曰：『大陽不道不是，祇是口門窄，滿口説未盡。老僧即不然。』師問：『如何是父母未生時事？』隱曰：『糞墼子。』師曰：『如何是夜半正明，天曉不露？』隱曰：『牡丹花下睡貓兒。』師愈疑駭。」面目：參上《慧照譽和尚真贊》注七。按，句謂海印大師教理悉通、行解皆到，其來有自，難可測度。蓋所以贊嘆之也。

醫僧真應師贊①〔一〕

慈濟之孫，慧覺之子〔二〕。以疾苦度諸衆生，以藥石作大佛事，是爲僧中之扁鵲，故能療人之垂死。而圓頂方袍，亦略取其形似者也〔三〕。

【校】

① 詩題：文淵閣本原無「師」字，據南圖藏本增。

【箋注】

〔一〕醫僧真應師：慧覺禪師弟子，事迹未詳。按，佛教自西方入中土，頗以醫道利益信衆，轉而利益本教。

〔二〕慈濟之孫、慧覺之子：真應，慈濟之徒孫，慧覺之弟子。慈濟，《續傳燈録》卷十八：「齊岳：嘗受業於湖州青蓮院，爲江陵福昌重善禪師法嗣，青原下十世。避方累年，既倦而歸。紹興中主院事。嘗住湖州上方院。妙於醫，以術濟人，人稱慈濟。」齊玉（一〇七一—一一二九），一作齊璧，字復圭，錫號慧覺。受教於祥符神智，次依慈辨。慈辨令歸湖州闡化。凡十年間，主杭州超化、湖州寶藏、蘇州觀音等院，靡不服從。復繼慈辨主天竺院。建炎三年逝，年五十九。賜謚妙辯。所著有《尊勝懺法》《普賢觀新疏》等。岳、玉音同。按，慈濟、慧覺，皆重善禪師法嗣。子孫：禪宗慣以父子之繼續比方師徒之傳承。見前《次韵奉酬楞伽室老人……可謂趁韵也》注四。

〔三〕圓頂方袍：僧徒也。圓頂：佛子薙髮露頂。方袍：謂袈裟，平展則方。當時緇素爲文，多好用之。宋釋重顯《三寶贊·僧寶》：「方袍圓頂義何宣，續焰千燈豈小緣。」宋李綱《遊長蘆見衆僧已披剃》：「圓頂方袍復舊儀，欣欣便覺衆情熙。」略取其形似者：意謂形在似不似之間。蓋真應僧而醫，不盡以修真爲事，元幹所以重其通脱也。

高蓋長老真贊〔一〕

唤作似慈濟也喝，唤作不似慈濟也喝〔二〕。夢幻泡影本來空，耳鼻舌身皆假合〔三〕。慈濟由是强名梵志，常翻著襪，赤灑灑，活潑潑〔四〕！咄！

【箋注】

〔一〕高蓋長老：慈濟禪師弟子，主高蓋院，其他事迹不詳。高蓋山：在福州。

〔二〕「唤作」句：意謂老師於來學之僧，無論其認得師尊、以爲見機得道與否，皆以一「喝」接引之。喝：禪宗接引後學著名機鋒之一，即當頭棒喝之「喝」。唤作：叫做，稱他爲。按，此有以不變應萬變之意，謂能取執簡馭繁之功也。似慈濟：謂得師法精要。慈濟：見前《醫僧真應師贊》注二。

〔三〕夢幻泡影：《金剛經·應化非真分》：「一切有爲法，如夢幻泡影。如露亦如電，應作如是觀。」本來空：一切皆空。空，非實有。耳鼻舌身：眼耳鼻舌身意六處之省。假合：佛教語。謂一切事物均由衆緣和合而成，暫時聚合，終必離散。李白《與元丹丘方城寺談玄作》：「茫茫大夢中，惟我獨先覺。騰轉風火來，假合作容貌。」王琦注：「釋家以此身爲地、水、火、風四大假合而成。」

〔四〕强名：姑且稱之爲。强：略如今言「勉强（要）、硬是（要）」。梵志：梵語意譯。古印度通稱一切「外道」修行者。《大智度論》卷五六：「梵志者，是一切出家外道。若有承用其法者，亦名梵志。」南朝梁蕭統《同泰僧正講》：「若人聆至寂，寄説表真冥；能令梵志遣，亦使群魔驚。」翻著襪：禪家著名話頭。蓋謂示人以我之顛倒錯誤，使彼反躬自省，因此認識煩惱迷障，進而親近解脱法門。黄庭堅《書梵志翻著襪詩後》：「『梵志翻著襪，人皆道是錯。乍可刺你眼，不可隱我脚。』一切衆生顛倒，類皆如此，乃知梵志是大修行人也。昔茅容殺雞飯其母，而以草具飯郭林宗，此翻著襪法也。」按，詩王梵志所作。後來文人，好用爲典實。陸游《閉户二首》一：「徇俗不如翻著襪，愛山只合倒騎驢。」元幹好談禪，此其所言，固皆本色語。

蘇廷藻畫贊〔一〕

賢公孫而樂爲寒士生涯，佳少年而慕用前輩風味〔二〕。蓋名駒在閑，已有千里之足；於菟墮地，便有食牛之氣〔三〕。天乎早孤，自立于世〔四〕。噫！抗志患不高，其高常失於絶物；閲書患不廣，其廣或滯於未通〔五〕。必也裹《陽秋》於皮裏，吞雲夢於胸中〔六〕。是宜尚友古之人，道何慮不挺挺然祖風〔七〕？充乎大者，自可以華其國；用其小者，亦足以美厥躬〔八〕！

【箋注】

〔一〕蘇廷藻：見前《走筆次廷藻韵二絶》注一及《跋蘇庭藻隸書後二篇》正文。按，此篇以「味、氣、世」、「通、中、風、躬」爲韵。

〔二〕賢公孫：猶言佳子弟。公孫：本諸侯之孫。《儀禮·喪服》：「諸侯之子稱公子，公子不得禰先君；公子之子稱公孫，公孫不得祖諸侯。」《漢書·惠帝紀》：「内外公孫。」顔師古注引張晏曰：「公孫，宗室侯王之孫也。」泛指盛族名門子孫。佳少年：猶言好後生。黄庭堅《次韵胡彦明同年羈旅京師寄李子飛三章一章道其困窮二章勸之歸三章言我亦欲歸耳胡李相甥也故有檳榔之句》其二：「檳榔一斛何須得，李氏弟兄佳少年。」慕用：景仰而效仿。《史記·張耳陳餘列傳論》：「及據國争權，卒相滅亡，何鄉者相慕用之誠，後相倍之戾也！」宋張孝祥《同胡邦衡夜直》：「慕用高名二十年，敢期丹地接周旋。」前輩風味：先人儀範。風味：見前《跋洞庭山水樣》注二。

〔三〕名駒在閑：好馬駒在廄中。喻名家少年子弟。名駒：馬駒名貴者。喻有才華後生。南朝梁費昶《贈徐郎詩》：「皎皎名駒，昂昂野鶴。」在閑：在廄中。意謂少年尚未出身自立。王安石《次韵奉酬李質夫》：「逸少池邊有舊山，幾年征淚染衣斑。駑駘自飽方争路，騄褭長飢不在閑。」元幹意亦同。閑：馬廄。《周禮·夏官》：「天子十有二閑，馬六種；邦國六閑，馬四種；

家四閑，馬二種。」鄭玄注：「降殺之差。每厩爲一閑。」千里之足：千里馬之才。《韓詩外傳》卷七：「使驥不得伯樂，安得千里之足？」喻傑出人才。《後漢書・延篤傳》：「延叔堅有王佐之才，奈何屈千里之足乎？」於菟墮地便有食牛之氣：典出《尸子》卷下：「虎豹之駒，未成文而有食牛之氣；鴻鵠之鷇，羽翼未全而有四海之心。賢者之生亦然。」後以稱少年自然志氣俊邁。杜甫《徐卿二子歌》：「小兒五歲氣食牛，滿堂賓客皆回頭。」於菟：虎之别稱。《左傳・宣公四年》：「楚人謂乳穀，謂虎於菟。」陸德明釋文：「於，音烏。」墮地：出生。杜甫《錦樹行》：「生男墮地要膂力，一生富貴傾邦國。」

〔四〕天乎早孤：猶言可憐啊早成孤兒。天乎：嘆恨之辭。《樂府詩集》漢無名氏《箕子操》：「天乎天哉！欲負石自投河，嗟復嗟奈社稷何！」梅堯臣《秋日舟中有感》：「天乎余困甚，失偶淚滂沱。」天：慘怛所呼號者。《史記・屈原列傳》：「夫天者，人之始也；父母者，人之本也。人窮則反本，故勞苦倦極，未嘗不呼天也；疾痛慘怛，未嘗不呼父母也。」自立：以自力有所建樹。《禮記・儒行》：「力行以待取，其自立有如此者。」

〔五〕抗志：高尚其志。《六韜・上賢》：「士有抗志高節以爲氣勢，外交諸侯，不重其主者，傷王之威。」曾鞏《筠州學記》：「而搢紳之徒，抗志於强暴之間。」絶物：謂斷絶人事交往。本指諸侯邦國不通朝聘之禮。《孟子・離婁上》：「既不能令，又不受命，是絶物也。」趙岐注：「言諸侯既不能令告鄰國，使之進退，又不能事大國往受教命，是所以自絶於物。物，事也；大國不與之通朝聘之事也。」南朝梁任昉《泛長溪詩》：「徇禄聚歸糧，依隱謝羈勒。絶物甘離群，長懷思去國。」未通：讀書未能通解。宋郭祥正《寄題東城耿天騭歸潔堂》：「東城耿天騭，讀書五千卷。有義或未通，至忘寢與膳。」按，元幹此語，特以不標榜、務落實爲戒也。

〔六〕必也裏《陽秋》於皮裏：即皮裏陽秋，謂不輕褒貶事物。宋釋道潛《劉咸臨秀才挽詞》四：「肝脾裏陽秋，落筆粲瓊玖。」陽秋：《春秋》，晉避晉簡文帝鄭后阿春諱，改曰「陽秋」。吞雲夢於胸中：謂胸襟開闊能包容。宋蘇頌《再和三篇》一：「莫嘆潛鱗久在池，已喧才譽滿朝知。雄辭自可吞雲夢，博識應能對仲師。」雲夢：藪澤名。晉以後經學家以雲夢澤包括洞庭湖言之，故其地甚廣。《周禮・夏官・職方氏》：「正南曰荆州，其山鎮曰衡山，其澤藪曰雲瞢。」鄭玄注：「衡山在湘南，雲瞢在華容。」雲瞢，即雲夢。按，此語勉以懷抱高遠而不輕褒貶事物。

〔七〕尚友古之人：謂以古聖賢爲模範而效仿之。尚友：與古人爲友。語出《孟子・萬章下》：「以友天下之善士爲未足，又尚論古之人；頌其詩，讀其書，不知其人，可乎？是以論其世也，是尚友也。」宋人似好用此語。王安石《答許秀才》：「尚友古之人，於今猶壯年。」李綱《次韵題樂全庵贈鄧季明》：「尚友古之人，聖賢存簡編。」挺挺然祖風：正直而傑出無愧先人懿範。挺挺：正直貌。語出《左傳・襄公五年》：「《詩》曰：『周道挺挺，我心扃扃。』」杜預注：「挺挺，正直也。」宋仲并《再用前韵答徐聖可》其一：「乃翁儒學似文翁，韵句天然無異同。社稷堂堂推故相，家庭挺挺見遺風。」此篇最堪與元幹相發明。祖風：祖輩遺風。《舊唐書・魏謩傳》：「宣宗每曰：『魏謩綽有祖風，名公子孫，我心重之。』」

〔八〕此語略當於「兼濟天下、獨善其身」。大者、小者：語蓋出《論語・子張》：「衛公孫朝問於子貢曰：『仲尼焉學？』子貢曰：『文武之道，未墜於地，在人。賢者識其大者，不賢者識其小者，莫不有文武之道焉。夫子焉不學，而亦何常師之有？』充乎大者：猶《莊子》之論「德充」，張大充滿使抵於德之極致，猶《大學》言「止於至善」。充：張大使充滿。華其國：光耀其國家。漢崔駰《車右銘》：「越戒敦儉，禮以華國。」晉陸雲《張二侯頌》：「文敏足以華國，威略足以振衆。」美厥躬：修飾身心使美好，猶宋人恒語「美身」，元幹小變之。李廌《曹華國之子贈詩次韵答之》：「文章第美身，長門不須賣。」周紫芝《寄題章漢直中虚堂》：「何止學美身，虚静了不汩。」按，充乎大、用其小，猶唐陸龜蒙《迎潮送潮辭·迎潮》一：「潮之德兮無際，既充其大兮又充其細。」華國、美躬，猶宋李廌《上翰林眉山先生蘇公》：「黼黻文華國，淵源德潤身。」

自贊

爾形侏儒，而行容與〔一〕。所守者，獨出處之大節；所歷者，皆風波之畏塗〔二〕。彼其或取者在是，爲之不悦者有諸〔三〕？使其佩玉劍履，定非廊廟之具；野服杖屨，庶幾山澤之臞乎〔四〕？

【箋注】

〔一〕侏儒：身材異常短小者。後泛指矮小。古權貴好以侏儒爲倡優取樂。元稹《和李校書新題樂府·立部伎》：「奸聲入耳佞入心，侏儒飽飯夷齊餓。」元幹身形矮小。宋闕名《詩説雋永》：「李伯紀爲行營使，時王仲時、張仲宗俱爲屬，王頎長，張短小。」故此以「侏儒」紀實以自嘲。容與：放縱，放任。《莊子·人間世》：「因案人之所感，以求容與其心。」成玄英疏：「容與，猶放縱也。」《淮南子·精神訓》：「抱其太清之本而無所容與。」高誘注：「無所容與於情欲也。」又從容閑舒貌。唐宋之問《初至崖口》：「水禽泛容與，岩花飛的皪。」按，此蓋自言處世蕭散，無所逢迎趣附也。

〔二〕出處之大節：出仕隱退之原則立場。蘇軾《乞録用鄭俠王斿狀》：「考其始終出處之大節，合於古之君子殺身成仁、難進易退之義。」出處：見前《蘇養直詩帖跋尾六篇》乙卷注一。大節：操守之基本準則。《宋書·王玄謨傳》：「玄謨雖苛剋少恩，然觀其大節，亦足美。」風波之畏途：人生經驗之艱難險阻。風波：喻動盪不定或艱辛勞苦。《莊子·天地》：「天下之非譽，無益損焉，是謂全德之人哉！我之謂風波之民。」畏途：道路艱險可怖懼者。語出《莊子·達生》：「夫畏塗者，十殺一人，則父子兄弟相戒也，必盛卒徒而後敢出焉。」成玄英疏：「塗，道路也。夫路有劫賊，險難可畏。」李白《蜀道難》：「問君西遊何時還？畏途巉巖不可攀。」按，句言生平遭際與操守。元幹出則攖敵鋒鋭，仗義執言；處則安居江湖，真隱山水，可謂大節無闕者也。

〔三〕彼其：那，他。《詩·王風·揚之水》：「彼其之子，不與我戍申。」鄭玄箋：「其或作記，或作己，讀音相似。」王安石《傷仲永》：「彼其受之天也，如此其賢也，不受之人，且爲衆人。」爲之不悦：使之不悦。爲：使，致使。《易・井》：「井渫不食，爲我心惻。」王弼注：「爲，猶使也。」宋趙文《龍有章卜築序》：「至無以爲家，則爲之不悦，而卒不聞所以家之者，士亦焉往而不得車魚乎？敢以此告今之爲孟嘗君者。」有諸：有之乎，猶今語「有嗎、有麽」。諸：疑詞「乎」。《孟子・梁惠王下》：「文王之囿方七十里，有諸？」唐謝觀《執柯伐柯賦》：「嗟乎，柯在手兮至近，不能觀者有諸？」按，句言生平遭遇或爲其自主選擇，想見孟子「捨魚而取熊掌」之語，此之謂不失本心。

〔四〕佩玉劍履：見前《范叔子畫贊》注七、《彭德器畫贊》注五。廊廟之具：稱頌人有政治才幹。見前《葉少蘊生朝三首》注八。野服：山野平民之服，見前《彭德器畫贊》注六。山澤之臞：見前《蘇養直詩帖跋尾六篇》丙卷注一。庶幾：差不多；近似。《孟子・梁惠王下》：「王之好樂甚，則齊國其庶幾乎！」朱熹集注：「庶几，近辭也。」又測度之辭，或許、也許。《史記・秦始皇本紀》：「寡人以爲善，庶幾息兵革。」按，此句言歸隱田園之志。

丙寅自贊〔一〕

這癡漢，没思算〔二〕。初乏田園，却懶仕宦。辨得所向方圓，未嘗敢做崖岸〔三〕。只用兩僕肩輿，不羨儻來軒冕〔四〕。投閒二十餘年，善類千煩殆徧〔五〕。好之者徹底信其真貧，惡之者豈免遭他點檢〔六〕？要當畢娶杜門，自斷此生憂患〔七〕。罷去謁府參官，一等著衣吃飯〔八〕。休拈翰墨文章，説甚安危治亂？就使立事赴功，决定違條礙貫〔九〕。個中人，高著眼，方瞳緑髮照青春，期與飛仙遊汗漫〔一〇〕。現此風狂道士身，長庚曉月聊相伴〔一一〕。

【箋注】

〔一〕丙寅：高宗紹興十六年。此篇有韵。按，此篇純以禪家語録口氣，以牢騷嘲諧之語，寓堅確貞定之氣，所謂富貴不淫、貧賤不移者。

〔二〕這癡漢，没思算：自嘲語。癡漢：愚蠢之人。《北史·裴謁之傳》：「文宣末年昏縱，朝臣罕有言者。謁之上書正諫，言甚切直，文宣將殺之，白刃臨頸，謁之辭色不變。帝曰：『癡漢，何敢如此！』」没思算：没有籌畫，謂没頭腦。宋釋祖先《偈頌四十二首》十《南》：「首夏初臨，薰風乍扇。急景如梭，萬化千變。惟有拄杖子，黑輪皴，没思算。」思算：思量計較。《晉書·桓彝傳》：「將軍經略深長，思算重復，忠國之誠，形於義旨。」

〔三〕辨得所向方圓：謂或有知識，亦不敢高自位置。方圓：方法、準則。唐李華《咏史》四：「如何得良吏，一爲制方圓。」蘇軾《謝王内翰啓》：「奇文高論，大或出於繩檢；比聲協句，小亦合於方圓。」做崖岸：定標準、畫界綫。喻孤高標格故意顯露。殆猶今語「擺架子」。宋劉攽《效韋蘇州古調詩》：「於人無舊新，相見常爲歡。本不作崖岸，中亦非斷刓。」宋彭百川《太平治迹統類》：「(郭)逵好作崖岸，不通下情，將佐莫敢言。」此例最足明「做崖岸」之意。彼「作崖岸」，即此「做崖岸」，「作」雅而「做」俗(音亦異)。按，元幹此篇，幾全用俗語。

〔四〕兩僕肩輿：輕裝簡從貌，喻自守和易樸素。此或用武真人故事。《夷堅丁志》卷十四「武真人」：「自是獨居浄室，間以符水療人疾，遠近奔奏求符，或邀過家視病，則命二僕肩輿以行，不裹糧。」儻來軒冕：富貴非所求者。張九齡《南還湘水言懷》：「歸去田園老，儻來軒冕輕。」宋曾肇《南郭隱居》：「儻來軒冕何須貴，未勝牛衣駕鹿車。」儻來：非意而來。軒冕：喻官位爵禄。

〔五〕投閒二十餘年：投閒：本謂置身清閒之地。宋宋庠《次韻范純仁和郭昌朝寺丞見寄二首》二：「言路再居無少補，護邊三歲乏微勛。非才自合投閒地，竭節終期報聖君。」此實指無辜而落職，正言若反，牢騷語。善類干煩殆遍：奉擾同志。善類：有德之士。《子華子·孔子贈》：「明旌善類而誅鋤醜厲者，法之正也。」干煩：打擾，相煩。唐宋以來俗語。顔真卿《與李太保帖》：「輒侍深情，故令投告，惠及少米，實濟艱勤，仍恕干煩也。」蘇軾《與黄敷言書》二：「少事干煩：一書與惠州李念四秀才，告爲到廣州日，專遣一人達之。」按，句謂雖遭當事者斥逐，志願難伸，而踴躍求其同志，此心固不肯改也。

〔六〕此紀實而亦牢騷語也。遭他：被他們。當時口語。點檢：指摘，見前《解嘲示真歇老人二首》注七。

〔七〕畢娶：見前《上張丞相十首》注三六。斷此生憂患：斷絶浮生困苦艱難。白居易《遊悟真寺詩》：「今來脱簪組，始覺離憂患。」蘇轍《送張公安道南都留臺》：「居然遠憂患，况復取矜式。」彼白之「離憂患」、蘇之「遠憂患」，即此「斷憂患」也。

〔八〕罷去謁府參官：省得奔走官司差遣。罷去：除去，免去。蘇軾《謝歐陽内翰書》：「於是招來雄俊魁偉敦厚樸直之士，罷去浮巧輕媚叢錯采繡之文。」轉而用近副詞，遂有「免得、省得」等義。謁府：晉謁官府及其長官。《風俗通·過譽》：「江夏太守河内趙仲讓……其日入舍，乃謁府，數日無故便去。」參官：參拜長官。宋釋法順《仆雪中偈》：「垂老住山寺，參官走道途。」一等著衣吃飯：一樣生活。一等：同樣。晉王嘉《拾遺記·晉時事》：「崇常擇美容姿相類者十人，裝飾衣服大小一等，使忽視不相分別，常侍於側。」王安石《影福殿前柏》：「知君勁節無榮慕，寵辱紛紛一等看。」著衣吃飯：日常生活，禪家恒語，喻平常事業、經驗及知見。《宗鏡録》卷二：「汝今但能絶得見聞覺知，於物境上莫生分別，隨時著衣喫飯。平常心是道，此法甚難學。」楊萬里《跋淳溪汪立義大學致知圖二首》二：「此事元無淺與深，著衣喫飯送光陰。」

〔九〕就使：即使，縱然。《孟子·告子下》：「一戰勝齊，遂有南陽，然且不可。」趙岐注：「就使慎子能爲魯一戰，取齊南陽之地，且猶不可。」宋文彦博《和梅公儀待制登驪山見連理木》：「就使玉真如素願，山陰拱木竟何知？」赴功：出力，盡力。王安石《上皇帝萬言書》：「固智能才力之士，則得盡其智以赴功。」陸游《十二月十一日視築堤》：「横堤百丈卧霽虹，始誰築此東平公。今年樂哉適歲豐，吏不相倚勇赴功。」決定違條礙貫：必定觸犯律令。諱言與時有違忤。決定：必定。唐無名氏《挽歌》：「紅輪决定沈西去，未委魂靈往那方。」《朱子語類》卷一三一：「若欲與湯進之同做，决定做不成。後來果如此。」違條礙貫：與條例律令相違礙。當時成語。《朱子語類》卷二六：「君子懷刑。如《禮記》所謂『畏法令』，又如『肅政教』之類，皆是。或謂：如『「問國之大禁而後敢入」，是否？』曰：『不必如此說。只此「懷刑」一句，亦可爲善。如違條礙貫底事不做，亦大段好了。』」《續資治通鑑長編》卷一一二：「閤門言命婦奏狀，乞於登聞鼓院投下，乞令本官勾當。使臣看詳無違條貫，具印狀繳。」彼言「違條貫」，即此言「違條礙貫」。條貫：條例，律令。范仲淹《奏乞重定三班審官院流内銓條貫》：「臣竊見審三班院並銓曹，自祖宗以來，條貫極多，逐旋衝改，久不删定，主判臣僚，卒難詳悉。」

〔一〇〕個中人：此中人。熟習相關事情者。口語。《禪林寶訓》卷四：「拙菴曰：『……妙喜先師嘗言，士大夫相見，有問即對，無問即不可。又須是箇中人始得。』此語有補於時，不傷住持之體，切宜思之。」高著眼：猶言著眼高，喻立志高尚。唐釋大義《坐禪銘》：「參禪學道幾般樣，要在當人能擇上……急下手兮高著眼，管取今生教了辦。」宋陳師道《送李奉議亳州判官四首》二：「爲學雖日益，受益不受誣。正須高著眼，濠梁有游魚。」方瞳緑髮照青春，期與飛仙遊汗漫：言老而不衰，志願飛舉。志向宏大與情懷瀟灑自守。方瞳：瞳孔方形者。古人以爲壽相。王嘉《拾遺記·周靈王》：「老聃在周之末，居反景日室之山，與世隔絶，有黄髮老叟五人……瞳子皆方，面色玉潔，手握青筠之杖，與聃共談天地之數。」緑髮：黑髮，青春貌。見前《葉少藴生朝》注四。照青春：言不逐青年、不負青春也。杜甫《奉寄章十侍御》：「淮海維揚一俊人，金章紫綬照青春。」王安石《送何正臣主簿》：「何郎冰雪照青春，應敵皆言筆有神。」飛仙：古人恒謂仙人能飛行。《海内十洲記·方丈洲》：「（蓬萊山）周迴五千里，外別有圓海繞山，圓海水正黑，而謂之冥海也，無風而洪波百丈，不可得往來……惟飛仙有能到其處耳。」蘇軾《次韵子由晉卿所和》一：「會看飛仙虎頭篋，却來顛倒拾遺裘。」遊汗漫：猶言「汗漫遊」，世外之遊。言遊之遠。《淮南子·道應訓》：「吾與汗漫期於九垓之外。」高誘注：「汗漫，不可知之也。」杜甫《奉送王信州崟北歸》：「復見陶唐理，甘爲汗漫遊。」汗漫：廣大無邊際。《淮南子·俶真訓》：「至德之世，甘瞑於溷澖之域而徙倚於汗漫之宇。」進而爲渺茫不可知貌。按，句言保養天真，相期長年，寄語同志，亦所以自勵。元幹此語，實有深意存焉，蓋中原未復，故不忍先死也。

〔一一〕現此風狂道士身：現此身，謂作此身。風狂：猶言瘋狂。長庚曉月聊相伴：曉月與啓明星相隨不離。喻得同志爲一生摯友也。長庚：金星傍晚現西方天空，至曉則曰啓明，與曉月並，如相追隨。《詩·小雅·大東》：「東有啓明，西有長庚。」毛傳：「日旦出謂明星爲啓明，日既入謂明星爲長庚。」《史記·天官書》「察日行以處位太白」，索隱引《韓詩》：「太白晨出東方爲啓明，昏見西方爲長庚。」文人好驅遣爲文，借喻友愛之深篤。蘇軾《和陶〈貧士〉》一：「長庚與殘月，耿耿如相依。」曾幾《次程伯禹尚書見寄韵》：「石交曉月長庚星，勢交飛絮水上萍。」（石交：至交。）程公許《壽悦齋李先生》：「長庚磊磊配曉月，士有司命國蔡著。」其文或異，其義則一。按，此句用心，所謂善頌善禱者，正得贊之體矣。

庚申自贊①〔一〕

一旦謂吾仕耶？毀冠裂冕，與世闊疏；一旦謂吾隱耶？垂手入鄽，與人爲徒〔二〕。愧姓名之未能變，何形容之猶可圖〔三〕？頗欲治貨殖兮，方陶朱公不足；聊復啖杞菊兮，視天隨生有餘〔四〕。行年五十矣，雖髭髮粗黑，然田廬皆無〔五〕。陶陶兀兀，遇飲輒醉，著枕即寐〔六〕。一念不生，萬事不理〔七〕。至於酒醒夢覺，則又大笑而起，摩腹叩齒〔八〕。孰不睥睨曰：「此老真甚愚！」〔九〕

【校】

①篇題：國圖藏本作「庚申歲自贊」。

【箋注】

〔一〕庚申：紹興十年（一一四〇）。按，此篇有韵。

〔二〕一旦……一旦……：是……還是……；要麼（是）……要麼（是）……。表選擇。當時句法。宋真德秀《真西山讀書記·甲集》卷二九：「是以一旦放逐憔悴亡聊之中，無復平日飲博過從之樂。……一旦翻然反求諸身，以盡聖賢之藴。」毁冠裂冕：毁壞冠服，所以示歸隱之志。同「毁冠裂裳」。語蓋本《後漢書・周燮傳》：「（馮良）耻在廝役，因壞車殺馬，毁冠裂裳，乃遁至犍爲，從杜撫學。」。駱賓王《疇昔篇》：「挂冠裂冕已辭榮，南畝東臯事耕鑿。」宋文璞《水仙廟鼓吹曲》三：「欲裂冕毁車，春榮秋枯，無翁愁予。」其言或異，其意皆同。與世闊疏：同現實世界疏遠。杜牧《晚晴賦》：「倒冠落佩兮，與世闊疏。敖敖休休兮，真徇其愚而隱居者乎！」元幹正用此語。闊疏：疏遠。蘇軾《答任師中家漢公》：「道德無貧賤，風采照鄉閭。何嘗疏小人，小人自闊疏。」垂手入鄽：禪宗有名話頭之一。語本《住鼎州梁山廓庵和尚十牛圖頌》第十「入廛垂手」：「柴門獨掩，千聖不知。埋自己之風光，負前聖之途轍。提瓢入市，策杖還家。酒肆魚行，化令成佛。」禪家以牧牛之失而復得，喻大德之入利他境界而有所成就。釋希叟《和梁山遠禪師牧牛十頌句法》十「入廛垂手」：「者漢親從異類來，分明馬頷與驢腮。一揮鐵棒如風疾，萬户千門盡豁開。」（者漢，這漢子。口語。）亦曰「垂手入廛」，釋懷深《送廣法初長老下鄉》：「偎巖傍水我甘老，垂手入廛公正時。異日歸來同粥飯，折鐺不用倩人提。」文人亦好借用，殆同成語。饒節《戲乞石菖蒲》：「阿師垂手入廛去，應許珍奇付我曹。」謝逸《和洪老贈寂大師》：「談笑作佛事，豈不勝佔畢。垂手試入廛，貪夫願投璧。」元幹運用，固屬師此故智，亦性好談禪之本色。垂手：手下垂。本恭謹貌。佛教特指佛祖慈悲之相，謂居高而臨下，伸手接引衆生也。入鄽：踏入街市。世俗之事。唐龐藴居士《詩偈》五十三：「被物牽入廛，買賣不得出。」鄽，《文選・袁淑〈效曹子建樂府白馬篇〉》「籍籍關外來，車徒傾國鄽」，李善注引鄭玄

《禮記注》：「鄽，市物邸舍也。」與人爲徒：語出《莊子·大宗師》：「其一與天爲徒，其不一與人爲徒。天與人不相勝也，是之謂真人。」郭象注：「彼彼而我我者，人也。」疏：「同天人，齊萬物，與玄天而爲類也。彼彼而我我，將凡庶而爲徒也。」徒：同類。莊子本云「真人」不與人爲同類。元幹故反其意。按，此句言徘徊於出世、入世之間，一指出處之其實難爲，二謂出處之無庸拘執。

〔三〕愧姓名之未能變：變姓名，姓名變更，所以爲隱避也。《史記·越王勾踐世家》：「范蠡浮海出齊，變姓名，自謂鴟夷子皮。」何形容之猶可圖：圖形容，有形貌可以被繪畫，如畫圖凌烟閣之類。實謂猶被人所知，言欲隱實不可得。白居易《香山居士寫真詩》序曰：「元和五年，予爲左拾遺、翰林學士，奉詔寫真於集賢殿御書院，時年三十七。會昌二年，罷太子少傅，爲白衣居士，又寫真於香山寺藏經堂，時年七十一。前後相望，殆將三紀，觀今照昔，慨然自嘆者久之，形容非一，世事幾變，因題六十字以寫所懷。」詩曰：「昔作少學士，圖形入集賢。今爲老居士，寫貌寄香山。」蓋古有此制度。形容：容貌。《管子·内業》：「全心在中，不可蔽匿，和於形容，見於膚色。」按，此句謂雖欲變姓名、詭踪迹，無所稱譽於世，其實難能。

〔四〕貨殖：經商營利。《論語·先進》：「賜不受命，而貨殖焉，億則屢中。」陶朱公：范蠡，善治生，古人奉爲商業之宗者。事迹見《史記·貨殖列傳》。聊復啖杞菊兮，視天隨生有餘：此直用唐陸龜蒙故事。龜蒙《杞菊賦》序：「天隨子宅荒，少墻屋，多隙地，著圖書所前後皆樹杞菊。夏苗恣肥日，得以採擷之，以供左右杯案。」宋謝薖《次韵董之南見贈》：「端能啖杞菊，時復過天隨。」杞菊：枸杞與菊花。飲食儉素者，所以示高潔。歐陽修《二月雪》：「寧傷桃李花，無損杞與菊。杞菊吾所嗜，惟恐食不足。」天隨生：即陸龜蒙。《新唐書・隱逸傳・陸龜蒙》：「陸龜蒙字魯望……時謂江湖散人，或號天隨子、甫里先生。」方……不足、視……有餘：意同不及……、（但是）勝過……。漢晉以來常用句法。方：視，比。《世説新語・賞譽》：「武帝每見（王）濟，輒以（王）湛調之曰：『卿家癡叔死未？』濟常無以答。既而得叔，後武帝又問如前，濟曰：『臣叔不癡。』稱其實美。帝曰：『誰比？』濟曰：『山濤以下，魏舒以上。』」劉孝標注引《晉陽秋》：「濟有人倫鑒識，其雅俗是非，少所優潤。見湛，嘆服其德宇。時人謂湛：上方山濤不足，下比魏舒有餘。」按，此句言安貧樂道，自有心得。

〔五〕行年五十：典出《韓詩外傳》卷七：「吕望行年五十，賣食棘津。」又《淮南子・原道訓》：「凡人中壽七十歲，然而趨舍指湊，日以月悔也，以至於死，故蘧伯玉年五十而有四十九年非。」自來文人，劇好用之，連篇累牘，幾成濫調。唐王梵志《詩》一百：「行年五十餘，始學無道理。」（無，應爲「悟」。）蘇轍《初到績溪視事三日出城南謁二祠遊石照偶成四小詩呈諸同官・梓桐廟》：「行年五十治丘民，初學催科愧廟神。」李綱《送錢申伯如邵武》：「錢郎與世苦不諧，胸次徒抱經綸才。行年五十猶未試，蟠蟄雖久愆風雷。」行年：年紀。《荀子・君道》：「以爲好麗邪？則夫人行年七十有二，齳然而齒墮矣。」按，是年元幹年五十歲。又，元幹蓋兼用《論語・爲政》「子曰『吾……五十而知天命』」意。髭髮粗黑：鬚髮尚黑。未衰貌，又老而不衰貌。唐齊己《謝人惠丹藥》：「別後聞餐餌，相逢訝道情。肌膚紅色透，髭髮黑光生。」或單言「髮黑」。蘇轍

《送顧子敦奉使河朔》：「二年歸國未爲久，故舊相看髮猶黑。」粗：尚也，差也，猶今語基本上、勉勉强强等義。副詞。《南齊書・州郡志》：「建元二年，太祖以西豫吏民寡刻，分置兩州，損費甚多，省南豫。左僕射王儉啓：『……所以江左屢分南豫，意亦可求。如聞西豫力役尚復粗可，今得南譙等郡，民户益薄，於其實益，復何足云！』」按，古人蓋以五十歲爲已入老年。五十髮黑，固爲康强之徵。故文人每曰四十髮白，自傷衰老。宋劉攽《送王仲素寺丞歸灊山》：「來年四十髮蒼蒼，始欲求方救憔悴。」田廬皆無：田地與房屋一概都無。按，文人好言「田廬」，示親近田園而鄙薄富貴，所以標榜高尚，連篇累牘，不勝枚舉。如宋華鎮《四海》云「四海田廬自有餘，置錐無地欲尤誰。鷦鷯莫厭一枝少，更有寄巢無一枝」，言田廬之侷促而難以自容，頗近陸龜蒙《江墅言懷》所云「病身兼稚子，田舍劣相容」之意，遂成別調，已屬難得。元幹乃言田廬盡缺，可謂更進一解，尤稱難能。田廬：鄉居之事。《漢書・疏廣傳》：「顧自有舊田廬，令子孫勤力其中，足以共衣食，與凡人齊。」《新唐書・食貨志二》：「人小乏則取息利，大乏則鬻田廬。」按，此句自嘲身體强健未衰朽，而無治生畜産之能。又，元幹蓋兼寓不肯求田問舍之意。

〔六〕陶陶兀兀：形容酒後怡然自得。或作「陶兀」、「兀兀陶陶」。唐羅隱《鼓吹曲辭・芳樹》：「但願開素袍，傾緑蟻，陶陶兀兀大醉於青冥白晝間。」黄庭堅好用此語，其《醉落魄》序曰：「舊有『醉醒醒醉』一曲云：『醉醒醒醉。憑君會取皆滋味。濃斟琥珀香浮蟻。一入愁腸，便有陽春意。須將席幕爲天地。歌前起舞花前睡。從他兀兀陶陶裏。猶勝醒醒、惹得閑憔悴。』此曲亦有佳句……因戲作四篇呈吴元祥、黄中行，似能厭道二公意中事。」全以「陶陶兀兀」開篇，如其一：「陶陶兀兀。尊前是我華胥國。争名争利休休莫。雪月風花，不醉怎生得。」又《陶兀居士贊》序曰：「眉山吴元祥，得意於酒，與世相忘者。史應之贊之曰：『兀兀陶陶，陶陶兀兀。是醒是醉，布衣簪紱。』涪翁乃名之陶兀居士，而增贊之。」贊曰：「兀兀陶陶，借書借不得。陶陶兀兀，問字問不得。……」遇飲輒醉：好飲沈醉貌。轉喻爲人通脱不拘泥。陶潛《五柳先生傳》：「性嗜酒，家貧不能常得。親舊知其如此，或置酒而招之；造飲輒盡，期在必醉。既醉而退，曾不吝情去留。」宋郭祥正《卧龍山泉上茗酌呈太守陳元輿》：「君不見，歐陽公，在琅琊。釀泉爲酒飲輒醉，自號醉翁樂無涯。」按，事或本《世説新語・任誕》：「山季倫爲荆州，時出酣暢。人爲之歌曰：『山公時一醉，徑造高陽池。日莫倒載歸，茗艼無所知。復能乘駿馬，倒箸白接籬。舉手問葛彊，何如并州兒？』高陽池在襄陽。彊是其愛將，并州人也。」劉孝標注引《襄陽記》曰：「漢侍中習郁於峴山南依范蠡養魚法作魚池，池邊有高隄種竹及長楸，芙蓉蔆芡覆水，是遊燕名處也。山簡每臨此池，未嘗不大醉而還。」後世文人好驅遣典實，爲嗜酒張本。著枕即寐：入睡迅速貌。喻坦然無憂。樓鑰《代書寄内弟耐翁總幹》：「著枕必安寢，食淡甘如飴。」著枕：頭就枕。按，此句言隨遇而安，無所憂懼也。

〔七〕一念不生：心無雜念。本佛教語。唐澄觀《華嚴經疏》卷二一：「但一念不生，即名爲佛。」白居易《神照禪師同宿》：「前後際斷處，一念不生時。」生念，佛教語。釋道宣《四分律行事鈔》卷下四：「佛言：若一心生念，從今日更不作，即得清浄。」此言無所名利貪婪之想。萬事不理：典出《後漢書・胡廣傳》：「胡廣字伯始……達練事體，明解朝章，雖無謇直之風，屢有補闕之益，故京師諺曰：『萬事不理問伯始，天下中庸有胡公。』」黄庭堅《送謝公定作竟陵主簿》：「竟陵主簿極多聞，萬事不理專討論。」此言無所作爲。按，古人每輕吏事，以不親庶務爲貴。《論衡・程材》有曰：「文吏、儒生皆有所志，然而儒生務忠良，文吏趨理事。」所謂「趨理事」，即以治事爲能。觀其以「文吏、儒生」對待並舉，其鄙薄文吏之意昭然。上舉黄詩亦然（「專討論」者，蓋研究學問）。元幹此云「萬事不理」者，實寓自豪意焉。

〔八〕夢覺：夢醒。此似暗用《太平廣記》卷二八三「巫」引《幽明录》：「宋世焦湖廟有一柏枕，或云玉枕。枕有小坼。時單父縣人楊林爲賈客，至廟祈求。廟巫謂曰：『君欲好婚否？』林曰：『幸甚！』巫即遣林近枕邊。因入坼中，遂見朱樓瓊室，有趙太尉在其中，即嫁女與林。生六子，皆爲秘書郎。歷數十年，並無思歸之志。忽如夢覺，猶在枕傍。林愴然久之。」按，元幹平生，志在克復中原，然而所願終不能遂，「忽如夢覺，猶在枕傍」之語，其震悚於心，何能已已！辛棄疾名篇《清平樂・獨宿博山王氏庵》曰：「平生塞北江南，歸來華髮蒼顔。布被秋宵夢覺，眼前萬里江山。」「眼前萬里江山」者，非復舊江山也。辛氏之意，亦元幹之意。此云「酒醒夢覺」，實痛哉言乎，豈但真酒解睡足而已。摩腹叩齒：皆養生之事。摩腹：按摩腹部。南朝梁陶弘景《養性延命録・食誡篇》：「行畢，使人以粉摩腹數百過，大益也。」唐孫思邈《枕上記》：「食飽行百步，常以手摩腹。」又兼散漫瀟脱意。宋鄭剛中《夜聞雨聲賦古風時趙使君祈雨之翌日也》：「山齋一飽想無慮，摩腹卧看秋風生。」叩齒：牙齒上下相擊。《顔氏家訓・養生》：「吾嘗患齒，摇動欲落，飲食熱冷皆苦疼痛。見《抱朴子》有牢齒之法，早朝叩齒三百下爲良，行之數日，即便平愈。」白居易《晚起閑行》：「皤然一老子，擁裘仍隱几。坐穩夜忘眠，卧安朝不起。起來無可作，閉目時叩齒。」按，此句言無所作爲於世，徒能得安健而已。此蓋自寬也。又按，「摩腹」云云，疑元幹或暗用蘇軾故事而抒發牢愁也。宋費衮《梁谿漫志·侍兒對東坡語》：「東坡一日退朝，食罷捫腹徐行，顧謂侍兒曰：『汝輩且道是中有何物？』一婢遽曰：『都是文章。』坡不以爲然。又一人曰：『滿腹都是識見。』坡亦未以爲當。至朝雲，乃曰：『學士一肚皮不入時宜。』坡捧腹笑。」捫腹，即摩腹。蓋元幹之「不合時宜」，正有古今同慨者。然則此又其自嘲也。

〔九〕孰不睥睨：人皆相輕視。言我之不足重也。孰：誰。睥睨：斜視，輕視貌。《淮南子·修務訓》：「過者莫不左右睥睨而掩鼻。」真甚愚：實在很愚昧。多作自謙自嘲用。唐羊士諤《守郡累年俄及知命聊以言志》：「登朝非大隱，出谷是真愚。」宋宋庠《次韵答襄陽龍圖燕給事慶僕序直禁林》：「朝無濫吹終逃郭，性有真愚敢望回。」（「敢望回」者，不敢比擬顔回也。）

甲戌自贊〔一〕

蘆川老居士，今春六十四〔二〕。勇退急流中，畢竟只這是〔三〕。胡爲元命年，輒下廷尉吏〔四〕？業風何見吹，逆境忽現示〔五〕。儻非造物慈，孰貸小人戾〔六〕？故山念欲歸，夙債尚留滯〔七〕。骨肉頗相忘，眠食初未廢〔八〕。心存自在天，脚踏安樂地〔九〕。歡喜待衆生，冤親平一切〔一〇〕。騰騰兀兀行，默默玄玄意〔一一〕。翛然岸幅巾，聊寫形神氣〔一二〕。認取主人翁，莫問似不似〔一三〕。咄！

【箋注】

〔一〕甲戌：紹興二十四年（一一五四）。按，此篇五言古體。其所以編入文之部，蓋以名「自贊」也。

〔二〕居士：《禮記·玉藻》：「居士錦帶。」鄭玄注：「居士，道藝處士也。」本指學問修德之人。自佛教入中土，佛經翻譯家以「居士」對梵語 gaha-pati 及 Upàsaka 之義，即在家修行佛法者。元幹處世淡泊，又深好禪學，故以自號，蓋兼古今二義。

〔三〕勇退急流：當時成語。《邵氏見聞録》：「（有一老僧）以火箸畫灰；作『做不得』三字；徐曰：『急流中勇退人也。』」喻在得意時及時退讓，明哲保身之道。蘇軾《贈善相程傑》：「火色上騰雖有數，急流勇退豈無人。」畢竟只這是：禪宗恒語。元幹意謂唯一身猶在，而本志亦不滅。

〔四〕元命：六十一歲。舊以干支紀年，六十歲爲一甲子，至六十一歲，又當生年干支，謂之「元命」。范成大有《丙午新年六十一歲俗謂之元命作詩自貺》詩。輒下廷尉吏：言嘗被讒構而獲殃。下吏：交付理官受審。語出《史記·老子韓非列傳》：「秦王以爲然，下吏治非。」《漢書·朱建傳》：「人或毀辟陽侯，惠帝大怒，下吏，欲誅之。」廷尉：官名。秦始置，九卿之一，掌刑獄。漢初因之，秩中二千石。景帝時改稱大理，武帝時復稱廷尉。東漢以後，或稱廷尉，或稱大理，又稱廷尉卿。北齊至明清皆稱大理寺卿。此處係使用古名。按，紹興八年，元幹以同胡銓而得罪。事詳《揮塵後録》卷十。參曹濟平《張元幹詞研究》。

〔五〕業風何見吹：喻被厄困。業風：佛教謂善惡之業如風然，能使人飄轉而輪回三界。梁簡文帝《西城門死》：「一隨業風盡，終歸虚妄設。」南朝梁王僧孺《懺悔禮佛文》：「業風縈薄，三有長鶩；惑水邅回，二死相蜀。」見吹：吹我。謂命運播弄使我身不由己。見：指代詞，我也。逆境忽現示：謂驟得無妄之灾。逆境：佛教語。謂不能利益於修善求福者。宗密撰《圓覺經略疏之鈔》卷二五：「親友者，順境也，引之以入；怨家者，逆境也，怖之令入。」現示：顯示。佛經恒語。南朝齊迦跋陀羅《善見毗婆沙律》卷十二：「身非草木，而現示是草木形。」

〔六〕造物：造物者，《莊子・大宗師》：「偉哉，夫造物者將以予爲此拘拘也。」柳宗元《始得西山宴遊記》：「洋洋乎與造物者遊，而不知其所窮。」古人恒謂上天有好生之德。貸戾：寬赦罪辜。貸：寬恕，赦免。《漢書・朱博傳》：「然亦縱舍，時有大貸，下吏以此爲盡力。」顔師古注：「貸，謂寬假於下也。」陸游《老學庵筆記》卷一：「若逃而獲，雖欲貸，不敢矣。」戾：罪行。《尚書・湯誥》：「茲朕未知獲戾於上下。」孔傳：「未知得罪於天地。」曹植《責躬》：「危軀授命，知足免戾。」按，此句自言若非體會天性慈悲，否則豈甘原宥奸佞小人之罪惡——固元幹憤激語也。

〔七〕故山：舊山，家鄉。見前《建炎感事》注二二。夙債留滯：喻有事業志願未盡。夙債：前世所欠之債。夙：夙世，佛教所謂前生。唐玄覺《永嘉證道歌》：「了即業障本來空，未了應須償夙債。」宋釋宗杲《妙道禪人求贊》：「虚銷信施三十年，異世出頭償夙債。」留滯：耽擱，阻滯。

《三國志・魏書・高柔傳》：「處法允當，獄無留滯。」按，此句言欲歸隱而不得。

〔八〕骨肉：喻至親，《墨子・尚賢下》：「當王公大人之於此也，雖有骨肉之親，無故富貴，面目美好者，誠知其不能也，不使之也。」按，此語或隱兼《莊子》「人相忘於道術」之意。眠食：概指生活起居。《南史・陸澄傳》：「行坐眠食，手不釋卷。」韓愈《與孟尚書書》：「未審入秋來眠食何似，伏維萬福！」

〔九〕自在天：梵語意譯，音譯則爲摩醯首羅。又作大自在天、自在天王等。佛教護法神之一。居在浄居天，爲色界十八天之最高天，爲三千大千世界之主，以其能夠自在變化，故稱爲自在天。安樂地：禪家恒語。《景德傳燈録》卷二：「夫弦急即斷，故吾不贊，令其住安樂地，入諸佛智。」當時文人喜用之。趙抃《次韵文學士寄仲南長老四句》：「休官休問幾人曾，歸約林泉有衲僧。況是本來安樂地，曹溪何用見南能。」按，此句言内心自處從容，不困於外物。

〔一〇〕歡喜待衆生：佛教所謂普慈也。歡喜、衆生，皆佛教語。冤親平一切：佛教所謂平等也。冤親：仇人與親人。佛教語。《景德傳燈録》卷五《慧能大師》：「佛教慈悲，冤親平等。」五代守澄《景福寺重修思道和尚塔銘》：「冤親普攝，凡聖齊收。」文人亦好採入詩文。唐顧況《從江西至彭蠡入浙西淮南界道中寄齊相公》：「本師留度門，歡喜冤親同。」

〔一一〕騰騰兀兀：昏沉恍惚貌。語本慧能《臨滅偈》：「兀兀不修善，騰騰不造惡。」兀兀、騰騰：蓋隋唐俗語，昏瞶義，意謂不以聰明示人。白居易《題石山人》：「騰騰兀兀在人間，貴賤賢愚盡往還。」方干《陽亭言事獻漳州于使君》：「重疊山前對酒尊，騰騰兀兀度朝昏。」默默玄玄：深沉安静不妄動，有動而不著痕迹，不見徵兆貌。語蓋本漢嚴遵《老子指歸·得一》：「是故昔之得一者：天之性得一之清，而天之所爲非清也。無心無意，無爲無事，以順其性；玄玄默默，無容無式，以保其命。是以陰陽自起，變化自正。」猶言「玄默」。《淮南子·主術訓》：「天道玄默，無容無則。」《三國志·吴書·張温傳》：「争名者嫉其才，玄默者非其譚。」按，此句自謙語，言無聰明之能，亦無炫耀之念。

〔一二〕翛然岸幅巾：喻瀟落不拘。翛然：無拘無束貌；超脱貌。語出《莊子·大宗師》：「翛然而往，翛然而來而已矣。」成玄英疏：「翛然，無係貌也。」五代韋莊《贈峨嵋李處士》：「如今世亂獨翛然，天外鴻飛招不得。」岸幅巾：推高頭巾而露現前額，本爲不恭謹狀，形容儀態瀟脱。宋宋庠《趙奉禮見過》：「斑衣就養垂華組，葆發傷秋岸幅巾。」陸游《春晚風雨中作》：「箕踞藜床岸幅巾，何妨病酒住湖濱。」聊寫形神氣：謂坦然展露精神本色。聊寫：吐露、發抒情緒懷抱。唐喻鳧《呈薛博士》：「此意今聊寫，還希君子哀。」寫：抒發。語本《詩·邶風·泉水》：「駕言出遊，以寫我憂。」形神氣：三者均道家用爲術語者。宋白玉蟾《大道歌》：「道德五千言，陰符三百字。形神與性命，身心與神氣。」

〔一三〕認取主人翁：禪家有名話頭，謂修行者之反躬責己，見識本心自性，然後可得解脱三昧也。認取：認識。主人翁，尊稱主人。語本宋玉《諷賦》：「臣嘗出行，僕飢馬疲。正值主人門開，主人翁出，嫗又到市，獨有主人女在。」此爲元幹自指。莫問似不似：禪家語。謂無所拘泥，所以破除執著迷妄也。宋釋正覺《禪人并化主寫真求贊》三七一：「説真不真，説似不似，拈轉舌頭提得鼻。」按，元幹此語，實直用黄庭堅《寫真自贊五首》其三之語：「或問魯直似不似，似與不似，是何等語……」而遂隱括其意。

【附録】

黄庭堅《寫真自贊五首》其三

或問魯直似不似，似與不似，是何等語！前乎魯直，若甲若乙，不可勝紀；後乎魯直，若甲若乙，不可勝紀。此一時也，則魯直而已矣。一以我爲牛，予因以渡河而徹源底；一以我爲馬，予因以日千里計。魯直之在萬化，何翅太倉之一稊米。吏能不如趙張三王，文章不如司馬班揚。頎頎以富貴酖毒，而酖毒不能入其城府。投之以世故豺虎，而豺虎無所措其爪角。則於數子，有一日之長。（《山谷全書·正集》卷二二）

陳居士團圞贊〔一〕

我觀世間種種業，此老化行無盡緣〔二〕。示現百年居士身，來償七子未了債〔三〕。是心久作露電觀，冤親悉具解脱門。何止九族出輪迴，普願衆生成正覺〔四〕。

【箋注】

〔一〕陳居士：見前《跋陳居士傳》。團圞：圓轉回旋。按，此篇故擬佛典偈頌之體，無韵。

〔二〕此老：即陳居士。按：句嘆美陳居士德行之感人，可以化俗。

〔三〕七子未了債：事未詳。

〔四〕露電觀：即《金剛經》所謂「如露亦如電」之觀，謂人命輕脆不能堅牢之觀想。成正覺：出離現世苦難而得解脱。《阿毗達磨倶舍論》卷二三：「聲聞種性，暖頂已生，容可轉成，無上正覺。」

圓凈律師贊〔一〕

師傳行業攝群魔，及見東坡所得多〔二〕。老向西湖清徹底，更開雪窟現森羅〔三〕。

【箋注】

〔一〕圓凈律師：《嘉泰普燈録》卷一「吉州西峰祥符圓凈雲豁禪師（嗣清凉明或出雲居融下）」：「郡之永和曾氏子。幼棄儒爲比丘……祥符二年，真宗皇帝聞其名。遣中謁者召至，訪問宗要，留上苑。經時冥坐不食。上嘉異，賜號『圓凈』。既而辭歸。留之不可，乃聽。珍錫甚隆，皆不受……壽七十有七，(法)臘五十。」宋釋智圓有《贈白蓮社主圓净大師》五律，所贈蓋即其人。律師，名僧善解戒律或以弘揚戒律爲宗旨者。《大般涅槃經·金剛身品》：「如是能知、佛法所作，善能解説，是名律師。」南朝宋寶誌《十四科頌》十一《解縛不二》：「律師持律自縛，自縛亦能縛他。」初唐高僧義净有《玄逵律師言離廣府還望桂林去留愴然自述贈懷》詩。按，此篇七絶，與前篇不同。

〔二〕師傳行業：謂圓净師能宣揚戒律，啓迪信衆也。師傳：師傅傳授。行業：佛教僧尼修行所蓄積也。《顔氏家訓·歸心》：「俗之謗者，大抵有五：……其三，以僧尼行業多不精純爲奸慝也……」玄覺《永嘉證道歌》：「諸佛法身入我性，我性還共如來合。一地俱足一切地，非色非心非行業。彈指圓成八萬門，刹那滅却阿鼻業。」攝群魔：排擊降伏一切外道。李商隱《戊辰會静中出貽同志二十韵》：「金鈴攝群魔，絳節何兟兟。」及見東坡所得多：事未詳。蓋圓净與蘇軾有往來也。

〔三〕老向西湖清徹底：蓋謂圓净晚年嘗宣律杭州，益以堅定貞正也。清徹底：至清潔無染雜，極净貌。唐宋人好用此語。唐許渾《題陰陽井》：「可堪清徹底，那更施無窮。」宋釋鼎需《頌古十七首》二十一：「九曲黄河清徹底，誰知别是一乾坤。」按，元幹蓋兼應「圓净」之號爲贊。開雪窟現森羅：蓋謂自清净，以道人清净也。雪窟：事本《景德傳燈録》卷二十《青原行思禪師第六世之四·前樂普元安禪師法嗣》：「鳳翔府青峰山傳楚禪師……一日，樂普問曰：『院主，汝去什麼處來？』師曰：『掃雪來。』曰：『雪深多少？』師曰：『樹上總是。』曰：『得即也得，汝向後有山住箇雪窟定矣。』」按，元幹蓋亦以兼應「圓净」之號。森羅：本謂樹木豐蔚繁富。張九齡《商洛山行懷古》：「碩人久淪謝，喬木自森羅。」此蓋喻圓净宣化接引機巧之富也。圓净乃傳楚弟子之後。

圓首座贊〔一〕

横挑楖栗布囊寬，江北江南踏遍山〔二〕。參得黄龍死心句，歸來誰問透三關〔三〕。

【箋注】

〔一〕圓首座：即圜菴。圜，圓同。首座：僧尼位次在上座者。又僧官名。《慈明禪師語録》：「先是，汾陽預語首座：『非久有異僧至，傳持吾道。』」按，此亦絶句。

〔二〕横挑楖栗布囊寬：喻行法自在灑脱，無所固執拘礙。楖栗：禪杖。《景德傳燈録》卷一三《青原行思禪師第七世下·韶州雲門山文偃禪師法嗣下·襄州洞山守初崇慧大師》：「問：『牛頭未見四祖時如何？』師曰：『楖栗木拄杖。』」「楖栗木拄杖」者，謂尋常木杖，與禪杖無涉，明彼執杖之人之猶未開悟也。宋孫覿《僧智標真贊》：「一衲蒙頭，三椽容膝。卧枕布囊，行住楖栗。」「行住榔栗」者，謂僧人動止不離於法，言修行之堅卓深入也。布囊：泛指僧徒襆被。江北江南踏遍山：蓋喻圓首座宣化之澤廣被也。

〔三〕參得黄龍死心句：能領會黄龍死心接引學人之句。黄龍死心：死心悟新禪師（一〇四四—一一一五），禪宗臨濟宗黄龍派黄龍祖心嗣法弟子。穎悟多機辯，其接對啓導之語甚多，難可坐實，然亦無庸坐實。《嘉泰普燈録·隆興府黄龍死心悟新禪師》記之甚詳：「韶之曲江人。以慶曆三年二月二十九日生於黄氏。……稍長穎脱。壯依佛陀院德修祝髮……遂杖笠游方。熙寧八年，至黄龍謁晦堂……一日，默坐下板，聞知事撫行者，而迅雷忽震，即大悟。趨見晦堂，忘納其屨，即自譽曰：『天下人總是參得底禪，某是悟得底。』堂笑曰：『選佛得甲科。何可當也。』因號『死心叟』。執侍扶翊凡一十八秋……元祐七年，出住雲岩……政和初，居黄龍……問：『如何是黄龍接人句？』曰：『開口要罵人。』云：『罵底是接人句，驗人一句又作麽生？』曰『但識取罵人。』問：『如何是先照後用？』曰：『清風拂明月。』云：『如何是先用後照？』曰：『明月拂清風。』云：『如何是照用同時？』曰：『清風明月。』云：『如何是照用不同時？』曰：『非清風而無明月。』」透三關：佛教語，又稱「破三關」，禪宗修行次第，即破初關、破重關、破牢關。此蓋特指臨濟宗黄龍派祖師慧南所創破關三問，世稱「黄龍三關」，即「臨濟三關」。宋釋惟白《建中靖國續燈録》：「師室中常問僧出家所以、鄉關來歷，復扣云：『人人盡有生緣處，那個是上座生緣處？』又復當機問答，正馳鋒辯，却復伸手云：『我手何似佛手？』又問諸方參請宗師所得，却復垂脚云：『我脚何似驢脚？』三十餘年示此三問，往往學者多不湊機，叢林共目爲『三關』。」慧南亦自作一偈云：「生緣斷處伸驢脚，驢脚伸時佛手開。爲報五湖參學者，三關一一透將來。」宋賾藏主集《古尊宿語録·送生禪者袁州丐》：「臨濟三關透不透，雲門一字知不知。」唯「一鏃破三關」之語，夙已有之。唐智常《偈》：「一鏃破三關，分明箭後路。可憐個丈夫，先天爲心祖。」宋守堅集《雲門匡真禪師語録》：「示衆云：『大衆！函蓋乾坤，目機銖兩，不涉世緣，作麼生承當？』代云：『一鏃破三關。』」

東坡爲焦山綸老作木石，却書招隱一段因緣在紙尾，圜菴寶之，欲贈好事大檀越作歸止計，爲題數語〔一〕

招隱公案，焦山戲墨，雖然信手拈來，自是胸襟流出〔二〕。價值百千兩金，成就圜菴三窟〔三〕。咄！

【箋注】

〔一〕焦山：在江蘇鎮江市東北江水中，與金山對峙。舊傳以東漢處士焦先隱此而得名。山有定慧寺。作木石：繪山石樹木之圖。却：乃。招隱一段：事未詳。蘇軾有《書焦山綸長老壁》詩，云：「法師住焦山，而實未嘗住。我來輒問法，法師了無語。法師非無語，不知所答故。君看頭與足，本自安冠履。譬如長鬚人，不以長爲苦。一旦或人問，每睡安所措。歸來被上下，一夜著無處。輾轉遂達晨，意欲盡鑷去。此言雖鄙淺，故自有深趣。持此問法師，法師一笑許。」頗以諧謔語爲真諦談，可參。因緣：佛教語。《翻譯名義集·釋十二支》：「前緣相生，因也；現相助成，緣也。」泛指事情之來龍去脈。紙尾：紙幅末尾、文章結束處。《宋書·蔡廓傳》：「廓曰：『我不能爲徐干木署紙尾也。』」好事大檀越：有緣施主。好事：好事者，實謂有心人。此在佛教，指有法緣。檀越：施主。《搜神後記》卷二：「晉大司馬桓温，字元子，末年忽有一比邱尼，失其名，來自遠方，投温爲檀越。」歸止：歸宿。陶潛《感士不遇賦》：「誠謬會以取拙，且欣然而歸止。」特指隱逸或出世。宋薛嵎《爲迪上人賦寒倚》：「山僧愛脩竹，種此出囂塵。霜雪不知苦，歲時長自春。定回閑坐石，風過動吟身。儻欲求歸止，清虚即道真。」元幹此言檀越，其意蓋近似。

〔二〕招隱公案，焦山戲墨：即蘇軾畫及題跋事。戲墨：蓋中有幽默語。信手拈來：不加思索，隨手獲取，自在從容貌。禪家好用此語。《五燈會元·投子青禪師法嗣·大洪報恩禪師》：「昔日德山臨濟信手拈來，便能坐斷十方，壁立千仞，直得冰河焰起，枯木花芳。」自是：本是，原是。高適《封丘作》：「我本漁樵孟諸野，一生自是悠悠者。」歐陽修《嘲少年惜花》：「春風自是無情物，肯爲汝惜無情花。」胸襟流出：喻自然流露，無所拘束矯飾。宋釋慧空《書定兄宗派圖》一：「虚名驚世刻舟痕，乃祖初無一法傳。流出胸襟蓋天地，只今子子與孫孫。」宋釋居簡《和海藏主韵》：「海涵地負避無門，萬象森羅托此恩。萬象之中全體露，胸襟流出盡乾坤。」

〔三〕價值百千兩金：語出《妙法蓮華經·觀世音菩薩普門品》：「無盡意菩薩白佛言：『世尊，我今當供養觀世音菩薩。』即解頸衆寶珠瓔珞，價值百千兩金，而以與之。作是言：『仁者受此法施珍寶瓔珞。』」按，此但以贊嘆東坡墨寶之珍貴。成就圜菴三窟：蓋謂圜菴以俗諦接引俗世，而終能使各自得道果，而已亦遂普慈廣利之願。圜菴三窟：元幹當有所指，惜不能得其詳。三窟：典出《史記·孟嘗君列傳》，然此似以喻多智。

布袋和尚贊〔一〕

維此大士無邊身，三千大千同微塵〔二〕。慈悲憫爾末劫人，顛倒雜懷貪癡嗔〔三〕。布囊示現睡豈真？作如夢觀非想因〔四〕。劫火不壞囊常存，衆生悉度解脱門〔五〕。我來稽首彌勒尊，普爲説法一切聞〔六〕。

【箋注】

〔一〕布袋和尚：五代十國初高僧契此（？—九一七）。世傳爲彌勒菩薩應化身。《景德傳燈録·明州布袋和尚》謂其自稱契此，時號長汀子布袋師。宋莊綽《雞肋編》卷中：「昔四明有異僧，身矮而皤腹，負一布囊，中置百物，於稠人中時傾寫於地曰：『看，看！』人皆目爲『布袋和尚』，然莫能測。臨終作偈曰：『彌勒真彌勒，分身百千億。時時識世人，時人總不識。』於是隱囊而化。今世遂塑畫其像爲彌勒菩薩以事之。」按，此篇每句押韻，中土偈頌别格。

〔二〕大士無邊身：應化無窮之身。大士：本通稱菩薩；轉而泛稱高僧。無邊身：其身量無邊。言高僧之德廣大，有無所不納無所不慈者。宋釋正覺《禪人并化主寫真求贊》九十：「心得而真，物應而神。幻住三昧，覺了諸塵。灑灑落落不共法，浩浩蕩蕩無邊身。」宋釋印肅《證道歌》二五一：「法中王，最高勝，一微塵裹光無盡。無邊身相入微塵，轉大法輪常普應。」《景德傳燈録》所記布袋和尚遺偈正同此意。

〔三〕末劫人：身處末劫之人。末劫：末法之劫。唐皇甫曾《贈鑑上人》：「寶龕經末劫，畫壁見南朝。」宋王應麟《困學紀聞》卷一八宋郭忠恕斷句：「爲逢末劫歸依佛，不就新恩叙理官。」宋邵博《聞見後録》卷二八：「慶曆中，齊州言：有僧如因，妖妄惑人，輒稱正法一千年一劫，像法一千年一劫，末法一千年一劫。」顛倒，貪癡嗔：皆佛教術語，謂違背佛教之錯誤知見與欲望。雜懷：顛倒之見紛雜，謂其多。

〔四〕布囊示現睡豈真：按，此句布袋和尚本事。豈真：正謂其處世行教方便之奇特非常也。作如夢觀非想因：謂其所示之相，正欲起信衆「如夢」之觀、爲得「非想」之因也。如夢觀：如夢幻之觀念，即認知《金剛經》所言「如夢幻泡影」。非想因：知識或思維異於直覺或經驗者之依據。唐駱賓王《四月八日題七級》：「我出有爲界，君登非想天。」宋劉攽《次韻宋職方雪》：「梵天銀界談非想，仙府瑤臺恨隔塵。」按「非想」實乃佛教破除偏執趨向中道之初步。故法眼禪師清凉文益《示舍棄慕道頌》云：「禪若效坐得，非想亦何偏（經劫守閒，不出生死）。爲報參禪者，須悟道中玄。如何道中玄？真規自宛然。」但元幹之言，自合乎程度步驟，不得以彼而疑此也。

〔五〕劫火不壞囊常存：劫火不能毁壞布袋和尚之法身，以其應化之身已入滅故。非謂劫火不自消滅。囊常存：喻其所起信仰及所布勸化功德之不滅也。解脱門：佛教語。《舊唐書·隱逸傳·王友貞》：「乃抗志塵外，栖情物表，深歸解脱之門，誓守薰脩之誡。」

〔六〕稽首彌勒：敬禮彌勒佛。彌勒，梵語 Maitreya 音譯，意譯「慈氏」。佛教之未來佛。《彌勒下生經》：「將來久遠，彌勒出現，至真等正覺。」中土佛教彌勒塑像胸腹坦露，面帶笑容，正作布袋和尚之相。黄庭堅《病起荆江亭即事》九：「形模彌勒一布袋，文字江河萬古流。」古人故不以爲傳説而信之爲事實。元幹亦然。

銘

山桂庵銘〔一〕

晉安劉公華即延平官舍西麓，誅茅結廬，面山旁桂，地不逾丈，而盡挹勝覽〔二〕。真隱居士過焉，命曰山桂庵，取「小山叢桂」之句也〔三〕。因爲作銘。銘曰：

眼界貴寬，心地貴閒，耳根貴静〔四〕。劉子結廬，畏此簡書，雖吏云隱〔五〕。山光蒼蒼，溪水泱泱，是用適性〔六〕。旁據桂叢，秋芬揚風，俯視奔競〔七〕。誰爲賞音？與時浮湛，期則有命〔八〕。凡厥後來，優哉游哉，順受其正〔九〕。

【箋注】

〔一〕銘：本銘刻之義。古人鏤文於器，或以志事，或以自警。後遂演爲文體之名。《文心雕龍·銘箴》：「昔帝軒刻輿几以弼違，大禹勒筍簴而招諫。成湯盤盂，著日新之規；武王户席，題必戒之訓。周公慎言于金人，仲尼革容於欹器。則先聖鑒戒，其來久矣。故銘者，名也。觀器必也正名，審用貴乎盛德。蓋臧武仲之論銘也，曰：『天子令德，諸侯計功，大夫稱伐。』夏鑄九牧之金鼎，周勒肅慎之楛矢，令德之事也；吕望銘功於昆吾，仲山鏤績於庸器，計功之義也；魏顆紀勛于景鐘，孔悝表勤于衛鼎，稱伐之類也……詳觀衆例，銘義見矣……銘兼褒贊，故體貴弘潤。其取事也必核以辨，其摛文也必簡而深，此其大要也。」按，劉氏推本此體之起，固難免想當然之疵，但其言此體之範式特徵，要有可取。又按，銘文之初，或有韵或無韵，後世則多作韵文。

〔二〕晉安：今福州臺江區。劉公華：未詳。延平：今福建南平。誅茅：芟除茅草。引申爲結廬安居。唐宋之問《宋公宅送寧諫議》：「宋公爰創宅，庾氏更誅茅。」結廬：構築廬舍。高適《自淇涉黄河途中作十三首》十三：「結廬黄河曲，垂釣長河裏。」文人或以特指隱居之所。面山：面山而居。僻處遠離塵世貌。謝靈運《山居賦》：「往渚還江，面山背阜，東阻西傾。」唐戴叔倫《南軒》：「面山如對畫，臨水坐流觴。」旁桂：旁有桂樹；鄰近桂樹。喻高潔。漢樂府《相逢行》：「中庭生桂樹，華鐙何煌煌。」唐馮道之《山中作》：「桂氣滿階庭，松陰生枕席。」地不逾丈：狹小貌。蓋喻清高自守。歐陽修《新營小齋鑿地爐輒成五言三十七韵》：「規模不盈丈，廣狹足容膝。」宋王當《何源秀才爲予畫山水圖覓詩》：「怪予蝸室不盈丈，欲有異境超塵凡。」

〔三〕真隱居士：元幹自號「真隱山人」。小山叢桂：語本淮南小山《招隱士》：「桂樹叢生兮山之幽，偃蹇連蜷兮枝相繚。……王孫兮歸來，山中兮不可以久留。」庾信《枯樹賦》：「小山則叢桂留人，扶風則長松繫馬。」後成熟典，指歸隱之事或歸隱之志。聊舉一例，以概其餘。宋劉攽《次韻和秘書省林舍人校書寓興五首》三：「小山叢桂容招隱，負郭良田任耦耕。」

〔四〕眼界貴寬，心地貴閒，耳根貴静：唐宋文人好爲此語。眼界寬：唐穆寂《清風戒寒》：「風清物候殘，蕭灑報將寒。掃得天衢静，吹來眼界寬。」郭祥正《達觀臺黄魯直名之二首》二：「高臺千尺俯江干，達觀寧論眼界寬。但見青山圍遠水，不知何處是長安。」心地閒：唐杜荀鶴《山寺老僧》：「草靸無塵心地閑，静隨猿鳥過寒暄。眼昏齒落看經遍，却向僧中總不言。」耳根静：宋馮山《發新安驛》：「山中耳根静，清曉厭騶呼。」宋王庭圭《題洪覺範方丈》：「曲徑通禪房，辟户得佳境。適從闤闠至，頓覺耳根静。」

〔五〕畏此簡書：言公事嚴急。語出《詩·小雅·出車》：「王事多難，不遑啓居。豈不懷歸，畏此簡書。」毛傳：「簡書，戒命也。鄰國有急，以簡書相告，則奔命救之。」孔穎達正義：「古者無紙，有事書之於簡，謂之簡書。」畏：悚懼。本言事勢緊迫急遽。後人用此典，但言公事嚴厲。宋王柏《冰壺秋月賦》：「見公雖疏兮，知公獨深。畏此簡書兮，勢不得而日親。」又多作「畏簡書」。唐皇甫冉《酬李司兵直夜見寄》：「徒云資薄禄，未必勝閑居。見欲扁舟去，誰能畏簡書。」雖吏云隱：有仕宦之職而無仕宦之念。古人以喻高尚。杜甫《東津送韋諷攝閬州録事》：「聞説江山好，憐君吏隱兼。」宋王禹偁《遊虎丘》：「我今方吏隱，心在雲水間。」典實出《史記·滑稽列傳》：「(東方)朔行殿中，郎謂之曰：『人皆以先生爲狂。』朔曰：『如朔等，所謂避世於朝廷閒者也。古之人，乃避世於深山中。』時坐席中，酒酣，據地歌曰：『陸沈於俗，避世金馬門。宮殿中可以避世全身，何必深山之中，蒿廬之下？』」按，句言劉雖盡力公家，而不貪戀利禄，應題所以立庵之意也。

〔六〕山光蒼蒼，溪水泱泱：山青鬱貌，水深廣貌。語本范仲淹《桐廬郡嚴先生祠堂記》：「雲山蒼蒼，江水泱泱。先生之風，山高水長。」其言又似兼劉禹錫《望賦》意：「龍門不見兮，雲霧蒼蒼。喬木何許兮，山高水長。」此句明寫山桂庵清景，暗喻主人高風也。適性：稱心；合意。漢劉向《列仙傳·安期先生》：「寥寥安期，虛質高清。乘光適性，保氣延生。」唐皎然《夏日集裴録事北亭避暑》：「忘歸親野水，適性許雲鴻。」

〔七〕秋芬揚風：桂香播揚於秋天。借喻劉之德性有足感化風氣者。秋芬：秋季之芬芳。宋李彌遜《次韻國村送遊黄山之作》一：「雨足郊原長稻孫，竹輿去路踏秋芬。」此指桂花。亦所以應題。揚風：播揚德化風。漢邊讓《章華臺賦》：「於是天河既回，淫樂未終，清篇發徵，《激楚》揚風。」俯視奔競：向下看奔競者。喻鄙薄勢利。俯視：向下看。宋玉《高唐賦》：「俯視崝嶸，窐寥窈冥。」轉謂鄙薄貌。奔競：追逐名利。嵇康《五言詩三首》三：「一縱發開陽，俯視當路人。」嵇康之意，正堪比看。干寶《晉紀總論》：「悠悠風塵，皆奔競之士；列官千百，無讓賢之舉。」按，句謂劉得桂叢之利，立性恬退廉潔，足以傲視世之利禄之徒。

〔八〕誰爲賞音：誰是主人之知音。晉孫綽《答許詢詩》：「隱機獨詠，賞音者誰。」元好問《奚官牧馬圖（息軒畫）》：「奚官有知應解笑，世無坡仙誰賞音。」賞音：知音。此本鍾子期俞伯牙故事，遂成熟典。與時浮湛：同世俗周旋。喻虚與委蛇而不遷就也。語本《漢書·司馬遷傳·報任安書》：「故且從俗浮湛，與時俯仰。」顏師古注：「湛讀曰沉。」浮湛：即浮沉，隨波逐流貌。元幹蓋糅合太史公兩語。亦作「與世浮沉」，蘇轍《次韵子瞻山村五絶》一：「與世浮沉真避世，將家漂蕩似無家。」李綱《次韵張子公見寄二首》二：「功名身外兩悠悠，有意功名已可羞。與世浮沉非我意，觀時進退豈人謀。」二家之意，最與元幹此處相發。期則有命：天必使鍾子期與劉爲知己。喻劉之高趣，必有志同道合者應之所謂「德不孤」也。期：即鍾子期，賞音者。則有命：頗成句式。隋魏澹《鷹賦》：「惟兹禽之化育，實鍾山之所生……若夫疾食速消，此則有命。」宋張耒《春雪二首》二：「功成則有命，生事亦人力。」又曰「固有命」，陳子昂《宴胡楚真禁所》：「人生固有命，天道信無言。」又曰「是有命」，宋趙蕃《曾耆英見過題贈六言四首》三：「窮通故是有命，天也豈人力歟。」其意一也。有命：天命。有：助詞。《詩·大雅·大明》：「天監在下，有命既集。」亦指由命運主宰。《論語·顔淵》：「死生有命，富貴在天。」

〔九〕凡厥後來：凡是後人。晉江逌《逸民箴》：「凡厥後來，順乃所往。」優哉游哉：從容自得貌。語出《詩·小雅·采菽》：「優哉游哉，亦是戾矣。」蘇軾《觀棋》：「勝固欣然，敗亦可喜。優哉游哉，聊復爾耳。」順受其正：遵循道理而行。正：命運正常者。語出《孟子·盡心上》：「莫非命也，順受其正。是故知命者不立乎岩墻之下。盡道而死者，正命也；桎梏死者，非正命也。」

休庵銘〔一〕

同郡李君應求，榜其燕居曰休庵，嘗屬桐鄉朱公新仲爲之記，出以示予，且乞銘座右〔二〕。《書》云：「作德心逸日休。」〔三〕噫！仰不愧於天，俯不怍於人，厥有旨哉〔四〕！予以是知應求所存心矣，作《休庵銘》〔五〕。銘曰：

古君子儒，環堵之室〔六〕。心廣體胖，既安既佚〔七〕。養此休譽，時乃休功〔八〕。爲名公卿，休祥在躬〔九〕。

【箋注】

〔一〕按，此篇短小，而有小引，有銘辭，結構完整，是此體正格。按，據全文，元幹之意，蓋兼休息、休養與嘉美、吉祥二義，此行文之常法也。

〔二〕李君應求：李應求，其人未詳。榜其燕居：爲其休憩逍遥之所題匾額。燕居：閒居。桐鄉朱公新仲爲之記：朱翌（一〇九七—一一六七），字新仲，自號灊山道人、省事老人，舒州懷寧（今安徽潛山）人。政和八年，賜同上舍出身。歷溧水縣主簿、秘書省正字、試起居舍人等。紹興十一年，擢中書舍人兼實録院修撰，尋忤秦檜，責韶州居住。二十五年，起充秘閣修撰，出知宣州、平江府。乾道三年卒。其《灊山文集》已佚（清四庫館臣據《永樂大典》輯有三卷）。有《猗覺寮雜記》二卷行於世。桐鄉：蓋泛稱。記：已不可知。乞銘座右：求作座右銘。座右銘：置於座右用以自警或自勵之銘文。《文選・崔瑗〈座右銘〉》呂延濟題注曰：「瑗兄璋爲人所殺，瑗遂手刃其仇，亡命，蒙赦而出，作此銘以自戒，嘗置座右，故曰座右銘也。」

〔三〕作德心逸日休：語出《尚書・周官》：「作德，心逸日休；作僞，心勞日拙。」庾信《周五聲調曲二十四首》二十四：「動天無有不屆，唯時無幽不徹。作德心逸日休，作僞心勞日拙。」按，此説「休庵」命意。

〔四〕「仰不愧於天」云云：上對天無愧，下對人亦無愧。語出《孟子・盡心上》：「孟子曰：『君子有三樂，而王天下不與存焉。父母俱存，兄弟無故，一樂也；仰不愧於天，俯不怍於人，二樂也；得天下英才而教育之，三樂也。』」後泛謂問心無愧。宋劉克莊《和竹溪三詩效顰一首》：「俯仰兩間無愧怍，有辭可以白先人。」（兩間，天地之間。）厥有旨哉：謂其言精闢有深意。猶今言「説得太好了」。有旨哉：有深奧微妙之義。旨：本爲飲食之良，引申爲言論之精。唐于可封《至人心鏡賦》：「莊生有言曰，『至人用心若鏡』，有旨哉是言也。」宋釋德洪《古鼎》：「器分三足真神物，具體而微有旨哉。」

〔五〕存心：猶居心。語本《孟子・離婁下》：「君子所以異於人者，以其存心也。君子以仁存心，以禮存心。」宋文彦博《依韵謝運使陳虞部生日惠雙鶴靈壽杖》三：「仁者存心安老者，欲扶蹇步得長寧。」

〔六〕君子儒：儒者之君子，與「小人儒」相對。語出《論語·雍也》：「子謂子夏曰：『女爲君子儒，無爲小人儒。』」集解：「孔曰：君子爲儒，將以明道；小人爲儒，則矜其名。」邢昺疏：「正義曰：此章戒子夏爲君子也。言人博學先王之道以潤其身者，皆謂之儒。但君子則將以明道，小人則矜其才名。言女當明道，無得矜名也。」白居易《哭王質夫》：「憐君古人風，重有君子儒。」環堵之室：居室狹小者，四周土墻各僅一方丈。《禮記·儒行》：「儒者有一畝之宫，環堵之室。」鄭玄注：「環堵，面一堵也。五版爲堵，五堵爲雉。」《淮南子·原道訓》「環堵之室」，高誘注：「堵長一丈，高一丈，故曰環堵，言其小也。」杜甫《寄柏學士林居》：「幾時高議排金門，各使蒼生有環堵。」按，本言逼仄簡陋爲可嘆，杜則云得此爲居，雖陋可幸。元幹此言，似差近之。

〔七〕心廣體胖：心中坦然，身體舒泰。語出《禮記·大學》：「富潤屋，德潤身，心廣體胖，故君子必誠其意。」朱熹集注：「心無愧怍，則廣大寬平，而體常舒泰。」陳亮《與應仲實書》：「古之賢者，其自危蓋如此，此所以不愧屋漏而心廣體胖也。」既安既佚：安樂。安佚：不勞苦。語出《孟子·盡心下》「四肢之於安佚也」，孫奭疏：「四肢懈倦，則思安佚不勞苦。」既……既……：即既……且……，略同今語之既/又……又……。當時文言句式，多施於仿古文體，有典重之氣。《全宋文》卷三五四二李正民《圓象徽調閣奉安隆鼐頌》：「宋受天命，維億萬世。重熙累洽，既安既治。」又卷五四二一黄銖《祭劉忠肅公珙文》：「俾之試守，字我黎幼。太末之墟，既安既當。」元幹此處，正同其法。

〔八〕休譽：美譽。休：美也。荀悦《漢紀·元帝紀》：「將軍以親戚輔政，貴於天下無二，然衆庶議論，休譽不專在將軍，何也？」《舊唐書·于志寧傳》：「伏惟殿下道茂重離，德光守器，憲章古始，祖述前修，欲使休譽遠聞，英聲遐暢。」時乃休功：此乃爲成就休美之嘉業美德。唐德宗《君臣箴》：「一言之應，千里攸同。導彼遐俗，達予四聰。華夷仰德，時乃之功。」白居易《酒功贊》：「百慮齊息，時乃之德。萬緣皆空，時乃之功。」按，此係承古句法，仿古文體每用之。《全宋文》卷三二〇六翟汝文《葉默等江東淮南運副制》：「朕惟今邦國若否，耳目是寄，實惟爾膚使。汝等舊惟成人，往指告於四方……俾遠不戚於朕教，時乃休。」此篇正擬《尚書》訓誥之體，其「時乃休」之語，尤稱典型。時乃：此正是。時：是。指示代詞。語本《尚書·咸有一德》：「終始惟一，時乃日新。」孔傳：「言德行終始不衰殺，是日新之義。」然則「時乃」本不連屬，文人乃割裂而黏附爲文，後遂泛濫書面而爲成詞。故宋祁《金陵相公赴鎮二首》一乃得曰：「丕績推時乃，宸歌續喜哉。」休功：美盛之功業。漢徐幹《中論·譴交》：「當此之時，四海之内進德脩業勤事而不暇，詎敢淫心舍力，作爲非務，以害休功者乎？」

〔九〕休祥在躬：吉祥從我達成。此元幹祝頌語。休祥：語出《書·泰誓中》：「朕夢協朕卜，襲于休祥，戎商必克。」孔傳：「言我夢與卜俱合于美善。」休：即美善。宋王禹偁《中書試詔臣僚和御制雪詩序》：「鴻筆麗藻之臣，睹是休祥，聿陳歌咏，風雅作矣。」在躬：在身，謂在我。亦仿古成詞。語本《書·大禹謨》：「帝（舜）曰：『……予懋乃德，嘉乃丕績，天之曆數在汝躬，汝終陟元后……』」孔傳：「……言天道在汝身……」《論語·堯曰》：「堯曰：『咨爾舜，天之曆數在爾躬！』」在汝躬、在爾躬，其意一也。在躬者，蓋其省文也。

墓誌銘

晉安黄夫人墓誌銘

有宋處士鄭君德稱之室黄氏，台州黄巖縣尉諱待問之長女〔一〕。黄，鄉先生也，家世晉安。夫人自幼聰慧過人，事親誠孝，先生夫婦素鍾愛之。擇所宜配，年二十，歸處士。治家斬斬有條理①，歲時祀事，必躬蠲潔〔二〕。馭臧獲輩，寬猛適當，得其歡心，未嘗施鞭撲，唯以善言訓誨之，率就規矩，不怒而威，咸耻有過失〔三〕。十五年中，安貧自樂，順適處士之意，頗如德耀事伯鸞，内外姻黨，無問疏戚，聞夫人之風，靡不欽慕〔四〕。歲在癸巳夏四月，處士殁於大父舊廬。夫人是時年未四十②，持喪甚嚴，諸孤纍纍然方齠齔，夫人非特能守其志，且慮郊居從師匪便，亟斥賣奩具，得舍數椽，直郡庠之左，俾兒曹朝夕尊所聞見〔五〕。蓋不待三遷，果皆業儒，夫善師孟母若夫人者鮮矣〔六〕。紹興辛未春正月，以壽終，享年七十八。後七年，戊寅歲某月某日，岊舉其柩，合葬於處士墓，是爲懷安縣欽德里文山之原〔七〕。男三人：長曰岊；次曰岳，早卒；季曰岡，嘗預鄉薦，不禄〔八〕。女亦未嫁而夭，今獨岊存。孫男二人：曰庚，曰育，皆爲士。孫女三人：長適進士陳炳文，餘在室。岊雅尚不群，無心進取，以翰墨遊公卿間，養母盡孝，人喜饋之，用助甘旨〔九〕。與予别八九年矣，三遺書，告以葬期③，必欲求予銘其母，每請愈堅〔一〇〕。義不可辭，乃爲之銘曰：（闕）

【校】

① 斬斬：文淵閣本作「漸漸」，據南圖藏本改。

② 夫人是時年未四十：文淵閣本作「夫人時年未四十」，文津閣、文瀾閣本作「夫人是年未四十」，均有脱字，據國圖藏本改。

③ 以：原作「曰」，據國圖藏本改。

【箋注】

〔一〕處士：本指有才德而隱居不仕者，後亦泛指士人未仕宦者。《孟子·滕文公下》：「聖王不作，諸侯放恣，處士橫議，楊朱、墨翟之言盈天下。」

〔二〕斬斬：整肅貌。韓愈《曹成王碑文》：「持官持身，内外斬斬。」宋杜範《送石宰》：「小試莅茲邑，斬斬常正義。」蠲潔：清潔。蠲：蓋謂捐棄穢濁。語出《墨子·尚同中》：「其事鬼神也，酒醴粢盛，不敢不蠲潔。」後凡言祭祀之誠敬，每用此語。宋劉筠《致齋太一宫》：「齋心奉蠲潔，攝事罄誠明。」宋《郊廟朝會歌辭·冬至孟春孟夏季秋四祀上公攝事七首·司徒奉俎用〈豐安〉》：「禮崇禋祀，神鑑孔明。牲牷博腯，以炰以烹。馨香蠲潔，品物惟精。」

〔三〕臧獲：奴婢。本賤稱。《荀子·王霸》：「大有天下，小有一國，必自爲之然後可，則勞苦秏顇莫甚焉；如是，則雖臧獲不肯與天子易埶業。」鞭撲：泛指刑罰之械；亦指施刑罰。《國語·魯語上》：「大刑用甲兵，其次用斧鉞，中刑用刀鋸，其次用鑽笮，薄刑用鞭撲，以威民也。」韋昭注：「鞭，官刑也；撲，教刑也。」《漢書·刑法志》：「薄刑用鞭撲。」顏師古注：「撲，杖也。」寬猛：寬嚴。語出《春秋左傳·昭公二十年》：「仲尼曰：『善哉！政寬則民慢，慢則糾之以猛；猛則民殘，殘則施之以寬。寬以濟猛，猛以濟寬，政是以和……』」晉曹攄《答趙景猷詩》：「導以水柔，示以火急。寬猛相濟，孰能企及。」得其歡心：謂得奴婢忠心。

〔四〕德耀事伯鸞：梁鴻孟光故事。詳《後漢書·逸民傳·梁鴻》。德耀：孟光字。伯鸞：梁鴻字。鴻家貧好學，不求仕進，與妻孟光共入霸陵山中，以耕織爲業。後因以「伯鸞」借指隱逸不仕之人。内外姻黨：凡親族之稱。唐陸龜蒙《甫里先生傳》：「内外姻黨，伏臘喪祭，未嘗及時往。」内外：蓋謂姑嫜之族與父母之族。姻黨：猶姻族。無問：無論。靡不：無不。

〔五〕纍纍然：瘦瘠疲憊貌。纍纍：語出《禮記・玉藻》：「喪容纍纍。」鄭玄注：「羸憊貌也。」孔穎達疏：「『喪容纍纍』者，謂容貌瘦瘠纍纍然。」齠齔：指童年。非特：非但，不僅。匪便：非便。斥賣：出售，變賣。語出《史記・貨殖列傳》：「烏氏倮畜牧，及衆，斥賣，求奇繒物，間獻遺戎王。」奩具：箱盒盛梳妝之具者。此指嫁妝。宋周密《癸辛雜識別集・銀花》：「姑以千緡爲奩具之資。」數椽：數間房屋。直郡庠之左：正對府學左廂。直：正對。兒曹：泛指小輩。尊所聞見：謂謹受師傅教訓。聞見：聞見於先生者。語本《大戴禮記・曾子疾病》：「曾子曰：『……君子尊其所聞，則高明矣；行其所聞，則廣大矣。高明廣大，不在于他，在加之志而已矣。』」陸游《讀書有感》：「洙泗諸生尊所聞，豈容兀者亦中分。」

〔六〕蓋不待三遷：言夫人之教養，有足感動人者，故小輩皆能自進修而成立也。三遷：孟母三遷故事。詳《列女傳・鄒孟軻母》。

〔七〕後七年……合葬於處士墓：當時喪家，或以貧困障礙，或以地里間隔，殯而不葬，其事多有，有演而成風氣者，此蓋亦然。

〔八〕鄉薦：唐宋應試進士，由州縣薦舉，稱「鄉薦」。唐顧雲《上池州衛郎中啓》：「自隨鄉薦，便托門墻。」不禄：士死之諱稱。《禮記・曲禮下》：「天子曰崩，諸侯曰薨，大夫曰卒，士曰不禄。」按，此句一子曰「卒」，一子曰「不禄」，所以示布衣與有功名者之别也。

〔九〕不群：不平凡，高出同輩。《楚辭・九章・惜誦》：「行不群以顛越兮，又衆兆之所咍也。」甘旨：飲食美好者。特指養親食物。南朝梁任昉《上蕭太傅固辭奪禮啓》：「飢寒無甘旨之資，限役廢晨昏之半。」

〔一〇〕遺書：寄信。漢阮瑀《爲曹公作書與孫權》：「是故按兵守次，遺書致意。」宋袁去華《八聲甘州》：「貯離愁、難憑夢寄，縱遺書、何日有征鴻。」

祭文

諸公祭鄧正言文〔一〕

維紹興二年，歲次壬子五月庚申朔三十日己丑，友人宇文師瑗、張世才、王時、張宇林、楊休、王傳、蘇籀、余良弼、黄豐、洪栴、朱松、馮至游、吴叔虎、朱偁、李議之、張元幹等，謹以清酌庶羞之奠，致祭於亡友正言鄧子志宏之靈〔二〕。嗚呼哀哉！吾志宏，負卓越不羈之才，騁縱横無窮之辯，夫豈不能揣摩捭闔，以巧速化〔三〕？抑豈不能趦趄囁嚅，以容悦苟賤〔四〕？雅欲正色而立朝，率由直道而事君〔五〕。始也風刺，名重諸生，幾中奇禍，坐爲諫臣〔六〕。恥賣友以自售，寧甘心而守貧〔七〕。故其放斥流離，一寓意於杯酒；悲歌慷慨，時托興於詩文。澆胸中塊壘不平之氣，同世間陸沈未遇之人〔八〕。是身雖詘，此道則信。或竊笑以技窮，固多相期乎器遠。水莫改於萬折；金益堅於百煉〔九〕。議論人主之前，周旋天下之變。皆吾子所優爲，忽蓋棺而不見。嗚呼哀哉！子有老母，病久未痊，夕不解衣，藥必手煎。積憂成病，反喪盛年。母乃哭子，彼蒼者天〔一〇〕！想英姿兮如在，聆妙語兮闃然。邈楚些之不招兮，諒蜕去而爲飛仙〔一一〕。誰撫諸孤，養其華顛〔一二〕？心折涕隕，尚復忍言〔一三〕？嗚呼哀哉，尚饗〔一四〕！

【箋注】

〔一〕鄧正言：鄧肅（一〇九一—一一三二），字志宏，號栟櫚。宋南劍州沙縣（今屬福建）人。徽宗時入太學。時貢花石綱，肅賦詩言守令搜求擾民，被擯出學。欽宗立，授鴻臚寺簿。金兵攻宋，受命詣金營，留五十日而還。後擢右正言，不三月，連上二十疏，言皆切當，多見采納。李綱罷相，上疏争之，觸怒執政，罷歸。紹興二年，避寇福唐，以疾卒。有《栟櫚集》。《宋史》卷三七五有傳。

〔二〕紹興二年：高宗紹興壬子（一一三二）。清酌庶羞：酒餚用於祭祀者，祭文習語。清酌：清酒。語出《禮記·曲禮下》：「凡祭宗廟之禮……酒曰清酌。」孔穎達疏：「言此酒甚清澈，可斟酌。」庶羞：泛指美味豐富。庶：衆多。語出《儀禮·公食大夫禮》：「上大夫庶羞二十，加于下大夫以雉兔鶉鴽。」胡培翬正義引郝敬云：「肴美曰羞，品多曰庶。」

〔三〕吾志宏：吾，所以示親近而親切。猶今言「我們的」。負卓犖不羈之才：謂才智超群，不受拘束。司馬遷《報任安書》：「僕少負不羈之材，長無鄉曲之譽……」《世説新語・任誕》「何可一日無此君」，劉注引《中興書》：「徽之卓犖不羈，欲爲傲達，放肆聲色，頗過度。」揣摩捭闔：謂多機智善行游説之術。陸游《南唐書・烈祖紀》：「有徐玠者，事温爲金陵行軍司馬，工揣摩捭闔。」揣摩：揣度對方，使遊説投合其本旨。《戰國策・秦策一》：「（蘇秦）乃夜發書，陳篋數十，得太公《陰符》之謀，伏而誦之，簡練以爲揣摩。」捭闔：猶開合。縱横家分化、拉攏之術。《鬼谷子・捭闔》：「捭闔者，以變動陰陽四時開閉，以化物縱横……此天地陰陽之道，而説人之法也。」《舊唐書・張濬傳》：「學鬼谷縱横之術，欲以捭闔取貴仕。」速化：謂快速入仕。韓愈《答陳生書》：「足下求速化之術，不于其人，乃以訪愈，是所謂借聽于聾，求道于盲。」宋程俱《贈别吴忱宣德》：「長安速化地，頑鈍終無營。」

〔四〕趦趄囁嚅：恭謹貌。韓愈《進學解》：「足將盡而趦趄，口將言而囁嚅。」趦趄：欲進不進，疑懼猶豫貌。《説文》：「趑，趑趄，行不進也。」趑趄，同「趦趄」。《文選・張載〈劍閣銘〉》：「一人荷戟，萬夫趑趄。」李善注：「一夫揮戟，萬人不得進。《廣雅》曰：『趑趄，難行也。』」囁嚅：竊竊私語貌。《楚辭・東方朔〈七諫・怨世〉》：「改前聖之法度兮，喜囁嚅而妄作。」王逸注：「囁嚅，小語謀私貌也。」容悦：謂曲意逢迎，以取悦于上。語出《孟子・盡心上》：「有事君人者，事是君，則爲容悦者也。」趙岐注：「爲苟容以悦君者也。」韓愈《上留守鄭相公啓》：「以爲事大君子當以道，不宜苟且求容悦。」苟賤：卑鄙下賤。語出《史記・樗里子甘茂列傳》：「夫史舉，下蔡之監門也，大不爲事君，小不爲家室，以苟賤不廉聞於世，甘茂事之順焉。」《鶴林玉露》卷三：「柳下惠視袒裼裸裎，焉能浼我，可謂和光同塵矣，然不以三公易其介，未嘗流於苟賤也。」

〔五〕雅欲：長期希望，始終努力。正色而立朝：嚴肅不苟於公事。語出《公羊傳·桓公二年》：「孔父正色而立于朝。」正色，謂神色莊重、態度嚴肅。《書·畢命》：「弼亮四世，正色率下。」直道：猶正道。《韓非子·三守》：「然則端言直道之人不得見，而忠直日疏。」

〔六〕風刺：諷刺。語出《詩序》：「上以風化下，下以風刺上。」鄭玄箋：「風化、風刺，皆謂譬喻不斥言也。」歐陽修《歸田録》卷二：「以滑稽嘲謔，形於風刺。」奇禍：灾禍出意料者。語出《文子·符言》：「不求得，不辭福，從天之則，内無奇福，外無奇禍，故禍福不生焉。」黄庭堅《二十八宿歌贈别無咎》：「虎剥文章犀解角，食未下亢奇禍作。」坐爲諫臣：獲罪而貶謫爲諫官。蓋指其爲正言官事。

〔七〕自售：自誇才能而求信用。語本《論語·子罕》：「子貢曰：『有美玉於斯，韞匵而藏諸，求善賈而沽諸？』子曰：『沽之哉，沽之哉，我待賈者也。』」何晏集解引包咸曰：「沽之哉，不衒賣之辭。」宋王令《寄王正叔》：「必也泥自售，恐由此始禍。」

〔八〕澆胸中塊壘不平之氣：消釋牢騷苦惱之氣。宋劉弇《莆田雜詩》十六：「賴足樽中物，時將塊磊澆。」塊壘：喻胸中鬱結之愁悶或氣憤。同世間陸沈未遇之人：與世間功業不遂者爲同道。陸沈：陸地無水而沈。喻隱居。語出《莊子·則陽》：「方且與世違而心不屑與之俱，是陸沈者也。」郭象注：「人中隱者，譬無水而沈也。」又喻埋没不爲人知。王維《送從弟蕃游淮南》：

「高義難自隱，明時寧陸沉。」

〔九〕水莫改於萬折：水流雖歷萬折，而仍東去不還。喻秉志不改。語本《荀子·宥坐》。見前《李丞相綱生朝三首》注二一。金益堅於百煉：喻氣節如真金，雖經危難仍堅純不改。語本漢應劭《漢官儀》：「金取堅剛，百鍊不秏。」《抱朴子·博喻》：「是以百煉而南金不虧其真，危困而烈士不失其正。」

〔一〇〕彼蒼者天：嘆賢人之喪。語出《詩·秦風·黄鳥》：「彼蒼者天，殲我良人。如可贖兮，人百其身。」曹植《卞太后誄》：「痛莫酷斯，彼蒼者天。」

〔一一〕楚些(suò)：《楚辭·招魂》中多以「些」爲句末助詞。此指招魂。唐殷堯藩《楚江懷古》：「騷靈不可見，楚些竟誰聞。」宋曾會《重登蕭相樓》：「隻雞斗酒江干市，白首風前楚些吟。」諒蜕去而爲飛仙：成仙。蜕去：蓋當時常語，「蟬蜕去」之省，謂人死之捨棄肉身如蟬蜕衣。宋李彭《次陶淵明贈羊長史韵寄李翹叟》：「此翁蟬蜕去，詞林遂榛蕪。」陸游《齲齒》：「恨不棄殘骸，蜕去如蛇蟬。」

〔一二〕華顛：白頭，借指老人，即上文之「老母」。華：頭髮花白，《後漢書·邊讓傳》「華髮舊德」，李賢注：「華髮，白首也。」顛：《爾雅·釋言》：「顛，頂也。」郭璞注：「頭上。」

〔一三〕心折涕隕：慘痛貌。心折：中心摧折。語出漢蔡琰《胡笳十八拍》：「兩拍張弦兮弦欲絶，志摧心折兮自悲嗟。」南朝梁江淹《別賦》：「有别必怨，有怨必盈。使人意奪神駭，心折骨驚。」涕隕：悲傷落淚。《詩·小雅·小弁》：「心之憂矣，涕既隕之。」梅堯臣《依韵和普上人古琴見贈》：「欣者舉袖舞，悲者欲涕隕。」

〔一四〕尚饗：亦作「尚享」。祭文結語，表示希望死者來享用祭品。語出《儀禮·士虞禮》：「卒辭曰：哀子某，來日某隮祔爾于爾皇祖某甫。尚饗！」鄭玄注：「尚，庶幾也。」「庶幾」，希望也。蘇軾《祭歐陽文忠公文》：「蓋上以爲天下慟，而下以哭其私，嗚呼哀哉，尚享！」享、饗同。

祭老禪文

惟師具無礙辯才，得自在三昧〔一〕。上將軍之權謀，烈丈夫之意氣〔二〕。縱橫妙用，卷舒大千①；迅發機鋒，雷霆一世〔三〕。蓋多生伶俐衲僧，作出世間本分尊宿。論供養不止乎平生所至叢林，而緣法周旋，尤與賢士大夫號爲密熟者也〔四〕。掀人生衆前，舉揚批判，音吐調暢，如叩洪鐘，語句流通，如傾黃河〔五〕。拗折拄杖，掀倒禪牀；放去收來，有殺有活〔六〕。老祖佛眼乃父，坐大道場，歷七八數〔七〕。必皆神運斤斧，鼎新革故；不日而成，屹屹棟宇〔八〕。昔在涌泉，門庭大開；幻出寶閣，國師再來〔九〕。聞師嘗言，最勝幢塔，自我建立，無壞無雜〔一〇〕。它年靈骨，歸窆此山，於今三秋，老禪果還〔一一〕。凡厥來祭，莫逆心契；霧慘爐峰，緇白俱涕〔一二〕。

追懷曩遊，福城東際，自利利他，普及一切。雖然踏著秤鎚，不妨活潑潑地〔一三〕。咦！尚饗！〔一四〕

【校】

①舒：文淵閣本作「疏」，據文瀾閣本改。

【箋注】

〔一〕無礙辯才：指多聞靈通，善能説法。見前《妙喜道人真贊》注二一。自在三昧：無礙不壞至上境界。佛教語。東晉僧伽提婆譯《增壹阿含經》卷四七：「得知四大輕重，便當修行自在三昧；已行自在三昧，復當修勇猛三昧；已行勇猛三昧，復當修行心意三昧；已行心意三昧，復當行自戒三昧；已修行自戒三昧，如是不久便當成神足道。」《五燈會元・荆門軍玉泉承皓禪師》：「（師）姓王氏，眉州丹稜人也。依大力院出家，登具後遊方，參北塔，發明心要，得大自在三昧。」喻行解之具足。蓋具三昧智慧，則超越人天，得自在矣。宋釋道寧《偈六十三首》二十：「凛凛玄風，塵塵三昧。信手拈來，曾無障礙。不用安排，素非憎愛。透過斯關，逍遥自在。」足可比參。

〔二〕上將軍之權謀：主帥之智慧。喻老禪有統率風氣之智慧。上將軍：軍中主帥。《史記・高祖本紀》：「初，項羽與宋義北救趙，及項羽殺宋義，代爲上將軍，諸軍黥布皆屬，破秦將王離軍，降章邯，諸侯皆附。」唐各衛有此官，宋仍之。　烈丈夫之意氣：有大丈夫之氣概。　烈丈夫：男子能重義輕生、一往無前者。　語出《史記·伍子胥列傳》：「太史公曰：……方子胥窘於江上，道乞食，志豈嘗須臾忘郢邪？故隱忍就功名，非烈丈夫孰能致此哉？」曹魏吴質《思慕詩》一：「慷慨自俯仰，庶幾烈丈夫。」意氣：氣概。《管子·心術下》：「是故意氣定，然後反正。」南朝宋袁淑《效曹子建〈白馬篇〉》：「意氣深自負，肯事郡邑權？」按，句謂老禪智慧具足、志願堅强也。

〔三〕縱横妙用，卷舒大千：謂教化之能，普遍天下，隨意自在。此喻高僧之機變不窮。按，禪家好言「出没卷舒，縱横應物」之類，以誇飾導人開悟之應機無方。唐慧海撰《諸方門人參問語録》：「夫禪師者，撮其樞要，直了心源，出没卷舒，縱横應物，咸均事理，頓見如來。」《古尊宿語録·智門禪師》：「還有人委得落處麽？若委得，隨機利物，應化無方，天上人間，出没卷舒，縱横自在。若也未委落處，釋迦老子、三世諸佛，二十八祖、天下老和尚，一時抛在爐中，從聽老僧葛藤。」《五燈會元·潭州大潙慕喆真如禪師》：「諸人還相委悉麽？若也委悉去，如龍得水，似虎靠山，出没卷舒，縱横應用。如未相委，大似日中逃影。」諸家之説，最爲典型。妙用：應用而能隨機應變者。大千：泛指世界，廣大貌。機鋒：禪宗用語。指師徒、同門問答語句迅捷鋭利、不落迹象、含意深刻者。唐法眼禪師清凉文益撰《宗門十規論·舉令提綱不知血脈第三》：「其間有先唱後提，抑揚教法，頓挫機鋒。祖令當施，生殺在手。」蘇軾《金山妙高臺》：「機鋒不可觸，千偈如翻水。」雷霆一世：震耀當世。喻道德之高超，足以普施教化者。宋人或好爲此語。王炎《中隱賦》：「子留子道高而位下，豐蓄而嗇施。發揮所有，可以雷霆一世，而畏人知之。」但元幹或直用釋德洪《何忠孺家有石如硯以水灌之有枝葉出石間如巖桂狀爲作此》：「君不見海門比丘海爲家，説法光明生齒牙。坐令十二緣生浪，幻出定慧青蓮華。又不見佛圖澄師氣邁往，披拳山川俱在掌。從來身世無二法，勿作情與無情想。何如巴邱老居士，聲名雷霆喧一世。」正禪家本色之語。按，句謂老禪之德，足以普惠群衆也。

〔四〕多生伶俐衲僧：成就衆多聰明後學。生：生育，此爲教導、培養。禪宗好以祖父子孫爲譬。伶俐衲僧：禪宗習語，指僧人根器機敏、殷勤好學者。《古尊宿語録·因僧請益三玄三要頌》：「伶俐衲僧眼未明，石火電光知是鈍，揚眉瞬目涉關山。」宋法應集《禪宗頌古聯珠通集》卷十九：「蓮隨風而轉空，船截流而到岸。箇中伶俐衲僧，看取清凉手段。」禪師每好稱學僧曰「伶俐座主」。《禪宗頌古聯珠通集》卷十二：「有漏笊籬，無漏木杓。烜赫禪和，妄生卜度。伶俐座主，何處摸索？」曰「座主」，蓋尊重愛惜之意。伶俐：聰明機靈，反應敏捷。或作「靈利」，亦同。衲僧：僧徒例著衲衣，故以爲號。五代貫休《湖頭别墅》二：「更無他事出，只有衲僧來。」作出世間本分尊宿倫：爲僧徒作長老導師。出世間：言從佛教而得解脱。佛教語。本分尊宿：謂學識德行足以爲師傅。本分：猶言本色，謂能廣宣佛教，行化純正，不雜不染。《佛果克勤禪師心要·示祖上人》：「在本分尊宿身邊，又能效勤戮力，作種種緣，皆非分外。」叢林：僧徒聚居之區。《大智度論》卷三：「多比丘一處和合，是名僧伽。譬如大樹叢聚，是名爲林。」後以爲寺院泛稱。緣法周旋：與有法緣之人往還應對。緣法：佛教指僧衆師徒間、僧徒與俗人信仰者間之緣分。此指有法緣人。宋釋正覺《送元上人過長蘆》：「師門昆仲知名舊，緣法東西得面遲。」周旋：交往，應酬。曹操《與荀彧追傷郭嘉書》：「郭奉孝年不滿四十，相與周旋十一年，險阻艱難，皆共罹之。」《朱子語類》卷一三六：「王導爲相，只周旋人過一生。嘗有座客二十餘人，逐一稱贊。」與賢士大夫號爲密熟：按，其事不可知，亦不必知。或係泛言。密熟：當時常語。蘇軾《辨賈易彈奏待罪札子》：「又秦觀自少年從臣學文，詞彩絢發，議論鋒起，臣實愛重其人，與之密熟。」按，句謂老禪以身作則，德化廣被，作育衆多，普及僧俗，遂能普受景仰也。

〔五〕舉揚批判：闡發佛法大義，評判禪家機用。舉揚：佛教語。本謂標舉宣揚。梁釋法雲撰《法華經義記》：「截今從多論聞，在大衆中，眼見耳聞菩薩勝事、舉揚大士德高行遠。」後轉而特指闡發弘揚佛法奥義乃至禪宗語句之類妙用。唐釋文益撰《宗門十規論》：「凡欲舉揚宗乘、援引教法，須是先明佛意、次契祖心，然後可舉而行。」南唐釋法滿《偈》：「話道語下無聲，舉揚奥旨丁寧。」批判：評論裁斷。禪宗恒語。宋藴聞編《大慧普覺禪師語録》：「冲密禪人在叢林最久，往往都商量得、講説得、批判得，自謂千了百當，後始知非。」《五燈會元・台州護國此庵景元禪師》：「靈峰古禪師舉白雲見楊歧，歧令舉茶陵悟道頌公案，請師批判。」元幹《解嘲示真歇老人二首》二：「道人元具眼，批判亦慈悲。」按，文人亦偶採此語於世俗文字，蓋如借用。宋項安世《贈劉正將》：「柳亭門户劣三間，詩伯封疆自一寰。批判秋風勾夜月，抨彈淮水薦鍾山。」音吐調暢：誦經聲韵流利優美。佛教以誦經聲正韵諧爲僧徒功德之一，蓋以其足以激發善心、助益正教也。梁慧皎《高僧傳・誦經第七》：「論曰：諷誦之利大矣，而成其功者希焉。良由總持難得，惛忘易生。如經所説，止復一句一偈，亦是聖所稱美……若迺凝寒靖夜，朗月長宵，獨處閑房，吟諷經典，音吐遒亮，文字分明。足使幽靈忻踊，精神暢悦。所謂歌詠誦法言，以此爲音樂者也。」又《唱導第十》：「釋道照……披覽群典，以宣唱爲業。音吐寥亮，洗悟塵心，指事適時，言不孤發，獨步於宋代之初。」音吐遒亮、音吐寥亮、音吐調暢，其意皆同；而「吟諷經典，音吐遒亮，文字分明」云云，其旨尤明。音吐：談吐及其聲韵氣質。《南齊書・庾杲之傳》：「杲之風范和潤，善音吐。」《南史・何敬容傳》：「敬容接對賓朋，言詞若訥，酬答二宫，則音韵調暢。」如叩洪鐘：喻聲音之瀏亮莊重。按，實謂老禪誦經之聲韵高妙，有如撞擊大鐘，而震肅心靈，足以滌垢成净。庾信《象戲賦》：「觀夫造作權輿，皇王厥初，法凝陰於厚德，仰衝氣於清虚，於是緑簡既開，丹局真正，理洞研幾，原窮作聖。若叩洪鐘，如懸明鏡……可以變俗移風，可以莅官行政。」《五燈會元・汝州風穴延沼禪師》：「問：『洪鐘未擊時如何？』師曰：『充塞大千無不韵，妙含幽致豈能分？』曰：『擊後如何？』師曰：『石壁山河無障礙，翳消開後好咨聞。』」諸文大資參酌。洪鐘：大鐘。《世本・作篇》：「顓頊命飛龍氏鑄洪鐘，聲振而遠。」語句流通：謂教理廣傳，弘法普遍。宋紹隆等集《圓悟佛果禪師語録》：「拈一機千機萬機通透，用一句千句萬句流通。不假他人，全彰己用。」《五燈會元・婺州寶林懷吉真覺禪師》：「善慧遺風五百年，雲黄山色祇依然。而今祖令重行也，一句流通遍大千。」語句：能闡明教理之巧妙精闢言語。佛教語。隋闍那崛多譯《大威德陀羅尼經》：「阿難！設此語句，爲彼邊地衆生。

衆生荷負我三千大千世界中所説聖諦，彼等入此。」唐傅翕《行路難二十篇·第十二章明金剛解脱》：「君不見金剛語句非真實，萬象森羅同一無。而此空無爲佛母，復是真如無上珠。」此「語句」者，即發揮聖諦之言論。禪宗特指大德導師之巧妙而關鍵核心詞句之言簡意賅者，既扼要而便記誦，又深刻而利啓發，如「祖師西來意」、「本來無一物」、「一口吸盡西江水」之類是也。又禪宗宗派分立，其「語句」各自不同。宋藴聞集《大慧普覺禪師語録》：「（普覺禪師）一日問德山（宣鑒）：『從上宗風，以何法示人？』德山云：『我宗無語句，亦無一法與人。』」宋張伯端《讀雪竇禪師祖英集》：「雪竇老師達真趣，大震雷音椎法鼓。獅王哮吼出窟來，百獸千邪皆恐懼。或歌詩，或語句，丁寧指引迷人路。」宋釋德洪《送親上人乞食三首》二：「雖應鋒機，不是語句。鴨寒下水，雞寒上樹。不妨辨衆，推究自己。一手摸魚，一手戽水。」宋李石《悟仙庵》：「擔頭活計任推移，前世生身後世知。瀝血山中留語句，至今橛上繫驢兒。」（「一句合頭話，萬世繫驢橛」，即著名語句之一。）傾黄河：傾倒、傾瀉黄河水。文人用此，以美文采之富艷。孟郊《送别崔寅亮下第》：「素質如削玉，清詞若傾河。」王禹偁《酬安秘丞見贈長歌》：「二十把筆疏辭源，黄河傾落昆崙山。」語或本之陶潛《讀山海經十三首》九：「神力既殊妙，傾河焉足有？」按，此喻老禪講經説法之辭湧現不窮。

〔六〕拗折拄杖，掀倒禪牀：禪宗常用話頭。喻師徒接引承當之際，彼此有所出脱，避免著形相、執事理，從而悟入，蓋破除迷妄、得所成就之意。《嘉泰普燈録·東京天寧佛果克勤禪師》：「問：『有句無句，如藤倚樹，如何得透脱？』曰：『倚天長劍逼人寒。』云：『只如樹倒藤枯，瀉山爲甚麽呵呵大笑？』曰：『愛他底，著他底。』云：『忽被學人掀倒禪床、拗折拄杖，又作箇甚麽伎倆？』曰：『也是賊過後張弓。』」《古尊宿語録·智門禪師》：「忽有騎墻察辨，呈中藏鋒，忽棒忽喝，或施圓相，忽象王廻旋，忽獅子返躑，忽大作師子吼，忽拗折拄杖，忽掀倒禪牀。」拗折：折斷。風會所被，文人亦頗沾染其習。宋謝逸《送惠洪上人》：「真浄養兒如養羊，敗群者去羊不傷。洪師斗擻蔬笋氣，白晝穴我夫子墻。粥魚齋鼓了無礙，坐禪不廢談文章。老師領之笑不語，壞衲百孔穿寒光。洞庭風號波浪吼，笑揖逐客談船窗。六月赤脚登大庾，黄茅瘴裹餐檳榔。天宫不合困兩鳥，洪徐接翼鳴南昌。毛群羽族不敢喘，師乃啁哳鳴其旁。欻起四明狂客念，揚瀾恨不一葦航。男兒行役良自苦，水有鮫鰐陸豺狼。何當啖芋撥牛糞，拗折拄杖挂鉢囊。」（斗擻，即抖擻。）陸游《送佛照光老赴徑山》：「大覺住育王，拗折拄杖强到底。」宋王庭圭《送羅孟弼》二：「君到吴山莫問禪，禪翁無法與君傳。若從妙喜覓言句，掀倒禪牀却悄然。」謝詩尤具名理，足以導人入微，因具引之，以利參酌。放去收來：得法自在貌。禪師恒語。《古尊宿語録·佛照禪師奏對録》：「師乃云：『……有時神出鬼没，换斗移星；有時八字打開，兩手分付。恁麽也得，不恁麽也得，恁麽不恁麽總得。我爲法王，於法自在，放去收來，有何罣礙。』」宋惟白集《建中靖國續燈録·杭州佛日净惠戒弼禪師》：「師云：『祖宗門下，水泄不通。放去收來，隨機應用。把定則綿綿不漏，放行則雨驟雲奔。』」文人亦頗歌詠之。宋郭祥正《齊公長老卧雲軒二首》：「安詳禪定悟塵勞，放去收來没一毫。」宋白玉蟾《快活歌》一：「收來放去任縱横，即是十方三世佛。」一言方便之機用，一言方便之利益，各得一偏，皆是。有殺有活：謂於佛法教義之或可或否，時迎時拒，不主一常，不守一律。喻教法得隨機應變之利。亦禪宗恒語。宋蘊聞録《大慧普覺禪師普説・冬至日立監寺請普説》：「僧問：『正當恁麼時，如何？』師云：『不恁麼。』進云：『却恁麼？』師云：『我道不恁麼，有收有放，有殺有活。你道却恁麼，全無交涉。』」此正與「收放」並舉。宋宗永集《宗門統要正續集》：「師於僧堂前坐，衆集。師拈拄杖云：『這箇爲中下根人。』時有僧問：『忽遇上上人來時，如何？』師拈起拄杖。……續護國元云：『宗師家有擒有縱、有殺有活，若是蛇頭上揩痒。』」殺活：猶言生殺。禪家好以爲譬。寒山《詩三百三首》二四二：「我有六兄弟，就中一个惡……昨被我捉得，惡罵恣情掣。趁向無人處，一一向伊説。汝今須改行，覆車須改轍。若也不信受，共汝惡合殺。汝受我調伏，我共汝覓活……」所言最簡明。宋釋慧方《頌古三十八首》三：「善財拈起一枝草，持來度與文殊老。殺活雖然在手中，遍界不藏光杲杲。」文人用之，機杼一致。宋胡安國《贈雲居僧明公五首》一：「手握乾坤殺活機，縱横施設在臨時。」按，句謂老禪有隨機開導之德，其機運利益，無所不宜也。

〔七〕老祖佛眼乃父：謂老禪師從佛眼禪師。老祖：禪宗本以稱達摩祖師，後以泛稱祖師。佛眼：佛眼禪師。清遠（一〇六七—一一二〇），號佛眼。臨邛（今四川邛崍）人。俗姓李。年十四出家。後南遊江淮間，遍歷禪席，師事五祖演禪師七年。隱居四面山大中庵，又住崇寧萬壽寺，繼住舒州龍門寺十二年。徽宗政和八年，奉敕住和州褒禪山寺（《古尊宿語録》卷二九）。逾年，歸隱蔣山之東堂。事詳《筠溪集》卷二四《和州褒山佛眼禪師塔銘》，《嘉泰普燈録》卷一一、

《五燈會元》卷一九、釋祖珍《僧寶正續傳》卷三有傳。乃父：爾父。語出《書·君牙》：「惟乃祖、乃父，世篤忠貞，服勞王家。」禪宗好以子孫擬師徒相繼，故以父親比老師。老禪師從清遠禪師，故云。坐大道場，歷七八數：謂佛眼禪師主持寺院多所。坐大道場：主大叢林。道場，釋道二教稱誦經禮拜之所。《南史·隱逸傳下·庾詵》：「晚年尤遵釋教，宅内立道場，環繞禮懺，六時不輟。」歷七八數：事實今不得詳，或係泛言。

〔八〕神運斤斧：猶運斤成風。宋宗杲《正法眼藏》：「問：『作止任滅，教中四病。後學之流，如何趣向？』曰：『巧匠運斤斧，斫木不抨繩。』」彼「巧匠」，猶此「神匠」。禪家又頗能從兩邊爲言。《景德傳燈録》卷十九：「曰：『學人不會，乞師指示。』師曰：『巧匠施工，不露斤斧。』」《五燈會元·袁州木平山善道禪師》：「金陵李氏向其道譽，迎請供養，待以師禮。嘗問：『如何是木平？』師曰：『不勞斤斧。』曰：『爲甚麽不勞斤斧？』師曰：『木平。』」「不露」而且「不勞」，正高明而超乎技術之謂。典出《莊子·徐無鬼》：「莊子送葬，過惠子之墓，顧謂從者曰：『郢人堊慢其鼻端若蠅翼，使匠石斲之。匠石運斤成風，聽而斲之，盡堊而鼻不傷，郢人立不失容。』」本喻技藝高超。斤斧：斧子，所以斫削者。佛家好以爲譬。鳩摩羅什譯《成實論》：「如人伐木，手執斤斧」鼎新革故：即「革故鼎新」。語本《易·雜卦》：「革，去故也；鼎，取新也。」禪家好用此語，謂禪僧求法，有所悟入。宋崇岳、了悟等編《密庵和尚語録》：「裁長補短，革故鼎新，便見玲瓏八面，峭峻一方，坐斷溪山，包羅風月。」宋妙源編《虛堂和尚語録》：「時遷物换，革故鼎新。」不日而成，屹屹棟宇：嘆美老禪有建立伽藍之功能。語似本道宣《續高僧傳·習禪六》：「釋曇獻，姓張，京兆始平人。少事昌律師。昌，虞鄉賈氏……所居谷口素有伽藍……昌師攝念經行，常志斯所。周武道喪，隳壞仁祠。昌與俗推移，而律儀無缺。隨文御寓，重啓法筵，百二十僧釋門創首，昌膺此選也。……昌後言歸故里……博修院宇，延緝殿堂……彫造未畢，而昌遷逝。族人百數，仰慨尊容，以爲法儀雖歿，神足猶在，祈請續功。便從來意，遂移仁壽而經營之，故得棟宇高華，不日而就，兩寺圍繞，四部歸依。」（隨文，隋文帝。仁壽，仁壽寺。）而略近成辭。宋楊傑《辯才法師退居龍井記》：「乃於龍井山，得敝屋數楹；主者不堪其居，願人爲代以捨去。於是請師居之，又爲師鼎新棟宇，不日而成。」彼言棟宇高華，即此屹屹棟宇。屹屹：高聳貌。棟宇：伽藍之祠宇。不日而成：成功之速。語本《詩·大雅·靈臺》：「經始靈臺，經之營之。庶民攻之，不日成之。」然則所謂不日而成，正兼及成功之速與得信從之盛二端。按，句謂老禪之建立伽藍，皆得人力而有成就也。又按，「故、宇」爲韻。

〔九〕湧泉：即湧泉寺，在福州鼓山。當時名刹。開基於唐末，盛於五代，宋元傳燈相續。禪學響於東南。門庭大開：喻禪學之盛。即上「多生伶俐衲僧」之意。宋釋居簡《偈頌一百三十三首》二十六：「亂山裏雪玉崔嵬，萬行門庭八字開。」門庭：門户。謂師門。語出《莊子·達生》：「田開之曰：『開之操拔篲，以侍門庭，亦何聞於夫子？』」幻出寶閣：壯麗寺宇，仿佛變幻而成，不假建立。神異非常貌。或有事實，不得而詳。寶閣：佛寺殿閣之美稱。司馬光《悼静照堂僧》：「寶閣灰寒静照新，馬啼從此踏京塵。」國師再來：有如國師上人再次降臨。五代唐末高僧神晏，世稱鼓山和尚。十三歲出家，歷參諸禪德。及參雪峰義存，得其心印。雪峰歸寂後，閩帥王延彬常往詢法要，並於府城左二十里處造鼓山湧泉禪院，請師入住，舉揚宗旨，歷三十餘年。五代後梁開平二年，閩王王審知延請神晏主持修建新寺，寺成，賜名「國師館」。天福年間示寂，世壽七十七。謚號「興聖國師」。有《鼓山先興聖國師和尚法堂玄要廣集》一卷行世。國師：帝王賜予僧人之尊號。《大宋僧史略》卷中：「北齊有高僧法常……齊王崇爲國師。」按，句謂老禪之在福州弘法，其德其行，堪追昔之鼓山和尚也。又按，「開、來」爲韵。

〔一〇〕最勝幢塔：幢塔最尊崇者。喻功德至高無上者。最勝：謂最壯麗崇高。幢塔：經幢與佛塔。幢所以尊教，塔所以瘞僧。各有所當。代指佛刹。唐釋神清《北山録·住持行第十四》：「若以興功害物命，則幢塔泥木，儀像服饌，所出孰罪耶？」經幢，佛教石刻。創始于唐。鑿石爲柱，上覆以蓋，下附臺座，刻佛名、佛像或經咒於上。其制擬天竺幢形。按，唐宋古幢，遺存至今者至鮮。南京棲霞寺石幢，蓋最存古意者。自我建立：由自我確立認知，培養功德。建立：佛教常用以指創立學説、思想。劉宋求那跋陀羅譯《雜阿含經》卷九：「建立梵行。」元魏菩提流支譯《入楞伽經》卷六：「建立真法。」禪宗更進一解，每曰「建立宗旨」，特標不主故常、自立法門，而於自我開悟、啓迪後學之事，皆有所突破，從而有所成就。《大慧普覺禪師語録》卷十四：「馬祖既得法，直往江西，建立宗旨。一日南嶽和尚曰：『道一在江西説法，總不見持箇消息來。』遂囑一僧云：『汝去，待他上堂便問：作麽生？看他道甚麽。』」或但言「建立」，亦同。《大慧普覺禪師普説》卷一：「行也在我，住也在我，掃除亦在我，建立亦在我。故曰：『我爲法王，於法自在。得失是非，焉有罣礙？』」無壞無雜：佛家語，指根塵剛圓難壞，清净不染。

唐佛陀多羅譯《大方廣圓覺修多羅了義經》：「善男子！由彼妙覺性遍滿故，根性塵性，無壞無雜。根塵無壞故如是，乃至陀羅尼門無壞無雜；如百千燈光照一室，其光遍滿無壞無雜。」按，句謂老禪標格之高，欲立道場、定宗風，而皆有成就，無所欠缺慚負也。又按，「塔、雜」爲韵。

〔一一〕它年靈骨，歸窆此山：按，此亦「聞師嘗言」。靈骨：本指佛舍利。後通指高僧遺骨。宋釋智圓《書慈光塔》：「靈骨未藏三十載，我來收得葬孤山」。宋宋庠《謁龍門無畏師塔祈雨作》：「梵聖遺靈骨，洪緣福故都。」歸窆：即歸葬。窆：下葬。白居易《唐故虢州刺史贈禮部尚書崔公墓志銘》：「用大葬之禮，歸窆於磁州昭義縣磁邑鄉北原。」於今三秋：至今三年。還：即謂歸葬。按，句謂老禪遺願終獲實現，兼謂其預言信實，蓋以兼贊其休養之卓也。又按，「山、還」爲韵。

〔一二〕莫逆心契：即莫逆於心，謂知己好友，無間存亡。語本《莊子·大宗師》：「子祀、子輿、子犁、子來四人相與語曰：『孰能以無爲首，以生爲脊，以死爲尻，孰知生死存亡之一體者，吾與之友矣。』四人相視而笑，莫逆於心，遂相與爲友。」心契：心靈契合，謂志同道合；亦指知己友好。六朝以來常語。謝靈運《登石門最高頂詩》：「心契九秋幹，目玩三春荑。」李綱《次韵志宏贈丹霞師》：「傾蓋相逢亦有緣，那堪心契更同年。」霧慘爐峰：愁雲慘霧籠罩香爐峰。霧慘：「愁雲慘霧」之省，每施於祭悼之文。羅新、葉煒著《新出魏晉南北朝墓誌疏證·北魏五九·楊侃墓誌》：「蕭森松柏，逶迤山阜；霧慘松端，風哀壟首。」《五燈會元·安國瑫禪師法嗣·瑞峰志端禪師》：「至二月一日，州牧率諸官同至山，詰伺經宵。二日齋罷，上堂辭衆。時圓應長老出問：『雲愁霧慘，大衆嗚呼。請師一言，未在告别。』師垂一足，應曰：……師長噓一聲，下座歸方丈。安坐至亥時，問衆曰：『世尊滅度，是何時節？』衆曰：『二月十五日子時。』師曰：『吾今日子時前。』言訖長往。」此文最可參考。爐峰：香爐峰，此疑指會稽山香爐峰。地有天柱精舍、天柱山寺，宋時奉玉觀音，號「南天竺」。按，此蓋言老禪在香爐峰歸寂。緇白俱涕：僧俗人士，同傷老禪之永寂。緇白：僧俗。僧徒衣緇，俗人衣素。南朝梁王僧孺《懺悔禮佛文》：「必欲洗濯臣民，獎導緇白。」元幹《次韵奉酬楞伽室老人歌寄懷雲門佛日兼簡乾元老圭公並叙鐘山二十年事可謂趁韵也》：「雲門道價傾緇白，一去如何經書尺。」按，句謂故舊悼惜老禪之逝，有如昔人之痛慧遠大師歸寂。此言公情。又按，「契、涕」爲韵。

〔一三〕追懷曩遊：緬懷往昔交好。元幹好禪學，老禪蓋其故交。福城東際：湧泉寺所在。福城：福州。按，此兼及私誼。自利利他：佛教語。謂修持自身，施益他人。《雜阿含經》：「是故比丘！當觀自利利他、自他俱利，精勤修學；我今出家，不愚不惑，有果有樂。」《永嘉證道歌》：「既能解此如意珠，自利利他終不竭。」普及一切：佛教謂佛法廣大，恩德深厚，無所不及。吴支謙譯《佛説須摩提長者經》卷五：「我知過去諸佛，爲一切衆生作大橋梁，有大慈悲，普及一切。」踏著秤錘：「踏著秤錘硬似鐵」之省，禪宗話頭。多謂解會必須己力，無假於外；又各人努力，必各自有悟入。此蓋贊老禪已得正法。宋釋方會《偈》：「踏著秤錘硬似鐵，啞子得夢向誰説。」《五燈會元·慶元府東山全庵齊己禪師》：「是亦没交涉，踏著秤錘硬似鐵；非亦没交涉。金剛寶劍當頭截。阿呵呵，會也麽？知事少時煩惱少，識人多處是非多。」不妨活潑潑地：宋祖慶重編《拈八方珠玉集》：「佛海云：『一个機關，兩人共用。左旋右轉，横推竪推，不妨活潑潑地。因甚道，用不著。』」活潑潑地：禪宗恒語。無所拘忌束縛貌。唐釋杜順編《脩大方廣佛華嚴法界觀》卷一：「便是死了底漢，猶棺槨中瞠眼。此頌人人分上，活潑潑地皆有作用，是顯解也。」《佛果圜悟禪師碧巖録》卷五：「向他雲外立，活潑潑地，且莫鈍置好。」蓋喻老禪之存殁，皆得自在無礙也。按，句謂老禪已出因果，自在無礙，今之相祭，亦不必以悲哀爲主也。又按，「際、地」爲韵。

〔一四〕咦：《説文解字》：「南陽謂大呼曰咦。」段玉裁注：「呼，外息也。大呼，大息也。」後爲嘆詞。禪師好用以助贊嘆之勢，單獨爲句。五代釋道尋《偏參三昧歌》：「納子攢眉碧眼咦，黄河倒逆昆崙觜。」宋釋重顯《頌一百則》十二：「金烏急，玉兔速，善應何曾有輕觸。展事投機見洞山，跛鱉盲龜入空谷。花簇簇，錦簇簇，南地竹兮北地木。因思長慶陸大夫，解道合笑不合哭。咦！」後者形式，最爲典型，元幹正遵用其格。又，通作「噫」，其用略同。

祭東禪蒙庵老文〔一〕

象教既衰，邪師四起；楊岐正宗，付在妙喜〔二〕。龍象蹴踏，嫡子是似；維此上人，固得其髓〔三〕。平生江湖，遍參不已；晚見乃翁，出語輒契；掃盡禪病，人心直指〔四〕。令行諸方，蓋天蓋地；作大因緣，愛好兄弟〔五〕。所向腰包，川赴雲委；一點難瞞，衆肯有幾〔六〕？法門棟梁，福城東際；黃葉西方，九旬解制〔七〕。獨照孤燭，時節俄至；撒手懸崖，跏趺而逝；胡爲貪程，略不住世〔八〕？訃聞衡陽，重拉老涕；萬里寓哀，就幃以祭〔九〕。人天眼目，誰其可繼？〔一〇〕懶菴聿來，斯道未墜〔一一〕。舌端雷霆，説一不二；如聆師言，四衆用慰〔一二〕。稽首歸依，奚止我輩？從來切忌犯手傷鋒，末後何由拖泥帶水？〔一三〕且問一道神光，争如三幅白紙？〔一四〕蒙庵如是如是！〔一五〕

【箋注】

〔一〕東禪蒙庵老：釋思岳，號蒙庵。住漳州净衆寺，遷鼓山，晚住福州東禪。爲南嶽下十六世，徑山宗杲大慧普覺禪師法嗣。有《東禪蒙庵岳和尚語》一卷。

〔二〕象教既衰：佛教衰落。象教：謂佛教。佛陀入滅，諸大弟子想慕不已，刻木爲佛，以形象教人，因名。梁元帝《内典碑銘集林序》：「象教東流，化行南國。」邪師：外道之師非佛教者。竺法護譯《佛説鹿母經》：「於是國王即請會群臣，宣令國民：『吾之爲闇，不别真僞，啓受邪師，言畏僞神，妖祭無道，殘暴衆生。』」《敦煌變文集·維摩詰經講經文》：「鎮壞（褱）宅舍覓高榮，卜問邪師求喜慶。」楊岐正宗：謂楊岐宗嫡傳。楊岐宗：禪宗五家七宗之一，以臨濟宗第七世石霜楚圓弟子楊岐方會（九九六—一〇四九）爲開祖。方會初從楚圓掌監院事，後住筠州九峰山，未久棲止袁州楊岐山普通禪院，提揚宗風，接化學人，啓迪靈活，蔚成一派，號楊岐宗。正宗：佛教禪宗稱初祖達摩所傳嫡系宗派。《五燈會元·石霜圓禪師法嗣》「袁州楊岐方會禪師」所記備詳，其接對之間，每曰「楊岐」如何如何，是最能自標舉宗派者：「郡之宜春冷氏子。少警敏。及冠，不事筆硯。繫名征商，課最坐不職，乃宵遁入瑞州九峰……遂落髮……能折節扣參老宿。慈明自南源徙道吾、石霜，師皆佐之總院事。依之雖久，然未有省發。每咨參……師禮拜。明曰：『此事是箇人方能擔荷。』師拂袖便行。明移興化，師辭歸九峰。後道俗迎居楊岐。次遷雲蓋。受請日，拈法衣示衆曰：『……還知麼，筠陽九岫，萍實楊岐？』遂陞座……問：『師唱誰家曲。宗風嗣阿誰？』師曰：『有馬騎馬，無馬步行。』……乃曰：『更有問話者麼？試出來相見。楊岐今日性命，在汝諸人手裏，一任横拖倒拽。爲甚麼如此？大丈夫兒，須是當衆決擇，莫背地裏似水底按葫蘆相似。當衆引驗，莫便面赤。有麼，有麼？出來決擇看！如無，楊岐今日失利。』師便下座……上堂：『霧鎖長空，風生大野，百草樹木，作大師子吼，演説摩訶大般若，三世諸佛在你諸人脚跟下轉大法輪。若也會得，功不浪施；若也不會，莫道楊岐山勢險，前頭更有最高峰。』……上堂：『楊岐一要，千聖同妙……』……上堂：『楊岐一句，急著眼覷……』……上堂：『楊岐無旨的，種田博飯喫……』……上堂：『薄福住楊岐，年來氣力衰。寒風凋敗葉，猶喜故人歸。囉囉哩。拈上死柴頭，且向無烟火。』上堂：『楊岐乍住屋壁疏，滿牀盡布雪真珠。縮却項，更嗟吁。』……示衆：『一切智通無障礙。』拈起拄杖曰：『拄杖子向汝諸人面前逞神通去也。』擲下曰：『直得乾坤震裂，山嶽摇動。會麽？不見道一切智，智清净？』拍禪牀曰：『三十年後，明眼人前，莫道楊岐，龍頭蛇尾。』」兹稍相節引，以見大概。付在妙喜：言傳法至於妙喜老師。付在：猶今言托付給。付：即内典恒言付囑。南朝宋竺道生撰《法華經疏》卷二：「呪理雖一，制辭不同，既有左右，唯付在佛。」南漢文偃説、守堅編《雲門匡真禪師語録》卷一：「上堂，云：『今日與諸人舉一則語。』大衆聳聽良久……問：『大衆雲集，合談何事？』師云：『向下文長，付在來日。』」宋人似好用此語。鄭剛中《送何元英》：「人生功與名，天付在男子。」白玉蟾《秋思》：「縱然對面亦如夢，幽情付在玉三弄。」元幹語正同。妙喜：佛教語，所以美佛教智慧玄妙而令人離苦得樂者。玄奘譯《大般若波羅蜜多經》：「圓滿莊嚴，有情見之，生净妙喜。」此特指思岳之師宗杲禪師（一〇八九—一一六三）。宗杲嘗住庵曰「妙喜」。《五燈會元·昭覺勤禪師法嗣》：「宣城奚氏子。夙有英氣。年十二入鄉校……曰：『大丈夫讀世間書，曷若究出世法？』即詣東山慧雲院事慧齊。年十七，薙髮具毗尼……棄遊四方。從曹洞諸老宿。既得其説，去登寶峰，謁湛堂準禪師……堂卒，師趨謁無盡居士……無盡門庭高，少許可，與師一言相契，下榻延之，名師庵曰『妙喜』。」「委然而逝……皇帝聞而嘆惜……詔以明月堂爲妙喜庵。」此必曰「妙喜」，爲與「起」爲韵故。「楊岐」同「楊岐」。按，句謂佛教衰落，外道猖獗，遮障佛教；而中興於中土，其禪宗大盛，楊岐宗之傳，隨至於大慧宗杲禪師，最能弘闡正法。

〔三〕龍象蹴踏：佛教恒喻。謂長老大德掃除外道、護持正法之猛利堅定。吴支謙譯《佛説維摩詰經》卷一：「菩薩者，當上及不可使凡民逼迫之也。譬如迦葉，龍象蹴踏，非驢所堪，爲若此也。」（驢，蓋喻一切蒙昧外道及其知見。）玄覺《永嘉證道歌》：「震法雷，擊法鼓，布慈雲兮灑甘露。龍象蹴蹋潤無邊，三乘五戒皆惺悟。」張浚《大慧禪師真贊》：「江河洶涌，龍象蹴踏。」唯禪門更有「龍象蹴踏」之語，蓋謂禪僧突破「龍象蹴踏」之理障，自有成就；又戒不得自負正宗，遂固執「龍象蹴踏」以爲必然而且必勝也。《雲門匡真禪師畫像贊二首》：「叢林驢騾，蹴踏龍象。不可繫羈，逸氣邁往。我不得濟，大地是浪。忽然現前，清機歷掌。」可互參。龍象：高僧大德。李白《贈宣州靈源寺仲浚公》：「此中積龍象，獨許浚公殊。」蹴踏：蹂踐，摧破。李白《聞李太尉出征東南請纓病還留别金陵崔侍御十九韻》：「秦出天下兵，蹴踏燕趙傾。」嫡子是似：繼承大慧宗杲禪師發揚楊岐宗門。嫡子：親子。即大慧宗杲禪師。禪宗祖師弟子之傳承，好以家人爲譬。宋蕴聞編《大慧普覺禪師語録・佛燈珣和尚》：「鍾山佛鑑之嫡子，雙徑山僧之法兄。」是似：是繼，猶今言繼承他。語出《詩・大雅・江漢》：「無曰予小子，召公是似。」似：續也。後世遂用同成詞。唐張説《故太子少傅蘇公碑銘》：「帝謂庭碩，伊公是似。」宋張栻《祭張欽夫文》：「紫巖有子，紫巖是似。」維此上人：猶今言就這位大師傅。上人：南朝宋以降多用作對高僧大德之尊稱。《釋氏要覽・稱謂》引古師云：「内有德智，外有勝行，在人之上，名上人。」固得其髓：果真悟得師傅所傳正法精髓。語本達摩傳衣鉢於二祖慧可公案。《景德傳燈録》卷三：「迄九年，（達摩）已欲西返天竺，乃命門人曰：『時將至矣，汝等蓋各言所得乎？』時門人道副對曰：『如我所見，不執文字，不離文字，而爲道用。』師曰：『汝得吾皮。』

尼總持曰：『我今所解，如慶喜見阿閦佛國，一見更不再見。』師曰：『汝得吾肉。』道育曰：『四大本空，五陰非有，而我見處，無一法可得。』師曰：『汝得吾骨。』最後，慧可禮拜後依位而立。師曰：『汝得吾髓。』」按，句謂蒙庵得大慧禪師嫡傳，亦能勇猛精進、弘闡楊岐宗風也。

〔四〕平生江湖，遍參不已：謂雲水行脚，參遍天下之善知識，究明迷悟、實妄等之生死大事。《宗鏡録》卷十一：「任負笈携囊，廣歷三乘之學肆。縱尋師訪友，遍參法界之禪扃。若欲絶學栖神，究竟應須歸於宗鏡。」遍參：廣泛參學，精進不倦貌。賈島《送靈應上人》：「遍參尊宿游方久，名岳奇峰問此公。」晚見乃翁，出語輒契：後得爲宗杲禪師嗣法弟子，一發言即被印可。晚：後來。六朝以來常語。乃翁：師父，指其師大慧宗杲禪師。按，此四句言蒙庵轉益多師，終入宗杲門墻，師徒心契道合，遂能舉揚正教。掃盡禪病：盡掃禪病。禪病：佛教語。本謂妨害修行之一切妄念；或禪修不當所致諸疾病。病：猶今言局限性。《續高僧傳》卷十九：「釋法應……應素體生緣，又閑禪病。」閑禪病，深知禪病。黄庭堅《宋宗儒真贊》：「朝四暮三，爲笑不競。放一捻一，猶著禪病。」著（zhuó）禪病，謂拘於修禪之行相。宋釋德洪《簡緣居士贊》：「開个鋪席在街頭，有藥只解醫禪病。」藥醫禪病，正言若反，蓋隱謂居士之不得法。宋晁公溯《去通義按刑漢嘉至中巖師伯渾臨別於此因成二詩》一：「堂中有耆老，禪病説呢喃。」禪病説呢喃，蓋指坐禪誦經以爲解脱法門之非。按，凡此種種繫縛於言語技巧之事，皆修禪者之「病」，而蒙庵能一切擺脱。人心直指：即直指人心。禪門宗旨。唐慧然集《鎮州臨濟慧照禪師語録》：「逮二十八祖菩提達磨，提十方三世諸佛密印而來震旦，是時中國始知佛法有教外別傳，不立文字，直指人心、見性成佛。」按，二句言宗杲師徒秉持正宗，破除異端妄説、修行弊病。

〔五〕令行諸方：推行教法，各處共遵。《五燈會元・吉州禾山楚材禪智禪師》：「僧問：『佛令祖令，諸方並行，未審和尚如何？』師曰：『山僧退後。』曰：『恁麽則諸方不別也？』師曰：『伏惟伏惟。』」蓋天蓋地：謂意氣滿溢磅礴於世界。佛教術語。宋悟明集《聯燈會要・杭州鵲巢道林禪師》：「大潙秀云：『可惜這僧，認地口頭聲色。殊不知，自己光明，蓋天蓋地。』」《五燈會元・福州東禪蒙庵思岳禪師》：「師曰：『向下文長，付在來日。』復曰：『一轉語，如天普蓋，似地普擎。一轉語，舌頭不出口。一轉語，且喜没交涉。』」「如天普蓋，似地普擎」，其語近似，其義實同。作大因緣：佛教語。指種大善因，結大善緣。東晉佛陀跋陀羅譯《佛説出生無量門持經》：「是故舍利弗，若菩薩摩訶薩欲得疾成阿耨多羅三藐三菩提者，於此妙持，當勤隨喜。隨喜功德，乃至菩薩不退轉地，作大因緣。」因緣：謂使事物生起、變化乃至壞滅之種種主要次要條件。《翻譯名義集・釋十二支》：「前緣相生，因也；現相助成，緣也。」愛好兄弟：護惜同門同道。「好兄弟」本指親兄弟而言。轉而可指無血緣關係者。禪宗同學，亦得以世俗人倫爲稱，其義略近内典常語之「善知識」，一俗一雅。宋釋慧空撰、釋惠然編《雪峰空和尚外集・送明首座并簡元故人》：「一點皮下血，大千塵中經。以公好兄弟，增我朋友情。」宋集成等編《宏智禪師廣録・真州長蘆崇福禪院語録》：「復舉僧問趙州：『如何是趙州？』州云：『東門、南門、西門、北門。』師云：『好兄弟。趙州四門長開，不礙諸方往來。十字街頭人大叫，平鋪買賣没相猜。恁麽見得方知，趙州老子與衲僧，出眼中金屑，斷鼻上泥痕了也。還端的麽？月到中秋滿，風從八月冷。』」趙州和尚之言，最可見其與「善知識」一致。至此語之義，蓋亦遠紹《論語・顔淵》「四海之内皆兄弟也，君子何患乎無兄弟也」之義。按，此言蒙庵弘法之功甚著。

〔六〕所向腰包，川赴雲委：指參訪蒙庵者之紛至沓來。腰包：修行者行囊，以之隨身雲遊四海者。代指各處行脚參訪。《古尊宿語録・舒州龍門佛眼和尚語録》：「是你之言若解參，不必腰包天下走。」川赴雲委：大量趨向而聚集貌。宋祖詠編《大慧普覺禪師年譜》卷一：「四方衲子雲委川會，攜糧景從，菴無以容來學，散處花藥。」《石門文字禪・蘄州資福院逢禪師碑銘》：「學者追隨而至，川輸雲委。」彼「雲委川會」、「川輸雲委」，即此「川赴雲委」。川赴：如百川赴海，極言其速。雲委：如雲之委積，極言其多。一點難瞞：禪宗話頭。意謂宗門智慧見機之人，於佛教聖諦，能自參解。宋惟白集《建中靖國續燈録・洪州泐潭山真净禪師法嗣》「洪州分寧兜率從悦禪師」：「次慕參問，緣契洞山真净禪師……師云：『住，住！五眼難觀，佛佛相傳，默然自照……英靈衲子，一點難瞞：直下分明，臨機脱活；縱横南北，出没東西……今朝座下那箇惺惺，便請出來開人眼目！』」（座下那箇惺惺，從悦禪師也。）釋梵琮《偈頌九十三首》七十三：「山中上元節，天上野雲收。豁開廣寒殿，清光射斗牛。姮娥與燈正，耿耿相應酬。一點難瞞處，燈毬挂樹頭。」一點：疑爲「一點靈犀」之省。禪門用此，蓋專指精義妙諦。難瞞：通解了達貌。此佛門以遮爲表之恒法。宋釋重顯《静而善應》一：「覿面相見，不在多端。龍蛇易辨，衲子難瞞。」宋釋慧空《和鈍庵雪頌》：「試看而今是甚時，文殊無地得遊嬉。衲僧眼目難瞞處，把定乾坤未許伊。」衆肯有幾：追隨者有多少。實言其造詣深奥微妙，人不易及。肯：認可，贊同，認可其德行學識而追隨之。有幾：有幾何，有幾多。問辭，魏晉以來口語。陶潛《庚子歲五月中從都還阻風於規林二首》二：「當年詎有幾，縱心復何疑！」按，此説蒙庵求道精進，成就傑出。

〔七〕法門棟梁：高僧大德堪當弘法大任者。唐睿宗《大寶積經序》：「法師戒珠在握，慧炬明心，爲法門之棟梁，啓僧徒之耳目。」法門：佛門。棟梁：喻擔負重任者。福城東際：見前《祭老禪文》注一三。黄葉：内典有名譬喻。北凉曇無讖譯《大般涅槃經・嬰兒行品》：「又嬰兒行者，如彼嬰兒啼哭之時，父母即以楊樹黄葉，而語之言：『莫啼莫啼，我與汝金。』嬰兒見已，生真金想，便止不啼。然此楊葉，實非金也。」五代齊己《荆渚感懷寄僧達禪弟三首》二：「黄葉喻曾同我悟，碧雲情近與誰携。」即明言「黄葉喻」，是其證。後成佛門熟典，遍於歌詠。唐洞山良价《王子頌五首》五「内生」：「爲汝方隅官屬戀，遂將黄葉止啼錢。」宋釋重顯《頌一百則》七十八：「前箭猶輕後箭深，誰云黄葉是黄金。」按，所謂「黄葉西方」，蓋泛言蒙庵之能爲衆除闇成明。九旬解制：結夏安居，足九旬而出關，言守戒之謹。解制：猶解夏，對「結夏」而言。結夏，又稱「結制安居」，指比丘、比丘尼於雨季禁止外出參訪，唯聚居一處，精進安居。及事圓滿，即是解夏。宋吴自牧《夢粱録・解制日》：「七月十五日，一應大小僧尼寺院設齋解制，謂之『法歲周圓之日』。」

〔八〕獨照孤燭：謂内觀寂照，自生光明。孤燭：禪宗常喻。《祖堂集》「靖居和尚」：「浄修禪師贊曰：『曹溪門人，出世廬陵。唯提一脈，迥出三乘。澤中孤燭，火裏片冰。許君妙會，説底相應。』」宋智圓著《閑居編·聞蛩》：「沉沉向秋暮，切切聲相續。夜静草堂深，閑牀照孤燭。」時節俄至：悟道迅速貌。時節：開悟精進之時機。《大智度論》：「遇良福田，值好時節，覺事應心，能大布施。」俄至：頓時而至。撒手懸崖：禪宗恒語。喻解脱頓悟。《景德傳燈録·蘇州永光院真禪師》：「言鋒若差，鄉關萬里。直須懸崖撒手，自肯承當。」《嘉泰普燈録·徑山大慧普覺杲禪師十一首》：「雲門舉起竹篦，通身帶水拖泥。奉報參玄上士，撒手懸崖勿遲。」跏趺而逝：指於禪定之中圓寂。跏趺：「結跏趺坐」，修禪者坐法。曹魏康僧鎧譯《無量壽經》卷上：「哀受施草敷佛樹下跏趺而坐，奮大光明使魔知之。」四句一氣連貫，謂蒙庵料得時節，解脱皮囊，定中圓寂，足見證量。胡爲貪程，略不住世：爲何急於入滅，絶不願久住塵世。貪程，本貪求里程義，猶言急於趕路。劉禹錫《魚復江中》：「風檣好住貪程去，斜日青帘背酒家。」轉而爲謝世、入滅之婉辭。住世：謂身居現世、塵世，與「出世」相對。實謂存俗壽命以濟度世人。語本法顯譯《大般涅槃經》卷上：「爾時，菴婆羅女到於佛前……銜泪嗚咽，而白佛言：『唯願世尊，住壽住世，不般涅槃，利益世間諸天人民。』」按，此諸語一傷蒙庵之逝，一嘆蒙庵之不著塵相、去留無意。

〔九〕訃聞衡陽：事不可詳。元幹生平，頗往返閩吴贛間，或嘗經過衡陽。訃聞：報喪。重抆老涕：老淚縱横，拭之不已。沈痛貌。抆涕：即「抆淚」，拭淚。屈原《九章·悲回風》：「孤子吟而抆淚兮，放子出而不還。」洪興祖補注：「抆，音吻，拭也。」范成大《乙巳十月朔開爐三首》

三：「抆涕雖無情緒，吟詩却有工夫。」寓哀：遥寄哀思。宋陳傅良《學官同祭王司業》：「靡人不懷，我獨切至。寓哀斯文，百紙莫既。」幃：靈幃。唐張籍《哭元九少府》：「今日春風花滿宅，入門行哭見靈帷。」

〔一〇〕「人天」句：誰人堪繼承法席爲信衆之師。人天眼目：佛教術語。本謂人天兩道修行者之解脱關鍵。隋灌頂纂《國清百録》：「昔我祖智者禪師，本靈山聖衆之一人也。陳、隋朝出現世間，代佛宣秘，爲人天眼目。六十餘州，直指人心。」宋釋師觀《靈岩金鉢堂化長明燈》：「龍潭吹滅紙燭，真個人天眼目。」人天：佛教語。六道之人道、天道，亦泛指諸世間、衆生。《魏書·釋老志》：「人天道殊，卑高定分。」眼目：喻義理關鍵之處。唐佛陀多羅譯《大方廣圓覺修多羅了義經》：「恒河沙諸佛所説，三世如來之所守護，十方菩薩之所歸依，十二部經清净眼目，是經名大方廣圓覺陀羅尼，亦名修多羅了義。」此實謂蒙庵實爲一時緇素之導師。按，元幹之後，臨濟宗楊岐派大慧宗杲下四世晦巖智昭禪師自編一籍，即以《人天眼目》爲名，足見當時楊岐地位甚隆，「楊岐正宗」之説，殊非誇誕之言也。誰其可繼：即「其誰可繼」，誰能成爲後繼。

〔一一〕「懶菴」句：謂懶庵禪師足以接續蒙庵，弘揚宗風。懶菴：福州西禪懶庵鼎需禪師，爲南嶽下十六世，徑山大慧普覺宗杲禪師法嗣。高宗紹興初謁宗杲於洋嶼，旋隨移小溪，與之分座，由此得聲。退處洋嶼八年，晚居東西禪。其事迹詳《五燈會元·龍門遠禪師法嗣》。聿來：自來。《詩·大雅·綿》：「爰及姜女，聿來胥宇。」鄭箋：「聿，自也。於是與其妃大姜，自來相可居者。」南朝梁王中《頭陀寺碑文》：「乃眷中土，聿來迦衛。」斯道未墜：指禪學宗風尚未失傳。

語本《論語・子張》：「文武之道，未墜於地。」

〔一二〕舌端雷霆：本謂口辯卓異，言辭犀利。此以喻禪師説法精警雄猛，足以震攝正心，攘却外道。宋史堯弼《戲中書巖寶印師方丈》一：「寧墮眉毛出爲人，舌端雷電不無神。」陸游《芋庵宗慧禪師真贊》：「舌本雷霆，毫端風雨。」諸文似皆用宋蘊聞編《大慧普覺禪師語録・圜悟和尚贊》：「風雷爲舌虛空爲口，應群生機作師子吼。」宋人蓋特喜此語，如有風會，不異僧俗。舌端：舌所以言，因引申爲辭辯。語出《韓詩外傳》卷七：「傳曰：『鳥之美羽勾啄者，鳥畏之；魚之侈口垂腴者，魚畏之；人之利口贍辭者，人畏之。』是以君子避三端：避文士之筆端，避武士之鋒端，避辯士之舌端。」按，此句蓋以「舌端雷霆」喻蒙庵説法之雋才。説一不二：謂禪師堅守而普傳正法，不疑不撓。一：一切法，喻佛之正法。《大智度論》卷一：「一者……亦如説偈：『我行無師保，志一無等侶。積一行得佛，自然通聖道。』」按，不二，厥有二義。一、謂導師之立譬喻演説正法，當持唯一。窺基《因明入正理論疏（因明大疏）》卷上：「故總説一，不開二喻。離喻既虧，故加合結。合結雖離，因喻非有，令所立義，重得增明，故須别立。喻過既説，無合倒合，翻立真支。理須有合，合既别立，結亦須彰，由此亦八。」二：謂不二法門，底止正道真諦之唯一無二之法。鳩摩羅什譯《維摩詰所説經》卷中：「文殊師利曰：『如我意者，於一切法無言無説，無示無識，離諸問答，是爲入不二法門。』於是文殊師利問維摩詰：『我等各自説已，仁者當説何等是菩薩入不二法門？』時維摩詰默然無言。文殊師利嘆曰：『善哉善哉！乃至無有文字語言，是真入不二法門。』」按，「不二法門」之在禪門，其義更别有在，則所謂「佛祖拈花，迦葉微笑，以心傳心，教外别傳」是也。宋黄裳《六祖傳付偈頌》六：「本來無一亦無花，都向真空是一家。聞説一花還共笑，寧甘鬼窟作生涯。」宋許及之《和轉庵與洪共之説詩談禪之什》：「詩談五字律，禪説一枝花。」「一花」、「一枝花」，皆指「佛祖拈花」而言。又按，元幹之言，蓋兼上二義。四衆用慰：僧俗因而得以安撫。四衆：即「四部衆」，指比丘、比丘尼、優婆塞、優婆夷。南朝宋寶志《十四科頭》十《真俗不二》：「四衆雲集聽講，高座論義浩浩。南座北座相争，四衆爲言爲好。」

〔一三〕「從來」句：謂假使從初以來即不以自作聰明而徒費精神，則後來騎遊障礙於言語及他技巧而難獲解脱智慧之理。此假設語氣也。從來……末後……：對待爲文，略如文言之「始而……終則……」。從來：「從上以來」之省，猶今言一開始、最初。與從始至終義，稍異。末後：最後，結束。犯手傷鋒：禪宗習語。喻禪僧本求開悟，偏以著形相、墮經驗而不得入處。見前《跋蘇庭藻隸書後二篇》注六。拖泥帶水：禪宗恒語。喻糾纏牽扯，不能明達真性、直探心源。見前《西禪隆老海印大師贊》注五。按，禪宗昌明，大行於世，而弊病亦日益現，則弄話頭、打機鋒之氾濫也。元幹此語，實謂蒙庵修行高明，無諸痼疾也。

〔一四〕「且問」句：謂試問佛法之一片光耀，比玄沙師備禪師三張白紙之不著痕迹爲如何。一道神光：喻佛法智慧之威德無比。禪宗習語。唐隱山和尚《留壁》：「三間茅屋從來住，一道神光萬境閑。」宋悟明集《聯燈會要·潭州大潙善果禪師》：「卓拄杖云：『有情有理俱三段，一道神光射斗牛。』」宋釋正覺《頌古一百則》三十一：「一道神光，初不覆藏。超見緣也，是而無是；

出情量也，當而無當。」三幅白紙，禪宗機鋒。一則明示「書」之爲「書（信）」，不在文章言語之事，蓋所以斷絶學僧之事執；二則更名宗門宗旨，所謂「不立文字」也。事本宋宗永集《宗門統要正續集・福州玄沙師備禪師》：「師令僧馳書上雪峰。峰上堂開緘，見三幅白紙，乃呈示大衆云：『會麽？』良久云：『不見道，君子千里同風。』僧回舉似師。師云：『山頭老和尚，蹉過也不知。』」宋釋智才《頌古二首》二《玄沙白紙》：「地闊天長三幅紙，同風千里爲重宣。」按，句蓋謂炫耀功夫之伶俐聰明，固不及擺脱智巧、心源直指之利益也。

〔一五〕如是如是：佛教語。猶今言這樣這樣、就像這樣。後秦佛陀耶舍共竺佛念譯《長阿含經》卷一：「佛告梵王：『如是如是，如汝所言。但我於閑静處默自思念：所得正法，甚深微妙，若爲彼説，彼必不解，更生觸擾，故我默然，不欲説法。』」禪宗好爲此語。其用有二。一，印可、贊嘆之辭。隋吉藏撰《勝鬘寶窟上本》：「印述之辭。如是如是，誠如聖教；如是如是，如汝所説。法稱合道理，故言如是。」《永嘉證道歌・無相大師行狀》：「温州永嘉玄覺禪師者……遍探三藏，精天台旨，觀圓妙法，於四威儀中，常冥禪觀。後因左谿朗禪師激勵，與東陽策禪師同詣曹谿。初到振錫携瓶，繞祖三匝。祖曰：『夫沙門者，具三千威儀，八萬細行，大德自何方而來，生大我慢？』師曰：『生死事大，無常迅速。』祖曰：『何不體取無生，了無速乎？』曰：『體即無生，了本無速。』祖云：『如是如是。』于時大衆，無不愕然。」《景德傳燈録・前袁州仰山慧寂禪師法嗣》「晉州霍山景通禪師」：「初參仰山，仰山閉目坐。師曰：『如是如是！西天二十八祖亦如是，中華六祖亦如是，和尚亦如是，景通亦如是。』語訖向右邊，翹一足而立。仰山起來，打四藤杖。」二一，指示之辭。宋元照撰《四分律行事鈔資持記》一之一：「如是者，指示之辭。」宋釋宗杲《天王光和尚贊》：「真獅子兒，眈眈虎視。神定氣平，身心不二。悟祖師禪，脚踏實地。橫按摸梛，如是如是。」宋釋宗印《偈頌八首》三：「不用不用，千聖不共。如是如是，蝮蝎蛇虺。不是不是，徹骨徹髓。進前退後繞禪牀，掣電之機落二三。」「如是如是，蝮蝎蛇虺」者，蓋謂若死守一定之教法行法，難免適得其反，如行者所往而盡遭毒螫；實謂以破爲立，始得成就也。按，句謂蒙庵得宗門正規，故能離因果而遂往生，以此總結，更加贊美也。

祭精嚴長老達空禪師文〔一〕

惟師人物昂藏，材器猛利，夙具般若種智①、普熏知見之香〔二〕。痛掃世緣，跳出火宅，以鉢囊拄杖，易去銀貂左璫〔三〕。服青伽梨，續佛壽命〔四〕。雖石鞏張弓一重公案，未易優劣〔五〕。如何示疾，遽爾貪程〔六〕？末後句子，可謂了了〔七〕。回念三十年前見師落髮，入慈受室，蔚爲龍象，恍若昨夢〔八〕。此會儼然無量劫來，幾生幾滅，屈伸臂頃，師達其空，稽首世尊〔九〕，如是如是〔一〇〕！尚饗！

【校】

①種：文淵閣本作「鍾」，據文意改。

【箋注】

〔一〕達空禪師：名懷岳，嘗居漳州報恩院、洪州雲居山。《祖堂集》卷十：「報恩和尚嗣雪峰師，諱懷岳，泉州仙遊人也。出家於莆田聖壽院，依年具戒，志慕祖筵，而參見雪峰。」《景德傳燈録》卷十八載：「漳州報恩院懷岳禪師，泉州人也。少依本州聖壽院受業，罷，參雪峰，止龍溪，玄侶奔湊。」同書卷二十又云：「雲居山懷岳號達空禪師（第四世住）。」

〔二〕人物昂藏：爲人氣度非凡。昂藏：氣宇軒昂。陸機《晉平西將軍孝侯周處碑》：「汪洋廷闕之傍，昂藏寮寀之上。」王安石《戲贈湛源》：「可惜昂藏一丈夫，生來不讀半行書。」材器猛利：質地超卓。材器：才能與器識。《漢書·王吉傳》：「自吉至崇，世名清廉，然材器名稱稍不能及父，而禄位彌隆。」黄庭堅《謝文灝元豐上文藁》：「天生材器各有用，相如名獨重太山。」猛利：猶厲害、嚴重。其義本兼正反兩面。《長阿含經》卷一：「今此衆生塵垢微薄，諸根猛利，有恭敬心，易可開化。」此言正面。《大智度論》卷二十四：「是心雖時頃少，而心力猛利，如火如毒。」此言反面。禪家特以謂求道之勇猛精進。窺基《出家箴》：「大丈夫，須猛利，緊束身心莫容易。倘能行願力相扶，决定龍華親授記。」寒山《詩三百三首》二四一：「上人心猛利，一聞便知妙。」般若種智：即般若智慧。内典恒曰「一切種智」，義同。支謙譯《撰集百緣經》卷四：

「佛在舍衛國祇樹給孤獨園。爾時世尊，大悲熏心，以一切種智所得無上甘露妙法，廣爲天人八部之衆，於其長夜常爲説法，無有疲厭，不生懈惓。」鳩摩羅什譯《摩訶般若波羅蜜經》卷九：「佛告釋提桓因言：『如是如是！憍尸迦！佛從般若波羅蜜中學得一切種智。憍尸迦！不以相好身名爲佛，得一切種智故名爲佛。憍尸迦！是佛一切種智從般若波羅蜜中生。以是故，憍尸迦！是佛身，一切種智所依處，佛因是身得一切種智。』」一切種智，即一切智，佛之智慧無不綜貫，故曰一切種。「佛一切種智從般若波羅蜜中生」，故曰「般若種智」。般若：《世説新語・文學》：「殷中軍被廢東陽，始看佛經，初視《維摩詰》，疑般若波羅密太多，後見《小品》，恨此語少。」劉孝標注：「波羅密，此言到彼岸也。經云到者有六焉……六曰般若。般若者，智慧也。」熏知見之香：喻領受佛教正法知見之教誨薰染。黄庭堅《吉州隆慶禪院轉輪藏記》：「黄龍知見之香，可以普薰斯人矣。」宋釋惠洪《追薦》：「伏願熏菩薩知見之香，依如來功德之力。」知見：知爲意識，見爲眼識，意謂識别事理、判斷疑難。佛教語。唐釋法融《心銘》：「心性不生，何須知見。」慧能《示智常偈》：「此之知見瞥然興，錯認何曾解方便。」按，句贊禪師學行之努力與純正。

〔三〕痛掃世緣：謂堅決斷絶塵緣。痛掃：竭力掃除習氣、擺脱纏縛。宋人好用此語。李光《自然解印北還作古風送行》：「迥悟出世法，痛掃習氣纏。」李彭《慶上人以再聞誦新作突過黄初詩爲韵作十詩見寄次韵酬之》五：「絶倫共推讓，痛掃净瑕膜。」痛：略如今言「狠狠地」。世緣：俗緣。謂人世間事。佛教語。唐慧净《自皋亭至吴門吊二大護法》：「了悟世緣容直住，徘徊夢影或雙來。」跳出火宅：喻擺脱塵世煩惱苦難。宋李石《扇子》九：「跳出二乘火宅，直饒一段冰壺。」「出火宅」，本内典常喻。宋人遂曰「跳出」。跳出：即逃出。語蓋本《妙法蓮華經·譬喻品第三》：「爾時諸子……互相推排，競共馳走，争出火宅。」佛教喻衆苦滿盈之塵世。《譬喻品第三》：「三界無安，猶如火宅……衆苦所燒，我皆拔濟。」梁武帝《寶亮法師〈涅槃義疏〉序》：「救灼燒於火宅，拯沉溺於浪海。」以鉢囊拄杖，去銀貂左璫：蓋謂其自甘修行辛苦，不通官府。鉢囊拄杖：僧徒應器，行脚乞食，常所執持者。代指僧徒。宋謝逸《送惠洪上人》：「何當啖芋撥牛糞，拗折拄杖挂鉢囊。」鉢囊：口袋盛鉢盂者。《四分律·雜揵度之二》：「手捉鉢難護持，佛言聽作鉢囊盛。不繫囊口鉢出，佛言應繩繫。」拄杖：手杖。張籍《答僧拄杖》：「靈藤爲拄杖，白净色如銀。」銀貂左璫：疑應作「銀璫左貂」，内侍冠飾，貂尾綴冠左，末加銀璫。古中常侍之服。語出《後漢書·宦者傳》：「漢興，仍襲秦制，置中常侍官。然亦引用士人以參其選。皆銀璫左貂，給事殿省。」因借指内侍。按，此句言禪師厭棄塵世富貴，一心出家求道。

〔四〕服青伽梨：穿著青色袈裟。青伽梨：即袈裟色青者。袈裟其色不同，比丘用别倫伍者，其來自古。後漢安世高譯《大比丘三千威儀》卷二：「薩和多部者，博通敏智，導利法化，應著絳袈裟；曇無德部者，奉執重戒，斷當法律，應著皂袈裟；迦葉維部者，精勤勇决，拯護衆生，應著木蘭袈裟；彌沙塞部，禪思入微，究暢玄幽，應著青袈裟；摩訶僧部者，勤學衆經，敷演義理，應著黄袈裟。」此制或起於佛陀故事。馬鳴菩薩造、北凉曇無讖譯《佛所行贊》卷二：「即與車匿别，被著袈裟衣。猶若青絳雲，圍繞日月輪。」然莫得而考，亦不必考矣。按，隋唐以來禪宗之教法行法，實與古之禪學大相徑庭，唯「究暢玄幽」爲一致耳。禪僧之服青袈裟，猶遵古制也。元幹所言，蓋係事實。伽梨：僧伽梨之省，通名袈裟。《摩訶僧祇律》卷一：「爾時尊者舍利弗，即取僧伽梨襞爲四褺，即布是地。」晉法顯《佛國記》：「佛在尼拘律樹下東向坐，大愛道布施佛僧伽梨處。」續佛壽命：延續佛陀壽命。實喻衆僧能弘法者，則如佛未入涅槃，即世壽猶在也。禪門尤喜爲此語。宋延壽述《萬善同歸集》卷二：「拔不信之疑箭，照愚暗之智光；建法垣墻，續佛壽命。」《佛果圜悟禪師碧巖録》卷一：「若扶竪宗教，續佛壽命，所以吐一言半句，自然坐斷天下人舌頭。」遂成文字風氣，以言佛法大興。按，句言禪師皈依佛門，誓願弘法也。

〔五〕石鞏張弓一重公案：禪宗有名故事，馬祖道一啓發石鞏慧藏使自開悟者。事詳《五燈會元·馬祖一禪師法嗣》「撫州石鞏慧藏禪師」：「本以弋獵爲務，惡見沙門，因逐鹿從馬祖庵前過，祖乃逆之。師遂問：『還見鹿過否？』祖曰：『汝是何人？』曰：『獵者。』祖曰：『汝解射否？』曰：『解射。』祖曰：『汝一箭射幾箇？』曰：『一箭射一箇。』祖曰：『汝不解射。』曰：『和尚解射否？』祖曰：『解射。』曰：『一箭射幾箇？』祖曰：『一箭射一群。』曰：『彼此生命，何用射他一群？』祖曰：『汝既知如是，何不自射？』曰：『若教某甲自射，直是無下手處。』祖曰：『這漢曠劫無明煩惱，今日頓息。』師擲下弓箭，投祖出家。」後爲禪門常用，遂成公案。公案：禪宗祖師所傳言行範例用爲研討參悟之資者。五代釋圓鑒《十慈悲偈》三《公案》：「公案若也起慈悲，不合規謀不合爲。每看公案驚心碎，擬斷危人痛重淚。」陳善《捫蝨新話·讀書當講究得力處》：「古書中頗有贅訛處，便是禪家公案，但今人未嘗體究耳。」未易優劣：不易評價高下。實謂不相上下、不分伯仲。宋蔡夢弼《草堂詩話》卷一：「甫云『春水船如天上坐，老年花似霧中看』，是皆不免蹈襲前輩，然前後傑句，亦未易優劣也。」按，句言達空禪師可比肩古德如石鞏禪師能有了悟也。

〔六〕如何示疾，遽爾貪程：言何以達空顯示病衰之相，驟然歸寂。如何：驚疑不欲信之辭，所以示悼惜。示疾：佛教語。謂佛菩薩及高僧之成病。隋灌頂纂、宋惟蓋竺編《國清百録·王參病書第六十三》：「仰承出天台，已次到石城寺，感患未歇。菩薩示疾，在疾亦愈，但於翹誠，交用悚灼。今遣醫李膺往處治，小得康損。」唐劉軻《〈大唐三藏大遍法師塔銘〉序》：「（玄奘）自示疾至於昇神，奇應不可殫紀。」遽爾貪程：驟然辭世，猶「貪程太速」，謝世、入滅之婉辭，義兼贊嘆，非但惋惜也。禪師好用此語。《國清百録·王參病書第六十三》：「舉。大梅聞鼯鼠鳥聲，謂衆云：『即此物，非他物。汝善護持，吾當逝矣。』師云：『者漢生前莽鹵，死後顢頇。即此物，非他物，是何物？還有分付處也無？有般漢不解截斷大梅脚跟，只管道貪程太速。』」（者漢，這漢子，猶今言這傢伙。有般漢，有一種漢子，猶今言有一種傢伙。）《五燈會元·雲居膺禪師法嗣》「新羅國雲住和尚」：「問：『達磨未來時如何？』師曰：『夜半石牛吼。』曰：『來後如何？』師曰：『特地使人愁。』問：『既是普眼，爲甚不見普賢？』師曰：『祇爲貪程太速。』」貪程：見前《祭東禪蒙庵老文》注八。按，句傷禪師因病遽卒也。

〔七〕「末後」句：達空禪師之遺教可謂明白透徹。末後句子：禪家常語，謂教法中最緊要核心之言。宋釋慧勤《偈六首》三：「末後一句子，佛眼莫能窺。」宋釋慧空《送定勛二上人》：「末後更有一句子，未省兩禪著何語。」據《景德傳燈録》卷十八《福州雪峰義存禪師法嗣》載：「師臨遷化，上堂，示衆曰：『山僧十二年來舉提宗教，諸人怪我什麽處？若要聽三經五論，此去開元寺咫尺。』言訖告寂。」達空禪師遺教言句，即此「若要聽三經五論，此去開元寺咫尺」是也，蓋仍明「（禪）宗（之）教」不妄求解脱智慧於經論之宗旨耳。其言簡單直截，無所枝梧猶豫，故曰「了了」。此慈悲之行也。末後：最後。六朝以來常語。《搜神後記》卷九：「須臾，有一大熊來，瞪視此人。人謂必以害已。良久出藏果，分與諸子。末後作一分，置此人前。」了了：通達事理。《後漢紀・獻帝紀》：「小時了了者，至大亦未能奇也。」按，句嘆禪師之了達生死，而有慈悲也。

〔八〕「回念」句：追想從前，曾經旁觀達空禪師之落髮入道。回念：回想。唐鄭谷《投所知》：「却應回念江邊草，放出春烟一寸心。」按，此與別一義表「轉念」者不同。三十年見師落髮：事不可知。落髮：剃髮出家。《北史・魏河南王和傳》：「和聘乙氏公主女爲妃，生子顯，薄之。以公主故，不得遣出。因忿，遂自落髮爲沙門。」入慈受室：師從慈受禪師爲弟子。慈受：慈受禪師（一〇七七—一一三二），法名懷深，號慈受，事迹見《五燈會元》卷十六《長蘆信禪師法嗣》、《嘉泰普燈録》上之九等。入室：成爲入室弟子。蔚爲龍象：修養德行，蔚然豐茂，秀異傑出。此美高僧之辭。唐權德輿《唐故寶應寺上座内道場臨壇大律師多寶塔銘》：「鬱爲龍象，大拯斯人。」「鬱爲龍象」，與此「蔚爲龍象」，一等不異，鬱、蔚義同。蔚爲：張九齡《畫天尊像銘》：「猗歟我君，蔚爲人傑。」元幹句法，正相一律，皆指一人之事而能積漸至榮茂而言，與後來通行之「蔚爲大觀」謂衆多事物之匯聚而引人矚目者，實有異同。龍象：佛氏以喻諸阿羅漢中修行勇猛有最大能力者，引申爲高僧。見前《真歇老人退居東庵……仍賦兩詩》注三。恍若昨夢：迷離惝怳，仿佛舊夢。此實本唐佛陀多羅譯《大方廣圓覺修多羅了義經》：「圓覺普照，寂滅無二，於中百千萬億不可説阿僧祇恒河沙諸佛世界，猶如空花，亂起亂滅，不即不離，無縛無脱，始知衆生本來成佛，生死涅槃，猶如昨夢。」按，句談往日因緣，兼贊嘆禪師德行也。

〔九〕「此會」句：當時相見相識之景象如在目前，而已如過去無窮劫數、經歷無窮生死輪迴。按，此語與上句「回念」云云對待行文。此會：蓋指昔日彼此機緣。儼然：生動真切貌，略同宛在目前。無量劫，佛教語。謂時間悠久無可計數者。佛經言天地從生成至毁滅爲一劫。《無量壽經》卷上：「我於無量劫，不爲大施主。」《隋書·經籍志》：「一成一敗，謂之一劫，自此天地已前，則有無量劫矣。」幾生幾滅：生死輪迴不知凡幾。事之迅疾繁多貌。生滅：佛教術語。依因緣和合而有謂之「生」，依因緣離散而無謂之「滅」。幾：猶今言「不知有多少」。此係甚辭，非問辭，實謂數之多也。龍樹菩薩造、鳩摩羅什譯《大智度論》卷八十：「如《城譬喻經》中説：『佛言我本未得道時，如是思惟：衆生可愍，深入嶮道，所謂數數生，數數老，數數死，往來世間，不知出處。』」唐如理集《成唯識論疏義演》卷十「解云」：「有爲之法，必依托衆緣而生，生已即滅，滅已逢緣還生，即數數生，數數滅。」數數，屢屢。「數數生、數數老、數數死」、「數數生、數數滅」，皆猶此言幾生幾滅。屈伸臂頃：手臂屈曲展舒所費時間，喻時間短暫與動作（變化）之迅疾。佛經恒語。《十誦律》卷二十六：「譬如士夫屈伸臂頃，從頻闍山没至漫陀耆尼池岸上現。」佛經或曰「刹那生滅」，其義近似。梁法雲撰《法華經義記》卷四：「識如梁棟，有心識者呼爲衆生，是故衆生以心識爲主。然此心識取緣，亦刹那生滅，故言傾危也。」後世文人亦喜用之。黄庭堅《南山羅漢贊》十一：「一身入定多身出，屈申臂頃四天下。」「屈申」，即屈伸。師達其空，稽首世尊：禪師既能了達空性，遂獲親身瞻禮佛祖之果報。達空：了達世界之空性，佛教所謂解脱智慧也。《百論疏》卷下餘：「凡夫以有爲實，故稱爲諦；聖人達空爲實，故稱爲諦。」空：佛教術語。謂世界緣起性空，不定不實；又曰五藴皆空。稽首世尊：瞻仰禮拜佛祖。稽首：古跪拜禮最重者。《公羊傳・宣公六年》：「靈公望見趙盾，愬而再拜；趙盾逡巡北面再拜稽首，趨而出。」世尊：佛陀尊稱之一。隋慧遠《無量壽經義疏》卷上：「佛備衆德，爲世欽仰，故號世尊。」

〔一〇〕如是如是：認可乃至贊許之辭。猶今言正是如此、就是這樣。内典每用此語。見前《祭東禪蒙庵老文》注一五。按，句藉釋禪師法號，言其化去，一則感嘆世界無常，二則贊美禪師解脱也。

祭西禪隆老文〔一〕

謹以香燭、伊蒲塞之饌，致祭於某人〔二〕。嗚呼！頃之識師，臨平始歸；退處彼庵，鍾山其西〔三〕。粤時宣和己亥季夏，圜頂加冠，以笑以語〔四〕。傷今念古，師適我同；由爾定交，有孚于中〔五〕。别曾幾何，亂起方臘；克勘南征，爰奮北伐〔六〕。四海横潰，我還舊廬；憂患荐罹，獨師憫諸〔七〕。師生丙申，閲世爛久；吾閩有禪，師必稱首〔八〕。百年老榕，忽仆道周；此木其壞，職師是憂〔九〕。我來哭師，本安用哭？聊慰後人，示激頹俗〔一〇〕。尚饗！

【箋注】

〔一〕祭西禪隆老文：應爲「祭西禪隆老文」。參見前《西禪隆老海印大師贊》。按，全篇主體，作四言詩式。

〔二〕香燭、伊蒲塞之饌：本供奉之儀。此指祭弔之具。香燭：蓋從佛教。伊蒲塞之饌：居士之飲食供奉貢獻。典出《後漢書·光武十王列傳·楚王英》：「英……晚節更喜黄老，學爲浮屠齋戒祭祀。八年，詔令天下死罪皆入縑贖。英遣郎中令奉黄縑白紈三十匹詣國相……詔報曰：

『楚王誦黃老之微言，尚浮屠之仁祠，絜齋三月，與神爲誓，何嫌何疑，當有悔吝？其還贖，以助伊蒲塞桑門之盛饌。』」李賢注：「伊蒲塞，即優婆塞也。中華翻爲『近住』，言受戒行堪近僧住也。」伊蒲塞：梵語優婆塞（Upāsake）之異譯。男子在家受五戒者。此即元幹自指。某人：指隆老。按，古人爲文，草稿空格，例不填諱，正稿始填諱。及文集收録，於元諱字處，輒以「某人、某」代諱字。

〔三〕「頃之識師」云云：此言皆事實，然皆莫得而詳。頃：猶今言「最近」。臨平：臨平山。見前《西禪隆老海印大師贊》注二。退處：元幹自汴京斥逐，蓋嘗借寓其弟。鍾山其西：謂鍾山在其庵之西。鍾山向有禪師庵宇。李綱《次韻上元宰胡俊明蔣山勤老唱和古風》：「鍾山禪老真可人，高唱宗風震江左。」王安石有《鍾山西庵白蓮亭》七律，釋德洪有《鍾山悟真庵西竹林間蒼崖千尺歲久折裂余與敦素行山中至此未嘗不徘徊庵僧爲開軒向之盡收其形勝名曰兩翁作此》七律，皆明言鍾山某庵，但元幹所指，無從坐實矣。鍾山：古曰蔣山、北山，即金陵紫金山。按，此言與隆老初相識。此是否兼用北山隱逸之義，待商。

〔四〕宣和己亥：徽宗宣和元年（一一一九）。圜頂：即「圓頂」。僧徒薙髮露頂，故云。加冠：著冠。北齊劉晝《新論・慎獨》：「首不加冠，是越類也；行不躡履，是夷民也。」唯其事不可得詳。唐曹松《薦福寺贈應制白公》：「才子紫檀衣，明君寵顧時。講昇高座懶，書答重臣遲。瓶勢傾圓頂，刀聲落碎髭。還聞穿內去，隨駕進新詩。」此所謂「加冠」，疑隆老受朝廷之優禮，猶曹詩此云「明君寵顧時」，待考。以笑以語：猶言亦笑亦語。以……以……：亦此亦彼或兼此與彼。《詩・邶風・柏舟》：「耿耿不寐，如有隱憂。微我無酒，以敖以游。」曹植《洛神賦》：「于是忽焉縱體，以遨以嬉。」

〔五〕傷今念古：文人之常語，皆感慨今昔之意。宋王十朋《蓬萊閣賦》：「俯仰湖山，懷古傷今，登高賦詩，以寫我心。」宋余復《西陂》：「崎嶇亂石間，況復乘船危。兹遊固有意，訪古傷今時。」按，至元幹之感慨，固家國之痛，不難知也。師適我同：謂老禪正與己同所憂患也。宋韓元吉《寄趙德莊以過去生中作弟兄爲韵七首》四：「憂時亦千慮，惟子與我同。」元幹之言，亦猶是也。我同：猶言同我、與我同，文人好用爲言，且以結構文字。漢韋玄成《戒子孫詩》：「于異卿士，非同我心。」唐末五代徐夤《贈嚴司直》：「雨雪還相訪，心懷與我同。」按，老禪方外之人，乃亦憂患世難，此元幹所以貴重之而必以爲言也。由爾定交，有孚于中：從此結交，彼此信任無間。由爾：從此。爾：爾時，即彼時。有孚于中：言彼此信誠内發，莫逆於心。有孚：有信。語本《易・觀》曰「盥而不薦，有孚顒若」，正義：「孚，信也。但下觀此盛禮，莫不皆化，悉有孚信而顒然，故云『有孚顒若』。」又《中孚》，正義：「中孚，卦名也，信發於中，謂之中孚。」有孚于中、有孚，皆古人成語。劉禹錫《平權衡賦》：「化之有孚，功莫可逾。」宋《郊廟朝會歌辭・高宗郊祀前朝享太廟三十首》三「盥洗用《乾安》」：「誠心有孚，介福斯報。」其言最明。中：内心。

〔六〕别曾幾何：言不久、短暫。蘇軾《答任師中家漢公》：「歲月曾幾何，耆老逝不居。」又《赤壁賦》：「曾日月之幾何，而江山不可復識矣。」克勘南征，爰奮北伐：謂與師清蕩内外戡定動亂。

南：方臘；北：金人。勘：應作「戡」，戡定叛亂。奮：謂興師。克：能。爰：乃。此句互文。

〔七〕四海横潰：天下紛亂動盪，分崩離析。宋張耒《逐蛇》：「嗟堯之時兮大水滂，横潰四海兮包陵岡。」横潰：動盪貌。謝靈運《擬魏太子鄴中集詩八首》一《魏太子》：「天地中横潰，家王拯生民。」還舊廬：自言貶退家居。元幹舊廬，在福州。參前《建炎感事》。憂患荐罹：屢屢遭遇讒慝。荐罹：迭受，屢遭。此蓋宋人常用。《宋大詔令集》卷一八五《政事三十八・賑恤・賜澶州北城軍人百姓詔》：「近者積雨霖霪，長河湍悍，果致懷襄之害，荐罹昏墊之災；壞居人之室廬，陷州城之雉堞。」荐：再次，屢次。或作「洊」，或假「薦」，均同。見前《賀張丞相浚復特進啓》注三。憫諸：猶今言同情、關懷。諸：之乎合音，《小爾雅・廣訓》：「諸，之乎也。」王引之《經傳釋詞》卷九：「急言之曰諸，徐言之曰之乎。」「之」意，通兼疑問或感嘆義。《論語・顔淵》：「公曰：『善哉！信如君不君，臣不臣，父不父、子不子，雖有粟，吾得而食諸？』」漢杜篤《大司馬吴漢誄》：「勛業既崇，持盈守虚；功成即退，挹而損諸。」按，此例作「諸」叶韵而兼感嘆義，元幹句法正相一律。

〔八〕丙申：當爲徽宗政和六年（一一一六）。閲世爛久：世壽長久，見識豐富。爛久：久長，蓋宋時常語或有之。宋唐慎微《證類本草》：「海蛤難得真爛久者，海人多以它蛤殼經風濤摩盪瑩滑者僞作之。」然究元幹用心，此語或别有所自。唐謝勷《遊爛柯山》三：「仙弈亦樵夫，能言忘歸路。因看斧柯爛，孫子發已素。孰云遺迹久，舉意如旦暮。」宋趙抃《次韵衢守陳守言職方招遊爛柯山》：「換世昔傳仙局久，登高今喜使車還……從此爛柯光價起，爲留佳句落人寰。」又《引年自喜》：「灘長釣臺客，棋久爛柯仙。」皆具年壽長而閱世深之意，而且隱寓仙壽難老之義，元幹疑亦同此。若然，則其構詞，難免割裂拼湊，終是一病。今文獻不足，故不可必，存以待考。吾閩有禪，師必稱首：我閩地禪學大興，皆以老禪功居第一。稱首：冠冕，第一。《晉書・樂廣傳》：「廣與王衍俱宅心事外，名重於時。故天下言風流者，謂王樂爲稱首焉。」

〔九〕百年老榕，忽仆道周：喻老禪之溘逝。老榕：榕樹南方常木，東南寺院蓋多植之，歲久則成老榕。此代老禪。仆道周：倒仆路旁。道周：語出《詩・唐風・有杕之杜》：「有杕之杜，生於道周。」毛傳：「周，曲也。」謝朓《和徐都曹》：「桃李成蹊徑，桑榆蔭道周。」此木其壞，職師是憂：聖賢喪亡，令人憂慮師傅職司之虛闕。此木其壞：即梁木其壞。典出《禮記・檀弓下》：「孔子蚤作，負手曳杖，逍遥於門，歌曰：『泰山其頹乎，梁木其壞乎，哲人其萎乎。』」本爲孔子感嘆自身之將死，後轉指悼惜聖賢之逝去。職師是憂：實謂憂職師之無人。職師：蓋叢林有此任，禪家有此語。宋釋大觀撰《靈隱大川禪師行狀》：「俄淛翁移鍾阜，拉師偕行，又被旨移天童，職師知藏。」此爲動詞，義猶主司。又其所撰《笑翁禪師行狀》：「時天童無用全禪師以妙喜竹篦勘驗來者，特卷裓東還，造丈室。用得之眉睫間，問曰：『汝遊山僧耶？』師曰：『行脚僧。』用曰：『作麽生是行脚事？』師以坐具一摵。用笑曰：『此僧敢來捋虎鬚，且令參堂去！』職師侍香，激揚錐劄，盡無用之用。」此似名詞，指某司官。觀此，雖其具體所掌，尚待考索，而禪家有此人與名，固無可疑。按，句痛隆老之歸寂。應題，得文之體。

〔一〇〕我來哭師，本安用哭：佛教超越生死，泯滅哀樂，故曰本不必哭悼。宋釋克勤《偈五十三首》二十四「聞五祖訃音」：「大庾嶺頭，笑却成哭。崇寧門下，哭却成笑。吃泉水，貴地脈。且要正眼流通，宗風不墜。所謂無常生死法，與我不相干。若能如是見，不用哭蒼天。」元幹之意，與此略同。安用：何用、不用。聊慰後人：聊以告慰後人。蓋明師雖逝，而其所傳正法固未嘗滅，此所以可以告慰來者也。示激頹俗：顯明激勵敗壞不振風俗之用心。激頹俗：文人常語。唐宋之問《陪群公登箕山賦得群字》：「時佐激頹俗，登箕挹清芬。」宋蘇頌《和孫節推寄羅發運》：「能使清風激頹俗，世情誰得議高堅。」頹俗：風俗頹敗者。《後漢書·胡廣傳》：「廣才略深茂，堪能撥煩，願以參選，紀綱顏俗，使束脩守善，有所勸仰。」（紀綱，動詞，整頓義。）按，元幹所指，今亦不能坐實。蓋吾華素隆養生喪死、尊師重道之禮，豈南渡之後，此禮遂有隳廢之虞耶？此有待夫明達之衡論焉。

文淵閣本蘆川歸來集原附

大監蘆川老隱幽岩尊祖事實〔一〕

福州福清縣幽岩院行者啓通等〔二〕。

右啓通等，今在常州武進縣張秘丞處，將錢貳拾貫文，銅錢玖拾柒陌，欲買田地，逐年收地利，捨入幽岩院，作女弟子張九娘疏，奉爲外翁秀才劉四郎、外婆張三十四娘、亡妣劉二十九娘三人忌辰供僧〔三〕。表白今先交領得銅錢壹拾貫文玖拾柒陌，其餘錢别支撥前去，兼托劉立之秀才勾當〔四〕。今立交領文字爲憑。謹狀〔五〕。熙寧八年十二月某日〔六〕。

福州福清縣幽岩院行者啓通押〔七〕。

狀右同領錢肯習押〔八〕。

祖少師文靖公手澤判押〔九〕：

九娘收此照會〔一〇〕。更將此批與十伯處，可取拾貫文九十七陌，添與此人〔一一〕。且先附信去，要添置田地，收利入幽岩〔一二〕。廿三日押。

【箋注】

〔一〕大監：蓋秘書大監省稱。元幹或嘗任此職。蘆川老隱：元幹。尊祖：敬愛先人。

〔二〕行者：蓋僧院方丈侍者。啓通：釋啓通。事迹不詳。

〔三〕右：上文所列舉者。張秘丞：其人不可知。陌：同「佰」，用於計量錢數。地利：土地生産之利潤。梁簡文帝蕭綱《度關山》：「力農争地利，轉戰逐天時。」女弟子：女信徒。作……疏：撰寫……文稿。疏：書疏，文書。奉爲：發願文用語。意謂替某某恭敬奉獻文書以祈福禳罪。外翁：外祖父。白居易《談氏小外孫玉童》：「外翁七十孫三歲，笑指琴書欲遺傳。」秀才：美才，才德俊秀之士。當時爲凡應舉者之稱。亡妣：已故母親。供僧：供養僧徒。唐佚名《謁法門寺真身五十韵》：「供僧添聖福，稱象等毫氂。」

〔四〕表白：僧道科目。宋釋道誠輯《釋氏要覽》：「表白，僧史略云：亦曰唱導也。始則西域上座凡赴請，呪願以悦檀越之心。舍利弗多辯才，曾作上座，贊導頗佳，白衣大歡喜。此爲表白之椎輪也。」此指幽巖院倡導僧。交領：交接。唐馮翊《桂苑叢談·太尉朱崖辨獄》：「但初上之時，交領既分明，及交割之日，不見其金。」别：另外。支撥：支配、分撥。宋宗賾集《禪苑清規・退院》：「別請一人，看守方丈并主管物色，在侍者寮安下。如方丈衣鉢稍多，未退已前，估唱齋僧及支撥錢物入常住，防有侵損互用之過。退院行李，唯隨身依物道具而已。」劉立之：其人未詳。俟考。勾當：料理，處理。唐宋口語常語。元稹《趙真長户部郎中兼侍御史等制》：「應可某官，充户部巡官，勾當河南、淮南等道兩税。」元李治《敬齋先生古今黈》卷九：「曹彬伐江南還，入見，以榜子進，曰『勾當江南公事回』。此舊説也。《宋實録》避高宗之諱，遂改『勾當』爲『幹當』。」可知宋人本好用此語。

〔五〕文字：文書。謹狀：公文用語，施於文末，所以示恭謹者。白居易《故鞏縣令白府君事狀》：「元和六年十月八日，孫居易等始發護靈櫬，遷葬於下邽縣北義津鄉北原而合祔焉。謹狀。」

〔六〕熙寧八年：公元一〇七五年。

〔七〕押：即畫花押，署名之事，略同今之簽名爲憑。宋王溥《唐會要・百官奏事》：「（景龍）三年二月二十六日敕，諸司欲奏大事，並向前三日録所奏狀一本，先進，令長官親押。」可參顧炎武《日知録》卷二十八「押字」條。

〔八〕狀右同領錢肯習押：狀右：蓋公文術語，猶今言具體情形如上。葉夢得《石林奏議・江南東路安撫制置大使二》：「申尚書省相度：江東路人户殘零夏税折納見錢，狀右契勘——夏税殘零未納數皆是畸零，下户每户不過三五升至一斗，皆是衆户合鈔。」同領錢：謂同時支領掌管經費者。領錢：疑即後世賬房之類。領：主管，或即謂領錢者，亦可通。肯習：不甚可解，似係人名。待考。

〔九〕祖少師文靖公：元幹祖父。謚文靖。少師：蓋尊稱，非實指。士之年長退休者。《儀禮·鄉飲酒禮》鄭注：「大夫七十而致仕，老於鄉里，名曰『父師』，士曰『少師』。」手澤判押：謂親手畫押。略當今言親筆簽名。手澤：先人手迹。判押：長官簽署公文。朱熹《答黄直卿書》：「致仕文字爲衆楚所咻，費了無限口頰，今方得州府判押。」按，下文「九娘」云云，即判押内容。

〔一〇〕照會：憑證文書。《四明尊者教行録》卷六：「送禮部行下本州，一面措置施行。明州主者一依都省批狀指揮施行。須至行。遣右出給公據付延慶寺。仰收執永爲照會。紹興十四年四月日給。」《宋史·河渠志三》：「訪聞先朝水官孫民先，元祐六年水官賈種民各有河議，乞取索照會。」

〔一一〕批與：當時口語。宋惟勉編次《叢林校定清規總要》卷一：「收盞，便送上轎。兩班或送或免，在主人意。或有參隨，預當歸寺，送寮舍。可批與堂司先送之。」按，此蓋言預寫札條作指示安排事情。通用爲公文常語。批覆，簽署文書交付某人收執。《宋史·宋孝宗二》：「夏四月甲戌朔，進呈劉珙等以措置李金賊徒了畢推賞。上曰：『朕已批與劉珙。近時儒者多高談無實用，卿則不然，能爲朝廷了事，誠可賞也。』」批：即批答。批答，君長批覆臣下奏疏呈文之類。《新唐書·百官志一》：「玄宗初，置『翰林待詔』，以張説、陸堅、張九齡等爲之，掌四方表疏批答、應和文章。」與：給與，下「添與」之「與」同。添與：增加給予。亦當時口語。

〔一二〕附信：致信。古曰附書。宋楊億《高起居知廣州》：「橘官手版趨塵遠，梅使星車附信通。」

祭祖母彭城郡夫人劉氏墓文〔一〕

昔我先祖，未取科第；於時夫人①，始作之配〔二〕。儒生窮愁，想見中饋；逮生多男，室則已繼〔三〕。同穴送終，是爲林氏；宜夫人宅，獨厝兹地〔四〕。荒山深林，樵牧不至；歷數十載，父老不記〔五〕。有孫爰歸，發其久翳；聞諸里閭，嘆息出涕〔六〕。生雖不享，死亦子貴；彭城之封，象服煒煒〔七〕。釃酒割牲，用示幽賁〔八〕。嗚呼哀哉！

先祖特進，始娶夫人劉氏②〔九〕。夫人之父無男子③，獨産二女：長則夫人，次適于鄭，又皆無男子也〔一〇〕。先祖既嘗力任其責，葬外舅姑④，夫人之亡，遂祔其次〔一一〕。自爾應舉覓官，寢以仕宦於朝，不復來往，僅以田屬幽岩，俾供諱日，迄今數十年矣⑤〔一二〕。元幹獲緣職事，道過墓下，翦伐荆棘，掃除阡隧，并得翁媪之墳祭拜焉，庶幾克成先祖之志〔一三〕。乃刻鄙文，以告後來〔一四〕。

宣和元年八月初吉，孫元幹記〔一五〕。

【校】

①於：國圖藏本作「粤」。

②夫人：國圖藏本無此二字。

③夫人之父：國圖藏本無此四字。

④力任其責，葬外舅姑：國圖藏本作「既嘗力責葬其外舅姑」。

⑤寢以仕宦於朝……迄今數十年矣：國圖藏本作「寢以仕宦，子孫不復來，尚以田屬幽岩，俾供諱日，今數十年矣」。

【箋注】

〔一〕彭城郡夫人劉氏：郡夫人：宋代外命婦封號之一。《宋史·職官三》曰：「外内命婦之號十有四：曰大長公主，曰長公主，曰公主，曰郡主，曰縣主，曰國夫人，曰郡夫人，曰淑人，曰碩人，曰令人，曰恭人，曰宜人，曰安人，曰孺人。」按，此墓文先銘辭而後傳略，形式較別致。

〔二〕未取科第：尚未獲取功名。取科第：科考有成。唐皮日休《二遊詩·徐詩》：「强學取科第，名聲盡孤揭。」

〔三〕窮愁：窮困愁苦。《史記·平原君虞卿列傳論》：「然虞卿非窮愁，亦不能著書以自見於後世云。」想見中饋：實謂想象得知飲食日常維持之艱辛。中饋：家中膳食諸事。語出《易·家人》：「無攸遂，在中饋。」孔穎達疏：「婦人之道……其所職，主在於家中饋食供祭而已。」

〔四〕同穴送終：謂林氏爲元幹祖父肩孟料理後事，身没並與之合葬。同穴：夫婦相愛之堅貌。語出《詩·王風·大車》：「穀則異室，死則同穴。」厝茲地：臨時安放於此處。厝：權厝，臨時安放，指殯葬。《孝經·喪親》：「卜其宅兆，而安厝之。」按，無力或以他故一時不能歸葬祖塋者，臨時安厝於某處，是禮制法律所不禁。

〔五〕樵牧不至：樵夫牧民亦不踏足。喻蕭瑟荒落。蘇軾《王仲至侍郎見惠稚栝種之禮曹北垣下今百餘日矣蔚然有生意喜而作詩》：「偶隨槫櫟生，不爲樵牧侵。」父老不記：鄉里老人都不存記憶。喻埋没已久。蘇軾《和陶雜詩十一首》四：「相如偶一官，嗤鄙蜀父老。不記犢鼻時，滌器混傭保。」按，句謂劉夫人未得與夫同穴，本已不幸；而今荒冢孤墳，身後寂寥，則更不幸也。

〔六〕有孫爰歸：指劉夫人之孫返鄉。有孫：元幹自指。爰歸：於是歸來。柳宗元《唐故萬年令裴府君墓碣》：「封叔爰歸，左右惟具。」發其久翳：揭開故久之遮障。久翳：長久塵埋。翳：掩蔽物，掩蔽。此謂劉夫人長殯之柩。聞諸里閭：將此事令鄉里親友聽聞。聞諸：聞之於。里閭：同閭里。《古詩十九首·去者日以疏》：「思還故里閭，欲歸道無因。」嘆息出涕：蓋謂元幹之歸，欲禮葬劉夫人，親友知而感激流涕。出涕：因傷心而流眼淚。

〔七〕不享：不行享獻之禮。《漢書·五行志上》：「傳曰：田獵不宿，飲食不享，出入不節，奪民農時，及有姦謀，則木不曲直。」顔師古注：「不行享獻之禮也。」此指劉夫人生前不得蔭封，未享尊榮。子貴：即「以子貴」，因兒子榮貴而榮貴，謂蓋劉夫人藉子蔭而追封命婦也。彭城之封：事不可知。待考。象服煒煒：禮服華麗端嚴之貌。想象之辭。象服：后妃、貴婦之服，面多以物象爲飾。《詩·鄘風·君子偕老》：「象服是宜。」毛傳：「象服，尊者所以爲飾。」煒煒：華盛貌。夏侯湛《朝華賦》：「灼煌煌以煒煒，獨崇朝而達暮。」

〔八〕釃酒割牲：濾清酒液，宰割牲畜。牲醴致祭之事。釃酒：濾酒。《後漢書·馬援傳》：「援乃擊牛釃酒，勞饗軍士。」李賢注：「釃，猶濾也。」亦指斟酒。《晉書·周處傳》：「及吴平，王渾登建鄴宫釃酒，既酣，謂吴人曰：『諸君亡國之餘，得無慼乎？』」割牲：宰割牲畜用以祭禮。《禮記·禮器》：「君親割牲，夫人薦酒。」按，此實謂安排祭肉，不必親割也。賁：華飾。《説文》：「飾也。按古假賁爲奔。从貝，卉聲。」音彼義切。段注：「按亦音墳。」本光耀幽隱義。南齊王融《贈族叔衛軍儉詩》：「名揚沉隱，賁發幽素。」後轉而特指顯揚幽冥之榮光。幽：實指逝者。宋人好用「賁幽潛、賁幽光」語，周紫芝《王夫人挽詞》：「他日諸郎盡臺閣，會刊佳傳賁幽潛。」王洋《李丞相挽章》二：「鼎彝酬鉅業，典禮賁幽光。」

〔九〕先祖特進：特進，本官名。始於西漢末，位在三公下；東漢至南北朝僅爲加官，無實職；隋唐以后爲散官。宋時以爲榮譽封銜賜予大臣。按，事實未詳。或元幹泛言以尊祖也。

〔一〇〕次適于鄭：次女嫁鄭氏。男子：兒子。

〔一一〕力任其責：盡力承擔責任。外舅姑：岳父母。《爾雅·釋親》：「妻之父爲外舅，妻之母爲外姑。」祔其次：謂劉氏夫人去世後，遂葬父母之旁。祔：附而從祭。奉新死者木主于祖廟，使與祖先同受祭祀。《儀禮·既夕禮》：「衆主人乃就次，猶朝夕哭不奠。卒哭，明日以其班祔。」亦指合葬，《禮記·檀弓》：「舜葬於蒼梧之野，蓋三妃未之從也。季武子曰：『周公蓋祔。』」

按，據上文「獨厝茲地」，則必非合葬，應取合祭之義。按，劉氏早逝，天不假年，故生而難得子榮蔭，死又難與夫偕藏，不亦悲乎？元幹之哀挽，其志深矣！

〔一二〕應舉覓官：唐宋習語，謂參加科考，求取官職。韓愈《上兵部李侍郎書》：「愈少鄙鈍，於時事都不通曉，家貧不足以自活。應舉覓官，凡二十年矣，薄命不幸，動遭讒謗，進寸退尺，卒無所成。」「寖以」云云：漸漸因爲在朝爲官而不來祭掃。寖：同「浸」，漸漸。《漢書》：「故君臣長幼交接之道，寖以不章。」顔師古注曰：「寖，漸也。」以田屬幽岩：以墓田委托於幽岩院。幽岩，幽岩院：參上《大監蘆川老隱幽嵓尊祖事實》。俾供諱日：使之於夫人忌日上供。諱日：人死亡之日，忌日。《南史·袁粲傳》：「孝建元年，文帝諱日，群臣並於中興寺八關齋。」

〔一三〕獲緣職事：謂以有公務之便。緣職事：猶今言因公。職事：公事。《左傳·定公四年》：「使帥其宗氏，輯其分族，將其醜類，以法則周公，用即命於周，是使之職事於魯，以昭周公之明德。」道過：路過，途經。《漢書·傅常鄭甘陳段傳》：「當至烏孫，道過龜茲。介子至龜茲，復責其王。」翦伐荆棘：砍伐墓所雜草樹。掃除阡隧：打掃墳冢墓道，清除塵穢。阡隧：墳冢與墓道。宋蘇頌《司空平章軍國事贈太師開國正獻吕公挽辭五首》四：「衮冕頒新隧，笳簫入故阡。」翁媪：老翁老婦。元幹謂劉夫人之父母。李紳《聞里謡效古歌》：「鄉里兒，醉還飽，濁醪初熟勸翁媪。」庶幾：幸辭。猶今言希望能夠。《左傳·襄公二十六年》：「懼而奔鄭，引領南望曰：『庶幾赦余！』」克成：完成，實現。《書·武成》：「我文考文王，克成厥勛，誕膺天命，以撫方夏。」按，句謂元幹躬自祭掃外家祖墳，蕩滌蒙塵，篤厚之義也！

〔一四〕鄙文：元幹自謙之辭。宋程祁《挽三靈山人》：「昔讀先生傳，埋銘屬鄙文。」

〔一五〕初吉：朔日，即陰曆初一日。《詩·小雅·小明》：「二月初吉，載離寒暑。」毛傳：「初吉，朔日也。」

蘆川豫章觀音觀書〔一〕

元幹以宣和元年三月出京師，六月至鄉里，十一月乃復治行，得先祖特進手澤于外孫陳氏〔二〕。蓋先祖幼養于姑家，長則爲其婿。劉氏無男子，而祖母止出一女，適陳氏，亦不壽。今家姑暨諸父，皆林夫人子也〔三〕。觀夫買田作供，以爲久遠計，不委之子孫，而授之陳氏，所以貽子孫慊者，可見矣〔四〕。曾未百年，寖已蕪没，幸而得之，自謂可以贖責也〔五〕。先祖塋兆在仙宗觀東，有林氏子葬其親，遽遺匠石于神道華表之前，青龍左臂之上，取可以爲柱爲礎者，枚數至二百有奇，輂于山南新阡旁者，殆過半〔六〕。元幹謂鄉曲當責以義，此石既鑿，訟之何補〔七〕？第築其毁，作亭數椽，以爲歲時愒息之地，棄已輂之石，移書愧之〔八〕。先祖有舊屋在村落中，子孫不復居，今爲傭耕者所舍〔九〕。元幹奉二代畫像於正寢，擇净人嚴香火灑掃之役，使過者猶曰「文靖宅也」〔一〇〕。先祖凡五男子，其仕宦者四，獨六伯父終于布衣，老妻、二子，雖仰食于諸父，然頗爲債家所窘〔一一〕。元幹載念伯父之歿，以時之不易，稾葬蔬圃，迨今三十年，二兄不振，無乃以是〔一二〕？特卜爽塏遷之，冀其孤之或興，不獨平其券也〔一三〕。有鄉先生鄭俠介夫者，年垂八十，及與先祖遊，元幹兒時所願見，贄書及門，適已抱病，延入卧内，歡若平生〔一四〕。而遺言餘旨，預聞一二，後數日遂哭之，若有待然〔一五〕。先是，姨母寓信陽，老矣，元幹所未識。枉道拜之，悲余母早世，而喜元幹長大也，爲留數日〔一六〕。蓋余母亡時①，元幹方丱角〔一七〕。既至里中，宰木雖拱，門墻缺然，周覽流涕〔一八〕。凡所以爲觀美者，心固欲之，而力有未及也〔一九〕，不能已已。于是繚山以垣，加植松柏，揭氏號于門，庶别它墳焉〔二〇〕。元幹平生坎壈，屢遘手足之釁，去家時僅存一弟，甫三歲，又夭折〔二一〕。異日亦有未葬者，歸其骨並瘞之〔二二〕。是行也，既得劉氏三家治完之，且獲是書以傳于家，則窮年奔走，亦復何憾〔二三〕？因録可訓子孫者。二年正月十四日，豫章郡觀音觀書。

【校】

① 余母：國圖藏本作「母孫」。

【箋注】

〔一〕蘆川豫章觀音觀書：《宋代序跋全編》中標題作《録先祖手澤後序》。或別有所據。

〔二〕治行：整理行裝。《史記・曹相國世家》：「蕭何卒。參聞之，告舍人趣治行：『吾將入相。』」特進：見前《祭祖母彭城郡夫人劉氏墓文》注九。非實銜。手澤：先人或前輩的遺墨、遺物。宋李清照《金石録後序》：「今手澤如新，而墓木已拱。」可資比看。

〔三〕暨：連詞。及。《爾雅・釋詁下》：「暨，與也。」諸父：伯父叔父。《莊子・列禦寇》：「如而夫者，一命而吕鉅，再命而於車上儛，三命而名諸父，孰協唐許也。」成玄英疏曰：「諸父，伯叔也。」林氏：參前篇《祭祖母彭城郡夫人劉氏墓文》正文。

〔四〕買田作供：置買田産取利以供祠祭。田：蓋指屬之幽岩院之田，或類似措施。參上兩篇。爲久遠計：做長期打算。《三國志・任蘇杜鄭倉傳》：「始，京兆從馬超破後，民人多不專於農殖，又歷數四二千石，取解目前，亦不爲民作久遠計。」貽子孫慊：謂使子孫得安適。貽慊：似當時習語。貽：遺留。慊：通「愜」，快心、滿意。元吴皋《投郡守》：「一割自貽慊，誰謂鉛刀銛。」按，句謂元幹祖父慘淡經營，爲子孫謀長遠也。

〔五〕曾未百年：宋人習語，指時間不久遠。多用於喪祭之文，表痛惜、追念之意。蘇頌《祭歐陽少師太夫人》：「曾未百年，遽喪賢德。徽音已遠，孝慕何極。」曾（zēng）：乃，今言竟然。轉折之詞。《説文》「曾之舒也」，段注：「按曾之言乃也。《詩》『曾是不意』、『曾是在位』、『曾是在服』、『曾是莫聽』、《論語》『曾是以爲孝乎』、『曾謂泰山不如林放乎』、《孟子》『爾何曾比予於管仲』，皆訓爲『乃』則合語氣……蓋曾字古訓乃。子登切。」寖已蕪没：漸已埋没於荒草。蕪没：謂掩没於荒草間，湮滅。沈約《八詠詩》三《歲暮湣衰草》：「園庭漸蕪没，霜露日霑衣。」幸而得之：謂僥倖發現舊塋，得以修理祭掃。贖責：猶贖罪。唐于邵《與蕭相公書》：「伏乞曲賜恩波，放歸田里，傳家就木，不夭天年，九原之下，期以贖責，甚大惠也。」

〔六〕塋兆：墓地，墳墓。《宋書·袁粲傳》：「粲秉前年改葬，塋兆未修，材官可爲經略，粗合周禮。」匠石：語出《莊子·徐無鬼》：「郢人堊慢其鼻端，若蠅翼，使匠石斲之。匠石運斤成風，聽而斲之，盡堊而鼻不傷，郢人立不失容。」本謂匠名「石」者。後遂以爲某事業能手之通稱。《文心雕龍·事類》：「木美而定於斧斤，事美而制於刀筆，研思之士，無慚匠石矣。」此謂石匠。神道華表：陵寢之表柱。華：謂華飾而莊嚴。神道：墓道，謂神行之道。《漢書·霍光傳》：「太夫人顯改光時所自造塋制而侈大之，起三出闕，築神道。」華表：古城垣、宮殿或陵墓、橋梁諸建築之前所樹高柱爲裝飾增觀瞻者。庾信《燕歌行》：「定取金丹作幾服，能令華表得千年。」青龍左臂：古堪輿家之説，所以判斷陰宅、陽宅方位之宜者。宋張九成《橫浦集·青龍白虎説》：「陰陽家流，有青龍白虎之説。凡室廬所居、墳墓所嚮，則左臂爲青龍，右臂爲白虎，居青龍則吉，居白虎則凶。」爲柱爲礎：立柱與礎石。礎：柱下承石。《廣韵·語韵》：「礎，柱下石也。」此泛指墓所建築材料。枚數：件數、個數。語出《左傳・襄公十八年》：「州綽門於東閭，左驂迫，還於門中，以枚數闔。」杜預注曰：「枚，馬檛也。闔，門扇也。數其枚，示不恐。」按，此爲動詞。又《襄公二十一年》：「東閭之役，臣左驂迫，還于門中，識其枚數。」按，此爲名詞，但「枚」尚有實義（或謂枚、門釘）。樓鑰《代仲舅尚書賦江山得助樓》：「試憑欄干俯人世，城郭村畦可枚數。」此亦動詞義，逐一而數之義。後漸義轉而兼有名詞之用。宋末釋祖欽《宗正上人》：「寄集雲單號别傳，枚數英才先屈指。」有奇：有餘，帶零。輂于：用車載送，載運至某地。輂：動詞。唐元結《説楚何荒王賦》「可以薦車，臣何荒王輂於其上。」按，此句謂林氏子破壞先人墳墓，偷竊材料，乃爲愚惡之行，雖肩孟公爲子孫計，而子孫不爲肩孟公計，不亦悲乎？

〔七〕鄉曲：鄉野偏僻之地，亦指家鄉。《莊子・胠篋》：「闔四境之内，所以立宗廟社稷，治邑屋州閭鄉曲者，曷嘗不法聖人哉？」責以義：以義責之。《吕氏春秋・舉難》：「責人以人則易足，易足則得人；自責以義則難爲非，難爲非則行飾；故任天地而有餘。」何補：有何補益，於事無補。《左傳・宣公十五年》：「伯宗曰：『必伐之。狄有五罪，儁才雖多，何補焉？』」

〔八〕第：但。僅止之辭。愒息：休息。《説文》：「愒，息也。」愒：音「去例切」（qì）。段注：「此休息之息……《釋詁》及《甘棠》傳皆曰『憩，息也』。憩者，愒之俗體，《民勞》傳又曰『愒，息也』，非有二字也。」移書：致書，寫信。《漢書・劉歆傳》：「歆因移書太常博士，責讓之。」

〔九〕傭耕者：即佃户。傭耕：謂受雇爲田主耕種。《史記・陳涉世家》：「陳涉少時，嘗與人傭耕。」

〔一〇〕二代：謂祖輩、父輩。正寢：本指路寢，帝王諸侯治事之宫室。《春秋公羊傳·莊公三十二年》：「公薨於路寢。路寢者何？正寢也。」後泛指正廳或正屋。陸游《老學庵筆記》卷十：「魯直亦習於近世，謂堂爲正寢。」净人：佛教名詞。佛寺工役，以未出家受戒，得以執行日常事務戒律禁制者；佛寺有地産出租，租佃者亦名净人。此蓋專指佃客爲委托人負責祭掃之事者。劉宋佛陀什共竺道生等譯《彌沙塞部和醯五分律》卷五：「比丘得羊毛，須持有所至，應使净人擔；若無净人乃聽自持，不得擔擔、頭戴、背負，犯者突吉羅。」嚴香火灑掃之役：慎重落實祭掃諸事。香火灑掃，進獻香燭，打掃清潔等祠廟工作。南朝梁陶弘景《真誥》卷十九：「恒使有心奴子二人，一名白首，一名平頭，常侍直香火，洒掃拂拭，每有神光靈炁見於室宇。」使過者猶曰「文靖宅也」：此所謂留名者。即古所謂名字表於後世之意。參前《祭祖母彭城郡夫人劉氏墓文》「父老不記」。文靖：元幹祖肩孟之謚。見前《祖少師文靖公手澤押判》。

〔一一〕布衣：平民。古平民不得衣錦繡，故稱。《荀子·大略》：「古之賢人，賤爲布衣，貧爲匹夫。」仰食：依靠他人而得食。《後漢書·西域傳·南匈奴》：「臣等生長漢地，開口仰食，歲時賞賜，動輒億萬。」債家：即債主。

〔一二〕載念：長久挂念。白居易《與茂昭詔》：「卿……永言智略，已見匡濟之才，載念公忠，益表感知之志。」稾葬蔬圃：草草葬於田野。意謂營葬不慎重。稾葬：即槁葬，亦作「藁葬」，草草埋葬。《北齊書·文苑傳·顔之推》：「冤乘輿之殘酷，軫人神之無狀，載下車以黜喪，揜桐棺之槁葬。」蔬圃：菜園。温庭筠《郊居秋日有懷一二知己》：「門帶果林招邑吏，井分蔬圃屬鄰家。」不振：不振作，不興旺。此指其人家境不佳。無乃以是：唐宋習語，責問之辭。猶今言難道不是因爲這個原因。柳宗元《亡妻弘農楊氏志》：「其間冠衣純采，期月者三而已矣。無乃以是累夫人之壽歟？」按，句謂肩孟公君子之澤，乃未過一世，令人扼腕嘆恨。元幹恨責之意，真躍然紙上矣。

〔一三〕特卜爽塏遷之：特地選定高爽通暢之地，爲祖父遷葬。卜：選擇。爽塏：高爽乾燥之地。《説文》：「塏，高燥也。從土。豈聲。」音「苦亥切」（kǎi）。段注：「燥者，乾也。《左傳》『請更諸爽塏者』，杜曰：『爽，明也。塏，燥也。』」古人以爲葬地高爽爲吉，謂可利後人而興門庭。冀其孤之或興：希望二兒之後人，或能得先祖之餘蔭而日漸振興家門也。平其券：疑謂抵銷其債券。猶《史記·孟嘗君列傳》「焚其券」之類。按，句謂遷葬祖父，以冀重振家門，元幹用心，可謂盡矣！

〔一四〕鄉先生：春秋戰國稱辭官歸鄉養老的卿大夫。《儀禮·士寇禮》：「遂以摯見於鄉大夫、鄉先生。」鄭玄注：「鄉先生，鄉中老人爲卿大夫致仕者。」後指長者在鄉執教者。及與先祖遊：元幹謂鄉先生嘗與己先祖過從。及：猶今言趕上。贄書：奉書相見。贄：執贄爲禮。《論衡·語增》：「三公傾鼎足之尊，執贄候白屋之士。」《廣韵·至韵》：「贄，執贄也。」抱病：有病在身，患病。卧内：卧室。歡若平生：成語。平生：平素。北魏崔鴻《十六國春秋·後秦録·姚襄》：「尚聞其名，命去仗衛，幅巾待之，一面交款，歡若平生。」進而謂初見而有素交之親而樂。蘇軾《和猶子遲贈孫志舉》：「小孫又過我，歡若平生親。」

〔一五〕遺言餘旨：生前所遺留言旨高明深刻者。陳子昂《唐水衡監丞李府君墓誌銘》：「嗚呼！古所謂殁而不朽者，有矣夫。遺言餘旨，粲然可觀。」預聞：謂參與於得聆聽教誨者之行列。漢王充《論衡・逢遇》：「倉猝之業，須臾之名，日力不足不預聞。」若有待然：祭文、墓志習語。謂有待於己爲之紀傳也。宋葉適《毛積夫墓誌銘》：「毛家山以毛姓者二千人，祖鐙九十三，父驥八十六，皆篤學好善稱於鄉。君自謂壽種，故其規圖常寬遠，若有待然。」

〔一六〕枉道：繞道。曹丕《與吴質書》：「今遺騎到鄴，故使枉道相過。」長大：元幹身量單薄，自謂「侏儒」，此處「長大」，只言成人，蓋非魁偉貌也。

〔一七〕丱（guàn）角：幼兒少年束髮爲兩角形。指幼少之時。語本《詩・齊風・甫田》：「總角丱兮。」《毛傳》：「總角，聚兩髦也。丱，幼穉也。」《朱傳》：「丱，兩角貌。」

〔一八〕里中：家鄉。《樂府詩集・相和歌辭十三・孤兒行》：「里中一何譊譊！」猶言家中。宰木拱：謂墳墓上樹木已甚高大，喻人之久逝。典出《春秋公羊傳・僖公三十三年》：「秦伯怒曰：『若爾之年者，宰上之木拱矣。』」何休注：「宰，冢也。」拱：樹木壯大及乎兩手合圍。段玉裁《説文解字注》：「《尚書大傳》注曰：『兩手搤之曰拱。』然則『桑穀一暮大拱』，《孟子》『拱把之桐梓』，皆非沓手之拱，拱之小者也。趙岐云：『合兩手。』徐鍇云：『兩手大指頭相拄。』」門墻缺然：墓園院墻荒廢。缺然：廢弛。《管子・輕重乙》：「邊竟諸侯，受君之怨民，與之爲善，缺然不朝，是天子塞其塗。」周覽：遍覽；巡視。宋玉《登徒子好色賦》：「臣少曾遠遊，周覽九土，足歷五都。」

〔一九〕觀美：外觀美。語出《孟子·公孫丑下》：「古者棺槨無度，中古棺七寸，槨稱之，自天子達於庶人，非直爲觀美也，然後盡於人心。」朱熹集注曰：「欲其堅厚久遠，非特爲人觀視之美而已。」力有未及：猶「力有未逮」。宋陳襄《州縣提綱·無輕役民》：「若起臺榭、廣園沼，以爲無益之觀美者，力有未及，宜小緩。」

〔二〇〕繚山以垣：用垣墻圍繞山丘。繚垣：習語。張衡《西京賦》：「掩長楊而聯五柞，繞黄山而款牛首。繚垣綿聯，四百餘里。」揭氏號于門：在門上旌表姓氏稱號。揭：標幟。張衡《東京賦》：「大室作鎮，揭以熊耳。」薛綜注曰：「揭，猶表也。」氏號：猶名號。語本班固《典引》：「厥有氏號，紹天闡繹。」蔡邕注曰：「所依爲氏也。號，功之表也。」泛指姓氏。《潛夫論·志氏姓》：「下及三代，官有世功，則有官族，邑亦如之。後世微末，因是以爲姓，則不能故也。故或傳本姓，或氏號邑謚，或氏於爵，或氏於志。」庶：希望，但願。《玉篇·广部》：「庶，幸也，冀也。」

〔二一〕坎壈：困頓，不順利。漢劉向《九嘆》三《怨思》：「惟鬱鬱之憂毒兮，志坎壈而不違。」屢遘手足之舋：多次遭遇兄弟之困阨。婉辭。遘：遭遇。舋：禍患，灾禍。宋蘇頌《揚州再任謝上》：「年侵力薄，方祈田里之歸；福過灾生，遽遘室家之舋。」句式正同，足資比參。甫：方才；剛剛。《漢書·翼奉傳》：「天下甫二世耳，然周公猶作詩書深戒成王，以恐失天下。」

〔二二〕瘞：埋葬。晉潘岳《西征賦》：「夭赤子於新安，坎路側而瘞之。」

〔二三〕治完：修葺完好。窮年奔走：一年到頭奔忙勞碌。窮年：全年，一年到頭。陶潛《讀史述九章・張長公》：「寢迹窮年，誰知斯意。」奔走：謂爲一定目的而忙碌。《尚書・武成》：「丁未，祀於周廟，邦甸侯衛，駿奔走，執豆籩。」亦復何憾：還有什麽遺憾。陳亮《與朱元晦秘書》：「兩池之東有田二百畝，皆先祖先人之舊業，嘗屬他人矣，今盡得之以耕，如此老死，亦復何憾？」復何憾：宋人恒語。吕陶《見雲頂山》：「飽食坐看山，閒心復何憾。」

宣政間名賢題跋

掃除先遠之丘墓，掇拾祖德之手澤①，真子孫職也。而又能以文字翰墨發明之，仲宗之於是舉也，於是爲得矣。退之稱歐陽詹慈孝最隆，其爲文章善自稱道，吾於仲宗亦云。宣和二年二月廿七日、豫章洪芻駒父書。

張侯仲宗近作，殊有老成之風，無復少年書生氣。適閩、越數千里，及見大父時客，非獨手澤存焉，掃劉夫人冢，不忘其本也。東湖居士書。

爲士而能尊其祖，爲子而能幹父之蠱，此可久之習也。辭采燦然，足以有譽于世矣。宣和庚子、陳瓘書于廬山之南。

知士無難，得其用心，斯知之矣。今仲宗得大父手澤數言于亂紙中，遂嚴飾而藏之，以詒子孫。此其用心，必且淬礪其質，追琢其章，以發揚幽光，詎肯失其本心，以貽前人羞乎？君子以是賢之。宣和庚子、建安游酢書。

文章可以感人，非有本者不能也。仲宗去親庭，適數千里外，見于行事，皆忠厚悃愊，與世之游子異矣。故其自叙，使人讀之慨然增丘壠之念。宣和壬寅、劉路書。

余崇寧間，與安道少卿同仕于鄴，公餘把酒，以詩相屬。時仲宗年未及冠，往來屏間，亦與坐客賡唱，初若不經意，而辭藻可觀，莫不駭其敏悟。安道既入朝，其後數年，余亦歸自河朔，再會于京師，仲宗事業日進。又數年，復見之，則已卓然爲成材矣。蓋其天資夙成，素有以過人也。至於竭力松楸，克勤祀享，篤于禮義孝愛之道，所謂文質彬彬者歟？此又可嘉也，于是乎書。盧陵歐陽懋。

仲宗，昔予太學同舍郎。嘗裒其亡友唐慤生詩帖，軸而藏之。褾飾燦然，如諛達人貴公得氣，時予嘗書之，嘉其朋友之義。今又書此，以見其爲人子孫之孝。宣和五年五月晦，仙井何㮚文縝題，椝文度同觀。

昔馬少游願爲郡掾吏，意在墳墓，笑伏波有大志，人志固不同也。至伏波在壺頭，乃始念其語，少游幾近本哉！仲宗諸父，皆顯用于時，武部以久次求本郡，將行復留，士大夫一出而難返如此。賴仲宗及爲小官時，周旋荒遠，補所闕遺，了堂先生推言幹蠱之義，善矣。舉斯而言，吾家季父得奉使鄉部十年，歲時輒至山林，豈非私室之幸邪？宣和甲辰中秋，五峰翁挺謹題。

世之人處父子兄弟間，有厚有薄②。其有厚者，非真能孝友也。施報不一，意慮爲變，出於有激云爾。然則如之何而可？曰惟無所薄者，爲能有厚也。觀仲宗之所立，則古人之意得矣。宣和五年六月二日，吕本中書。

仲宗隆于慈孝，蓋天性然也。苟其本立矣，則積而爲事業，發而爲詞章，豈復有二道哉？有德者必有言，其仲宗之謂乎！宣和六年四月九日、趙郡蘇庠書。

仲宗諸父，皆特進公繼室林夫人之子，俱非劉氏出也。其子孫聲容，蓋未嘗相接，觀公付委陳氏之意，所以望其子孫，其責亦輕矣。仲宗得其手澤，乃訪尋于丘荒蓁莽之間，割牲釃酒以致其誠意，又爲文刻石以表識之。其于尊祖追遠之義盡矣。吾將見其流風所被，使鄉邦民德歸厚，必自茲始也。宣和甲辰四月辛亥、龜山楊時書。

仲宗尊祖追遠之志，叙事記久之文，余不復贊。其贈言皆百世之士，後之觀仲宗者，可以知其爲人矣。宣和甲辰四月六日、鄱陽汪藻書。

予曩與安道少卿遊，聞仲宗有聲庠序間藉甚，恨未之識。今年春，仲宗還自閩中，訪予梁谿之濱，聽其言鯁亮而可喜，誦其文清新而不群，予洒然異之，然未敢以是知仲宗者。士之難知久矣，富於文而實未必稱，敏于言而行未必副，曷敢輕許人哉？·別未幾，仲宗復貽書勤勤以其大父手澤諸公所跋示予，且求一言。夫學士大夫則知尊祖矣，君子篤于親，則民興于仁，推是心以往，所以稱其文而副其言者，率如是，古人不難到也，在仲宗勉之而已。宣和甲辰孟夏晦，李綱伯紀書。

後四年，歲在戊申仲冬既望，李維仲輔、李經叔易同觀于梁谿拙軒。時季言如義興未還。

買田飯僧，眷眷于冢間之餒魄，特進公加人一等矣。仲宗之文，忠厚惻怛，敘事條鬯，蓋其孝友淵源，所從來遠也。宣和甲辰九月旦日，王以寧書。

宣和六年十月廿八日劉安世嘗觀。

銍與仲宗游，且十五六年，得其治性修身，求師尚友之道，有軼於群公所稱者。若夫懷念祖德，俾發聞於人，特其盛德之一爾。宣和七年二月丙午，汝陰王銍書。

仲宗以行義之美，成于事親，溢于先祖。訪之故老，得其祖布衣時前夫人劉氏之墓，表而出之，以示後昆。嚮非仲宗之孝愛格於幽明，儻故老之不存，文字之泯没，無所考據，則劉夫人之冢，長翳草棘間矣。豈不悲哉！古今文人撰著甚衆，使人讀之或至太息流涕者，以忠孝之實存焉爾。仲宗于其祖夫人之文也，豈不然哉？眉山蘇迨書。

余頃未交仲宗，先伯氏景方趣使交焉。然此時但見仲宗詩文蔚然可愛，固已恨得交之晚，乃今復以懿行見信于當世賢士大夫，則余曩日之所以愛仲宗者，殆誤矣。孰謂先伯氏平生取友止于文詞間哉？因是又使人追念賢兄而流涕也。譙郡張棫書。

仲宗平昔負絶俗之文，今又見高世之行，群公贈言，足以不朽矣。顧予何足以進之，强爲題跋云。宣和乙巳中秋後二日，山陰李光。

近世士大夫，有捨其父祖而惟外氏之尊，憑藉其名聲權勢而致位貴顯者，視張子此事，真可嘉矣。靖康改元七月十四日、眉山任申先。

仲宗之用心與見于行事者，每有過人，非獨此事也。所與遊皆一時名人勝士，可謂行不負於幽顯矣。而云云者猶不止。嗚呼，斯其所以爲賢歟！建炎二年十一月十七日、江端友。

永福張仲宗，國士也。忠厚足以勸薄俗，義風可以勵浮淺。至于純孝錫類，追遠奉先，出于天性生資，又何疑焉？逝者果有知乎？蓋不可考。然「車過三步，腹痛勿怪」，豈獨爲一時戲笑之言邪？睢陽王浚明書。

陳晉之夢得其六世外祖鄭氏故塋於荒榛野蔓間，歲既逾百，烝嘗弗墜。殿撰張公深道作詩以紀異，有云：「莫言伯道無兒嗣，看取千秋祀事存。」兩公皆閩之君子也。今殿撰公之猶子元幹仲宗所立復如此。諸老先生又從而嘉嘆之，誠可以風薄俗云。李易謹題、紹興二年人曰。

説者每嘆近世無忠臣，非無也，求之于孝子之門，則必有足觀者。仲宗幹蠱之譽，書于廬山之南，而梁谿之濱且勉之，使推是心以往，異時移以事上，將見憂君之憂，無適而非忠也。紹興壬子正月二十八日，里人辛炳。

掃祖母之松楸，竇大父之手澤，省母黨，謁鄉先生，通有無于伯仲，而葬其亡老，此士人所當爲，况仲宗之賢乎？蓋仲宗宦遊四方，時適歸焉。不以能爲之爲難，而以得爲之爲幸，此記事之文所以作也。若以仲宗爲非劉氏所出之孫，乃能切切如此，便加贊美，一何待仲宗之薄邪？一種天地，豈有先後之間乎？仲宗上冢時，諸父各列于朝，不能即歸，仲宗乃幹父之蠱爾。了翁之言，可謂句中具眼。夫了翁，百世師也。下視時輩，如黄茅白葦耳！幹蠱之語，豈輕以予人？仲宗于是爲賢。紹興二年人日，栟櫚鄧肅志宏。

士而尊祖，所當爲也。今之學者類喜近名，而不知爲所當爲，于吾仲宗不得無愧。劉殷少孝于祖母，神賜之粟七年。仲宗行老矣，而方諱窮，造物其終報之耶？筠溪李彌遜書。

仲宗孝愛忠厚之意，見于筆墨之間，蓋不獨文字妙當世也。表章仲宗尊祖之義者，其人往往余所欣慕，亦足以見仲宗所與遊，多天下長者也。新安朱松，紹興壬戌十月七日觀於連江玉泉寺上方。

觀仲宗此文，感念洛陽松楸，未知拜掃之日，不覺涕泗横集。乃知此文之傳，足以勸夫爲人之孫者，三復嘆仰。紹興癸亥二月廿二日，洛陽富直柔題。

紹興癸亥仲春晦，仲宗出此軸相示，并得熟讀諸公跋語。所以贊美仲宗尊祖篤親之意，既詳且盡，不可以有加矣，復何言哉？嘆仰之餘，因書其後。延平葉份。

仲宗用心如此，而所推許者皆一時名人，可以厚風俗矣。紹興癸亥六月旦，觀于福唐東野亭。石林葉夢得。

欽臣幼侍先君提舉宦遊，每見好古書畫，心竊意之。時或展玩，欽臣必走膝下癡問，先君以其不好弄，亦深愛之。一日，發篋得數紙墨刻，意若不懌，謂欽臣曰：「此吾家判監幽岩尊祖事，蘆川刻本于閩，余欲歸未能也。」欽臣雖獲記其言，未悟其意。父殁數年，弟兄三人偕仕，欽臣不知何從得此舊藏，念欲裒而爲一，食貧未暇，今南安倅清臣家兄，曩丞吴江，得黄文昌書《三高詞》，刻石垂虹。欽臣假令武攸，得胡忠簡子提刑公示及《賀新郎》二詞真迹，諸賢見之，叙述稱嘉，謹已模本成帙。欽臣承乏灊川，併以家集鋟梓，信臣弟待次京局實司之。因誦《甲戌自贊》，而知蘆川初度之年在辛未；誦《上陳侍郎詩序》而知挂冠之年甫四十一。《揮麈録》所載，亦復叙收，凡詞翰可無遺逸矣。獨幽岩孝慕一節，人未知之者。欽臣固欲成先君之志，以所藏閩中石刻并刊，歲月因循，復恐志大心勞，遽然難就。敬玩題跋，皆宣、政間偉人，蓋以其尊祖譽蠱稱，不特美其詞翰也。今蘆川歸葬閩之螺山，先君昆仲三人，二居華亭，叔父知縣歸閩，其後未有顯者。都運、寺正叔父之後。巽臣、師臣二兄未脱選而殂。涣臣兄自太學登科，止于一尉。益臣弟今已升舍奏平請舉該免，且丁家棘。欽臣兄弟將欲拜掃松楸，如蘆川祀祖母劉夫人之墳，收伯叔兄弟之葬，築亭葺屋③，俱未效其髣髴，謹以幽岩顛末及名賢跋語，附于文集，目曰《幽岩尊祖録》，此亦蘆川所書以傳子孫，使知有尊祖之誼云。嘉定己卯孟冬，孫通直郎知於潛縣欽臣敬書于縣齋衮繡堂。

【校】

① 祖德：文淵閣本作「祖宗」，據國圖藏本改。

② 有厚有薄：文淵閣、文瀾閣本句末有「者」字。今從諸本删。

③ 築：今存四庫本均作「華」，疑涉上文「華亭」而誤，據國圖藏本改。

附録一　國圖藏本蘆川歸來集所收青詞疏文

青詞

皇太后青詞

東朝違豫，晨昏省定以尤勤；南面焦勞，上下神祇而致禱。霈澤普施於寰宇，歡聲允洽於黎元。皇太后殿下誕育聖躬，欽崇天道，厚載之德惟廣，無疆之壽愈隆。節宣微爽於沖和，康復竚迎於景貺。臣班陪從列，職在奉祠，敢稽香火之修，是用壇場之祓。降靈車風馬而來格，粲珠星璧月以昭回。四海馳心，仰慈寧之有喜；千春受祉，卜長樂之方興。

戊午歲醮詞

戴天履地，雖爲萬物之靈；負陰抱陽，莫出五行之數。時推否泰，命係窮通，敢忘知止之心，輒叩蓋高之聽。竊念臣孤根自立，薄祐良奇，少有意於功名，壯適丁於離亂，去國門者逾一紀，脱班簿者將十年。非不貪厚禄以利妻孥，私憂四海之横潰；非不好美官以起門户，痛憤兩宫之播遷。忍耻偷生，甘貧削迹，挂衣冠而不顧，辱溝壑以何疑。故鄉同流寓之徒，老境覺侵尋之晚。中原別業，蕩兵火以無涯；先世弊廬，緣喪葬而易券。甚欲畢嫁娶之累，稍容追耕釣之游，志願未諧，經營殊拙。值此劬勞之日，占於熒惑之躔，允屬忌星，宜遭讒口。載懼愆尤之積，重罹灾禍之深，用罄祈禳，投哀造化。伏望回光碧落，垂鑒丹衷。俾爾安閑，常遇豐登之世；錫其壽富，曲成隱逸之民。

本命日醮詞

臣聞灾祥雖由於天降，善惡必自於己求，天亦何私，己當無愧。儻或陰陽之繆盭，尚容禳禬於過愆，敢瀝丹衷，仰干鴻造。竊念臣蚤師前輩，許奮孤忠，顧功名之會難逢，在出處之間加審。嫉邪憤世，徒有剛腸；憂國愛君，寧無雅志。去脩門僅周二紀，歸故里殊乏一廛，未免口腹以累人，所望兒女之畢娶。晚節優游於井臼，甘心潦倒於山林，悉繫生成，良增跼蹐。迨此建寅之月，適臨元命之辰，恭啓星壇，特延羽服，儐其夙願，冀以小亭，庶寬填壑之憂，徐治先塋之役。伏願上蒼昭鑒，衆聖扶持，邇觀正論之行，坐待中原之復，獲同遺老，用保餘齡。

代人爲母生朝青詞

長生久視，必欽奉於真詮；道骨仙風，乃本原於夙契。竊推步閏餘之數，常跼蹐覆載之私，爰卜灾祥，儻容禳禬。伏念妾派分王族，聘自相家，蚤歷艱難，旋罹俶擾。仰照臨三光之下，火宅煎熬；役思慮五濁之中，塵緣束縛。每存心於公正，或造業於貪嗔，積習愚癡，稔成罪戾。顧罔逃於陰譴，實有慊於隱憂，蠢蠢蟣蝨之微，駸駸桑榆之晚。戊辰將换，甲子既周，雖齒髮不至甚衰，而福禄敢期未艾。適届始生之旦，甫迎元命之年，是用蠲潔壇場，闡揚科教，延羽流而齋戒，嘆龍液以祓除。伏願紫府增齡，蒼穹降祉，雲仍稱壽，壯門户之簪纓；祖禰居歆，勤歲時之蘋藻。俾豐衣而足食，盍問舍以求田，俯徇丹衷，悉繫鴻造。

生朝青詞

臣聞覆載無私，萬物咸資於長養；榮枯有數，四時密運於盈虛。輒希作善之祥，敢黷曲成之造。伏念臣孤忠自許，蚤雖抗志於功名；拙直乏謀，久已求全於出處。浮湛里社，經涉星霜，罔貪爵禄以素餐，寧向山林而獨往。未忘跼蹐，庶寡悔尤，侵尋遲暮之年，永感劬勞之日，爰伸夙願，式舉真科。伏願飈馭下臨，丹臺降格，憫兹遺老，錫以脩齡，俾坐見於升平，獲行歌而逸樂。

正旦本命青詞

臣聞五行錯綜，考定數以係窮通；六甲循環，推飛宫而占休咎。伏念臣甘心貧病，匿迹埃塵，敢詘道以信身，粗知榮而守辱，庶逃陰譴，猶有私憂。太歲丙寅，衝對長生之運；元日辛未，首臨本命之辰，適契合神，或爲吉會。是用導迎殊祉，虔啓真科，延飈馭以集祥，款琳壇而精禱。伏願圓穹垂覆，列曜騰輝，儻善貸以遐年，必曲全其晚節，俾遂隱居之志，聊存積慶之家。

代人本命設醮青詞

臣聞覆載無私，萬物咸資於造化；盈虚有數，四時密運於機緘。輒希作善之祥，仰黷蓋高之聽。伏念臣孤忠自許，蚤雖抗志於功名；拙直乏謀，久已求全於出處。荷聖神非常之知遇，會風雲疇昔之夤緣。接武從班，丐祠真館，爰再三而力請，覬萬一以便私。侵尋遲暮之年，坐享素餐之禄，未忘跼蹐，庶寡過尤。不無役思，慮於五濁之中；罝能逃照，臨於三光之下。果曲成於雅欲，然有慊於養痾。適丁戊辰元命之朝，乃屬己卯立秋之閏，儻容禳禬，敢怠精虔。是用蠲潔壇場，闡揚科教，延羽流而齋祓，噀龍液以滌除。伏願紫府增齡，蒼穹降祉，粲珠星而璧月，通蕊笈於瑯函。式安知足之心，中在不貪之寶，載祈善貸，俯徇愚衷。

辛未本命歲生朝醮詞

兩儀廣大，每跼蹐如靡容；二曜光明，敢潛藏於必照。爰輸丹悃，式叩蒼穹。伏念臣粗識古今，唯知忠孝，幼從庠序，固嘗安意於功名；壯挂衣冠，罔或冒居於寵利。士也各行其所志，時乎自棄以難逢，奉身盍掃迹於丘園，撫事猶累人以口腹，進退非據，廉耻何顧。兹誠獲罪於聖賢，久已甘心於貧病，未能畢娶，聊復營私。賦獐頭鼠目之形，是宜跋疐；見簞食豆羹之色，徒取譏嘲。適當元命之年，矧值劬勞之日，特延羽客，恭啓露壇。嚴禳禬於陰愆，儻導迎於純嘏。伏願上真檢校，高監昭回，定一世之窮通，契五行之消長。安夫環堵，北山之文弗移；俾爾厖眉，少微之星長粲。享有生之常産，樂無用之散材，未盡頽齡，悉繫鴻造。

家公生朝設醮青詞

臣聞禍福由乎一己，忠孝難以兩全，儻微知止之明，必抱終身之恨。伏念臣父子俱塵於仕籍，閩吴並脱於賊兵，初赴難以請行，驚魂未定；迨再生而聚首，舊觀復還。有識者爲之寒心，謂兹焉可以税駕，而況道不容以行其志，奚必禄然後乃養其親。彼幸免者，安可恃爲有常；抑過憂者，始能全夫無咎。連年罪戾，徒致煩言；舉目怨憎，孰非見嫉。與其蹈危機而涉世，曷若躬苦節以力田。事君之日固長，數口之家易足。雞豚布帛，盡温飽於人情；鐘鼎山林，適窮通於天性。臣願畢矣，天聽臨之。爰因臣父誕育之辰，敢舉家庭祈禳之禮，伏望高穹垂祐，厖會除愆。卜福地以閑居，曲存覆載；闔私門而奠枕，永荷生成。

代人醮詞

蕊笈瑯函，演秘文而有請；雲車風馬，鑒危悃以來歆。天聽雖高，人心自感。竊念臣妾桑榆晚景，螻蟻微踪，脱身兵火之餘，避地海山之上。沉綿抵咎，調護乖方，屢反覆於炎凉，輒變移於寒暑。鬱蒸內熱，發彼譫言，抱冰霜而戰兢，搜膏髓以昏憒。巫醫並走，藥石交攻，殊困養痾，尚留殘孽。必遇災躔於陰譴，爰占厄運以虔祈。肅款羽流，仰降臨於斗北；恭陳穀旦，樂長至於日南。披瀝肺肝，收召魂魄。伏願祥開碧落，罪削丹書，三辰照以靈官，五行順於司命，滌除瘴癘，澡雪形神，俾强健於寢興，獲安平於飽啄。盡繫造化，難報生成。

疏

皇太后功德疏

真遊渺邈，悵仙馭以難回；梵供修嚴，薦慈闈而虔啓。雲天悲慘，雨涕滂霈。恭惟大行皇太后德比塗華，仁深任姒，蚤歷艱難之步，旋安保佑之榮，福緣允屬於聖君，位果推隆於佛母，奄終大養，茂對中興。皇帝願力無邊，孝思罔極，勿問慈寧之寢，忍瞻長樂之宮，永念劬勞，何堪荼毒？大行皇太后伏願超昇兜率，悟證祇園，式憑竺典之文，夙受靈山之記。抑祈大覺印知。

追薦葉尚書疏文

地水火風，四大終歸於有壞；生老病死，一身孰免於無常。論壽夭亦遲速之間，貫古今奚貴賤之别，必資徹悟，始脱輪回。某官履踐清修，性根純熟，久絶功名之念，殊忘勢位之崇，謙恭何啻寒儒，長厚可謂君子。住普光明境界，通大方廣經文，卜居宛在於别峰，示病不離於丈室。結習既盡，果位復還，徒擗踊其子孫，定依棲於佛祖，聊憑冥福，式表契家。伏願夙勛知見之香，行毗盧頂上；游戲功德之水，出華藏海中，悲憫浮世之塵勞，超昇諸天之快樂。仰惟大覺印知。

募衆緣買魚放生疏文

寶勝如來，解脱本根於六入；流水長者，功德具足於十千。不起信心，孰從猛捨。憫閩都之俗習，造殺業於歲除。競决陂塘，悉施網罟，逐錐刀之利，竭澤莫遺；資口腹之饞，垂涎未已。今則化財結社，發願放生。圉圉洋洋，俾各全其性命；波波挈挈，當自悟於因緣。雖碑無顏魯郡之法書，而事有蘇東坡之陳迹，大衆歡喜，諸佛證明。

永福大興抄題修造疏

邑稱永福，論山川秀氣，則世出顯人，寺揭大興。據水陸要津，而地爲爽塏，宜金碧之輪奐，反荆棘以荒蕪。過者孰從歸依，居焉寢成頹弊，必仗檀那之起廢，庶資名實之相符。上雨旁風，真是雪山穿膝；一椽半瓦，譬如佛塔聚沙。福既永保於千年，興乃大同於四衆，肯禆勝事，願列芳御。

修建薦拔富沙水灾黄籙會疏

頑雲屯野，常時暑雨之霖霪；駭浪滔天，一旦山城之冒没。風輪忽轉，坤軸潛傾，豈觸怒於蛟龍，遂喪身於魚鱉。骨肉號呼而莫救，室廬漂蕩以無餘。不問賢愚，棄衣冠而徒跣；奚論貧富，委金帛於泥沙。咄怪事所未聞，哀群生其罔措，孰曉神靈蒼茫之意，皆由造化倚伏之機。重念甌閩，薦罹兵火，尚瘡痍之未合，何灾害之薦臻。頃戰鬥者丁壯被傷，今奔波者老稚通患，方駢肩而躑躅，競滅頂以湮沉。浮木蔽川，既隱市聲於陷地；浮屍入海，盍藏腐骼於叢鄉。是用憫彼驚魂，遭兹非命，欲拔九泉之冤滯，必祈三界以皈依。顧同居覆載之中，忍坐視幽冥之下，不貪之寶可守，厚亡之戒甚明。爰共濟於超升，庶普霑於利益，苔羽蓋步虛之肹蠁；修瑯函鍊，度之威儀。虔啓真科，實繫衆力。

代人生朝道家功德疏

陰功休德，來鍾積慶之門；雅望重名，式表挺生之瑞。仰上界神仙既降，爲人間宰相奚疑。童面之經默傳，瓊田之草已植。某官伏願湌霧飫金石之氣，飲光吞日月之華。火棗交梨，夢想朝真於絳闕；冰桃碧藕，心遊侍宴於瑶池。鮐背長年，方瞳難老，永壯明堂之柱石，蔚爲清廟之珪璋。呵叱六丁，木鐸主盟於吾道；平章五叟，霖雨潤澤於斯民。仰賴高穹，俯垂昭鑒。

追薦趙無量疏

清社世家，今流寓者止數族；儒林舊德，知典故者餘幾人。好事訪古印法書，平生耽野史名畫，雖星散盡於兵火，而風味存於笑談。政爾過從，俄聞奄忽，驚崇朝之永訣，撫陳迹以深悲。某官城府坦夷，門庭和易，寬銜轡於臧獲，重樽俎於交親。時陪長者之遊，自任忘年之友，謂宜難老，何遽貪程。命信是呼吸間，臂真成屈伸頃，念犬馬之齒偶長，蒙閑居以輩行相推；顧蒲柳之姿易衰，聊避俗而身名俱晦。竊比鴒原之義，式修貝葉之科。著鞭恐祖生先，本無心於馳騖；作佛在靈運後，庶有助於因緣。

鎮國夫人功德疏

蜀道山雄，必增崇於壽相；坤維氣秀，良鍾聚於慈顏。幸逢設帨之辰，爰即布金之地，式憑緇侶，共表精誠。伏願某人宿植善根，勤修梵行，自性如同佛性，色身即是法身。道與時升，挾象服以貂蟬之珥；母由子貴，戲綵衣以衮繡之章。鴻鈞將入，輔於至尊，紫詔遂加，封於兩國。享千秋之燕樂，備五福以安榮，慶及雲來，恩沾族系。

聖迹院出陰求化疏

舊歲早暵甚廣，諸方乃大例閧堂；今春饑饉異常，此地亦隨時貴糴。維康僧之香火，號聖迹之道場。初無田疇，悉仰檀越，鐘魚之響已間斷，粥飯之緣將落空。是念貧女一錢，辦心即同辦供；稍寬齋腸三篋，知恩方解報恩。欲種善因，勢須猛捨，莫看居士面，且試老婆心。

爲演老作衆緣水陸疏文

幽明異趣，遵覺路以圓通；生死同波，賴慈航而濟度。諸佛子等沉迷五欲，流浪三塗，造一切之苦因，盡無明之業識。爰經浩劫，莫值善因，不有皈依，孰爲懺悔。著儀文於天監，標顯現於咸亨，緣雖起於阿難，狀實存於燋面。顧功德不可思議，宜普勸信受奉行。若聖若凡，竭誠心而發誓，欣結社以隨緣，所冀罪垢消除，悉願冤親解脱。兹者法筵清浄，佛事精嚴，肇新上國之壇場，一洗南方之耳目。初中後而分夜，去來今以同時，投哀大慈大悲，成就無遮無礙。三灾八難，丕變和平；六道四生，均霑利益。

代梵天功德疏

五百歲而賢者生，親送雅聞於釋氏；三千年而蟠桃熟，竊嘗允屬於德星。運值中興，才推間世。伏願其官雄姿英發，爽氣殊倫，善開方便之法門，夙有慈悲之願力。爲蒼生起名，已覆於金甌；現宰官身功，佇調於玉燭。龍天期諸外護，龜鶴羨此長年，敢憑貝葉之文，用益喬松之壽。

追薦張永州功德疏

死生乃始終之説，壽夭亦遲速之間，要當知闕陷世中，切記取末後句子。一百二十歲，永免這箇；臘月三十日，只做尋常。坐斷六道四生路頭，跳出十方三界劫外。某官性通佛地，學貫儒流，詣闕上書，欲展青雲之步；從軍草檄，嘗爲緑水之賓。將懷印綬以臨湘，忽嘆神魂而游岱。真人無位，出入面門，扇子上天，築着鼻孔。捨瞿曇何所依仗，這閻老不許商量。行路同悲，舊交增痛，爰修功德，用薦幽冥。伏願一念圓明，千燈照耀，識破從前之眷屬，盡是冤親；悟了過去之因緣，莫非夢幻。無復身世之孤苦，兼忘妻子之愛憎，入解脱法門，得自在三昧。往生極樂國，常住菩提場。

追薦李丞相設齋疏

死生旦暮之常，輪回夢幻；談笑屈伸之頃，脱離聲塵。自非宿植善根，孰能頓超果位。某官本堅固爲忠藎，廓智慧以聰明。現宰官身，具足無邊之願力；觀法界性，了知一切之妄心。報地甚深，貪程太速，未盡六十小劫，不見甲子上元。想廊廟之衣冠，話言如在；陪山林之杖屨，步武已陳。委富貴於浮雲，忘功名於故紙，愛憎俱泯，毀興全收。茘子丹兮，爰值始生之閏；梁木壞矣，奚勝永訣之悲。是用恭叩佛乘，普聞義諦，真師子吼奮迅，廣長舌相流通。難酬國士之恩，聊效門人之禮，情文哽塞，涕泗横流。伏願悟一念於最初，斷諸緣於末後，住西方極樂世界，度南閻浮提衆生。

仙宗癸丑年修橋疏

雲外千山，通諸方之道路；秋來一雨，起平地之風波。裹相現前，成功忽毁，等劫火之俱壞，輸巧匠以旁觀。直須截斷衆流，不勞船筏；儻欲超登彼岸，必假津梁。凡所往來，俱霑利益。

薦拔水陸功德疏

蘆川老隱紹興六年四月二十六日巳時，伏睹永福縣崇先寺前溪流暴漲，渡船傾覆，士庶僧尼若男若女等約三十餘人並皆溺死，即時呼舟拯濟，共活五人。蓋緣吝財輕生，喪身失命，民雖愚暗，事可憫傷。謹捨淨財入崇光寺，就二十七夜，修設水陸冥陽齋一會，回食供僧，用伸薦拔者。

積潦漲溪，亹自千峰之雨；衆生爭渡，意輕一葉之舟。傾覆在前，號呼莫救，目駭驚濤之壯，神傷滅頂之凶。良由共業宿因，忽爾横罹奇禍，弗謹危亡之戒，可無性命之憂。葬魚腹以亡多，垂蛟涎而或脱。諸佛子等沉迷苦海，不遇慈航；流浪愛河，未登彼岸。所願從今向去，永斷貪嗔癡；更同見在未來，常聞戒定慧。凡爲利益，莫起風波。

通老請疏

開山立碣，必表洪照，道場結社栽蓮，嘗修惠遠故事。兹爲勝地，盍畀高人。某人言澹而行孤，性疎而色野，雅宜林下，迥在世間。得句律於東湖，訪師資於南嶺。草堂初到，推法器以爭先；黄檗遍參，舉叢林而稱首。究竟雲居上足，承當佛眼嫡孫，千古風流，一時光彩。元戎乃作家檀越，居士則隨喜門徒，杖屨相從，箭鋒莫避。秋來雨過，也防蘭院鳴鐘；月出猿啼，正好虎溪送客。

聰老請疏

宗風未墜，大山門佛事鼎新；法席久虛，老尊宿道場遴選。式乎衲子，允屬作家。某人不打葛藤，善批判古人公案，絶無滲漏，皆流出自己胸襟。嗣續巴陵，淵源臨濟，雖然把定正脈，何嘗貶剥諸方。厭負郭之石泉，三叉路口；遷侵霄之鳳軸，百尺竿頭。戴元戎外護之恩，逢聖主中興之旦，一心奉請，四衆歸依。願聞海潮之音，速登獅子之座，攝龍象於叢社，贊箕翼於蘿圖。

明老請疏

擒縱殺活，直須覿面，當機成住壞空，正好安身立命。古德有見成公案，闍梨自錯認話頭。早知飯熟多時，畢竟鐵牛在陝府；又被風吹别調，洎令鷂子過新羅。某人臨濟正宗，北亭嫡子，頃化行於南嶽，旋應現於西峰，出世最先，罷參蓋久，未肯得休去歇去，承當取胡來漢來。切忌商量，何堪疑著。舉叢林多證龜訪鱉，是檀越皆把攬放船，歷知萬物本來無，早是九年車不出。百尺竿頭，進步孰不失驚；大火聚裏，翻身須還好手，到這裏且要將錯就錯，爲人處未免隨鄉入鄉。

晬詠同時，因緣會遇，辦心不如辦供，知恩方解報恩。普薰三界之香，恭祝萬年之壽。

請法海通老疏

閩都分鎮，三山鼎峙於城中；法寶創基，四衆川流於座下。必得本分尊宿，始成行道叢林。維東諸侯，實大檀越，欲全提其正令，遂决用以迅機。某人龍門兒孫，楊歧宗派，氣吞雲夢，胸次露巖壑之姿；語帶烟霞，筆端奮風雷之舌。開曇華於丈室，見德雲於別峰，所向歷然，還渠識者。人境俱勝，户外之屨甚多；魚鼓一新，屋上之烏轉好。况問法無絶江之阻，而入社有展鉢之頻。何惜明窗，聊同隱几。閑浮生之半日，發深省於晨鐘。伫迎象馭之臨，恭祝龍顔之壽。

遜老住報恩疏

大善知識，無非方便爲人；一切衆生，皆能立地成佛。未論三種滲漏，莫非五位君臣，出家若是正因，逢場不妨作戲。毛吞巨海，鋸解秤鎚。某人梵行精修，宗乘圓覺。蚤遊靈石，聞猿啼青嶂之深；晚嗣雲峰，看毬輥白雲之際，縱横自在，舒卷隨宜。與諸方兄弟結粥飯緣，要後代兒孫同安樂界，頃年資聖之塵刹，已起平地上骨堆；今日鎮國之機鋒，誰解虚空裏釘鉸。明眼鵝王之擇乳，實相香象之渡河。將什麽唤作報恩，秪這箇名爲嗣法祝。聖壽以第一義諦，談禪於不二法門，大家且唱太平歌，何處更寬西來意。

代請歌公長老住福清蘆院疏

大千世界，阿蘭若全盛於東南；百丈規繩，比丘尼各分其保社。必推法器，以振宗風，爰堅男女之信心，用續佛祖之壽命。某人飽參尊宿，行業精勤，遍住道場，禪機警悟。節粒食而唯啗香蜜，屏綿纊而常衣芻麻，事類古賢，名聞知識。蒙諸方之印可，審四衆以歸依，女子定開，不妨拈出，老婆心切，大是作家。未容北斗裏藏身，且要僧堂前相見。興久年之蘆院，舊店重開；看今代之末山，逢場作戲。好唱還鄉曲，休歌結草庵，願贊覺慈，共祈睿筭。

代請真戒師住圓明疏

粥魚齋鼓，到處皆是道場；露柱燈籠，現前無非佛事。莫問山林城市，當隨時節因緣。某人得自在禪，修平等觀，遍諸方而遊戲，盡四衆以歸依。承嗣作家，宗師批判，古人公案久矣。薰天炙地，宛然運水般柴；去住無心，未用身藏北斗；卷舒在我，且將芥納須彌。要令海印家風，不離普門境界，雖則因風吹大，何妨洗脚上船。請效嵩呼，來陞猊座。

泉州惠安大中院請前住永春太平智銓住持疏

縱横妙用，無非信手拈來；啐啄同時，未免逢場作戲。墻壁瓦礫，猶能説露柱燈籠；總會禪直，下承當不容擬議。某人雲門後裔，通照宗風，雖無瞞人之心，宛有超師之作。因緣偶合，行解圓融，直饒一道神光，已是兩重公案。按得住山斧，正在相風使帆；執取夜明符，便要斬釘截鐵。恁麽則冰消瓦解，任從它水長船高，驢事未了馬事來，張公喫酒李公醉，最好箇轉身路，莫錯認定盤星。請續不盡之燈，願税無疆之壽，普聞法語，共戴人王。

請前金地長老了性住永春平院疏

大丈夫始解出家，古尊宿各明己事，横擔榔栗，到處同參。貶上眉毛，詎令蹉過覓心；了不可得，問佛方知有因。某人具無所礙辯才，咆哮獅子窟；識未生時面目，吐盡野狐涎。曾施陷虎之機，宛在布金之地，據此見成公案，還他靈利衲僧。更須本分鉗鎚，乃顯作家手段。巴陵平生三轉語，足以報恩；徑山會下五百人，要知問取。振起太平場席，承當臨濟兒孫，决定論芥子須彌，擬議問龜毛兔角。一口吸盡西江水，馬駒踏殺天下人。演乾空貝葉之丈，祝震旦玉旒之壽，勿藏斗裏，徯聽嵩呼。

請竹菴普説疏

中原虜禍，棄別業而久荒；南土寇攘，挈行裝而蕩盡。故鄉返如流寓，一室本自空虚。服五載之苴麻，營四喪之丘壠。舉家食粥者屢矣，指囷贈粟者蔑然。絶憐有患之身，幾至無衣之嘆。持是心以堅忍，偶未死於悲摧。終祥祭而鬻弊廬，事禫販而贖逋券。少年尚氣，赴人之急何難；老境偷閑，治生之謀乃拙。念阿堵特積散去來之物，使衆生分愛憎喜怒之情。不有舉揚，誰共諦聽。今日居士長者，共作證明；爾時債主冤家，悉皆解釋。願聞安樂法，常結清净緣。

請惠安大中長老義端住南安延福寺疏

呵佛駡祖，未當傻儸；拽把牽犁，幾乎敗闕。具得正法眼，識取最上機。旋風打，不妨八面來；臺山路，大好驀直去。某人掃除物我，脱離聲塵，嗣真歇之家風，出清源之宗派，道價夙經於印可，叢林蚤許以歸依。參透古德話頭，捩轉衲僧鼻孔，咸推老手，數主名藍。與麽赤灑灑時，箇中活發發地。念巖頭之故居虛席，捨箄諫之真迹來歸，未須禪牀上接人，且要法堂前剗草。深錐痛劄，把定放行，任它諸方，號十字街頭；須還丈室，住三家村裏。靈羊挂角，大衆無疑；香象渡河，謂師速道。福延此土，箄祝至尊。願開不二法門，共聽第一議諦。

代人作湯榜

白雲飛出，特地風光；黄梅熟時，端的消息。頂門眼負荷天法，室中句親切爲人。賓主已分，因緣非細。某人平生脊梁孤硬，遍參柱杖横行，普熏知見之香，深入禪悦之味。咬破鐵酸餡，吞却栗棘蓬，冷暖如飲而自知，中邊俱甜而無礙。三脚驢猶看輥草，一隻箭已射入城，衆所甘心，言須苦口。請嘗霜後菴摩勒，始信美勝元酥酏，祇恐坐斷舌頭，不怕築着鼻孔。

茶榜

騎着佛殿，何妨老漢放風狂；掀了禪牀，只恐諸人没手段。未咬破雲門餅，且喫取趙州茶。悟最上乘，履真實際。種田博飯，初心學古德住山；擊鼓升堂，隨分爲檀那説法。直得龍天歡喜，是宜緇素歸依。百尺竿頭，翻身有句；三家村裏，舊店還開。團團秋月照碧潭，鬱鬱黄花明翠竹。莫問君臣賓主，但觀時節因緣。煎春露之一杯，生清風於兩腋。敢勞大衆，同應當筵。

湯榜

般柴運水，居山妙用縱横；掃地焚香，舉世生涯冷澹。若向商中薦取，何勞直下承當。依象王行，作獅子吼。折脚鐺煨糞火，絶念紛華；榔栗棒挂鉢囊，信緣去住。十二時無非佛事，大千界獨現法身，可謂是石火電光，不容眨眼；到這裏泥牛木馬，各自點頭。且置葛藤，同參藥石，味長松以舌本，澆甘露於心田。恁麼宗風，真堪贊歎，略展家常禮數，重煩清衆證明。

茶榜

一口吞盡，遮莫向作掌勢處承當；信手拈來，要須未舉托子時會取。標禪律，雖古今立異；問佛法，則南北何殊。乃眷閫中，罕聞座主，欲識人天眼目，且隨粥飯因緣。續無盡燈，八萬四千門，悉皆歡喜；轉大藏教，三乘十二分，本自流通。某人願力慈悲，身心廣博，常誦七俱胝神呪，度脱衆生；獨傳五印土梵音，參同密印。出入華嚴境界，游戲賢首道場。大回溪邊，誰論去來之相；小華峰下，聿新圍繞之儀。氂牛之塵已横，貝葉之文未墜。況是禽呼春起，不妨花泛芳香。聊煩瑞草之魁，普爲雲堂之衆，俯臨法會，共洗塵昏。

代人湯榜

黄牛熟炙，橘皮叢林榜樣；嵩老濃煎，姜杏古德家風。欲發初地鈍根，未免重下注脚。居士長者，塵塵刹刹生信心；國王大臣，在在處處爲外護。某人辯才無礙，妙湛總持，横説倒説流通，胡現漢現具足。没量神通真散聖，平生受用輸作家。護戒律之精修，善神捧足；感標科之奥義，諸天雨花。講席肇新，法門永賴。

出廣長舌相，遍滿三千大千；化清浄法身，歸依一佛二佛。甘苦箇中薦取，冷暖隨人自知。龍華會上好結緣，吉祥老子不孤負。敢勤清衆，爲作證明。

茶榜

香嚴圓得潙山夢，兩手擎來院主透。過趙州關三喚，拈出好去百草頭，薦取更向一槌下。承當某人道眼分明，家風淡薄，密付雲居之古衲，飽嘗安樂之靈芽。花乳清冷，風生兩腋，塵根迥脱，舌覆大千。本眠雲卧石之人，應垂手入鄽之供。白足之師高潔，聊復火種刀耕；青蓮之宇莊嚴，何妨草衣木食。活泉新汲，小鼎微鳴。莫問春去春來，有箇省處；但見漚生漚滅，驗在目前。辱海衆以臨筵，講山門之常禮。

精嚴寺化鐘疏

晉安郡西南隅，群山插天，林麓鬱蒼，彌望秀色，絶江而往。地號水西，中多蘭若，金碧輪奐，有古道場。是名精嚴，今榜曰「顯忠資福院」。歲在戊辰僧結制日，洛濱、最樂、普現三居士，拉蘆川老隱，過其所而宿焉。徐聆鐘聲，殊令噌吰，同作是念。維大山門，晨夕所考擊，一切聞聽，豈應如是？·譬猶健丈夫，堂堂七尺，宜乎音吐，發越洪暢；而乃喑嗄，弗稱其軀，是山門病。爾時長老法勛，即從座起，而白衆言：「時節因緣，自當改作。居士長者等，是曰檀施。熾大火聚，鼓大鑪鞴，不日成之。亘千萬年，與兹山永久，政在今夕心念間。必使衆生無明，一撞盡警祖師，正令三界普聞。其功德不可思議。」諸公相視，皆大歡喜歸，而爲之疏以遺化云。

勸施金剛經疏

開元老一公禪師，歲在戊申，住福城西顯報。嘗發心願募賢士大夫三十二位，自書《金剛般若波羅密經》各一分，鏤板印施。經成之日，具伊蒲塞饌，人受一部，盡此報身，持誦不輟。凡書經者，止著郡望，仍各捨錢叁阡爲工墨。佛事種種所費，此志巳二十祀矣，猶未能圓成，維是經有不可思議無量無邊大功德，古今因果報應贊嘆難盡。時節因緣，正在今日。願入社者幸題姓名，如或書寫未暇，只欲隨喜受經，亦希垂示，共結勝緣。

——以上録自國家圖書館藏清鈔殘本《蘆川歸來集》卷十四

附録二　詩文輯佚

張元幹《歸來集·詠二疏》：兩傅常存好老心，漢廷元自少知音。歸來日日相娱樂，賴有君王舊賜金。

——《永樂大典》卷之二千四百八葉十一

宋張元幹《代賀侍御啓》：學術貫通於古今，名節遠追於賢哲。柔不茹而剛不吐，事可法而德可尊。

——《永樂大典》卷之三千五百八十五葉十六

張元幹《歸來集·瑶真館》：廣陵祠裹尋常見，又向山陽樓外開。須信月明風露下，飛仙玉節有時來。

——《永樂大典》卷之一萬一千三百十三葉十

宋張元幹《蘆川歸來集・代祭石林文》：以真儒自負，以舊德自居。年逾從心，而神明未衰。位參揆路，而勤儉有度。

——《永樂大典》卷之一萬四千七百七葉一

《九幽燈放生疏》（前載張元幹《歸來集・募衆緣買魚放生疏文》）：盡其道者正命，可憐庶物之無辜。陷之死而復生，爰廣如天之大德。追惟先妣，遽謝塵寰。觸乎外，感乎中，孰匪孝思之所寓。愛其人，及其物，方將德念之普施。况潜鱗翔羽，同資坤母之所成，則鷩餌傷弓，豈宜人子而坐視。爰建放生之會，用伸薦往之誠。自有情以達於無情，覬永逢於解脱。由所愛以及其不愛，願悉遂於逍遥。

——《永樂大典》卷之八千五百六十九葉四至五

苕溪漁隱曰：余宣和間居泗上，於王周士處見張仲宗詩一卷，因借録之。後三十年，於錢唐與仲宗同館，穀初方識之。余因戲謂仲宗曰：「三十年前已識公於詩卷中。」仲宗請余舉其詩，渠皆不能記，殆如隔世，反從余求之。向伯恭，仲宗之舅也。仲宗有《香林九詠》，其間《雍熙堂詩》云：「鼎彝勛業推元老，文采風流及後昆。家世從來耐官職，百年猶見典刑存。」

——《苕溪漁隱叢話》前集卷五十四（清番禺潘氏《海山仙館叢書》本）

古今游廬山詩，予得兩首絶佳。其一《潘子真詩話》所載王光遠云：「明朝山北山南路，各自逢人話勝遊。」蓋廬山之美不可盡，惟此兩句形容得極佳。又張元幹詩云：「古水寒藤挽我住，身非靖節誰能留。多慚不及鸞谿水，長向山前山後流。」此詩興致極高遠。

——《艇齋詩話》（清會稽董氏《琳瑯秘室叢書》本）

祭李丞相文（原題「張致政」）

維紹興十年，歲次庚申，四月乙巳朔，十五日己未，門生右朝奉郎致仕、賜緋魚袋張元幹，謹以清酌庶羞之奠，昭告於故大丞相、少師李公先生之靈：

嗚呼哀哉！大鈞播物，造化茫昧，篤生豪傑之士，常與厄運會焉。王室多艱，肇自先朝。撥亂反正，扶危救傾，奮不顧身，孰如公者？然孤忠貫日，輒蔽於浮雲；正色立朝，俄傷於貝錦。雖用每不盡其所學，一斥則終不復收用；豈黔黎命輕，而善類深否耶！此殆外侮間之，後進忌焉，使不得一日安於廟堂之上者，天也。道之不行，果厭溷濁，談笑之頃，去若脱屣。是則公之英氣復藏山川，而精爽上騎箕尾，固無事蓍蔡可逆而知也。

嗚呼哀哉！我來哭公，異於衆人。往在宣和庚子，拜了堂先生廬山之南，心知天下將亂，陰訪命世之賢。先生指公曰：「讜言久矣！乃者巨浸暴溢，都邑震驚。陰盛，兵象也，貴臣方負薪臨河，有柱下史叩頭陛下，願陳災異大略。胸中之奇，曾未一吐，已觸鱗遠竄矣。異時真宰相也，吾老不及見矣，子盍從之遊！」後數年，始克見公梁溪之濱，歷論古今成敗，數至夜分，語稍洽，爰定交焉。蓋瞻望最先，而登門良舊也。越明年冬，虜騎大入，公在泰常決策，力贊徽宗内禪之志，已而庭争挽回淵聖南巡之輿，明目張膽，自任天下之重。一遷而爲貳卿，再遷而爲右轄，三遷而爲元樞。建親征之使名，總行營之兵柄。辟置掾曹，公不我鄙，引入承乏。直圍城危急，羽檄飛馳，寐不解衣，而餐每輟哺，夙夜從事，公多我同。至於登陴拒敵，矢集如蝟毛，左右指麾，不敢愛死，庶幾助成公之奇勛，初無爵禄是念也。虜退城開，群邪未盡逐，父子之間，人所難言，飛語上聞，大臣畏縮避事，公毅然請行，剖赤心，迎大駕，調和兩宫，再安宗廟，實繫公之力。而宫傳疑暗，事乃大謬。向使盡如壯圖，督追襲之師，半渡而擊，首尾相應，可使太原解圍，奈何反擠公，則有河東之役。僕嘗抗之曰：「榆次之敗，特一將耳，未當遽遣樞臣。此盧杞薦顏魯公使李希烈也，必虧國體。」且陳以禍福利害，退而告公，公雖壯我，而爲我危之。既不及陪屬，同列有擇地希進之誚，即投劾以自白，議者猶不捨也。中間丁是歲秋九月，卒與公同日貶，凡七人焉，流落倦遊，回首十有四載於兹矣。辛亥至己未，九載未至庚戌，公入秉鈞衡，歸自嶺海，而僕阻於江湖，有如參辰；辛亥至己未，九載之内，公多居閩，歲時必升公之堂，獲奉觴豆間。乃登高望遠，放浪山巔水涯，相與賦詩懷古，未嘗不自適而返，若將終焉，無復經世之意。迨夫酒酣耳熱，撫事慷慨，必發虞卿、魯仲連之論，志在憂國。坐客皆曰：「師尚父鷹揚，衛武公、淇澳公則得之，福禄固未艾也。」别曾幾何時，天不憖遺，奪我元老。聞訃之日，若噩夢然，不知涕泣之横集也。

嗚呼哀哉！儒學起家，位躋衮繡，慶覃子孫，始終爲我有宋師保之臣，夫復奚憾，所乏者壽考耳！人孰無死，期頤亦盡，如公之亡者，大節存焉。先民有言：「死日然後是非乃定。」定與未定，公庸何傷哉！百世之下，必有君子知所以處公者矣！

嗚呼哀哉！疇昔公之在廊廟，猶僕之在幕府，雖大小殊途，貴賤異勢，其爲出處齟齬略相似焉。公今云亡，殆將安仰，几筵肆設，恍惚平生。讀公遺稿，永無負於國家；視僕孤踪，果何報於知遇。幽明之中，賓主不愧，皇天后土，實聞此言。抆血填膺，公其歆止。嗚呼哀哉！尚饗。

再祭

維紹興十年，歲次庚申，十二月辛未朔，十三日癸未，門生右朝奉郎致仕、賜緋魚袋張元幹等，謹以清酌庶羞之奠，致祭於故宫使、大觀文相公、贈少師李公墓下：

嗚呼哀哉！昔炎正之中微兮，天步多窘；揭孤忠而委質兮，公進每正；必迎鋒而犯難兮，□□□□。考風雲之初載兮，遭大變而策勛；歷三朝而一體兮，輒坐困於讒人；豈君臣之不密兮，卒直道而弗信。時承平而水暴至兮，肇灾異於先見；奮激烈於柱下兮，觸逆鱗而遠貶；歲收召於大荒落兮，式啓黄屋之内禪。特陽厄九而會百六兮，宇宙震駭；肆嗣皇之膺圖兮，整紀律於既壞。城狐社鼠導外侮兮，封豕長蛇恣吞噬兮！

嗚呼哀哉！扶神器之傾圮兮，公崛起而安之；挽帝裾將往兮，號召四方勤王之師。返木主於九廟兮，升皇輿於端門；撫六軍誓以死守兮，溥歡聲於乾坤。挺身爲金湯之固兮，被飛矢之雨集；公夙夜以盡瘁兮，屹萬仞之壁立。惟姚之舉雖未勝兮，虜已怯其敗而請和。夜三鼓扶疾而援兮，公承命靡知有它；彼利口之覆邦家兮，幸中傷以死禍；士舉幡以訟冤兮，公免胄以謝過。悼秘計之不行兮，决天源以灌注；掃匹馬無噍類兮，又沮擊於半渡。帝復用而愈交譖兮，公猶躬迎於太上。釋父子之危疑兮，叱宫傳之疑暗①。遂力擠以并汾之圍兮，密授旨而撓公節度；凡可藉口以爲公害兮，衆莫恤其國之自蠹也。

嗚呼哀哉！公百謫庸何傷兮，剖赤心而奚言；虎豹守關而磨牙兮，徒闖首莫窺其天；非鐵心石腸兮，孰罹如斯之憂患。賴真人之勃興兮，爰册命以首相；披荆棘而立朝廷兮，欲盡護於諸將。辨逆順以正邦兮，尊廉陛於君上；論形勢而建都兮，以下策爲建康。用兩河之民兮，虜所懼也；定六等之罪兮，衆所怒也。涉鯨波而生還兮，皇明燭幽；身放浪於江海兮，惟王室之是憂也。遽蟬蜕而不返兮，歷一甲子而莫周。

嗚呼哀哉！公之不死於碁毒兮，没元身於牖下。慶長流而源清兮，可無憾於用舍。世或賣友以速信兮，予獨甘心而守寠；意東山之起兮，夫何哭於西州之路；諒功名之無用兮，老丘園其有素。

亂曰：咽笳鼓而陳班劍兮，羌師旅之徂征；森畫翣以披拂兮，風蕭蕭而馬鳴。朝發軔於永和，夕稅駕於湘口；眇銘旌兮塗車芻靈，岌豐碑兮龜趺螭首。龍左旋而虎右跱兮，幽宫坡陁；何止乎立萬馬兮，廣莫陵阿。象平生之胸次兮，吞雲夢者八九；公忽歸是中而千秋兮，堅帶礪於山河。築闕兮佳城，蹇天禄兮辟邪。紛斧斤於土木兮，恍貔貅之野宿；鬱夜灶以生烟兮，炯太白於蒼松之麓；公之神其猶仰占兮，冀旄頭之墜覆。仿祁連而表牟駝兮，圖遺像於雲臺；嗟予白首而煢煢兮，公先去果安在哉！涕淋浪兮，酹此卮酒；歌楚些兮，公亦聞否？嗚呼哀哉！尚饗。

——以上二文録自清刻本李綱《梁溪先生文集》附録

【校】

① 按，此句不與上下文爲韵，疑文有脱漏。存以竢考。